DEANA ZINSSMEISTER

Der Hexenturm

Buch

Seit ihrer Flucht über die Werra streifen die fünf jungen Thüringer Johann, Franziska, Katharina, Clemens und Burghard ziellos durch das Hessenland – stets die Angst im Nacken, dass ihre Verfolger sie finden könnten. Da der Winter bevorsteht und Franziska schwanger ist, sind sie gezwungen, schnell eine Bleibe zu finden. Doch die Zeiten sind schlecht und Arbeit rar.

Da schlägt Clemens vor, den befreundeten Pferdehändler Melchior Rehmringer aufzusuchen, der im Saarland lebt. Als sie dort ankommen, erfahren sie, dass Rehmringer mittlerweile verstorben ist und seine kranke Mutter seither allein auf dem Gestüt lebt. Erschüttert über das Schicksal der jungen Leute, erlaubt diese ihnen zu bleiben. Doch die fünf müssen schnell feststellen, dass nicht jeder im Dorf ihnen wohlgesinnt ist.

Zur gleichen Zeit brennen in der näheren Umgebung die Scheiterhaufen, und ein geheimnisvoller Mann überführt gemeinsam mit einer sogenannten »Kinderhexe« immer mehr Frauen der Hexerei. Schon bald wissen die fünf jungen Thüringer, dass es sich dabei um niemand anderen als den Magier Barnabas handelt, der bereits auf ihrer Flucht aus Thüringen ihren Weg gekreuzt hat. Und sie wissen auch, dass er ihnen, allen voran Franziska, die noch immer als vermeintliche Hexe gesucht wird, gefährlich werden kann …

Autorin

Deana Zinßmeister hat mit dem Schreiben ihre Leidenschaft zum Beruf gemacht. Bereits mit ihrem ersten historischen Roman »Das Hexenmal« gelang ihr auf Anhieb ein Erfolg. Die Autorin lebt mit ihrem Mann und zwei Kindern im Saarland. Weitere Romane von Deana Zinßmeister sind bei Goldmann in Vorbereitung.

Mehr Informationen unter www.deanazinssmeister.de

Von Deana Zinßmeister außerdem bei Goldmann lieferbar

Das Hexenmal. Roman (46705)
Die Gabe der Jungfrau. Roman (47036)

Deana Zinßmeister

Der Hexenturm

Roman

GOLDMANN

MIX
Papier aus verantwortungsvollen Quellen
FSC® C014496

Verlagsgruppe Random House FSC-DEU-0100
Das FSC®-zertifizierte Papier *München Super* für dieses Buch
liefert Arctic Paper Mochenwangen GmbH.

2. Auflage
Originalausgabe Dezember 2010

Umschlaggestaltung: UNO Werbeagentur, München
Umschlagmotiv: Collage unter Verwendung von Motiven
von FinePic, München, und The Bridgeman Art Library ©
Cheltenham Art Gallery & Museums,
Gloucestershire/bridgemanart.com
IK · Herstellung: Str.
Satz: omnisatz GmbH, Berlin
Druck und Bindung: GGP Media GmbH, Pößneck
Printed in Germany
ISBN: 978-3-442-47248-2

www.goldmann-verlag.de

Für meine Freundin
Monika M. Metzner
und
in Erinnerung an all die Frauen, Männer und Kinder,
die dem Hexenwahn zum Opfer gefallen sind

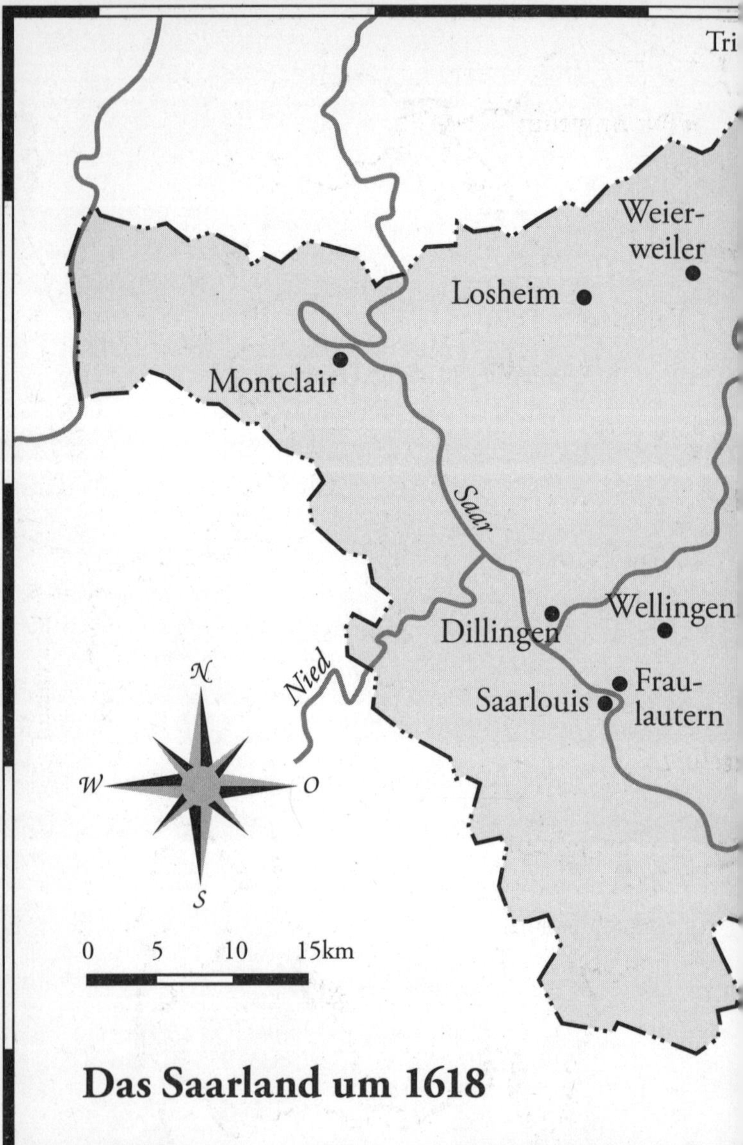

Das Saarland um 1618

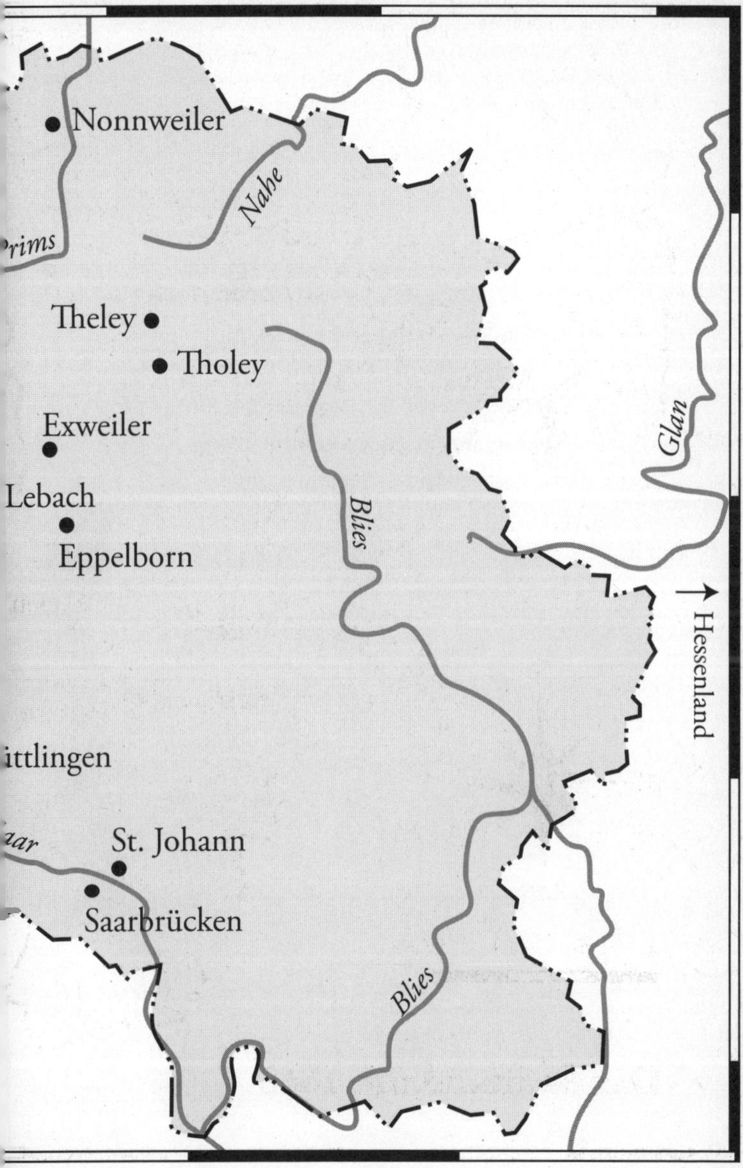
Nonnweiler
Nahe
Prims
Theley
Tholey
Exweiler
Lebach
Eppelborn
Blies
Glan
Hessenland
ittlingen
aar
St. Johann
Saarbrücken
Blies

Man darf mit Menschenblut nicht spielen,
und unsere Köpfe sind keine Bälle,
die man nur so hin und her wirft.
Wenn vor dem Gericht der Ewigkeit Rechenschaft
für jedes müßige Wort abgelegt werden muss,
wie steht's dann mit der Verantwortung
für das vergossene Menschenblut?

zitiert nach Friedrich Spee

Prolog

Püttlingen im heutigen Saarland, 1618

Johann von Baßy preschte auf seinem Rappen in den Burghof, saß ab und überließ das Pferd dem Stallburschen, der sogleich herbeigeeilt kam. Ohne anzuklopfen, riss er das Eingangsportal auf, rannte den Gang entlang und stürmte geradewegs in den Wohnsalon. Durchnässt stellte er sich vor den wärmenden Kamin und rieb sich die klammen Finger über dem Feuer.

»Es muss dir sehr unter den Nägeln brennen, wenn es dich bei diesem Wetter zu mir treibt«, lachte Thomas Königsdorfer spöttisch. Er saß in einem Sessel am Feuer und hatte von Baßy bereits erwartet. »Hier, trink den heißen Würzwein!«, sagte er und reichte dem Freund einen Becher.

Dankend nahm der Amtmann aus Wellingen das dampfende Getränk entgegen. Zwischen zwei Schlucken sah er auf und fragte: »Hast du meine Nachricht bekommen und dir meinen Vorschlag überlegt?«

Königsdorfer zuckte mit den Schultern. »Du bist Amtmann in Wellingen und kannst die Frau jederzeit ins Gefängnis schaffen lassen. Warum belästigst du mich damit? Ich habe in meinem eigenen Amtsbezirk genug zu tun.«

Johann von Baßy wusste, dass Thomas Königsdorfer nur versuchte Gewinn aus der Sache zu schlagen.

»Du hast mehr Macht, Thomas!«, schmeichelte er ihm. »Wenn ich die junge Frau bei mir ins Gefängnis bringen lasse, läuft meine Tante direkt zu den Nassauern nach Saarbrücken. Dann ist sie schneller wieder frei, als mir lieb sein kann.«

»Woher stammt die Frau? Ich habe gehört, dass es mehrere Fremde sind, die bei der alten Rehmringer Unterkunft erhalten haben.«

Von Baßy nickte. »Es sind drei Männer und zwei Frauen. Sie sollen von der anderen Seite der Werra kommen. Der Landstrich heißt angeblich Eichsfeld.«

»Das weiß ich bereits.« Thomas Königsdorfer schien zu überlegen. Dann stand er auf, ging zum Fenster und blickte hinaus.

Johann von Baßy stellte sich neben ihn und folgte seinem Blick. Als er das mächtige, runde Gebäude vor sich sah, das in der Abenddämmerung unheimlich und düster wirkte, fragte er: »Wie viele Frauen sind zurzeit im Hexenturm eingesperrt?«

»Bis jetzt sind es fünf Weiber«, antwortete Königsdorfer mit Abscheu in der Stimme. »Seit heute Morgen werden sie der peinlichen Befragung unterzogen.«

»Sind sie schuldig?«

»Dass es Hexen sind, wusste ich schon, bevor sie gestanden haben!«, sagte Königsdorfer voller Hohn. »Und bereits morgen werden sie brennen.«

Erstaunt blickte von Baßy auf. »So schnell?«

»Worauf soll ich warten? Schließlich haben sie schlimmen Wetterzauber über uns gebracht.«

»Das haben sie zugegeben?«

»Kannst du dich erinnern, dass wir jemals um diese Jahreszeit solches Wetter gehabt haben?«, fragte der Püttlinger Amtmann zornig. Von Baßy wollte Königsdorfer nicht weiter reizen und blieb stumm. Schweigend wandten sich die beiden Männer vom Fenster ab und setzten sich.

»Was ist jetzt, Thomas? Wirst du die Frau verhaften lassen?«

Königsdorfer musterte sein Gegenüber. »Weshalb willst du ausgerechnet diese eine Frau in den Hexenturm werfen lassen? Und weshalb nicht gleich alle fünf?«

Der Amtmann überlegte kurz. »Nein, die Frau reicht. Wir wollen ja nicht übertreiben!« Er lächelte zynisch, bevor er hinzufügte: »Sollten die anderen dann noch immer nicht vom Gestüt verschwinden, kannst du sie meinetwegen alle einsperren lassen!«

»Und was springt für mich raus?«

Von Baßy wusste, dass es dem Amtmann von Püttlingen im Grunde nur auf seine Entlohnung ankam. »Es soll dein Schaden nicht sein, Thomas! Das Geldsäckchen wird reich gefüllt sein. Und wenn ich das Gestüt erbe, erhältst du außerdem ein prächtiges Ross.«

Fragend zog Königsdorfer eine Augenbraue in die Höhe. »Weshalb so großzügig? Da steckt doch noch mehr dahinter!«

Von Baßys Gesichtsausdruck verfinsterte sich. »Es geht mir nur um die eine Frau. Und die will ich dort drüben im Hexenturm weggesperrt sehen!«

Kapitel 1

Irgendwo in Nassau – Anfang Oktober 1617

Der Sturm hatte nachgelassen, und das Donnergrollen war nicht mehr zu hören. Clemens kroch auf allen vieren zum Höhleneingang und streckte vorsichtig den Kopf hinaus. Überrascht stellte er fest, dass es bereits dämmerte. Er drehte den Kopf zur Seite und rief seinen Weggefährten über die Schulter zu: »Wacht auf, ihr Schlafmützen! Es regnet nicht mehr. Lasst uns weiterziehen.«

Franziska setzte sich auf und schüttelte ihre rötlichen Haare. Trockenes Laub fiel zu Boden. Verschlafen rieb sie sich die Augen. Burghard kauerte sich gähnend neben Clemens und blickte zweifelnd zum Himmel. »Wohin willst du denn jetzt noch? Bald wird es dunkel.«

Katharina schlug zaghaft vor: »Wir könnten die Nacht in der Höhle verbringen. Hier ist es trocken und sicher.«

»Nein, ich finde, Clemens hat Recht! Wir sollten weiterziehen«, entgegnete Johann. »Schließlich haben wir den ganzen Nachmittag geschlafen. Ich bin nicht mehr müde und wüsste nicht, weshalb wir hierbleiben und kostbare Zeit vergeuden sollten. Wir müssen ja nicht bis zum Morgengrauen marschieren. Aber wenigstens eine Weile. Zumal uns der Vollmond den Weg erhellen wird.«

Mit diesen Worten kroch er hinter Clemens nach draußen. Burghard zögerte, doch als Franziska hinter ihm drängelte, schlüpfte auch er durch den kleinen Eingang.

»Wir gönnen uns kaum Ruhe«, maulte Katharina leise. »Immer müssen wir weiter. Ich bin erschöpft und könnte tagelang schlafen. Wir wissen nicht einmal, wo wir sind. Ich habe keine Lust, durch die Nacht zu stapfen, ich bleibe hier.«

Franziska, die eben hinter Burghard nach draußen kriechen wollte, hielt inne und wandte sich zu Katharina um, die stur auf dem Boden saß und sich nicht von der Stelle rührte. »Nun komm, Katharina«, sagte sie sanft, »sonst müssen wir ohne dich gehen. Und du willst doch nicht allein hier zurückbleiben.«

Katharina zögerte noch immer, doch als auch Franziska die Höhle verlassen hatte, gab sie sich einen Ruck und kroch hastig hinterher. Draußen warteten ihre Weggefährten bereits auf sie. Als sie in ihre aufmunternden Gesichter blickte, verflog ihre Übellaunigkeit allmählich, und sie schulterte wie die anderen ihren Beutel mit den wenigen Habseligkeiten und folgte Clemens durch den Wald.

Seit Johann und Franziska, Clemens, Katharina und Burghard auf der Flucht waren, blieben sie nie länger als eine Nacht am selben Ort. Obwohl die fünf nach monatelanger Reise erschöpft waren, trieb stete Unruhe sie vorwärts. Denn die Angst, dass ihre Häscher sie einholen könnten, saß ihnen in jedem Augenblick im Nacken.

Sie sprachen kaum über das, was sie erlebt hatten. »Wir wollen nach vorn blicken und nicht zurückschauen!«, hatten sie beschlossen. Sie hofften, mit diesem Leitspruch ihre Sehnsucht nach dem verlorenen Zuhause erträglich zu machen. Dennoch stimmte sie jeder heimliche Gedanke daran traurig.

Das Eichsfeld in Thüringen war bis vor drei Monaten ihre Heimat gewesen, und alle fünf hatten sie von dort fliehen müssen. Das verband sie, obwohl ein jeder von ihnen seine ganz eigenen Gründe für die Flucht hatte.

Der neunzehnjährige Clemens war der Schweigsamste unter ihnen. Anfangs hatte er mürrisch die Gesellschaft der anderen abgelehnt und war stets einige Schritte hinter ihnen gegangen. Er blieb nur in der Gruppe, weil das Reisen mit anderen sicherer war. Stumm ertrugen seine Weggefährten sein schroffes Wesen, denn sie ahnten, dass sein Verhalten mit seinem entstellten Aussehen zu tun haben musste. Sobald man ihn ansprach, wandte er den Kopf ab und vermied so, dass man ihm ins Gesicht blicken konnte. Nur langsam vertraute er ihnen, und erst als er ihnen eines Tages offen in die Augen sehen konnte, erfuhren sie seine ganze Leidensgeschichte.

Mit versteinertem Blick berichtete Clemens stockend, was ihm widerfahren war: Seine Eltern hatten ihm und seiner Schwester Anna ein beachtliches Vermögen hinterlassen, das Annas Mann, der Notar Wilhelm Münzbacher, an sich reißen wollte. Nachdem er sich Annas Vertrauen erschlichen hatte, verfolgte er den Plan, seine Frau in einem Kloster wegzusperren. Seinen Schwager Clemens aber versuchte er kaltblütig bei lebendigem Leib in einer Scheune zu verbrennen. Nachdem der Mordversuch fehlgeschlagen war, beauftragte er einen Meuchelmörder, der die Tat vollenden sollte.

Zwar war Münzbacher durch einen Unfall zu Tode gekommen, doch der Mörder verfolgte sein Opfer weiter. Clemens kannte den Namen des Meuchelmörders, doch wusste er nicht, wie sein Verfolger aussah. Jeden Fremden, der ihren Weg kreuzte, beäugte Clemens deshalb misstrauisch. Auch war es in seinem Sinne, dass sie abseits der öffentlichen Wege marschierten, wo ihnen kaum jemand begegnete. Clemens war sich bewusst, dass er wegen seines Gesichts und seiner Hände, die seit dem Brandanschlag entstellt waren, die Blicke Fremder auf sich zog. Und er konnte das Entsetzen und das Mitleid in ihren Augen dabei nur schwer ertragen.

Auch Burghard, der junge Franziskanermönch, hatte von einer Fluchtgeschichte auf Leben und Tod zu berichten. Mitten in der Nacht hatte er die thüringische Stadt Worbis eilends verlassen müssen, weil sein Lehrmeister ihm nach dem Leben trachtete.

Der Lehrmeister hieß Servatius und war wie Burghard ein Mönch aus dem Kloster zu Mainz. Als Servatius auf Geheiß der älteren Mönche das geliebte Kloster verlassen musste, um Burghard auf der Wanderschaft zu begleiten, schürte das seinen Hass auf den Jungen. Dieser Hass schlug in mörderischen Zorn um, als Servatius unterwegs Geld vermisste und sofort den jungen Burghard des Diebstahls verdächtigte und drohte, ihn eigenhändig zu erschlagen. So blieb Burghard nur die Flucht aus dem Eichsfeld. Um jedoch nicht als Franziskaner erkannt zu werden, legte er die Mönchskutte ab und verkleidete sich als Bauer. Als schließlich auch seine Haare nachgewachsen waren, dankte er dem Himmel, denn so war mit der Tonsur auch der letzte Hinweis auf sein Mönchsdasein verschwunden.

Katharina war wegen des Mannes ihrer toten Schwester auf der Flucht. Katharinas Wunsch war es seit jeher gewesen, der heiligen Elisabeth von Thüringen nachzueifern. Jede freie Minute verbrachte sie bei den Armen und Kranken und wünschte sich nichts sehnlicher, als so leben zu können wie die Heilige.

Dieser Traum zerplatzte jäh, als ihre Schwester Silvia auf dem Totenbett verlangte, dass Katharina ihren Mann Otto heiraten und Mutter ihrer drei Kinder werden sollte.

Doch noch bevor Katharina widersprechen konnte, starb Silvia, und ihre Eltern und ihr Schwager verlangten, dass der Wunsch der Toten erfüllt werden müsse. Katharina wusste, dass sie sich nicht widersetzen konnte, und nutzte eine Wallfahrt zum Hülfensberg, um diesem Schicksal zu entgehen.

Johann und Franziska wiederum hatten um ihr Leben laufen müssen. Sie wurden verfolgt, weil Johanns Vater, der Großbauer Bonner, nicht duldete, dass sein Sohn eine einfache Magd liebte oder gar zur Frau nahm. Und so hatte er alles daran gesetzt, Franziska der Hexerei zu bezichtigen. Fortan war die junge Frau in Thüringen nicht mehr sicher, denn man wollte sie auf dem Scheiterhaufen brennen sehen.

Zuflucht hatten die beiden Liebenden auf Burg Bodenstein gefunden und dort heimlich den Bund der Ehe geschlossen. Doch auch von dort mussten sie fliehen, da Bonner mit einer Truppe Mordgesellen auf dem Weg zu ihnen war. Nun suchten die jungen Eheleute einen Ort, an dem sie sicher waren und sesshaft werden konnten, denn Franziska erwartete ein Kind. Doch jedes Gebiet, das sie durchquerten, erschien Johann zu nahe am Eichsfeld gelegen. Die Angst, dass sein Vater sie aufspüren und Franziska töten könnte, trieb Johann an, sich täglich weiter von Thüringen zu entfernen.

Mühsam versuchten die fünf Weggefährten in der anbrechenden Dunkelheit den Weg zu finden. Obwohl das Mondlicht ungehindert durch die kahlen Äste auf den Waldboden fiel, konnten sie nur schwer den Pfad erkennen, dem sie folgen wollten. Der Sturm, der am frühen Nachmittag stundenlang über das Land gezogen war, hatte die gelb gefärbten Blätter wie Schnee von den Bäumen auf die Erde rieseln lassen. Nun bedeckte eine dichte Blattschicht den Waldboden und ließ alles gleich aussehen. Immer wieder blieben Clemens und Johann stehen und versuchten die Richtung zu bestimmen. Als sie auf einen Bachlauf stießen, beschlossen sie, diesem zu folgen.

Nach stundenlangem Regen schoss das Wasser geräuschvoll durch das ausgewaschene Bachbett. Das Plätschern war so laut, dass eine Verständigung durch Worte unmöglich wurde.

Immer wieder rutschen die jungen Leute auf dem glitschigen Boden aus. Steine lösten sich hier und da aus dem aufgeweichten Grund und brachten sie zum Straucheln. Wie Kinder hielten sie sich an den Händen fest und versuchten sich gegenseitig zu stützen. Als sie in der Ferne Lichter erkennen konnten, ahnten sie, dass ein Ort vor ihnen liegen musste, und machten einen großen Bogen darum.

Mitten im Gehen blieb Franziska plötzlich stehen. Erschrocken fragte Johann: »Was hast du?« Statt zu antworten, drückte sie sachte seine Handfläche auf ihren Leib. »Spürst du das?«, wisperte sie.

Johann wusste, was sie meinte. Immer wenn Franziska das heranwachsende Leben in sich fühlte, hoffte sie, dass auch er die Bewegungen des Kindes spüren würde, wenn er ihr die Hand auf den Bauch legte. Doch jedes Mal hatte er enttäuscht den Kopf geschüttelt. »Beim nächsten Mal!«, versuchte er sie dann aufzumuntern.

Vielleicht können nur Frauen die Bewegungen des Kindes fühlen, tröstete sich Johann im Stillen. Er war sich sicher, dass er auch dieses Mal nichts spüren würde. Liebevoll lächelte er seiner Frau zu, als er plötzlich erschauerte. Angespannt hielt er die Luft an. Da! Ja, da war etwas. Zaghaft, nicht mehr als der Flügelschlag eines kleinen Vogels, aber eindeutig eine kleine Bewegung in ihrem Leib. Erschrocken zog Johann seine Hand fort, um sie gleich wieder auf Franziskas Bauch zu legen. Wieder spürte er das Kind – sein Kind! Zärtlich umarmte und küsste er Franziska, doch Clemens trat zu ihnen heran und packte ihn jäh am Arm. Erschrocken blickte Johann auf. Stumm wies Clemens ihn an, ruhig zu sein, und zeigte vor sich. Johanns Blick folgte seinem ausgestreckten Arm. In der Ferne zwischen den Bäumen konnte er kleine Lichtpunkte erkennen, die sich bewegten.

Auch die anderen hatten das Licht bemerkt. Vorsichtig schlichen die Freunde an den Baumreihen entlang, den Lichtern entgegen. Neben ihnen floss gurgelnd der Bach und teilte sich schließlich. Ein Arm floss wild und ungestüm weiter, während der andere einen Bogen schlug, um dann ruhig dahinzuplätschern.

Während die Männer leise beratschlagten, welchem Wasserarm sie folgen sollten, beobachteten sie angespannt die Lichter. Doch plötzlich verschwand das Licht, und stattdessen drangen undeutlich Stimmen zu ihnen durch. Katharina und Franziska versteckten sich sogleich im Unterholz, wie sie es immer taten, sobald Gefahr im Verzug war. Erst wenn die Männer ihnen Zeichen gaben, dass alles in Ordnung war, schlossen sie sich ihren Weggefährten wieder an.

Zufrieden, dass dichtes Buschwerk die beiden Frauen verbarg, folgten die Männer dem ruhigeren Wasserlauf, da dieser sie in Richtung der verschwundenen Lichter zu führen schien. Immer noch klangen aus der Ferne unverständlich Stimmen an ihr Ohr. Auf einmal lichteten sich die Bäume, und vor ihnen lag ein Wiesenstück, durch das sich der Bach schlängelte. Johann glaubte am Ende der Lichtung ein Gebäude zu erkennen und zeigte stumm mit dem Finger in die Richtung. Angestrengt blickten die jungen Männer in die Dunkelheit, als die Lichter wieder zu sehen waren und die Stimmen lauter wurden.

»Das müssen Fackeln sein«, sagte Clemens leise.

»Es sieht aus, als ob sie in der Luft hängen«, warf Burghard ein.

»Du hast Recht, Clemens, das sind Fackeln. Ich denke, dass Reiter sie in die Höhe halten«, erklärte Johann mit gedämpfter Stimme.

Unerwartet zerriss ein Schrei die Nacht und ließ die Burschen zusammenzucken. Kurz darauf standen Katharina und Franziska neben ihnen.

»Ihr sollt in Deckung bleiben!«, schimpfte Johann verhalten.

»Nein!«, fuhr Katharina ihn an. »Hier hat jemand fürchterlich geschrien, da bleibe ich nicht allein zurück!«

»Lasst uns umkehren«, flüsterte Franziska Johann zu.

»Vielleicht ist jemand verletzt«, gab Burghard zu bedenken. »Ich will wissen, was da vorn vor sich geht! Vielleicht braucht jemand unsere Hilfe!«

»Gut, sehen wir nach!«, stimmte Clemens zu. »Katharina, Franziska, ihr bleibt hier!«

»Ganz bestimmt nicht!«, fauchte Katharina, doch Johann unterbrach sie: »Ihr folgt uns in sicherem Abstand. Sobald wir euch Zeichen geben, versteckt ihr euch.«

Franziska und Katharina nickten.

Als sie sich über die Wiese dem Gebäude näherten, sanken sie immer wieder in dem aufgeweichten Boden der Bachaue ein. Mit den blanken Füßen steckten sie im kalten Morast, und nur mühsam gelang es ihnen, einen Fuß vor den anderen zu setzen. Jetzt, da sie das Gebäude deutlich erkennen konnten, verstanden sie, dass eine Mühle vor ihnen lag. Als das Stimmengewirr immer lauter wurde, gab Johann den Frauen Zeichen, sich zu verstecken, und Katharina und Franziska verschwanden zwischen den Bäumen.

Clemens, Burghard und Johann pirschten sich im Schutz der Dunkelheit dichter an die Mühle heran. In der Nähe des Mühlrads versteckten sie sich, da sie von dort den Vorhof der Mühle einsehen konnten, ohne selbst gesehen zu werden.

Sie sahen fünf Männer hoch zu Ross, von denen ein jeder eine brennende Fackel in der Hand hielt, ganz wie Johann vermutet hatte. Ein Reiter hatte sich vor die anderen gestellt, sein Pferd kratzte unruhig mit dem Vorderhuf den nassen Mehlstaub vom Boden. Die Reiter blickten grimmig auf den Mann und die Frau herab, die vor dem Hauseingang standen.

»Ich frage dich zum letzten Mal: Wo ist dein Sohn, Müller?«, schrie der Anführer der Reitergruppe.

»Lasst den Jungen in Ruhe!«, krächzte die Frau, allem Anschein nach die Müllerin.

»Halt's Maul, Weib, sonst lass ich dich einsperren!«

Hastig ergriff die Frau einen Stock und schabte damit um sich herum einen Kreis in den Boden.

»Dann komm und hol mich!«, keifte sie.

»Dein magischer Kreis wird mich nicht abhalten«, brüllte der Reiter, doch sein Blick verriet Unsicherheit. Er wandte sich seinen Begleitern zu und befahl: »Ihr zwei durchsucht die nähere Umgebung, und ihr beiden schaut in der Mühle nach. Der Saubub muss sich hier versteckt haben.«

»Herrgott, Raimund! Warum willst du uns Böses? Seit Jahren mahle ich das Korn für dich. Nie hatten wir Streit«, ergriff nun der Müller das Wort.

»Aber jetzt erzählt dein Sohn überall, dass er das Wetter vorhersagen könnte. Erst gestern hat er mir für einen Kreuzer vorausgesagt, dass es trocken bleiben würde. Und was hatten wir? Blitz und Donner sind über das Land gefegt, und nun liegt meine Kuh erschlagen unter den Obstbäumen!«

»Was kann Achimchen dafür, wenn du Trottel dem Geschwätz eines Kindes vertraust?«, fragte der Müller spöttisch.

»Du wirst mir die Kuh ersetzen!«, forderte der Reiter.

»Was kann ich für deine Dummheit?«, erregte sich der Müller. »Der Junge ist acht Jahre alt! Du bist ein Narr, wenn du einem Kind Glauben schenkst. Von mir bekommst du keinen Kreuzer.«

Der Reiter wusste, dass der Müller Recht hatte. Er war Opfer seiner eigenen Dummheit, und das ärgerte ihn am meisten.

»Du Hohlkopf weißt anscheinend nicht, dass wir schon bald für die Hochzeit Sondersteuern leisten müssen. Eine dieser Kühe war als Abgabe gedacht.«

Der Reiter erkannte, dass die Mundwinkel des Müllers zuckten. »Ich schwöre dir, wenn du mich verhöhnen willst, werde ich dich und deine Frau einsperren lassen. Jeder weiß, dass sie eine Hexe und euer Sohn ein Hexenbalg ist!« Aufgebracht schleuderte er die brennende Fackel nach dem Müller, der ihr mit einem Sprung zur Seite auswich.

»Jakob, komm zu mir in den Kreis!«, kreischte die Frau und fuchtelte aufgeregt mit den Händen in der Luft.

»Ich muss mich nicht in deinem magischen Kreis verstecken. Auch du, Helga, kannst da heraustreten. Raimund wird es nicht wagen, uns anzufassen!«

»Was macht dich so sicher?«

»Deine Frau wird in wenigen Wochen euer fünftes Kind gebären, und wie bei den vier anderen wird sie die Hilfe meiner Frau benötigen.«

Mutig trat die Müllerin aus dem Kreis und stellte sich neben ihren Mann.

»Ist dein Furunkel am Hintern abgeheilt?«, fragte sie den Reiter mit blitzenden Augen. Als der Mann nicht antwortete, lachte sie laut. »Dann hat meine Tinktur also geholfen.«

Die drei unfreiwilligen Zeugen der nächtlichen Auseinandersetzung wurden durch ein Geräusch unterhalb des Mühlrads abgelenkt. Der Kopf eines Knaben kam zum Vorschein. Der Junge stand bis zum Kinn im kalten Wasser des Mühlenbachs. Erschrocken blickte er in die Gesichter der jungen Männer und wagte es nicht, sich zu rühren. Nur seine Zähne schlugen vor Kälte leise aufeinander.

Die drei jungen Männer wussten sofort, wer der Bursche sein musste. Clemens zwinkerte ihm zu und legte den Zeigefinger auf den Mund zum Zeichen, dass er ruhig bleiben solle. Dann wandten die drei sich wieder dem Geschehen auf dem Hof zu.

Die beiden Reiter, die losgeschickt worden waren, den Jungen im Wald zu suchen, kehrten zurück. »Wir konnten ihn nirgends entdecken«, erklärten sie. Auch die beiden anderen, die in der Mühle gesucht hatten, traten nach draußen und zuckten stumm mit den Schultern.

»Wie sollen wir ihn in der Dunkelheit auch finden? Er könnte sich überall versteckt haben. Lass gut sein, Raimund. Es ist spät, und ich bin hungrig«, sagte einer der Männer.

Statt zu antworten, riss der Reiter, der Raimund hieß, mürrisch sein Pferd am Zügel herum und galoppierte davon. Die anderen folgten ihm. Rasch wurden die Männer und das Getrampel der Pferdehufe von der Nacht verschluckt.

Nach einer Weile, als der Müller sich sicher zu sein schien, dass die Reiter wirklich verschwunden waren, rief er mit verhaltener Stimme: »Achim, du kannst rauskommen!«

Doch nicht nur sein Sohn, sondern drei weitere Gestalten kamen hinter dem Mühlrad hervor.

Als auf Clemens' entstellte Gesichtshälfte das Mondlicht fiel, konnte man hören, wie die Müllersleute scharf die Luft einsogen. Zwar sagten sie kein Wort, doch die Müllerin zog sofort ihren Sohn in den von ihr gezeichneten Kreis. »Wer seid ihr? Und was wollt ihr von uns?«, fragte sie misstrauisch.

Burghard hob die Hände in die Höhe. »Gute Frau, wenn wir euch Böses gewollt hätten, dann wäre euer Sohn jetzt nicht hier, sondern die Reiter hätten ihn mitgenommen. Außerdem hätte ich ihm dann sicher nicht meinen Umhang geliehen.«

Erst jetzt bemerkte die Frau, dass ihr Sohn zwar durchnässt, aber in einen trockenen Umhang gehüllt war. Trotzdem blickte sie die unbekannten Männer argwöhnisch an. Dann vernahm sie ein Knacken im Gehölz, und Katharina und Franziska erschienen im Mühlenhof.

»Wie viele Landstreicher seid ihr?«, rief der Müller gereizt, während er achtsam die Umgebung im Auge behielt.

»Wir sind keine Landstreicher, sondern fünf Freunde, die sich auf Wanderschaft befinden«, erklärte Johann und legte schützend den Arm um seine Frau.

»Ach ja? Wohin wollt ihr denn?«, fragte der Müller zweifelnd. Der Ton in seiner Stimme verriet, dass er Johann nicht glaubte. Der Blick der Müllerin wanderte derweil über Franziskas Gestalt. Bevor ihr Mann weiter schimpfen konnte, sagte sie: »Dann seid ihr sicherlich hungrig, zumal du, mein Kind, für zwei essen musst.«

Erstaunt schaute Franziska auf. »Man sieht doch noch nichts. Woher weißt du?«

Jetzt huschte ein Lächeln über das abgearbeitete Gesicht der Frau. »Ich weiß vieles, und deshalb haben die Menschen Angst vor mir.«

»Aber jetzt braucht der Junge trockene Kleidung«, sagte die Müllerin zu ihrem Mann und verschwand mit Achim an der Hand in der Mühle.

»Kommt rein oder zieht weiter«, brummte der Müller und folgte seiner Frau und seinem Sohn nach drinnen.

Flehend blickten die beiden Frauen in die Runde. Die Aussicht auf ein warmes Essen hob ihre Laune. Auch die Männer überlegten nicht lange und betraten die Mühle.

In der Küche brannte ein wärmendes Feuer, über dem in einem gusseisernen Topf eine Suppe köchelte. Der Duft von frisch gebackenem Brot hing in der Luft.

»Wir wollten gerade essen, als die Reiter auftauchten«, erklärte die Müllerin. »Achim, zieh dir rasch trockene Kleidung über und setz dich dann ans Feuer, damit deine Haare trocknen können.« An Franziska und Katharina gewandt, sagte sie: »Ihr könnt das Brot aufschneiden und die Suppe in die Schüssel füllen.«

Die jungen Frauen taten, wie ihnen geheißen. Vorsichtig goss

Katharina die heiße Kohlsuppe in eine Holzschüssel, die sie zu dem geschnittenen Brot auf den Tisch stellte.

»Wir haben nur drei Löffel«, entschuldigte sich die Müllerin.

»Das macht nichts!«, beruhigte Burghard sie. »Wir sind dankbar, dass ihr euer Essen mit uns teilen wollt. Es ist schon einige Tage her, dass wir etwas Warmes zu uns genommen haben.«

In diesem Augenblick betrat Achim in frischer Kleidung die Küche, und sogleich gab ihm sein Vater eine Ohrfeige. Erschrocken sahen die Freunde auf. Aufgebracht schimpfte die Mutter: »Lass den Jungen in Ruhe, Jakob! Er hat nichts getan.«

»Nichts getan?«, ereiferte sich ihr Mann. »Seinetwegen haben wir großen Ärger! Von was sollen wir Raimund die Kuh ersetzen? Wir können froh sein, wenn wir selbst nicht verhungern.« Sein hageres Gesicht, das von tiefen Falten zerfurcht war, zeugte von harter Arbeit und einem kargem Dasein. Mehlstaub hing in seinen Haaren und ließ ihn blass und grau erscheinen. Seine Frau schwieg. Achim hielt sich die gerötete Wange und sah den Vater trotzig an.

»Schau nicht so, sonst setzt es gleich noch eine Backpfeife.«

Hastig kauerte sich der Knabe zwischen die Gäste. Seine Eltern nahmen ebenfalls Platz. Bevor der Müller zu essen begann, befahl er seinem Sohn: »Gleich morgen früh wirst du die Frösche am Mühlenteich aussetzen.«

Der Junge riss die Augen auf und blickte flehend zu seiner Mutter. Doch die sagte nur: »Du hast gehört, was dein Vater befohlen hat.«

Die Löffel wurden herumgereicht, so dass jeder abwechselnd Suppe aus der Schüssel schöpfen konnte. Dazu trank man verdünnten Wein. Während des Essens wurde kaum gesprochen. Nur schmatzende Geräusche waren zu hören. Nach einer Weile sagte Clemens an ihren Gastgeber gewandt: »Wir wissen leider nicht, wo wir uns genau befinden.«

Mürrisch blickte der Müller auf. Mit dem Löffel zeigte er hinter sich und brummte: »Arborn!« Dann wies er mit dem Löffel vor sich auf Katharina: »Nenderoth!« Anschließend hieb er mit der Löffelspitze auf den Holztisch und knurrte: »Cödinger Mühle!« Ohne ein weiteres Wort tunkte er seinen Kanten Brot in die Brühe und aß weiter. Die Freunde sahen sich fragend an, doch keiner wagte zu sprechen. Erst nachdem das Essen beendet war, ergriff Johann das Wort. »Der Reiter erzählte von einer Hochzeit …« Weiter kam er nicht, denn der Müller fing sogleich wie ein Hund an zu knurren und seinen Sohn scharf anzusehen.

»Komm, Achim, lass uns zu Bett gehen«, sagte die Müllerin und zog ihren Sohn von der Bank in die Höhe. Bevor sie die Treppe hinaufstieg, sagte sie an die Gäste gewandt: »Ihr könnt in der Mehlkammer schlafen. Da ist es warm. Auch liegen dort leere Säcke, mit denen ihr euch zudecken könnt.«

Dankbar lächelte Franziska ihr zu.

Der Müller schenkte verwässerten Wein nach und begann zu erzählen: »Im März wird Prinzessin Elisabeth von Hessen-Kassel den Herzog Johann Albrecht II. zu Mecklenburg heiraten. Solch eine Hochzeit ist teuer, und deshalb werden Sondersteuern erhoben. Doch von was sollen wir die bezahlen?«

Nachdem er einen Schluck Wein genommen hatte, fuhr er fort: »Ich kann verstehen, dass Raimund wütet, weil seine Kuh verreckt ist. Aber was kann der Junge dafür?«

»Wie kommt dein Sohn dazu, das Wetter vorhersagen zu wollen?«

Der Müller zuckte mit den Schultern. »Ein Magier hat ihm den Floh ins Ohr gesetzt.«

Burghard wurde kreidebleich. Zitternd stellte er seinen Becher zurück auf den Tisch. »Ein Magier?«

Auch seine Freunde blickten erschrocken auf. Jeder wusste, was das bedeuten konnte. Da Burghard stumm blieb, fragte Johann: »Wann war der Magier bei euch? War er allein? Wie sah er aus?«

Der Müller sah ihn mürrisch an. »Das sind aber viele Fragen. Kennst du den weisen Mann etwa?«

»Um dir diese Frage beantworten zu können, musst du ihn mir beschreiben«, forderte Johann ihn auf.

Der Müller überlegte und kratzte sich das unrasierte Kinn. »Er war groß und von hagerer Gestalt. Damit meine ich aber nicht vom Hunger hager. Der Alte hatte lange, fast silbrige Haare. Im Gegensatz zu seinem Begleiter, der von Pusteln übersät war, wirkte der Magier gesund und sauber. Trotzdem fand ich ihn unheimlich! Nicht nur, weil er täglich im Mühlenteich baden ging, was kein normaler Mensch macht. Ich hatte das Gefühl, dass seine schwarzen Augen bis in meine Seele blicken konnten. Doch frag meine Frau, wenn du mehr wissen willst. Sie hat lange mit ihm gesprochen. Ich bin ihm aus dem Weg gegangen.«

»Wie lange war er bei euch?«

»Wenn es nach mir gegangen wäre, hätte ich die beiden augenblicklich fortgejagt. Doch als der Magier mir zwei Münzen für Essen und Lagerstatt in die Hand drückte, habe ich ihn und diesen Widerling geduldet. Sie blieben eine Woche.«

»Barnabas und Servatius!«, flüsterte Burghard. Sogleich trat ihm Clemens unter dem Tisch gegen das Schienbein, damit er schwieg.

Der Müller hatte nichts bemerkt. »Was ist? Kennt ihr den Magier nun?«, wollte er arglos wissen.

Johann blickte Burghard an. Schweißperlen glänzten auf der Stirn des Mönchs.

»Nein!«, antwortete Clemens laut. »Das ist nicht der Magier, den wir unterwegs kennengelernt haben. Es scheint mehr von der Sorte zu geben, die sich so nennen«, versuchte er zu scherzen, doch niemand lachte.

»Das dachte ich mir, denn sie suchen einen Mönch, und keiner von euch sieht aus wie einer«, erklärte der Müller.

»Warum suchen sie ihn?«

»Von Servatius, dem die Boshaftigkeit schon ins Gesicht geschrieben stand, weiß ich, dass sein Ordensbruder das Klostergelübde gebrochen haben soll. Doch wer weiß, ob man seinem Geschwätz Glauben schenken kann.«

Fragend schauten ihn nun fünf Augenpaare an.

»Was könnte er damit gemeint haben?«, wollte Johann wissen.

»Ha!«, lachte der Müller auf. »Das kann man sich wohl denken. Der Klosterbruder soll der Fleischeslust verfallen und mit einem Mädchen durchgebrannt sein, das einem anderen versprochen war.«

Katharina spürte, wie ihr Hitze in die Wangen schoss. Der Müller goss sich Wein nach und meinte: »Das ist wahrlich eine schwerwiegende Sünde, die der Klosterbruder begangen haben soll. Wenn das die Wahrheit ist, wird Gott ihn richten, wenn dieser Servatius ihm nicht zuvorkommt. Er sprach so voller Hass von seinem Mitbruder, dass ich ihm alles zutrauen würde.« Der Müller leerte seinen Becher, erhob sich und ging zur Treppe.

»Wann waren die beiden hier?«, wagte Katharina mit zittriger Stimme zu fragen.

»Sie sind erst vor wenigen Tagen fortgegangen. Doch was kümmert es dich, Mädchen?«, fragte der Müller und kniff die Augen zusammen. Katharina wollte ihm antworten, doch Johann fiel ihr ins Wort: »Und dieser Magier hat deinen Sohn das Wettervorhersagen gelehrt?«

Der Müller kam zurück an den Tisch und schimpfte: »Daran seht ihr, dass der Mann ein Tunichtgut ist. Er hat meinem Achimchen einen Trog voll Frösche gesammelt und behauptet, dass das Wetter gut wird, wenn die Viecher den Zweig im Topf hochkrabbeln. Bleiben sie am Boden sitzen, dann würde das Wetter schlecht werden. Nun ist der Junge ganz närrisch mit den Viechern und vernachlässigt seine Arbeiten. Wegen dieses faulen Zaubers muss ich jetzt eine Kuh ersetzen, die vom Blitz erschlagen wurde.«

Wütend stapfte er die Treppe hinauf, und schon beim Öffnen der Schlafkammer hörte man ihn nach seinem Sohn brüllen.

Vier Augenpaare starrten Burghard mitfühlend an. Verängstigt und bleich blickte er in die Runde und flüsterte: »Was soll ich nun tun?«

»Was heißt hier du? Ich bin ebenso betroffen, denn es ist wohl klar, dass Servatius mich gemeint hat, als er von einem Mädchen sprach, das einem anderen versprochen war«, ereiferte sich Katharina.

»Senk deine Stimme!«, befahl Clemens barsch. »Der Müller muss nicht erfahren, dass es Burghard ist, den Barnabas und sein Begleiter suchen.«

»Weißt du, was Servatius' Anschuldigung bedeutet? Sie bedeutet nichts anderes, als dass ich eine Hure bin.« Vor Wut und Scham schossen der jungen Frau Tränen in die Augen, die sie mit dem Handrücken energisch wegwischte. Franziska legte ihr den Arm um die Schulter. »Es ist doch einerlei, was dieser Mensch sagt. Wir wissen, dass du kein leichtes Mädchen bist.«

Katharina schnaubte wütend. »Wenn wir nur wüssten, in welche Richtung sie gegangen sind. Dann könnten wir unseren Weg in die andere fortführen.«

»Es wäre schon gut, wenn wir überhaupt wüssten, wohin wir gehen wollen. Bis jetzt hatten wir Glück, dass uns nichts zugestoßen ist. Doch wie der Müller schon sagte – in den Augen von Fremden sind wir Landstreicher. Was nicht unwahr ist, schließlich haben wir kein Dach über dem Kopf und hausen in Höhlen.«

»Ich weiß, Franziska«, pflichtete Johann ihr bei. »Und die Zeit drängt, aber ich kenne mich in diesem Teil des Landes nicht aus und weiß nicht, wohin wir gehen sollen. Allein oder zu zweit wäre es schwierig genug, vor dem Winter irgendwo unterzukommen. Aber wer soll fünf Menschen Unterkunft gewähren? Den meisten geht es doch wie den Müllersleuten: zum Leben zu wenig, zum Sterben zu viel.«

Bedrückende Stille breitete sich aus. Die jungen Menschen wussten, dass Johann die Wahrheit sprach. Meist bewirtschafteten nur ein Bauer und seine Frau das Land. Kaum ein Gehöft konnte sich Gesinde leisten, erst recht nicht, wenn die kalte und karge Jahreszeit vor der Tür stand. Mit einem Mal wurde ihnen schmerzlich bewusst, dass sich ihre Wege trennen mussten.

Katharina blickte Franziska an. Ihre Lippen bebten, und obwohl sie sich zusammennehmen und nicht weinen wollte, entfuhr ihr ein Schluchzen.

»Und ich?«, meldete sich nun Burghard zu Wort. »Ich kann nicht zurück ins Kloster. Servatius hat sicherlich dafür gesorgt, dass meine Brüder von seinem Verdacht erfahren haben.«

»Wo bleibt die Barmherzigkeit? Deine Brüder würden dich sicher anhören und dich nicht fortjagen«, warf Katharina ein und schniefte laut in ihren Handrücken.

»Natürlich könnte ich es versuchen. Aber was ist, wenn Servatius zu Ohren kommt, in welchem Kloster ich mich aufhalte? Nein, es hilft nichts. Ich muss ihm weiterhin als Bauer getarnt aus dem Weg gehen.«

»Aber du, Clemens? Du könntest zurück zu deiner Schwester gehen«, schlug Johann vor. »Münzbacher ist tot, und die Wahrscheinlichkeit, dass der Meuchelmörder dich dort aufspürt, ist gering.«

Clemens' Gesicht verfinsterte sich. »Du bist wohl von Sinnen, Johann! Ich weiß nicht einmal, wie der Mann aussieht. Ich weiß nur, dass er sich Adam Hastenteufel nennt und Söldner war. Er könnte mir also auch zu Hause auf dem Gestüt auflauern, ohne dass ich ihn erkennen würde.«

»Vielleicht sucht er dich aber schon nicht mehr, und du machst dir unnötig Sorgen«, wandte Franziska ein.

»Aber was, Franziska, wenn er bei meiner Schwester auf mich wartet? Womöglich bringt er dann auch Anna um. Nein, ich kann nicht nach Thüringen zurück«, erklärte Clemens bestimmt.

Johann wusste, dass es auch für ihn und Franziska keine Rückkehr gab. »Wir sind ebenfalls in großer Gefahr. Mein Vater wird nicht eher ruhen, bis er uns gefunden hat.«

Alle sahen nun Katharina an.

»Im Grunde könntest nur du unbesorgt zurückkehren«, stellte Clemens ruhig fest.

»Zwar trachtet mir keiner nach dem Leben, das stimmt. Aber wenn ich wieder nach Hause gehe, muss ich meinen Schwager heiraten. Ich aber will wie die heilige Elisabeth Gutes tun und nicht wie meine Schwester jedes Jahr ein Kind gebären und womöglich im Wochenbett sterben. Ich werde ganz bestimmt nicht zurückkehren – jedenfalls nicht jetzt.« Trotzig reckte sie das Kinn in die Höhe.

Johann stöhnte laut auf und sagte: »Lasst uns schlafen gehen. Ich bin müde, und mir ist nicht mehr nach Grübeln. Da wir hier weder Verwandte noch Freunde haben, müssen wir überlegen, wie es weitergeht. Aber erst morgen.« Während er sich vom Stuhl erhob, reckte er sich und gähnte laut. Nacheinander verließen sie den Raum und gingen in die Mehlkammer, die ihnen die Müllerin für die Nacht zugewiesen hatte.

Kapitel 2

Barnabas wurde Servatius' Gesellschaft von Tag zu Tag lästiger. »Ich kann ihn nicht mehr riechen!«, murmelte der Magier leise vor sich hin, als ein Windhauch wieder einmal den durchdringenden Körpergeruch seines Weggefährten zu ihm herüberwehte.

Servatius gehörte zu den Menschen, die nur badeten, wenn ein besonderer Feiertag bevorstand. Kamen jedoch der Herbst und die Kälte, wurde die Körperpflege gänzlich vernachlässigt. Der Mönch war der Ansicht, dass eine Schmutzschicht auf der Haut ihn vor Krankheit und Ungeziefer schützen würde. Deshalb diente ihm Wasser nur dazu, seinen Durst zu stillen.

Als Barnabas den Franziskaner und seinen Mitbruder Burghard vor vielen Monaten kennengelernt hatte, hatte er versucht, sie davon zu überzeugen, dass regelmäßige Körperpflege sehr wichtig war. Dabei war sich der Magier durchaus bewusst, dass er selbst eine Ausnahme war und dass seine tägliche Körperreinigung oft auf Unverständnis stieß. Doch er selbst war der beste Beweis dafür, dass das tägliche Bad nicht schadete, sondern Läuse und Flöhe fernhielt. Servatius allerdings schrieb dies eher den magischen Kräften des Zauberers und dessen Tinkturen und Salben zu.

Irgendwann hatte der Magier es aufgegeben, den Mönch von der Heilkraft des Bades zu überzeugen. Er wich Servatius' Gestank aus, indem er stets so marschierte, dass der Wind den Mief von ihm wegwehte.

Zu Barnabas' Freude aber hatte sich der junge Burghard seine Lehre von der Körperpflege zu Herzen genommen und damit begonnen, sich regelmäßig zu waschen – einerlei, wie das Wetter war. Sobald er einen Teich, Bach oder See entdeckte, hatte Burghard den Magier um ein Stück Seife gebeten und seinen Körper von Schmutz und Schweiß gereinigt. Sogar seinen Habit wusch der junge Mönch in regelmäßigen Abständen. Wenn der braune Umhang dann einen angenehmen Duft verströmte, hielt Burghard ihn mit einem breiten Lächeln seinem Lehrmeister Servatius unter die Nase, der sich angewidert abwandte.

In Gedanken seufzte der Magier leise. Er hätte es nie für möglich gehalten, dass er Burghard vermissen würde. Selten nur hatte jemand seinen Weg gekreuzt, der so begabt und wissbegierig wie dieser Bursche war. Alles, was der Magier dem jungen Mann erklärt oder erzählt hatte, sog dieser wie ein Schwamm in sich auf. Deshalb beantwortete er dem Jungen unermüdlich all seine Fragen. Doch jedes Mal, wenn Barnabas glaubte, dass der Wissensdurst des jungen Franziskaners nun gestillt sein müsste, stellte er ihm bereits die nächste Frage.

Begeistert von Burghards Neugierde, hatte Barnabas den Entschluss gefasst, den Jungen zu seinem Nachfolger auszubilden, denn schließlich war er nicht mehr Jüngste.

Es wäre eine Schande, wenn mein Wissen eines Tages verloren ginge!, dachte Barnabas und schielte vorsichtig zu Servatius. Du bist schuld, dass der Junge weggelaufen ist. Ich hätte besser dich fortgejagt, denn dich kann man zu nichts gebrauchen!, grollte er in Gedanken.

Monatelang waren der Magier und die zwei Mönche durch Thüringen gezogen, hatten Kranke behandelt und guten Lohn dafür eingenommen. Sicherlich wären die drei so unterschiedlichen Männer noch lange zusammen durchs Land gereist, hätte der Magier nicht einen folgenschweren Zwist herausgefordert. Wenn Barnabas damals geahnt hätte, was der Diebstahl von wenigen Kreuzern auslösen würde, hätte er Servatius das Geld niemals entwendet.

Während ihrer gemeinsamen Reise durchs Eichsfeld war es Barnabas nicht entgangen, dass der ältere Mönch Geld zur Seite geschafft hatte. Servatius war ein Gauner, der den Familien der Kranken, die Barnabas heilte, mehr Münzen abnahm, als der Magier verlangt hatte. Der Besitz der Münzen ließ Servatius hochmütig werden. Immer häufiger widersetzte er sich den Befehlen des Magiers und drohte, mit Burghard allein weiterzuziehen. Er schien zu glauben, dass das entwendete Geld ihn unabhängig machte, und da er keine Angst vor den Kräften des Zauberers hatte, lehnte er sich immer wieder gegen den Magier auf.

Barnabas hatte keine Bedenken, dem Mönch das unterschlagene Geld heimlich zu entwenden, um ihn von seinem hohen Ross herunterzuholen. Da sie ihr Zelt zu dieser Zeit vor der Stadtmauer von Worbis auf dem Eichsfeld zwischen vielen anderen Reisenden aufgeschlagen hatten, war Barnabas der festen Ansicht gewesen, dass Servatius einen der Fremden des Diebstahls bezichtigen würde.

Doch der Mönch hatte sofort seinen Klosterbruder Burghard beschuldigt und mörderische Rache geschworen. Außer sich vor Wut war Servatius über den Platz gelaufen auf der Suche nach dem Jungen. Doch Burghard war längst in höchster Angst geflohen.

Da der Magier Burghard schützen wollte, versuchte er Servatius zu beruhigen und gab ihm sogar einen Teil des gestohlenen Geldes zurück. Als Gegenleistung musste Servatius schwören, Burghard nicht weiter zu verfolgen. Er stimmte der Forderung zu, nicht ahnend, dass es das unterschlagene Geld war, das der Magier ihm theatralisch in die Handfläche legte.

Nach Burghards Flucht hatten der Magier und Servatius die Reise durchs Eichsfeld allein fortgesetzt. Ihr Weg führte beide nach Heiligenstadt, wo sie den Händler Albert Jacobi von einem schweren Leiden heilen konnten und deshalb das Vertrauen und die Gastfreundschaft seiner Familie genießen durften. Als die Eheleute Jacobi Barnabas und Servatius baten, ihre Tochter Katharina auf ihrer Wallfahrt zum Hülfensberg zu begleiten, stimmte Barnabas sogleich zu.

Nie und nimmer hätte der Magier geglaubt, dass sie ausgerechnet Burghard auf dem Hülfensberg wiedersehen würden.

Servatius konnte vor Zorn kaum an sich halten, als er den Jungen erblickte. Doch er war machtlos, als er ihn gemeinsam mit Katharina Hand in Hand im Wald verschwinden sah. Da Barnabas Katharinas Eltern versprochen hatte, ihre Tochter unversehrt zurück nach Hause zu bringen, blieb ihm nun nichts anderes übrig, als die beiden zusammen mit Servatius zu verfolgen.

Ihre Suche führte sie nach Eschwege an der Werra, wo sie von dem Diebstahl eines Kahns hörten. Beide hatten nun keinen Zweifel mehr daran, dass Burghard und das Mädchen über die Werra ins Hessenland geflohen waren. Und so durchstreiften die beiden Männer seitdem diese Region, doch sie fanden keine Spur von den Flüchtigen.

Mittlerweile waren mehrere Monate vergangen, und Barnabas hatte die Hoffnung aufgegeben, Burghard oder Katharina zu finden. »Das Land ist einfach zu groß!«, versuchte er seinen Weggefährten umzustimmen. »Burghard wird das Geld in der Zwischenzeit ausgegeben haben.«

Servatius strafte ihn mit einem bitterbösen Blick. »Das ist mir einerlei. Ich will diese Ratte winseln hören, wenn ich ihm alle Knochen breche.«

Du bist und bleibst ein Dummkopf!, höhnte Barnabas im Stillen. Dumm, aber brutal. Und das ist eine gefährliche Mischung!

Der Magier hatte oft erlebt, wie unbarmherzig Servatius bei Hexenprozessen sein konnte. Es war dem Berufsstand der Zauberer vorbehalten, vermeintliche Hexen zu erkennen und ihren Schadenszauber aufzuheben. Barnabas war einer der Besten seines Standes und weit über alle Grenzen hinaus bekannt. Die Menschen erwarteten ihn mit Ehrfurcht und empfingen ihn mit Achtung – erst recht, seit er in Begleitung zweier Franziskanermönche reiste. Anfangs war Barnabas von der Gewissenlosigkeit des älteren Mönchs angetan gewesen, denn auch er war nicht zimperlich beim Verhör der Frauen, die er als Hexen erkannt hatte. Doch bald beobachtete der Magier, wie die Qual der Frauen unter der Folter den Franziskaner erregte, und Barnabas verlor jegliche Achtung vor dem Mönch. Zwar hegte der Magier keinen Zweifel an der Notwendigkeit der Tortur, gehörte Folter doch zur Wahrheitsfindung. Doch seine Würde verbot ihm, die Hilflosigkeit der Frauen auszunutzen.

Angewidert schüttelte sich der Magier, als er an den Gesichtsausdruck von Servatius dachte, wenn dieser sich an dem Elend der Frauen ergötzte. Jedes Mal biss sich der Mönch dann vor Erregung so lange in die Faust, bis er Blut schmeckte. Da er dabei seine Zähne stets tief ins eigene Fleisch grub, war seine rechte Hand stark vernarbt.

Barnabas' Blick streifte den Mönch erneut. Servatius' Gesicht und Hals waren übersät von entzündeten Flohstichen, auf denen sich kleine gelbe Köpfchen gebildet hatten, da er sich ständig kratzte. Selbst auf der Tonsur, der ausrasierten Stelle am Hinterkopf, waren entzündete Pusteln zu erkennen. Angeekelt schaute der Magier wieder vor sich auf den Weg. Nur zu gerne hätte er den Mönch davongejagt.

Barnabas war jahrelang allein durch die Lande gezogen und hatte nichts und niemanden vermisst. Als sich jedoch die beiden Mönche ihm vor vielen Monaten anschlossen, gewöhnte er sich rasch an ihre Gesellschaft, die ihm auch Sicherheit in unruhigen Zeiten verschaffte. Denn es herrschte Unruhe im Land, und unterwegs hörte der Magier immer wieder von anderen Reisenden, dass es in Böhmen Auseinandersetzungen zwischen Lutheranern und Katholiken gab.

Die katholischen und evangelischen Fürsten, die seit der christlichen Erneuerung ein friedliches Miteinander angestrebt hatten, waren mittlerweile verstorben, und die jungen Herrscher strebten die Ausdehnung ihres Machtbereichs an. Dazu gehörte, dass Katholiken von den Evangelischen die Besitztümer zurückforderten, die man der Kirche abgenommen hatte. Sie drohten, ihre Forderungen auch mit Gewalt und auf Kosten der Gegner durchzusetzen.

Barnabas war sich sicher, dass Böhmen kurz vor einem Krieg stand. »Lutheraner gegen Katholiken – wir wissen, was das bedeutet!«, hatte ihm ein Reisender, der ihm auf dem Weg begegnet war, zugeflüstert. Und der Heiler wusste, dass das nur bedeuten konnte, dass es auch bald im Reich brodeln würde.

Zudem war die wirtschaftliche Lage im Reich angespannt und viele Menschen verarmt. Seit Jahren schon herrschten ungewöhnlich lange und harte Wintermonate, und selbst der Sommer war meist verregnet. Das Korn verfaulte auf den Feldern, bevor es geerntet werden konnte, und das Vieh fand kaum genug zu fressen. Viele Menschen starben. Andere verloren ihr Dach über dem Kopf. Die Not machte einst brave Bürger zu Landstreichern und Dieben, die auch vor Mord nicht zurückschreckten. Ein Menschenleben zählte nichts mehr.

Barnabas konnte nicht leugnen, dass er sich sicherer fühlte, wenn jemand an seiner Seite reiste, auch wenn er dessen Gesellschaft verabscheute. Zwar hätte er sich einen anderen Weggefährten suchen können. Doch Servatius konnte er einschätzen, er kannte seine Schwächen, seine Stärken. Barnabas wusste, dass der Mönch ihn nicht fürchtete, aber er war sich sicher, dass Servatius sich nicht trauen würde, ihm Böses anzutun.

Barnabas seufzte leise. Vielleicht meint das Schicksal es erneut gut mit mir, und ich treffe auf einen Menschen, der wie der junge Burghard ist, dachte er. Tief in seinem Inneren aber hoffte er, dass er eines Tages den Franziskanermönch wiedersehen würde.

Bei dem Gedanken glitt ein Lächeln über sein Gesicht.

Kapitel 3

Hundeshagen auf dem Eichsfeld im Juli 1617

Als in der Ferne die Kirchturmuhr sieben Mal schlug, betrat Bauer Bonner das Wirtshaus »Zum Blembel«. Er blieb im Türrahmen stehen, den seine massige Gestalt fast vollkommen ausfüllte. Nickend begrüßte er die anderen Gäste, die den Gruß kaum erwiderten. Mit finsterer Miene setzte sich Bonner an den Tisch, der seinem Stand vorbehalten war, und bestellte ein Bier. Bevor die Magd den Krug auf dem Tisch abstellen konnte, nahm er ihn ihr schon aus der Hand und leerte ihn in einem Zug.

»Bring mir noch eins!«, brummte er mit glasigen Augen. Bereits zu Hause hatte er einige Krüge getrunken und daneben schon mehrere Gläser Branntwein gekippt.

Mit unruhiger Hand führte Bonner den gefüllten Krug an die Lippen, wobei das Bier über den Rand auf seine Hose schwappte. Missmutig wischte er den dünnen weißen Schaum von seinem Beinkleid. Er wusste, dass seine Hände nicht zitterten, weil er schon reichlich getrunken hatte, sondern weil er innerlich vor Wut kochte. In Gedanken verfluchte er seinen Sohn Johann und seine Frau Annerose, denn sie waren schuld daran, dass die Leute ihn, den Großbauern, kaum noch beachteten. Seine Frau wie auch sein Sohn hatten sich ihm auf unterschiedliche Weise widersetzt und ihn zum Gespött der Leute gemacht. Johann, weil er mit einer Hexe durchgebrannt war, und Annerose, weil sie selbst Hand an sich gelegt hatte. Zwar hatte Anneroses Bruder, der Pfarrer Lutz Lambrecht, versucht nichts von ihrem Selbstmord nach außen dringen zu lassen, doch rasch war ihr Freitod zum Dorfgespräch geworden. Erst recht nachdem der Pfarrer seine Schwester mitten auf dem Kirchhof und nicht wie bei Selbstmördern üblich am Rand beerdigt hatte.

Bonners Blick verfinsterte sich. Er hatte gehofft, dass man seinen Schwager Lambrecht deshalb zurechtweisen würde. Doch der Pfarrer wusste, wie er seine Schäfchen beruhigen konnte, und predigte so manches Gleichnis über Nächstenliebe von der Kanzel herunter. Da er zudem der einzige Pfarrer der Umgebung war und in der Gunst des Grafen Adolph Ernst von Wintzingerode stand, wusste jeder, dass das für eine Selbstmörderin unangemessene Begräbnis keine Folgen für den Geistlichen haben würde.

Auch Bonner war sich darüber im Klaren, und diese Gewissheit nährte seinen Zorn. Nur zu gerne hätte er seinen Schwager davongejagt, um wenigstens ein bisschen Genugtuung zu verspüren. Schließlich musste irgendjemand dafür büßen, dass Annerose sich mit Bonners Schützengürtel erhängt hatte.

Dreimal hintereinander musste man beim Wettschießen gewinnen! Dreimal! Erst dann durfte man diesen wertvollen Preis mit nach Hause nehmen: einen Gürtel aus feinstem Leder, dessen Schnalle ein Fachmann mit einem Hämmerchen kunstvoll bearbeitet hatte. Auch war der Verschluss mit kleinen Halbedelsteinen verziert, so dass der Träger des Gürtels sich wie ein Edelmann fühlte.

Dieser Gürtel war auf dem Eichsfeld einmalig, und dieses Miststück erhängte sich einfach damit! Wenn sie dafür wenigstens ein wertloses Stück Seil genommen hätte! Doch dieses Luder muss mich selbst nach ihrem Tod noch ärgern, schimpfte der Großbauer in Gedanken und hieb den Krug mit lautem Knall auf den Tisch. Erschrocken blickten die übrigen Gäste zu ihm herüber, doch Bonner beachtete sie nicht weiter. Wütend schweiften seine Gedanken wieder zu der Toten.

Um das Weibsstück von der Türklinke losmachen zu können, war ihm nichts anderes übrig geblieben, als das edle Leder zu zerschneiden. Nie würde Bonner den Anblick des durchschnittenen Gürtels vergessen, der in diesem Moment unbrauchbar und wertlos geworden war. Wäre seine Frau nicht schon tot gewesen, er hätte sie eigenhändig in die Hölle befördert.

Zwar hatte Bauer Bonner wenige Tage später einen neuen Gürtel für die Schnalle in Auftrag gegeben, doch der Gerber hatte kein vergleichbares Leder auftreiben können. Das Ziegenleder war zu dünn und das Schweinsleder zu grobporig. Erst nach Wochen hatte er Rossleder beschaffen können, das dem zerschnittenen am ähnlichsten war. Obwohl Bonner den Gürtel nun wieder nutzen konnte, war ihm doch die Freude an dem wertvollen Stück vergangen.

Der Bauer schnaubte ungeduldig. Wo blieb nur Harßdörfer? Punkt sieben waren sie hier verabredet gewesen. Was Albrecht wohl von mir will?, überlegte Bonner gereizt. Mit den Fingerspitzen schnippte er in Richtung Wirtsfrau, und als sie endlich zu ihm blickte, zeigte er auf seinen leeren Krug und schimpfte: »Willst mich wohl verdursten lassen!«

»Das kann dir heute nicht mehr passieren, Großbauer«, erwiderte sie spitz.

In dem Augenblick öffnete sich die Wirtshaustür, und der Bürgermeister von Duderstadt betrat den Schankraum. Sofort wurde er von allen laut begrüßt. Nur Bonner sagte keinen Ton, sondern sah dem Mann gereizt entgegen.

Kaum saß Harßdörfer am runden Tisch, brachte der Wirt persönlich ihm einen Krug Bier und erkundigte sich nach seinem Befinden. Aus geröteten Augen blickte Bonner ungeduldig von einem zum anderen. Endlich ging der Gastwirt zurück hinter den Tresen.

»Du siehst schlecht aus, Casper!«, spöttelte der Bürgermeister zwischen zwei Schlucken. »Vielleicht solltest du öfter Wasser statt Bier trinken!«

»Kümmere du dich um deine eigenen Angelegenheiten, Albrecht! Warum willst du mich sprechen? Doch nicht nur, um mich zu verhöhnen.«

»Nun sei nicht so empfindlich, mein Lieber. Ich meine es nur gut mit dir. Schließlich sind deine Freunde rar geworden.«

Während der Bürgermeister den Krug erneut an die Lippen setzte, konnte er sich ein leises Lachen kaum verkneifen.

Bonner schluckte und fragte erneut: »Was willst du von mir?«

Plötzlich wich aus Harßdörfers Blick jegliche Freundlichkeit, und seine Züge wurden hart. Sein Gesicht näherte sich Bonners, so dass die übrigen Gäste seine Worte nicht verstehen konnten. »Ich habe dich immer wieder gewarnt, Casper! Wenn du das Gerücht in die Welt setzt, dass eine Hexe unter deinem Dach wohnt, dann musst *du* sie anklagen, damit *wir* sie verurteilen und brennen lassen können. Aber es geht nicht, dass du sie laufen oder gar verschwinden lässt.«

»Was kann ich dafür? Graf von Wintzingerode …«

»*Du* allein trägst die Schuld!«, wurde er von dem Bürgermeister unterbrochen. »Nur *du*!«

»Johann kann mit dem Weibsbild sonst wo sein!«

Harßdörfer nahm erneut einen Schluck Bier und fuhr fort: »Heute kam der Ausrufer von Duderstadt in mein Haus.«

Fragend blickte Bonner auf.

»Josef ist der Neffe meiner Frau«, erklärte Harßdörfer. »Er gibt bekannt, wann Bier gebraut wird, damit niemand in die Brehme pinkelt.«

»Mich interessiert nicht, wann Bier gebraut wird, sondern nur, wann es getrunken werden kann«, brummte der Bauer mit schwerer Zunge. Kaum merklich schüttelte der Bürgermeister den Kopf. So viel Dummheit war nur schwer zu ertragen. »Halt's Maul, Casper, und höre mir zu! Josef war auf dem Hülfensberg. Dort hat er deinen Sohn und das Liebchen erkannt.« Erwartungsvoll blickte der Bürgermeister in das aufgedunsene Gesicht des Großbauern, dessen Augen sich ungläubig weiteten.

»Das kann ich mir nicht vorstellen!«, flüsterte Bonner mit heiserer Stimme. Mehrmals musste er sich räuspern. Um abzulenken, fragte er: »Was macht der Neffe deiner Frau auf dem Hülfensberg? Da gehen doch nur die Katholischen hin.«

»Er hat an die Pilger Bier verkauft«, antwortete Harßdörfer gereizt.

»Und er will das Miststück erkannt haben? Doch woher kennt er das Mädchen? War es etwa auch sein Liebchen?«

»Im Gegensatz zu dir will nicht jeder andere Mann unter den Rock dieses Weibstücks!«

»Ach, dummes Zeug!«, begehrte Bonner auf, doch seine Abwehr war nur gespielt.

»Ich kenne dich, Casper! Also halte mich nicht für dumm.«

Als Bonner schwieg, fuhr der Bürgermeister fort: »Josef hat die Frau das erste Mal gesehen, als sie auf einem Pferd aus Duderstadt geritten kam. Er sagte, dass sich ihre Blicke zwar nur für einen kurzen Moment gekreuzt hätten, er aber diese Augen nie vergessen würde. Er schwor, dass ihre Augen wie die des leibhaftigen Teufels geglüht hätten. Deshalb ist er sich auch sicher, dass es sich bei der Frau auf dem Hülfensberg um die Hexe handelt.«

»Haben ihre Augen dort auch geglüht?«, fragte Bonner und erschauerte. Harßdörfer zuckte mit den Schultern. »Das sagte er nicht, aber der Junge war kreidebleich, als er mir davon berichtete.«

»Sie sind fort und sollen es auch bleiben!«, schimpfte Bonner und bestellte zwei weitere Krüge Bier.

Harßdörfer musste an sich halten, um den Bauern nicht am Kragen zu packen. Der Depp verstand anscheinend nicht, um was es ging. Mit unterdrückter Wut versuchte er es dem Bauern zu erklären: »Als du mir das erste Mal von deinem Verdacht erzähltest, sagte ich, dass, wenn du diesen Weg wählst, du ihn auch zu Ende gehen musst. In dieser Gegend hat es seit Jahren keinen Hexenprozess gegeben. Alles war still und friedlich. Doch kaum beschuldigst du deine Magd der Hexerei, geben die Kühe weniger Milch, und die Leute verdächtigen sich gegenseitig.«

»Aber …«, versuchte Bonner aufzubegehren.

»Nichts aber!«, unterbrach der Bürgermeister ihn ungehalten. »Du wirst die Hexe nach Duderstadt zurückbringen, bevor dort mehr als nur ein Scheiterhaufen brennen wird. In der Zwischenzeit werde ich einen anderen Notar beschaffen, denn Wilhelm Münzbacher ist auf dem Hülfensberg auf tragische Weise zu Tode gekommen.« Harßdörfer überlegte. »Vielleicht hat die Hexe auch mit seinem Tod etwas zu tun. Nun, das werden wir unter der Folter aus ihr herauspressen.« Lachend hob er seinen Krug und prostete Bonner zu. »Herauspressen! Was für ein schönes Wortspiel.« Doch dann wurde er wieder ernst. »Casper, wenn du die Hexe nicht zurück nach Duderstadt bringst, dann …«

Erschrocken blickte der Großbauer den Bürgermeister an.

»Ich habe dir bereits vor Wochen erklärt: Entweder brennt die Hexe oder du! Und dann, mein Lieber, fällt der Bonnersche Besitz an die Stadt, und deine Tochter wird man davonjagen.«

Bonners Herzschlag beschleunigte sich. »Aber wo soll ich die beiden suchen? Vom Hülfensberg aus können sie überallhin geflüchtet sein!«

»Jaul nicht, Casper! Du bist ein Jäger, und ein Jäger stöbert das Wild auf. Genauso musst du die Hexe aufspüren. Doch du musst dich eilen, Casper, denn so wie eine Meute Bluthunde kaum zu bändigen ist, wenn sie erst eine Fährte gewittert hat, ebenso wenig kann ich die Ratsmitglieder noch viel länger hinhalten. Dein Besitz ist groß, und du hast so manchen Neider unter ihnen, der nur darauf lauert, dir alles zu nehmen.«

Bonner lehnte sich in seinem Stuhl zurück. Wie zur Abwehr verschränkte er die Arme vor seiner breiten Brust, die sich heftig hob und senkte.

»Bevor mein Hab und Gut an diese Futterneider fällt, laufe ich lieber bis ans Ende der Welt, um diese elende Hexe zu finden.«

Erfreut führte der Bürgermeister seinen Krug an die Lippen und murmelte: »So ist es recht, Casper! So ist es recht!«

Bonner blickte Harßdörfer nachdenklich an. »Warum erzählst du mir das? Schließlich würdest auch du etwas von meinem Land abbekommen!«

Mit dieser Frage hatte der Bürgermeister gerechnet, er war vorbereitet: »Wir kennen uns schon eine Ewigkeit und haben so manches Wildschwein zusammen gejagt. Wäre meine Christel damals nicht schwanger geworden, hätte ich deine Schwester geheiratet, und du wärst mein Schwager geworden. Ich fühle mich dir verbunden, mein Freund. Deshalb bin ich heute hier. Außerdem brauche ich keinen weiteren Besitz. Ich bin reich genug!«

Hastig prostete Harßdörfer dem Bauern zu und senkte den Blick. Bonner sollte in seinen Augen weder erkennen, dass er log, noch, dass er Angst hatte.

Bonner bemerkte nichts. Ihm standen vor Angst Schweißperlen auf der Stirn, und seine Wangen waren derart gerötet, als plage ihn Fieber. Keuchend bat er Harßdörfer um ein Versprechen: »Wenn ich fort bin, musst du auf mein Karolinchen aufpassen! Gib acht, dass sie niemand vorzeitig vom Hof verjagt oder ihr Leid zufügt! Versprich mir das, Albrecht. Ich werde noch vor Jahresende die Hexe nach Duderstadt zurückbringen. Kannst du die Ratsmitglieder so lange hinhalten?«

»Ich werde alles versuchen, was in meiner Macht steht, Casper. Und auf deine Tochter werde ich aufpassen, als wäre sie meine eigene. Das verspreche ich dir bei meiner Ehre, alter Freund.«

Zu Hause begab sich Bonner sofort in die Küche, wo seine Tochter Karoline am Tisch saß und einen Läufer bestickte. Als er eintrat, blickte sie auf und schenkte ihm ein Lächeln.

»Ich habe auf dich gewartet, Vater! Sicher hast du Hunger. Soll ich dir das Essen aufwärmen?«

Der Bauer strich der Vierzehnjährigen mit seiner Pranke zärtlich über den Scheitel. »Du warst mir schon immer die Liebste, mein Kind!« Fragend blickte Karoline den Vater an.

»Brot und Feldkieker reichen mir«, lenkte er das Mädchen ab, obwohl er keinen Hunger verspürte. Er wollte seine Tochter nicht mit seinen Sorgen belasten – jedenfalls nicht heute. Da er jedoch schnellstmöglich aufbrechen musste, würde er ihr schon morgen alles erzählen. Bei dem Gedanken, seine Tochter allein zurücklassen zu müssen, wurde ihm schwer ums Herz. Karoline bemerkte davon nichts. Eifrig schnitt sie zwei Scheiben Brot und ein dickes Stück von der Hartwurst ab. Beides legte sie auf ein Holzbrett, das sie vor dem Vater auf den Tisch stellte.

»Soll ich dir einen Becher Würzwein wärmen, Vater?«

Der Bauer schüttelte sich. »Um Himmels willen, Kind! Nur nichts Warmes. Ein Bier wäre mir recht.«

Nachdem Bonner das Gasthaus verlassen hatte, blieb Harßdörfer noch eine Weile sitzen. Nachdenklich starrte er auf einen dunklen Punkt im Tischholz, der langsam vor seinen Augen verschwamm.

Zum Glück hat Casper sich mit meinen Erklärungen zufriedengegeben, dachte er. Nur zu gerne würde er den Bauern begleiten, damit er sichergehen könnte, dass die Hexe wirklich in Duderstadt brennen würde. Denn wenn nicht, dann würde ihm nichts anderes übrig bleiben, als selbst aus der Stadt zu fliehen.

Harßdörfer kratzte sich nervös am Hals, bis seine Haut brannte. Bis Weihnachten! dachte er. Bis Weihnachten habe ich noch genügend Zeit, alle Schuld auf die Hexe zu lenken.

Kapitel 4

Dingelstedt auf dem Eichsfeld im Juli 1617

Seit Tagen brannte die Sonne auf das Eichsfeld herab, so dass die Hitze Mensch wie Tier lähmte.

Die edlen Rösser des Arnoldschen Gestüts standen dicht gedrängt auf den Koppeln zusammen und versuchten sich gegenseitig mit ihren Schweifen die Fliegen zu vertreiben, die in dunklen Wolken um ihre Köpfe schwirrten.

Die Fohlen lagen regungslos im Schatten der Bäume, bewacht von ihren Müttern, die mit gesenkten Köpfen träge neben ihnen standen.

Hechelnd pressten sich die Hofhunde in den Schatten der Hauswände. Einige suchten in dem fast ausgetrockneten Bett der Unstrut einen kläglichen Wasserrest, in den sie sich legen konnten.

Tagsüber ruhte die meiste Arbeit in Dingelstedt, denn die Menschen flüchteten vor der Sonne in ihre kühlen Häuser und ließen sich kaum blicken. Erst der Abend, der ihnen Erleichterung versprach, würde Alt wie Jung wieder vor die Tür locken. Doch seit der letzten Woche brachten selbst die Nächte den Menschen keine Abkühlung.

Nur die Grillen schien die Hitze nicht zu stören. Zuhauf zirpten sie im vertrockneten Gras der Wiesen, und selbst in der Nacht konnte man ihrem Konzert lauschen.

Der Arzt Friedrich Schildknecht stand in der Tür seines Elternhauses und wischte sich mit einem feuchten Tuch den Staub aus dem Gesicht. Erst vor wenigen Minuten war er nass geschwitzt aus dem Nachbarörtchen Helmsdorf zurückgekehrt.

Bereits in den frühen Morgenstunden hatte der Sohn des alten Fridolin ihn rufen lassen, da seinen Vater der Schlag getroffen hatte. Obwohl sich der junge Schildknecht sputete, kam er zu spät, und der Alte war bereits verstorben.

Friedrich klebte die Zunge am Gaumen. Verschwitzt ging er hinüber zum Brunnen in der Mitte des Dorfes und labte sich am kalten Wasser. Nachdem er seinen Durst gestillt hatte, goss er sich einen Eimer eiskaltes Brunnenwasser über den Kopf. Wie ein nasser Hund schüttelte er sich und rieb sich anschließend das Gesicht trocken. Als er aufblickte, sah er, dass Anna Münzbacher den staubigen Weg zum Friedhof einschlug. Obwohl die Sonne den Tag erhellte und die junge Frau einen Strauß bunter Sommerblumen in Händen hielt, wirkte ihre Erscheinung düster. Nachdenklich schaute Friedrich ihr hinterher. Es wird Zeit, dass sie die schwarze Kleidung ablegt!, dachte der junge Mann, während ein zaghaftes Lächeln seine Lippen umspielte. Viel zu lange schon hatte sie ihren Körper und ihr Wesen hinter dieser schwarzen Wand versteckt.

Zuerst hatte Anna sich in schwarze Kleidung gehüllt, weil ihre Eltern zu Tode gekommen waren. Dann, weil sie glaubte, dass ihr Bruder Clemens umgekommen wäre. Und nun trug sie Schwarz, weil auch ihr Mann gestorben war.

Friedrich wusste, dass der Tod ihres Ehemanns die junge Frau kaltließ. Die Trauerkleidung diente lediglich dazu, die Leute im Dorf zu täuschen und ihnen vorzugaukeln, dass die Witwe unter dem Verlust litt.

Friedrich blickte sich suchend um. Keiner der anderen Dorfbewohner war zu sehen. Lächelnd strich er sich die feuchten Haare zurück, zupfte sein Hemd zurecht und folgte Anna auf den Friedhof.

Anna setzte sich auf die Bank unter der dicken Eiche. Das dichte Blätterwerk spendete zwar Schatten, jedoch keine Abkühlung. Die Luft war von der Hitze erfüllt, und jede Bewegung trieb ihr den Schweiß aus den Poren. Der jungen Frau klebte das schwarze, dicht gewebte Kleid feucht am Körper. Langsam strich sie sich die Haarsträhnen aus dem Gesicht, die sich aus ihrem Knoten gelöst hatten und nun an Hals und Wangen hafteten. Eigentlich hatte sie erst am Abend auf den Friedhof gehen wollen, doch die Unruhe trieb sie schon jetzt aus dem Haus.

Mit traurigen Augen schaute Anna auf das Grab ihrer Eltern. Sie stand auf, um die Blumen, die sie in der Hand hielt, niederzulegen und zu beten.

Drei Jahre waren sie tot! Drei Jahre, in denen viel geschehen war!

Annas Blick schweifte zu der Grabstelle neben der ihres Vaters. Hier hatten sie eine verbrannte Leiche begraben, von der jeder in Dingelstedt und Umgebung annahm, dass es ihr Bruder Clemens sei. Doch in Wirklichkeit lag hier die Wäscherin Marga beerdigt – was allerdings keiner der übrigen Dorfbewohner wusste, und das sollte auch so bleiben. Anna hatte wegen dieser Lüge kein schlechtes Gewissen. Sie tröstete der Gedanke, dass die Wäscherin Marga als mittellose Frau ein Armengrab am hinteren Rand des Kirchhofs erhalten hätte. So aber lag sie an einem schönen Platz mit Blick über die Koppeln in einem teuren Sarg. Da Marga keine Familie hatte, musste niemand benachrichtigt werden, und so konnte das Geheimnis gewahrt bleiben.

Neben der Wäscherin war ein weiteres frisches Grab zu erkennen. Der Erdboden hatte sich noch nicht gesetzt, weshalb bis jetzt kein Grabstein darauf stand, sondern nur ein schlichtes Holzkreuz. Wenn es nach ihr ginge, würde die Stelle schmucklos bleiben, obwohl hier Wilhelm Münzbacher beerdigt lag – ihr Ehemann –, der Mörder ihrer Eltern, der Wäscherin Marga und beinahe auch der ihres Bruders Clemens. Allein der Anblick der Grabstelle rief heftige Gefühle in der jungen Frau hervor. Trauer, Wut, Hass und Verzweiflung entluden sich in einer einzigen Geste: Mit voller Wucht trat sie gegen das Kreuz, so dass es anschließend schief im Boden stand. Anna wollte gerade noch einmal danach treten, als plötzlich Friedrich neben ihr auftauchte. Mit gesenkter Stimme sagte er ruhig zu ihr: »Lass gut sein, Anna. Er ist tot! Er kann dir nicht mehr schaden, nur du dir selbst, wenn jemand sieht, wie du hier wütest.«

Stumm setzte sich die Frau zurück auf die Bank und sah zu, wie der Arzt das Kreuz gerade rückte. Anschließend nahm er neben ihr Platz.

»Jeden Tag danke ich unserem Herrgott dafür, dass Wilhelm tot ist. Hoffentlich schmort er bis zum Jüngsten Gericht in der Hölle.«

»Anna! Sag so etwas nicht«, ermahnte Friedrich sie vorwurfsvoll. Die ungewohnte Härte in ihrer Stimme rief Besorgnis in ihm hervor.

Leise fuhr Anna fort: »Meine Mutter hätte heute ihren neununddreißigsten Geburtstag gefeiert. Doch dieser Mensch hat alles zerstört.«

»Sei froh, dass Clemens den Brand überlebt hat«, versuchte er sie zu trösten.

»Pah! Du hast doch sein entstelltes Gesicht gesehen.« Vorwurfsvoll, als ob er daran schuld wäre, sah sie den jungen Arzt an und fügte hinzu: »Und mein Bruder kann nicht bei mir sein. Wer weiß, ob ich ihn je wiedersehen werde. Warum sollte ich froh sein? Ich bin allein.«

Friedrich versuchte sie zu besänftigen: »Ach Anna, du weißt, dass du nicht allein bist. Ich werde immer für dich da sein.«

Als sie nicht antwortete, fügte er hinzu: »Auch Clemens wird nicht für immer fort sein. Wenn genügend Zeit verstrichen ist, wird er zu dir zurückkehren.«

»Aber wann? Wann, Friedrich, wird das sein? Wenn ich alt

und grau bin? Und was ist, wenn der Meuchelmörder ihn zu fassen bekommt?«

»Anna, Clemens ist auf dem Weg ins Hessenland. Woher soll der Mörder das wissen? Und so schlimm seine Verletzung im Gesicht auch sein mag, sie hat doch auch etwas Gutes. Der Meuchelmörder wird Clemens nur schwer erkennen können. Vielleicht lässt er sogar von Clemens ab, wenn er erfährt, dass Wilhelm tot ist.« Friedrich versuchte Zuversicht in seine Stimme zu legen. Doch die junge Frau vergrub ihr Gesicht schluchzend in den Händen. Friedrich blickte sich um. Als er niemanden sehen konnte, legte er zaghaft den Arm um ihre Schultern. Sofort presste sie ihren Kopf an seine Brust und weinte. Sachte drückte er ihr einen Kuss auf den Scheitel. Als sich Annas tränennasses Gesicht ihm entgegenstreckte, zögerte er nicht lange und küsste sie leidenschaftlich. Hungrig öffneten sich ihrer beider Lippen. Friedrich schmeckte ihre salzigen Tränen und hörte ihr Herz laut pochen. Nichts und niemand zählte in diesem Moment für die beiden Liebenden, nur ihr Gefühl füreinander. Dabei übersahen sie vollkommen den Mann, der sich unbemerkt hinter einem breiten Grabstein erhob und davonschlich.

Adam Hastenteufel hatte genug gehört. Zufrieden ging er zum Dorfbrunnen und erfrischte sich mit kaltem Wasser. Vier Tage hatte er auf diese Gelegenheit gewartet und deshalb vier Tage in der sengenden Hitze zugebracht. Aber es hatte sich gelohnt, und das allein zählte. Auch dieses Mal hatte sein Scharfsinn ihn nicht im Stich gelassen. Und erneut hatte sich erwiesen, dass man nur eines besitzen musste, um die richtigen Hinweise zu erhalten: Geduld!

Er war wie ein Jäger, der tagelang auf der Lauer lag, um das Wild zu erlegen – nur, dass seine Beute sich auf zwei Beinen fortbewegte. Hastenteufel war es einerlei, was er jagte, genauso, wie es ihn nicht kümmerte, ob Krieg oder Frieden herrschte. Auch spielte es für ihn keine Rolle, dass sein Auftrageber mittlerweile das Zeitliche gesegnet hatte. Münzbacher hatte ihn bereits entlohnt, und deshalb würde er den Auftrag ausführen – einerlei, wie lange es dauern würde.

Hastenteufel war unter seinesgleichen berüchtigt. Man schätzte ihn, weil er mit Sorgfalt vorging und man sich auf ihn verlassen konnte. Ihm eilte der Ruf voraus, dass er sich erst zufriedengeben würde, wenn die Beute zur Strecke gebracht wäre. Und das war dieses Mal nicht anders, das war er sich und Münzbacher schuldig.

Kapitel 5

Franziska wurde in den frühen Morgenstunden durch ein gleichmäßig wiederkehrendes Geräusch geweckt. Ein ständiges Tack-Tack riss sie aus ihren Träumen.

Langsam öffnete die junge Frau die Augen, konnte aber in der Dunkelheit nichts erkennen. Im ersten Moment wusste sie nicht, wo sie sich befand, doch rasch kam die Erinnerung zurück.

Vorsichtig tastete sie mit den Fingern über den mit Mehl bestäubten Holzfußboden, bis sie Johanns Arm fand. Franziska rutschte dicht an ihn heran und legte den Kopf auf seine Brust. Brummend umarmte er sie im Schlaf. Sie schloss lächelnd die Augen und fühlte sich gleich sicherer und geborgen. Doch sosehr sie auch versuchte, das knatternde Geräusch zu überhören und wieder einzuschlafen, es gelang ihr nicht. Unruhig bewegte sie sich hin und her und weckte Johann dadurch.

»Was hast du?«, flüsterte er verschlafen.

»Hörst du das Geräusch?«, fragte sie leise.

Beruhigend streichelte er ihr über den Arm. »Das ist nur das Mühlrad.«

»Hm«, seufzte sie, »wenn du das sagst.«

Johann spürte ihren warmen Atem an seinem Gesicht. Seine Lippen suchten ihren Mund und fanden ihren Hals. Mit der Zungenspitze fuhr er über die empfindliche Haut. Franziska konnte nur mit Mühe ein Kichern unterdrücken. »Das kitzelt!«, wisperte sie mit zittriger Stimme.

»Sei leise!«, flüsterte Johann, »du weckst die anderen.« Erregt umfassten seine Hände ihren Körper. Mit der Daumenkuppe fuhr er über ihre Brustwarzen, die sich ihm wie Knospen unter dem dünnen Stoff entgegenstreckten. Bebend presste er seinen Mund auf den ihren. Als Johann sich über sie legte und ihren Rock hochschob, fragte Franziska ängstlich: »Begehen wir keine Sünde? Schließlich wächst ein Kind in mir.«

Seit Franziska schwanger war, hatten sie sich nicht mehr geliebt, denn mehr als Liebkosungen erlaubte sie nicht. Rücksichtsvoll hatte Johann seine Bedürfnisse unterdrückt, zumal sich Franziska die ersten Monate unwohl fühlte. Doch nun ging es ihr besser, und so sah er keinen Grund mehr zu verzichten.

»Was uns guttut, kann dem Kind nicht schaden«, versuchte er sie zu überzeugen.

»Aber die Kirche sagt, dass man der Lust nur nachgeben darf, um ein Kind zu zeugen.«

Johann seufzte leise und rollte sich von ihr herunter. Franziskas Augen hatten sich an die Dunkelheit gewöhnt. Sie konnte erkennen, dass Johann sich auf die Seite legte und den Kopf in eine Hand stützte. Die andere legte er ihr sanft auf die Wange.

»Liebste, das sagt deine Kirche. Luther hingegen sieht das anders«, flüsterte er. »Für ihn ist die körperliche Vereinigung keine Sünde. Er empfiehlt sogar, dass man zweimal in der Woche sich aneinander erfreuen soll.« Johann spürte, wie Franziskas Wange unter seiner Hand heiß wurde. Ein Lächeln verzog sein Gesicht.

»Woher willst du das wissen?«

»Ich habe meinen Onkel, den Pfarrer, belauscht, als er mit einem Ehepaar vor deren Hochzeit darüber sprach.«

»Über so etwas reden die Lutherleute?«, fragte sie erstaunt. Er nickte.

»Vor unserer Vermählung hast du deinen alten Glauben abgelegt, Franziska. Du bist jetzt eine von uns. Die alten Verbote gelten nicht mehr.«

Johann spürte, dass Franziska sich entspannte. Vorsichtig liebkoste er erneut ihren Körper, der unter seinem Streicheln erzitterte. Langsam legte er sich auf sie, und dieses Mal erwiderte sie seine Küsse.

Clemens lag wach auf einem Schlafplatz abseits der Liebenden. Er wollte die beiden nicht belauschen, doch das ungewohnte Geräusch des Mühlrads hinderte auch ihn am Schlafen.

Da die fünf Weggefährten meist auf engem Raum nächtigten, ließ es sich nicht vermeiden, dass Clemens die verhaltenen Liebesgeräusche von Johann und Franziska mitbekam. Meist konnte er sie ausblenden und schlief rasch ein. Heute jedoch war es anders. Obwohl die beiden versuchten leise zu sein und Clemens sich die Ohren zuhielt, drangen Franziskas gedämpftes Seufzen und Johanns lustvolles Stöhnen zu ihm durch.

Erinnerungen überrollten Clemens. Erinnerungen an zu Hause und an die vielen Mädchen, die mit ihm einst das Bett geteilt hatten. Dank seiner blonden Mähne und seiner strahlend blauen Augen war er ein begehrter Bursche in Dingelstedt gewesen und hatte fast jede Nacht ein anderes Mädchen im Arm gehalten – zumal er nicht lange betteln musste, wenn ihm eine Maid gefiel. Obwohl er keinem Mädchen die Liebe versprach, warteten sie nur darauf, mit ihm gehen zu dürfen.

Wie gerne hätte er in diesem Moment ein Mädchen an seiner

Seite gehabt. Das wird sicherlich nie wieder passieren, dachte er bitter.

Durch den Brand war sein Gesicht zu einer Fratze entstellt und seine blonde Mähne nur noch struppig und spärlich. Frauen, die seine Verletzungen bemerkten, sahen entsetzt zur Seite. Nur nicht selbst bemitleiden, schalt er sich dann in Gedanken.

Er konnte nicht leugnen, dass er Johann und Franziska um ihre Zweisamkeit beneidete. Aber vor allem konnte er nicht verleugnen, dass auch er Gefühle hatte, die sich nicht unterdrücken ließen – Gefühle für Katharina. Was würde sie wohl dazu sagen?

Schon vom ersten Augenblick an, da Clemens Katharina begegnet war, war ihm die junge Frau aufgefallen. Es gefiel ihm, dass sie mutig einer Pflichtheirat entflohen war. Auch hatte er bemerkt, wie sie ihm ohne Abneigung ins Gesicht geschaut hatte. Zudem war sie störrisch, sagte, was sie dachte, und nahm kein Blatt vor den Mund. Gleich bei ihrem ersten Zusammentreffen im Wald auf dem Hülfensberg hatte Katharina ihren Standpunkt vertreten und sich durch Clemens' schroffe Art nicht abweisen lassen. Katharina tat stets das, was sie wollte, und das gefiel Clemens.

Im Laufe ihrer gemeinsamen Wanderschaft hatte sich die junge Frau unaufgefordert um seine Wunden gekümmert, und dank ihrer Kenntnisse der Heilkunde war die Verletzung gut abgeheilt. Eine zarte rosafarbene Haut hatte sich gebildet, die Clemens auf Katharinas Geheiß hin täglich mit Ringelblumensalbe einrieb, so dass sie geschmeidig blieb.

Während dieser Zeit der Pflege hatte Clemens bemerkt, dass sein Herz schneller schlug, wenn Katharina ihn berührte. Er brauchte nur ihre Stimme zu hören, und schon breitete sich eine wohlige Wärme in seinem Körper aus. Das muss Liebe sein, dachte er. Gern hätte er mit ihr darüber gesprochen, ihr seine

Gefühle offenbart, doch nie fand er den rechten Augenblick. Sobald wir eine feste Unterkunft haben, werde ich mit Katharina reden!, schwor er sich.

In der Mehlkammer war es ruhig geworden. Clemens zog den leeren Sack, der ihm als Decke diente, bis zum Hals und schlief wieder ein.

Katharinas Augen brannten vor Müdigkeit. Ihr kam es vor, als würde sie seit Stunden wach liegen. Verhaltenes, aber doch lustvolles Stöhnen hatte sie geweckt. Sie wusste sofort, dass die Geräusche von Johann und Franziska kamen. Mittlerweile hatte sie sich daran gewöhnt und versuchte nicht weiter darauf zu achten. Meist schlief sie sofort wieder ein. Heute jedoch drang das leise Stöhnen zu ihr durch, obwohl sie sich den Mehlsack über die Ohren zog.

Wie wird es sein, wenn mich ein Mann berührt? Werde ich dann auch solche Laute von mir geben?, überlegte sie. Nein, dachte sie weiter, ich werde nicht erlauben, dass jemand so etwas mit mir macht. Ich will Gutes vollbringen und nicht schwanger werden.

Dass dies unweigerlich das Ergebnis sein würde, hatte ihr nicht nur Franziska, sondern auch ihre Schwester Silvia bewiesen. Nur weil ihr Mann Otto sich nicht beherrschen konnte, musste meine arme Schwester sterben, schimpfte Katharina in Gedanken. Erneut kehrte die Erinnerung zurück, wie fürchterlich Silvia während der Geburt ihres dritten Kindes geschrien hatte.

Katharina atmete schwer. Ich kann mich nur davor schützen, indem ich mich nicht verliebe, schlussfolgerte sie. Doch sie wusste, dass es für diesen Vorsatz bereits zu spät war. Vorsichtig reckte sie den Kopf und spähte durch die Dunkelheit in die Ecke, in der sie ihn vermutete.

Ach, lieber Gott, betete sie in Gedanken. Was soll ich machen? Ich kann unmöglich zu ihm gehen und ihm meine Gefühle gestehen. So etwas macht ein anständiges Mädchen nicht. Ich weiß nicht einmal, ob er mich mag. Unruhig rollte sie sich auf die Seite. Aber wenn er mich mag, dann müsste ich früher oder später mein Lager mit ihm teilen. Verflucht, schimpfte sie in Gedanken, ich will nicht schwanger werden.

Katharina legte sich auf den Bauch und verschränkte die Hände über dem Kopf. Während sie weiter ihren Gedanken nachhing, übermannte sie schließlich doch der Schlaf.

Als die fünf jungen Leute in der Mehlstube erwachten, dämmerte es draußen. Gemeinsam gingen sie in die Küche, wo die Müllersleute bereits beim Frühmahl saßen.

»Endlich ausgeschlafen?«, murrte der Müller. Seine Frau blickte die fünf freundlich an und reichte jedem eine Scheibe Brot. Auf dem Tisch stand der Topf mit Gerstenbrei, aus dem der kleine Achim stumm seine karge Morgenspeise löffelte. Seine rot geränderten Augen verrieten, dass er geweint hatte.

»Wir würden euch gerne bei der Arbeit helfen«, versuchte Clemens den Müller freudig zu stimmen.

»Was wollt ihr mir helfen? Mir wächst zwar die Arbeit über den Kopf, aber ich kann euch nicht bezahlen. Selbst für uns reicht es kaum!«, schimpfte er ungehalten und schlürfte den dünnen Brei.

»Wir möchten euch nur danken, weil ihr uns gestern nicht fortschickt habt!«, erklärte Johann dem Müller, der griesgrämig brummte und über den Kochtopfrand seine Frau anblickte.

»Saures Wasser muss abgefüllt und zum Jagdschloss gebracht werden«, murmelte er.

»Saures Wasser?«, fragte Johann.

Der Müller nickte. »Ich werde euch die Quelle zeigen.« Er

leckte sich den Gerstenbrei von den Fingern und streckte Johann die Hand entgegen. »Ich heiße Hans Kempfer!«

Der Wind hatte in der Nacht die dunklen Wolken verjagt. Katharina stand mit geschlossenen Augen vor der Mühle und hatte das Gesicht der Herbstsonne zugewandt. Sie seufzte. Hoffentlich bleibt das Wetter so, wünschte sie sich. Plötzlich hörte sie leise Schritte. Katharina öffnete die Augen und blickte sich um. Der kleine Achim stand hinter ihr. Unter Tränen nahm er den Trog auf, in dem sich einige Frösche befanden. Schluchzend blickte er zurück zu seiner Mutter.

»Wenn ich verspreche, nie mehr das Wetter vorherzusagen, darf ich sie dann behalten?« Katharina konnte erkennen, dass seine Mutter sich ein Lachen verkneifen musste und versuchte ein ernstes Gesicht zu machen. Stumm schüttelte die Müllerin den Kopf.

»Auch nicht nur zum Spielen?«, wollte er wissen.

»Achim, du weißt, dass dein Vater böse wird, wenn du dich seinen Befehlen widersetzt. Setz sie am Bach aus, aber nicht hier am Mühlenteich, sondern weiter weg im Kallenbornbach.«

Katharina tat der Junge leid, wie er unglücklich mit heruntergezogenen Mundwinkeln dastand. Seine Haare standen wie bei einem Igel in alle Richtungen, und an seiner Wange klebte Gerstenbrei.

»Darf ich mit dir gehen?«, fragte Katharina. Erstaunt schaute der Junge auf und nickte. Seine Mutter lächelte die junge Frau dankbar an und ging zurück ins Backhaus.

Als der Müller mit Clemens und Johann um die Ecke bog, bedachte er den Jungen mit einem grimmigen Blick und ging weiter. Um Achim abzulenken, fragte Katharina: »Kennst du ein Plätzchen, wo wir deine Freunde aussetzen können? Ist hier in der Nähe ein hübscher Tümpel, wo du sie besuchen kannst?«

Achim schien zu überlegen. »Weiter unten am Kallenborn ist ein verfallenes Holzhaus mit einem Tümpel, der ist nicht so tief.«

»Das hört sich gut an. Lass uns dorthin gehen.«

Gemeinsam machten sie sich auf den Weg. Unschuldig fragte Katharina unterwegs: »Wer hat dir eigentlich erzählt, dass die Frösche das Wetter vorhersagen können?«

Das Gesicht des Jungen hellte sich auf. »Barnabas hat es mir erzählt.«

Vielleicht weiß der Junge, wohin die beiden Gesellen gewandert sind, hoffte sie in Gedanken und fragte deshalb weiter: »Wer ist Barnabas?«

»Mein Freund!«

»Und wo ist dein Freund jetzt?«

Achim zuckte mit den Schultern. »Er sagte, dass er weiterziehen muss, denn er ist ein Heiler und muss den Menschen helfen.«

»Dann scheint er ein netter Freund zu sein.«

Achim nickte eifrig. »Nur der, der mit ihm geht, der ist nicht nett. Er heißt Servatius. Ich glaube, dass er böse ist.«

»Wie kommst du darauf?«

»Er hat mit Barnabas geschimpft, weil er nicht weiterziehen wollte.« Flüsternd fügte Achim hinzu: »Er hat mir immer auf den Kopf gehauen, wenn er mich gesehen hat.«

»Warum? Warst du frech zu ihm?«

Der Junge schüttelte den Kopf.

»Nein! Ich glaube, er war wütend, weil Barnabas mit mir gespielt hat.«

»Schade, dass du nicht weißt, wohin sie gegangen sind. Ich möchte Servatius nämlich nicht begegnen, wenn er so unfreundlich ist.«

Achim schien zu überlegen. »Barnabas wollte in eine große Stadt gehen, aber wie die heißt, weiß ich nicht.« Mit seinen braunen Kinderaugen sah er Katharina unschuldig an. Die junge Frau fuhr ihm liebevoll übers Haar. »Du bist ein netter Junge, Achim.« Verlegen lächelte der Kleine.

Kapitel 6

Frankfurt am Main, Oktober 1617

Servatius drehte sich wie ein Kind im Kreis und sah voller Staunen um sich. Die prunkvollen mehrstöckigen Häuserzeilen erschienen ihm, als ragten sie bis in den Himmel. »In solch einer großen Stadt bin ich noch nie zuvor gewesen«, flüsterte er Barnabas zu, der neben ihm stand. Menschen hetzten an ihnen vorbei, und sie schienen alle in dieselbe Richtung zu laufen. Manche rempelten die beiden Männer an, doch anstatt sich zu entschuldigen, schimpften sie, da die beiden inmitten der Gasse verweilten und den Weg versperrten.

Servatius sah einen Mann auf sich zukommen, der mehrere Ziegen vor sich hertrieb. Lachend rief der Hirte einem anderen zu: »Wir müssen zum Römer! Gleich geht es los!«

Der Mönch stellte sich ihm in den Weg und fragte: »Was ist der Römer?« Der Hirte hörte auf zu lachen und musterte den Franziskaner misstrauisch. Dann rief er ihm zu: »Das Rathaus!«

»Was gibt es dort?«, fragte Servatius ungerührt weiter.

»Lass mich in Ruhe! Wenn du das wissen willst, dann schau selbst.« Mit diesen Worten ging der Hirte weiter und schlug dabei übellaunig einer Ziege auf den Rücken, als sie stehen blieb. Servatius und Barnabas waren nun ihrerseits neugierig geworden und folgten dem Menschenstrom.

Als sie das Ende der Limpurger Gasse erreicht hatten, öffnete sich vor ihnen ein großer Platz, auf dem das Volk dicht gedrängt beieinanderstand.

Barnabas beobachtete die Männer und Frauen, deren gute Laune einer Festtagsstimmung gleichkam. Kinder quengelten, dass sie außer Beinen nichts sehen konnten, so dass ihre Väter sie sich auf ihre Schultern setzten.

Frauen mit Körben vor den Bäuchen drängten durch die Reihen und priesen warme Backwaren an. Zur Freude der Kleinen wurden auch Zuckerstangen und kandiertes Obst verkauft, und manch verklebtes Kindergesicht strahlte in der Menge. Auf einem Karren standen mehrere Weinfässer, vor denen Männer geduldig warteten, dass man ihnen den köstlichen Rebensaft ausschenkte. Das Treiben kam einem Jahrmarkt gleich.

Servatius beachtete kaum das Geschehen um ihn herum. Seine Aufmerksamkeit galt den prächtigen Gebäuden, die den Platz umgaben. »Das muss eine reiche Stadt mit wohlhabenden Bürgern sein. Hier muss man leichtes Geld verdienen können«, murmelte er mit einem Glitzern in den Augen vor sich hin. Als er an den geöffneten Fenstern zahlreiche Menschen erblickte, die in vornehme Gewänder gekleidet waren, stupste er Barnabas an und fragte: »Worauf warten die Bürger von Frankfurt? Auf einen König?«

Barnabas antwortete nicht, obwohl er bereits ahnte, was hier geschehen würde. Stattdessen gab er dem Mönch Zeichen, ihm zu folgen. Mühsam kämpften sich die beiden durch die Reihen nach vorn. Auf dem steinernen Rand eines Brunnens standen mehrere Frauen und keiften um die Wette. Immer wieder zeigten ihre Hände zu einem bestimmten Punkt über die Köpfe der anderen hinweg. Daneben lachten und schäkerten sie mit Männern, die versuchten ihnen die Röcke zu heben.

Barnabas winkte Servatius heran, stützte sich auf seine Schulter und kletterte auf den Rand des Brunnens. Interessiert betrachtete der Magier die Brunnenfigur. Eine Frau mit verbundenen Augen hielt ein Schwert und eine Waage in Händen. »Der

Gerechtigkeitsbrunnen! Also habe ich Recht«, murmelte Barnabas und wandte sich dem Geschehen zu.

»Vorsicht, alter Mann!«, feixte ein junges Mädchen neben ihm und lachte verführerisch. Barnabas' schwarze Augen betrachteten es spöttisch. Als die junge Frau seines Blicks gewahr wurde, verstummte sie und schaute angestrengt nach vorn.

Die Menschen lassen sich schnell entmutigen, dachte der Magier verächtlich und wandte den Kopf in dieselbe Richtung wie die junge Frau.

»Was siehst du?«, fragte Servatius, für den auf dem Steinbrunnen kein Platz mehr war. Immer wieder hüpfte der Mönch in die Höhe, um über die Köpfe seiner Vordermänner hinwegsehen zu können, doch er konnte dennoch keinen Blick in die Mitte des Platzes erhaschen.

Barnabas kniff leicht die Augen zusammen und blickte starr geradeaus. Dann nickte er in dem Wissen, dass sein Verdacht sich nun bestätigen würde. Man hatte ein großes Holzpodest aufgebaut, was nichts anderes heißen konnte, als dass hier jeden Moment eine Hinrichtung stattfinden würde. Und schon konnte Barnabas auch den Henker ausmachen, der – den Kopf von einer schwarzen Kapuze verhüllt – die Stufen zur Richtstätte hinaufstieg. Die Menge tobte. Als der Wagner ein beschlagenes Holzrad auf das Podest rollte, schrien die Menschen im Chor: »Durch Gottes Fügung! Durch Gottes Fügung!«

Ungeduldig blickte Servatius zu Barnabas, der ihm erklärte: »Heute wird jemand hingerichtet. Man wird ihn aufs Rad flechten.«

Servatius' Augen weiteten sich. Ein lautloses Lachen zog seine Mundwinkel in die Höhe. Mit der Zungenspitze leckte er sich abwechselnd die Mundwinkel.

Wie eine Schlange!, dachte Barnabas und wandte angewidert den Blick ab.

Der Magier war zwar der Überzeugung, dass Übeltäter mit

unerbittlicher Härte gerichtet werden sollten, trotzdem konnte er nicht nachvollziehen, dass man sich wie Servatius derart daran erfreute. Er ist ein widerlicher Mensch, dachte Barnabas und spürte erneut Unbehagen gegenüber seinem Weggefährten.

Plötzlich setzte Trommelwirbel ein – das Zeichen, dass der Verurteilte an der Treppe zum Richtplatz stand. Die Menschen verstummten.

Servatius, der kaum etwas sehen konnte, stupste seinen Nachbarn zur Rechten an. Ungehalten schimpfte dieser: »Was willst du, Mönch? Stehe ich auf deinem Fuß?«

Servatius legte dem Fremden besänftigend die Hand auf die Schulter. »Guter Mann, ich möchte Euch fragen, wer heute gerichtet wird.«

Der Mann schüttelte die Hand ab und musterte den Franziskaner von oben bis unten. Sein Gesicht kam näher. Er kräuselte die Nase und schnupperte. Angewidert von dem Gestank des Mönchs, drehte er den Kopf zur Seite. Servatius ahnte, was der Fremde dachte, und ballte wütend die Hände zu Fäusten.

»Du bist nicht von hier?«, fragte der Mann nun und wandte sich dem Franziskaner erneut zu. Servatius verneinte. »Wenn du dir einen anderen Platz suchst, sage ich dir, was du wissen willst. Denn dein Geruch ist nur schwer zu ertragen.«

Servatius spürte, wie ihm die Röte ins Gesicht stieg, und das ärgerte ihn. Er war schon im Begriff, den Mund aufzureißen und dem Mann eine Gehässigkeit entgegenzuschleudern, doch dann besann er sich eines Besseren. Mit unterdrückter Wut in der Stimme sagte er stattdessen: »Wenn Ihr mir meine Frage beantwortet, dann werde ich Euch nicht länger behelligen und die Hinrichtung von einer anderen Stelle aus verfolgen.«

Der Mann nickte. »Nun gut, dann will ich dir den Namen des Verurteilten nennen: Er heißt Friedrich Kerstens und ist ein ehemaliger Salzjunker aus Halle, der den Juweliergesellen Jacob Sporer mit einem schweren Schmiedehammer erschlagen hat.

Anschließend hat Kerstens die Leiche in acht Teile zerhackt und jeden Teil an einem anderen Ort verscharrt. Durch Gottes Fügung wurde die Untat aufgedeckt, und nun bekommt Kerstens seine gerechte Strafe.«

Als Servatius den Mann weiter erwartungsvoll anblickte, stieß dieser ihn fort und raunzte: »Und nun verschwinde!« Dann drehte er dem Mönch den Rücken zu.

Servatius schimpfte vor sich hin und trottete schließlich zu Barnabas zurück, um ihm zu erzählen, was er erfahren hatte.

»Das habe ich auch gehört«, erklärte der Magier, als erneut Trommelwirbel einsetzte. Erregt rief Servatius aus: »Endlich, es geht los! Ich werde weiter nach vorn gehen. Von hier kann ich nichts sehen!« Mit diesen Worten war er schon zwischen den Menschen verschwunden, was dem Magier nur recht war.

Vom erhöhten Brunnenrand aus hatte Barnabas einen freien Blick auf das Podest, wo er den Verurteilten kniend vor dem Henker erkennen konnte. Zwar war es für den Magier nicht möglich, die Worte des zum Tode Verurteilten zu verstehen, doch als das Volk Spottlieder anstimmte und faules Obst und Gemüse nach Kerstens warf, wusste Barnabas, dass er um Gnade winselte.

Sein Wehgeschrei nutzte Kerstens nichts. Die Folterknechte rissen ihm Hemd und Hose vom Körper, so dass er nackt vor den Zuschauern stand. Pfiffe und gehässige Bemerkungen trieben dem Mann die Röte ins tränennasse Gesicht. Er zitterte und flehte. Vor Angst konnte er nicht mehr an sich halten, und eine Pfütze breitete sich zwischen seinen Beinen auf dem Holzboden aus. Daraufhin wurde ihm ein dünnes Tuch um die Hüfte geschlungen, das seinen Phallus verdeckte.

Anschließend zwang man ihn, sich auf den Boden zu legen. Hände und Füße des weinenden Mannes wurden an Pflöcken, die im Boden der Bühne verankert waren, festgebunden.

Servatius hatte es geschafft, sich bis zum Podest vorzudrängeln, und stand nun erhöht auf einem Holzklotz, so dass er das Geschehen genau überblicken konnte. Mit erhitztem Gesicht stand er da und beobachtete unruhig die Henkersknechte, die den Verurteilten auf den Boden drückten. Als Servatius die vor Angst geweiteten Augen des dem Tod Geweihten erkennen konnte, riss er sich vor Aufregung mit den Zähnen die Haut am Nagelbett seines Daumens ab. Er spürte den Schmerz, den er sich selbst zugefügt hatte, nicht, er spürte nur Erregung, die seinen Körper erfasst hatte. Mit glasigen Augen blickte er dem Verurteilten ins Gesicht und erfreute sich an dessen Verzweiflung. Servatius wartete ebenso wie die anderen Gaffer stumm, was weiter geschehen würde.

Kerstens' Augen waren weit aufgerissen. Wie von Sinnen drehte er seinen Kopf von rechts nach links und schien jeden Handgriff der Henkershelfer zu verfolgen. Nachdem er ausgestreckt und breitbeinig festgebunden war, wurden kleine Holzkeile unter seine Gelenke geschoben. Dann rollte der Scharfrichter das beschlagene Wagenrad neben ihn. Kerstens konnte eine glänzende Messerschneide erkennen, die das gesamte Rad umgab. Schweiß tropfte von seinem Gesicht auf die Holzplanken. Der Henker hob mühelos das schwere Rad an und ließ es auf Kerstens Ellenbogen hinabsausen. Das Brechen der Knochen übertönte die Stille der Menschen auf dem Platz, ebenso den Schrei des Folteropfers. Erst als die Seile sich spannten, weil Kerstens sich vor Schmerzen aufbäumte, jubelte die Menge. Etliche Male wiederholte der Henker die schrecklichen Radstöße. Blut spritzte auf, als sich die Knochen durch das Fleisch und die Haut nach außen bohrten.

Dann hatte Kerstens keine Kraft mehr zu schreien, und schließlich erlöste ihn eine Ohnmacht.

Servatius' eigenes Blut klebte an seinen Mundwinkeln. Seine Fingerkuppen, in die er vor Erregung gebissen hatte, brannten wie Feuer. Doch das verschaffte ihm nur noch mehr Lust. Er war froh, dass der weite braune Habit die Anzeichen seiner Erregung verdeckte. Seine Anspannung wurde noch größer, als Kerstens zu Bewusstsein kam und sein Blick wirr umherwanderte. Der Mönch kicherte wie ein Wahnsinniger, als die Henkersgesellen versuchten die gebrochenen Arme und Beine des Gequälten zwischen die Speichen eines größeren Rads zu flechten. Erneut bäumte sich Kerstens auf, was Servatius und die Meute jubeln ließ. Voller Wonne biss er sich in seine Faust, bis er Blut schmeckte. Als der Scharfrichter sein mächtiges Schwert hob und Kerstens mit einem Schlag von seinen Qualen erlöste, löste sich auch Servatius' Erregung. Keuchend glitt er von dem Holzklotz und ging in die Knie. Niemand hatte ihn beobachtet, denn die Blicke der Zuschauer waren gebannt auf das Foltergeschehen gerichtet gewesen. Erst als man das Rad mit der kopflosen Leiche auf einen spitzen Pfahl gesteckt und im Boden verankert hatte, war das Spektakel beendet. Der Tote würde so lange auf dem Marktplatz bleiben, bis Krähen die Knochen blank gepickt hätten. Seinen Kopf würde man auf eine Lanze gespießt ebenfalls zur Schau stellen.

Zufrieden ging nun die Menschenmeute ihres Weges.

Auch Servatius richtete sich auf, strich seinen Habit glatt und kehrte zurück zu Barnabas.

Kapitel 7

Franziska füllte seit den frühen Morgenstunden Mehl in Säcke ab. Es war heiß und stickig in der Mehlkammer, und in der Luft schwirrte weißer Staub, der sich auf ihre feuchte Haut legte und sich in Mund und Nase festsetzte. Immer wieder musste Franziska husten und spucken. Ihre Kehle schien wie ausgedörrt. Das Wasser, das sie trank, um ihren großen Durst zu stillen, verwandelte den Mehlstaub in ihrem Mund zu einem klebrigen Schleim. Sehnsüchtig wünschte sie sich den Abend herbei.

Am späten Nachmittag war der letzte Sack gefüllt. Franziska wischte sich eine Haarsträhne aus der Stirn, die unter ihrem Kopftuch hervorlugte und auf ihrer feuchten Haut haften geblieben war. Müde schloss sie die Tür zur Mehlkammer und trat hinaus vor die Mühle.

Die Herbstsonne blendete die junge Frau, so dass sie für einen Moment die Augen schloss. Ein angenehmer Lufthauch kühlte ihr erhitztes Gesicht. Franziska klopfte sich mit beiden Händen das Mehl von der Kleidung und seufzte leise: »Jetzt einen Schluck saures Wasser!« Der Gedanke daran belebte sie. Franziska überquerte den Steg hinter der Mühle, der über den Kallenborn führte. Auf der anderen Seite des Baches schlug sie rechts den Weg zur Cödinger Quelle ein, auch in der Hoffnung, Johann dort anzutreffen. Als sie zu dem Rinnsal kam, das an nur einer Stelle aus der Erde trat, war niemand zu sehen. Enttäuscht ergriff sie den Becher, der auf einem der Steine neben der Quelle stand, und füllte ihn. Gierig trank sie das Wasser, das leicht säuerlich schmeckte. Mehrfach musste sie aufstoßen. Als sich ein lauter Rülpser löste, schlug sie erschrocken die Hand vor den Mund und lachte auf.

»Da scheint jemand gut gelaunt zu sein!«, sagte eine Stimme hinter ihr. Noch immer lachend wandte sich Franziska zu Johann um. »Ich habe gehofft, dich hier zu treffen«, sagte sie und musste erneut aufstoßen. »Es ist zu komisch! Immer wenn ich dieses saure Wasser trinke, muss ich lachen.«

Johann nickte. »Ja, so geht es mir auch. Wenn der Müller nicht gesagt hätte, dass man das Wasser trinken kann, hätte ich es bestimmt nicht probiert. Der Boden, auf dem die saure Quelle in den Bach fließt, hat sich wie rostiges Eisen verfärbt. Auch in den Kannen setzt sich diese ockerfarbene Schicht ab. Nicht gerade einladend, um seinen Durst damit zu stillen. Aber es schmeckt mir.«

»Bist du mit deiner Arbeit fertig?«, fragte Franziska und blickte zu dem Karren, auf dem etliche Gefäße standen.

»Das ist die letzte Fuhre. Wenn du mir hilfst, die Krüge zu füllen, dann können wir anschließend noch im Mühlenteich baden gehen.«

»Was?«, rief Franziska entsetzt. »Das Wasser ist doch viel zu kalt. Da hole ich mir noch den Tod!«

»Ach was. Es wird dir guttun! Zumal du über und über mit Mehl bestäubt bist.«

Johann zwinkerte ihr zu und holte die steinernen Krüge vom Karren. Während er sie neben der Quelle aufreihte, begann Franziska die ersten zu füllen. Anschließend verschloss sie die Behälter mit Holzpfropfen.

Nachdem der letzte Krug auf dem Ziehkarren stand, nahm Johann die Deichsel auf. »Komm, mein Herzblatt!«, neckte er seine Frau. »Wir wollen zusammen zum Jagdschloss gehen.«

Sie gingen eine Weile schweigend nebeneinanderher, als Franziska fragte: »Hast du mit Graf Georg von Beilstein gesprochen?«

Kleinlaut antwortete Johann: »Nein, ich habe nur mit einem der Diener sprechen können, die mir die Krüge am Kücheneingang abnahmen. Er sagte, dass dieses Schloss lediglich ein Jagdschloss ist, das der Graf als Sommersitz nutzt. Bereits in wenigen Tagen werden sie nach Burg Beilstein zurückkehren.«

»Aber vielleicht braucht man auf Burg Beilstein helfende Hände. Du bist fleißig und stark, und bis das Kind kommt, kann auch ich zupacken.« Franziskas Stimme überschlug sich beinahe, und Johann konnte ihre Verzweiflung spüren. Er blieb stehen und nahm sie in die Arme.

»Verlier nicht die Hoffnung, Franziska! Bevor das Kind zur

Welt kommt, haben wir ein Heim gefunden, das verspreche ich dir.«

Müde von der schweren Arbeit lagen Burghard, Katharina, Clemens, Johann und Franziska auf dem harten Holzboden der Mehlkammer. Keiner sagte etwas, jeder hing seinen eigenen Gedanken nach.

»Es ist abzusehen, dass der Müller uns fortschicken wird. Dass er nicht fünf zusätzliche Mäuler stopfen kann, hat er uns schon am ersten Tag gesagt«, durchbrach Burghard das Schweigen.

»Ja, es ist besser, wenn wir jetzt aufbrechen. Das Wetter ist noch mild, doch schon bald wird es ungemütlich werden«, merkte Johann an und legte sich auf die Seite, so dass er jeden seiner Begleiter anblicken konnte.

»Ich bin froh, wenn wir weiterziehen. Ich kann kaum noch die Arme heben«, stöhnte Clemens und fügte lachend hinzu: »Ich bin es nicht gewohnt, so schwer zu arbeiten!« Als er weitersprach, lag Wehmut in seiner Stimme. »Was würde ich darum geben, wieder auf dem Gestüt meiner Eltern zu sein. Ich vermisse den Stallgeruch und das Wiehern der Pferde. Wie viele Fohlen sie wohl dieses Jahr bekommen haben?«

»Wolltest du schon immer Pferdezüchter werden?«, versuchte Katharina ihn abzulenken. Clemens ging sofort auf ihre Frage ein und wandte den Kopf in ihre Richtung.

»Meine Mutter erzählte stets, dass ich eher reiten als laufen konnte.« Trotz des schwindenden Tageslichts konnten die anderen sehen, dass er lächelte.

»Wie viele Pferde stehen auf eurem Gestüt?«

»Die Zuchthengste, die Stuten mit den Fohlen, die Ein-, Zwei- und Dreijährigen …« – Clemens rechnete – »fast zweihundert Pferde, von denen jedes Jahr immer die verkauft wurden, die wir ausgebildet haben.«

»Dann bist du aus wohlhabendem Haus«, stellte Franziska nüchtern fest. Über diese Aussage musste Clemens laut lachen. »Was nützt es? Ich schleppe Mehlsäcke, damit ich auf hartem Boden schlafe und dünne Suppe zu essen bekomme.«

Katharina erkannte zwischen dem Spott seine Traurigkeit und versuchte ihn zu trösten. »Eines Tages wirst du zurück nach Dingelstedt gehen und auf dem Gestüt deiner Eltern leben.«

»Wenn es dann nicht zu spät ist!«, flüsterte Clemens.

»Vielleicht gibt es irgendwo hier in Nassau einen Pferdehof, auf dem du arbeiten kannst. Arbeiter mit Erfahrung kann man immer gebrauchen. Was meinst du?«, fragte Katharina zuversichtlich, doch Clemens antwortete nicht.

Am nächsten Morgen war Clemens' Platz in der Kammer leer. »Wo ist er hin?«, fragte Franziska und blickte besorgt zu Johann, der nur mit den Schultern zuckte.

»Er wird sich doch wohl nichts angetan haben?«, flüsterte Katharina.

»Dummes Weibergeschwätz!«, schimpfte Burghard. »Clemens ist kein Hasenfuß. Der liebe Herrgott wird über ihn wachen!«

»Spricht jetzt der Mönch Burghard?«, neckte Johann den ehemaligen Franziskaner. Ertappt verzog Burghard das Gesicht, als die Kammertür aufgestoßen wurde und laut gegen die Wand knallte.

Mit erhitztem Gesicht und strahlenden Augen stand Clemens im Türrahmen. Leichtfüßig ging er zuerst zu Katharina und dann zu Franziska und schwenkte beide wie zum Tanz.

»Was ist denn mit dir passiert?«, wollten die beiden Frauen beinahe gleichzeitig wissen.

»Ohne euch hätte ich nie darüber nachgedacht! Danke, danke, danke«, rief Clemens laut. Fragend blickten die anderen ihn an.

»Ich weiß jetzt, wohin ich gehen werde«, klärte er sie auf.

Johann runzelte die Stirn. »Zurück nach Dingelstedt?«

»Nein!«, rief Clemens. »Zu Melchior Rehmringer.« Dann setzte er sich auf den Boden und lehnte sich gegen einen Holzpfeiler.

»Wer ist Melchior Rehmringer?«

Clemens antwortete nicht sofort, sondern griente. Dann sagte er: »Melchior Rehmringer ist ein bekannter und wohlhabender Pferdezüchter. Er kam jedes Jahr zu meinen Eltern aufs Gestüt und kaufte zahlreiche Pferde, die er zu Kutschpferden ausbilden ließ. Das letzte Mal sah ich ihn und seine Mutter im vergangenen Sommer.«

»Seine Mutter?«, fragte Franziska ungläubig.

Clemens nickte. »Rehmringer ist nicht verheiratet. Ich denke, dass er sich in meine Schwester verguckt hatte. Seine Mutter mag Anna nämlich sehr. Bei ihm hätte Anna es sicher gut gehabt. Nicht wie bei diesem Wilhelm Münzbacher, den sie unbegreiflicherweise heiratete und der unser aller Leben zerstörte.« Für einen Moment verfinsterte sich Clemens' Gesicht. Er strich sich mit der Hand über die Augen und scheuchte scheinbar die schlechten Gedanken fort. Mit Zuversicht in der Stimme fuhr er dann fort: »Rehmringer wird mich sicherlich bei sich aufnehmen, erst recht, wenn er von meinem Schicksal erfährt.«

»Lebt dieser Mann hier in der Nähe?«, fragte Franziska neugierig. Clemens schüttelte den Kopf. »Ich habe die halbe Nacht wach gelegen und gegrübelt, wo Rehmringer wohnt. Mir fiel nur ein, dass er mal erwähnte, sein Gestüt befände sich nahe der Grenze zu Lothringen. Er schimpfte damals, dass Dingelstedt so weit von ihm entfernt und die Reise mühselig sei. Da er unsere Pferdezucht aber zu schätzen wusste, nahm er die Strapazen einmal im Jahr gerne in Kauf. Er nannte auch den Ort, an dem er lebte, aber an den Namen kann ich mich nicht mehr erinnern.«

»In welche Richtung musst du gehen? Lothringen klingt, als ob es am anderen Ende der Welt liegen würde!«, warf Franziska zaghaft ein. Clemens stimmte ihr zu: »Ja, das könnte man wahrlich meinen. Aus diesem Grund wollte ich Graf Georg sprechen. Da er heute eine große Treibjagd veranstaltet und bis in den späten Abendstunden unterwegs sein wird, bin ich in aller Frühe zum Jagdschloss gegangen.«

»Wegen der Jagd musste ich gestern den lieben langen Tag saures Wasser in die Küche vom Schloss karren«, grummelte Johann. Clemens bedachte ihn mit einem gespielt mitleidigen Blick, was die anderen laut auflachen ließ. Dann sprach er weiter: »Grafen sind weit gereiste Männer oder kennen Pilger oder andere Reisende. Es war für mich naheliegend, ihn nach dem Weg zu fragen.«

»Ich kann mir nicht vorstellen, dass ein Adeliger mit dir reden würde, zumal ...« Johann stockte.

»Zumal ich durch meine Verletzung unansehnlich geworden bin«, führte Clemens den Satz weiter. Johanns Blick bat um Verzeihung.

»Ja, du hast Recht, Johann. Kein Adeliger gibt sich mit unsereins ab. Mein Glück war es, dass Graf Georg im Stall bei seinen Pferden stand und mit einem Reiter sprach. Ich tat, als ob ich dort zu schaffen hätte. Stellt euch vor, als ich durch die Stallgasse ging, entdeckte ich mehrere Pferde aus unserer Zucht.«

»Wie willst du eure Pferde in einem fremden Stall erkannt haben? Pferde sehen doch alle gleich aus«, warf Burghard ungläubig ein.

»So wie jeder Schäfer seine Schafe auseinanderhalten, wie jeder Bauer eine Kuh von der anderen unterscheiden kann, so können wir unsere Pferde erkennen. Leichter ist es natürlich, wenn die Pferde Zeichnungen auf Nasenrücken oder Stirn haben, da diese Blessen meist verschieden groß und unterschiedlich geformt sind.«

»Zwei unserer Ackergäule hatten diese weißen Zeichnungen, die sich von der Stirn bis über den Nasenrücken zu den Nüstern zogen. Die Pferde sahen wie Zwillinge aus, so dass man nie wusste, wer Peter und wer Paul war«, wandte Johann ein.

»Ja, das kann vorkommen«, stimmte Clemens zu. »Doch als ich die Stuten im Stall sah, hatte ich sofort das Gefühl, dass sie aus dem Gestüt meiner Eltern stammen mussten. Deshalb habe ich nach ihren Brandzeichen gesehen, und dabei hat mich der Graf entdeckt.«

»Brandzeichen?«, fragte Katharina erschrocken.

»Jedes Fohlen bekommt unser Zeichen eingebrannt. Es hat die Form einer Tanne mit einem A für Arnold in der Mitte. Als ich das entdeckte, wusste ich mit Sicherheit, dass es Arnoldsche Pferde sind.«

»Was hat der Graf gesagt, dass du unerlaubt in seinen Stall geschlichen bist?«, fragte Burghard.

Clemens kratzte sich verlegen am Hinterkopf. »Die Stalljungen sollten mich aus dem Stall werfen, doch bevor sie mich greifen konnten, rief ich dem Grafen zu, dass ich das Gestüt kenne, wo die Stuten geboren wurden. Er hatte den Stall bereits verlassen. Doch als er das hörte, kam er zurück.«

»Du hast dem Grafen verraten, wer du bist?«, wollte Johann ungläubig wissen. Clemens schüttelte energisch den Kopf, dass seine dünnen blonden Strähnen hin und her flogen. »Nein! Das wäre dumm gewesen. Niemand darf meinen Namen wissen, falls der Meuchelmörder, der mich verfolgt, hier nachfragen sollte. Ich erklärte, dass ich eine Zeit auf dem Gestüt gearbeitet hätte. Nebenbei nannte ich auch Rehmringers Namen. Das schien ihn zu beeindrucken, und stellt euch vor, der Graf hat die Pferde bei Melchior Rehmringer gekauft und mir den Weg zu ihm erklärt, als ich ihn danach gefragt habe.« Clemens' blaue Augen blitzten voller Freude. »Und so weiß ich nun, in welche Richtung ich gehen muss.«

Erwartungsvoll sah Clemens in die Runde. Johann wich seinem Blick aus. Burghard wandte den Kopf zur Seite. Katharinas Augen füllten sich mit Tränen. Nur Franziska erhob sich, lächelte Clemens an und sagte leise: »Dann heißt es jetzt wohl Abschied nehmen!« Beherzt ging sie auf Clemens zu und umarmte ihn. Zuerst stand er stocksteif da, doch dann entspannte er sich und erwiderte ihre Umarmung. Katharina erhob sich ebenfalls und fiel ihm schluchzend in die Arme. Nun gingen auch Burghard und Johann auf Clemens zu und reichten ihm die Hand zum Abschied. Bevor er die Kammer verließ, wandte er sich mit einem zwinkernden Auge an Johann: »Der Graf hat mein Gesicht übrigens weder mit Entsetzen noch mit Abscheu betrachtet.«

Dann marschierte Clemens hinaus in den beginnenden Tag und ließ die anderen allein zurück.

»Jetzt ist er fort! Einfach so«, flüsterte Katharina.

»Und er hat nicht ein einziges Mal zurückgeschaut«, stellte Burghard fassungslos fest.

Nachdem Clemens von dannen gezogen war, verabschiedeten sich auch Katharina, Franziska, Burghard und Johann von den Müllersleuten. Hans Kempfer sagte kein Wort, nickte nur kurz und ging zurück in die Mühle. Der kleine Achim hingegen stand weinend vor Katharina. Immer wieder zwinkerte er die Tränen fort und blickte dann zu ihr hoch. »Wirst du wiederkommen?«, schniefte er. Die junge Frau ging in die Hocke und wischte ihm über die Augen. »Vielleicht … eines Tages«, versuchte sie ihn zu trösten. Achim griff in seine Tasche und holte einen Frosch hervor. »Er soll dich vor schlechtem Wetter warnen!«, flüsterte er verschmitzt.

»Achim!«, tadelte sie ihn leise, »du hast dir erneut Frösche gefangen! Du weißt, dass dein Vater dich bestrafen wird, wenn er von den Fröschen erfährt«, flüsterte sie ihm ins Ohr. Er nickte. »Ich habe jetzt ein besseres Versteck für meine Freunde. Dort wird er sie nicht finden.« Katharina nahm ihm den Frosch aus der Hand und steckte ihn in ihren Beutel. Dann gab sie dem Jungen einen Kuss auf den Scheitel und erhob sich. Die Müllerin überreichte Johann einen Laib Brot und sagte verlegen: »Mehr können wir euch leider nicht mitgeben.«

»Das ist mehr, als wir erwartet haben«, dankte Johann zum Abschied.

Schweigend gingen die vier Gefährten den Weg durch das Tal entlang des Kallenbachs, der sanft in seinem Bett dahinfloss. An einer seichten Stelle nahm Katharina den Frosch aus ihrem Beutel und setzte ihn ins feuchte Gras. Sofort hüpfte er in die Uferböschung und verschwand unter dichtem Blattwerk.

Traurig blickte Katharina ihm nach und sagte: »Zu fünft haben wir unsere Heimat verlassen. Jetzt sind wir nur noch vier, und bald werden auch wir uns trennen.« Erwartungsvoll sah sie von einem zum anderen, und ihr Blick verharrte bei Burghard. Doch er schwieg. Katharina senkte den Blick. Ohne auf die Gefährten zu warten, schritt sie den Talweg weiter.

Als wolle die Sonne die traurige Stimmung unter den vier Reisenden verspotten, strahlte sie vom blauen Himmel und tauchte das Tal in helles, freundliches Licht.

Nach einer Weile gabelte sich der Weg. Einer führte eine kleine Anhöhe hinauf, der andere durch ein großes Waldstück. Während Johann und Burghard noch beratschlagten, welche Richtung sie einschlagen sollten, erklang ein Jagdhorn. Die vier sahen sich um. In der Ferne konnten sie die Johannesburg erkennen, deren Türme stattlich emporragten. Die metallene Wetterfahne auf einem der Türme glänzte im Schein der Sonne. Alles schien friedlich, bis in der Ferne eine kläffende Hundemeute zu erkennen war. Ihr folgte eine Schar Reiter, die sich dem Jagdschloss näherte. Hinter den Jägern eilten Treiber und Knechte dem Schloss entgegen. Diener trugen Stangen auf den Schultern, an denen die Jagdbeute baumelte.

»Wenn ich an fetten Wildschweinbraten denke, läuft mir das Wasser im Mund zusammen!«, stöhnte Burghard.

»Mit Wildschwein kann ich euch nicht dienen, aber dafür mit Hasenbraten«, sagte eine Stimme hinter ihnen. Mit einem Aufschrei fiel zuerst Katharina und dann auch Franziska Clemens um den Hals, der lachend rief: »Ihr erdrückt unser Essen!« Mit gestrecktem Arm hielt er die Hasen von sich weg.

Im Gegensatz zu den Frauen verhielten sich Johann und Burghard Clemens gegenüber abweisend.

»Ihr seid böse, weil ich euch verlassen habe?«, fragte Clemens.

Johann schüttelte den Kopf. »Nein, nicht deshalb. Wir wissen alle, dass sich unsere Wege früher oder später trennen werden. Ich nehme dir übel, dass du gegangen bist, ohne nachzufragen, was *wir* machen werden.«

»Und du hast dich nicht ein einziges Mal nach uns umgesehen«, grollte Burghard. »Ich habe dich damals aus dem Wasser gezogen und gerettet. Ohne mich wärst du unter der Erde und längst am Verrotten.«

Wie verloren stand Clemens in der Mitte des Weges und hielt krampfhaft die beiden toten Hasen an den Ohren fest.

»Es tut mir leid«, stammelte er.

»Warum bist du zurückgekommen?«, wollte Johann wissen. Clemens blickte kurz zu Katharina, sah dann aber Johann fest in die Augen und antwortete: »Weil ich meine Freunde vermisst habe!«

Zwar marschierten die fünf gemeinsam weiter, sie sprachen jedoch kaum ein Wort miteinander. Die Sonne stand bereits tief, als sie einen geschützten Platz fanden, wo sie die Nacht verbringen wollten. Holz wurde aufgeschichtet und ein Feuer entfacht. Katharina zog den Hasen das Fell ab, und Franziska entfernte die Eingeweide. Herz, Leber und Nieren wurden auf dünne Zweige gespießt und im Feuer gegrillt. Die Hasen steckten die Männer auf dicke Äste auf und legten sie zwischen zwei Astgabeln über die Flammen.

Nach dem Essen rechten die fünf mit den Fingern trockenes Laub zusammen, um ihre Schlafstatt zu polstern.

Franziska legte ihren Kopf auf Johanns Brust und schlief rasch ein. Auch Katharina übermannte der Schlaf bald. Nur die drei Männer lagen noch wach.

»Wie geht es jetzt weiter?«, fragte Burghard mit gedämpfter Stimme. Clemens wusste, dass die Frage an ihn gerichtet war, deshalb schlug er vor: »Lasst uns zusammen zu Melchior Rehmringer gehen. Er ist ein reicher Mann und wird sicherlich mühelos fünf weitere Mäuler satt bekommen.«

»Wie viele Tagesmärsche sind es bis zu Rehmringer?«, wollte Burghard wissen.

»Nach Schätzung Graf Georgs mehr als vierzehn Tage. Wir werden von hier aus zuerst nach Mainz, dann nach Bingen und dann nach Kreuznach gehen. Dort werden wir nach dem weiteren Weg fragen müssen.«

Johann atmete tief ein und aus. »Endlich haben wir ein Ziel vor Augen! Vierzehn Tage Fußmarsch ist weit entfernt. Aber dort wird man uns nicht finden.«

Auch Franziska schien ihr Gespräch mitbekommen zu haben, denn leise sagte sie nun: »Danke, Clemens, dass du zurückgekommen bist.«

Kapitel 8

Hundeshagen auf dem Eichsfeld, August 1617

Eine Fledermaus flog dicht über den Kopf des Mädchens hinweg, so dass es vor Schreck beinahe die Truhe fallen ließ.

»Pass auf, Kind! Du musst vorsichtig sein. Wenn die Truhe auf den Boden fällt, springt der Deckel auf, und die Taler fallen auf das Feld. Unser Knecht würde sich freuen, wenn er beim Pflügen Gold fände.«

»Es ist so düster, Vater! Warum müssen wir in einer Neumondnacht das Geld in Sicherheit bringen? Ich kann meine Hand vor Augen kaum erkennen, geschweige denn sehen, wo ich hintrete!«

»Nur Mut! Wir sind gleich da.«

»Müssen wir unser Geld unbedingt im Acker vergraben? Können wir es nicht auf dem Dachboden oder im Stall verstecken?«

»Nein! Da würden sie zuerst suchen!«

»Wer, Vater? Bist du in Schwierigkeiten?«

»Alles, was ich mache, ist nur zu deinem Besten, mein Kind.«

»Das weiß ich, Vater! Doch sage mir, warum wir mitten in der Nacht unser Geld auf dem Feld vergraben müssen.«

»Ich werde es dir erklären, sobald die Truhe unter der Erde ist.«

»Werden wir bedroht?«

»Vielleicht.«

»Vater, ich werde keinen Schritt weitergehen, wenn du mich länger im Unklaren lässt!«

»Schweig, Kind. Wir müssen uns eilen, sonst werden wir entdeckt. Sobald wir zu Hause sind, werde ich dir alles erklären.«

Bonner trat seinem Pferd heftig in die Flanken. Die Erde spritzte nach allen Richtungen, als der mächtige Huf den Boden berührte. Schnaubend galoppierte das Ross über die Felder von Hundeshagen. Bereits nach kurzer Zeit waren rechts die wenigen Häuser von Ferna zu erkennen und hinter der nächsten Kuppe auf der linken Seite die Häuser von Tastungen. Beide Orte streifte Bonners Blick nur kurz. Hemmungslos trieb der Reiter das Pferd an. Er hatte es eilig. In Duderstadt wollte er den Neffen des Bürgermeisters aufsuchen, der angeblich Johann und die Magd während einer Wallfahrt auf dem Hülfensberg, nur Tage nachdem die beiden von seinem Hof geflohen waren, erkannt haben wollte.

Als Bonner die ersten Behausungen von Duderstadt außerhalb der Stadtmauer sah, zügelte er das Pferd, so dass es in Trab fiel. Am Westerturm gab er es beim Stall ab und ging zu Fuß durch die engen Gassen. Da er weder einem Ratsmitglied noch dem Bürgermeister im Stadthaus begegnen wollte, suchte Bonner einen Bäckerladen in der Nähe des Marktplatzes auf. Hier wollte er nach Josefs Adresse fragen. Bonner kaufte einen frisch gebackenen süßen Kringel und biss gierig hinein. Während er schmatzend kaute, fragte er nach der Straße, in der der Bursche wohnte. Weil Josef in der Stadt stets den Tag des Bierbrauens ausrief, war er den Duderstadtern wohl bekannt. Hilfsbereit erklärte die Bäckersfrau dem Bauern den Weg.

Ohne Schwierigkeiten fand Bonner das schmale zweistöckige Haus der Familie, das mitten in einer langen Häuserzeile stand. Der Bauer hämmerte ungeduldig mit der Faust gegen die geschwärzte hölzerne Eingangstür, woraufhin ein altes Mütterlein öffnete. Die Alte blickte den Fremden aus trüben Augen an.

»Was macht Ihr für einen Lärm? Wer seid Ihr, und was wollt Ihr?«, krächzte sie.

»Ich suche einen Burschen namens Josef.«

»Wer sucht ihn?«, fragte sie mit heiserer Stimme.

»Ich komme aus Hundeshagen und muss ihn wegen der Wallfahrt auf dem Hülfensberg sprechen«, erklärte Bonner, ohne seinen Namen zu verraten.

Das Gesicht der Alten kam näher. Die fast blinden Augen musterten Bonner von oben bis unten. »Ich kenne dich, Bauer! Dein Sohn ist mit der Hexe durchgebrannt«, sagte sie triumphierend und duzte Bonner dabei, was ihn ärgerte.

»Woher wollt Ihr mich kennen?«, fragte er erschrocken. »Wir sind uns nie begegnet!«

»Mein Mann, der Taler Michel, hat bei deinem Vater die Pferde beschlagen. Manchmal habe ich ihn begleitet und in der Küche geholfen.«

Bonner überlegte kurz. »Ja, ich kann mich erinnern. Ihr habt stets bei den Bauern um Arbeit gebettelt. Doch ich habe keine Zeit, mit dir in Erinnerungen zu schwelgen. Ich muss deinen Bengel, den Josef, sprechen«, sagte er und duzte die Alte verächtlich.

»Das ist Vergangenheit«, zischte die Alte. »Doch du warst schon damals ein garstiges Kind und hattest für andere nur Hohn übrig. Scheinbar ist das noch immer so!«

Wütend presste Bonner die Lippen zusammen. »Ich habe nicht den ganzen Tag Zeit, also sag mir jetzt gefälligst, wo ich den Jungen finden kann.«

»Josef ist der Sohn meiner Tochter und bei seinem Oheim, dem Bürgermeister.«

»Dann werde ich wohl oder übel ins Rathaus müssen«, murmelte Bonner griesgrämig vor sich hin. Ohne sich von der Alten zu verabschieden, wandte er sich ab und ging ein paar Schritte in die Richtung, aus der er gekommen war. Die Frau rief ihm hinterher: »Im Rathaus wirst du sie nicht finden, Casper Bonner. Sie sind bei Albrecht zu Hause.«

»Bei Albrecht? Mitten am Tag?«

Der Blick aus den grauen Augen der Alten verunsicherte den

Bauern. Als sich ihre Mundwinkel spöttisch verzogen, wollte Bonner losschimpfen, doch sie schloss mit einem Knall die Eingangstür und ließ ihn wie einen kleinen Jungen auf der Straße stehen. Als Bonner das schadenfrohe Lachen der Frau hinter der Tür hörte, eilte er wütend mit großen Schritten zurück. Erneut wollte er gegen die Tür hämmern, als in dem Haus nebenan ein Fenster geöffnet wurde und jemand neugierig seinen Kopf herausstreckte. Hastig ging Bonner weiter.

Albrecht Harßdörfer empfing den Neffen seiner Frau in seinem Arbeitszimmer. Sein Weib zeigte sich über den unerwarteten Besuch erfreut und wollte sich zu ihnen gesellen, doch Harßdörfer schickte sie schroff hinaus. Beleidigt reckte die Frau das Kinn und verließ mit wehendem Rock die Stube. Als hinter ihr die Tür laut ins Schloss fiel, zuckte Josef zusammen. Nervös rutschte er auf seinem Stuhl hin und her und wagte kaum aufzublicken.

Der Mann seiner Tante hatte ihm von jeher Furcht eingeflößt, und obwohl Harßdörfer nicht sein Onkel war, sollte Josef ihn Oheim nennen.

Die mächtige Gestalt des Bürgermeisters saß hinter einem ebenso wuchtigen Schreibtisch und starrte den Burschen stumm an. Josef fühlte sich unter dem strengen Blick sichtbar unwohl. Als Harßdörfer noch immer schwieg, wagte er leise zu fragen: »Warum wolltet Ihr mich sprechen, Oheim?«

Der Bürgermeister erwachte aus seiner Erstarrung. Er atmete laut ein und sagte schließlich mit ernster Miene: »Ich habe einen Auftrag für dich.«

Josef blickte auf. »Einen Auftrag?«, fragte er zweifelnd.

»Du kannst lesen und schreiben?«

Josef nickte.

»Gut. So wirst du für mich als Schreiber arbeiten.«

»Als Schreiber?« Ungläubig schaute Josef auf. »Warum nehmt

Ihr nicht einen Schreiber aus dem Rathaus? Ich habe keine Erfahrung.«

»Ich benötige jemanden, dem ich vertrauen kann.«

Josefs Haltung entspannte sich, als er diese Worte hörte. Mutig stellte er eine weitere Frage: »Wo soll ich als Schreiber arbeiten, Oheim?«

»Das wirst du sehen. Sobald es so weit ist, werde ich dich benachrichtigen. Aber höre mir zu, Josef! Niemand darf auch nur ein Sterbenswörtchen davon erfahren. Hast du gehört? Du darfst keinem Menschen erzählen, wohin du gehen wirst, oder was du für mich geschrieben hast, oder um wen es dabei geht!« Harßdörfers Blick klebte an dem Gesicht des Jungen. Josef getraute sich kaum zu atmen und konnte nur stumm nicken.

»Gut so, mein Junge! Gut so! Und nun gehe nach Hause und warte dort, bis ich dich rufen werde.«

»Wann wird das sein, Oheim?«

»Schon bald, mein Junge, schon bald!«

Als Josef das Haus des Bürgermeisters verließ, kam Bonner um die Ecke gestapft. Schlecht gelaunt musterte er den blonden Burschen und fragte: »Bist du Josef, der Bierausrufer?«

»Wer will das wissen?«, antwortete Josef mit einer Gegenfrage und stemmte die Hände in die Hüften. Allein der Gedanke, dass er der Schreiber seines Oheims werden würde, schien ihm Selbstsicherheit zu geben.

Bonner hasste es, wenn Burschen, die noch grün hinter den Ohren waren, den Ton angeben wollten. Um dem Jungen zu zeigen, was er von dessen Auftreten hielt, stellte sich Bonner breitbeinig vor ihn, stemmte ebenfalls die Hände in die Seite und holte tief Luft, so dass sein mächtiger Bauch sich nach vorn wölbte. Hinter seiner ausladenden Gestalt hätte der Bursche sich zweimal verstecken können. Mit tiefer Stimme sagte der

Bauer: »Der Bürgermeister von Duderstadt erzählte mir, dass du die Hexe auf dem Hülfensberg erkannt haben willst. Ist das so?«

Bevor Josef antworten konnte, stürmte Harßdörfer aus dem Haus. Als der Bursche seinen Oheim sah, ließ er die Hände sinken und blickte zu Boden.

Der Bursche macht sich in die Hose, nur weil der Alte hinter ihm steht, höhnte der Bauer in Gedanken.

»Was willst du von meinem Neffen, Casper?«, fragte der Bürgermeister erregt und versuchte sich seine Verunsicherung nicht anmerken zu lassen.

»Geht es dir nicht gut, Albrecht? Du schnaufst wie ein altes Weib!« Bonner beäugte den Mann kritisch. Irgendwas stimmt hier nicht, dachte er und ließ seinen Blick zwischen dem Bürgermeister und dem Burschen hin und her wandern. Harßdörfer brauste auf: »Was erlaubst du dir, Bauer? Kümmere dich lieber um deinen Sohn, der Unzucht mit einer Hexe treibt. Wolltest du nicht schon längst unterwegs sein und sie suchen? Weißt du nicht, dass dir die Zeit davonläuft? Oder soll ich gleich ins Rathaus gehen und bekannt geben, dass …«

»Senk deine Stimme, Albrecht!«, unterbrach der Bauer den Bürgermeister. »Muss das die ganze Stadt erfahren? Lass uns in deinem Haus weiterreden.«

Als Harßdörfer der Leute auf der Straße gewahr wurde, gab er Zeichen, dass Bonner und Josef ihm folgen sollten. Im Arbeitszimmer sagte er bissig: »Du bringst uns alle in Schwierigkeiten, Casper! Du solltest bereits fort sein.«

Bonner wurde kleinlaut, und seine Selbstsicherheit begann zu bröckeln. »Verstehe doch, Albrecht! Ich muss erst einiges regeln, bevor ich mich auf den Weg machen kann. Ich werde mehrere Wochen fort sein, und meine arme Karoline wird meine Stelle auf dem Hof einnehmen müssen. Das muss sorgsam geplant werden. Je eher mir der Bursche antwortet, desto schneller kann ich nach Hundeshagen zurückreiten und Vorkehrungen treffen.«

»Was willst du wissen?«, fragte der Bürgermeister ungerührt. Bonner wandte sich an Josef: »Konntest du sehen, in welche Richtung Johann und die Hexe gegangen sind?«

Doch anstelle des Jungen entgegnete Harßdörfer aufgebracht: »Wenn er das wüsste, dann hätte ich es dir bereits im Wirtshaus gesagt.«

Bonner überhörte den Einwand des Bürgermeisters und schnauzte nun den Burschen an: »Verdammt, Josef! Erinnere dich! Hast du die Hexe wirklich erkannt, oder hast du dem Bürgermeister etwas vorgegaukelt, um dich bei ihm Liebkind zu machen?«

Der Bursche erwachte aus seiner Erstarrung. Sein Blick verfinsterte sich. »Ich habe die Hexe erkannt, so wahr ich hier stehe. Ich konnte an ihren rot glühenden Augen sehen, dass sie wusste, wer ich bin. Ich wollte mich furchtlos auf sie stürzen, als ein Schuss fiel. Alle Menschen schrien und sind auseinandergelaufen. Doch ich ließ das Weibsbild nicht aus den Augen, und deshalb konnte ich sehen, wie sie auf einem Besen in den Wald flog.«

Bonners und Harßdörfers Augen weiteten sich vor Entsetzen.

»Aber Junge«, stammelte der Bürgermeister, »warum hast du mir das nicht gesagt?«

»Ich wollte dich nicht beunruhigen, Oheim«, erklärte Josef und schaute die beiden Männer forsch an. Der Bursche konnte sich noch genau daran erinnern, wie er die Frau auf dem Hülfensberg erkannt hatte und ihm dabei der Schreck durch die Glieder gefahren war. Voller Furcht hatte er sie angestarrt, und je länger sein Blick auf ihr haftete, desto mehr verwandelte sich ihr Gesicht in das einer Hexe.

»Wo war mein Sohn?«, wollte Bonner wissen, der unruhig im Zimmer hin und her ging. Josef überlegte nicht lange. »Er saß hinter der Hexe auf dem Besen. Er war der leibhaftige Teufel!«

Bonner wurde kalkweiß im Gesicht. »Johann!«, flüsterte er, und seine Stimme zitterte leicht. Dann schrie er: »Das Miststück hat ihn verzaubert! Ich werde dafür sorgen, dass sie auf dem Scheiterhaufen brennt.« Seine Augen waren hasserfüllt, und ohne ein weiteres Wort verließ er das Haus.

Erst als er außer Sichtweite war, blieb er stehen und stützte sich mit beiden Händen an einer Hausfassade ab. Er bekam kaum Luft und hätte am liebsten seinen Ärger, seine Wut, aber auch seine Trauer laut hinausgeschrien.

Mit bebender Stimme flüsterte er: »Ich werde sie finden! Ich werde die Hexe aufspüren, und dann wird sie mir büßen, dass sie mir meinen Jungen genommen hat!«

Kapitel 9

Barnabas und Servatius standen am Ufer des Mains und beobachteten, wie in Höhe des Weinmarkts mehrere kleine Boote entladen wurden. Neugierig schaute Barnabas den Hafenarbeitern zu, die Fässer auf Planken von den Booten zu den einzelnen Lagerhallen rollten. Die Hände auf dem Rücken verschränkt verfolgte er mit den Augen die kostbare Fracht. Servatius stand gelangweilt neben ihm.

»Da läuft einem das Wasser im Mund zusammen! Hier ein edler Topfen aus Spanien und da einer aus Übersee«, schmatzte der Magier und zeigte auf einzelne Fässer, in deren Holz fremd aussehende Schriften eingebrannt waren.

Servatius interessierte sich nicht für den kostbaren Wein. Sein Blick schweifte hinüber zu der Brücke, die über den Main nach Sachsenhausen führte. Schon seit Tagen versuchte er Barnabas zu überzeugen, dass sie sich eine Unterkunft in diesem Viertel suchen sollten, da dort angeblich reiche Leute lebten. In die bescheidene Herberge am Hafen, in der sie ein kleines Zimmer gemietet hatten, verirrten sich nur einfache Arbeiter und Huren, um sich von Barnabas behandeln zu lassen. Viel Geld konnten sie auf diese Weise nicht verdienen.

Servatius war entschlossen, nicht weiter umherzuziehen, sondern in Frankfurt zu bleiben. Seinen ursprünglichen Plan, Burghard zu finden, hatte er in dem Augenblick aufgegeben, als er die vielen Menschen sah, die in einer Stadt lebten. Es erschien ihm hier unmöglich, jemals wieder auf den jungen Franziskaner zu treffen. Hasserfüllt wünschte er sich leise: »Ich hoffe, dass er irgendwo in einer Ecke verrotten wird.«

Servatius war sich sicher, dass er in dieser Stadt eine Zukunft haben würde, zumal er glaubte, hier unentdeckt seine Bedürfnisse ausleben zu können. Bei diesem Gedanken lächelte er und versuchte erneut seinen Begleiter umzustimmen. Doch wie die Tage zuvor antwortete der Magier nicht und tat stattdessen, als würde er seine Worte nicht hören.

Barnabas beachtete Servatius nicht weiter und blendete sein Geschwätz aus. Schon seit Tagen bedrängte ihn der Franziskaner, in der Stadt sesshaft zu werden, was für ihn nicht in Frage kam. Mit unnachgiebigem Blick schaute der Magier zu der Brücke, wo ein stetiger Menschenstrom zwischen Frankfurt und Sachsenhausen hin und her pilgerte. So viele Menschen und so viele Kranke, die ich heilen könnte. Aber was nützt es? Hier werde ich keinen Nachfolger für mich finden, dachte Barnabas erschöpft und fuhr sich mit beiden Händen durch das silbrige Haar. Ungewollt drangen Servatius' Worte zu ihm durch.

»Warum sträubst du dich? Die Stadt lebt! Sie pulsiert! Kannst du ihren Herzschlag nicht spüren?«

Barnabas wandte sich dem Mönch zu und schnaubte: »Ich

spüre nur die Rastlosigkeit in dieser Stadt. Die Menschen hetzen ruhelos hin und her. Ihr unerträglicher Gestank verpestet die Luft, die ich einatmen muss. Auch höre ich nur den Lärm der Stadt, keinen gleichmäßigen, ruhigen Herzschlag.«

Eine tiefe Falte war zwischen Servatius' Augenbrauen zu sehen, als er aufgebracht erwiderte: »Du siehst wieder mal nur das Schlechte, Barnabas! Aber in der Stadt spielt das Leben, und nur in der Stadt können wir Geld verdienen. Was willst du tun, alter Mann? Deine Tage sind gezählt. Begreife doch, dass wir nur hier sesshaft werden können.«

In diesem Augenblick schnellte der sehnige Arm des Magiers nach vorn, und seine langen dürren Finger umklammerten den Hals des Mönchs. Scheinbar mühelos drückten sie Servatius' Kehle zusammen. Der Franziskaner versuchte sich zu befreien, doch Barnabas war stärker. Erst als sich das Gesicht des Mönchs verfärbte, lockerte der Magier den Griff, ließ ihn los und stieß ihn von sich.

Servatius taumelte und fasste sich röchelnd und hustend an den Hals. Er versuchte Barnabas anzuschreien, doch es kam nur ein heiseres Flüstern aus seiner Kehle.

Die schwarzen Augen des Magiers blickten Servatius boshaft an. »Denkst du törichter Wicht wirklich, dass ich nicht weiß, warum du in der Stadt bleiben willst? Ich kenne deine krankhafte Neigung und habe dich beobachtet! Wage nie wieder, mich zu beleidigen oder anzugreifen. Du kannst gegen mich nicht gewinnen. Ich werde weiterziehen, doch dir steht es frei zu bleiben!« Sprachlos blickte Servatius den Magier an und rieb sich den Hals, an dem sich die Fingerabdrücke dunkel abzeichneten.

Barnabas ließ den Mönch stehen und ging von dannen. Als er einige Schritte entfernt war, rieb er sich über den Arm, in dem der Krampf langsam nachließ. Auch krümmte und streckte er immer wieder die Finger der Hand, die die Kehle des Franziskaners umklammert hatte. Seine Gelenke schmerzten, und

Barnabas wusste auch, warum. In den letzten Tagen hatte er es versäumt, seinen Sud zu trinken, den er aus Brennnesselblättern herstellte. Ich muss mehr auf meine Gesundheit achten, dachte er.

Als er hinter sich Schritte hörte, richtete er sich gerade auf und versuchte leichtfüßig zu gehen. Nichts sollte dem Mönch Barnabas' körperliche Gebrechen verraten.

Servatius wird die nächste Zeit folgsam und keine Gefahr für mich sein!, dachte Barnabas. Doch ich muss dringend jemanden finden, dem ich mein Wissen weitergeben kann. Schon morgen werden wir die Stadt verlassen.

Der Magier war sich sicher, dass Servatius ihn begleiten würde.

Als Barnabas darüber nachdachte, wohin die weitere Reise gehen sollte, erinnerte er sich daran, dass er vor vielen Jahren über die »Elisabethenstraße« marschiert war, die quer durch das Reich führte.

»Wir könnten von Frankfurt nach Marburg gehen und dort zum Grab der heiligen Elisabeth wallfahren«, schlug er versöhnlich vor.

Servatius hatte sich von dem Schreck tags zuvor noch nicht erholt und wagte es kaum, Barnabas in die Augen zu blicken. »Was interessieren mich die Gebeine der Elisabeth?«, murrte er heiser. »Ich bin nicht Katharina, die dem Leben der Heiligen nacheifert.«

»Katharina!«, flüsterte Barnabas. Seit Wochen hatte er nicht mehr an das Mädchen gedacht. Was wohl aus ihr geworden ist? Ob sie noch mit Burghard unterwegs ist?, fragte er sich in Gedanken. Barnabas hatte das Mädchen mit den dicken blonden Zöpfen gemocht. Nicht nur ihr Liebreiz war erfrischend gewesen, auch ihr starker Wille hatte großen Eindruck auf ihn gemacht. Als sich die Gelegenheit bot, hatte Katharina sich gegen ihre Eltern gestellt und ihr Schicksal selbst entschieden. »Sind wirklich erst wenige Monate vergangen, seit das Mädchen Hand in Hand mit Burghard im Wald auf dem Hülfensberg verschwand?«, sinnierte der Magier. Ungläubig schüttelte er den Kopf und lachte leise in sich hinein. »Welch beherzte junge Frau sie doch ist!«

In den Erinnerungen des Magiers tauchte die farblose Gestalt Ottos auf, des Ehemanns von Katharinas verstorbener Schwester, den sie auf Geheiß der Eltern hatte heiraten sollen. Er hätte ihr sicherlich untersagt, im Sinne der heiligen Elisabeth Gutes zu tun, grübelte Barnabas. Bei dem Gedanken an Katharina nagte das schlechte Gewissen an ihm. Schließlich hatten die Jacobis ihm die Verantwortung für ihre Tochter übertragen. Er sollte sie wohlbehalten von der Wallfahrt auf den Hülfensberg nach Hause zurückbringen, doch stattdessen war das Mädchen verschwunden, ohne dass Barnabas es verhindern konnte. Damals hatte er es als seine Pflicht angesehen, nach der jungen Frau zu suchen, befürchtete er doch, dass die Eltern die Miliz nach ihm schicken würden, sobald sie von dem Verschwinden ihrer Tochter erführen. Je eher er das Mädchen nach Heiligenstadt zurückbrachte, desto weniger Scherereien würde er zu erwarten haben. So hatte sich Barnabas mit Servatius auf die Suche begeben. Ihnen war rasch klar gewesen, dass Katharina und Burghard das Eichsfeld und somit Thüringen in Richtung Hessenland verlassen würden. Da der Fluss Werra als natürliche Grenze zwischen beiden Ländern verlief, konnten sie aber nur mit einem Boot auf die andere Seite kommen – dessen war sich Barnabas sicher. So durchsuchte er mit Servatius jeden einzelnen Ort an der Werra, und stets hoffte der Magier, die Flüchtigen noch rechtzeitig zu finden. Als ihn im Städtchen Wanfried das Gefühl beschlich, beobachtet zu werden, glaubte er, dass Katharina in der Nähe war. Immer wieder hatte er den Blick über die Menschenmengen schweifen lassen, die sich durch das Stadttor drängten, er hatte sie aber nicht entdecken können. Und doch war ihm, als könne er ihre Anwesenheit spüren.

Bis in den Ort Eschwege, der ebenfalls am Fluss lag, waren sie gereist. Als dort Hexenprozesse stattfinden sollten, baten die Stadtväter Barnabas um Hilfe. Da, wie die Leute glaubten, nur ein Magier fähig wäre, den Schadenszauber aufzulösen, den Hexen über Mensch und Tier verhängt hatten, konnte er dem Rat seine Hilfe nicht verwehren und musste einige Tage in Eschwege verweilen. So verlor Barnabas die Spur von Katharina und Burghard, und es blieb ihm nicht anderes übrig, als in einem Brief Katharinas Eltern die Wahrheit mitzuteilen. Ihnen persönlich alles zu erklären, dazu war er nicht imstande gewesen, zumal er befürchten musste, dass sie ihn zur Rechenschaft ziehen würden. Aus dieser Angst heraus hatte er mit Servatius ebenfalls das Eichsfeld verlassen und zog seitdem durch Nassau.

Barnabas seufzte. Wir müssen weiter, dachte er und richtete sich von der Bank auf, auf der er eine kurze Rast im Schatten einiger Bäume am Ufer des Mains eingelegt hatte. Doch zuvor wollte er sich noch stärken. »Komm, Servatius!«, lockte er den Mönch. »Ich lade dich zu einer Vesper und einem Schoppen Äppelwein ein.«

Zurück in ihrer kleinen Kammer am Hafen, begann der Magier seine Utensilien sorgfältig zu ordnen. Er legte den Boden seines Tragekorbs mit Leinenbeuteln aus, in denen sich verschiedene Kräuter befanden. Tiegel mit Salben und Glasfläschchen mit unterschiedlichen Flüssigkeiten schichtete er darüber. Dazwischen stopfte er Kräutersäckchen, um das Glas vor Bruch zu schützen. Zum Schluss legte Barnabas das Buch, in dem er sein Wissen über die Brauchkunst und das Heilen niedergeschrieben hatte, obenauf. Der dunkle Ledereinband war abgegriffen und speckig, was davon zeugte, dass der Magier das Buch oft in Händen hielt. Als alles verstaut war, schulterte er den Korb und nahm seinen Wanderstab auf.

Auch Servatius hängte sich seinen Korb über die Schulter. In ihm befanden sich die wenigen Habseligkeiten der beiden ungleichen Gefährten sowie ein kleiner Kochtopf, einige Schüsseln und für jeden ein Löffel und ein Messer. Barnabas reichte ihm seinen Beutel mit Wegzehrung und einen Wasserschlauch.

»Komm, Servatius, wir wollen weiterziehen! Wenn du nicht nach Marburg gehen willst, dann werden wir in eine andere Richtung marschieren müssen.«

Als sie im Westen über den Stadtgraben gingen und das Galgentor durchschritten, fragte Barnabas den Torwächter: »Sag, guter Mann, wenn ich mich nach rechts wende, wohin gelange ich dann?«

»Marburg!«, antwortete der Angesprochene wortkarg.

»Und nach links?«, wollte Barnabas wissen.

»Darmstadt!«

Der Magier zeigte wortlos mit seinem Stock nach vorn und blickte den Mann, der sich gelangweilt auf einen Speer stützte, auffordernd an.

»Wiesbaden!«

Nun bedankte sich Barnabas freundlich mit einem Kopfnicken und gab Servatius Zeichen, ihm zu folgen. Der Torwächter rief ihnen nach: »Geht ihr an der Weggablung nach links, kommt ihr nach Mainz!«

Barnabas hob dankend die Hand.

»Mainz? Kamst du einst nicht aus dem Kloster zu Mainz?«, fragte er Servatius. Der Mönch nickte.

»Möchtest du dorthin zurückkehren?«

Der Mönch blickte finster drein, und Zorn blitzte in seinen

Augen auf, als er mit krächzender Stimme den Magier anfuhr: »Der Weg nach Mainz ist mir versperrt! Nie wieder werde ich dorthin zurückkehren können. Und alles nur, weil dieser unsägliche Burghard verschwunden ist.«

»Sag deinen Ordensbrüdern einfach, dass Burghard allein unterwegs ist. Wer will dir das Gegenteil beweisen?«

»Bruder Kuno wird im selben Augenblick wissen, dass es eine Lüge ist, kaum dass ich sie ausgesprochen habe.«

Fragend zog Barnabas eine Augenbraue in die Höhe.

»Burghard war der Lieblingsschüler Bruder Kunos, so wie eigentlich aller Brüder im Kloster«, giftete Servatius. »Weil er seine Eltern besuchen wollte, musste ich das Kloster verlassen und mit ihm gehen. Bruder Kuno, Bruder Paschalis und Bruder Ruppert haben ihn mir anvertraut. Niemals würden sie glauben, dass Burghard allein weiterziehen würde, ohne sich von ihnen die Erlaubnis zu holen.«

»Dann hast du in zweierlei Hinsicht versagt!«, schlussfolgerte Barnabas. »Katharina *und* Burghard sind dir fortgelaufen!«

»Wieso mir? Du hast den Eltern versprochen, dich um das Mädchen zu kümmern.«

»Ja, nachdem du den Eltern angeboten hast, Katharina zu begleiten und sie zu beschützen. Erinnere dich an deine Worte!« Spöttisch lächelte der Magier den Franziskanermönch an, der nichts zu entgegnen wusste. Als Servatius stumm blieb, bestimmte Barnabas: »Wir werden nach Mainz ziehen.« Erschrocken sah Servatius auf. »Keine Angst, wir werden nur an Mainz vorbeiziehen und dann der Straße nach Bingen folgen. Von dort können wir nach Kreuznach wandern.«

»Du scheinst genau zu wissen, wohin uns unser Weg führen soll«, unterbrach Servatius ihn. Barnabas nickte. »Es wird Zeit, wieder die Heimat aufzusuchen!«

Die Reise der beiden Männer verlief ohne besondere Vorkommnisse. Nur hier und da begegnete ihnen ein Wanderer oder ein Fuhrwerk. Auch das Wetter meinte es gut mit ihnen. Es war trocken, und die Sonne schickte ihre letzten wärmenden Strahlen auf die Erde. Manchmal hörte man noch einen Vogel zwitschern. Alles war ruhig und friedlich, bis Servatius' Stimme die Stille durchbrach und er seinen Weggefährten ungestüm fragte: »Woher stammst du?«, »Und warum bist du fortgegangen?«, »Wann war das?«, »Ist es noch weit?« Unablässig wiederholte der Mönch seine Fragen, während Barnabas stumm den staubigen Weg entlangschritt und dabei den Kopf gesenkt hielt. Stur schaute er weder nach rechts noch nach links und erst recht nicht in Richtung des Mönchs. Als Servatius sich beklagte, dass Barnabas ihm kaum Beachtung schenkte, blieb der Magier stehen und hob den Blick.

»Ich wüsste nicht, was ich dir zu erklären habe«, sagte er und sah Servatius dabei kalt an. Bevor der Mönch etwas erwidern konnte, setzte der Magier seinen Weg fort. Hastig folgte ihm der Franziskaner und schimpfte: »Warum machst du so ein Geheimnis daraus? Du weißt über mich mehr als ich über dich!«

Erneut blieb Barnabas stehen und sagte spöttisch: »Was ich von dir weiß, würde ich liebend gern nicht wissen!«

Servatius begriff sofort, worauf der Magier anspielte, und schwieg fortan.

Als sie am Abend des zweiten Tages Mainz vor sich liegen sahen, beschleunigte Servatius seinen Schritt. Barnabas sagte nichts, obwohl er ihm nur mühsam folgen konnte. Erst als die Stadt hinter ihnen lag, wurde der Gang des Mönchs wieder langsamer. Erschöpft schlug Barnabas vor: »Lass uns einen Lagerplatz suchen. Es ist bereits spät, und ich bin hungrig und durstig!« Niemals hätte er zugegeben, dass seine Knie schmerzten und sein Herz von der Anstrengung raste.

In einem Waldstück fanden sie vor einem umgestürzten Baum einen geschützten Platz für die Nacht. Unaufgefordert suchte Servatius trockenes Holz, um ein Feuer zu entfachen. Währenddessen setzte sich Barnabas auf den Baumstamm und durchsuchte seine Tiegel nach einer bestimmten Paste. »Wolfsgelegena«, murmelte er leise vor sich hin. Er öffnete jedes Gefäß und schnupperte daran, bis er die richtige Salbe gefunden hatte. Mit den Spitzen von Zeige- und Mittelfinger nahm er von dem cremigen Balsam, der aus dem Öl der gelblichen Arnikablüte und Bienenwachs hergestellt wurde. Sorgsam rieb er seine schmerzenden Knie damit ein und verband sie mit einem Leinenschal. Erneut nahm er von der Paste, doch dieses Mal nur eine erbsengroße Menge und verrieb sie über seine Finger. Dabei verzog er leicht das Gesicht.

Servatius kam mit einem Bündel dürrer Äste auf dem Arm zurück und fragte: »Geht es dir nicht gut?«

»Was kümmert es dich?«, brummte Barnabas und strich sich über die kleinen Verdickungen seiner Fingergelenke.

»Ich werde Wasser erhitzen und einen Kräutersud aus Birken- und Brennnesselblättern aufbrühen. Er hilft gegen den Gichtschmerz.« Erstaunt blickte der Magier auf. Servatius' Gesicht verriet keinen seiner Gedanken, und Barnabas konnte nichts Hinterhältiges in seiner Mimik erkennen. Trotzdem beobachtete er den Mönch argwöhnisch, denn seine Hilfsbereitschaft war ungewohnt.

Der Franziskaner tat, als bemerke er Barnabas' Blick nicht. Er riss frische Äste von den Tannen ab und bedeckte damit breitflächig den Boden vor dem Baumstamm. Nachdem er trockenes Laub darübergestreut hatte, forderte er den Magier auf: »Leg dich hier auf das gepolsterte Lager. Das wird deinen Knochen guttun.«

Barnabas setzte sich und lehnte sich entspannt gegen den Stamm. Erneut musterte er den Mönch. Als er auf dem Gesicht des Mönchs einen freundlichen Ausdruck entdeckte, fragte er: »Was führst du im Schilde? Willst mich wohl im Schlaf ausrauben oder gar umbringen!«

Servatius lachte laut auf. »Warum sollte ich mir dann die Mühe machen und dir ein Lager herrichten? Dich ausrauben und umbringen kann ich auch, wenn du auf dem nackten Boden schläfst.«

Mehr sagte der Franziskaner nicht, sondern entfachte mit Zunderschwamm und Feuerstein das trockene Holz. Dann suchte er zwei Steine und legte sie rechts und links neben das Feuer. Auf die Steine stellte er einen Topf, so dass die Flammen den Topfboden berührten, und goss aus dem mitgeführten Schlauch Wasser hinein. Barnabas hatte in der Zwischenzeit die Beutel mit Brennnessel und Birkenblättern in seinem Korb gefunden. Er nahm eine kleine Menge und füllte die trockenen Blätter in ein Leinensäckchen, das er in das kochende Wasser hängte. Schon bald verfärbte sich das Wasser bräunlich. Nachdem der Sud lange genug gezogen hatte, goss Servatius ihn in eine Schüssel und reichte sie Barnabas. Schlürfend trank der Magier kleine Schlucke.

»Ah, das tut gut«, freute er sich. Nachdem sie Blutwurst und Brot gegessen hatten, sagte Servatius plötzlich: »Ich will das Brauchen lernen!«

Sein freundlicher Blick war verschwunden, stattdessen waren seine Gesichtszüge hart geworden. Barnabas presste seine Lippen zusammen. »Ich dachte mir schon, dass du nichts umsonst tust!«

Servatius verzog den Mund zu einem spöttischen Lächeln. »Warum sträubst du dich? Sei froh, dass dein Wissen nicht verloren gegangen ist, wenn du vor unserem Schöpfer stehst.«

»Nur, weil ich Gicht habe, heißt das nicht, dass ich sterben werde.«

»Nicht an Gicht – das stimmt wohl! Aber wie ich bereits sagte, deine Tage sind gezählt. Deine Ader am Hals schwillt dick an, sobald dein Blut in Wallung gerät. Schweißperlen bedecken deine Stirn, wenn du dich schnell bewegst. Ich bin nicht blind, Barnabas!«

»Ich verstehe nicht, was du mir sagen willst, Servatius. Ich bin nicht mehr der Jüngste, das ist wohl wahr, aber ich bin noch lange nicht bereit, diese Welt zu verlassen.«

Beide blickten sich übellaunig an. Plötzlich verzog sich das Gesicht des Jüngeren. Er sah aus wie ein Kind, dem man sein Spielzeug weggenommen hatte. Trotzig stülpte er die Unterlippe vor.

»Ich weiß, dass du es vorgezogen hättest, Burghard zu deinem Nachfolger zu machen. Aber weshalb kann ich es nicht werden – jetzt, wo er fort ist?«

»Servatius, du bist in der Kräuterkunde bewandert, hast sie im Kloster gelernt. Somit kannst du helfen und heilen. Das Brauchtum ist besonders und den Magiern vorbehalten. Nur uns Zauberern ist es gestattet, das Brauchen einzusetzen.« Zornig sprang der Mönch auf, baute sich vor Barnabas auf und blickte auf ihn herab.

Das ist keine gute Ausgangslage für mich, dachte der Magier in dem Wissen, dass er nicht schnell genug auf die Beine kommen würde, sollte Servatius auf ihn losgehen.

»Du lügst! Brauchen kann jeder! Ich bin nicht dumm, alter Mann, ich weiß, dass es verschiedene Brauchtümer gibt, selbst die Kirche hat ihre eigenen. Aber die interessieren mich nicht! Ich will die der Zauberer lernen!«

»Warum?«

Servatius schwieg. Sein Blick, mit dem er den Magier von oben herab bedachte, sagte mehr als jedes Wort.

»Macht!«, flüsterte Barnabas. »Du denkst, als Zauberer hast du Macht über die Menschen!«

Servatius kam näher, kniete sich auf einem Bein vor Barnabas hin und sah ihm fest in die Augen. Sein Gesicht kam so dicht, dass der Magier jeden Pickel, jede Pore erkennen konnte. Als ihm der faulige Atem ins Gesicht schlug, musste er sich beherrschen, um nicht den Kopf abzuwenden.

»Bringst du mir das Brauchen bei?«, fragte Servatius mit erregter Stimme.

»Nie und nimmer«, flüsterte Barnabas. »Eher bringe ich dich um!«

Servatius holte aus, um auf ihn einzuschlagen, doch Barnabas hatte damit gerechnet und hob im selben Augenblick seinen Wanderstab in die Höhe. Noch bevor ihn Servatius' Faust treffen konnte, schlug er dem Mönch das dickere Ende des harten Holzstabs gegen die Schläfe. Geräuschlos sackte dieser in sich zusammen und bewegte sich nicht mehr. Mühsam erhob sich Barnabas von seinem Lager.

Der Magier saß am Feuer, trank Sud und starrte in die Flammen, als Servatius wieder zu sich kam. Ohne ihn anzusehen, sprach Barnabas: »Ich werde dich die Brauchkunst nicht lehren, merk dir das.«

»Warum nicht?«, schrie Servatius und hielt sich den Kopf, in dem der Schmerz pochte.

»Weil du sie gegen Menschen verwenden würdest!«

Kapitel 10

Zum ersten Mal in seinem Leben zweifelte Adam Hastenteufel an seinen Fähigkeiten. Kein noch so kleiner Hinweis blieb ihm für gewöhnlich verborgen, doch in diesem Fall irrte er nun schon seit Wochen durchs Hessenland, ohne zu wissen, wo er den jungen Arnold suchen sollte. Niemand, den er unterwegs fragte, hatte den Burschen gesehen oder von ihm gehört, und dabei würde ein durch hässliche Brandnarben entstellter Mann sofort auffallen. Wo war Clemens Arnold geblieben?

Hastenteufel saß müde und mit verstaubter Kleidung auf seinem Pferd, das zwischen anderen Reisenden auf der Handelsstraße trottete. Da er wusste, dass irgendwo vor ihm die freie Handelsstadt Wetzlar lag, wollte er dort rasten und sich ein heißes Bad sowie ein wenig Vergnügen gönnen.

Wochenlang habe ich auf freiem Feld und im Wald genächtigt. Es wird Zeit, dass ich mir etwas Abwechslung leiste, sagte er sich und griff sich in Erwartung der Wonnen zwischen die Schenkel. Der Weg bis Wetzlar war noch weit, so dass er in Ruhe über die vergangenen Wochen nachdenken konnte. Er musste endlich wissen, was er übersehen hatte!

Hastenteufel war ein Auftragsmörder. Wilhelm Münzbacher hatte ihn angeheuert, gegen eine stattliche Summe seinen Schwager Clemens vom Leben in den Tod zu befördern. Als Münzbacher ihm nach dem Brand mitteilte, dass der junge Arnold den Anschlag überlebt hatte, hatte Hastenteufel ihn beruhigt und ihm versichert, dass er seinen Schwager bald finden würde.

Hastenteufel war davon ausgegangen, dass Clemens Arnold keine lebensbedrohlichen Brandverletzungen davongetragen hatte, denn sonst hätte er der Flammenhölle wohl nicht entkommen können. Er vermutete, dass die Verletzungen dennoch schmerzhaft waren und dass der Bursche sich deshalb so weit wie möglich vom elterlichen Gehöft entfernt hatte und in einem sicheren Versteck seine Wunden pflegte. Aus diesem Grund hatte Hastenteufel den Bereich um das Gestüt nur nachlässig abgesucht und sich stattdessen jedes leer stehende Gebäude, jede Höhle und jedes Erdloch in der Umgebung von Dingelstedt vorgenommen. Als seine Suche erfolglos geblieben war,

war er durch Wiesen und Wälder gestreift und hatte hinter jedem Busch und Baum nachgesehen, der als Versteck dienen konnte. Unermüdlich war Hastenteufel kreuz und quer übers Eichsfeld geritten. Von Keffershausen nach Silberhausen und von Küllstedt nach Büttstedt. In jedem kleinen Ort hatte er nach Clemens gefragt und den Leuten eine rührige Lügengeschichte erzählt, damit sie ihm bereitwillig Auskunft gaben. Doch der junge Arnold war wie vom Erdboden verschwunden.

Hastenteufel hatte sich auf seiner Suche schließlich schon in die Nähe von Mühlhausen begeben, als er einsah, dass er zurückreiten und Münzbacher Bericht erstatten musste.

Erschöpft von der tagelangen vergeblichen Suche hatte Hastenteufel von einem Hügel hinunter zu dem Gehöft der Arnolds geblickt und zum wiederholten Mal alle seine bisherigen Überlegungen geprüft. »Vielleicht sind meine Gedanken in die falsche Richtung gegangen, und der Bursche wurde so schwer verletzt, dass er sich nicht weiter schleppen konnte als aus der Scheune heraus. Vielleicht ist er aber inzwischen auch schon verreckt.«

Hastenteufels Blick suchte gezielt die Umgebung nach einem brauchbaren Versteck ab. Doch alles, was sich als Unterschlupf eignete, befand sich in unmittelbarer Nähe zum Hof.

Münzbacher hätte ihn längst aufgespürt, wäre er noch auf Arnoldschem Boden. Vielleicht hat er das sogar, und ich mache mir unnötige Mühe, überlegte Hastenteufel.

Die Sonne hatte auch an diesem Tag ungnädig vom Himmel gebrannt, so dass ihm der Schweiß in dicken Perlen auf der Stirn stand und ihm das Hemd am Körper klebte. »Wenn er tatsächlich tot ist, würde seine Leiche bei der Hitze bestialisch stinken und nicht lange unentdeckt bleiben«, murmelte Hastenteufel vor sich hin und wischte sich mit der Hand über das Gesicht.

Als in der Ferne zwischen den Bäumen etwas glitzerte, vermutete er, dass am Ende des Dorfes ein Teich sein musste. Der

Gedanke an ein erfrischendes Bad belebte ihn. Mit leichtem Schenkeldruck lenkte er sein Pferd den Hang hinunter. Und tatsächlich lag am Fuß des Hanges in eine Lichtung eingebettet ein kleiner See. Hastenteufel sah sich um, und als er niemanden entdecken konnte, entkleidete er sich und war mit einem Sprung im Wasser untergetaucht. Nach dem erfrischenden Bad legte er sich zum Trocknen an die Uferböschung. Als er plötzlich Stimmen vernahm, versteckte er sich hinter mehreren großen Felsbrocken und entdeckte dabei im feuchten Morast eine Schleifspur. Nachdem die Stimmen nicht mehr zu hören waren, untersuchte Hastenteufel die Spur genauer und folgte ihr bis zum Ufer. Der Boden am Rand des Sees war mit unterschiedlichen Fußabdrücken übersät. Gezielt durchsuchte Hastenteufel die Uferböschung. An manchen Stellen waren Pflanzen umgeknickt und bereits vertrocknet, andere waren abgetrennt oder mit der Wurzel aus dem Boden gerissen worden. Zwar war er in Kräuterkunde nicht bewandert, aber er wusste, dass man Adlerfarn zur Linderung von Brandverletzungen einsetzte. Und ebendieser war zuhauf entfernt worden.

Als Hastenteufel zwischen zwei Steinen ein angesengtes Stück Leinen fand, schlug er sich mit der flachen Hand gegen die Stirn. »Adam Hastenteufel«, schalt er sich, »was bist du doch für ein stümperhafter Narr!« Fassungslos starrte er auf die vertrockneten Pflanzen. »Unnötige Zeit habe ich vergeudet, weil ich nicht gründlich nachgedacht habe.« In Gedanken stellte Hastenteufel sich vor, was sich Wochen zuvor an der Uferböschung abgespielt haben musste: Der Bursche hat drüben am Ufer gelegen und seine Wunden im Wasser gekühlt. Jemand hat ihn gefunden und ihn hier hinter die Steine gezogen, deshalb die Schleifspur. Scheinbar hat er schwere Verletzungen davongetragen, sonst hätte man nicht eine solche Menge an Adlerfarn benötigt. Könnte eine Frau ihm geholfen haben? Nein, sie wäre nicht fähig gewesen, einen Mann von der Uferböschung hinter die Steine zu ziehen. Es muss ein Mann gewesen sein, jemand, der sich zudem mit Kräutern auskennt. Ein Gelehrter? Ein Arzt? Es könnte aber auch ein Bauer gewesen sein, der seine Wunden versorgt hatte. Wo hat man den Verletzten dann hingebracht? Wo ist er abgeblieben? Verflucht! Ich kann Münzbacher nicht gestehen, dass ich versagt habe und der Bursche ganz in der Nähe war.

Während er noch grübelte, war Hastenteufel zurück zur Uferböschung gegangen und hatte sich niedergekniet. Seine Nase berührte beinahe den Boden, als er nach weiteren Hinweisen suchte. Er entdeckte verschiedene Tierspuren, aber darunter auch noch deutlich die Abdrücke von Schuhen. Erstaunt stellte er dabei fest, dass mehrere Menschen dem jungen Arnold geholfen haben mussten. »Ein leichter Schuhabdruck, der von einer Sandale stammen könnte. Ein tiefer Abdruck von einem Absatzschuh, wie ihn Wohlhabende oder Städter tragen, und ein Abdruck, den ein Bundschuh verursachen könnte. Wie kommen drei so unterschiedliche Männer an ein und denselben Ort?«

Da es jedoch schon spät war, beschloss er, Münzbacher erst am nächsten Morgen aufzusuchen, um ihm das Erstaunliche mitzuteilen.

Kaum war die Sonne aufgegangen, eilte Hastenteufel zum Gehöft der Arnolds. Wilhelm Münzbacher wollte gerade zu seiner Frau in die Kutsche steigen, als er ihn gewahr wurde. Grimmig kam er auf ihn zu, zog ihn am Ärmel zur Seite und knurrte leise: »Was willst du hier?«

»Ich habe eine Spur!«

»Was soll das heißen? Ich war überzeugt, dass du die Angelegenheit mittlerweile aus der Welt geschafft hast.«

Adam Hastenteufel überhörte den Vorwurf und sprach weiter: »Drei Leute müssen ihm geholfen haben. Ein Wohlhabender, ein Bauer und einer, der Sandalen trägt.«

Münzbachers Gesichtsausdruck hatte sich mit jedem Wort verhärtet. »Sandalen? Das war der Mönch! Ich ahnte, dass er Unglück bringen würde«, presste er hervor und erklärte: »Kurz nach Clemens' Verschwinden tauchte ein Bettelmönch im Ort auf. Ich habe ihn erwischt, als er sich an meinem Essen labte, und ihn aus dem Haus gejagt. Danach bin ich ihm im Wald ein weiteres Mal begegnet. Er trug einen Sack voll Adlerfarn und verschwand damit zwischen den Bäumen.«

»Adlerfarn lindert die Schmerzen bei Brandverletzungen«, sagte Hastenteufel ruhig.

»Gott vermaledeit!«, fluchte Münzbacher und befahl: »Du wirst in Dingelstedt erneut jeden Winkel nach ihm absuchen und hier auf mich warten. Ich muss eine weitere Angelegenheit regeln.« Mit diesen Worten war er in die Kutsche gestiegen und hatte Hastenteufel keines Blicks mehr gewürdigt.

Als Adam Hastenteufel Wilhelm Münzbacher das nächste Mal sah, lag er in einer Holzkiste. Seine Frau hatte ihn tot von ihrer Reise zum Hülfensberg zurückgebracht. Die Leute erzählten sich, dass Münzbacher dort unglücklich auf einen Stein gefallen und an einer Kopfverletzung gestorben sei. Da selbst der Vogt von Bischofstein keine Zweifel hegte, dass es sich genau so zugetragen hatte, wie Anna Münzbacher behauptete, schenkten auch die Dorfbewohner den Aussagen der Frau Glauben. Mitleidig sahen sie Anna hinterher. Nur Adam Hastenteufel war sich sicher, dass die Geschichte erlogen war.

Der Auftragsmörder vermutete, dass Münzbachers Tod kein Zufall gewesen war. Und so hatte er tagelang auf der Lauer gelegen, um zu erfahren, was wirklich dahintersteckte. Heimlich war er Anna Münzbacher auf den Friedhof gefolgt und hatte dort schließlich das Gespräch zwischen ihr und dem Arzt Friedrich Schildknecht belauscht. Dabei hatte er erfahren, dass Clemens nicht mehr allein unterwegs war, sondern mit vier Begleitern reiste. Auch der Hinweis, dass das Gesicht des Burschen durch den Brand entstellt worden war, würde ihm die Suche leicht machen.

Obwohl sein Auftraggeber tot unter der Erde lag, würde Adam Hastenteufel seinen Auftrag ausführen. Nicht nur, weil Münzbacher ihn reichlich entlohnt hatte, sondern auch, weil ihm das Jagen Spaß machte. Und ihm würde keiner entkommen, auf den er es einmal abgesehen hatte, das schwor er sich.

Hastenteufel hatte sich noch am selben Tag auf den Weg zum Hülfensberg gemacht, denn dort hatten Clemens und seine Begleiter sich zuletzt aufgehalten. Ohne Schwierigkeiten fand er heraus, dass die Flüchtenden nach Eschwege gezogen waren, denn wie eine Herde Pferde hatten sie Spuren hinterlassen, denen er nur zu folgen brauchte. Doch als in Eschwege Hexenprozesse begannen und die Menschen zu den Hinrichtungen von überallher in die Stadt strömten, verlor Hastenteufel ihre Fährte. Schon wollte er nach Dingelstedt zurückkehren, als er während eines Schäferstündchens mit einer Fischerin hörte, dass man ihr ein Boot gestohlen hatte. Nun wusste Adam Hastenteufel, dass seine Verfolgungsreise ihn über den Fluss Werra ins Hessenland führen würde.

Endlich lag die Stadtmauer von Wetzlar vor ihm. Hastenteufel hörte auf zu grübeln und lenkte sein Pferd an den Fuhrwerken vorbei, um so schneller das Stadttor zu passieren. Es dürstete ihn, und auch das Verlangen nach einer Frau wurde stärker. Freudig griff er nach dem Säckchen mit den Münzen, das in seinem Wams versteckt war.

»Ich werde mich das Vergnügen heute Nacht etwas kosten lassen!«, flüsterte er erregt und trat seinem Pferd in die Flanken.

Kapitel 11

Burghards Schnarchen hallte durch den Wald.

»Er hält zwar wilde Tiere von uns fern, aber ich finde keinen Schlaf«, maulte Clemens und versuchte Burghard zu wecken.

»Selbst wenn eine Kanonenkugel neben ihm einschlagen würde, er würde tief und fest weiterschlafen«, prophezeite Katharina und versuchte Burghard mit einem Zweig wach zu kitzeln. Vergeblich. Irgendwann gaben die beiden auf und nickten ein. Franziska, die neben Katharina lag, weinte sich in den Schlaf.

Nur Johann saß noch am Feuer und stocherte wütend mit einem dünnen Ast in der Glut. Was ist nur mit Franziska los, dachte er. Seit Wochen war sie launenhaft, und ihre Stimmungen wechselten schneller als das Wetter. Mal war sie überschwänglich und guter Dinge, und im nächsten Augenblick haderte sie mit sich, ihren Freunden, ihrem Schicksal und auch mit Johann, ihrem Mann. Wenn er versuchte ihr durch zärtliche Umarmungen und Worte seine Liebe zu beweisen, blitzten ihre Augen wütend auf, und sie wollte in Ruhe gelassen werden. Obwohl Johann immer wieder darüber nachgrübelte, konnte er sich nicht erklären, was er falsch machte. Er verstand seine Frau nicht mehr und wusste nicht, wie es wieder anders werden könnte.

Erst am Nachmittag, als Johann Katharina dabei half, einen Ast von einer Tanne abzureißen, war Franziska wutschnaubend in den Wald gelaufen. Johann war ihr gefolgt, um mit ihr zu reden. Doch Franziska hatte einem Kind gleich mit dem Fuß aufgestampft und ihn beschuldigt, dass er Katharina mehr liebe als seine eigene Frau. Lachend hatte er sie in seine Arme ziehen wollen, doch sie hatte ihn von sich gestoßen und war zurück zu den anderen gegangen. Dort hatte sie sich mit dem Rücken zu ihm aufs Lager gelegt und leise vor sich hin geweint.

Johann wollte sich zu ihr setzen und sie um Vergebung bitten, doch als er bemerkte, wie Clemens und sogar Burghard ihn spöttisch ansahen, hatte er es bleiben lassen und sich missmutig ans Feuer gesetzt. Zum ersten Mal hatte er sich bei Franziska weder entschuldigt, noch hatte er sie getröstet.

Immer wieder hieb Johann mit dem Stock auf die Glut ein, so dass Funken durch die Luft wirbelten. Er wollte und durfte Franziskas Launen nicht länger ertragen!

Als ein Holzklotz neben ihm in der Feuerstelle landete, schreckte Johann hoch. Clemens stand neben ihm und reckte sich.

»Das Feuer kann dich nicht wärmen, wenn es keine Flammen schlägt!«, erklärte Clemens und gähnte herzhaft. »Ich kann nicht schlafen«, jammerte er. »Der Vollmond hindert mich. Und Burghards Schnarchen!«

Johann blickte zu den Baumkronen empor, die so dicht standen, dass er weder Himmel noch Vollmond sehen konnte.

»Warum bist du noch wach?«, fragte Clemens und setzte sich zu Johann auf den Boden. »Etwa auch der Vollmond?«

Stumm schüttelte Johann den Kopf.

»Franziska?«

Johann nickte.

»Du darfst ihre Launen nicht hinnehmen«, riet Clemens ihm ernst. »Eine Frau muss ihrem Mann gehorchen und ihm nicht auf der Nase herumtanzen.«

»Erzähl das Franziska«, klagte Johann, »sie scheint das nicht zu wissen!«

»Wenn sie dir nicht gehorcht, dann musst du sie züchtigen. Viele Männer machen das mit ihren widerspenstigen Frauen.«

Erschrocken blickte Johann auf. In der Erinnerung sah er das zerschlagene Gesicht seiner Mutter. »Ich weiß«, flüsterte er. »Mein Vater hat meine Mutter oft verprügelt, wenn sie ihm

Widerworte gab. Aber das kann nicht die Lösung sein. Vielleicht wird alles anders, wenn erst das Kind da ist.«

»Ich würde keine launenhafte Frau an meiner Seite wollen – einerlei aus welchem Grund«, erklärte Clemens und blickte zu Katharina, die seelenruhig schlief.

Johann wechselte das Thema und fragte: »Wie lange werden wir noch marschieren müssen, bis wir in Wellingen bei Rehmringers ankommen?«

Clemens überlegte. »Graf Georg erzählte, dass er acht Tage mit der Kutsche unterwegs gewesen sei. Er nutzte die Handelsstraßen und die öffentlichen Wege. Wir hingegen gehen nur auf Schleichwegen durch die Wälder und querfeldein, deshalb meinte er, dass wir wohl vierzehn Tage benötigen würden. Jetzt sind wir bereits seit sieben Tagen unterwegs, das heißt, dass wir noch mal so lange marschieren müssen.«

Als er Johanns enttäuschtes Gesicht sah, schlug Clemens vor: »Lass uns morgen in den nächsten Ort gehen, zumal wir frisches Brot benötigen. Vielleicht haben wir Glück und treffen dort auf jemanden mit einem Fuhrwerk, der uns ein Stück mitnehmen kann.«

»Ja«, stimmte Johann zu, »das ist ein guter Vorschlag. Lass uns morgen in den Ort gehen.«

Daraufhin streckte er sich am Feuer aus und schlief ein.

Zwar nicht gleich am darauffolgenden Tag, aber zwei Tage später bekamen sie die Möglichkeit, mit einem Weinhändler nach Kreuznach zu reisen. Da das Fuhrwerk unbeladen war, machten es sich Burghard, Katharina, Johann und Franziska auf der freien Fläche bequem. Clemens hingegen setzte sich neben den Mann auf den Kutschbock.

Während der letzten Tage hatte Johann nur wenig mit Franziska gesprochen und sie weder umsorgt noch beachtet.

Während der holprigen Fahrt setzte sich Franziska dicht neben ihren Mann und sagte mit leiser Stimme: »Ich weiß auch nicht, was mit mir los ist!«

»Franziska«, sagte Johann und sah ihr dabei fest in die Augen, »ich werde deine Launen nicht länger dulden. Clemens riet mir sogar, dich zu züchtigen, wenn du dich weiterhin so verhältst.«

Erschrocken forschte sie in seinen Augen. Als sie Traurigkeit darin erkennen konnte, schmiegte sie sich wie ein Kätzchen an ihn und versprach, sich zu bessern.

Von Kreuznach aus wanderten die fünf Reisenden nach Idar-Oberstein, wo sich ihnen zwei Benediktinermönche anschlossen. Während Burghard die Nähe des älteren Mönchs suchte, blieben die anderen einige Schritte hinter ihnen. Die Männer in den schwarzen Kutten waren ihnen nicht geheuer.

Burghard hingegen genoss das Gespräch mit dem Benediktiner. »Seid ihr ein Wanderorden?«, wollte er wissen.

»Nein«, erwiderte der Mönch, der sich als Bruder Bonifatius vorgestellt hatte. »Wir Benediktiner bleiben dem Kloster verbunden, in das wir eingetreten sind, und verlassen es nie. ›Promittat de stabilitate‹ heißt unsere Regel.«

»Verspreche er Beständigkeit«, murmelte Burghard. Da er vor sich auf den Weg schaute, konnte er den verwunderten Blick nicht erkennen, mit dem ihn der Benediktiner bedachte. Nachdenklich fragte Burghard weiter: »Aber weshalb seid Ihr nun auf Wanderschaft?«

»Ihr seid interessiert und scheint eine gute Schule besucht zu haben – auch wenn Eure Kleidung Eure Armut verrät«, stellte der Benediktiner fest. Erschrocken blickte Burghard auf, blieb aber stumm. Der Mönch schien keine Antwort zu erwarten, denn er fuhr fort: »In der Abtei zu Tholey ist der Abt Antonius von Trier verstorben. Martinus Nennigh wird sein Nachfolger werden. Er ist mein Oheim«, fügte Bonifatius voller Stolz hinzu. »Martinus hat darum gebeten, dass ich ihn begleite, wenn er vor dem Erzbischof und Kurfürsten von Trier den Treueid schwören wird. Da in Tholey außerdem Mönchspriester Johannes Kesten verstorben ist, wird mein junger Bruder Abamus den Mönchen hilfreich zur Seite stehen, bis ich aus Trier zurückkehre. Und im Januar dann werden wir uns wieder in unsere Abtei Münsterschwarzach in der Nähe von Würzburg begeben.«

Als Burghard nichts sagte, fragte der Mönch interessiert: »Woher kommt Ihr? Ihr sprecht miteinander einen sonderbaren Dialekt, den ich noch nie zuvor vernommen habe.«

»Wir kommen vom Eichsfeld«, erklärte Burghard. »Das liegt auf der anderen Seite der Werra.«

»Eichsfeld ... der Name kommt mir bekannt vor. Ich glaube aus der Geschichte zu wissen, dass der Bauernführer Müntzer dort zugegen war.« Fragend blickte er zu Burghard, der nickte. »Ja, davon habe ich auch gehört.«

Burghard fühlte, wie glücklich ihn das Gespräch machte. Hier war jemand, der genauso empfand wie er selbst und ein Leben für Gott gewählt hatte. Wie gerne hätte er sich dem Mönch anvertraut und ihm seine Geschichte erzählt.

Wie die schwarze Kutte des Benediktinermönchs wurde einst auch Burghards brauner Habit von einer Kordel gehalten. Nur, dass das Zingulum der Franziskaner mit drei Knoten versehen war, von denen jeder eine besondere Bedeutung hatte.

Nachdenklich schritt Burghard den staubigen Weg entlang. Ich muss mich nicht schämen, dachte er. Ich bin allen drei Gelübden treu geblieben. Die Keuschheit habe ich mir bewahrt, obwohl ich neugierig auf die Fleischeslust geworden bin, seit ich Johann und Franziska beobachte. Die Armut, für die der zweite Knoten steht, begleitet mich auch in meinem neuen Leben.

Und das dritte Gebot, das des Gehorsams, habe ich auch nicht gebrochen. Zwar kann ich im Augenblick keinem Glaubensbruder gegenüber Ergebenheit erweisen. Aber ich folge meinem Schöpfer und diene ihm. Die Erinnerung an seinen alten Lehrmeister Servatius kehrte zurück, und Burghard erinnerte sich ebenfalls, wie der Ältere sich gegen all diese Gelübde versündigt hatte.

Allein der Gedanke an Servatius verursachte ihm Kopfschmerzen. Sein Kopf dröhnte, und er geriet ins Straucheln.

»Ist Euch nicht wohl?«, fragte der Benediktiner besorgt.

Trotz der Schmerzen versuchte Burghard zu scherzen. »Ich habe das Gefühl, als würde jemand in meinem Kopf mit dem Hammer auf einem Amboss das Eisen schlagen.«

Sogleich blieb der Mönch stehen und rief seinem jungen Bruder zu: »Abamus, reiche mir das Behältnis unserer Schwester Hildegard!« Wortlos kramte der Jüngere in seinem Rucksack nach dem Gewünschten. Dann übergab er Bonifatius einen kleinen schwarzen Lederbeutel.

Der Mönch ließ den Inhalt des Beutels in seine Handfläche rieseln. Burghard erkannte viele kleine bunte Steine, die Bonifatius auf seiner Hand hin und her schob, bis er den richtigen gefunden hatte.

»Hier, mein junger Freund. Haltet diesen kleinen Rubin in Eurer Hand, bis Ihr Euch zur Ruhe begebt. Dann legt ihn unter Euren Kopf.« Erstaunt musterte Burghard den Stein, der kaum so groß wie eine Erbse war und der dunkelrot wie reife Kirschen schimmerte.

»Bereits vor vielen hundert Jahren hat unsere Schwester Hildegard von Bingen die Heilkraft der Steine erkannt«, erklärte der Benediktinermönch. »Sie schreibt in ihrem Buch, dass Steine von Gott gegebene Heilmittel sind, die eine himmlische Kraft innehaben. Diese Kraft geben sie an den Menschen weiter und heilen ihn von seinen Schmerzen. So wie der Rubin gegen

Kopfschmerzen hilft, so hat jeder Stein die Kraft, gegen eine bestimmte Krankheit anzugehen. Vertraut ihm!«

Burghards Faust schloss sich um den Edelstein, und bereits nach kurzer Zeit meinte er zu spüren, dass der Kopfschmerz erträglicher wurde.

Nach mehreren Tagen des gemeinsamen Wanderns erreichten sie am späten Nachmittag den Ort Tholey. Voller Staunen blickten die Frauen an einem Berg empor, wo hoch oben eine Burg zu erkennen war. Da die laublosen Äste der zahlreichen Bäume den Blick auf die Burg freigaben, konnte man seitlich Türme erkennen, auf denen bunte Fahnen wehten. Die letzten Sonnenstrahlen ließen den hellen Sandstein des herrschaftlichen Gebäudes erstrahlen.

»Wohnt dort ein König?«, fragte Franziska. Der Benediktiner lächelte milde.

»Nein, hier wohnt kein König. Allerdings weiß ich nicht, wer der Herr dieser Burg ist. Ich weiß nur, dass man sie die Schaumburg nennt. Bereits vor hundert Jahren soll der Raubritter Franz von Sickingen versucht haben, sie zu erobern. Seitdem kamen viele, doch keiner schaffte es, sie einzunehmen. Sicherlich auch, weil jeder Burgbesitzer versuchte, sie auszubauen und zu festigen. Auch der jetzige Besitzer lässt die Steinmetze bis spät in die Nacht Steine klopfen. Mein Bruder beschwerte sich in einem Brief darüber, dass er bei dem Lärm keinen Schlaf finden kann.«

Bonifatius drehte der Burg den Rücken zu und zeigte auf ein anderes Gebäude, das von einer hohen Mauer umgeben war. »Kommt, meine Freunde! Ihr könnt die Nacht im Kloster verbringen.«

»Was werden Eure Brüder sagen, wenn Ihr gleich fünf Gäste mitbringt?«, fragte Clemens.

»Macht Euch darüber keine Gedanken! Alle Fremden, die um Einlass in einem unserer Klöster bitten, werden wie einst Christus aufgenommen. Wir erweisen allen die Ehre, besonders den Brüdern im Glauben und den Pilgern.« Dabei sah er Burghard eindringlich an, der nicht wusste, wohin er blicken sollte.

»Aber was ist mit Franziska und Katharina?«

Der Benediktiner lächelte die beiden Frauen gütig an. »Sie werden in einem abgeschlossenen Bereich eine Schlafstätte zugewiesen bekommen und ein Mahl erhalten. Ihr braucht Euch um sie nicht zu sorgen!«

Bonifatius klopfte an die Klosterpforte, und als ob man nur auf das Zeichen gewartet hätte, öffnete sich die kleine Luke in dem Portal, und ein alter Mönch streckte den Kopf heraus. Als er die Reisenden erblickte, rief er erfreut: »Dank sei Gott! Segne mich!« Mit einem feinen Zug um den Mund fragte Bonifatius: »So verschwenderisch, Nonnus? Eine Begrüßung reicht vollkommen aus.« Der Pförtner richtete seinen Blick beschämt zu Boden und murmelte: »Vergib mir, Bruder.«

Nachdem Bonifatius ihm seinen Segen erteilt hatte, schloss der Mönch die Luke, öffnete die Pforte und ließ die beiden Mönche und die Fremden eintreten.

Neugierig betrachteten die fünf Freunde den inneren Bereich des Klosters, in dem sich eine weitere hohe Mauer befand, die ein anderes großes Gebäude vollkommen umgab.

»Das ist die Klausur. Hier dürfen sich nur die Mönche des Klosters aufhalten. Nur hohen Würdenträgern oder Adeligen würde man ebenfalls Einlass gewähren«, erklärte Burghard den Freunden leise.

»Was befindet sich in der Klausur?«, wisperte Franziska. Burghard war froh, sein Wissen mit ihr teilen zu können, und erklärte leise: »In den Klosterregeln heißt es, dass es den Seelen der Mönche nicht zuträglich ist, draußen umherzuwandeln, und so befindet sich in der Klausur alles, was sie im alltäglichen Leben brauchen. Der Speisesaal, den man Refektorium nennt, mit seinen Wein-, Bier- und Vorratskellern, und die Küche. Auch der Kapitelsaal, in dem sich die Mönche versammeln, die Bibliothek und die Schreibstube. In der Sakristei wird alles aufbewahrt, was wir für den Gottesdienst benötigen.«

»Wir?«, unterbrach Franziska ihn spöttisch. Erschrocken hielt Burghard inne. Für einen Moment hatte er vergessen, dass er nicht mehr der Franziskanermönch, sondern der Bauer Burghard war. Dieses Leben habe ich hinter mir gelassen. Ich muss nach vorn schauen, tröstete er sich, als ihn Traurigkeit überkam.

Trotz dieses Vorsatzes konnte Burghard nicht leugnen, dass sein Herz vor Erregung heftig klopfte. Das Leben innerhalb der Klostermauern war ihm vertraut. Mit einem tiefen Atemzug nahm er den eigentümlichen Geruch des Klosters in sich auf.

»Wie ist dein Name?«, hörte Burghard Bonifatius den Pförtner fragen, der einige Schritte von ihm entfernt stand.

»Bruder Benedikt!«

»Sei so nett, Nonnus Benedikt, und teile Abt Martinus Nennigh mit, dass sein Neffe Bonifatius mit Bruder Abamus eingetroffen ist.«

»Du musst dich etwas gedulden, Bruder Bonifatius. Abt Martinus befindet sich mit unseren Brüdern im Vespergottesdienst. Aber ich werde ihm danach sofort von eurer Ankunft berichten.« Mit einem freundlichen Nicken entschwand der Pförtner in Richtung der Kirche, die sich ebenfalls innerhalb der ersten Klostermauer befand.

»Nonnus?«, flüsterte Johann Burghard zu. »Ich dachte, ihr seid alle Brüder.«

»Jüngere Mönche sollen die älteren ehren und sprechen sie mit Nonnus an, was so viel bedeutet wie ›ehrwürdiger Vater‹«, erklärte Burghard ihm und war stolz, Johann Auskunft geben zu können.

Kurze Zeit später ertönte Glockengeläut, und zwei Mönche sowie der Pförtner kamen aus der Kirche auf sie zugeeilt. Ein älterer Benediktiner mit grauen Haaren und lachenden Augen umarmte Bonifatius herzlich.

»Mein lieber Neffe!«, rief er aus. »Wie schön, dass du gekommen bist.« Auch Abamus wurde überschwänglich begrüßt. Bonifatius flüsterte seinem Oheim etwas zu, woraufhin dieser sich den jungen Menschen zuwandte und freundlich sagte: »Seid auch ihr willkommen!« Dem Pförtner trug er auf: »Bruder Benedikt, berichte unseren Brüdern Hospitarius und Camerarius, dass Bruder Bonifatius Gäste mitgebracht hat. Die Brüder sollen das Gästehaus beziehen, die Schwestern erhalten eine Unterkunft im Pilgerhaus.«

Bonifatius nickte den Reisenden freundlich zu. Dann folgte er mit Abamus seinem Oheim in die Klausur.

Während Burghard, Clemens, Katharina, Franziska und Johann warteten, dass jemand kam, um sie ins Gästehaus zu geleiten, flüsterte Franziska ihren Freunden zu: »Lasst uns weiterziehen! Mir ist unheimlich zumute.« Als Johann die Besorgnis in den Augen seiner Frau erkannte, stimmte er ihr zu. Auch Katharina nickte stumm. Clemens hingegen zuckte mit den Schultern und sagte gleichgültig: »Mir ist es einerlei. Wir können bleiben oder gehen.«

Nur Burghard blickte ungläubig von einem zum anderen. »Wir bekommen hier Essen und einen Platz zum Schlafen. Wollt ihr das wirklich gegen einen weitere kalte Nacht im Wald eintauschen? Ihr solltet dankbar sein, dass die Mönche uns ihre Gastfreundschaft erweisen«, ereiferte er sich und sah verärgert in die Runde.

Der Pförtner und zwei Mönche kamen nun über den Hof auf sie zu. Bruder Benedikt stellte die beiden Brüder vor: »Das ist Bruder Hospitarius. Er ist für das Pilgerhaus zuständig. Dort werden unsere beiden Schwestern nächtigen. Bruder Hospitarius wird euch eine Matte und eine Decke für die Nacht geben und euch mit Essen versorgen.« Als er Franziskas ängstlichen Blick bemerkte, fügte er lächelnd hinzu: »Sei unbesorgt, Schwester! Ihr könnt ohne Angst mit ihm gehen.« Franziska küsste Johann flüchtig auf die Wange und folgte dann zögerlich zusammen mit Katharina dem Mönch. Nun wandte sich Benedikt den Burschen zu: »Bruder Camerarius wird euch das Gästehaus zeigen, das für diese Nacht eure Schlafstätte sein wird. Auch wird man euch das Abendmahl dorthin bringen.«

Dankend folgten die drei jungen Männer dem Mönch. Johann blickte sich kurz nach Franziska um und sah, wie sie im Pilgerhaus verschwand.

Abt Martinus und Bruder Bonifatius nahmen zusammen mit Johann, Burghard und Clemens ihr Mahl im Gästehaus ein. Es gehörte zur Benediktinerregel, dass man Gästen auf diese Weise huldigte.

Bevor das Essen aufgetragen wurde, betete man zusammen. Zur Überraschung der drei Freunde wurden sie anschließend vom Abt und von Bonifatius auf den Mund geküsst.

Bonifatius konnte sich ein Lächeln nicht verkneifen, als er die entsetzten Gesichter seiner Gäste sah. Leise erklärte er: »Dieser Friedenskuss wird als Zeichen der Gemeinschaft ausgetauscht. Damit sich der Teufel nicht als Pilger tarnen und sich unserer Seelen bemächtigen kann, wird der Kuss erst nach dem Gebet gegeben.«

Misstrauisch blickten die Burschen ihn an. Bonifatius nahm ein Buch zur Hand und las die Weisungen Gottes vor. Erst danach wurde das Essen aufgetragen, das man schweigend zu sich nahm.

Johann brachte kaum einen Bissen hinunter. Er dachte an Franziska und sah ihre ängstlichen Augen, als sie sich von ihm getrennt hatte. Gewissensbisse plagten ihn. Wie konnte ich ihr nur sagen, dass Clemens mir geraten hatte, sie zu züchtigen, schimpfte er mit sich in Gedanken. Nie und nimmer würde ich meiner Frau das antun. Ich bin kein Ungeheuer wie Bonner. Und so will ich auch niemals werden, dachte er erregt und wäre am liebsten zu Franziska geeilt, um ihr das zu versprechen. Als er aufblickte, sah er ein Holzkreuz mit einer Jesus-Figur an der Wand hängen. Der Anblick des Kreuzes beruhigte ihn, und er wandte sich wieder dem Essen zu.

Clemens hingegen beobachtete die Mönche und wusste nicht, was er von deren Gehabe halten sollte. Seit seinen Eltern, seiner Schwester und ihm so viel Böses widerfahren war, hatte er den Glauben an Gott verloren. Missmutig schaute er auf das Kreuz an der Wand. Wo warst du, als wir dich gebraucht haben?, richtete er in Gedanken eine stumme Frage an die Holzfigur.

Unbemerkt wischte er sich nochmals über den Mund. Soweit kommt es noch, dass ich mich von Männern küssen lasse!, dachte er erbost. Doch da er großen Hunger verspürte, verflog sein Ärger rasch, und er füllte seine Schüssel.

Burghard hörte nicht auf zu lächeln. In den letzten Monaten war er nicht mehr so zufrieden gewesen wie an diesem Abend. Er musste sich zusammennehmen, um nicht auffällig an allem zu schnuppern, denn überall haftete der besondere Geruch, der ihn an das Kloster zu Mainz erinnerte. Auch genoss er die Stille, in der das Abendmahl eingenommen wurde. Als von draußen leise Stimmen an Burghards Ohr drangen, schloss er die Augen und wünschte sich in das Refektorium, wo die Mönche zusammensaßen und aßen. Er wusste, dass jetzt der Leser, der jeden Sonntag für eine Woche bestimmt wurde, im Gebet für alle bat,

Gott möge den Geist der Überheblichkeit von ihnen fernhalten. Aber Burghard wusste auch, dass man ihn nicht in die Klausur lassen würde, da die Anwesenheit eines Fremden Unruhe stiften würde.

Schweigend aßen Burghard, Johann und Clemens ihr Mahl zu Ende. Anschließend gossen ihnen Martinus und Bonifatius Wasser über Hände und Füße und wuschen sie.

Steif erduldeten Johann und Clemens die Zeremonie, während Burghard auch diesen Augenblick genoss. Danach wünschten die beiden Benediktiner ihnen eine gute Nacht und ließen sie allein. Kaum schloss sich die Tür hinter den Mönchen, schimpfte Clemens: »Sobald der erste Hahnenschrei ertönt, werde ich von hier verschwinden. Igitt, ich musste Männer küssen und mich von ihnen waschen lassen!«

Johann und Burghard brachen in Gelächter aus.

»Ist das bei den Franziskanern auch so üblich?«, wollte Clemens wissen und blickte Burghard misstrauisch an.

»Jeder Orden hat seine eigenen Regeln«, antwortete dieser und bettete sich auf sein Lager. Den kleinen Rubin, den er während des Essens in seinem Hosenbund versteckt hatte, legte er unter sein Kopfkissen. Auch die beiden anderen legten sich nieder, und bald verriet ihr gleichmäßiges Atmen, dass sie eingeschlafen waren.

Burghard aber lauschte den Geräuschen um sich herum. Wie gerne würde er gemeinsam mit den Benediktinermönchen nachts beten und singen. Das Aufstehen mitten in der Nacht, das für ihn einst eine Qual bedeutet hatte, wäre ihm jetzt ein Vergnügen. Um halb sechs Uhr in der Frühe die Lesehore, das Stundengebet, abzuhalten und dabei allein für sich eine neue und eine alte Schrift zu lesen, würde ihn erfreuen, aber hier in diesem Kloster ein unerfüllter Wunsch bleiben.

»Herr, öffne meine Lippen, damit mein Mund dein Lob verkünde!«, flüsterte Burghard. Niemals würde er vergessen, dass man sich erst nach diesem Invitatorium, dieser Einladung, mit seinen Brüdern unterhalten durfte. Als er leise den Gesang der Mönche vernehmen konnte, schlief er selig ein.

Es dämmerte, als die drei Burschen am darauffolgenden Morgen mit Bonifatius an der Klosterpforte auf Franziska und Katharina warteten. Während Bruder Benedikt Clemens und Johann den Weg nach Wellingen erklärte, wollte Burghard Bonifatius den kleinen roten Stein zurückgeben und streckte ihm die Hand entgegen. Doch Bonifatius schloss Burghards Finger um den Rubin.

»Er soll Euch die Schmerzen nehmen und an etwas erinnern, das Ihr zwar äußerlich verloren, aber in Eurem Inneren bewahrt habt.« Erstaunt blickte Burghard auf.

»Das ist mein Geschenk an Euch ... Bruder!«, fügte der Mönch so leise hinzu, dass die Umstehenden es nicht hören konnten. Erschrocken wollte Burghard etwas entgegnen, doch ihm versagte die Stimme. In diesem Augenblick gesellten sich die beiden Frauen zu ihnen. Die Klosterpforte öffnete sich, und gemeinsam verließen die Freunde die Abtei zu Tholey. Bevor sich das Tor hinter ihnen schloss, schaute sich Burghard ein letztes Mal um. Bonifatius' Blick war voller Verständnis und Güte.

Die fünf Reisenden hatten Tholey kaum hinter sich gelassen, da setzte leichter Regen ein. Als sie kurze Zeit später den Weg bergab Richtung Thalexweiler einschlugen, peitschte ihnen der Regen bereits in Böen ins Gesicht, und schon bald waren ihre dünnen Umhänge vollkommen durchnässt. Auf dem Weg vor ihnen bildeten sich riesige Pfützen, über die sie nicht mehr springen konnten, sondern die sie durchwaten mussten. Der Boden war glitschig, so dass ihre blanken Füße wegrutschten und der Matsch ihnen nur so entgegenspritzte. Sie froren, und ihre Zähne schlugen vor Kälte aufeinander.

»Es bringt nichts, wenn wir uns jetzt noch unterstellen. Wir sind ja schon durch und durch nass. Am besten wird sein, wenn wir uns beeilen und nicht eher ruhen, bis wir Wellingen erreicht haben«, sagte Clemens an die anderen gewandt.

»Wie weit ist es noch bis dorthin?«, wollte Katharina wissen und umklammerte ihren nassen Umhang, damit der Wind ihn nicht aufblähte.

»Bruder Benedikt sagt, dass wir morgen am frühen Mittag dort sein müssten. Wenn wir allerdings die Nacht durchmarschieren, könnten wir den Ort schon eher erreichen«, versuchte Johann die Freunde zu locken. Als keiner von seinem Vorschlag begeistert zu sein schien, zeigte er hinunter in die Niederung und sagte: »Auch erklärte mir der Mönch, dass der Fluss da unten, Theel genannt, uns die Richtung weisen wird. Er meinte, dass wir ein Stück des Weges sparen können, wenn wir nur immer dicht an seinem Bett marschieren.«

Die fünf sahen sich nachdenklich an, dann nickten sie und folgten Johann über eine Wiese bergab bis in die Nähe des Flusses, dessen Lauf sie fortan folgten. Mittlerweile prasselte der Regen so stark herab, dass die ohnehin feuchte Niederung sich in einen See verwandelte. Bald standen die beiden Frauen bis zu den Waden im Wasser.

»Das kann unmöglich der Weg sein, den der Mönch dir erklärt hat«, beschied Katharina und blickte sich verzweifelt um. »Wir haben wertvolle Zeit vergeudet!«

Da der graue Himmel keine Besserung versprach, blieb Johann nichts anderes übrig, als kleinlaut zuzugeben, dass sie hier nicht weiterkommen würden und umkehren mussten. Schlecht gelaunt stapften die Freunde die Wiese entlang, bis sie zu der Stelle kamen, wo sie bergauf gehen mussten, um wieder den Fahrweg zu erreichen.

Von nun an folgten sie der Straße, die bei diesem Wetter menschenleer war.

Am Mittag ließen sie die Häuser von Thalexweiler hinter sich und wanderten Richtung Lebach. Kurze Zeit später erreichten sie am Ortsausgang den Weg, den Bruder Benedikt ihnen beschrieben hatte. Als Franziska sah, dass dieser stetig anstieg, setzte sie sich erschöpft auf einen großen Findling am Wegesrand.

»Ich will nicht mehr weitergehen. Ich habe Hunger, mich friert, ich bin durchnässt und müde. Auch tritt mich das Kind. Geht ohne mich!«, sagte sie erschöpft. Kurz hörte man nur das Peitschen des Regens, doch dann durchbrach das Lachen der Freunde das monotone Prasseln. Liebevoll zog Johann Franziska hoch und in seine Arme. »Ach Liebes! Ich würde dich niemals allein lassen, ebenso wie unsere Freunde nicht ohne dich weiterziehen würden. Wir sind so dicht vor unserem Ziel! Halte noch etwas durch. Ich werde für ein warmes Zimmer und ein heißes Bad sorgen, sobald wir in Wellingen angekommen sind.«

»Das ist ein guter Vorschlag. Bevor wir Herrn Rehmringer gegenübertreten, müssen wir uns waschen und die Kleider wechseln«, sagte Clemens und sah an sich herunter. Sein Umhang und sein Beinkleid waren mit Matsch bespritzt.

»Siehst du!«, frohlockte Johann, als der Regen nachließ, »auch das Wetter stimmt mir zu.«

Franziska blickte zum Himmel und seufzte vernehmlich. Die Vorstellung, dass die Beschwerlichkeiten bald ein Ende haben würden, gab ihr neue Kraft. Sie ergriff Johanns Hand und nickte. Gemeinsam marschierten sie weiter.

Immer wieder mussten sie unterwegs anhalten, da Franziska heftig schnaufte und sich den Bauch hielt. Als sie unter einer dicken Eiche rasteten, um etwas zu essen, schlief die junge Frau sofort ein. Nach einer Weile, als bereits die Dämmerung hereinbrach, drängte Clemens zum Aufbruch.

Es war schon später Abend, als sie den Hoxberg, wie die Steigung nach Aussage des Mönchs genannt wurde, endlich überwunden hatten. Vor ihnen lag nun ein dichtes Waldgebiet.

Zwar führte der ausgetretene Weg durch die Baumreihen hindurch, doch immer wieder gerieten die fünf ins Straucheln, da man in der Dunkelheit kaum etwas erkennen konnte.

Katharina schimpfte mit müder Stimme: »Auch ich bin erschöpft! Wegen der Kälte spüre ich meine Füße kaum noch. Können wir uns im Wald nicht einen Platz zum Schlafen suchen?«

Die Burschen sahen sich fragend an, als Franziska erfreut ausrief: »Seht! Da vorn zwischen den Bäumen ist ein Lichtschein zu erkennen.«

Sofort schmiedeten die Männer einen Plan. »Burghard und ich werden nachsehen, ob dort jemand wohnt. Vielleicht erlaubt uns ein Förster, in seinem Stall zu nächtigen!«, sagte Clemens. »Du, Johann, bleibst mit den Frauen hier und wartest, bis wir zurückkommen.«

»Warum können wir nicht alle zusammen nachschauen?«, wollte Katharina wissen und setzte sich auf einen umgestürzten Stamm.

»Weil das zu gefährlich ist. Wir wissen nicht, was uns dort erwartet!«, erwiderte Clemens und gab unmissverständlich zu verstehen, dass er keine weiteren Widerworte dulden würde.

Wortlos setzte sich Franziska neben Katharina. Auch Johann nickte, und sogleich verschwanden Burghard und Clemens zwischen den Bäumen in der Dunkelheit.

Es war einige Zeit vergangen, als plötzlich lautes Hundegebell zu hören war. Erschrocken sprangen die drei vom Baumstamm hoch und starrten in die Dunkelheit.

Das Hundegebell verlor sich im Wald, und von Clemens und Burghard war nichts zu sehen. Johann und die beiden Frauen standen dicht gedrängt und schweigend nebeneinander, als ihre beiden Begleiter endlich zwischen den Bäumen hervortraten. Außer Atem ließen sie sich auf den Boden fallen.

»Er hat die Hunde auf uns gehetzt!«, japste Burghard.

»Wer? Der Förster?«

Clemens verneinte. »Dort steht ein Gehöft, in dem ein griesgrämiger Alter wohnt. Ohne Vorwarnung hat er die Hunde von der Kette gelassen. Wir sind kreuz und quer durch den Wald gelaufen, um sie auf eine falsche Spur zu locken. Ich dachte schon, ich finde nicht aus dem Gehölz heraus zu euch zurück.«

Angestrengt lauschten sie. Als das Hundegebell leiser wurde, wussten sie, dass sie nichts mehr zu befürchten hatten.

»Lasst uns rasch weiterziehen!«, schlug Burghard vor. »Der Alte sagte, dass es nicht mehr weit bis Wellingen wäre.«

Sie kamen weiterhin nur langsam voran. Nach Stunden des mühsamen Laufens sahen sie endlich im trüben Licht des Morgens den Ort unterhalb vor sich liegen.

»Das muss Wellingen sein«, stellte Clemens fest. Doch keiner brach in Jubelgeschrei aus, denn dazu waren alle zu erschöpft.

»Vorausgesetzt wir haben uns nicht verlaufen«, flüsterte Franziska zweifelnd.

»Nein«, sagte Clemens zuversichtlich. »Das denke ich nicht. Es ist auf diesem Weg der einzige Ort.«

»Seht!« Burghard wies mit dem Finger zum Waldrand seitlich von ihnen. »Lasst uns den Bauern fragen, der dort seinen Ochsen aufs Feld führt.«

Der Bauer legte dem Ochsen gerade das Pfluggeschirr um, als er die fünf Gestalten auf sich zukommen sah.

Blass, dreckig und erschöpft wankten sie ihm entgegen.

Abwartend blickte er sie an.

»Sag, guter Mann, wie nennt man den Ort hier vor uns?«, fragte Clemens höflich.

»Wellingen.«

Erst jetzt überzog ein Strahlen die Gesichter der jungen Menschen, und sie fielen sich in die Arme.

Zweifelnd blickte der Bauer sie an. »Ihr seid wohl fremd hier?«

Clemens war der Erste, der sich wieder beruhigt hatte. Atemlos nickte er und fragte dann: »Kennst du das Gestüt des Melchior Rehmringers?«

Der Mann bejahte.

»Wie weit ist es bis dorthin? Wir sind schon seit vielen Wochen unterwegs und können es kaum erwarten, endlich bei Rehmringer anzukommen!«

Erwartungsvoll blickten die jungen Leute den Bauern an.

»Den Weg hättet ihr euch sparen können!«, sagte er und zog die Stricke um den Kopf des Ochsen fest. »Wir haben den gnädigen Herrn vor sechs Wochen zu Grabe getragen.«

Kapitel 12

Bonner hatte auf dem Hülfensberg erfahren, dass eine Gruppe junger Menschen Richtung Werra gezogen war. Auf zwei von ihnen passte die Beschreibung von Franziska und Johann. »Ins Hessenland wollen sie also!«, hatte Bonner entschieden und war mit einem Boot vom Eichsfeld auf die andere Seite der Werra übergesetzt.

In dem ihm fremden Land war er ziellos umhergeritten, bis er die Stadt Frankfurt erreicht hatte. Als er hörte, dass dort ein Mensch gerädert werden sollte, hatte er sich für eine Nacht ein

Zimmer genommen, denn eine Hinrichtung wollte er sich nicht entgehen lassen.

Interessiert war er auf dem Platz vor dem Rathaus, das man »Römer« nannte, umhergewandert. Das Treiben erinnerte ihn an die heimatlichen Kirchfeste, an denen es auch Leckereien zu essen, Wein im Überfluss zu trinken und gut gelaunte Menschen zu sehen gab. Zu seiner Freude konnte er sich einen Platz unmittelbar am Henkerspodest sichern. Vergnügt wartete er auf den Beginn der Hinrichtung. Als er gerade herzhaft in seinen süßen Kringel beißen wollte, verflog seine gute Laune schlagartig, denn ein widerlicher Gestank hatte sich in seiner Nase festgesetzt. Angeekelt blickte er sich um und entdeckte einen Franziskanermönch, der nur wenige Schritte von ihm entfernt auf einem Holzklotz stand und von dem der Gestank auszugehen schien. Wütend wollte Bonner ihn zurechtweisen, doch da begann die Hinrichtung, und weil er nichts versäumen wollte, aber den Gestank nicht ertragen konnte, blieb ihm nichts anderes übrig, als sich einen neuen Platz zu suchen. Bonner schäumte vor Wut. Nicht nur, dass er von seinem neuen Platz aus schlechter auf das Podest blicken konnte, auch der Heißhunger auf den Kringel war ihm verleidet worden, und er warf das Hefegebäck achtlos zu Boden. Selbst das grausige Schauspiel der Hinrichtung, während derer der Verurteilte geköpft und sein Kopf anschließend aufgespießt wurde, bereitete ihm nicht mehr die erhoffte Freude. Bonner beschloss, dem Mönch, der ihn um seinen Genuss gebracht hatte, die Meinung sagen. Doch als er sich suchend nach ihm umblickte, war der Franziskaner in der Menge verschwunden.

Am darauffolgenden Tag hatte Bonner Frankfurt Richtung Limburg verlassen. Da die Niederungen durch den Regen der vergangenen Tage überschwemmt und die Wege unpassierbar geworden waren, ritt Bonner die Hohe Straße entlang. Die alte Handelsstraße führte ihn durch höhere Gefilde, denen auch der stärkste Regenguss nichts anhaben konnte. Bonner blickte über das Land, das vor ihm lag.

»Nichts als Bäume«, brummte er mürrisch. »Wie soll ich Johann und das Weibsbild hier finden? Ebenso könnte ich im Kreis reiten!«

Er hoffte, dass die beiden ebenfalls die sichere Hohe Straße nutzen würden, und befragte jeden, der ihm begegnete, auch die Zöllner an den Zollstationen. Eines konnte Bonner bei aller Boshaftigkeit nicht leugnen: Franziska war ein verdammt hübsches Kind, das auffallen würde. Er wusste, dass jeder Mann ihr hinterherblickte – auch wenn sie eine Hexe war.

Es dämmerte bereits, als Bonner an eine Wegkreuzung gelangte. Er zügelte sein Pferd und blickte sich um. Die Handelsstraße führte weiter geradeaus durch einsames Gebiet. Auf der Straße, die rechts abbog, lag eine Ansiedlung. Obwohl sie noch weit entfernt war, konnte Bonner eine Stadtmauer in der Ferne ausmachen. »Wird auch Zeit, dass in dieser trostlosen Gegend einmal eine Stadt auftaucht. Ich bin schon am Verdursten!«, brummte er. Seine Laune war nicht die beste, und wenn er Durst hatte, verschlimmerte sie sich noch. Also lenkte Bonner sein Pferd in Richtung Stadt.

Beim Näherkommen erkannte er außerhalb der Stadtmauer ein ungewöhnlich großes Gebäude. Neugierig geworden hielt er an und betrachtete es vom Rücken seines Pferdes aus. Erst jetzt sah er die unterschiedlichen Bedachungen. Einundzwanzig Scheunen zählte er, die aneinandergebaut worden waren. Jede dieser Scheunen hatte zwei Tore. Auf einem Torbalken konnte er schwach die Zahl 1608 lesen.

»Hier müssen wohlhabende Bauern leben«, murrte er neidvoll. »Ich bin zwar der reichste Bauer im Umfeld von Hundeshagen, aber selbst ich besitze nicht annähernd eine solch große Scheune.«

Bonner lenkte sein Pferd an den Scheunen vorbei und überquerte einen aufgeschütteten Damm, dann ritt er durch ein besonders großes Stadttor hindurch. Wieder hielt er kurz an, um das imposante Portal zu betrachten. Kopfschüttelnd murmelte er: »Wo bin ich denn hier hingeraten?«

Als Bonner in die Stadt einritt, konnte er rechts und links von der Hauptstraße kleine Gassen erkennen, in denen sich zweistöckige Häuser aneinanderschmiegten. Er folgte der breiteren Hauptstraße links den Weg hinunter. Die Hufeisen seines Pferdes klackerten auf den Pflastersteinen und lockten einige der Hausbewohner vor die Tür. Doch als Bonner ihren Gruß nicht erwiderte, sondern sie nur übel gelaunt anstarrte, verschwanden die Leute wortlos wieder in ihren Häusern.

Plötzlich drang leise Musik an Bonners Ohr. Erfreut hoffte er, ein Wirtshaus vorzufinden. Doch das Gebäude, aus dem die Melodien drangen, war keine Schankstube, sondern ein herrschaftlicher Wohnsitz und glich eher einem kleinen Schloss. Erneut hielt Bonner an und besah sich das Gebäude genauer. Durch die Fenster konnte er tanzende Schatten erkennen und schwaches Gelächter vernehmen. »Hier werde ich wohl nichts zu trinken bekommen.« Mit leichtem Schenkeldruck führte Bonner sein Pferd weiter auf der Straße. Endlich gelangte er zu einer Pferdewechselstation mit Gaststätte und gab sein Pferd sogleich beim Stalljungen ab.

»Sag, Bursche, wie nennt sich diese Stadt, in die es mich verschlagen hat?«

»Mengerskirchen«, antwortete der Junge.

»Hier leben wohl reiche Menschen?«, wollte Bonner weiter wissen. Der Junge zuckte mit den Schultern. »Vor der Stadt kreuzen sich die Handelsstraßen, so dass die Zollstation viel Geld einnimmt. Bei Arons«, sein Kopf wies zum Gasthaus, »verkehren viele Fährleute, die vom Main zum Rhein und umgekehrt wechseln.«

Da sein trockener Gaumen ihn plagte, beendete Bonner das Gespräch, zückte ein Geldstück für die Unterbringung seines Pferdes und stapfte ins Wirtshaus.

Bonner verharrte im Türrahmen, denn der Rauch aus zahlreichen Tabakpfeifen schlug ihm von drinnen entgegen und brannte ihm in den Augen. Nachdem er sich daran gewöhnt hatte, trat er ein. Alle Plätze an den Tischen und an der Theke waren besetzt. Dann erblickte er in der hinteren Ecke einen freien Tisch mit leeren Stühlen. Erfreut ging er darauf zu und setzte sich.

Sofort eilte der Wirt herbei, der wie die meisten seines Berufsstandes einen dicken Bauch und eine Glatze hatte sowie ein schmutziges Tuch in Händen hielt.

»Der Tisch ist besetzt«, schimpfte er.

»Ich sehe aber niemanden«, erwiderte Bonner ungerührt.

»Gleich werden die Jäger kommen!«

»Guter Mann«, schmeichelte Bonner dem Glatzköpfigen, »ich möchte eine Kleinigkeit essen, Bier trinken und ein Zimmer für die Nacht mieten.«

Der Wirt schien zu überlegen: »Wenn die Jäger kommen, suchst du dir einen anderen Platz.«

Bonner nickte, und der Wirt ging zurück hinter die Theke. Gleich darauf erschien die Magd und brachte Bonner einen Krug gefüllt mit Bier. Bevor sie wieder verschwinden konnte, hielt Bonner sie am Zipfel ihrer Schürze fest. Gleichzeitig setzte er den Krug an und trank ihn in einem Zug leer. Aus seiner Jackentasche holte er einen Kreuzer hervor, drückte ihn dem jungen Ding in die Hand und sagte: »Dafür füllst du mir meinen Krug auf, sobald er leer ist. Außerdem will ich was zu essen haben.«

Die Magd ließ das Geldstück zwischen ihren prallen Brüsten verschwinden und zischte durch ihre Zahnlücke: »Dicke Bohnensuppe oder Federvieh mit Tunke?«

»Federvieh«, brummte er. Sogleich entschwand das Mädchen in die Küche.

Bonner lehnte sich auf seinem Stuhl zurück und streckte den Rücken durch. Seit Wochen sitze ich auf dem Gaul und reite kreuz und quer durchs Land, obwohl ich nicht weiß, wo Johann und die Hexe sein könnten, schimpfte er in Gedanken. Jeder Knochen in meinem Körper schmerzt. Warum habe ich mich nur auf so etwas eingelassen? Es war doch gut so, wie es war. Die Hexe ist weit weg vom Eichsfeld und kann dort keinen Schadenszauber mehr anrichten. Warum wollte Albrecht nur, dass ich sie zurückbringe? Ich verstehe das nicht. Mein armes Töchterchen Karoline muss nun ohne mich auf dem Hof zurechtkommen. Hoffentlich geht es meinem kleinen Schatz gut! Während Bonner an seinem Bier nippte, das ihm die Magd wortlos hingestellt hatte, dachte er an die Worte des Bürgermeisters von Duderstadt: »Du bist ein Jäger, und ein Jäger stöbert das Wild auf.«

»Jäger führen eine Meute Hunde mit sich, die das Wild hetzen und stellen! Bin ich etwa ein Köter?«, murmelte er leise vor sich hin und wischte sich den hellen Schaum von der Oberlippe. Das Mädchen kam und stellte einen Teller mit einem gebratenen ganzen Hähnchen vor Bonner auf den Tisch. Um den knusprigen Gockel schwammen kleine gedünstete Zwiebeln in einer Fetttunke. Dazu reichte die Magd ihm einen halben Laib Brot.

Bonner zerrupfte das Brot mit seinen Pranken und tunkte es stückchenweise in die dunkle Soße. Genüsslich kaute und schmatzte er. Vom Hähnchen riss er eine Keule ab, biss in das saftige Fleisch und nagte die Keule bis auf den Knochen blank.

Fett triefte von seinen Mundwinkeln auf sein Hemd, doch das störte ihn nicht. Genüsslich leckte er sich die Soße von den Fingern.

Da öffnete sich die Tür, und mehrere Männer betraten lachend die Schankstube. Unbekümmert steuerten sie auf Bonners Tisch zu. Sogleich kam der Wirt herbei und entschuldigte sich, weil ein Fremder an ihrem Tisch saß. Einer der Männer stellte sich neben Bonner, der den Mund voller Hähnchenfleisch hatte, und schlug ihm wohlwollend auf die Schulter.

»Es macht nichts, dass der Fremde hier sitzt, denn sicher wird er die erste Runde übernehmen wollen.«

Bonner blickte überrascht auf. Mit leicht zusammengekniffenen Augen musterte er die sechs Männer. Er vermutete, dass es sich um die Jäger handelte, denn ihre blutverschmierte Kleidung und ihre verschmutzten Hände ließen darauf schließen, dass sie erst vor kurzem ihrer Beute die Innereien herausgenommen und sie zerlegt hatten.

Mürrisch nickte Bonner dem Wirt zu, woraufhin ihm die übrigen Männer dankend auf die Schulter klopften und sich setzten. Die Magd brachte in jeder Hand drei Bierkrüge herbei, die sie ächzend vor die Männer stellte. Laut prosteten sie Bonner zu, der mit dem Bier den letzten Bissen Hähnchen hinunterspülte. Er wischte sich mit dem Ärmel das Fett vom Kinn und gab dem Mädchen Zeichen für ein weiteres Bier. Einer der Jäger betrachtete ihn und fragte neugierig: »Wie ist dein Name?«

»Casper Bonner«, war die knappe Antwort.

»Bist wohl fremd hier in der Gegend?«

Bonner antwortete nicht, sondern pulte mit dem Fingernagel eine Fleischfaser zwischen seinen Zähnen hervor. Da der Jäger ihn abwartend anblickte, fragte Bonner: »War die Jagd erfolgreich?«

Sogleich sprachen die Jäger durcheinander und erzählten von einem prächtigen Hirsch, den sie bei der Jagd erlegt hatten. In allen Einzelheiten schilderten sie, wie sie das Tier erst gehetzt und dann gestellt hatten. »Habt ihr gesehen, wie meine Hunde den erschöpften Hirsch umzingelten und ihn nicht weiterlaufen ließen? Erstklassige Hunde!«, prahlte einer der Jäger.

»Ja, Heinrich! Da kann man nur zustimmen. Ich glaubte zuerst, dass sie ihm an die Gurgel gehen würden. Du hast sie gut abgerichtet.«

Vergnügt bestellten sie die nächste Runde und spendierten auch Bonner einen Humpen Bier. Dann meinte einer der Jäger: »Aber der Hirsch ist nichts gegen den Bären, den ich erlegen werde.«

Zuerst herrschte Stille, doch dann brachen die anderen beiden in Gelächter aus. »So viele haben schon versucht, den Bären zu erlegen, keinem ist es gelungen. Warum solltest ausgerechnet du es schaffen, Simon?«

Verständnislos blickte Bonner die Jäger an und fragte: »Was kann so schwer daran sein, einen Bären zu töten? Man gräbt ein Loch, stellt auf dem Boden Speere aus und lockt ihn mit Aas an.«

Daraufhin sah der Jäger namens Simon Bonner direkt in die Augen und flüsterte mit Grabesstimme: »Dieser hier ist kein gewöhnlicher Bär! Dieser hier ist ein Menschenfresser.«

Bonners Augen weiteten sich. »Woher wollt ihr das wissen?«

»Seit Monaten verschwinden Wanderer und Händler in unserer Gegend. Das Letzte, was man von ihnen weiß, ist, dass sie dem Weg durch den Wald gefolgt sind. Dort müssen sie dem Bären begegnet sein, denn man hat sie nie wieder gesehen. Der Bär hat sie mit Haut und Haaren verspeist!« Bonner schluckte. Dann fragte er: »Warum seid ihr so sicher, dass es ein Bär gewesen ist? Auch ein Wolf könnte die Wanderer getötet haben.«

Missmutig sah der Bärenjäger Bonner an: »Ich verzeihe dir deine Frage, weil du fremd bist und deshalb nicht wissen kannst, dass es in unserer Gegend keine Wölfe gibt. Und wir sind sicher, dass diese Menschen verschwunden sind, denn ihre Familien kamen, um sie zu suchen. Sie haben nicht einmal Spuren von den Männern gefunden. Wir, die hier sitzen, haben uns ebenfalls auf die Suche begeben und konnten mit unseren geschulten Augen Bärenspuren im weichen Boden erkennen und ...« Der Mann hielt kurz inne und blickte Bonner eindringlich an. »Wir haben auch eine Blutlache entdecken können. Eine Blutlache so groß und tief, als habe man das Blut eimerweise hineingeschüttet. Genau an dieser Stelle hat der Bär seine Beute in Stücke gerissen.«

Bonner überlegte. »Woher wollt ihr wissen, dass die Fremden überhaupt durch den Wald marschiert sind?«

Nun lachten die Jäger verhalten. »Wir wissen das, weil sie alle die Nacht vor ihrem Verschwinden im Gasthaus ›Zur tanzenden Maus‹ verbracht haben. Es ist das einzige Haus am Waldesrand, und der Wirt und Liese Lutz haben die Männer als Letzte lebend gesehen.«

Einer der Jäger höhnte: »Und wie ich Liese kenne, wird sie ihnen eine schöne letzte Nacht beschert haben.«

Grölend knallten die Jäger ihre Bierkrüge auf den Tisch.

»Ich«, ereiferte sich der Bärenjäger und wandte sich wieder Bonner zu, »habe gesehen, wie der Bär sein eigenes Junges an der Kehle packte, bis das Blut spritzte. Er ließ es erst los, als das Junge aufhörte zu schreien. Ich erkenne einen Menschenfresser auf hundert Schritt Entfernung.«

»Du musst dich sputen, Simon, wenn du den Bären als Erster erlegen willst. Ist erst bekannt, dass unser Herr eine Belohnung auf das Bärenfell ausgesetzt hat, wird es hier von Jägern nur so wimmeln. Du musst dir den besten Spurenleser der Gegend zu Hilfe holen.«

Bonner wurde hellhörig. Spurenleser, dachte er und überlegte, wobei er vor sich auf die Tischplatte starrte.

Unbemerkt von Bonner stupste einer der Männer den Bärenjäger an und wies mit dem Kopf zu Bonner. Daraufhin fragte der Bärenjäger neugierig: »Aber was verschlägt dich in unsere Gegend, Casper Bonner?«

Bonner schien aus seiner Erstarrung zu erwachen und antwortete gedankenverloren: »Ich suche jemanden.«

»Dir ist wohl deine Alte abgehauen«, höhnte Simon. Daraufhin blickte Bonner ihn wütend an und schnauzte: »Halt's Maul, sonst werde ich den Bären erlegen und das Geld kassieren, denn du bist scheinbar zu dumm für die Bärenjagd.«

Sofort sprang der Jäger auf und brüllte Bonner an: »Wage es ja nicht, mir in die Quere zu kommen, sonst ergeht es dir schlecht.«

Wütend warf Simon Geld für das Bier auf die Tischplatte und marschierte zur Tür. Die anderen taten es ihm gleich und folgten ihm. Bevor sie jedoch den Schankraum verließen, rief einer dem Wirt zu: »Schöne Gäste beherbergst du hier, Arons!«

Mit lautem Knall flog die Tür hinter ihnen ins Schloss. Übel gelaunt ging der Wirt auf Bonner zu und sagte böse: »Ich habe geahnt, dass ich deinetwegen Ärger bekommen werde!«

»Halt's Maul«, brummte Bonner, »und bring mir noch ein Bier.«

Zur gleichen Zeit in Duderstadt

Josef saß eingeschüchtert auf einem Stuhl im Zimmer seines Oheims. Er hatte den Kopf eingezogen und blickte zu Boden. Zornig ging Albrecht Harßdörfer im Zimmer auf und ab und schnauzte seinen Neffen erneut an: »Ich dachte, dass ich mich auf dich verlassen könnte, doch scheinbar bist du so dumm wie der Rest deiner Familie. Hatte ich dir nicht gesagt, dass du mir heute das Geld bringen sollst?« Josef konnte nur nicken. Doch dann jammerte er: »Aber Oheim, was soll ich denn tun, wenn sie mir die Tür nicht öffnen?«

Der Bürgermeister von Duderstadt schlug seinem Neffen ins

Gesicht, dass dieser vor Schmerz aufschrie. Josef hielt sich die brennende Wange und zuckte zusammen, als Harßdörfer ihn anbrüllte: »Eintreten sollst du diese verdammte Tür! Hast du verstanden, du Nichtsnutz? Eintreten!«

In dem Moment kam Frau Harßdörfer ins Zimmer und schimpfte: »Albrecht, wie kannst du es wagen, meinen Neffen so anzuschreien? Der ganze Ort hört mit! Was hat der arme Junge denn verbrochen, dass du so mit ihm umgehst?« Mitleidig strich sie Josef über den Scheitel.

Harßdörfer übersah seine Frau und setzte sich hinter seinen wuchtigen Schreibtisch. Dort wies er sie mit einem Fingerzeig an, den Raum zu verlassen.

Frau Harßdörfer versuchte, ihrem Neffen aufmunternd zuzulächeln. Ihren Mann hingegen strafte sie mit Nichtachtung, als sie die Tür hinter sich schloss. Das Benehmen seiner Frau ließ Harßdörfer kalt. Ihn plagten Sorgen, von denen sie nichts wusste, nicht einmal etwas ahnte.

Josef rutschte unruhig auf seinem Stuhl hin und her und wagte nichts zu sagen. Erneut spürte er den Blick seines Oheims an sich haften.

»Ich gebe dir Zeit bis zum Weihnachtsfest, dann will ich das Geld hier auf dem Tisch liegen sehen! Und sag ihnen, dass sich die Zinsen mit jedem Tag erhöhen, bis sie das gesamte Geld zurückgezahlt haben.« Josef konnte nur zaghaft nicken. »Hast du mich verstanden?«

»Ja, Oheim!«

»Und solltest du erneut versagen, werde ich dich so lange verprügeln, bis du dich nicht mehr muckst! Und jetzt verschwinde!«

Josef sprang hastig auf und verließ den Raum. Im Gang lehnte er sich gegen die geschlossene Tür. Wütend wischte er die aufsteigenden Tränen fort.

»Bevor du mich totschlägst, Oheim, werde ich dich an den

Pranger bringen! Das schwöre ich bei allem, was mir heilig ist!«, flüsterte er und stürmte den Gang hinunter aus dem Haus.

Nachdem der Junge fort war, stützte Harßdörfer müde die Ellenbogen auf den Schreibtisch und fuhr sich durchs schüttere Haar. Dann faltete er die Hände vor dem Mund und legte das Kinn auf beiden Daumen ab.

Wie konnte es nur so weit kommen?, grübelte er. Alle, denen ich das Geld geliehen habe, sind angesehene Handwerker aus den umliegenden Dörfern. Niemals hätte ich vermutet, dass sie mich hintergehen würden. Wie können sie es wagen?, ereiferte er sich und schlug wütend auf die Tischplatte. Es war ein einfacher Plan, der nicht schiefgehen konnte. Ein einfacher Plan, um mein Geld zu mehren. Schließlich habe ich das Geld nicht gestohlen, sondern es mir nur geborgt. Die Stadtkasse war bis zum Rand gefüllt, warum sollte ich es als Bürgermeister nicht nutzen? Es wäre alles gut gegangen, wenn diese Taugenichtse pünktlich zurückgezahlt hätten. Doch nun weigern sie sich, mir meine Zinsen zu bezahlen. Mich so zu hintergehen ist wahrlich schändlich, schließlich habe ich ihnen geholfen, als ihre Not am größten war. Vielleicht, überlegte er weiter, sollte ich persönlich das Geld eintreiben gehen. Doch er verwarf den Gedanken gleich wieder. Nein, ich kann mich nicht bei ihnen blicken lassen. Man darf mich nicht mit ihnen in Verbindung bringen.

Albrecht Harßdörfer seufzte vernehmlich. Wenn bekannt wird, dass ich die Stadtkasse geplündert habe, weil ich mit den Zinsen leichtes Geld verdienen wollte, wird es ein böses Ende mit mir nehmen. Und jetzt hat sich auch noch der Steuereintreiber des Kurfürsten für das neue Jahr angesagt. Hoffentlich wird Bonner die Hexe rechtzeitig finden und nach Duderstadt zurückbringen. Dann kann ich die Hexe beschuldigen, mich verführt zu haben, das Geld zu nehmen. Ein hinterhältiges Lächeln entspannte Harßdörfers Gesicht. Wenn ich dem Erzbischof und dem Kurfürsten Johann Schweikhard zu Kronberg eine Hexe vorweisen kann, wird er mir glauben.

Harßdörfer wusste, dass der Kurfürst sich zum Ziel gesetzt hatte, alle Hexen in seinem Reich zu vernichten. Aus seiner Feder stammte die Untersuchungsordnung mit einhundert Fragen, die er den Gerichten zugestellt hatte. Die Antworten der Beschuldigten sollten sie als Hexen überführen. Nie und nimmer, da war sich Harßdörfer sicher, würde der Kurfürst annehmen, dass er aus freien Stücken das Geld aus der Stadtkasse entwendet hatte. Der hohe geistige Herr würde dem Bürgermeister glauben, dass eine Hexe ihn dazu getrieben hatte. Denn ein Albrecht Harßdörfer tat nichts Unrechtes – da konnte er sich auf seinen guten Leumund verlassen.

Kapitel 13

Nachdem sie erfahren hatten, dass Melchior Rehmringer nicht mehr lebte, waren Burghard, Clemens, Katharina, Franziska und Johann wie betäubt und mit letzter Kraft durch den Ort Wellingen gegangen. Im ersten Gasthaus, an dem sie vorbeikamen, mieteten sie sich ein Zimmer, das so klein wie eine Kammer und deshalb für fünf Menschen viel zu eng war. Aber sie beklagten sich nicht, denn die Miete war günstig, und der Schornstein im Raum sorgte für angenehme Wärme. Zudem ließ die Wirtsfrau Strohsäcke, Decken, angewärmtes Wasser, Handtücher und ein Stück Seife bringen.

Die Freunde sprachen kaum ein Wort miteinander. Sie saßen auf ihrem Lager und starrten wie betäubt die kahlen Wände der Kammer an.

Als die Stille sie zu erdrücken schien, sprang Clemens auf, entblößte seinen Oberkörper und tauchte den Kopf ins erkaltete Wasser in der Schüssel. Er wusch sich Haare und Körper mit Seife und befreite sich von Schmutz und Staub. Aus seinem Lederbeutel kramte er ein trockenes Hemd hervor.

Seine Freunde beobachteten ihn schweigend und warteten, dass er etwas sagen würde. Etwas, das ihnen Hoffnung gäbe, doch er blieb stumm. Nichts verriet seine Gedanken oder Gefühle.

Als er sich das frische Hemd übergezogen hatte und nun die Haare trocken rubbelte, flüsterte Katharina: »Was sollen wir nur machen?« Ihre Augen waren vom Weinen gerötet, ebenso ihre Nase, die sie sich ständig schnäuzte.

Mit ausdruckslosem Gesicht drehte sich Clemens um und sagte: »Ich werde die alte Frau Rehmringer aufsuchen und mit ihr reden. Es kann nicht sein, dass all unsere Mühen umsonst waren!« Dann verließ er den Raum.

Franziska blickte mit großen Augen zu Johann und sagte: »Wenn du mich mit einer Nadel stechen würdest, käme sicherlich kein Tropfen Blut. Ich habe nicht einmal mehr die Kraft, um zu weinen.«

Johann zog Franziska sanft an sich und drückte ihr liebevoll einen Kuss auf den Scheitel. »Du musst nicht weinen, Liebes! Alles wird gut!«

Katharina konnte nicht leugnen, dass sie eifersüchtig war. Franziska konnte sich fallen lassen und wusste, dass Johann sie auffangen würde. Doch was war mit ihr? Niemand interessierte sich für sie, ihre Ängste oder ihre Gefühle. Erneut schossen ihr Tränen in die Augen, und sie vergrub ihr Gesicht im Strohsack, der vor ihr lag.

Plötzlich spürte sie eine Hand, die zart über ihre Schultern strich. Als sie aufblickte, sah sie in Burghards Augen, die ihr verständnisvoll zulächelten.

»Sei nicht traurig, Katharina. Es gibt immer eine Lösung. Vertraue auf Gott!«

Als sie sich nicht beruhigen konnte, nahm er sie in die Arme. Katharina legte den Kopf an seine Brust, und erst da versiegten ihre Tränen, und sie wurde ruhiger.

Die beiden Frauen wuschen sich, während Johann und Burghard vor der Tür warteten.

Johann betrachtete den Mönch von der Seite, der krampfhaft die gegenüberliegende Wand anstarrte. Schließlich sagte Johann ohne Spott in der Stimme: »Es war nett von dir, Katharina zu trösten.«

»Sie tat mir leid.«

Johann schwieg, doch dann fügte er hinzu: »Sie ist ein nettes Mädchen.« Nun wandte sich Burghard ihm zu. »Ja, das ist sie! Ich hoffe, dass Clemens und sie glücklich werden!«

»Clemens und Katharina? Wie kommst du darauf?«

»Hast du seine Blicke nicht bemerkt?«

»Welche Blicke?«

»Er verschlingt sie förmlich mit den Augen!«

»Ach, er verschlingt sie förmlich?«, spottete Johann leise. »Wie sieht so etwas aus?«

Verlegen scharrte Burghard mit dem Fuß auf dem staubigen Boden. »Das kann ich dir nicht erklären, aber ich denke, dass er sie begehrt.«

»Und Katharina? Begehrt sie ihn auch?«

Burghard zuckte mit den Schultern.

Johann lachte leise auf.

»Was ist daran so komisch?«, murrte Burghard verhalten.

»Komisch ist, dass du als Mönch beurteilen willst, was andere fühlen. Ich kenne die Gelübde, die ihr ablegen müsst. Woher willst du also wissen, wann ein Mann eine Frau begehrt?«

»Schließlich bin auch ich ein Mann! Ich muss keine Erfahrung haben, um zu wissen, was man für eine Frau fühlen kann.«

»Schön gesprochen, mein Freund! Aber statt dir Gedanken

über die Gefühle anderer zu machen, solltest du dir lieber über deine eigenen Klarheit verschaffen.«

Burghard schaute betreten zur Seite. War es so offensichtlich?, grübelte er in Gedanken. Nach einer Weile gab er trotzig zur Antwort: »Darüber muss ich mir keine Gedanken machen, denn ich werde zurück ins Kloster gehen. Und wenn du unser Gelübde kennst, dann weißt du, dass ich keusch bleiben muss.«

»Dann dürften nur Kleinkinder eurem Orden beitreten«, höhnte Johann. Burghard öffnete den Mund, um etwas zu erwidern, schloss jedoch die Lippen wieder und blieb stumm.

Endlich öffnete sich die Tür der Kammer. Feiner Seifenduft strömte aus dem kleinen Raum. Nachdem die Männer das verbrauchte Wasser gegen frisches ausgetauscht hatten, kamen sie selbst nun in den Genuss, sich den Staub vom Leib zu waschen, und die beiden Frauen warteten vor der Tür.

Anschließend saßen die vier mit feuchten Haaren am warmen Schornstein.

»Mein Magen knurrt fürchterlich«, stöhnte Franziska, »doch ich bin zu müde, um etwas zu essen.« Den anderen ging es ebenso. Die Müdigkeit siegte, und so streckten sie sich auf ihren Strohsäcken aus.

Franziska und Johann schliefen Arm in Arm ein, und auch Burghard übermannte rasch der Schlaf. Nur Katharina wälzte sich hin und her. Fragen ohne Antworten hielten sie wach, und sie drehte sich unruhig von einer Seite auf die andere. Als sie sich wieder einmal gedreht hatte, umfasste ein Arm sie, und Burghard zog sie wortlos an sich. Sein leises Schnarchen verriet, dass er schnell wieder eingeschlafen war, während Katharina stocksteif auf dem Strohlager lag und sich nicht einmal traute, sich an der Nase zu kratzen. Doch kurze Zeit später war auch sie schließlich eingeschlafen.

Die Wirtsfrau vom »Nassauer Hof« hatte Clemens den Weg zum Rehmringer-Gestüt erklärt. Neugierig wollte sie wissen, was Clemens dort suche, doch er überhörte ihre Frage. Theatralisch begann sie daraufhin vom tragischen Schicksal des Melchior Rehmringer zu berichten. Doch auch das wollte Clemens nicht hören, und er verließ grußlos den Gasthof. Er wusste, dass die Leute ihre Geschichten gerne ausschmückten, doch ihn interessierten nur Tatsachen.

Wenig später stand er vor dem schmiedeeisernen Tor und betrachtete staunend das Gestüt. Mehrere Scheunen standen rechts und links des prächtigen Wohnhauses, das auf den ersten Blick herrschaftlich wirkte und den Burschen einschüchterte. Zwar war das Gestüt seiner Eltern das größte und schönste auf dem Eichsfeld, doch gegen das der Rehmringers erschien es klein und einfach. Bei näherem Betrachten konnte Clemens allerdings erkennen, dass das Rehmringer-Gestüt ungepflegt war. Seine Mutter hatte immer großen Wert auf ein ordentliches Erscheinungsbild des Anwesens gelegt, und auch seine Schwester hielt das Gestüt in Ordnung. Gestutzte Hecken, Blumenbeete, saubere Fenster und ein gekehrter Hof waren den Arnolds wichtig.

Das konnte man vom Anwesen der Rehmringers nicht behaupten. Zahlreiche Pferdemisthaufen bedeckten den Hofboden, Gerätschaften lagen herum und rosteten. Unkraut wuchs in allen Ecken, und vertrocknete Pflanzen säumten den Weg. Auch das Strohdach musste dringend ausgebessert werden. Zwar liefen Männer und Frauen zwischen den Gebäuden hin und her, doch niemand schien zu arbeiten. Sie lachten und scherzten und übersahen dabei Dreck und Arbeit. Gelangweilt führten junge Burschen Pferde von den angrenzenden Koppeln in die Ställe, wo sich ihr Gebrüll mit dem Gewieher der Rösser mischte. Fassungslos schüttelte Clemens den Kopf. Damit hatte er nicht gerechnet. Er musste sich eingestehen, dass er enttäuscht war. Clemens erinnerte sich an Melchior Rehmringers stolze Worte, wenn er von seinem Anwesen erzählte. »In wenigen Monaten wird von dem prachtvollen Gestüt nicht mehr viel übrig sein!«, murmelte Clemens niedergeschlagen. Er konnte sich nicht vorstellen, dass er und seine Freunde hier willkommen sein würden, und wandte sich zum Gehen, als er einen vertrauten Geruch wahrnahm. Er reckte seine Nase und schnupperte. Ein Lächeln überzog sein angespanntes Gesicht. »Eines haben beide Gehöfte gleich!«, stellte er schmunzelnd fest. Es war der Geruch, der für den Burschen Heimat bedeutete. »Es riecht wie daheim!«

Clemens hatte nicht bemerkt, dass ein junger Mann, der zwei Köpfe größer und viel breiter war als er, zu ihm vor das Hoftor getreten war. Als er sich breitbeinig vor Clemens aufbaute, befürchtete er das Schlimmste.

Finster dreinblickend fragte der Fremde ihn: »Warum stehst du hier herum?« Da er für seine mächtige Erscheinung eine recht hohe Stimme hatte, verlor Clemens seine Angst und musste sich ein Lachen verkneifen.

»Ich möchte Frau Rehmringer sprechen«, antwortete er selbstbewusst. Sein Gegenüber musterte ihn abfällig.

»Ach ja? Warum?«

»Das werde ich ihr selbst sagen!«

Der Bursche zog seine Stirn in Falten und drohte mit seiner hellen Stimme: »Verschwinde, bevor ich mich auf dich werfe und dich wie eine Laus zerquetsche!«

Die Drohung hörte sich mit dieser Stimme so lustig an, dass Clemens kurz den Blick senkte und sich auf die Lippen biss, um nicht aufzulachen. Nach wenigen Augenblicken hatte er sich beruhigt und erwiderte: »Sag Frau Rehmringer, dass Clemens sie sprechen möchte. Dann sehen wir weiter.«

Wieder zeigten sich Falten auf der Stirn des anderen. »Clemens?«, murmelte er. »Warte hier!«

Kurz darauf sah Clemens, wie der Bursche ihm vom Wohngebäude aus Zeichen gab, zu ihm herüberzukommen. Eilig überquerte Clemens den Hof. »Sie will dich sehen«, sagte der Kerl unfreundlich und führte ihn in die gute Stube, wo er ihn stehen ließ.

Um sich abzulenken, betrachtete Clemens die Porzellanfiguren in der Glasvitrine, als eine Magd hereinkam, die ihn mürrisch aufforderte, ihr zu folgen. Nebeneinander stiegen sie eine breite Treppe nach oben, deren dunkles Holz matt und staubig war. Spinnweben waren zwischen den einzelnen Pfosten zu erkennen.

Im oberen Geschoss klopfte die Magd an eine wuchtige Tür. Von drinnen war ein zartes Stimmchen zu vernehmen, das »Herein« rief. Auffordernd sah die Magd Clemens an und verschwand auf der Treppe nach unten.

Clemens atmete tief ein und betrat den Raum. Abgestandene Luft schlug ihm entgegen. Vor den Fenstern hingen schwere dunkle Vorhänge, die nur spärliches Licht ins Zimmer ließen. Es dauerte ein wenig, bis er sich an das fahle Licht gewöhnt hatte. Ein großes Eichenbett mit einem Baldachin stand vor ihm an der Wand. Clemens hatte das Gefühl, in eine Grabkammer eingetreten zu sein.

»Clemens? Clemens Arnold? Bist du es wirklich?«, fragte die schwache Stimme vom Bett aus.

»Ja, Frau Rehmringer. Ich bin es tatsächlich!«

Er glaubte leises Wimmern zu hören und wagte sich einige Schritte weiter in den Raum hinein. Kurz vor dem Bett blieb er stehen. Die Augen der alten Frau musterten ihn ungläubig. »Wer seid Ihr?«, flüsterte sie. Erregt hob und senkte sich ihr Brustkorb.

»Frau Rehmringer, Ihr müsst keine Angst haben. Nur mein

Aussehen hat sich verändert, aber ich bin immer noch der Clemens, den Ihr kennt.«

»Was hat man dir angetan?«, flüsterte sie, und dieses Mal konnte man das Entsetzen aus ihren Worten heraushören. Clemens schüttelte zaghaft den Kopf. »Das ist im Moment nicht wichtig, Frau Rehmringer. Was ist mit Eurem Sohn passiert?«

Mit dem Zipfel der Bettdecke tupfte sie sich die Tränen fort und erklärte: »Ach Clemens, großes Unglück ist über uns gekommen.« Sie schluckte, bevor sie weitersprach: »Melchior wollte sich den Beschlag eines Pferdes ansehen, als der Hengst seitlich austrat und ihn am Kopf traf. Zwar lebte mein Sohn noch einige Tage, doch er erlangte sein Bewusstsein nicht wieder. Es war ein schrecklicher Unfall.« Die Frau schluchzte laut auf. »Melchior war ein Pferdekenner und hätte wissen müssen, dass dieser Hengst sich nicht ohne Probleme die Hufe heben lässt, zumal der Hufschmied ihn gewarnt hatte, dass er nicht von der Seite an den Hengst herantreten sollte. Aber du kanntest ja meinen Sohn! Er hat sich nie etwas sagen lassen – wusste immer alles besser. Und diese Rechthaberei hat er mit dem Leben bezahlen müssen.« Trauer und Wut schwangen in ihrer Stimme mit, als sie hinzufügte. »Er hat mich mit alldem allein gelassen. Mich, die ich eine alte Frau bin!«

Als die Frau erneut in Tränen ausbrach, setzte sich Clemens auf die Bettkante und nahm tröstend ihre Hand in seine. »Es tut mir von Herzen leid, Frau Rehmringer. Ich habe Euren Sohn gemocht und geschätzt.«

Sie schluckte. »Ja, das weiß ich, Clemens.«

Erneut betrachtete sie sein Gesicht. »Erzähl mir, was dir passiert ist. Wie geht es Anna?«

Als sie den Namen seiner Schwester erwähnte, kämpfte auch Clemens mit seinen Gefühlen. Zögerlich erzählte er ihr seine Geschichte und den Grund für sein Kommen.

Stunden später schloss Clemens die Tür hinter sich und lehnte sich dagegen. Fassungslos schüttelte er immer wieder den Kopf. Damit hatte er nicht gerechnet. Erschöpft ging er in die Knie, umklammerte sie mit beiden Armen und legte die Stirn darauf. Er war zu müde, um über alles nachzudenken oder um etwas zu fühlen. Tränen brannten in seinen Augen, und er war froh, dass es niemand bemerken konnte.

Nach einer Weile stand er auf und wischte sich mit beiden Händen über das Gesicht.

»Es wird Zeit, ich sollte die anderen nicht länger warten lassen!«

Bereits vor der Kammertür konnte Clemens Burghards Schnarchen hören. Um die Freunde nicht zu wecken, versuchte er leise die Klinke nach unten zu drücken. Doch mit einem Knall sprang die Tür auf, und sogleich sahen ihn vier Augenpaare erwartungsvoll an.

Clemens aber ließ sich müde auf seinen Strohsack fallen und schloss die Augen.

Erbost sprang Franziska auf und zischte: »Clemens, du wirst es nicht wagen einzuschlafen, bevor du uns berichtet hast, was du erfahren hast.«

»Hast du die alte Frau sprechen können?«, wollte nun auch Burghard wissen. Clemens nickte. »Ja, ich habe ihr von uns und unserem Schicksal erzählt.«

»Was hat sie gesagt?«, rief Katharina und trat sanft gegen sein Schienbein, damit er nicht einschlief. Clemens hatte die Hände über die Augen gelegt und rührte sich nicht. Nun wurde auch Johann laut.

»Verdammt, nun sag, was los ist!«

Ächzend setzte sich Clemens auf und blickte in die fragenden Gesichter seiner Freunde.

»Sie will uns nicht haben!«, flüsterte Franziska ängstlich.

Clemens wandte sich ihr zu: »Nein, Frau Rehmringer sagte, dass Gott uns zu ihr geschickt habe.«

Die Freunde lauschten gebannt, als Clemens von seinem Gespräch mit Frau Rehmringer berichtete.

»Frau Rehmringer liegt seit dem Tod ihres Sohnes krank im Bett und kann sich nicht um das Gestüt kümmern. Das Gesinde macht, was es will, ist mürrisch und aufsässig. Niemand versorgt die alte Frau, die den ganzen Tag allein in einem düsteren und muffigen Zimmer verbringt. Niemand auf dem Hof versteht etwas von Pferdezucht. Frau Rehmringer weiß nicht einmal, ob die Pferde ausreichend versorgt werden. Sie erfährt nicht, was im Haushalt gearbeitet wird, und sie hat niemanden, dem sie vertrauen kann. Haus und Hof sind verkommen. So wie es aussieht, geht der ganze Besitz zugrunde. Mit schwerem Herzen trägt sie sich mit dem Gedanken, alles zu verkaufen. Ein Anwesen, das seit Generationen ihrer Familie gehört hat. Ihr könnt euch sicher vorstellen, wie sehr die alte Frau leidet. Ein Amtmann aus dem Ort hat Interesse bekundet.«

»Hast du sie gefragt, ob dieser Amtmann Hilfe benötigt? Ob er uns vielleicht einstellen würde?«, fragte Johann.

Clemens nickte. »Natürlich habe ich sie das gefragt, aber der Mann hat seine eigenen Leute. Sie meinte zudem, dass er keine Fremden nehmen würde.«

»O nein«, wisperte Franziska.

»Wieso hat sie dann gesagt, dass Gott uns zu ihr geschickt habe?«, rief Burghard ärgerlich.

Clemens schmunzelte und erklärte: »Weil sie das Gestüt nun nicht mehr verkaufen muss. Mit unserer Hilfe will sie das Gut erhalten!« Er blickte von einem zum anderen. Verständnislos sahen ihn die Freunde an.

»Wie meinst du das?«, fragte Katharina als Erste.

»Du, Katharina, kennst dich in der Krankenpflege aus und wirst Frau Rehmringers persönliche Pflegerin. Ich bin überzeugt, dass du sie in kurzer Zeit wieder auf die Beine bringen wirst. Franziska weiß, wie eine Küche zu führen ist, und wird die Haushaltsführung übernehmen. Johann ist der ideale Bauer und wird für Feld und Vieh zuständig sein, und ich, ich bin der Pferdekenner unter uns«, schloss er seine Erklärungen ab.

»Und ich?«, fragte Burghard. »Was soll ich machen?«

Clemens zauderte kurz, doch dann sagte er mit fester Stimme: »Für dich mussten wir uns etwas einfallen lassen, Burghard, denn für einen ehemaligen Franziskanermönch hat Frau Rehmringer keine Verwendung.« Burghard wartete gespannt, dass Clemens weitersprach, und auch die anderen lauschten neugierig. »Du bekommst eine sehr ehrenhafte Aufgabe, Burghard. Du wirst der Schweinehirte!«, prustete Clemens los.

Kapitel 14

Nachdem Adam Hastenteufel sein Pferd in einem Stall abgegeben hatte, schlenderte er durch die eng bebauten Gassen von Wetzlar. Es war dunkler Abend, doch in der Innenstadt, die von unzähligen Fackeln und Kerzen erleuchtet wurde, herrschte reges Treiben.

Verkaufsstand reihte sich an Verkaufsstand, und erstaunt stellte Hastenteufel fest, dass die Marktstände, auf denen sich edle Stoffe, Küchenutensilien, Handwerkszeug und andere Gebrauchsgegenstände türmten, selbst zu der vorgerückten Stunde kauffreudige Menschen anzogen. Auch um die Marktschreier scharten sich die Leute, um vergnügt zuzuhören, wie die Männer lautstark versuchten sich gegenseitig zu übertönen, indem sie schreiend ihre Köstlichkeiten wie kandierte Früchte, Honig,

Wurstspezialitäten, lebende Karpfen oder geräucherte Forellen anpriesen. An anderer Stelle füllten Weinhändler von der Mosel, die selbst schon in weinseliger Laune waren, die Krüge der durstigen Besucher. Hastenteufel lief bei dem reichhaltigen Angebot das Wasser im Munde zusammen.

Neugierig wanderte er von Platz zu Platz und von einer verwinkelten Gasse zur nächsten, bis er in der Nähe des Domplatzes auf eine Gruppe grell geschminkter Schauspieler aufmerksam wurde. Neugierig reihte er sich in die Zuschauermenge ein und lauschte der Theatergruppe, die eine Komödie aufführte. Vergnügt beobachtete er, wie Gaukler und Jongleure den Anwesenden das Geld aus der Tasche lockten.

Nachdem das Schauspiel beendet war, zog ihn die Menschenmenge mit sich. An einem Stand, an dem eine Sau am Spieß gegrillt wurde, suchte er sich einen Platz und bestellte ein großes Stück Braten sowie einen Krug frisch gebrautes Bier. Als das Marktweib ihm das Essen brachte, fragte er sie: »Sagt, schöne Frau, was ist der Anlass für das bunte Treiben in Eurer Stadt?«

Lachend erklärte sie: »Wir feiern jedes Jahr am 16. Oktober das Fest des heiligen Gallus.«

Er blickte sie fragend an. Sie zuckte mit den Schultern und meinte: »Ich weiß auch nicht, was das für ein Heiliger war. Dank ihm wird der Gallusmarkt seit vielen hundert Jahren in Wetzlar abgehalten, was uns zusätzliche Einnahmen beschert. Wie Ihr seht, sind die Leute gut gelaunt, und das Geld sitzt ihnen locker. Nur das zählt!«, fügte sie mit einem Augenzwinkern hinzu.

»Ja«, maulte Hastenteufels Sitznachbar, »wir aber müssen dafür bluten. Im Städtischen Kaufhaus von Wetzlar wurde unsere Ware gewogen, gemessen und versteuert. Ich kann dir sagen, Fremder, solch ein Loch hat das in meine Geldbörse gebrannt!« Der Mann machte eine ausschweifende Handbewegung, um ihm die Größe des Lochs aufzuzeigen.

»Ach, Ihr Armer!«, tröstete das Marktweib den Händler lachend. »Ihr habt den Verlust sicher auf den Preis geschlagen!« Das gespielt verkniffene Gesicht des ertappten Mannes brachte nun auch die anderen zum Lachen, und Hastenteufel stimmte mit ein. Welch ein schöner Abend!, dachte er und genoss den Braten.

Nachdem Hastenteufel gesättigt war, fragte er den Mann neben sich: »Kannst du mir sagen, wo ich hier ein anständiges Nachtlager bekommen kann?«

»Ich bin ebenfalls fremd hier, aber ich habe ein Zimmer im Gasthaus ›Zum goldenen Löwen‹ gemietet. Es ist in der Krämergasse in der Nähe des Doms. Eins kann ich dir versprechen, auch du wirst bluten müssen. Alles ist an diesen Jahrmarktstagen teuer. Ich meine damit wirklich alles!« Verschmitzt zwinkerte er Hastenteufel zu.

Dieser bedankte sich grinsend und ging, um sich ein Zimmer für die Nacht zu suchen.

Unausgeschlafen verließ Adam Hastenteufel am nächsten Tag die Stadt Wetzlar.

Wie der Händler ihm prophezeit hatte, war das Gasthauszimmer ebenso überteuert gewesen wie andere Dienste, die Hastenteufel in dieser Nacht vergeblich suchte. Zwar war sein Geldbeutel mit Münzen reichlich gefüllt, da Wilhelm Münzbacher ihn großzügig entlohnt hatte. Aber da er nicht wusste, wie lange er seinem Opfer noch folgen musste, wollte er nicht verschwenderisch sein.

»Verdammt!«, schimpfte Hastenteufel und streckte sich. Er hatte vor lauter Wut über die Preise im Stall bei seinem Gaul geschlafen. Nun schmerzte ihn das Kreuz. »Selbst der Preis der Huren war unverschämt.« Zwar hätte er eine zahnlose Alte für wenig Geld haben können, aber bei deren Anblick war ihm jegliche Lust vergangen. Sein Vorhaben, sich in Wetzlar etwas Gutes zu gönnen, war kläglich gescheitert. »Das einzig Gute war die Sau am Spieß«, scherzte er verbittert, konnte jedoch auch darüber nicht recht lachen.

Gemächlich trottete sein Pferd die Straße entlang. Anhand des Sonnenstandes wusste Hastenteufel, dass er in Richtung Westen unterwegs war. Er drehte sich im Sattel um und entdeckte dabei eine Burg hoch über Wetzlar liegend. Die hatte ich gestern, als ich über die Lahnbrücke durchs Tor geritten bin, gar nicht bemerkt, stellte er überrascht fest. Da er nirgends einen Wegweiser erkennen konnte und er auch kein bestimmtes Ziel hatte, folgte er weiter der Straße.

Außerhalb des Örtchens Nenderoth wehte ihm der Duft von frisch gebackenem Brot entgegen. Hungrig schnupperte er, und schon bald sah er eine Mühle am Wegesrand stehen. Aus dem Schornstein des Backhauses, das ein Stück unterhalb der Mühle stand, stieg heller Qualm auf. Als Hastenteufel am Mühlenteich einen kleinen Jungen sitzen sah, lenkte er sein Pferd zu ihm. Der Knabe schien mit sich selbst zu sprechen und bemerkte den Reiter nicht.

»He, Bursche!«, rief Hastenteufel ihm zu.

Erschrocken blickte der Junge auf und versteckte seine Hand hinter seinem Rücken. Neugierig fragte Hastenteufel: »Was hältst du denn in deiner Hand versteckt?«

Der Knabe schien zu überlegen. Dann schaute er sich nach allen Seiten um und fragte leise: »Soll ich dir das Wetter vorhersagen?« Hastenteufel konnte sich ein Lachen kaum verkneifen. »Bist du ein Wettermann?« Eifrig nickte der Junge, stand auf und kam auf den Reiter zu. Mit leuchtenden Augen streckte er ihm seine Hand entgegen, in der er einen Frosch hielt.

»Was hat ein Frosch mit dem Wetter zu tun?«

»Ein Zauberer hat es mich gelehrt«, antwortete der Junge voller Stolz und flüsterte: »Es kostet nur einen Kreuzer!« Zweifelnd sagte Hastenteufel: »Das ist alles Unfug.«

»Das stimmt nicht!«, ereiferte sich der Junge. »Meine Freundin, die Katharina, glaubt das auch.«

»Ach? Und wo ist deine Freundin?«

»Sie ist mit ihren Freunden weitergezogen! Ich habe ihr einen Frosch geschenkt, damit er ihnen das Wetter vorhersagen kann, und den hat sie mitgenommen.«

Hastenteufel war hellhörig geworden und stieg vom Pferd. Er bückte sich zu dem Knaben und fragte freundlich: »Sind sie schon lange fort?«

Der Junge nickte.

»Weißt du, wie Katharinas Freunde heißen?«

Misstrauisch blickte der Kleine ihn an. »Warum willst du das wissen?«

Hastenteufel überlegte kurz. Er konnte dem Jungen wohl schlecht die Wahrheit sagen, und eine plausible Ausrede fiel ihm nicht ein. Deshalb versuchte er ihn mit Geld zu locken.

»Ich gebe dir einen Kreuzer, wenn du mir ihre Namen verrätst.« Voller Freude weiteten sich die Augen des Jungen, und er nickte. Hastenteufel gab ihm die Münze, und sogleich nannte er die Namen.

»Wie sah Clemens aus?«

»Komisch!«, erklärte der Junge. Langsam wurde Hastenteufel ungeduldig, aber er versuchte sich zu beherrschen und fragte freundlich weiter: »Was meinst du mit komisch?«

Der Junge schien zu überlegen. »Seine Haare waren nicht mehr da. Aber er hatte keine Glatze. Und sein Gesicht sah aus wie ein verschrumpelter Apfel. Aber nur auf der einen Seite.«

Sollte ich tatsächlich so viel Glück haben?, frohlockte Hastenteufel in Gedanken. »In welche Richtung sind sie gegangen?«

Der Junge wies die Straße entlang.

»Achim!«, rief eine Frau, die ihren Kopf aus der Tür des Backhauses streckte.

Erschrocken versteckte der Junge erneut seine Hand hinter seinem Rücken. Die Frau kam auf ihn zu und sah den Fremden fragend an. Hastenteufel grüßte höflich und sagte: »Der Geruch von frisch gebackenem Brot hat mich zu Euch geführt. Wäre es möglich, Euch einen Laib abzukaufen?«

Als die Frau zögerte, zog er ein Geldstück aus dem Beutel und streckte es ihr entgegen. Hastig griff sie danach und sagte: »Wartet!« An ihren Sohn gewandt schimpfte sie: »Und du setz den Frosch zurück in den Teich!«

Dann eilte sie ins Backhaus und kam kurze Zeit später mit einem Laib Brot zurück.

Hastenteufel nahm ihn dankend entgegen, verabschiedete sich und ritt den Weg entlang, den der Junge ihm gewiesen hatte.

Während sein Pferd die Straße entlangschritt, schnitt Hastenteufel sich mit seinem Messer eine Scheibe Brot ab. Während er kaute, stahl sich plötzlich ein Lachen aus seiner Kehle, so dass er sich beinahe verschluckte.

»Die Wege des Herrn sind unergründlich!« Hastenteufel schluckte das Brot hinunter und lachte dann so herzhaft, dass ihm die Tränen kamen.

Seine Freude über so viel unverhofftes Glück wurde jedoch bald von fürchterlichen Rückenschmerzen getrübt. Immer wieder fasste sich Hastenteufel an die Seite und versuchte sich auf dem Sattel zu strecken und zu drehen, was den Schmerz aber nur noch verschlimmerte. Zeitweise musste er absitzen und zu Fuß weitergehen. Da er jetzt wusste, in welche Richtung Clemens unterwegs war, hatte er keine Eile.

Hastenteufel durchquerte kleine Häuseransiedlungen, in denen es nicht einmal ein Gasthaus gab, in das er einkehren konnte. Als er eine Stadtmauer erblickte, saß er wieder auf und ritt über den Wassergraben in die Stadt hinein. Es war früher Nachmittag und keine Menschenseele zu sehen. Die Stadt wirkte wie ausgestorben. An der Pferdewechselstation gab er sein Pferd ab und ging in den Gasthof.

Der Wirt saß hinter der Theke und sah ihm gelangweilt entgegen. Hastenteufel blickte sich suchend um, aber es war kein weiterer Gast zu sehen.

»Was ist in Eurer Stadt los?«

Fragend hob der Wirt eine Augenbraue und drückte sein fleischiges Kinn nach vorn. »Wie meint Ihr das?«

»Eure Schankstube ist menschenleer, und auch auf den Straßen ist niemand zu sehen.«

»Die meisten Mengerskircher sind rüber nach Greifenstein zur Burg gegangen. Dort findet heute eine Anhörung statt, und die will sich anscheinend niemand entgehen lassen.«

»Wie unterhaltsam kann eine Anhörung sein, dass eine ganze Stadt ihr lauschen will?«

Da der Wirt sonst nichts zu tun hatte, erklärte er: »Graf Wilhelm I. von Greifenstein baut fortwährend seine Burg um. Erst zum Schloss und dann zur Festung. Da solche Baumaßnahmen eine Menge Geld verschlingen, hat er gegenüber seinen Untertanen die Zügel straff angezogen. Die ständigen Sondersteuern wollen sie sich nicht länger gefallen lassen, und deshalb haben sie sich gegen ihn aufgelehnt.«

»So etwas hat es schon immer gegeben und wird es immer geben. Das ist nichts Besonderes«, winkte Hastenteufel ab. Der Wirt erhob sich von seinem Platz und schenkte ihm ein Bier aus.

»Aber die Greifensteiner haben etwas gewagt, was sich das einfache Volk vorher noch nie getraut hat.«

Hastenteufel blickte neugierig auf.

»Sie haben sich in der Stadt einen Advokaten genommen, der sie gegen den Grafen vertreten soll!«

Sprachlos schaute Adam Hastenteufel den Mann an.

»Jetzt kann ich verstehen, dass alle der Anhörung beiwohnen wollen.«

Nachdem Hastenteufel einen Teller dicke Bohnen gegessen hatte, verabschiedete er sich vom Wirt und ritt weiter. Schon nach kurzer Zeit plagte ihn erneut sein Kreuz. Hastenteufel überlegte, zurück in die Stadt zu reiten, um sich bei dem Wirt ein Zimmer zu mieten, als er vor sich am Waldesrand ein Haus entdeckte. Beim Näherkommen erkannte er, dass es eine Herberge war, die den Namen »Zur tanzenden Maus« trug. Plötzlich wieherte Hastenteufels Pferd und lockte die Herbergsmutter vor die Tür.

Hastenteufel traute seinen Augen nicht, als er das vollbusige Weib mit keckem Hüftschwung auf sich zukommen sah. Fast schwarze Haare, die ihr bis auf das Gesäß fielen, und ebensolche dunkle Augen gaben ihr ein rassiges Aussehen. Ohne Furcht packte sie das Pferd am Kopfgeschirr und blickte Hastenteufel verführerisch an.

»Wohin des Weges, Fremder?«

Hastenteufel, der sonst nicht verlegen war, musste sich räuspern. »Ich wollte auf die andere Seite des Waldes.«

Niemals hätte er zu solch einem Weib gesagt, dass ihn heftiger Rückenschmerz plagte und er deshalb eine Unterkunft benötigte.

Die Frau schaute zum Himmel empor und gurrte: »Es wird bald dunkel werden, Fremder. Außerdem ziehen Regenwolken auf.«

»Wenn Ihr meint«, stammelte er und konnte den Blick kaum von ihr wenden. Lächelnd tätschelte sie die Stirn des Pferdes und schlug Hastenteufel mit einem verführerischen Augenaufschlag vor: »Ich habe ein freies Zimmer, das Ihr mieten könnt.«

Gespielt achtsam blickte Hastenteufel zum Himmel und schien zu überlegen. »Ich denke, dass Ihr Recht habt. Es wird bald regnen«, erklärte er und beugte sich im Sattel zu ihr herunter. »Ihr habt mich überzeugt, schönes Kind. Ich werde heute hier übernachten«, sagte er mit lachenden Augen.

»Ihr könnt Euer Pferd drüben im Stall unterstellen. Dort findet Ihr auch Heu und Wasser.« Bevor sie zurück in die Herberge ging, fragte sie mit betörender Stimme: »Wie ist Euer Name?«

»Adam«, war seine knappe Antwort.

Während Hastenteufel sein Pferd versorgte, ging die Frau zurück ins Haus. Dort wartete bereits ein Mann, der die beiden hinter einem Fenster beobachtet hatte.

»Hat er Geld?«, wollte der Mann von ihr wissen. Sie zuckte mit den Schultern. »Sobald ich das herausgefunden habe, werde ich es dich wissen lassen, damit du alles besorgen kannst.«

»Mmh!«, brummte er und zog die Frau grob an sich. »Willst ihn wohl zuerst zwischen deine Schenkel lassen?«

»Warum das Angenehme nicht mit der Arbeit verbinden?«, zischte sie. Seine Pranke drückte fester zu. Nur mit Mühe konnte sie sich aus seinem Griff befreien. »Muss ich dir erneut erklären, Bartel, dass uns lediglich das Geschäftliche verbindet? Wen ich in mein Bett lasse, bestimme immer noch ich! Merk dir das endlich!«

»Ich könnte dich bei der Miliz auffliegen lassen!«

Nun lachte sie verhalten. »Was soll diese Drohung, Bartel? Wenn du mich verrätst, wirst du ebenfalls hängen. Oder denkst du, dass man dir Glauben schenken wird? Jeder wird wissen, dass du mir geholfen hast.«

Als Schritte zu hören waren, flüsterte er: »Gib mir ein Zeichen, wenn du Geld gefunden hast.«

Als sie stumm nickte, verschwand der Mann durch die Hintertür.

Adam Hastenteufel konnte nicht leugnen, dass ihn allein der Gedanke, die Nacht in der Herberge zu verbringen, erregte. Auch seine Rückenschmerzen schienen wie fortgeweht zu sein. Es war ihm bewusst, dass dies keine achtbare Herberge war und dass das Weib eine Dirne sein musste. Aber das war ihm nur recht, zumal er am letzten Abend um sein Vergnügen gekommen war.

Gespannt betrat er den kleinen Schankraum. Wie er erwartet hatte, war er der einzige Gast.

»Heute ist wohl nicht viel los«, stellte er grinsend fest und setzte sich an den Tisch. Sogleich brachte die Frau einen Krug Wein, zwei Becher und nahm dicht neben ihm Platz. Ihre Körpersprache deutete ihm an, dass sie zu allem bereit war.

»Wie heißt du, schönes Kind?«, fragte Hastenteufel und prostete ihr augenzwinkernd zu.

»Liese Lutz«, flüsterte sie.

Als sich sein Mund ihrem Gesicht näherte, wandte sie den Kopf zur Seite und sagte: »Erst musst du das Zimmer bezahlen, mein Lieber!«

Lachend griff Hastenteufel in die Innenseite seiner Jacke und zog den Geldbeutel hervor. Lieses Augen funkelten vor Freude, als sie die vielen Geldstücke sah.

»Komm, mein Süßer, lass uns nicht länger Zeit verschwenden«, hauchte sie und schloss die Eingangstür ab. Dann nahm sie seine Hand und führte ihn in ihre Kammer.

Erschöpft lag Hastenteufel auf dem Bett. Schweiß perlte von seiner Stirn und bedeckte seinen Oberkörper.

»Du bist ein Teufelsweib, Liese!«, raunte er ihr ins Ohr.

Ein leises Lachen war ihre Antwort.

»Du bist wohl schon müde?«, fragte sie keck.

»Lass mich nur kurz ausruhen, meine Schöne, dann bin ich zum nächsten Ritt bereit!«, versprach er und wischte sich mit dem Betttuch übers Gesicht. Anschließend zog er die Frau dicht an sich heran.

»Soll ich dir Wein bringen?«

»Mich dürstet es fürchterlich!«, gab er zu und leckte sich die trockenen Lippen. Sogleich sprang das Weib aus dem Bett. Als er ihren makellosen Körper mit den vollen Brüsten vor sich sah, spürte er erneut, wie das Blut in seinen Unterkörper schoss.

»Beeil dich, meine Schöne! Ich bin zum nächsten Sprung bereit!«

Lachend öffnete Liese die Kammertür, doch als sie diese von außen schloss, wurden ihre Gesichtszüge hart.

Rasch zündete sie die Kerze in der Laterne an und stellte sie ins Fenster. Bartel würde schon darauf warten und alles vorbereiten. Dann füllte sie einen Becher mit Wein und mischte Tollkirschengift hinzu. Liese wusste, dass sie es mit den Tropfen nicht übertreiben durfte, da sonst der Wein bitter schmecken und Hastenteufel ihn nicht trinken würde. Mehrmals rührte sie mit einem Löffel um. Dann nahm sie den Becher und kehrte zurück in die Kammer.

Als Liese Lutz erneut das Zimmer betrat, erwachte Hastenteufel aus einem leichten Schlaf. Erfreut betrachtete er das nackte Weib, und sogleich regten sich seine Lenden.

»Hier, du Hengst«, sagte sie und hielt ihm den Becher hin. Als er zögerte, davon zu trinken, strich sie ihm zart über die Innenseite seiner Schenkel, was seine Erregung noch steigerte. Sein Atem ging schneller, und er verdrehte vor Wonne die Augen.

»Trink! Damit du mich erneut besteigen kannst!«

Adam Hastenteufel setzte den Becher an und trank ihn in einem Zug aus. Erst als er ihn absetzte, spürte er den bitteren Nachgeschmack auf der Zunge. Doch da das Weib sich bereits auf ihn gesetzt hatte und seinen Phallus bearbeitete, machte er sich keine weiteren Gedanken, sondern gab sich ganz der Wollust hin.

Liese Lutz war eine besonders schamlose Dirne. Es berauschte sie, Macht über Leben und Tod zu haben. Wie eine Spinne lauerte sie auf ihre Opfer. Sobald ein Reisender sich in ihre Herberge verirrte und Liese sicher sein konnte, dass er einen gut gefüllten Geldbeutel bei sich trug, war sein Tod beschlossene Sache.

Es lief immer gleich ab. War er ein ansehnlicher Mann, verführte sie ihn nach allen Regeln der Kunst. »Warum soll ich mir das Vergnügen entgehen lassen?«, rechtfertigte sie ihre Gier, die frei jeglicher Gefühle war, denn anschließend bekam ihr Opfer stets einen Becher mit dem Giftgebräu zu trinken, und dann musste sie nur noch abwarten.

Sobald sie die Laterne ins Fenster stellte, wusste Bartel, dass ein weiteres Opfer gefunden war. Zwar war Bartel in Lieses Augen ein Trottel, aber der Mann fraß ihr aus der Hand – auch wenn er immer mal wieder drohte, sie zu verraten. Das sagte er nur aus Eifersucht. Um Bartel zu besänftigen, durfte auch er Liese Lutz ab und zu bespringen.

Während Liese sich auf Hastenteufel auf und ab bewegte, blickte sie ihm starr in die Augen. Sie kannte die Vorzeichen, die durch die Einnahme des Tollkirchengifts auftraten – kannte deren Reihenfolge, bis schließlich der Tod eintrat. Schon viele Male hatte sie es bei ihren Opfern beobachten können und sich daran ergötzt.

Als sich endlich Hastenteufels Pupillen erweiterten und seine Augen einen eigentümlichen Glanz bekamen, erreichte sie ihren Höhepunkt und sackte über ihm erschöpft zusammen.

»Mir wird übel!«, stöhnte Hastenteufel und stieß das Weib von sich. Dann würgte er, ohne zu erbrechen. Nach einer Weile rötete sich seine Haut. Ihm wurde heiß, als ob ihn Fieber plagte. »Was ist mit mir?«, jammerte er und forderte gleich darauf: »Bring mir Wasser!«

Sein Mund schien wie ausgedörrt. Er musste husten, denn sein Rachen war trocken und kratzte. Als er spürte, dass er nur schwer schlucken konnte, beschleunigte sich sein Puls. Mit großen Pupillen starrte er Liese an, die sich seelenruhig anzog. Hastenteufel wälzte sich wild auf dem Lager hin und her und ächzte: »Was ist mit mir? Was hast du Hure mit mir gemacht?« Als ihn ein Weinkrampf schüttelte, lachte Liese laut auf und sagte: »Wehre dich nicht, mein Lieber, du hast es bald überstanden.«

Nur langsam dämmerte es Hastenteufel, dass das Weib ihn vergiftet hatte und dass er sterben würde.

»Warum?«, krächzte er.

Mit einem hochnäsigen Gesichtsausdruck setzte sich die Frau zu ihm aufs Bett und strich ihm über die heiße Wange. »Weil du mir dein Geld niemals freiwillig gegeben hättest!« Als sie sich über ihn beugte, um ihm einen Kuss auf die Wange zu hauchen, griff er mit letzter Kraft nach ihrer Kehle und drückte zu. Sie krächzte, zappelte, versuchte sich zu befreien und zerkratzte sein Gesicht. Aber das spürte Hastenteufel nicht. Das Gift schien ihn unempfindlich gegenüber dem Schmerz und zugleich zornig zu machen. Wütend drückte er stärker zu und schrie seine Wut hinaus.

Plötzlich griff er ins Leere. Aufgebracht wollte er sich aus dem Bett erheben, aber der Mann, der ins Zimmer getreten war, war schneller und schlug ihn nieder. Hastenteufel spürte das kalte Eisen des Messers nicht mehr, das seine Kehle durchschnitt. Dem Mörder spritzte ein Blutstrahl entgegen, der mit jedem Herzschlag schwächer wurde, bis nur noch ein feines Rinnsal aus der Kehle seines Opfers floss. Hastenteufel röchelte und zuckte ein letztes Mal, dann brachen seine Augen.

»Das war ein harter Brocken!«, stöhnte Liese und hielt sich den schmerzenden Hals, der sich bereits verfärbte.

»Das nächste Mal musst du mehr Tropfen nehmen!«, befahl Bartel. »Schau dir die Schweinerei an, die der Kerl hinterlassen hat.«

Liese winkte ab. »Hauptsache, er ist tot.«

»Ich hoffe, dass es sich wenigstens gelohnt hat.«

Das Weib holte den Geldbeutel aus Hastenteufels Jacke und schüttete den Inhalt neben den Toten aufs Lager.

»So viel haben wir noch nie verdient!«, freute sich Bartel. »Er muss ein reicher Händler gewesen sein.«

»Nein, er war kein Händler. Jemand hatte ihn üppig entlohnt, damit er dessen Sohn findet.«

»Warum? Ist der Junge auf der Flucht?«

»Was fragst du mich?«

»Jetzt werden weder Vater noch Sohn erfahren, dass der Auftrag nicht ausgeführt werden kann. Tragisch!«

Erstaunt blickte Liese auf. Als sie aber sah, dass Bartel gehässig dreinblickte, wusste sie, dass er nicht rührselig geworden war.

Die teuflische Dirne und ihr Mordgeselle konnten nicht ahnen, dass sie gerade einen gedungenen Mörder umgebracht hatten. Sie konnten nicht wissen, dass niemand Hastenteufels Tod bemerken, dass kein Mensch ihn vermissen würde. Auch konnten Liese Lutz und Bartel nicht ahnen, dass ihr Mord gerade einem jungen Menschen das Leben gerettet hatte. Clemens war, ohne die Gefahr für sein Leben je erkannt zu haben, den gedungenen Mörder los, den sein Schwager Wilhelm auf ihn angesetzt hatte.

Während Liese die Münzen zurück in den Beutel legte, fragte sie Bartel: »Hast du alles vorbereitet und besorgt?«

»Ich konnte so schnell kein Blut auftreiben, da habe ich seinen Gaul geschlachtet. Die Eimer stehen hinter dem Haus.«

»Dann wird es die nächste Zeit wohl Pferdebraten geben«, sagte Liese und versteckte das Geldsäckchen unter einem Bodenbrett. »Wir teilen, sobald er verscharrt ist«, versprach sie. »Komm, wir müssen uns beeilen. Ich will vor Morgengrauen zurück sein.«

Liese packte den nackten Leichnam an den Füßen, während Bartel ihn an der Schulter hochhob. Vor dem Haus warfen sie ihn auf eine Schubkarre. Bartel schob den Karren in den nahen Wald. Liese folgte ihm mit den zwei Eimern Blut und einem Brett unterm Arm.

Tief im Wald hatte Bartel bereits eine Grube ausgehoben, die Hastenteufels Grab werden sollte.

Sie legten die Leiche an den Rand der Grube. Dann betete Bartel ein Vaterunser für den Verstorbenen. »Man weiß ja nie«, entschuldigte er sich. »Vielleicht mindert das die Qualen im Fegefeuer.« Dann gab er Hastenteufel einen Tritt, so dass der Leichnam ins Grab plumpste.

»Als ich das Loch aushob, musste ich aufpassen, dass ich nicht auf die anderen Leichen stieß. Ich wusste nicht mehr, wo wir sie verscharrt haben«, sagte er schnaufend und warf Erdreich über den Toten.

»Wir müssen uns für die nächsten einen anderen Platz suchen«, schlug Liese vor und betrachtete das Holzbrett.

»Ich bin immer wieder aufs Neue erstaunt, wie gut du die Form einer Bärentatze in das Holz eingearbeitet hast. Keiner wird erkennen können, dass die Spuren nicht von einem lebenden Bären stammen.«

Bartel wischte sich den Schweiß von der Stirn und grinste stolz. Liese begann mit dem Holzbrett Spuren in den weichen Waldboden zu drücken.

Nachdem das Grab mit Erde bedeckt und durch Blätter und Äste unkenntlich gemacht worden war, kippte Liese das Blut an einer Stelle aus.

»Auch der arme Adam Hastenteufel wurde ein Opfer des Bären! Warum musste er auch durch einen Wald reiten, in dem ein Menschenfresser sein Unwesen treibt?«, spottete sie.

Zufrieden gingen die beiden gemeinsam zurück zum Haus, um dort die Spuren zu beseitigen und die Beute aufzuteilen.

Kapitel 15

Barnabas stand auf seinen Wanderstab gestützt inmitten des Weinberges und blickte auf die Stadt Trier hinüber. Es war das erste Mal, dass er die Stadt sah, die schon vor Christi Geburt von Heiden gegründet worden war.

Der Magier konnte eine mächtige Mauer erkennen, die dem Schutz Triers diente, ebenso wie die zahlreichen Wehrtürme und Tore. Über die Mosel, die vor der Stadt floss, führten mehrere Brücken in sie hinein. Von seinem leicht erhöhten Standort im Wingert aus beobachtete Barnabas den regen Schiffsverkehr. Wie auch auf dem Main in Frankfurt lagen die Schiffe hier vor Reede. Mit Seilen wurde die Fracht an den Schiffswänden in kleine Boote herabgelassen und ans Ufer gerudert.

Barnabas' Blick schweifte vom Fluss zum Stadtkern Triers hinüber. Häuserzeile schmiegte sich an Häuserzeile, und dazwischen konnte er Kirchtürme ausmachen, die spitz in den Himmel ragten. Der Magier wusste, dass Trier auch Domstadt war, und er glaubte den Dom sowie andere gewaltige Gebäude in der Ferne erkennen zu können.

Dem Magier gefiel, was er erblickte.

Nachdem man seine Dienste in Koblenz abgelehnt hatte, war er in der Hoffnung nach Trier gekommen, dass er hier bei der Erkennung von Hexen behilflich sein könnte.

Barnabas stützte sich schwer auf seinen Stock und atmete tief ein. Dann fühlte er in sich hinein und spürte, dass dies der richtige Ort für ihn war. Die meisten Menschen handelten nach ihrem Verstand, anders jedoch Barnabas. Bei vielen wichtigen Entscheidungen hörte er nur auf seine innere Stimme. Er erkannte, was gut für ihn, aber auch, was schlecht für ihn war. Und so auch jetzt. In Frankfurt am Main hatte er sofort gespürt, dass die Stadt kein guter Platz für ihn sein würde. Aber hier war das anders.

Ja, dachte er und erfreute sich an Triers Anblick, hier werde ich bleiben. Hier finde ich sicher einen Schüler, der mein Erbe antreten wird!

Bei dem Gedanken an einen Nachfolger sah sich Barnabas suchend nach Servatius um und entdeckte ihn inmitten der Weinbauern, die die letzten Weinreben abernteten.

Da der Sommer dieses Jahr erst spät Einzug gehalten hatte, dauerte die Ernte der reifen Früchte bis in den Spätherbst an.

Man glaubt nicht, wie viel Arbeit dahintersteckt, bis man in den Genuss eines Schoppens Wein kommt, überlegte Barnabas, als er die zahlreichen Weinbauern sah, die mit ihren wuchtigen, schweren Körben auf dem Rücken in den steilen Hängen herumkletterten.

Als Barnabas dann jedoch beobachtete, wie Servatius die Bauern um einige Reben anbettelte, schüttelte er missmutig den Kopf. Er ist und bleibt ein widerlicher Mensch!, dachte er bei sich und wollte schon den Blick abwenden, als er aus den Augenwinkeln heraus sah, wie eine Frau mit einem Kind auf ihn zukam. Sie blickte sich kurz zu einem der Weinbauern um, der ihr aufmunternd zunickte, und ging dann auf Barnabas zu. Neugierig betrachtete der Magier sie genauer. Das Weib schien jung zu sein, obwohl ihr Gesicht harte Züge aufwies. Auch war sie ausgemergelt, was auf stetigen Hunger und zu viel Arbeit schließen ließ. Das Kind auf ihrem Arm hatte den Kopf an ihre Schulter gebettet und nuckelte am Daumen. Barnabas schätzte es nicht älter als drei Jahre.

»Ihr seid ein Heiler?«, fragte sie geradeheraus und musterte Barnabas.

»Wer sagt das?«

»Er«, antwortete sie und wies mit dem Kopf zu Servatius, der mit mehreren Reben in der Hand auf sie zukam.

»Was willst du?«, fragte Barnabas die Frau und musste sich beherrschen, damit er seinen Groll auf Servatius nicht an der Frau ausließ.

»Mein Kind ist krank«, sagte sie leise.

»Gibt es in Trier keinen Arzt oder Heiler, zu dem du gehen kannst?« Beschämt schüttelte sie den Kopf. »Der Torwächter lässt mich mit der Kleinen nicht in die Stadt hinein, und wir haben kein Geld, damit der Arzt zu uns in die Hütte kommt«, flüsterte sie und blickte dabei zu Boden. In diesem Augenblick trat Servatius zu ihnen. Barnabas schaute ihn mit scharfem Blick an, aber das berührte den Mönch nicht.

»Warum darfst du mit deinem Kind nicht in die Stadt?«

»Sie hat Ausschlag, und deshalb befürchten die Torwächter, dass sie andere Menschen anstecken würde.«

»Lass mich den Ausschlag sehen«, forderte Barnabas sie auf und lächelte ihr aufmunternd zu. Als die Mutter das Kind auf den Boden setzen wollte, schrie die Kleine los.

»Sie hat Angst«, versuchte sie das laut weinende Kind zu entschuldigen. »Erst vor kurzem hat ein Wanderer, der angeblich heilen kann, sie unsanft berührt. Seitdem fürchtet sie sich.«

»Was hat der heilende Wanderer geraten?«, fragte Barnabas, und in seiner Stimme war leichter Spott zu hören. Er wusste, dass es viele Scharlatane gab, die verzweifelten Menschen nur das Geld aus der Tasche zogen, jedoch vom Heilen nichts verstanden.

Die Mutter versuchte mit der Hand dem Kind das Ohr zu-

zuhalten und flüsterte: »Der Mann sagte, dass dies die Bestrafung Gottes für sündhaftes Verhalten sei, und riet, dass ich zwölf Tage lang fünfzehn Mal das Vaterunser beten solle. Das habe ich getan, aber es brachte keine Linderung. Ich verstehe nicht, welch lasterhaftes Benehmen meine Kleine haben soll, dass Gott sie deshalb so hart bestraft«, schluchzte die Mutter. Während der ganzen Zeit kratzte sich das Kind am Kopf und zwischen den Beinchen.

Barnabas überlegte kurz.

»Auch ich müsste sie am ganzen Körper untersuchen.« Erschrocken schaute die Frau auf.

»Nur so kann ich helfen«, fügte er ernst hinzu. Die Frau blickte in die kohlschwarzen Augen des Magiers. Dann nickte sie. »Gut, ich vertraue Euch. Was würde die Untersuchung kosten? Ich habe nur wenige Kreuzer gespart.«

Barnabas konnte Angst in ihren Augen erkennen.

»Mach dir darüber keine Gedanken, Frau.«

Servatius, der stumm neben ihnen stand und sich eine Traube nach der anderen in den Mund schob, wollte bereits aufbegehren, aber Barnabas' Blick ließ ihn schweigen.

Die Frau sprach leise auf ihr Kind ein. Langsam löste sich das Mädchen von der Mutter und setzte sich auf den Wiesenstreifen zwischen zwei Rebstockreihen.

Vorsichtig strich Barnabas dem Mädchen Strähne für Strähne die Haare zurück und besah sich dabei die Kopfhaut. Auch untersuchte er ihr Gesicht. Mit angstvollen Augen blickte die Kleine zu ihm auf. Er lächelte sie an und murmelte beruhigende Worte.

»Ich müsste jetzt zwischen ihren Schenkeln nachsehen«, erklärte Barnabas der Mutter. Als er Servatius' Gesichtsausdruck bemerkte, sagte er zu ihm: »Du verschwindest und wartest fünf Reihen weiter.«

Missgelaunt öffnete der Franziskanermönch den Mund. Barnabas kam ihm zuvor, stand auf und packte ihn am Arm. »Willst du mir freche Widerworte geben? Verschwinde«, zischte er. Widerwillig stolperte Servatius auf einen Acker zu, der neben den Rebstockreihen lag.

Barnabas kniete sich erneut zu dem Kind ins Gras und bat die Mutter, das Kleidchen zu heben.

Seine Vermutung bestätigte sich. Ebenso wie Kopf und Gesicht war auch der Schoß des Kindes mit kleinen Pickeln und Pusteln übersät, in denen eine durchsichtige bis gelbe Flüssigkeit zu erkennen war. Andere Bläschen waren geplatzt und hatten eine honiggelbe bis bräunliche Kruste. Die Haut darum war stark gerötet.

»Dein Kind hat Grindflechten!«, erklärte Barnabas der Mutter leise. »Lass es nicht in die Nähe von anderen Kindern, denn die Krankheit ist tatsächlich ansteckend!« Erschrocken weiteten sich die Augen der Mutter. Barnabas beruhigte sie. »Allerdings ist sie keine Gefahr für Erwachsene. Ich werde dir sagen, wie die Kleine gesund wird: Nimm ein Stück von der Faulbaumschale und koche sie in einem Schoppen Weißwein. Anschließend gib so viel Schmalz dazu, wie ein Ei groß ist. Füge außerdem eine Handvoll Salz hinzu. Lass alles auf ein Viertel einkochen. An zwei aufeinanderfolgenden Abenden und am warmen Ofen reibe dein Kind am ganzen Leib damit ein und lass es gut einziehen. Es wird seine Wirkung nicht verfehlen«, versprach Barnabas.

Obwohl die Frau erleichtert schien, war die Furcht aus ihrem Blick nicht verschwunden. Nachdem sie ihr Kind hochgehoben hatte, hielt sie Barnabas ihr erspartes Geld hin. Der Magier wies die Münzen zurück und sagte: »Kauf dafür die Zutaten, die ich dir genannt habe, sowie einen Laib Brot für euch.«

Ungläubig schaute sie auf. Als sie den sanften Blick des fremden Mannes sah, lächelte sie ihn befreit an.

»Danke«, stammelte sie glücklich und lief zurück zu ihrem Mann, der in der Nähe Reben las und die Untersuchung seines Kindes aus der Ferne beobachtet hatte.

Wütend stapfte Servatius auf den Magier zu und schimpfte: »Was soll das? Wenn du Almosen verteilst, nagen wir bald selbst am Hungertuch!«

Barnabas hörte dem Mönch nicht zu, sondern ging zufrieden des Weges. Bevor er den Weinberg verließ, fragte er einen Rebenleser, der gerade seinen mit Früchten gefüllten Korb in ein Fuhrwerk entleerte: »Kannst du mir sagen, wo in Trier die Gerichtsverhandlungen und die Hinrichtungen stattfinden?«

Der Bauer stutzte bei dieser Frage zuerst, dann antwortete er: »Die Verurteilten werden in Euren hingerichtet«, und wies mit dem Finger in westliche Richtung. »Siehst du die Dächer rechts neben der Römerbrücke? Das ist Euren, wo die Thingstätte liegt.«

Barnabas blickte ihn fragend an. Der Weinbauer verstand sofort und erklärte: »Die Thingstätte ist der Gerichtsplatz, wo sich auch der Galgen befindet.«

»Ich muss nicht über die Brücke in die Stadt hineingehen?«

Der Bauer schüttelte den Kopf. »Nein, die Thingstätte liegt auf dieser Seite der Mosel.«

»Es wäre auch nicht angebracht, die Hexen inmitten einer großen Stadt zu verbrennen, wo Funkenflug die eng zusammenstehenden Häuser entfachen könnte«, sagte Barnabas leise zu sich selbst. Der Bauer hielt in seiner Arbeit inne und fragte erschrocken: »Welche Hexen sollen in Euren verbrannt werden?«

»Die überführten Hexen«, antwortete Servatius.

»Wir haben keine Hexen in Euren, Trier oder sonst wo in der Gegend!«, erklärte der Mann mit energischer Stimme. »Überall gibt es Hexen!«, ereiferte sich Servatius. »Ich rate dir, vorsichtig mit dem zu sein, was du sagst, denn wir sind fähig, Hexen zu erkennen«, warnte der Mönch den Rebenleser mit schneidender

Stimme. Zuerst wirkte der Mann entsetzt, dann wurde er wütend, und schließlich schrie er so laut, dass die übrigen Weinbergarbeiter zusammenliefen: »Ich bin nur ein einfacher Mann, aber drohe mir nicht, Mönchlein! Wir Trierer wissen, was es heißt, wenn die Scheiterhaufen brennen. Ich habe heute noch den Geruch von den brennenden Reisighütten, in denen die Verurteilten an einem Pfahl angebunden waren, in der Nase.«

»Sie wurden bei lebendigem Leib verbrannt?«, fragte Servatius heiser.

»Bist du von Sinnen?«, rief einer. »Der Henker hat sie vorher geköpft oder erdrosselt.«

»Wir sind froh, dass keine Scheiterhaufen mehr in Euren brennen müssen, und so soll es auch bleiben!«, sagte der Rebenleser und blickte Servatius böse an. Die Männer kamen immer näher, bis sie ihn umzingelt hatten. Da Barnabas bis jetzt keinen Ton gesagt hatte, wurde er von den aufgebrachten Arbeitern nicht weiter beachtet.

Vielleicht schlagen sie ihn tot, und ich bin ihn los?, dachte Barnabas ungerührt und stellte fest, dass es ihm gleichgültig war, dass Servatius bedroht wurde. Die Erkenntnis, dass es in Trier keine Hexenprozesse mehr gab, verdarb seinen Plan und seine Freude, in Trier sesshaft zu werden.

Irgendwo im Reich muss es noch Hexen geben, bei deren Findung ich benötigt werde, sinnierte er, und wenn nicht in Trier, dann anderswo.

»Barnabas!«, brüllte Servatius. Erst jetzt blickte der Magier zu seinem Weggefährten, der kreidebleich inmitten der Weinbergsgesellen stand, die furchteinflößend mit ihren Scheren klapperten.

»Servatius will euch nichts Böses«, beruhigte Barnabas die Männer. »Er ist wirr im Kopf und weiß nicht, was er sagt«, verteidigte er den Mönch, der ihn entsetzt anblickte. Widerstrebend ließen die Männer von ihm ab und gingen zurück an ihre Arbeit.

»Mach, dass du mit dem Schwachsinnigen weiterziehst«, rief ihm einer der Männer hinterher.

»Sie wollten mich umbringen!«, jammerte Servatius.

»Zügle das nächste Mal deine Zunge, dann kommst du nicht in solch eine Lage«, höhnte Barnabas und marschierte Richtung Euren.

Schon nach kurzer Zeit hatten sie den kleinen Stadtteil von Trier erreicht. Manche Häuser waren dicht ans Ufer der Mosel gebaut, andere standen am Weg entlang.

Am Rande eines Feldes, umsäumt von Büschen und Bäumen, konnte man einen dreiholzigen Galgen erkennen, an dem eine Leiche baumelte. Krähen saßen auf dem Querbalken, als würden sie ihr Fressen bewachen.

»Was wollen wir hier, wenn es keine Hexenverbrennungen mehr gibt?«, fragte Servatius ungehalten.

»Ich will mich mit dem Henker unterhalten.«

Als Barnabas eine Frau nach dem Haus des Henkers fragte, zeigte sie stumm zum Ortsende und bekreuzigte sich mehrmals.

In einer kleinen Kate am äußersten Rand von Euren hausten der Henker und seine Familie. Der Kate vorgebaut stand ein offener Schweinestall, in dem von Borstenvieh umgeben ein kleiner Junge saß und ein quiekendes Ferkel im Arm hielt. Mit einem Holzschwert hieb er dem Tier mehrmals auf den Nacken.

»Was machst du da?«, fragte Barnabas.

»Ich schlage ihm den Kopf ab!«

»Warum?«

»Ich übe, weil ich Henker werde.«

»Was wollt Ihr?«, fragte nun eine Frau, die aus dem Ziegenstall neben dem Schweineverschlag getreten war.

»Mein Name lautet Barnabas, und das ist mein Begleiter Servatius. Ich möchte mit deinem Mann sprechen.«

Die Frau, die bis zum Knöchel in Schweinejauche stand, musterte die beiden Männer. Ihr Blick blieb an Barnabas' silbrigem Haar hängen, das ihm in weichen Wellen bis auf die Schultern fiel. Verunsichert strich sie ihre strähnigen Haare zurück.

»Er liegt drinnen«, sagte sie und wies zum Haus.

Als Barnabas einen Schritt auf die Haustür zuging, fragte sie ungläubig: »Ihr wollt ins Haus kommen?«

»Warum nicht?«

Barnabas wusste, dass der Beruf des Henkers als unehrbar und der Henker mitsamt seiner Familie als unrein und unehrlich galt. Die meisten Leute mieden die Henkersfamilie, denn wer den Henker berührte, galt ebenfalls als ehrlos. Selbst ein Wirtshaus durfte er nur betreten, wenn keiner der Anwesenden Einspruch erhob. Dort hatte er einen eigenen Platz, auf dem kein anderer saß, und einen eigenen Krug, aus dem kein anderer trank. Deshalb blieben Henkersleute unter sich. Das wusste Barnabas, und er ahnte, was ihn im Haus erwarten würde.

In der Kammer, die gleichzeitig Küche, Wohnstube und Schlafstätte für die Familie war, lag der Henker auf einem Strohsack und schlief. Schon als der Magier durch die Tür trat, konnte er den sauren Geruch, der in der Luft hing, riechen.

Entschuldigend sagte die Frau: »Vor wenigen Tagen sollte er eine verurteilte Frau enthaupten und traf zweimal daneben. Zuerst schlug er ihr das Schwert in die Schulter, und dann traf er nur die Kopfseite. Beim dritten Schlag war die Frau endlich erlöst. Seitdem wird er nur wach, um sich erneut zu besaufen«, sagte sie in ärgerlichem Ton.

»Er sollte weniger trinken, dann würde er besser treffen!«, schlug Servatius höhnisch vor.

»Keinem wird das Töten in die Wiege gelegt«, verteidigte Barnabas den Mann.

Die Unruhe im Haus weckte den Henker, und er schlug die glasigen Augen auf. Als er die Fremden in seiner Stube sah, sprang er wankend auf.

»Was wollt Ihr?«, rief er mit schwerer Zunge.

»Mit dir reden.« An die Frau gewandt fragte Barnabas: »Gibt es in Euren ein Gasthaus?«

Sie nickte.

»Zeig meinem Begleiter den Weg«, bat er und gab Servatius einige Geldstücke. »Kauf einen Krug Wein, aber lass dir keinen Fusel andrehen.« Als das Weib und der Mönch nach draußen gingen, fragte der Henker: »Was wollt ihr von uns?«

»Wie ist dein Name?«

»Andreas Scheffer.«

»Ich heiße Barnabas und bin Magier und Heiler, und ich benötige deinen Rat, Andreas.«

Argwöhnisch blickte Scheffer auf. »Was könnte ich einem wie dir raten?«

»Du weißt, wozu wir Magier gerufen werden?«

»Ihr könnt Hexen erkennen und Schadenszauber aufheben.«

Barnabas nickte. »So ist es, Andreas. Ich bin in der Hoffnung nach Trier gekommen, dass man hier meine Dienste benötigen würde. Aber dann musste ich erfahren, dass es hier keine Hexenprozesse mehr gibt.«

»Ja, das stimmt. Die Bürger von Trier sind der Verbrennungen überdrüssig, denn vor wenigen Jahren brannten täglich die Binsenhütten. Fast jede Familie beklagte den Verlust von Frauen, die der Hexerei bezichtigt worden waren. Sogar bei den Amtmännern und wohlhabenden Bürgern wurden Hexen überführt und verbrannt. Ihre Todesurteile hatte der damalige Richter und spätere kurfürstliche Stadtschultheiß Dietrich Flade gesprochen und unterschrieben. Eines Tages wurde er selbst als Hexenmeister erkannt und dank der Folter überführt. Nachdem er seine Komplizen verraten hatte, brannte der halbe Stadtrat –

einschließlich des Bürgermeisters Hans Reuland und seines Schwiegersohnes.«

Servatius kam zurück und stellte einen großen Krug gefüllt mit rotem Wein und zwei Becher auf den Tisch. Der Henker leckte sich gierig über die Lippen.

Barnabas füllte die Becher, doch bevor er Scheffer einen reichte, wollte er wissen: »Bist du bereit, all meine Fragen zu beantworten?« Sofort nickte der Henker und riss ihm den Becher förmlich aus der Hand. Nachdem er den Inhalt hinuntergekippt hatte, schloss er genussvoll die Augen und murmelte: »Welch edler Tropfen!«

Sogleich schenkte ihm Barnabas nach, nahm selbst einen kräftigen Schluck Wein und sagte: »Ich habe noch immer nicht verstanden, warum es keine Hexenprozesse mehr gibt. Das, was du mir eben berichtet hast, zeigt doch, dass Trier verseucht war von Hexen.«

Scheffel wischte sich mit dem Handrücken über die Lippen und zuckte dann mit den Schultern, bevor er antwortete: »Würden weiterhin Prozesse stattfinden, wäre Trier bald ausgestorben. Und wenn nicht ausgestorben, dann pleite. Die Gefängnisse waren überfüllt, und die Prozesse haben viel Geld verschlungen. Außerdem waren nicht alle auf Seiten der Richter, und nicht alle haben die Verurteilungen klaglos hingenommen. Es gab Bürger, die sich öffentlich getraut haben, gegen die Gerichte zu wettern. Ich denke, all das zusammen hat Kurfürst Metternich bewogen, weitere Hexenverfolgungen zu untersagen.«

Scheffer nahm einen kräftigen Schluck und sagte mit leiser Stimme: »Ich bin froh, dass diese Zeiten vorbei sind. Jeden Tag, den Gott erschuf, musste ich den Verurteilten, bevor sie brannten, die Köpfe abschlagen oder sie strangulieren.«

Erschöpft fuhr er sich übers Gesicht. Als er Servatius' Blick auf sich ruhen spürte, schimpfte er: »Ich habe mir diesen Beruf nicht ausgesucht! Kaum einer würde diesen Beruf freiwillig ergreifen, hätte er die Wahl. Der Henkersberuf wird einem in die Wiege gelegt. Er wird vererbt, ob man will oder nicht. Da wir Henker geächtet sind, können wir keinen anderen Beruf ergreifen, und so bleiben wir unter uns. Glaubt mir, an das Töten gewöhnt man sich nie!« Seine Worte klangen bitter, und er fügte hinzu: »Nicht einmal im Tod ehrt man uns! Man kann froh sein, wenn Gesinde gefunden wird, das den Leichnam eines Henkers unter die Erde bringt.«

Um den schwermütigen Mann auf andere Gedanken zu bringen, seufzte Barnabas vernehmlich. »Mir hat Trier gefallen. Ich wäre hier gerne alt geworden.«

»Was hindert dich zu bleiben? Heiler werden immer benötigt«, meinte Scheffer, während er den nächsten Becher leerte. Barnabas schüttelte den Kopf. »Heiler gibt es wie Kieselsteine in einem Flussbett. Ich bin ein Magier – das ist meine Berufung«, erklärte Barnabas und murmelte in seinen Bart: »Irgendwo im Reich muss es noch Hexen geben.«

Andreas Scheffer nickte. »Ja, die gibt es wohl noch. Der Vetter meines Eheweibs ist Henker in Westrich. Dort lodern ständig die Scheiterhaufen.«

Servatius, der bis jetzt geschwiegen hatte, fragte erregt: »Westrich, davon habe ich noch nie gehört. Wo soll das liegen?«

»Westrich ist das Land an der Saar«, erklärte Scheffer. »Es schließt direkt an die Kurpfalz an. In drei Tagesmärschen habt ihr es über die Grenze erreicht.«

Nun bekam auch Barnabas glänzende Augen, und die rührten nicht vom Wein.

Kapitel 16

Casper Bonner ritt zum Pforthaus von Burg Greifenstein, wo ein hutzeliges Männlein mit einer Hellebarde aus dem Häuschen herausstürmte. Breitbeinig versperrte es ihm den Weg und stemmte die Stangenwaffe am ausgestreckten Arm in den Boden.

»Wohin wollt Ihr?«, fragte der Torwärter und zog seine Augenbrauen grimmig zusammen.

»Ich suche Matthias Heixel.«

»Was wollt Ihr von Matthias?«

»Das geht dich nichts an!«

»Das geht mich sehr wohl was an. Schließlich kann ich nicht jedem Fremden Zutritt zur Burg gewähren. Vielleicht wollt Ihr die Burg überfallen, dann müsste ich Euch auf der Stelle töten!«

Ungläubig betrachtete Bonner den klein gewachsenen Mann. Es war nicht größer als ein zwölfjähriger Knabe, aber sicher fünfmal älter. Sein Helm war zu mächtig für den zierlichen Kopf und rutschte ihm über die Stirn, so dass er ihn ständig zurückschieben musste, um etwas sehen zu können. Bonner konnte nicht anders – er musste lachen. Verunsichert blickte der Alte zum Reiter empor und rief: »Warum lacht Ihr?«

»Wenn ich mich vom Pferd auf dich plumpsen lasse, bist du flach wie eine Flunder, bevor du die Lanze hochgehoben hast. Also sage mir jetzt, wo ich Heixel finden kann.«

»Woher kennt Ihr Matthias?«, fragte der Mann unbeeindruckt weiter. Bonner stöhnte leise auf.

»Ich suche jemanden, der Spuren lesen kann. Jemanden, der fähig ist, wie ein Jagdhund Wild aufzuspüren. Im Wirtshaus von Mengerskirchen hat man mir Heixel empfohlen und gesagt, dass ich ihn hier finden würde.«

»Das ist wohl wahr! Erst gestern ist Matthias mit seinen Männern zurückgekehrt. Aber ich würde den Simon zur Jagd mitnehmen! Er hat die richtige Erfahrung im Umgang mit Hirschen. Matthias hingegen ist kein richtiger Jäger«, erklärte der Alte. Bonner schüttelte den Kopf. »Wer sagt, dass ich Hirsche erledigen will? Für meine Jagd brauche ich den Heixel! Lass mich vorbei, oder muss ich dich umreiten?«

»Was hast du gegen den Simon?«, ließ der Torwärter nicht locker und reckte sein Kinn.

»Ich kenne den Simon und mag ihn nicht! Er ist ein unangenehmer Geselle«, sagte Bonner mürrisch.

»Simon ist der beste Jäger hier im Westerwald«, ereiferte sich der Torwärter. »Und bald wird er auch ein berühmter Held sein.«

Bonner lachte laut auf. »Ja, ich kenne seinen Plan, den Bären zu erledigen. Aber für die Jagd auf einen Menschenfresser ist er nicht klug genug. Und jetzt lass mich vorbei, Alter!« Bonner war nun schlechter Laune, und das schien auch das Männlein zu spüren, denn es machte drei Schritte zur Seite und ließ ihn passieren.

Bonner gelangte an die Zugbrücke der äußeren Talpforte. Aus einem Gebäude neben ihm erklangen Kinderstimmen, die im Chor einer tiefen Männerstimme nachsprachen. Anerkennend nickte Bonner. Sie haben sogar eine Schule im Burgbereich.

Über die Holzbrücke überschritt Bonner den aufgeschütteten Wallgraben und gelangte so in den Vorbereich der Burg. Erneut überquerte er eine Zugbrücke und ging durch ein Tor. Wie eine Spirale führte der Weg um den inneren Bereich nach oben. Als Bonner lautes Hämmern hörte, zügelte er das Pferd und blickte an den Mauern des äußeren Burghofs empor.

Das ist keine Burg, dachte Bonner, das ist eine riesige Baustelle. Von seinem Standort aus konnte er die zahlreichen Arbeiter erkennen, die in schwindelnder Höhe auf Gerüsten hin und her liefen. An einem der beiden Türme saß ein Mann auf einem Brett, das an zwei Seilen hing. Mit kräftigen Schlägen bearbeitete er die Steine des mächtigen Mauerwerks. Bei diesem Anblick krampfte sich Bonner der Magen zusammen. Allein der Gedanke, in dieser Höhe von einer Planke zur nächsten zu laufen oder auf einer Schaukel zu sitzen, verursachte ihm ein mulmiges Gefühl.

Er wandte den Kopf ab und sah ins Tal. Bonner blickte auf das Dorf hinunter und sah eine wie mit der Richtschnur gezogene Häuserzeile. Direkt hinter den Gebäudereihen schloss sich eine ebenso gerade Feldergrenze an.

Bonner spürte, wie sein Magen sich beruhigte, und blickte erneut zu den Arbeitern hinauf. Als er den Blick wieder senkte, bemerkte er einen Garten, der durch Palisaden und Dornenhecken vor Eindringlingen geschützt im Inneren des Burghofs lag. Neugierig saß Bonner ab und band sein Pferd an einem der Holzpfosten fest. Nachdem er sich umgesehen und niemanden entdeckt hatte, wagte er, eines der Tore zu öffnen, die sich in der Schutzwand befanden. Staunend betrat er einen riesigen Garten. Bonners Blick schweifte über Hunderte Obstbäume. Gekonnt gestutzt standen sie in dichten Reihen gepflanzt. Fachmännisch betrachtete Bonner die Bäume und glaubte Kirsch- sowie Apfel- und Birnbäume zu erkennen. Die Obstwiese war so sauber und ordentlich, als habe jemand die Blätter einzeln von den Bäumen gepflückt. Kein gelb verfärbtes Blatt lag auf dem Boden.

Bonner ging weiter und erblickte einige fremd aussehende Bäume, an denen vereinzelt dunkelgelbe Früchte hingen. Er pflückte eine Frucht und roch daran. Dann ritzte er mit dem Fingernagel in die Schale und leckte vorsichtig den hellen Saft. Als er den bitteren Geschmack auf der Zunge spürte, warf er die Frucht im hohen Bogen von sich. »Igitt!«, murmelte er.

Bonner ging an den Obstbäumen vorbei und gelangte hinter eine hohe Hecke. Hier erstreckte sich ein großer länglicher Ziergarten, in dem verschiedene Bereiche von unterschiedlich hohen Hecken abgetrennt waren. Wege mit hellem Kies bedeckt leiteten den Besucher hindurch. Hinter einer mannshohen Hecke entdeckte Bonner eine große Fläche, in der Beete unterschiedliche Formen aufwiesen. Ein Fachmann hatte die Umrisse der Rabatten in Herz-, Pfeil-, Stern- oder Rundform gestaltet und sie untereinander mit Wegen verbunden. Dazwischen standen Steinbänke, die zum Verweilen einluden. Bonner setzte sich und genoss den Anblick des riesigen Gartens. So etwas Herrliches hatte er noch nie gesehen. Große Steinskulpturen standen in gleichmäßigen Abständen entlang der Bepflanzungen. Nach einigen Augenblicken der Ruhe setzte er seinen Gang durch den Garten fort. Eine besonders große Frauenskulptur hatte es ihm angetan. Begeistert betrachtete er sie und bewunderte die Genauigkeit des in Stein gehauenen Standbilds. Um es im Ganzen betrachten zu können, ging er einige Schritte rückwärts und übersah dabei einen Zierteich. Prustend tauchte er aus dem kalten Wasser auf, das ihm bis zur Brust reichte. Mehrmals versuchte er aus dem Becken zu steigen, doch er rutschte auf dem glitschigen Boden immer wieder aus. Nur unter großer Anstrengung gelang es ihm, seinen wuchtigen Körper aus dem Teich zu hieven. Schilf und andere Wasserpflanzen bedeckten seine Kleidung und seinen Kopf. Vor Kälte zitternd befreite er sich von den Pflanzen. Seine Kleidung, seine Haare, einfach alles war vom stinkenden Teichschlick verdreckt. Mehrmals fuhr er mit der Hand über den Stoff und rieb dabei den Moder nur noch tiefer in das Leinen. Wütend schimpfte Bonner: »Wie kann man nur so dämlich sein und in einen Teich fallen! Ich muss mir trockene Kleidung besorgen, sonst hole ich noch mir den Tod! Wäre ich doch nur nicht durch dieses vermaledeite Tor gegangen!«

Eilends verließ Bonner den Garten. Sein Pferd wieherte leise, als er die Zügel ergriff. Da er mit den nassen Sachen nicht aufsitzen wollte, ging er zu Fuß den Weg zur Burg hinauf. Bei jedem Schritt machten die nassen Stiefel ein schmatzendes Geräusch.

Als er den oberen Burghof erreichte, zogen mehrere Männer ächzend und stöhnend an Lastenaufzügen Baumittel hinauf zu den Arbeitern.

»Vorsicht!«, schrie jemand, als die Männer das Seil nicht mehr halten konnten und die Steine mit Getöse wieder herunterfielen. Der Aufprall wirbelte rötlichen Staub auf und ließ die Umstehenden husten. Als sich der feine Staub gelegt hatte, sah der Steinmetz die Katastrophe. Mehrere Steine waren zerbrochen. Fluchend raufte er sich die Haare und schrie: »Ihr törichten Dummköpfe! Eine Woche Arbeit umsonst! Wer bezahlt mir die Steine?«

»Jetzt beruhige dich, Albert, und sei froh, dass nicht mehr passiert ist«, besänftigte ein Arbeiter den Steinmetz. Den beiden Männern, die versucht hatten das Seil des Lastenkrans zu halten, war es durch die Handfläche gerutscht und hatte Haut und Fleisch fast bis zum Knochen verbrannt. Vor Schmerzen schreiend sprangen sie umher. Ein älterer Arbeiter eilte mit Stofffetzen und einer Flasche herbei. Erst goss er den Männern den Weinbrand über die Wunde, so dass sie noch lauter schrien. Anschließend gab er ihnen den Rest zu trinken. Gierig schluckten sie den Schnaps.

»Der Weinbrand reinigt die Verletzung und betäubt den Schmerz von innen«, versicherte der Arbeiter den Verletzten und wickelte den Stoff um ihre Hände.

Bonner stand da – nass und mit Staub bedeckt. Unruhig kratzte sein Pferd mit dem Huf im staubigen Boden.

»Was bist du für einer?«, fragte der Mann namens Albert und kam näher.

»Ich konnte sehen, wie er im Lustgarten der Gräfin umhergegangen ist und sich auf einer Bank niedergelassen hat«, rief ihm ein Mann vom Baugerüst zu.

»Hattest du die Erlaubnis, dich im Lustgarten aufzuhalten?«, fragte Albert, der scheinbar das Sagen hatte.

Bonner schüttelte den Kopf und sagte grimmig: »Was geht dich das an? Ich bin hier, weil ich Matthias Heixel suche.«

»Wer sucht ihn?«

»Das geht dich ebenso wenig etwas an! Es reicht, wenn ich dir sage, dass *ich* ihn suche«, war Bonners unwirsche Antwort.

Albert stellte sich dicht vor ihn und betrachtete sein verschmutztes Gesicht, aus dem das Weiß seiner Augen gespenstisch hervorstach.

»Woher kommst du?«

»Stehe ich vor Gericht?«, blaffte Bonner.

»Bist wohl ein Landstreicher«, sagte Albert und drehte Bonner den Rücken zu.

»Verdammt!«, brüllte Bonner ungehalten. »Ich will nur wissen, wo ich Matthias Heixel finden kann.«

»Der ist nicht mehr da. Den hast du verpasst«, höhnte ein anderer. »Morgen wird er wieder herkommen.«

Verärgert saß Bonner auf und ritt den Weg zurück, den er gekommen war. Er fror erbärmlich. Zudem war er hungrig, durstig und zornig. »Heute ist kein guter Tag«, murmelte er und trat seinem Pferd in die Flanken.

In Greifenstein suchte Bonner ein Zimmer für die Nacht und leistete sich ein teueres Bad. Das heiße Wasser tat seinem Körper gut, und langsam entspannte er sich. Nachdem er im Gasthaus einen warmen Eintopf verschlungen hatte, spürte er, wie ihn die Müdigkeit übermannte. Mit schweren Schritten schlurfte er in sein Zimmer, legte sich nieder und schlief rasch ein.

Bonner träumte von Hundeshagen.

Er sah seine Tochter Karoline inmitten der Kornfelder stehen und ihm zuwinken. Freudig ging er auf sie zu, als sich der Himmel verdunkelte und eine Hexe auf ihrem Besen über ihn hinwegflog. Sein Sohn Johann saß hinter ihr und lachte ihm hämisch zu. Und Johanns Fuß verwandelte sich vor Bonners Augen in einen Pferdehuf.

Bonner wollte schreien, aber etwas hielt seinen Mund zu. Er glaubte zu ersticken und schlug um sich. Als leises Lachen und verhaltene Stimmen in sein Bewusstsein drangen, wusste er, dass er nicht mehr träumte. Er riss die Augen auf und sah Hände, die ihn nach unten drückten. Voller Angst trat er um sich und versuchte die Angreifer abzuwehren. Aber vergeblich, es waren zu viele. Hände rissen ihn hoch und schlugen brutal auf ihn ein. Ohnmächtig sackte Bonner in sich zusammen.

Bonner erwachte. Er lag auf dem harten Boden. Obwohl seine Finger eine dünne Schicht Stroh unter sich fühlten, drang eisige Kälte in seinen Körper.

Langsam versuchte er die Augen zu öffnen. Schmerz durchzuckte seinen Kopf. Was ist passiert?, fragte er sich. Vorsichtig fuhr er sich mit den Fingerkuppen über die Augen. Seine Lider waren dick angeschwollen. Bonner versuchte seine Augen zu öffnen. Die Lider gaben nur schmale Sehschlitze frei, durch die er nichts als tiefe Schwärze sah.

»Wo bin ich?«, flüsterte er kläglich. Mühsam versuchte er sich aufzusetzen. Alles an seinem Körper schmerzte. Sein Gesicht ebenso wie der Rest seines Körpers. Als er die Beine anzog, jagte ihm ein stechender Schmerz durch die Magengegend, und er erbrach sein Abendmahl. Erschöpft streckte er sich aus. Sein Herz pochte heftig. Krampfhaft überlegte er, was geschehen war, aber er konnte sich nicht erinnern. Der Schmerz pochte in seinem Schädel. Erneut wurde ihm schlecht. Als ihm die Sinne schwanden, dankte er Gott.

Bonner wusste nicht, wie lange er besinnungslos gewesen war. Seine Augen schienen noch immer zugeschwollen zu sein, denn ihn umgab weiterhin Dunkelheit. Er blieb einige Augenblicke lang ruhig liegen und spürte in sich hinein. Als die Übelkeit ausblieb, wagte er sich aufzusetzen. Er tastete um sich und fühlte eine Steinwand. Erschöpft lehnte er sich dagegen. Wo war er? Was war passiert? Bonner konnte sich an nichts erinnern und sich auch keinen Reim auf das machen, was ihm widerfahren war.

Dann quietschte eine Tür. Sie sprang auf, und ein Lichtstrahl blendete Bonner. Durch den kleinen Sehschlitz zwischen den Lidern konnte er nun erkennen, dass die Dunkelheit, die ihn umgab, von einem fensterlosen Verlies herrührte.

»Wo bin ich?«, krächzte er, als er den Umriss eines menschlichen Schattens im Licht erkennen konnte.

»Dort, wo Landstreicher hingehören!«, höhnte der Schatten.

»Ich bin kein Landstreicher!«, versuchte Bonner zu schreien. Seine Stimme wurde von einem trockenen Husten erstickt. Der Schatten kam näher. Wenige Schritte von Bonner entfernt, stellte er ihm einen Krug auf den Boden

»Hier hast du Wasser und zu essen.«

Auf allen vieren kroch Bonner nach vorn und trank gierig. Auch biss er von dem Brot ab. Während er kaute, überlegte er, wo er die Stimme schon einmal gehört hatte, denn sie kam ihm bekannt vor. Aber er konnte sich nicht erinnern, wo er sie schon einmal gehört hatte.

»Wer seid Ihr? Warum bin ich hier? Was habt Ihr mit mir vor?« Bonners Stimme wurde mit jedem Wort lauter.

Als der Schatten nur leise lachte, schrie Bonner mit ganzer

Kraft: »Ich bin kein Landstreicher! Mein Name lautet Casper Bonner!«

»Ich weiß, Casper.«

Der Schatten drehte sich so ins Licht, dass Bonner das Gesicht erkennen konnte. »Simon, der Jäger!«, flüsterte er. Abermals erklang leises Lachen.

»Ich hätte dich für schlauer gehalten, Casper. Hast du wirklich geglaubt, dass ich nicht erfahren würde, was du vorhast?«

»Was habe ich vor?«, fragte Bonner.

Simon wurde wütend und stieß mit seinem Fuß den Krug um, so dass sich das Wasser ins Stroh ergoss.

»Jeder weiß, dass du mir den Bären vor der Nase wegschnappen und die Belohnung einheimsen willst. Da kennst du die Greifensteiner schlecht! Wir Greifensteiner halten zusammen! Kaum warst du weitergeritten, kam der alte Torwächter Michel zu mir geeilt und erzählte mir, dass du den Matthias Heixel suchen würdest. Jeder hier weiß, dass Matthias kein guter Jäger, aber ein hervorragender Spurenleser ist. Mir war sofort klar, dass du mir den Bären streitig machen willst.«

»Das ist dummes Zeug!«, ereiferte sich Bonner. »Ich will den Heixel, weil er der beste Spurenleser sein soll – das ist wohl wahr. Aber nicht um den Bären zu erledigen.«

»Verkaufe mich nicht für dumm, Bonner!«, schrie Simon auf. »Wozu solltest du sonst einen Spurenleser benötigen?«

»Verdammt, Simon, ich suche meinen Sohn, der mit einer Hexe durchgebrannt ist! Dafür brauche ich den Heixel.«

Der Mann stutzte und überlegte kurz.

»Ich glaube dir kein Wort. Das ist eine aberwitzige Geschichte, die du mir da auftischen willst. Du bleibst so lange hier, bis ich den Bären zur Strecke gebracht habe.«

Ungläubig starrte Bonner ihn an. »Das kannst du nicht machen. Ich habe nichts getan, was rechtfertigen würde, hier eingesperrt zu sein.«

Simon wandte sich von ihm ab und erklärte im Hinausgehen. »*Ich* kann das, denn ich habe bereits mit dem Amtmann, dem Patenonkel meiner Tochter, gesprochen. Er wird Graf Wilhelm I. von dir berichten, sobald der Graf von seinen Reisen zurückkehrt. Und eines sag ich dir jetzt schon: Graf Wilhelm mag keine Landstreicher, die sich in seinem Lustgarten herumtreiben.«

Schnaufend versuchte Bonner aufzustehen. Kraftlos rutschten seine Füße auf dem Stroh weg. Als er erkannte, dass er Simon ausgeliefert war, brüllte er um Hilfe.

»Du kannst in diesem Verlies so lange und so laut schreien, wie du willst«, spottete der Jäger. »Denn die Jungfer, wie man das Gefängnis spöttisch nennt, liegt westlich vom äußeren Wallgraben. Niemand wird dich hören, denn hier befinden sich auch die Folterkammern.«

Bevor die Tür ins Schloss fiel, rief Bonner mit letzter Kraft: »Ich stamme vom Eichsfeld. Das liegt auf der anderen Seite der Werra. Reite zum Bürgermeister von Duderstadt, der wird meine Geschichte bestätigen.«

Die schwere Verliestür wurde mit lautem Knall geschlossen. Erschöpft und von seinen Schmerzen überwältigt sackte Bonner zu Boden. Wie ein Kind zog er die Knie zur Brust und weinte.

Kapitel 17

»So, so!«, murmelte Johann von Baßy, der Amtmann von Wellingen. »Vor drei Tagen sind sie einfach so aus dem Nichts aufgetaucht. Was sagtest du? Ein Schweinehirte, zwei Mägde, ein Bauer und sogar einer, der Ahnung von Pferden hat?« Sein Gegenüber nickte stumm. »Und meine Tante vertraut diesen Fremden?« Erneut war ein Nicken die Antwort.

»Ich war der Ansicht, dass die Mutter ihrem Sohn bald folgen würde. Anscheinend hat sie aber andere Pläne«, murmelte von Baßy. »Sehr rätselhaft! Ausgerechnet ein Mann, der sich angeblich gut mit Pferden auskennt, verirrt sich auf ein Gestüt, wo der Pferdekenner gerade verstorben ist. Als ob der Teufel persönlich meinen Plan durchkreuzen wollte!«

Der Amtmann von Wellingen ging in seiner Schreibstube auf und ab und überlegte. Dann blieb er stehen und fragte den Mann, der ihn um eine Hauptеslänge überragte: »Du hast sie noch nie zuvor gesehen, Paul?«

»Nein«, antwortete Paul mit heller Stimme, die nicht so recht zu seinem wuchtigen Körper passen wollte.

»Du weißt nicht, woher sie gekommen sind?«

Wieder verneinte der Mann.

Von Baßy setzte seine Wanderung zwischen Schreibtisch und Tür fort und blieb dann erneut stehen. Bis jetzt hatte der Amtmann mit leiser, beherrschter Stimme zu seinem Gegenüber gesprochen, der ihm von den fünf Fremden auf dem Rehmringer-Gestüt berichtet hatte. Doch da Paul auf seine Frage außer Schulterzucken und Kopfschütteln keine Antwort wusste, verlor von Baßy die Geduld. »Herrgott, Paul, irgendetwas musst du doch von ihnen wissen!«

»Sobald sie unter sich sind, sprechen sie einen Dialekt, den ich nicht verstehe«, verteidigte sich der Mann.

»Dann wirst du ihren Dialekt eben enträtseln müssen.«

Als Johann von Baßy Pauls Gesichtsausdruck sah, fügte er erregt hinzu: »Lass dir gefälligst etwas einfallen! Ich bezahle dich nicht fürs Schulterzucken.« Dann wurde der Ton des Amtmanns wieder sanfter: »Tu so, Paul, als seist du ihr Freund, und erschleiche dir ihr Vertrauen. Dann werden sie dir meine Fragen sicherlich beantworten.«

Der behäbige Mann schien immer noch zu zweifeln.

Von Baßy wusste, dass Paul kein kluger Kopf war, aber er war fügsam, und deshalb konnte der Amtmann ihn gut für seine Zwecke einsetzen.

»Du sagtest, dass eine Frau und einer der Männer verheiratet wären?«

Paul nickte. »Franziska und Johann sind ein Ehepaar.«

»Und die andere? Wie hieß sie?«

»Katharina. Sie ist nicht verheiratet«, antwortete Paul eifrig. Der Amtmann lächelte ihm verschwörerisch zu und schmeichelte: »Du bist ein stattlicher Mann, Paul. Siehst zudem gut aus, kannst mit beiden Händen zupacken – genau die Sorte Mann, die eine Frau begehrt. Umgarne Katharina! Verführe sie! Und nebenbei fragst du sie aus. Weiber plappern, sobald man ihnen zuhört. Ich muss wissen, woher sie kommen und warum sie von dort fort gegangen sind.« Scheinbar wohlwollend schlug von Baßy dem Mann auf den Rücken, denn weiter reichten seine Arme nicht. Plötzlich schlug die Kirchturmuhr die volle Stunde, so dass der Amtmann zusammenzuckte.

»Es ist schon spät. Geh zurück auf das Gestüt und halte Augen und Ohren offen. Beherzige meine Ratschläge und sei nett zu meiner alten Tante und zu den Fremden.« Von Baßy zog ein kleines Säckchen aus seiner Wamstasche und entnahm ihm zwei Münzen, die er Paul in die Hand drückte. »Für deine Bemühungen. Ich muss jetzt rüber nach Püttlingen reiten. Eine Frau, die nicht weiß, woher sie stammt, und unverständliches Zeug faselt, wurde dort in den Hexenturm gesperrt. Als ob ich nicht schon Sorgen genug hätte, muss ich mich jetzt auch noch um eine Irre kümmern und nachsehen, ob ich das Weib kenne. Es wäre eine Schande für Wellingen, wenn die Schwachsinnige aus unserer Gemeinde stammen würde.«

Der Amtmann setzte seinen schwarzen Filzhut auf und strich sich mit Daumen und Zeigefinger mehrmals über den rötlichen Spitzbart. Dann sagte er mehr zu sich selbst: »In sechs Wochen ist Heiligabend. Bis dahin will ich wissen, woher die fünf gekommen sind, damit wir sie dorthin zurückschicken können, wo sie hingehören. Ich werde meiner Tante sobald wie möglich meine Aufwartung machen. Wäre doch gelacht, wenn ich das Gestüt nicht bekommen würde! Johann von Baßy hat bis jetzt noch immer erreicht, was er wollte!«

Katharina schüttelte Frau Rehmringer das Kissen im Kreuz auf. »Sitzt Ihr so angenehm?«

»Danke, mein Kind.« Die schmale Gestalt der alten Frau verlor sich in dem riesigen Bett. Zart und gebrechlich lag sie zwischen den Laken und blickte Katharina aus tränennassen Augen an.

»Ihr dürft nicht weinen«, bat die junge Frau. In den zwei Wochen, in denen sie sich um die alte Frau gekümmert hatte, hatte Katharina sie in ihr Herz geschlossen. Regina Rehmringer war eine gütige, gerechte Frau, deren Lebenswille seit dem Tod ihres Sohnes gebrochen schien.

»Weißt du, dass ich Gott jeden Tag danke, dass er euch zu mir geleitet hat?« Katharina stand neben den Eichenpfosten des Baldachins und flüsterte: »Wir danken Gott ebenfalls, dass Ihr uns aufgenommen habt.« Nervös nestelte Katharina an der neuen Schürze, die ihr die alte Frau geschenkt hatte.

»Setz dich zu mir«, lud Regina Rehmringer Katharina ein und bedeutete ihr, sich neben sie zu setzen. Nur zögerlich kam die junge Frau der Bitte nach.

»Erzähl mir von deinem Zuhause.«

Bei der Bitte erstarrte Katharina für einen Augenblick. Fahrig strich sie sich eine Strähne zurück, um dann doch ohne Hemmungen zu berichten: »Meine Heimatstadt heißt Heiligenstadt, wo mein Vater eine gut gehende Töpferei besitzt. Meine Mutter erfindet ständig neue Muster, damit sich unsere ockerfarbene Werrakeramik von anderen Töpfereien unterscheidet. Bis nach Bremen werden die Becher, Schalen und Vasen verschifft.«

In Katharinas Stimme schwang Stolz mit. »Ich war ein unbeschwertes Mädchen, dem es an nichts mangelte«, fuhr sie nach einer kurzen Pause fort. »Niemals hätte ich vermutet, dass ich meine Familie eines Tages verlassen und heimlich weglaufen würde. Aber meine Eltern haben mir keine andere Wahl gelassen!« Mit traurigen Augen blickte sie auf. Als Frau Rehmringer Katharinas Hand nahm und sie drückte, schluchzte sie auf und sprach dann stockend weiter: »Nachdem meine Schwester Silvia im Kindbett verstorben war, wollten meine Eltern mich zwingen, meinen Schwager zu heiraten. Zwar hatte meine Schwester diesen Wunsch kurz vor ihrem Tod ausgesprochen, aber ich habe ihm nicht zugestimmt! Ich bin fest davon überzeugt, dass es nicht Silvias Wunsch war. Vielmehr hatte mein Schwager Otto ihr das eingeredet, weil er seine Kinder versorgt haben und sein Bett warm halten wollte. Meine Eltern und auch Otto wussten, dass ich einen anderen Lebenstraum habe.«

Erstaunt schaute Frau Rehmringer sie an.

»Kennt Ihr Elisabeth von Thüringen?«, fragte Katharina sie, und bei der Erwähnung der Heiligen erhellte ein Lächeln ihr Gesicht.

»Wer ist sie?«

»Elisabeth war eine Königstochter aus Ungarn, die im Alter von vier Jahren Hermann, dem Sohn des Herzogs von Thüringen, versprochen wurde. Doch Hermann starb, und so heiratete Elisabeth im Alter von vierzehn Jahren seinen Bruder Ludwig.«

»Diese Geschichte gleicht deiner!«, stellte Frau Rehmringer fest. Katharina nickte. »Aber Ludwig und Elisabeth sollen sich gemocht haben, was man von meinem Schwager und mir nicht behaupten kann«, fügte die junge Frau bitter hinzu. »Ludwig war oft auf Reisen, so dass Elisabeth in seiner Abwesenheit die Aufgaben der Regentin übernahm, die sie jedoch weder ausfüllten noch glücklich machten. In den Überlieferungen steht, dass tiefe Unruhe sie beherrscht haben soll, bis zwei Franziskanermönche ihr von den Lehren des heiligen Franz von Assisi berichtet hätten. Da habe Elisabeth den Sinn ihres Daseins erkannt, und sie führte fortan ein gottgefälliges Leben. Als in Thüringen eine Hungersnot ausbrach, ließ Elisabeth die landgräflichen Kornkammern öffnen. Auch verkaufte sie Kleidung sowie Stücke aus dem gräflichen Haushalt, um mit dem Erlös die Not der Armen zu lindern.«

Katharinas Wangen begannen sich zu röten. Dankbar sah sie, dass Regina Rehmringer ihr aufmerksam zuhörte. Eifrig setzte sie ihre Erzählung fort: »Als Elisabeths Mann Ludwig im Heiligen Land starb, war sie plötzlich vom Wohlwollen ihres Schwagers abhängig, dem ihr Mann vor Beginn des Kreuzzuges die Regentschaft übertragen hatte. Der Schwager verbot ihr sogleich den Umgang mit den Armen und die Verteilung von Almosen. Doch Elisabeth hielt sich nicht an dieses Verbot. Eines Abends wollte sie einen Korb voller Essen an den Wachmännern vorbei zu den Bedürftigen schmuggeln. Als der Wachmann sie fragte, was sie unter ihrem Mantel tragen würde, soll sie geantwortet haben: ›Einen Korb voller Rosen!‹ Der Wächter riss ihr den Umhang von den Schultern. Und tatsächlich – der Korb soll voller Rosen gewesen sein.«

Katharina blickte Frau Rehmringer in die Augen.

»Ich weiß nicht, ob sich die Geschichte mit den Rosen wirklich zugetragen hat. Aber ich weiß, dass die Landgräfin zeitlebens eine Frau war, die den Menschen geholfen hat. Da sie mein großes Vorbild ist und ich werden will wie sie, blieb mir keine andere Wahl, als meine Eltern zu verlassen. Auch wenn ich sie sehr vermisse.«

Regina Rehmringer lächelte der jungen Frau aufmunternd zu. »Ich bewundere dich, mein Kind, für deinen Mut und deine Entschlossenheit. Ich denke, dass deine Eltern das ebenso sehen. Eines Tages wirst du nach Hause zurückkehren, und sie werden dich mit offenen Armen empfangen.«

Katharina biss sich auf die Unterlippe. Leise flüsterte sie: »Ja, das hoffe ich auch!«

Franziska stand in der Küche am Feuer und streckte ihren Rücken. Seit Tagen trat das Kind in ihrem Leib so heftig, dass sie das Gefühl hatte, es wolle ihr das Kreuz brechen. Sobald sie allerdings ihre Hand auf den Bauch legte, schien es sich zu beruhigen. Auch jetzt, als sie sich seitlich über den gewölbten Bauch strich, hörte das Treten auf. »Ich bin gespannt, ob du eine kleine Franziska oder ein kleiner Johann wirst«, flüsterte sie.

Zwei Arme legten sich von hinten um Franziskas Schultern, und Lippen küssten ihren Hals. »Vielleicht wird es ein Junge und ein Mädchen«, sagte Johann ernst. Erschrocken drehte sich Franziska zu ihm um. Als sie in seine lachenden Augen blickte, boxte sie ihm sanft auf den Oberarm und schimpfte: »Sag so etwas nicht! Wie sollen wir zwei Kinder ernähren?«

»Darüber musst du dir jetzt keine Sorgen mehr machen, Liebes! Wir haben ein neues Zuhause gefunden, wo wir unbeschwert leben können.«

Johann zog Franziska an sich und küsste sie. Als sie sich voneinander lösten, sagte sie leise: »Ich hoffe, dass es so bleibt.«

Johann blickte sie fragend an, denn ihm war der besorgte Unterton in ihrer Stimme nicht entgangen. »Weshalb sagst du das?«

»Ich weiß nicht. Mich beschleicht seit Tagen ein seltsames Gefühl.«

»Ach, das ist sicher nur, weil du ein Kind erwartest.«

»Unfug!«, schimpfte sie. »Ich bin schwanger und nicht wirr im Kopf! Aber vielleicht mache ich mir tatsächlich unnötige Sorgen. Frau Rehmringer ist eine nette alte Frau, die es gut mit uns meint. Sie gibt uns ein Dach über dem Kopf und genügend zu essen. Trotzdem ängstige ich mich.«

»Was gibt es zum Abendmahl?«, lenkte Johann sie ab und sah gierig in den Topf.

»Paul hat Hennen geschlachtet, aus denen ich eine kräftige Suppe kochen werde. Und jetzt verschwinde, denn die Hühner rupfen sich nicht von allein.«

Clemens stand im Pferdestall und untersuchte den Huf einer Stute. »Kann es sein, dass du sie vernagelt hast?«, fragte er den Hufschmied, der das Bein mit beiden Händen festhielt.

Wütend erwiderte der Schmied: »Seit vielen Jahren versorge ich die Pferde des gnädigen Herrn – Gott sei seiner Seele gnädig. Und noch nie habe ich mir eine solche Anschuldigung anhören müssen. Kaum bist du da, werde ich verdächtigt, die Hufe nicht richtig zu nageln.« Schnaubend ließ er den Fuß der Stute los.

»Jetzt beruhige dich! Ich habe dir nur eine Frage gestellt und rein gar nichts behauptet. Aber wenn ein Pferd lahmt und man keine äußeren Verletzungen erkennt, kann es sein, dass der Hufeisennagel den Nerv getroffen hat. So etwas kommt vor.«

»Aber nicht bei mir!«, ereiferte sich der Mann.

»Nimm ihr die Hufeisen ab, dann werden wir es sehen.«

»Das werde ich nicht! Schließlich habe ich dem Vieh erst vor wenigen Tagen die Eisen verpasst.«

Clemens richtete sich auf und sagte mit fester Stimme: »Entweder du nimmst die Eisen runter, oder ich tue das selbst, doch dann werde ich fortan immer die Arbeit des Hufschmieds übernehmen.«

»Willst du mir drohen?«

»Frau Rehmringer hat mir die Leitung des Gestüts übertragen, und somit bin ich dafür verantwortlich, dass es den Pferden gut geht.«

»Wir hätten euch hier nicht gebraucht!«, murmelte der Hufschmied und holte widerstrebend die Zange.

Clemens war nicht gewillt, sich die Unverschämtheit des Schmieds gefallen zu lassen, und erwiderte: »Doch, das habt ihr! In der kurzen Zeit, seit Melchior Rehmringer tot ist, habt ihr es geschafft, das Gestüt mitsamt den Pferden in einen erbärmlichen Zustand zu versetzen.«

Als Frau Rehmringer Clemens die Verantwortung für das Gestüt übertragen hatte, ahnte er, dass er auf Gegenwehr beim Gesinde stoßen würde. Doch obwohl er noch jung an Jahren war, ließ er sich weder einschüchtern noch aus der Ruhe bringen. Schließlich hatte Clemens in seinem Vater einen der besten Lehrmeister gehabt, den man sich nur wünschen konnte. Martin Arnold war bestrebt gewesen, seinen Sohn ebenso wie seine Tochter alles über Pferde und Pferdezucht zu lehren. Schon von klein auf hatten die Kinder den Vater in die Ställe, auf die Koppeln oder zu Pferdeauktionen begleitet. Sie waren dabei, wenn der Hengst die Stute besprang oder die Fohlen zur Welt kamen. Sie lernten früh, worauf sie achten mussten, um prächtige Pferde zu züchten – ebenso, wie sie Pferdekrankheiten erkennen und behandeln konnten. Vor allem aber hatte Martin Arnold seinen Kindern stets vermittelt, dass man vor jedem Tier Ehrfurcht haben sollte und ihm niemals Leid zufügen durfte. Immer wieder ermahnte er die beiden, wenn etwas schieflief: »Es ist der Mensch, der Fehler macht und versagt – nicht das Tier!« Das Arnoldsche Gestüt war weit über die Landesgrenzen hinaus bekannt, und Clemens hatte dank der Lehren seines Vaters das nötige Selbstbewusstsein erworben, das vonnöten war, um ein Gestüt zu leiten.

Nach dem Brandanschlag des Schwagers und den schweren Verbrennungen in seinem Gesicht kostete es Clemens große Mühe, sich seine Selbstsicherheit zu bewahren. Menschen, die ihm wegen seiner entstellten Gesichtszüge auswichen, verunsicherten ihn. Doch dann teilte Frau Rehmringer ihm mit, dass sie das Gestüt behalten wolle, und gedachte, ihm die Verantwortung zu übertragen. »Tu, was getan werden muss. Ich vertraue dir!«, hatte sie vom ersten Tag an gesagt und ihm freie Hand gelassen. Schlagartig war seine Zuversicht zurückgekehrt. Selbstbewusst ging Clemens an die Arbeit und erteilte Befehle, wie er es von zu Hause gewohnt war – sehr zum Unmut des Gesindes. Clemens trat zwar Knechten und Mägden mit Respekt entgegen, jedoch hatte er keine Scheu, seinen Standpunkt klar zu vertreten.

Doch besonders die älteren Knechte auf dem Hof gehorchten ihm nur widerwillig. Clemens konnte die Kälte spüren, die ihm entgegenschlug. Er wusste, je eher die Fronten auf dem Gestüt geklärt waren, desto schneller würde Frieden herrschen.

Clemens wollte mit dem Hufschmied keinen Streit. Versöhnlich erklärte er: »Ich will niemandem etwas Böses, Wolf. Möchte keinen von euch wegschicken müssen. Doch wenn ich merke, dass eine Zusammenarbeit nicht möglich ist, scheue ich mich nicht, hart durchzugreifen.«

Mürrisch betrachtete der Hufschmied den jungen Burschen, der sein Sohn hätte sein können. »Ich mag dich nicht, Clemens, aber ich brauche diese Arbeit, damit meine Familie nicht hungern muss. Aus diesem Grund werde ich mich fügen und deine Anweisungen befolgen.«

»Dann nimm der Stute die Eisen runter«, befahl Clemens.

Jeden Morgen kam sich Burghard wie ein Schwachkopf vor, wenn er mit einem Tuthorn durch die Gassen von Wellingen ging und die Schweine rief: »Tuuut, tuuut! Macht die Gatter und Tore auf, lasst Säue und Ferkel raus!«

Quiekend kam dann das Borstenvieh aus den Ställen gelaufen und folgte Burghard den Hoxberg hinauf, den er zusammen mit seinen Freunden erst vor kurzer Zeit überquert hatte, um nach Wellingen zu gelangen.

An manchen Tagen war es besonders schwierig, die Herde zusammenzuhalten, da einer der Eber ständig stehen blieb. Ein Teil der Säue lief mit den Jungtieren weiter, während die anderen beim Keiler blieben. Burghard schlug dem Eber mit der Gerte auf den Rücken und versuchte ihn anzutreiben. Laut grunzend setzte er seinen Weg fort.

Kaum hatte die Rotte den Wald erreicht, fingen sie sofort an, mit ihren Rüsseln den Waldboden umzupflügen und nach Eicheln, Schnecken, Würmern, Blättern oder Wurzeln zu suchen.

Als Clemens Burghard mitgeteilt hatte, dass er die Arbeit des erkrankten Schweinehirten übernehmen sollte, hatte der Mönch sich entrüstet gewehrt. Da im Ort jedoch kein anderer Mann als Schweinehirt zur Verfügung stand, bat Frau Rehmringer ihn persönlich, die Arbeit zu übernehmen. Burghard blieb keine Wahl, als der Bitte nachzugeben. Er war von Stall zu Stall gegangen, hatte sich das Borstenvieh widerwillig angesehen und im Stillen gehofft, dass er untauglich für die Aufgabe war. Doch weil jede Familie ihren Schweinen ihr Zeichen eingebrannt hatte, um sie von anderen unterscheiden zu können, musste Burghard sich geschlagen geben. So zog er nun mit den Leitschweinen los und ärgerte sich täglich aufs Neue über das Gebimmel der Glöckchen, die ihnen um den Hals gebunden waren.

An einem kühlen Dezembermorgen saß Burghard auf einem großen Stein und achtete darauf, dass die Tiere nicht auseinanderliefen. Verbittert starrte er in die Gegend und dachte über sein Leben nach.

Vor nicht allzu langer Zeit war ich ein Franziskanermönch. Und nun? Ich hüte Schweine, was ebenso ein Kind oder ein

Depp machen könnte, stöhnte Burghard. Ihm kam das Gleichnis vom verlorenen Sohn in den Sinn, das Lukas im Kapitel 15 des Evangeliums beschrieben hatte: Der jüngste von zwei Söhnen ließ sich vom Vater sein Erbe auszahlen und reiste als reicher Mann in die Ferne. Dort führte er ein zügelloses Leben und verschleuderte das Geld, bis nichts mehr davon übrig war. Als er Hunger leiden musste, blieb ihm keine andere Wahl, als einen Bürger um Arbeit anzuflehen. Der schickte den einst reichen Mann aufs Feld zum Schweinehüten. Doch der junge Mann verdiente dabei so wenig, dass die Schweine mehr zu essen hatten, als er sich leisten konnte. Da ging er in sich und überlegte: Die Tagelöhner meines Vaters haben genug zu essen, und ich komme hier vor Hunger um. Ich will zurück zu meinem Vater gehen und ihm sagen: »Ich bin nicht mehr wert, dein Sohn zu sein. Mach mich zu einem deiner Tagelöhner.«

Mein eigenes Schicksal ist dem des verlorenen Sohnes gar nicht unähnlich, dachte Burghard. Auch ich hatte ein gutes Leben und bin doch fortgegangen. Und nun muss ich Schweine hüten. Aber zumindest habe ich keine Schuld auf mich geladen, und es geht mir auch besser als dem Sohn in dem Gleichnis, denn ich muss keinen Hunger leiden.

Ein Grunzen riss Burghard aus seinen Gedanken. Sein Blick suchte die Schweine zwischen den Bäumen, und er zählte sie durch. Erleichtert stellte er fest, dass alle da waren.

Burghard lehnte sich zurück und grübelte weiter: Oder habe ich doch Schuld auf mich geladen? Obwohl es mir gut ging, habe ich die Gemeinschaft der Franziskaner verlassen. Wie der Sohn in dem Gleichnis war auch ich selbstsüchtig und habe nur an mich gedacht. Bei diesen Gedanken überkam Burghard eine tiefe Traurigkeit, wie er sie zuvor noch nie gespürt hatte. Ich war immer arm und habe niemals etwas sinnlos vergeudet so wie dieser Sohn, rechtfertigte er sich in Gedanken vor sich selbst und versuchte wieder Herr über seine Gefühle zu werden. Oder habe ich mein Leben töricht verschleudert? Vielleicht hätte ich zurück ins Kloster gehen sollen, statt fortzulaufen? Warum bin ich nicht zu meinen Eltern zurückkehrt? Auch der Vater in dem Gleichnis hat seinen Sohn mit offenen Armen empfangen. Verzweifelt sprang Burghard auf und setzte sich im nächsten Moment wieder. Vielleicht war diese hier doch die richtige Entscheidung?, überlegte er und fürchtete, dass die Zweifel ihn zu erdrücken drohten. Heftig atmend blickte er zum grau verhangenen Himmel, bis sich ein gequälter Laut aus seiner Kehle löste. »Gott, gib mir ein Zeichen, dass ich das Richtige getan habe!«, bettelte er verzweifelt.

»Wie sehe ich aus?«, fragte Regina Rehmringer. Katharina, die ihr aus dem Bett in den Sessel half, trat einige Schritte zurück und betrachtete die Frau genau. »Ihr seht gesund und munter aus. Kein Vergleich zu Eurem Aussehen bei unserer Ankunft.«

»Das ist gut so«, freute sich die alte Frau und blinzelte der jungen Frau verschwörerisch zu. »Dann kannst du ihn jetzt hereinbitten!«

»Du siehst prächtig aus, liebe Tante!«, begrüßte von Baßy Regina Rehmringer und setzte sich ihr gegenüber.

»Ich bin nicht deine Tante, Johann. Du warst der Neffe meines Mannes, aber nicht meiner. Also nenne mich nicht Tante. Ich hatte dich übrigens früher erwartet!«

Von Baßy drehte seinen schwarzen Hut, den er in Händen hielt, hin und her und tat beschämt. »Ich bedauere es, dass ich mich nach Melchiors Tod nicht besser um dich gekümmert habe, meine Liebe. Schande über mich, dass du dir fremde Menschen ins Haus holen musstest. Aber das wird sich jetzt ändern. Ich habe bereits alles veranlasst. Du wirst zu mir und meiner lieben Frau Philippa ziehen. Sie bereitet gerade das Zimmer für dich vor. In den nächsten Tagen schon werden wir dich zu uns holen.«

Regina Rehmringer war für einen Augenblick sprachlos. Als sie sich gefasst hatte, fragte sie: »Wie kommst du darauf, dass ich mein Haus verlassen möchte?«

Süffisant lächelnd sagte von Baßy: »Wir haben eine Abmachung getroffen. Sicherlich kannst du dich erinnern, dass du mir das Gestüt abtreten wolltest, Tante«, log er und verzog das Gesicht zu einem breiten Grinsen.

Regina Rehmringer durchschaute seine Absicht und blickte ihn mitleidig an. »Nein, Johann, daran kann ich mich nicht erinnern. Zwar ist es richtig, dass ich mich nach Melchiors Tod mit dem Gedanken befasst habe, den Hof zu veräußern. Der Schreck über den Unfall, die Trauer um meinen verlorenen Sohn hatten mich sehr mitgenommen. Damals habe ich keine Zukunft für das Gestüt gesehen. Deshalb, Johann, habe ich mit dir darüber gesprochen. Aber ich habe dir das Gestüt weder mit Vertrag noch mit Handschlag verkauft, geschweige denn überschrieben.«

»Das sehe ich anders, meine Liebe!« Auch wenn von Baßy die Frau anlächelte, konnte sie die Schärfe aus seinen Worten deutlich heraushören. Fragend blickte sie auf.

»Ich werde das Gestüt übernehmen«, erklärte von Baßy mit schneidender Stimme, »und du kommst zu mir nach Hause. Wir werden uns um dich kümmern, als seist du meine liebe Tante. Melchior hätte das sicherlich befürwortet.«

»Lass meinen Sohn aus dem Spiel. Du kannst nicht beurteilen, was Melchior gesagt oder gewollt hätte.« Ihr Ton ließ ihn aufhören.

»Reg dich nicht auf, Tante. Nicht, dass du einen Schwächeanfall erleidest.«

»Lass das, Johann! Ich bin weder schwachsinnig noch ernsthaft krank.«

Von Baßy gab nicht auf und bat: »Lass uns vernünftig miteinander reden. Du kannst unmöglich die Arbeit auf dem Hof allein bewältigen. Über kurz oder lang wirst du das Gestüt aufgeben müssen. Da ich es sowieso eines Tages erben werde …«

Wieder unterbrach sie ihn. »Wie kommst du darauf, dass ich dir das Gestüt vererben werde?«

Ungläubig blickte der Amtmann sie an. »Ich bin dein einziger Verwandter. Da ist es doch folgerichtig, dass ich auch dein Erbe bin.«

»Das Verwandtschaftsverhältnis zwischen uns haben wir bereits geklärt, und dem ist nichts mehr hinzuzufügen.« Sie lächelte. »Erlaube mir jedoch die Frage, warum du das Gestüt kaufen willst, wenn du es angeblich eines Tages erben wirst?«

»Ich bin doch kein Unmensch! Allerdings hatte ich nicht vor, dir einen überhöhten Preis zu zahlen. Es käme mehr einer Anstandssumme gleich. Außerdem gedenke ich das Gestüt meinem Sohn Philipp anzuvertrauen. Er wirbt um die Tochter des Schultheiß von Dillingen. Da wäre das Gestüt ein netter Anreiz, um die Hochzeit weiter voranzutreiben.«

»Du Lump!«, flüsterte die Frau ermattet. Das Gespräch strengte Regina Rehmringer mehr an, als sie gedacht hatte. Weil sie nicht wollte, dass von Baßy ihre Schwäche bemerkte, setzte sie sich aufrecht hin und reckte ihr Kinn. »Anscheinend willst du es nicht verstehen, deshalb erkläre ich dir erneut, dass ich weder bei dir einziehen noch dir oder deinem unnützen Sohn das Gestüt überschreiben werde. Da ich tatkräftige Unterstützung erhalten habe, kann ich weiterhin den Pferdehandel selbst betreiben.«

Missmutig kniff von Baßy die Augen zusammen. »Mit Unterstützung meinst du diese dahergelaufenen Fremden?«

Die alte Rehmringer schmunzelte, als sie erwiderte: »Du täuschst dich, wenn du denkst, dass es Fremde für mich sind!«

Kapitel 18

Auf ihrer Reise ins Westrich, dem Land an der Saar, wurden Barnabas und Servatius von andauerndem Nebel begleitet. Im Hochwald verdichtete sich der Dunst, so dass sie aus Angst, sie könnten sich verlaufen und stürzen, nicht wagten weiterzumarschieren. Nachdem sie einen Tag im Schutz der mächtigen Bäume des Hochwalds pausiert hatten, verzog sich der Nebelschleier, und sie setzten ihren Weg fort.

Die Menschen in den Orten, die sie durchquerten, waren abweisend und begegneten den beiden Wanderern mit Misstrauen, so dass sie nicht versucht waren zu verweilen. Als Barnabas von einem Mann erfahren wollte, wie man die Gegend nannte, in der sie sich befanden, blickte der Alte den Magier nur feindselig an. Barnabas ließ sich von der ablehnenden Haltung nicht beirren und fragte erneut. Daraufhin spuckte der Greis ihm fluchend vor die Füße und verschwand in seiner Hütte. Sprachlos sah Barnabas ihm nach.

»Wo sind wir denn hier hingeraten?«, fragte Servatius kopfschüttelnd.

Der Weg führte sie weiter durch Wälder und über Felder. Als sie an einem Teich vorbeikamen, raffte Servatius seinen braunen Habit und steckte die Enden unter seine Kordel, dem Zingulum, fest. Anschließend watete er bis zu den Oberschenkeln ins seichte Wasser der Uferböschung und verharrte bewegungslos. Barnabas stützte sich auf seinen Wanderstab und spottete: »Wenn die Fische dich riechen, machen sie einen großen Bogen um dich.«

Servatius ließ sich von dem Gerede nicht ablenken und wartete geduldig. Plötzlich warf er sich kopfüber ins Wasser und zog lachend einen fetten Karpfen am Schwanz aus dem Schlick.

»Hast du gesehen, wie schnell ich bin?«

»Das ist mir einerlei!«, erklärte Barnabas. »Hauptsache, dein Körper war mit Wasser bedeckt – wenn auch zu kurz.«

Servatius nahm den zappelnden Fisch und schlug ihn mehrmals gegen einen Stein, bis er tot war. Dann schlitzte er ihm den Bauch auf, entnahm die Gedärme und schabte die Schuppen ab. Schließlich spießte er den Fisch auf einen Stock. Barnabas hatte inzwischen ein Feuer entfacht, worüber sie den Fisch grillten. Gesättigt marschierten sie weiter.

Am vierten Tag ihrer Reise beobachteten Barnabas und Servatius, als sie eben in einem Ort angekommen waren, wie die Bewohner aufgeregt die Straße entlang in ein Wirtshaus eilten. Neugierig folgten sie den Leuten, die die beiden Fremden nicht weiter beachteten. Da sich Barnabas auf das Verhalten der Dorfbewohner keinen Reim machen konnte, hielt er eine vorbeilaufende Frau am Ärmel fest und fragte sie, was passiert sei. Hastig gab sie ihm Antwort, um sogleich weiterzulaufen. Servatius sah den Magier fragend an. Um Barnabas' Augen zeigten sich feine Lachfalten, als er sagte: »Wir sind in Westrich angekommen. In dem Land, wo es noch Hexenprozesse gibt!«

Barnabas beobachtete aufmerksam jeden einzelnen Anwesenden in der Schankstube und versuchte vergeblich aus dem Stimmengewirr einen Zusammenhang herauszuhören. Zu viele sprachen durcheinander. Als immer mehr Leute in den Saal hineindrängten, wurden Tische und Stühle zur Seite geschoben, um Platz zu schaffen.

Nacheinander betraten vier grimmig dreinblickende Männer den Raum. Sogleich senkten die Anwesenden ihre Stimmen, und nachdem die vier an einer Tafel Platz genommen hatten, herrschte plötzlich Stille.

Eine Seitentür wurde geöffnet, und eine Frau, die an den Händen gefesselt war, wurde von zwei Männern hereingeführt. Die Leute bekreuzigten sich und wichen zurück, so dass ein Gang entstand, durch den die Frau und die beiden Männer ungehindert nach vorn gehen konnten. Einer der Bewacher schupste die Gefesselte vor die Tischreihe. Wankend stand sie da und traute sich nicht aufzuschauen.

Barnabas sah in den Gesichtern einiger Zuschauer nackte Angst. Andere schienen Mitleid zu empfinden. Doch in den meisten Gesichtern konnte er Ablehnung und Hass erkennen.

Inzwischen war die Stille verhaltenem Gemurmel gewichen. Es schwoll an, bis es so laut wurde, dass einer der vier grimmigen Männer mit der Faust auf den Tisch schlug und »Ruhe!« schrie.

Die Menschen im Raum zuckten zusammen und blickten ängstlich nach vorn.

»Wie nennst du dich und woher kommst du?«, fragte einer der vier Männer die gefesselte Frau. Dichte graue Augenbrauen, die wild über eng zusammenstehenden Augen wuchsen, sowie ein mächtiger Bart gaben ihm ein finsteres, fast bedrohliches Aussehen. Verängstigt blickte die Angesprochene hoch und antwortete mit zaghafter Stimme: »Mein Name ist Barbara Backes. Ich komme hier aus diesem Ort, aus Weierweiler.«

»Wie alt bist du?«

»Ungefähr dreißig Jahre.«

»Barbara Backes«, dröhnte seine Stimme durch den Saal, »zu unserer großen Betrübnis ist uns kürzlich zu Ohren gekommen, dass du dich von Gott losgesagt und dich dem Teufel verschworen haben sollst.«

Die Frau schüttelte den Kopf. Bevor sie etwas sagen konnte, ergriff ein anderer Mann, dessen Gesicht ungewöhnlich fein geschnitten war, das Wort: »Die Bewohner des Dorfes Weierweiler haben uns, den Ausschuss, gerufen, um eine gütliche Befragung durchzuführen. Wir werden Zeugen vernehmen, Beweise sammeln und Aussagen aufschreiben, um herauszufinden, ob du dich der Hexerei verschworen hast. Auch werden wir eine Anklageschrift der Gemeinde an das zuständige Gericht der gnädigen Herrschaft übergeben. Hast du das verstanden?«

»Ich bin unschuldig! Ich habe nichts Unrechtes getan!«, stammelte die Frau.

»Es ist nicht deine Angelegenheit, uns von deiner Unschuld zu überzeugen, sondern unsere, dir deine Schuld zu beweisen!«, sagte der Mann mit den zusammenstehenden Augen ungerührt.

»Schließlich wird dir das höchst sträfliche Laster der Zauberei vorgeworfen. Doch erst der Reihe nach!«, erklärte der dritte Mann, der mit hochrotem Kopf zwischen den anderen saß und den seine beachtliche Leibesfülle kaum durchatmen ließ. Schnaufend fuhr er fort und fragte: »Dein Mann hat sich Heinrich Backes genannt und wurde bereits der Zauberei überführt und verbrannt. Ist das richtig?«

»Das weißt du am besten! Du bist doch sein Bruder, der nun das Amt meines toten Heinrichs an sich gerissen hat«, beschuldigte ihn die Frau aufgebracht, als habe sie ihre Angst plötzlich vergessen. Das Gesicht des Befragers wurde noch eine Spur röter, und sein Schnaufen nahm zu. Ihren Vorwurf überhörend, setzte er seine Vernehmung fort: »Du kanntest auch die Wollweber Agnes, die sich mit deinem Mann zum Hexentanz getroffen hat und ebenfalls wegen Zauberei verbrannt wurde?«

Barbara Backes blickte erneut nach unten und nickte. »Ich habe sie wohl gekannt, bin aber niemals in ihrer Zaubergesellschaft gewesen. Mit ihren Anschuldigungen kurz vor der Hinrichtung hat die Wollweber Agnes mir großes Unrecht angetan!«

Mit überheblichem Gesichtsausdruck blickte der dickliche Mann seine drei Beisitzer an. Jetzt meldete sich der letzte der vier Männer zu Wort. Sein Gesicht mit den hervorstehenden Augen und den wulstigen Lippen erinnerte an eine Kröte, und seine Stimme klang frostig: »Wer kann Weiteres gegen die Angeklagte vorbringen?«, fragte er die anwesenden Leute und blickte in die Runde. Als sich keiner zu Wort meldete, nahm er ein Schriftstück zur Hand und las laut vor: »Becker Peter! Er trete vor!« Zögerlich kam ein schmächtiger Mann nach vorn und stellte sich mehrere Schritte von der Angeklagten entfernt hin und würdigte sie keines Blicks.

»Du beschuldigst die Angeklagte des Schadenszaubers?«, fragte der Mann mit dem Krötengesicht. Becker nickte und erklärte: »Vor einiger Zeit, als ein Gewitter aufzog, sah ich diese Frau die Straße entlang auf mein Haus zukommen. Aus Furcht, sie wolle sich bei mir unterstellen, schlug ich ihr die Tür vor der Nase zu. Am nächsten Tag schmerzte mich mein Bein!« Der Ankläger wurde angewiesen zurückzutreten.

»Damit wäre die Sachlage klar. Du hast Schadenszauber über den Mann gelegt«, meldete sich der vierte Schöffe erneut zu Wort.

»Er lügt!«, schrie die Frau erregt. »Nichts dergleichen habe ich getan!«

»Gestehe, dass du eine Hexe bist! Erspare dir und uns die peinliche Befragung und gib zu, dass du den Pakt mit dem Teufel geschlossen hast.«

Angsterfüllt riss Barbara Backes die Augen auf und jammerte: »Ich bin unschuldig!« Dann sah sie den dicklichen Mann mit dem roten Gesicht an und sagte mit fester Stimme: »Erst hast du deinen Bruder auf den Scheiterhaufen gebracht, damit du seinen Platz als Schöffe einnehmen kannst. Nun beschuldigst du mich, damit du dir mein Hab und Gut unter den Nagel reißen kannst. Nicht ich habe mich dem Teufel verschworen, sondern du bist der Teufel!« Dann lachte sie laut und bitter auf.

»Seht«, sagte der Angesprochene und wischte sich über das schweißnasse Gesicht. »Sie ist des Wahnsinns. Der Teufel spricht aus ihr!«

Der Mann mit dem Krötengesicht schlug auf den Tisch und brüllte: »Niemand will sich deines Hab und Guts eigennützig bemächtigen. Es ist bekannt, dass jeder, der der Hexerei bezichtigt wird und ein Ermittlungsverfahren heraufbeschwört, für die Verfahrenskosten aufkommen muss – gleichgültig, ob es zum Schuldspruch kommt! Der Ausschuss hat Ausgaben. Das Dorf hat sich verpflichtet, die Ausgaben zu tragen. Freilich nur, wenn die Schuldigen nicht zahlen können. Du kannst zahlen. Du wirst zahlen. Das ganze Dorf will es so.« Unter den Gaffern erhob sich beifälliges Gemurmel. Ein Mann sagte halblaut: »Es wäre ja noch schöner, wenn wir zahlen müssten, solange eine Hexe noch einen Kreuzer hat.«

»Der Ausschuss hat Ausgaben«, sagte das Krötengesicht, offenbar der Vorsitzende des Ausschusses, erneut. »Der Ausschuss muss entschädigt werden.« Dieser Punkt schien ihm besonders wichtig zu sein.

Barnabas stand ein wenig abseits und verfolgte aufmerksam das Geschehen. Die Art der Vorgehensweise bei diesem Hexenprozess war ihm fremd. Wie der Magier heraushören konnte, waren die vier vorsitzenden Männer vom Dorf bestimmt worden, den Verdacht gegen die Angeklagte zu untersuchen. Bislang kannte Barnabas nur die eine Art der Hexenfindung, der er auf dem Eichsfeld in Thüringen beigewohnt hatte. Dort musste eine vermeintliche Hexe zuerst von einer geschädigten Person angezeigt werden, damit der Oberamtmann eine Untersuchung aufnehmen und »ex officio«, von Amts wegen, handeln konnte. Das berechtigte ihn, ein Inquisitionsverfahren einzuleiten, bei dem ein Notar oder Advokat zugegen sein musste, um die Ermittlungen schriftlich festzuhalten.

Wie Barnabas wusste, waren diese Schritte notwendig, um nach der »Constitutio Criminalis Carolina«, besser bekannt als »peinliche Gerichtsordnung«, die Angeklagten auch unter der

Folter befragen zu können. Anschließend wurde die Klage bei den Spruchkörpern der juristischen Fakultät eingereicht, wo sie von gelehrten Juristen geprüft wurde. Dies musste eingehalten werden, um zu verhindern, dass den Beamten vor Ort Bestechlichkeit vorgeworfen werden konnte.

Das alles schien im Land an der Saar keine Bedeutung zu haben. Auch dass die Beschuldigten die Kosten des Ausschusses und des Prozesses tragen mussten, hatte Barnabas nie zuvor gehört. Er erfasste die Lage schnell: All das konnte nur heißen, dass Hexenprozesse hier schneller als in anderen Gegenden durchgeführt werden konnten. Und statt eines beamteten Amtmanns leitete ein Ausschuss letztlich das Verfahren. Eine Handvoll Bauern als Ermittler! Welche Machtposition! Und sogar für diese Ermittlungsarbeit erhielten sie offenbar eine Vergütung. Barnabas war gespannt, wie es weitergehen würde. Er wollte sich nicht als Hexenfinder zu erkennen geben, solange er die Lage in dem ihm fremden Land nicht genau einschätzen konnte.

Als die Frau aufschrie, richtete Barnabas seine ganze Aufmerksamkeit wieder auf die Befragung.

»Ich schwöre bei allen Heiligen, dass der Becker Peter lügt! Warum sollte ich mich bei ihm unterstellen wollen, wo mein Haus nur wenige Schritte neben seinem steht?«

Fragend blickten sich die vier Männer des Ausschusses an. In dem Augenblick, als sie die Köpfe zusammenstecken wollten, um sich zu beraten, trat ein Mädchen, das Barnabas nicht älter als zwölf Jahre schätzte, an den Tisch der Ermittler. Um sie näher betrachten zu können, ging auch der Magier einen Schritt weiter nach vorn.

Das Mädchen hatte ein hellhäutiges Gesicht, das von langen dunklen Haaren umrahmt wurde. Die zahlreichen Sommersprossen auf dem Nasenrücken des Kindes gaben ihm ein liebenswertes Aussehen. Scheinbar scheu hielt das Mädchen den Blick gesenkt, bis der Mann mit dem Krötengesicht es fragte: »Maria, was ist? Möchtest du uns etwas sagen?« Maria nickte zögerlich und sah dann die Angeklagte an.

Barnabas erschrak. Noch nie hatte er bei einem Kind solche Augen gesehen! Rabenschwarze Pupillen blickten voller Hass, Wut, aber auch Boshaftigkeit zu der Beschuldigten Barbara Backes. Die Frau schaute das Mädchen entsetzt an und fragte leise: »Was hast du, Maria?« Mit einem wahnsinnig klingenden Lachen zeigte das Mädchen auf sie und zischte: »Sie hat mich zum Hexensabbat mitgenommen.«

Ein Schrei war zu hören, dann sackte Barbara Backes in sich zusammen. Auch die übrigen Anwesenden im Raum schrien durcheinander. Frauen heulten bei dieser unglaublichen Beschuldigung auf und hielten ihre Kinder eng umschlungen. Stimmen wurden laut, dass Barbara Backes brennen solle. Mehrere Männer stürmten nach vorn und zogen die ohnmächtige Frau an den Haaren auf die Beine, um sie sogleich zum Scheiterhaufen zu schleifen.

Barnabas befürchtete, dass ein Tumult ausbrechen würde, doch da brüllte einer der Vorsitzenden mehrmals, die Anwesenden sollten Ruhe geben. Das aufgebrachte Volk wollte ihn jedoch nicht hören. Im Chor erklangen ihre Stimmen, und sie verlangten, dass die Hexe sterben müsse.

Erst als das Krötengesicht laut drohte, dass noch mehr Menschen brennen würden, wenn nicht endlich Ruhe herrsche, schwiegen die Anwesenden.

Trotz seiner Verwirrung entging Barnabas nicht, dass sich die Männer dieses Ausschusses so herrisch aufführten wie die Beamten des Adels.

Der Vorsitzende mit den eng zusammenstehenden Augen befahl, dass man der Angeklagten Wasser übergießen solle. Mit lautem Platsch landete ein Eimer Wasser in Barbara Backes' Gesicht. Langsam kam sie zu sich und blickte verängstigt auf. Als man sie aufforderte, sich hinzustellen, knickten ihr die Beine weg. Weinend brach sie erneut zusammen. Die Männer, die sie zuvor in den Raum gezerrt hatten, packten sie unter den Armen und setzten sie grob auf einen Stuhl.

Die Mitglieder des Ausschusses blickten die Angeklagte erbarmungslos an, hatten sie doch soeben eine ungeheure Beschuldigung vernommen.

Nur den Mann mit dem fein geschnittenen Gesicht schien das Ganze nicht zu berühren. Nachdenklich und neugierig betrachtete er das Mädchen, das geistesabwesend mit seinen langen Haaren spielte. Eindringlich, aber mit leiser, freundlicher Stimme fragte er das Kind: »Erzähl uns von dem Hexentanz, Maria!«

Daraufhin blickte das Mädchen den Mann lächelnd an und flüsterte: »Des Nachts hat sie mich aus dem Bett geholt und dorthin gebracht, wo die Hexen sich zum Tanz treffen. Dort hat sie Unzucht mit dem Teufel getrieben.«

»Sie lügt!«, wimmerte Barbara Backes und fragte dann das Mädchen unter Tränen: »Du bist meine Tochter, Maria, warum tust du mir das an?«

Bestürzt blickte Barnabas zu dem Kind und erschrak aufs Neue, als er seine kalten, abweisenden Augen sah.

Die Tochter klagt die Mutter als Hexe an, dachte er entsetzt. Was war wohl vorgefallen, dass ein Kind so etwas tat?

»Ich habe mich gewehrt, wollte nicht mit zum Hexentanzplatz, aber sie hat mich gelockt«, flüsterte Maria geheimnisvoll.

»Wie hat sie dich gerufen?«, fragte der Vorsitzende.

Das Mädchen schaute von einem Mann zum anderen. Dann wandte es den Kopf der Mutter zu, zeigte mit dem Finger auf sie und wisperte: »Sie sagte, dass sie mir beibringt, wie ich Mäuse herbeizaubern kann.«

Ein Aufschrei des Entsetzens ging durch die Menschenmenge. Ungeziefer sollte das Kind herzaubern und so Verderben über das Dorf bringen! Einer der Schöffen bemerkte kalt: »Der Hexer Flade aus Trier, der 1589 hingerichtet wurde, hatte im Keller ein Fass voll Schnecken stehen, um die Gärten zu verderben. Hexen bringen nicht nur Schnee und Gewitter über die Menschheit, sie rufen auch Ungeziefer her. Von Kinderhexen, die Mäuse herbeizaubern konnten, habe ich oft gehört.«

Einige im Saal nickten eifrig.

Barbara Backes blickte ungläubig ihre Tochter an und flüsterte: »Habe ich mich nach dem Tod deiner leiblichen Mutter nicht immer anständig um dich gekümmert? Du warst für mich wie mein eigenes Kind! Ich habe dich gewaschen, gepflegt und dir zu essen gegeben. Warum bist du so böse und tust mir das an?«

Das Mädchen beachtete die Mutter nicht, sondern flocht sich die Haare zu kleinen Zöpfen und summte ein Wiegenlied. Es schien die Menschen um sich herum auszublenden. Erst als ein Mann des Ausschusses sie direkt ansprach, ließ sie die Hände sinken und blickte fragend auf.

»Maria, sagst du die Wahrheit?«

Lächelnd nickte das Mädchen. »Ich war auf dem Hexentanzplatz und habe gesehen, wie sie mit anderen Frauen getanzt hat und mit dem Teufel gehüpft ist.«

Nun war die Meute im Saal nicht mehr zu halten.

»Brennen soll sie!«, riefen die Menschen erneut im Chor.

Weinend winselte Barbara Backes um Gnade. Mit lauter Stimme rief der Ausschuss die Leute zur Ordnung.

»Maria, wen hast du außer deiner Mutter beim Hexensabbat gesehen?«

Das Mädchen zuckte mit den Schultern. »Ich konnte sie nicht erkennen, da sie Masken vor dem Gesicht trugen.«

»Barbara Backes! Wir wollen wissen, wer mit dir am Hexentanzplatz zugegen war. Wer außer dir hat mit dem Teufel getanzt und mit ihm Unzucht getrieben?«

Weinkrämpfe schüttelten die Frau. Angst verzerrte ihr Gesicht und hinderte sie am Atmen. Als sie keine Antwort gab, ordnete der Mann mit den feinen Gesichtszügen an: »Bringt sie in den Keller! Wenn wir ihr die Folterwerkzeuge zeigen, wird sie uns die Namen nennen wollen. Andernfalls wird die peinliche Befragung vollzogen. Führt die Hexe ab!« Die beiden Bewacher zerrten die Frau sogleich vom Stuhl. Als ihr die Beine versagten, schleiften sie Barbara Backes an den Armen hinaus.

Barnabas traute seinen Ohren kaum. Diese Bauern wagten es, Verdächtige foltern zu lassen? Das war überall im Reich das alleinige Recht der Herrschaft. Aber hier schien der Ausschuss dieses Recht an sich gerissen zu haben. Das war gegen das Gesetz. Aber es erhob sich kein Protest. Barnabas erinnerte sich dunkel, etwas Ähnliches über die Hexenverfolgungen in Cochem an der Mosel gehört zu haben, auch wenn das mehr als zwanzig Jahre her war. Offenbar konnte es auch dort geschehen, dass die dörflichen Hexenjäger aus eigener Machtvollkommenheit folterten. Aber wer waren die Folterknechte, hier in diesem kleinen Dorf? Vielleicht ein paar Strauchdiebe, die der Ausschuss bezahlte? Oder vielleicht Mitglieder des Ausschusses selbst? Barnabas staunte, wie sehr an diesem Ort das Recht mit Füßen getreten wurde. Am Ende würde wohl ein Richter der Herrschaft das Urteil fällen. Aber der ganze Prozess bis dahin – offenbar sogar die Folter – war anscheinend in die Hände der Ausschüsse übergegangen.

Servatius, der wie Barnabas das grausame Schauspiel beobachtet hatte, forderte den Magier leise auf: »Biete ihnen unsere Hilfe bei der Befragung an.«

Barnabas schüttelte den Kopf.

»Warum nicht?«, schimpfte der Mönch. Als Barnabas ihm nicht antwortete, sondern weiterhin nur das Kind anstarrte, wurde Servatius wütend und trat geradewegs auf die Männer des Ausschusses zu. Er stellte sich ihnen in den Weg und erklärte: »Ich möchte euch meine Hilfe bei der Befragung anbieten.«

Die vier musterten ihn. Der mit dem Krötengesicht drückte Servatius zur Seite und erwiderte: »Wir benötigen keine Hilfe von Fremden. Das schaffen wir auch allein!«

Ohne ein weiteres Wort wollten sie ihn stehen lassen, woraufhin Servatius rief: »Und was ist mit geistlichem Beistand? Ich könnte der Frau die Beichte abnehmen.«

Der Mann mit dem fein geschnittenen Gesicht schien zu überlegen und nickte. »Komm!«

Servatius suchte Barnabas' Blick und lächelte ihm herablassend zu. Der Magier hingegen war froh, dass der Mönch ihn nicht weiter belästigte.

Der Raum leerte sich. Die Einwohner des kleinen Ortes Weierweiler gingen zurück in ihre Häuser und zu ihrer Arbeit. Auch das Mädchen Maria verließ den Saal. Unauffällig folgte Barnabas dem Kind durch die Straße. Am Rand des Ortes stand eine kleine Hütte, auf die das Mädchen zuging. Bevor es im Haus verschwinden konnte, rief Barnabas es beim Namen.

Maria wandte sich ihm zu und blieb abwartend stehen. Das Mädchen neigte den Kopf leicht zur Seite und fragte: »Wer bist du? Ich habe dich hier noch nie gesehen.«

»Mein Name ist Barnabas, und ich bin auf der Durchreise«, erklärte er freundlich.

»Was willst du?«

»Ich habe dich im Wirtshaus gesehen.«

Das Mädchen nickte und zwirbelte seine Haare. Seine Augen starrten ins Leere. Erst als Barnabas eine weitere Frage stellte, kehrte Leben in seinen Blick zurück.

»Wer kümmert sich um dich?«

Maria zuckte mit den Schultern.

»Hast du Geschwister oder Verwandte?«

Das Kind schüttelte stumm den Kopf.

»Du weißt, dass deine Mutter verurteilt werden wird?«

Maria nickte.

»Du magst deine Mutter nicht?«

»Ich hasse sie!«, flüsterte das Mädchen. »Sie wollte mich mit zum Hexensabbat nehmen. Das tut eine liebe Mutter nicht! Nur eine Stiefmutter ist dazu fähig.«

Nachdenklich blickte Barnabas das Kind an, das wieder mit seinen Haaren spielte.

»Da hast du Recht, Maria, so etwas würde eine liebe Mutter von ihrem Kind nicht verlangen. Nur eine böse Stiefmutter würde so etwas tun!«

Marias Augen begannen zu leuchten. »Du scheinst mich zu verstehen«, sagte sie.

»Ja, ich kann dich gut verstehen. Böse Mütter darf man nicht ungestraft lassen. Sie hat den Tod verdient. Doch was wird aus dir? Die Leute im Dorf werden dich nicht länger dulden wollen, wenn man deine Stiefmutter hingerichtet hat.«

Erschrocken ließ Maria die Hände sinken. Angst war in ihrem Blick zu erkennen. Das Kind schien keinen Augenblick darüber nachgedacht zu haben, welche Folgen seine Aussage hatte. Dann fasste es sich wieder. Angst und Verwirrung wichen dem Ausdruck kindlicher Starrsinnigkeit, eine Mischung von Trotz und Hass.

»Sie allein trägt Schuld, nicht ich! Sie ist böse. Sie ist nicht meine Mutter. Sie wollte mir sagen, was ich zu tun habe. Aber ich kann mich wehren.«

»Ich weiß das, Maria, aber wenn die Leute glauben, dass du den Teufel auf dem Hexentanzplatz gesehen hast, werden sie nun auch Angst vor dir haben.«

Barnabas trat einige Schritte auf sie zu und sagte: »Mein Begleiter Servatius und ich werden bald weiterziehen. Wir würden uns um dich kümmern. Es wird dir bei uns gut gehen. Möchtest du uns begleiten?«

Maria überlegte und fuhr sich dabei mit der rechten Handfläche ständig über ihr Haar. »Wohin werden wir gehen?«, wollte sie wissen.

»Wir werden böse Menschen suchen und dafür sorgen, dass sie keinen Schadenszauber mehr ausüben und niemandem mehr Schlimmes antun.«

Maria legte den Kopf erneut leicht schief und sah Barnabas in die Augen. Es kam ihm vor, als wolle sie sein Wesen erforschen. Nach einigen Augenblicken nickte sie. »Ich werde mit dir kommen.«

Barnabas wurde warm ums Herz. Der Magier lächelte das Mädchen an, das seine Tochter hätte sein können. Während sie ihn betrachtet hatte, glaubte er ihre verletzte Seele zu erkennen. Auch wenn das Mädchen einen verwirrten Eindruck machte, ahnte Barnabas, dass sich hinter der Wut und Boshaftigkeit, mit der das Mädchen seine Beschuldigungen gegen die Mutter vorgetragen hatte, mehr verbergen musste als Trotz und Starrsinn eines heranwachsenden Kindes. Auch für einen Mann mit seiner Lebenserfahrung wäre es eine Herausforderung zu ergründen, was hinter Marias scheinbarer Gleichgültigkeit und ihrer Anklage gegen die Mutter steckte.

Kapitel 19

Ein weiterer Tag in diesem Loch, dachte Bonner, als er den schwachen Lichtstrahl des erwachenden Morgens entdeckte, der weit oben durch eine Spalte im Gemäuer in sein Verlies fiel. Der Schein reichte nicht bis auf den Boden, so dass Bonner von ständiger Düsternis umgeben war. Er reckte die Nase in die Höhe und versuchte frische Luft einzuatmen. Der Gestank nach seinem eigenen Unrat, nach Moder, Feuchtigkeit und auch nach Verwesung war kaum zu ertragen und erschwerte ihm das Atmen.

Simon, der Jäger, war gnädig gewesen und hatte Bonner zwei Tage nach seiner Einkerkerung mehrere Kerzen, Zunderschwamm und Feuerstein sowie eine Decke und einen Strohsack bringen lassen.

Zuerst hatte Bonner überlegt, den Strohsack anzuzünden, um sich an dem Feuer zu wärmen. Aber rasch war ihm klar geworden, dass die Freude daran nur von kurzer Dauer wäre und er anschließend auf hartem Grund schlafen müsste. Auch die Aussicht, dass jemand den hellen Rauch aus dem Kerker aufsteigen sehen und ihm vielleicht zu Hilfe eilen könnte, war kein ausreichender Grund, sein Lager zu vernichten. Mittlerweile roch das Stroh in dem Leinensack muffig und war durchnässt, so dass es nicht mehr glimmen würde.

Bonner fror erbärmlich. Feuchtigkeit und Kälte krochen in seine Glieder und bemächtigten sich seines Körpers. Seine Gelenke an Fingern und Füßen waren geschwollen und schmerzten. Auch quälte ihn trockener Husten. Seine Kehle war vom ständigen Bellen wund.

Der Bauer war sich sicher, dass in dem Verlies Ratten hausten. Des nächtens hatte er mehrmals das Gefühl, als husche etwas über sein Gesicht.

Mit müden Augen blickte Bonner nach oben. Er schlief kaum noch und wenn, dann unruhig, da schreckliche Träume ihn verfolgten. Als er sich an seinen Bart griff, lief ihm ein Schauer über den Rücken. Wie lange war er schon in diesem Kerker eingesperrt? Wie lange noch würde man ihn hier festhalten? Bonner hatte jegliches Zeitempfinden verloren. War bald der Heilige Abend, oder war das Fest schon vorüber? Verzweifelt schlug Bonner die Hände vors Gesicht. Die Zeit lief ihm davon. Was werden sie mit meinem Karolinchen machen, wenn ich die Hexe nicht rechtzeitig nach Duderstadt zurückbringe?, dachte er verzweifelt. Furcht schnürte seine Kehle zu.

Die ersten Tage hatte er um Hilfe geschrien, voller Hoffnung, dass ihn jemand hören würde. Doch schon bald hatte er keine Kraft und keine Stimme mehr gehabt.

Wenn ich nur wüsste, welcher verdammte Tag heute ist!, dachte er wütend.

Simon, der Jäger, hatte sich nicht mehr blicken lassen. Es war, als hätte man Bonner lebendig eingemauert, nur dass er regelmäßig mit Essen und Wasser versorgt wurde.

Zwei Burschen kamen jeden Tag zur gleichen Zeit. Während der eine die Schüssel und den Krug auf den Boden stellte, zielte der andere mit einer Lanze auf Bonner. Im Laufe der Zeit verloren sie ihre Angst vor ihm und verspotteten den jammernden Mann, der darum flehte, endlich gehen zu dürfen. Seine Fragen ließen sie unbeantwortet.

Je länger Bonner eingesperrt war, desto größer wurde seine Angst, den Verstand zu verlieren. Die Einsamkeit und die Ungewissheit belasteten sein Gemüt. Um sich abzulenken, zählte er laut die Steine der Kerkerwände.

Das Mauerwerk war feucht, und Wasser tropfte von den Wänden auf den Felsboden und sammelte sich in seinen Vertiefungen. Auf manchen Steinen wuchs dickes Moos. Andere waren von ekelhaftem Schleim überzogen. Bonner tippte jeden einzelnen Stein mit dem Finger an und ging so Reihe für Reihe durch, bis er sie nicht mehr greifen konnte.

Die Kerkertür quietschte. Langsam drehte sich Bonner um. Der Schein einer brennenden Fackel blendete ihn.

»Du siehst fürchterlich aus, Casper!«, sagte Simon, der Jäger. Als Bonner die Stimme des Jägers hörte, schloss er für einen Atemzug erleichtert die Augen. Er musste sich zusammenreißen, um nicht laut aufzuschluchzen.

»Lässt du mich jetzt gehen?«, fragte Bonner mit krächzender Stimme.

Simon schüttelte den Kopf. »Nein! Ich muss warten, bis Graf Wilhelm zurück ist. Du bist der Landstreicherei angeklagt.«

»Das ist eine Lüge! Ich bin ein reicher Bauer auf dem Eichsfeld und habe es nicht nötig, mich als Landstreicher bezeichnen zu lassen«, begehrte Bonner auf.

»Wir haben in deinem Zimmer im Gasthaus tatsächlich ein Säckchen voller Gold gefunden. Aber das kannst du auch gestohlen haben«, höhnte der Jäger.

Bonner wollte etwas erwidern, doch seine heisere Stimme hinderte ihn daran, und er musste husten. Simon wartete, bis sich Bonners Hustenanfall gelegt hatte, dann sagte er: »Der Bär hat ein neues Opfer gefunden. Wir haben eine Blutlache im Wald entdeckt, so groß, als hätte man einen Gaul geschlachtet. Sobald der Heilige Abend vorüber ist, werde ich mich auf die Suche nach ihm machen und den Menschenfresser töten.«

»Der Heilige Abend?«, fragte Bonner erschüttert.

Simon nickte.

»In wenigen Tagen ist Weihnachten. Deshalb bin ich gekommen. Ich bringe dir Geschenke.«

Er schnippte mit den Fingern, und die beiden Burschen, die sonst das Essen brachten, kamen herbeigeeilt. Sie trugen einen neuen Strohsack, eine frische Decke, einen Eimer mit Wasser, ein Leinentuch sowie saubere Kleidung herein. Dann gingen sie wieder hinaus, um weitere Dinge zu holen. Als sie zurückkamen, stellten sie ein Tablett auf den Boden und darauf einen Krug Wein, frisches Brot sowie einen Teller mit gebratenem Hühnchen. Danach schickte Simon die Burschen fort.

Erstaunt blickte Bonner den Jäger an.

»Du weißt, dass ich die Wahrheit spreche, Simon. Ich bin kein Herumtreiber.«

»Ach ja?«

Bonner erhob sich und wankte auf den Jäger zu, der sogleich mehrere Schritte zurückwich.

»Warum sonst würdest du mir das alles bringen?«, schrie Bonner. »Dein schlechtes Gewissen treibt dich dazu! Lass mich endlich frei, und ich werde Burg Greifenstein den Rücken kehren und nie wieder zurückkommen. Ich schwöre es bei allem, was mir heilig ist.«

»Ach, Casper, ich habe dir schon gesagt, dass du so lange hierbleiben wirst, bis ich den Bären zur Strecke gebracht habe. Gedulde dich! Es wird nicht mehr lange dauern!«

»Weißt du, was du mir damit antust?«

Simon zuckte mit den Schultern. »Weißt *du*, was ich mir von der Belohnung für das Töten des Bären alles leisten kann? Zudem steige ich in der Gunst des Grafen. Was es für dich bedeutet, ist mir einerlei!«, zischte Simon.

Bonner schrie auf und wollte sich mit letzter Kraft auf den Jäger stürzen, doch der schlug ihm mit der brennenden Fackel gegen den Kopf. Bonner strauchelte und fiel der Länge nach hin.

»Schone deine Kräfte, Casper! Sonst wirst du die freudige Kunde von meinem Bärenfang nicht mehr erleben.«

Mit diesen Worten verließ Simon das Verlies, und die Tür zu Bonners Zelle wurde erneut verschlossen.

Nur langsam kam Bonner wieder auf die Füße. Mit leerem Blick starrte er auf das Essen und hätte es am liebsten gegen die Wand geworfen. Doch dann setzte er sich auf den Strohsack, nahm den Teller auf den Schoß und riss sich ein Stück des Geflügels ab. Gierig schob er es sich in den Mund. »Ich muss bei Kräften bleiben!«, murmelte er zwischen zwei Bissen.

Eine Woche zuvor in Duderstadt

In Albrecht Harßdörfers Gesicht lag ein gieriger Blick. Mit beiden Händen durchwühlte er die Münzen, die vor ihm auf dem Schreibtisch lagen.

Josef stand daneben und beobachtete ihn. Solange der Bursche zurückdenken konnte, hatte er sich vor dem einflussreichen Mann gefürchtet. Heute jedoch war seine Angst übermächtig, denn er fürchtete, dass der Bürgermeister von Duderstadt geisteskrank war. Harßdörfers Augen hatten einen sonderbaren Glanz angenommen, und Josef glaubte, dass sie rötlich schimmerten. Erschrocken wich er langsam einige Schritte zurück.

»Hast du ihnen gesagt, dass sie weitere Zinsen zahlen müssen?«, fragte Harßdörfer den Jungen und blickte kurz auf.

Josef nickte eifrig und erklärte: »Pfeifer Karl, Braun Christ und Zimmermann Thomas haben gesagt, dass du nächste Woche die Zinsen abholen kannst …«

»Und die anderen?«, unterbrach Harßdörfer ihn grimmig.

»Sie sagen, dass sie dir nur das zahlen werden, was vereinbart war.«

Mit wenigen Schritten hatte der Bürgermeister seinen Schreibtisch umrundet und packte Josef am Genick. Seine Pranke hielt den Nacken des Burschen umklammert und schob ihn wütend vor sich her, bis Josef mit dem Gesicht gegen die Wand prallte.

»Du elender Nichtsnutz! Ich habe dir gesagt, dass ich mir weder von dir noch von diesen Verbrechern sagen lasse, ob und wann ich mein Geld bekommen werde.«

Josef spürte, wie Blut aus seiner Nase tropfte. Bevor Harßdörfer den Burschen losließ, stupste er ihn ein weiteres Mal gegen die Wand. Josef jaulte auf.

»Wie lange soll ich noch auf mein Geld warten?«

Josef wischte sich mit dem Handrücken das Blut vom Kinn. Seine Nase schmerzte. Harßdörfer achtete nicht darauf, sondern fluchte: »In einer Woche ist der Heilige Abend. Wie ich dir bereits gesagt habe, will ich bis dahin das Geld haben. Alles! Du kannst diesen Lumpen sagen, dass ich ihnen das Haus unterm Hintern anstecken werde, wenn sie nicht zahlen sollten. Und jeder in Duderstadt hätte Verständnis, wenn ich mit solchem Pack kurzen Prozess machen würde.«

Harßdörfer kniff die Augen zusammen und betrachtete zuerst das Geld und dann seinen Neffen. Unerwartet stürmte er ein weiteres Mal auf Josef los und packte ihn an der Kehle.

»Du wirst dich doch wohl an meinem Geld nicht bereichert haben? Sagst du die Wahrheit?«

Josef nickte heftig mit dem Kopf. Er roch Harßdörfers sauren Atem und blickte ihm starr in die Augen. Das Licht brach sich in dem schwarzen Kreis des Augapfels seines Oheims und ließ ihn rötlich schimmern.

Er ist der leibhaftige Teufel, schrie Josef in Gedanken. Sicherlich will er mich verführen!

»Wenn ich erfahren sollte, dass du mich belügst, werde ich dir die Pest an den Hals wünschen!«

Voller Grausen versuchte sich Josef aus dem Griff seines Oheims zu befreien und wand sich wie ein gefangenes Tier. Endlich kam er frei und lief zur Tür, wo er kurz zurückschaute. Harßdörfer schien ihm wirr hinterherzublicken.

Hastig rannte der Junge aus dem Zimmer, den Gang entlang und hinaus in den Schnee. Seine Tante rief ihm nach, dass sie

Suppe für ihn hätte. Doch er gab ihr keine Antwort – blickte nicht zurück. Vielleicht hat er sie auch verhext, dachte er und lief, so schnell ihn die Füße trugen. Erst am Ende der Straße hielt er schwer atmend an und lugte vorsichtig zurück. Erleichtert stellte er fest, dass weder Harßdörfer noch seine Frau ihn verfolgten. Auch sonst war zu dieser vorgerückten Stunde auf der Straße niemand zu sehen.

Josefs Herz schlug heftig. Er glaubte, dass es jeden Augenblick zerspringen würde. Um sich abzukühlen, nahm er eine Handvoll Schnee und rieb sich damit über das erhitzte Gesicht. »Was soll ich nur tun?«, jammerte er leise. »Sicherlich wird er mich holen kommen, wenn ich ihm nicht gehorchen werde.«

Als er hinter sich ein Geräusch hörte, rannte er hastig nach Hause.

Erschöpft saß Harßdörfer an seinem Schreibtisch und zählte die Münzen. Nicht einmal die Hälfte der geliehenen Summe hatten ihm die Schuldner zurückerstattet. »Vielleicht wird es sie mehr einschüchtern, wenn ich ihnen persönlich einen Besuch abstatte. Josef ist noch ein Kind. Vor ihm haben sie keine Achtung. Ich werde ihnen zeigen, dass ich mir von ihnen nicht auf der Nase herumtanzen lasse!«, überlegte er laut.

Josef lag schweißgebadet in seinem Bett und starrte in die Dunkelheit. Draußen heulte der Wind auf und peitschte den Schneeregen gegen das Fenster. Verängstigt zog er das Betttuch bis zur Nase, so dass nur noch die Augen frei blieben. Josef achtete auf jedes Geräusch im Raum. Hörte genau hin, ob seine beiden Brüder, die neben ihm lagen, auch atmeten. Immer wieder blickte er in ihre Gesichter, um sicherzugehen, dass sie sich nicht in teuflische Fratzen verwandelten. Doch beide schliefen ruhig und fest.

Josefs eigene Atemgeräusche hingegen klangen wie ein Dröhnen in seinen Ohren. Als das Gebälk unerwartet knarrte, versteckte er sich ganz unter der Decke und tauchte nur zögerlich wieder auf. Josef hatte große Angst, dass Harßdörfer auf einem Hexenbesen angeflogen käme und ihn mitnehmen würde. Erst nach Stunden schlief der Bursche ein und träumte von glühenden Augen, die auf einem Berg mit vielen anderen einen Tanz aufführten.

Einige Tage vor Heiligabend glaubte Harßdörfer, dass der Amtmann von Duderstadt, der ihn mit mehreren Stadtknechten in seinem Haus aufsuchte, sich einen Scherz erlaubte.

»Wiederhole, Dietrich, was du mir Ungeheuerliches vorwirfst«, brüllte Harßdörfer mit feuerrotem Gesicht.

Mit einem betroffenen Zug um den Mund erklärte der Amtmann: »Zwei Handwerker aus dem Umland haben dich angezeigt, Albrecht. Sie werfen dir vor, ihre Arbeiten sowie die Ernten mit dem Herbeizaubern von Unwettern vernichtet zu haben, damit sie bei dir Geld leihen mussten.«

»Das sind Irreführungen! Sie wollen mir mein Geld nicht zurückzahlen, und deshalb erzählen sie Lügengeschichten«, empörte sich Harßdörfer.

»Wir werden die Wahrheit ans Licht bringen, Albrecht, dessen kannst du gewiss sein. Kurfürst Johann Schweikhard von Kronenberg hat bereits vermutet, dass man dir Böses will, da es nur vereinzelte Beschuldigungen sind. Du wirst vorerst in deinem Amt bleiben.«

Das Weihnachtsfest stand bevor, und mit ihm kam die Angst. Wie jeden Adventssonntag besuchte Harßdörfer mit seiner Familie den Gottesdienst. Als sie gemeinsam die Servatiuskirche in Duderstadt betraten, verstummte das gedämpfte Gemurmel der Anwesenden. Harßdörfer schritt erhobenen Hauptes den Gang entlang. In der Reihe, in der Josef mit seinen Eltern saß, blieb er kurz stehen und sah den Jungen kopfschüttelnd an. Man hatte ihm zugetragen, dass angeblich der Neffe seiner Frau an den Vorwürfen Schuld habe.

Josef war kreidebleich geworden und wagte nicht, den Blick zu heben. Tatsächlich war er zu den Handwerkern gegangen und hatte ihnen von seinem Verdacht erzählt, dass Harßdörfer zauberische Handlungen vollzogen haben könnte. Der Bursche hatte nicht geahnt, was er auslösen würde, sahen die Handwerker doch jetzt eine Möglichkeit, sich vor den Zinszahlungen zu drücken. Denn sollte der Bürgermeister tatsächlich der Anschuldigung überführt werden, mit dem Teufel im Bunde zu stehen, würden sie nur den Kredit zurückzahlen, aber nicht den Wucherzins des Teufels.

Die Menschen in der Kirche starrten Harßdörfer an, als sei ein Schuldspruch bereits gefällt. Als er zu seinem Platz ging, tuschelten die Leute hinter seinem Rücken und blickten seine Familie boshaft an.

Albrecht Harßdörfer erinnerte sich später nicht, was der Pfarrer von der Kanzel gepredigt hatte. Seine Gedanken schweiften stetig ab. Er betete zu Gott, dass er ihm helfen möge und endlich Bonner mit der wahren Hexe nach Duderstadt schickte. Harßdörfer wusste nicht mehr ein noch aus. Aber er wusste, sollte man ihn öffentlich anklagen, würde die Veruntreuung des Geldes aus der Stadtkasse ans Licht kommen. Und das wäre der Anfang vom Ende.

Bereits eine Woche später erfuhr Harßdörfer, dass gegen ihn weitere Beschuldigungen vorlagen.

Der Richter Christoph Binser und der Notar Peter Bärsch

wurden beauftragt, das Verhör mit dem Bürgermeister zu führen. Zwar bat Binser den Kurfürsten, ihn von dieser Aufgabe zu entbinden, da er als Harßdörfers Schwager in einem zu nahen Verhältnis zu ihm stünde. Doch seine Bitte wurde zurückgewiesen, was für Verwunderung sorgte. Obwohl bezeugt werden konnte, dass Harßdörfer zeit seines Lebens stets treu dem Kurfürsten Johann Schweickhard zu Kronenburg ergeben war und ihm ein gottesfürchtiger Lebenswandel nachgesagt wurde, schien sich alles gegen ihn zu wenden.

Harßdörfer glaubte, dass der einzige Ausweg die Flucht war. Und so verließ er mitten in der Nacht seine Heimatstadt.

Unterwegs wurde ihm rasch bewusst, dass er überstürzt gehandelt hatte. Bereits nach wenigen Stunden hatte man ihn eingeholt. Nur einen Tag später war Harßdörfer wieder in seinem Haus in Duderstadt, wo er unter Hausarrest gestellt und von Bürgern der Stadt bewacht wurde.

Kapitel 20

Katharina stand bis zu den Waden im eiskalten Wasser des Hessbachs. Obwohl sie den Rock geschürzt hatte, war das Leinen bis zum Bund durchnässt. Der Stoff klebte kalt auf ihrer Haut und ließ die junge Frau zittern. Die Kälte hinderte sie nicht, die Wäsche eifrig zu schrubben und zu reiben, bis sie sauber war. Anschließend klatschte sie die nassen Teile gegen einen großen flachen Stein.

Der Weidenkorb mit den frisch gewaschenen Sachen wog schwer, so dass Katharina ihn nur mühsam hochheben konnte. In diesem Augenblick kam Paul daher.

»Lass gut sein, ich werde den Korb für dich tragen«, sagte er und nahm ihn auf, als wöge er nichts.

»Da habe ich ja Glück gehabt, dass du in der Nähe warst«, freute sich Kathrina und strich ihre Haare unter das hell gestreifte Tuch zurück.

Paul antwortete nicht, sondern lächelte nur freundlich. Bereits vor Stunden hatte er beobachtet, wie die junge Frau zum Waschplatz außerhalb Wellingens gegangen war. Als er ihren gefüllten Korb gesehen hatte, kamen ihm die Worte des Amtmanns Johann von Baßy in den Sinn, der ihn aufgefordert hatte, Katharinas Vertrauen zu erschleichen.

Der junge Mann hatte überlegt, wie lange Katharina wohl für die Wäsche benötigen würde, und hatte sich rechtzeitig auf den Weg gemacht, um ihr seine Dienste anbieten zu können. Es war eine gute Gelegenheit, die junge Frau auf dem Rückweg ins Dorf auszuhorchen.

Während sie nebeneinander herschritten, fragte Paul arglos: »Wie gefällt es dir und deinen Freuden in Wellingen?«

Katharina blickte ihn kurz von der Seite an. Die hohe Stimme des Riesen überraschte sie immer wieder aufs Neue. Sie überlegte und wog ab. Schon mehrmals hatte das Gesinde versucht, sie oder ihre Freunde auszufragen. Sie hatten untereinander abgemacht, dass die Leute in Wellingen so wenig wie möglich über sie erfahren sollten.

Sie musterte den Mann noch ein wenig und entschied, dass Paul diese Frage aus Höflichkeit gestellt hatte. Arglos sagte sie deshalb: »Ich habe außer dem Gestüt und dem Waschplatz noch nicht viel von dem Ort und seiner Umgebung gesehen. Bei der Kälte geht man nur vor die Tür, wenn man unbedingt muss.«

Paul lachte leise. »Ja, das ist wohl wahr. In den dunklen und kalten Wintermonaten verkriechen sich die Leute meist hinter ihren Öfen. Aber sobald der Frühling sich ankündigt, kommen sie wieder hervor. Da, wo ihr herkommt, ist es sicherlich nicht anders.«

Katharina schien sich mit der Antwort Zeit zu lassen – so

kam es ihm jedenfalls vor. Doch statt Auskunft zu geben, sagte sie stattdessen: »Frau Rehmringer ist eine nette alte Dame. Ich bin froh, dass sie uns aufgenommen hat. Arbeitest du schon lange für sie?«

»Solange ich denken kann, bin ich im Dienst der Familie Rehmringer. Ich war noch nie woanders.«

Katharina horchte erstaunt auf, denn seine helle Stimme hatte einen sonderbaren Klang bekommen.

»Möchtest du woanders leben?«, fragte sie neugierig.

»Wenn ich könnte, würde ich von hier fortgehen und mir das Reich ansehen. Im Gegensatz zu dir bin ich noch nie fort gewesen. Aber ich bin Leibeigener der Herrschaft von Kriechingen, und für einen Loskaufbrief fehlt mir das nötige Geld.«

»Loskaufbrief?«, murmelte Katharina.

»Du weißt nicht, was das ist?« Die junge Frau schüttelte den Kopf.

»Es ist eine Art Genehmigung, damit ich dauerhaft wegziehen kann, und die kostet Geld. Gibt es das dort, wo du herkommst, nicht?«

Katharina zuckte mit den Schultern.

»Deine Heimat ist wohl weit weg von hier«, versuchte Paul erneut eine Antwort auf seine Frage zu erhalten, aber Katharina ging wieder nicht darauf ein.

Plötzlich blieb der junge Mann stehen und zog die Stirn missmutig in Falten. »Warum sagst du mir nicht, woher ihr seid? Du machst ein Geheimnis daraus, als wärt ihr Verbrecher.«

Bei seinen Worten zuckte Katharina zusammen, fing sich aber rasch wieder. »Warum willst du das wissen, Paul? Wir leben jetzt in Westrich – in dem Land an der Saar, nur das zählt.«

Der Mann nahm die Hand der jungen Frau in seine Pranke und versuchte ihren Blick auf sich zu lenken.

»Vielleicht können wir Freunde werden. Wie du selbst sagst, kennst du hier niemanden.«

Katharina wusste nicht, was sie davon halten sollte. Als sie aber in seinem Blick nichts Falsches erkennen konnte, nickte sie.

»Ja, vielleicht können wir Freunde werden. Aber jetzt lass uns rasch nach Hause gehen, sonst friere ich hier draußen noch fest«, rief sie lachend und lief los.

Als Paul und Katharina durch die Straßen von Wellingen gingen, kamen sie an einem Haus vorbei, aus dem lautes Wehklagen zu hören war. Erschrocken sahen sich die beiden an.

»Was kann da passiert sein?«, fragte Katharina ängstlich.

»Das ist das Haus des Glasers Adrian. Warte hier, ich werde nachfragen, ob er meine Hilfe benötigt.«

Paul stellte den Wäschekorb neben Katharina ab und klopfte an die Eingangstür. Als ein Junge mit tränennassen Augen und geröteter Wange öffnete, konnte Katharina in die Stube blicken. Eine schwarz gekleidete Frau saß auf einem Hocker und weinte laut, dabei wiegte sie ihren Körper hin und her, als plagten sie Schmerzen.

»Ich habe einen Schrei gehört und wollte wissen, ob ich euch helfen kann?«

Bevor der Junge antworten konnte, wurde er von seinem Vater grob zur Seite gedrängt.

»Was willst du, Paul?«, fragte der Glaser mürrisch.

»Benötigst du meine Hilfe, Adrian? Ich habe einen ...«

»Du weißt, dass unsere kleine Klara vorgestern gestorben ist?«, unterbrach der Mann ihn sofort. Paul nickte.

»Klara lag in der Stube aufgebahrt. Meine Frau und ich mussten zum Melken in den Stall und haben die Buben allein mit Klara gelassen. Als wir vor wenigen Minuten zurückkamen, haben wir die Bescherung gesehen.«

Sein Gesicht verfinsterte sich. »Felix war der Ansicht, dass seine tote Schwester Hunger haben müsse, und hob sie mit seinem Bruder aus dem Sarg, um ihr Suppe einzuflößen.«

Katharina traute ihren Ohren nicht.

»Sie haben ihr Suppe gegeben?«, fragte Paul nach. Als der Mann bejahte, konnte Katharina nur mit Mühe ein Lächeln unterdrücken. Sie versuchte sich nichts anmerken zu lassen und sagte: »Das ist ein netter Wesenszug von deinem Sohn, Glaser.«

Abfällig betrachtete der Mann sie. »Du bist eine von den Fremden?«

Katharina nickte.

»Dann geht dich meine Familie nichts an!«, zischte er und knallte die Tür zu.

Verdutzt sahen sich Katharina und Paul an. Der junge Mann zuckte nur mit den Schultern und nahm den Wäschekorb wieder auf.

»Ich freue mich schon, wenn die Menschen von Wellingen im Frühjahr hinter ihren Öfen hervorkriechen«, sagte Katharina spöttisch und folgte Paul zum Gestüt.

Burghard musste sich sputen, denn es würde bald dunkel werden. Seit der Winter mit Schnee und Regen über das Land fegte, blieben die Schweine zwar in den Stallungen, trotzdem war der Bursche für sie verantwortlich. Mehrmals in der Woche ging er zum Hoxberg, wo er im Wald Laub sammelte, mit dem die Bauern die Ställe ausstreuten.

Burghard schaute nach oben. Der Himmel war grau verhangen und vermittelte das Gefühl, als würde der Tag nicht richtig hell. Selbst der Schnee änderte daran nichts.

Drei mit Blättern prall gefüllte Säcke lagen bereits auf dem Schlitten, ein weiterer war bis zur Hälfte voll. Den letzten Leinensack wollte Burghard mit Eicheln füllen, denn tief im Wald hatte er einen Platz entdeckt, der übersät war mit den Leckerbissen für die Schweine.

Während er die Blätter zusammenraffte, hörte er ein Käuzchen über sich schreien und erschrak. Ängstlich blickte er zu den Baumkronen.

»Verdammt«, schimpfte er mit sich, »den ganzen Tag über habe ich nicht an die Geschichte gedacht, doch jetzt ist sie wieder in meinem Kopf.« Wachsam sah er sich um.

Am Abend zuvor hatte einer der Knechte eine Geschichte erzählt, die Burghard jetzt noch Gänsehaut verursachte. In Gedanken hörte er die tiefe Stimme des Knechts, der von einem Geist berichtete, der, wie man sich sagte, sobald es dunkel wurde, über den Hoxberg wanderte.

Burghard brachte den vorletzten Sack zum Schlitten und stolperte über einen Grenzstein im Boden, der vom Schnee verdeckt war. Plötzlich glaubte er die Gegend zu erkennen. »Es muss sich genau hier zwischen den Wiesen und Äckern abgespielt haben«, murmelte er und erschauerte. Erneut hörte Burghard in Gedanken die Stimme des Knechts, der mit ernstem Gesicht am Abend zuvor erzählt hatte: »Einst lagen mehrere kleine Waldparzellen nebeneinander, die verschiedenen Bauern gehörten. Einer der Bauern war für seinen Geiz und seine Verschlagenheit bekannt, weil er seinen Grund und Boden mehren, aber kein Geld ausgeben wollte. Heimlich nachts grub der Bauer die Grenzsteine aus und versetzte sie zu seinen Gunsten. Bald darauf starb er, und Gottes Strafe ereilte ihn.« Mit großen Augen blickte der Knecht in die Runde und flüsterte: »Fortan muss der Bauer als Geist mit einem Grenzstein auf dem Rücken durch Äcker und Wiesen ziehen. Jeden, den der Geist trifft, fragt er: ›Wo soll ich den Stein hintragen?‹ Er hofft, dass ihm jemand den Platz nennen kann, wo der Grenzstein hingehört, und er so von seinem Fluch erlöst wird. Erst letzten Sommer haben mehrere Hirten den Geist des Grenzsteingängers im Tal gesehen, und auch ihnen hat er die Frage gestellt. Sie jedoch wollten ihn ärgern und haben geantwortet: ›Trag den Stein bis in alle Ewigkeit!‹ Daraufhin konnten die Männer sich nicht mehr bewegen, und erst als der Morgen graute, waren sie wieder frei und konnten nach Hause laufen.«

Die Kerze auf dem Tisch hatte das Gesicht des Knechts schaurig beleuchtet, so dass keiner wagte, etwas zu sagen. Doch dann hatte Burghard all seinen Mut zusammengenommen und gefragt: »Kennt keiner die richtige Antwort für den Geist, damit er endlich wieder freikommt?«

Der Knecht hatte mit den Schultern gezuckt. »Ich kenne die Lösung nicht. Aber ich rate dir, wenn der Geist des Grenzsteingängers dir begegnen sollte, lauf, so schnell dich die Füße tragen, damit du nicht gebannt wirst. Wenn du die Nacht bei diesem Wetter bewegungslos draußen verbringen musst, wirst du erfrieren.«

Kreidebleich hatte Franziska gewispert: »Würde mir der Geist begegnen, riete ich ihm, dass er den Grenzstein dahin zurücktragen solle, wo er ihn hergeholt hat.«

Doch der Knecht hatte nur kopfschüttelnd gesagt: »Das ist reines Weibergeschwätz und zu nichts zu gebrauchen.«

Erneut hörte Burghard ein sonderbares Geräusch zwischen den Bäumen. Angsterfüllt blickte er sich um. »Es ist noch nicht dunkel genug, als dass ein Geist umherwandern könnte«, versuchte er sich zu beruhigen. Hastig ergriff er den letzten Leinensack und lief in den Wald zu den Bäumen, unter denen die Eicheln lagen. Er raffte eilig das Schweinefutter zusammen, als hinter ihm Äste laut brachen. Vor Schreck verharrte er stocksteif in seiner Bewegung und traute sich nicht umzublicken. Als es erneut knackte, schloss er die Augen und rief verhalten: »Laudato si mi Signore cum tucte le Tue creature.« Dann wandte er sich um. Als ein Schrei zu hören war, rannte Burghard los, und er rannte, bis er den Schlitten erreicht hatte. Erst da wurde ihm bewusst, dass er es gewesen war, der geschrien hatte.

Atemlos blickte er zurück in den Wald. Ich habe mich sicher getäuscht!, dachte er. Schreckensbleich setzte er sich auf den Schlitten, als ihm plötzlich der Leinensack einfiel, den er vor Furcht unter den Bäumen vergessen hatte. »Ich muss zurück und ihn holen.« Zögerlich bewegte er sich Schritt für Schritt in den Wald zurück, den Blick starr nach vorn gerichtet. Endlich sah er den Sack und bückte sich, um ihn aufzunehmen. In dem Augenblick rumorte es so laut hinter ihm, dass er befürchtete, vor Schreck in Ohnmacht zu fallen. Zitternd drehte er sich langsam um. Da sah er sie erneut! Nun war er sich sicher, dass er sich beim ersten Mal nicht getäuscht hatte! Mehrere riesige dunkle Schatten waren hinter ihm, die dann wie Fledermäuse mit ausgebreiteten Flügeln durch die anbrechende Nacht entschwanden.

Burghards Zähne schlugen aufeinander. Er war auf dem Heimweg mehrmals im Schneematsch ausgerutscht und hatte durchnässt und durchgefroren erst spät das Gestüt erreicht.

Nachdem er sich trockene Kleidung übergezogen hatte, traf er seine Freunde in der warmen Küche, wo stets ein Feuer im Herd brannte.

»Erzähl uns, was vorgefallen ist«, forderte Franziska ihn auf und reichte ihm ein Handtuch, mit dem er sich die Haare trocken reiben konnte. Katharina stellte einen Becher mit heißem Würzwein vor ihn auf den Tisch. »Der wärmt von innen.«

Nachdem Burghard einige Schlucke zu sich genommen hatte, spürte er, wie der Alkohol seinen Körper belebte. Clemens, der ihm gegenübersaß, fragte grinsend: »Sag bloß, dir ist der Grenzsteingänger begegnet!«

Burghards Augen blitzten Clemens wütend an. Kreidebleich

schimpfte er: »Verspotte mich nicht! Ich hätte dich gern gesehen, wenn du an meiner Stelle gewesen wärst.«

Johann zwinkerte Clemens verschwörerisch zu. »Nun erzähl endlich, was der Geist zu dir gesagt hat.«

Burghards Stimme wurde lauter: »Wer sagt, dass ich ihm begegnet bin? Vielleicht habe ich etwas viel Schrecklicheres gesehen.«

Plötzlich öffnete sich die Küchentür.

»Was ist das hier für ein Lärm?«, fragte Frau Rehmringer.

Sofort sprang Katharina auf und eilte der Frau entgegen, um sie zu stützen. »Ich konnte nicht schlafen und wollte mir einen Becher Milch holen. Da hörte ich eure lauten Stimmen.«

»Warum ruft Ihr nicht nach mir, damit ich Euch das Gewünschte bringen kann?«, versuchte Katharina die Frau milde zu stimmen.

»Wie du siehst, geht es mir gut. Außerdem war ich der Ansicht, dass du bereits schlafen würdest.«

»Ihr wisst, Frau Rehmringer, dass Ihr mich zu jeder Tages- und Nachtzeit rufen könnt. Dafür bin ich da.«

»Jetzt reicht es, Katharina!«, sagte die Frau energisch. »Ich habe beschlossen, nicht länger wie eine Todgeweihte im Bett zu liegen.«

Die anderen waren ebenfalls von ihren Plätzen aufgesprungen und trauten sich kaum, die Frau, die sie bislang nur einmal gesehen hatten, anzublicken.

»Setzt euch!«, befahl Frau Rehmringer. An Katharina gerichtet bat sie in versöhnlichem Ton: »Sei so gut und bring mir einen Becher warme Milch mit einem Löffel Honig darin.« Forschend schaute sie in die Runde. Ihr Blick blieb an Burghard hängen. »Bist du in den Hessbach gefallen?« Erschrocken verneinte er.

»Warum sind dann deine Haare nass und du selbst kreidebleich?«

Als Burghard nicht mit der Sprache herausrücken wollte, schlug sie mit ihrem zarten, dünnen Händchen mit einer unerwarteten Kraft auf die Tischplatte, dass jeder im Raum zusammenzuckte.

»Jetzt sprich!«

Burghard erzählte zuerst stockend, doch als er erkannte, dass Frau Rehmringer ihm aufmerksam zuhörte, verlor er seine Scheu.

Es war totenstill in der Küche, als Burghard geendet hatte. Seine Freunde schauten ihn aus großen Augen an. »Warum hast du uns das nicht gleich erzählt?«, fragte Clemens.

»Hättet ihr mir geglaubt? Glaubt ihr mir jetzt?«

Alle Blicke wandten sich Frau Rehmringer zu, die ihre heiße Milch schlürfte.

»Ihr könnt ihm Glauben schenken«, sagte sie ernst und blickte von ihrem Becher auf.

»Bereits im Sommer, als mein lieber Sohn Melchior durch den Hoxberger Wald nach Hause geritten ist, erzählte er mir, dass er in der anbrechenden Dunkelheit mehrere schwarze Schatten beobachtet hätte. Ich glaubte ihm damals nicht, da er in Lebach mit den Herrschaften von Hagen einen guten Verkaufsabschluss getätigt und einige Gläser zu viel getrunken hatte. Doch seine Beschreibung deckt sich mit deiner, Burghard.«

»Das ist unheimlich!«, flüsterte Franziska und sah Johann ängstlich an. »Der Geist des Grenzsteingängers hat mich letzte Nacht schon im Traum verfolgt. Jetzt kann ich sicherlich gar nicht mehr schlafen.«

»Hat euch Valentin die Geschichte von dem geizigen Bauern erzählt?«

Die jungen Leute nickten.

Nun gluckste die Frau laut auf. »Valentin ist dafür bekannt, dass er die Spukgeschichte so erzählt, als sei sie wahr. Aber ihr dürft ihm nicht glauben. Er wollte euch sicher nur erschrecken.«

»Aber was ist mit den schwarzen Schatten?«, fragte Franziska.

»Ich hoffe, dass wir das bald herausfinden werden«, erwiderte Frau Rehmringer.

Kapitel 21

Servatius blieb mehrere Tage verschollen. Barnabas sah ihn erst wieder, als die Einwohner von Weierweiler sich erneut in dem Gasthaus zusammenfanden, um das Urteil über Barbara Backes zu hören. Obwohl jeder wusste, wie der Spruch lauten würde, versammelte sich Alt und Jung erwartungsvoll im Schankraum. Aufgeregt sprachen sie durcheinander.

Barnabas ließ den Blick prüfend über die Anwesenden schweifen. Ihm war, als fehlten einige Personen.

Servatius stand derweil neben dem Tisch des Ausschusses und schaute selbstgefällig um sich. Als Barnabas in das zufriedene Gesicht des Mönchs blickte, seine glänzenden Augen und seine blutigen Fingerkuppen sah, von denen er sich die Haut seitlich abgerissen hatte, ahnte der Magier, dass man Barbara Backes die Folterinstrumente nicht nur gezeigt hatte, sondern dass diese auch zur Anwendung gekommen waren. Noch bevor die Frau in den Raum geführt wurde, wusste Barnabas, dass man ihr große Schmerzen zugefügt hatte, an denen sich Servatius sichtlich ergötzt hatte.

Angewidert wandte der Magier den Blick ab, als sich die Seitentür öffnete und Barbara Backes hereingeführt wurde. Der Magier schloss die Augen, denn das, was er sah, überstieg seine schlimmsten Befürchtungen. Barbara Backes war kahl rasiert und sichtbar verwirrt. Im ganzen Gesicht und überall an Armen und Beinen hatte sie verkrustete Wunden, Schwellungen und blutunterlaufene Stellen. Sie wimmerte vor Schmerz und hatte nichts mehr gemein mit der Frau, die noch vor wenigen Tagen im gleichen Raum gestanden und ihre Unschuld beteuert hatte.

Barnabas war zwar überzeugt, dass Foltern für die Wahrheitsfindung unumgänglich war. Doch diese harte Anwendung der Tortur, der man Barbara Backes offensichtlich unterzogen hatte, war ihm zuwider.

Als man die Frau, die auf ihren verstümmelten Füßen kaum stehen konnte, rücksichtslos vor das Pult des Ausschusses stieß, ging ein Raunen durch die Menge. Manch einer wandte sich entsetzt ab.

Mit verächtlichem Blick sah der Magier nun die vier Männer an, die die Verantwortung für den Zustand der vermeintlichen Hexe trugen. Doch sein ganzer Zorn galt Servatius, in dessen Blick Freude und Genugtuung zu erkennen waren.

Ungerührt und mit teilnahmsloser Stimme verkündete der Ausschussvorsitzende, der Mann mit den Krötenaugen, dass Barbara Backes nach eingehender Befragung geständig gewesen sei. Sie habe nach der peinlichen Befragung nicht nur zugegeben, Schadenszauber über das Dorf gelegt zu haben, sondern auch gestanden, dass ihre Stieftochter Maria die Wahrheit sage und sie das Kind zum Hexensabbat mitgenommen habe. Und sie selbst sei, so wie einige andere Frauen aus dem Dorf, vom Teufel verführt worden und habe mit ihm Unzucht getrieben.

»Außerdem«, dröhnte die Stimme des Krötengesichts durch den Saal, »ist es dem Ausschuss gelungen, die Namen dieser anderen Hexen in Erfahrung zu bringen. Die genannten Frauen sind vom Ausschuss in Gewahrsam genommen worden und werden ebenfalls der Zauberei anklagt.«

Nach dieser Verkündung ging ein Raunen durch den Saal, und die Leute schauten sich fragend an. Vereinzelt hörte man geflüsterte Namen von Frauen, die verhaftet worden waren.

Barnabas hatte sich nicht getäuscht. Nach seiner Schätzung fehlten sieben Frauen, die vor wenigen Tagen während der Anklageerhebung anwesend gewesen waren.

Der Mann mit dem fein geschnittenen Gesicht bat die Versammlung um Ruhe. Als Stille herrschte, nahm er ein Blatt Papier in die Hand und las mit sanfter, aber eindringlicher Stimme vor: »Das Hochgericht hat nach Prüfung unserer Anklageschrift folgendes Urteil bestimmt: Da Barbara Backes geständig war, wird sie zum Tod durch den Strang verurteilt. Anschließend wird ihr Leichnam dem Feuer übergeben, so dass die Hexe endgültig aus der Welt geschafft und ihr Weiterleben als Wiedergängerin verhindert werde.«

Barbara Backes schien nichts von alldem zu verstehen. Ihr Verhalten wechselte zwischen heftigem Jammern, lautem Weinen und wahnsinnigem Lachen. Meist blickte sie stumm und verwirrt um sich. Als sie ihre Stieftochter Maria sah, entspannte ein kaum wahrnehmbares Lächeln ihre verkrampften Gesichtszüge. Barbara breitete die Arme aus, und es schien, als wolle sie auf das Kind zueilen, doch die Aufpasser und die Ketten hinderten sie daran. Mit großen Augen und unverständlichem Blick schaute sie um sich.

Maria ihrerseits schien die Lage nicht zu verstehen. Das Mädchen stand dicht an Barnabas' Seite und blickte böse zu seiner Stiefmutter hinüber. Mehrmals murmelte es: »Sie hat mich zum Hexentanz mitgenommen!«

Beruhigend legte ihr Barnabas die Hand auf das Haupt, doch plötzlich schrie sie los: »Sie ist der Teufel! Ihre Augen glühen! Ich will sie nicht mehr sehen, ihre Augen brennen in meinen Kopf!«

Maria versteckte sich hinter Barnabas und lugte seitlich an ihm vorbei. Jedes Mal, wenn sie ihre Stiefmutter erblickte, riss sie an ihren Haaren und schrie: »Sie brennen in meinem Kopf!«

Der Mann mit dem fein geschnittenen Gesicht schaute das Mädchen erschrocken an. Dann sagte er mit ruhiger Stimme: »Maria, du musst keine Angst haben. Deine Stiefmutter wird dir kein Leid mehr zufügen. Bereits heute wird sie hingerichtet werden.«

Das Mädchen trat hinter Barnabas hervor. Tränen rannen ihm über die Wangen. »Was ist mit den anderen Frauen? Die mit den Masken?«

»Wir haben alle gefangen genommen. Auch sie werden ihre gerechte Strafe bekommen.«

»Ich muss nicht mehr zum Hexensabbat?«, flüsterte Maria. Der Mann verneinte.

»Aber es waren so viele, die dort getanzt haben.«

»Sei unbesorgt, mein Kind! Wir haben alle Hexen aus Weierweiler eingesperrt. Keine wird dir je wieder Leid zufügen.«

Maria nickte und zwirbelte ihre langen dunkelbraunen Haare.

Der Hinrichtungsplatz von Weierweiler befand sich ein Stück außerhalb des Ortes. Da Barbara Backes durch die Folter nicht fähig war zu gehen, wurde sie auf einem Fuhrwerk dorthin gefahren. Ihre Hände waren an einem Querbalken über ihrem Kopf festgebunden, damit sie nicht vom Karren springen konnte. Immer mehr Gaffer, die sich das Spektakel nicht entgehen lassen wollten, folgten dem Wagen zu Fuß. Da dieser nur langsam vorwärtsrollte, war Barbara dem Spott und Zorn der Leute ausgeliefert, die sie beschimpften, bespuckten und verhöhnten. Mit vor Angst geweiteten Augen blickte sie um sich. Noch immer schien sie den Ernst der Lage nicht zu begreifen. Als sie ein Stein an der Schläfe traf, heulte sie laut auf und rief nach ihrem Mann, ihrer Mutter und sogar nach Maria.

Barnabas und das Mädchen schritten nebeneinander hinter dem Fuhrwerk her. Als Maria ihren Namen hörte, ließ sie Barnabas' Hand los und zwängte sich durch die Menschen, die vor ihnen gingen, nach vorn zum Karren durch. Barnabas folgte ihr hastig, denn er fürchtete Schlimmes.

Als Maria sah, wie das Blut von der Schläfe ihrer Stiefmutter tropfte, klatschte sie in die Hände und hüpfte hin und her. Dann suchte auch sie nach einem Stein, und als sie einen gefunden hatte, warf sie ihn nach Barbara. Doch Maria traf nicht, was sie zornig machte und sie die Hände ballen ließ. Erneut bückte sie sich nach einem Stein, schloss wie ein Jäger ein Auge und versuchte genau auf Barbaras Stirn zu zielen. Bevor sie jedoch werfen konnte, hielt Barnabas ihre Hand fest. Wutentbrannt schlug Maria um sich, und als das nichts half, biss sie den Magier in die Hand. Doch Barnabas ließ nicht los. Selbst als er spürte, wie die Zähne des Mädchens sich immer fester in seine Haut bohrten, hielt er es fest. Tobsüchtig trat sie ihm gegen das Schienbein und boxte mit ihrer freien Faust an jede Stelle seines Körpers, die sie treffen konnte. Barnabas fühlte, wie der Biss tiefer in sein Fleisch drang, und kniff vor Schmerzen die Augen zusammen, doch er ließ nicht locker.

Die Menschen, die an den beiden vorbeigingen, schüttelten den Kopf. Barnabas glaubte, das Wort Hexenkind zu hören. Aber sie ist kein Hexenkind, sondern eine Kinderhexe, dachte er mit schmerzverzerrtem Gesicht.

Endlich gab Maria auf. Ungläubig blickte sie zu dem Mann empor, der stärker und unnachgiebiger war als sie selbst.

Barnabas sah ihr in die Augen und sagte weder ein Wort des Vorwurfs noch der Schelte. Stumm nahm er ein Tuch aus seinem Beutel und verband sich damit die tiefe Wunde. Dann ergriff er erneut Marias Hand und folgte den anderen zum Richtplatz. Gefügig marschierte das Mädchen nun neben ihm her.

Als sie den Henkersplatz erreichten, stieß man Barbara Backes gerade vom Fuhrwerk.

Barnabas stellte erstaunt fest, dass man hier keinen Scheiterhaufen aufgetürmt, sondern eine Hütte aus Binsen gebaut hatte. Er erinnerte sich, dass der Henker in Euren erwähnt hatte, dass dort ebenfalls Binsenhütten gebrannt hätten.

Der Magier trat näher heran, um sich die Hütte genauer zu besehen. Dabei ließ er Marias Hand nicht los und zog das widerspenstige Kind hinter sich her. Er blickte in die Hütte hinein und sah einen Pfahl, der in der Mitte eingegraben war. Trockene und dünne Äste, die dicht an dicht und mannshoch aufgestellt waren, bildeten die Wände.

Als der Henker, dessen Kopf mit einer schwarzen Kapuze verhüllt war, mit Barbara Backes auf sie zutrat, wichen der Magier und Maria zurück. Ungewollt stand Barnabas plötzlich neben den Männern des Ausschusses und auch neben Servatius, der gebannt auf das weitere Geschehen wartete.

Ungerührt führte der Henker die weinende und schreiende Frau in die Hütte, wo er ihr die Hände hinter dem Rücken an dem Pfahl festband. Barbara flehte, man solle sie losbinden, doch stattdessen legte der Henker ihr eine Schlinge um den Hals und zog zu. Als sie röchelte und zuckte, zog der Henker fester. Erst als ihr Körper schlaff am Pfahl hing, löste er das Seil. Der Scharfrichter trat vor die Hütte und zündete die trockenen Äste mit einer Fackel an. Knisternd fraß sich das Feuer durch die Binsen.

»Auf dass die Hexe niemals wieder Angst und Schrecken über die Menschen bringt!«, sagte der Mann mit den Glupschaugen zu Barnabas. Widerwillig wandte der Magier sich ihm zu.

»Ich habe gehört, dass Ihr ein Zauberer seid?«

Barnabas nickte.

»Euer Freund weiß, wie man die Wahrheit aus den Hexen herauspresst«, feixte der fette Mann schnaufend, während er sich mit der Hand den Schweiß von der Stirn wischte.

»Ja, darin ist er besonders gut«, antwortete Barnabas scheinbar ungerührt. »Servatius kann gerne bei Euch bleiben und weiterhin behilflich sein.«

Vielleicht werde ich ihn so endlich los, dachte der Magier hoffnungsfroh, doch der Mann winkte ab.

»Die anderen Frauen werden morgen gestehen und ebenfalls hingerichtet werden. Und damit ist die Sache aus der Welt. Nur sie«, er blickte nachdenklich zu Maria, »könnte uns noch Scherereien machen.«

»Wie ich erfahren habe, ist das Mädchen ein Waisenkind. Jemand aus dem Dorf müsste es bei sich aufnehmen und versorgen. Vielleicht hat der Ausschuss die Güte …«, fragte der Magier mit Unschuldsmiene.

Barnabas wusste, dass er das Mädchen nicht einfach auf seine Reise mitnehmen konnte. Er war sich außerdem sicher, dass sich niemand im Dorf des Mädchens annehmen würde. Die vier Mitglieder des Ausschusses schienen diese Annahme zu bestätigen. Der Gedanke, das Kind zu sich zu nehmen, bereitete ihnen sichtbar Unbehagen. Der Mann mit den eng zusammenstehenden Augen hatte als Erster die Sprache wiedergefunden und zischte: »Das Kind war auf dem Hexensabbat. Zwar unfreiwillig, da von der Mutter dazu verführt, und somit nicht schuldig. Aber die Dämonen könnten sich dem Kind nähern. Der Teufel könnte ihr einen Pakt anbieten und sie zur Hexe machen.«

Der dicke Mann schnaufte: »Bis jetzt hat sie sich ihre kindliche Unschuld noch bewahrt, und Kinder sagen grundsätzlich die Wahrheit. Doch was wird in einem Jahr sein?«

Alle vier schienen große Angst zu haben, dass das Kind ebenfalls zur Hexe werden könnte.

Barnabas tat, als denke er nach. Immer wieder schweifte sein Blick zu Maria, die am Boden saß und mit ihren Fingern Ameisen zerquetschte. Schließlich erklärte er: »Wie Ihr richtig bemerkt habt, bin ich ein Magier, der Hexen erkennen und Schadenszauber aufheben kann. Deshalb würden die Dämonen ihr in meiner Nähe nicht nachstellen.«

Die Männer sahen ihn erstaunt an. Dann steckten sie die Köpfe zusammen, und obwohl sie flüsterten, ahnte Barnabas ihre Entscheidung.

Sie werden mir das Kind anvertrauen wollen, um ungestört das Vermögen der Barbara Backes für die Prozesskosten einziehen zu können, überlegte er.

Der mit dem fein geschnittenen Gesicht und der sanften Stimme wandte sich ihm als Erster zu und sagte: »Wir hatten überlegt, Maria in die Obhut eines Klosters zu übergeben. Allerdings deckt das Geld der Hexe kaum die Prozesskosten, geschweige denn die Ausgaben eines Klosters. Aber wenn Ihr das Kind zu Euch nehmen würdet, soll es Euer Schaden nicht sein.«

Barnabas stellte sich dumm. »Wie meint Ihr das?«

»Wir würden Euch reichlich entlohnen, wenn Ihr das Kind mitnehmen würdet. Denn wie Ihr selbst sagt, würden in Eurer Gesellschaft die Dämonen sich dem Kind nicht nähern können.«

Barnabas lächelte in sich hinein und blickte zu der brennenden Binsenhütte hinüber, die schwarz qualmte.

Die Menschen sind so leicht zu beeinflussen. Sag ihnen, was sie hören wollen, und sie geben dir das, was du willst!, dachte er bei sich. Dann sagte er laut: »Wenn ich Euch damit helfen kann, soll mich das Mädchen gerne auf meiner weiteren Reise begleiten.«

Kapitel 22

Einige Tage vor dem Heiligen Abend kam Regina Rehmringer zu Franziska in die Küche. Erschrocken senkte die junge Frau den Blick, knickste und wünschte ihr einen guten Tag.

»Setz dich«, forderte Frau Rehmringer sie auf und nahm an dem wuchtigen, blank gescheuerten Holztisch Platz. Franziska spürte den Blick der alten Frau auf sich ruhen und hob den Kopf.

»Wie geht es dir?«

Anstatt zu antworten, fragte Franziska verunsichert: »Habe ich etwas falsch gemacht?«

Frau Rehmringer schüttelte den Schopf mit den weißen Haaren. »Nein, mein Kind! Es ist alles gut. Ich möchte nur wissen, wie es dir geht.«

»Danke, mir geht es gut«, antwortete Franziska ungläubig.

»Strampelt das Kleine kräftig?«

Franziska nickte.

»Ich kann mich gut erinnern, wie Melchior mich ständig geboxt hat.«

Als Franziska merkte, dass Regina Rehmringer wahrhaftig an ihrem Befinden Interesse hatte, sprudelten die Worte nur so aus ihr heraus. Aufmerksam hörte die alte Frau der werdenden Mutter zu. Mit glänzenden Augen sagte Franziska schließlich: »Es ist schön, mit jemandem zu reden, der weiß, wovon ich spreche. Katharina kann das nicht nachempfinden, da sie nie schwanger war. Mit den älteren Mägden traue ich mich nicht zu reden, und Johann ist ein Mann.«

Frau Rehmringer nickte. »Ich kenne das unsichere Gefühl gut, das einen während der Schwangerschaft oftmals befällt. Damals konnte ich meine Mutter um Rat fragen. Sie war mir eine große Hilfe und hat mir die Angst genommen.«

Franziskas Gesichtsausdruck wurde nachdenklich. »Es muss schön sein, wenn man mit seiner Mutter sprechen kann.«

»Erzähl mir von deinem Zuhause«, forderte Regina Rehmringer sie auf.

Franziska räusperte sich. »Da gibt es nicht viel zu erzählen. Ich bin das älteste von sieben Kindern. Unser Vater ist ein Säufer, der das Geld ins Wirtshaus trägt. Würde meine Mutter nicht mit Näharbeiten etwas dazuverdienen, hätten wir hungern müssen. Täglich gab es Streit und Schläge. Ich konnte dieses Leben nicht mehr ertragen und bin eines Nachts fortgegangen. Damit saß ein Esser weniger am Tisch.«

»Vermisst du dein Zuhause, deine Eltern und Geschwister?«

Franziska überlegte. »Nein! Es ist gut so, wie es ist. Ich habe Johann und bald das Kind, dann sind wir eine Familie.«

»Clemens erzählte mir, warum du und dein Mann das Eichsfeld verlassen musstet.«

Franziska sah erschrocken auf. Als sie jedoch den sanften Blick der Frau erkannte, beruhigte sich ihr Herzschlag. »Ich weiß, dass Clemens Euch unsere Geschichte erzählen musste. Deshalb danke ich Euch, dass wir trotzdem hier wohnen und arbeiten dürfen.«

Frau Rehmringer schwieg für einen Moment. »Ich bin weder einfältig noch dumm, Franziska. Ich weiß, dass man in diesen Zeiten schnell der Hexerei verdächtigt werden kann. Bei jedem Verdacht, auch wenn er unsinnig ist, bleibt ein Makel zurück. Deshalb habe ich dich beobachtet, Franziska, und gesehen, dass du deine Arbeit sorgfältig ausführst und man sich auf dich verlassen kann. Du bist eine ruhige, unaufdringliche Person, die keinem etwas Böses will. Deshalb können du und dein Mann auch weiterhin auf dem Gestüt bleiben. Allerdings gebe ich dir den Rat, dich vor den anderen in Acht zu nehmen. Manch einer könnte vor dir Angst bekommen, wenn er deine Geschichte erfährt. Und Angst macht Menschen blind – auch vor der Wahrheit. Johann von Baßy ist solch eine Person, und er ist nicht zu unterschätzen.«

Franziska nickte. »Ja, ich weiß, Frau Rehmringer. Deshalb rede ich mit niemandem darüber.«

Die alte Frau tätschelte Franziskas eiskalte Hand. »Hab keine Angst, mein Kind! Ich werde dafür sorgen, dass euch niemand zu nahe tritt.«

Regina Rehmringer stand auf und ging zur Tür. Im Hinausgehen sagte sie: »Du kannst dir nicht vorstellen, wie sehr ich mich auf euer Kind freue. Ich kann es kaum erwarten, dass endlich wieder Kinderlachen im Haus erklingt!«

Als Katharina nach dem Melken aus dem Kuhstall trat, stand Paul schon da und nahm ihr wortlos den Eimer mit der Milch ab. Dankbar lächelte sie ihn an und ging gemeinsam mit ihm über den Hof. Katharina wusste nicht, was sie von dem Mann halten sollte, der fortwährend ihre Gesellschaft suchte. Es war klar, dass Paul keine Gelegenheit ausließ, um mit ihr zu reden. Ständig stellte er Fragen über ihre alte Heimat, denen sie geschickt auswich. Manchmal versuchte er sogar ihre Hand zu greifen, die sie ihm jedoch sachte entzog.

Katharina konnte nicht leugnen, dass sie Pauls Gesellschaft mochte. Sie glaubte, dass er mehr als Freundschaft erwartete, doch Freundschaft war das Einzige, was sie ihm anbieten konnte. Erst vor wenigen Tagen, als Paul versucht hatte, sie an sich zu ziehen, um ihr einen Kuss zu geben, hatte sie gespürt, dass sie keine tiefen Gefühle für ihn hegte. Da sie noch nie in solch einer Lage gewesen war, hatte sie nicht gewusst, wie sie sich verhalten sollte. Und so war sie hastig vom Heuschober geflohen, auf dem sie sich nach dem Abendmahl getroffen hatten. Erneut war ihr da bewusst geworden, dass sie ihr Herz bereits verschenkt hatte.

Paul hingegen ließ sich nicht entmutigen und tauchte immer zur rechten Zeit am rechten Platz auf, um ihr behilflich zu sein. Gerne hätte Katharina mit Franziska darüber gesprochen, aber die hatte mit sich und dem ungeborenen Kind genug zu tun.

»Ich gehe heute Abend zum Angeln. Hast du Lust, mir Gesellschaft zu leisten?«, flüsterte Paul Katharina ins Ohr und riss sie aus ihren Gedanken. Katharina kicherte, da sein warmer Atem sie kitzelte. »Du bist wohl verrückt!«, schimpfte sie verhalten. »Es ist klirrend kalt.«

Paul zuckte mit den Schultern. »Ich muss Karpfen für den Heiligen Abend fangen. Außerdem wüsste ich schon etwas, damit uns warm wird«, flüsterte er mit belegter Stimme. Nun lachte sie verunsichert auf und schlug scheinbar entrüstet nach ihm.

Clemens war im Stall beschäftigt, als Katharina und Paul um die Ecke kamen. Die junge Frau schien Paul aufmerksam zuzuhören, als der ihr leise etwas zuflüsterte. Clemens sah, wie Katharina plötzlich stehen blieb und wie sie lachte. Dann schlug sie in gespielter Entrüstung nach Paul, was auf Clemens sehr vertraut wirkte. Er spürte, wie Eifersucht in ihm aufstieg.

Während ihrer gemeinsamen Flucht durchs Hessenland war sich Clemens seiner Gefühle für Katharina mehr und mehr bewusst geworden. Allerdings hatte er beschlossen, ihr seine Liebe erst zu gestehen, nachdem sie ein neues Zuhause gefunden hatten. Nun waren sie auf dem Gestüt sesshaft geworden, und Clemens wollte ihr seine Gefühle offenbaren. Bereits seit Tagen hielt er Selbstgespräche, um seine Liebe in Worte zu packen, doch immer wieder verließ ihn der Mut. Deshalb verschob er seine Liebeserklärung stets auf den nächsten Tag.

»Du bist solch ein Narr!«, schalt er sich nun. »Wenn du dich nicht beeilst, wird ein anderer sie zur Frau nehmen.«

Ohne zu überlegen, stellte er sich den beiden in den Weg. »Hast du nichts zu schaffen?«, blaffte er Paul an. Jener wollte zunächst etwas erwidern, doch dann zwinkerte er Katharina nur lächelnd zu, stellte den Eimer vor sie und verließ die Stallgasse. Katharina, die ihm kichernd hinterherblickte, wandte sich Clemens zu und fragte: »Was hast du denn?«

Clemens verließ erneut der Mut. Unsicherheit ließ ihn schweigen. Kurz blickte er um sich. Dann sagte er: »Ich muss mit dir reden.«

»Dann sag, was du zu sagen hast.«

Als er abermals schwieg, wurde sie ungeduldig. »Ich habe nicht den ganzen Tag Zeit, Clemens!«

»Können wir uns am Nachmittag hier treffen?«

»Du machst es aber spannend. Gut, ich werde hier sein.«

Mit einem unguten Gefühl im Bauch zog Burghard den Schlitten durch den tiefen Schnee Richtung Hoxberg. Immer wieder blickte er sich ängstlich um, ob ihn jemand verfolgte oder ihm auflauerte. Jedes kleinste Geräusch ließ ihn zusammenzucken.

Seit Burghard den Schatten begegnet war und Frau Rehmringer bestätigt hatte, dass es sie tatsächlich gab, schlief er kaum noch. Jede Nacht wachte er schweißgebadet auf und lag bis zum Morgengrauen wach. Manchmal hatte er das Gefühl, die Schatten seien in seiner Kammer. Obwohl Clemens, mit dem er sich den Raum teilte, seelenruhig weiterschlief, traute sich Burghard vor Angst kaum zu atmen und zog die Decke bis über die Ohren. Aber nicht nur nachts, sondern auch bei Tag war die Angst vor diesen schwarzen Gestalten stets gegenwärtig.

Der Hoxberg war das größte Waldgebiet in der Umgebung, und nur hier fand Burghard das Laub, das er benötigte. Da er sich in Begleitung sicherer fühlen würde, hatte er jeden auf dem Hof gefragt, ob er mit ihm kommen wollte. Aber keiner hatte Zeit, denn es waren nur wenige Tage bis zum Heiligen Abend, und bis dahin musste noch viel erledigt werden.

Burghard hatte die Entfernung bis zum Wald im Laufschritt bewältigt. Es war noch früher Mittag, als er keuchend dastand und den Waldesrand im Auge behielt. Er schwitzte wie im Hochsommer, aber er wusste, dass der Schweiß nicht von der Anstrengung herrührte, sondern von seiner unbändigen Angst.

Als ein Schwarm Raben aus den Baumkronen laut krächzend aufflog, stieß er einen spitzen Schrei aus. Burghard erschrak so heftig, dass er glaubte, sein Herz würde aufhören zu schlagen. Nur langsam beruhigte sich sein Puls wieder, und er schnaufte einige Male durch. Dann nahm er all seinen Mut zusammen und zog seinen Schlitten dicht an den Rand des Waldes.

»Wenigstens gibt es keinen Grenzsteingänger, sonst würde ich diesen Wald nicht für alles Gold der Welt betreten.« Burghard griff nach einem Leinensack. »Je schneller ich die Säcke fülle, desto eher bin ich wieder zu Hause«, machte er sich Mut und stapfte in den Wald hinein.

Der Amtmann Johann von Baßy kochte vor Wut. Die Fremden waren nun schon mehrere Wochen in Wellingen, und er konnte nichts gegen sie unternehmen.

Diese Alte war so raffiniert und hat das Einzugsgeld für die fünf nicht mir, dem Amtmann der Grafschaft Nassau-Saarbrücken, sondern dem Amtmann von Kriechingen entrichtet, schimpfte er in Gedanken. Deshalb sind sie ihm und nicht mir unterstellt.

Von Baßy sprang von seinem Stuhl am Schreibtisch auf und ging zum Fenster seiner Kanzlei. Er sah hinaus zum zugefrorenen Hessbach, der vor seinem Amtssitz, dem Wellinger Schloss, mitten durch den Ort floss. Schlecht gelaunt beobachtete er die Kinder, die auf dem Bauch über den erstarrten Bach rutschten. Obwohl fröhliches Kinderlachen zu ihm hochdrang, verzog von Baßy keine Miene. »Ich habe schon immer gesagt, dass es Torheit ist, einen Ort unter zwei Herrschaften aufzuteilen. Ebenso ist es Dummheit, dass freie Bürger wie meine Tante mitbestimmen können und mir keine Rechenschaft über ihr Handeln ablegen müssen. Was interessiert es den Grafen von Nassau-Saarbrücken, was hier in Wellingen vor sich geht? Ich könnte ihm höchstens mitteilen, dass das Einzugsgeld als Einnahme verloren gegangen ist und sich nun die Grafschaft Kriechingen daran erfreuen kann.«

Der Amtmann stöhnte laut auf. »Verdammtes Pack! Und Paul ist zu nichts nutze! Statt sich über das Weibsstück herzumachen, tanzt sie ihm auf der Nase rum und schweigt. Das Einzige, was er herausfinden konnte, ist, dass sie von jenseits der Werra stammen. Vom Eichsfeld, wo sie einen sonderbaren Dialekt sprechen, den kaum einer verstehen kann. Pah! Eichsfeld! Keiner weiß, wie weit das von hier entfernt ist.« Johann von Baßy wandte sich vom Fenster ab und ging zurück zum Schreibtisch. »Das Gestüt war bereits so gut wie meines und die Alte so gut wie tot. Aber dank dieser dummen Gans, die sie pflegt, erfreut sich Regina wieder bester Gesundheit. Und auch ihren Lebensmut hat die Alte wiedergefunden.« Wütend fegte der Amtmann einen Stapel Blätter vom Schreibtisch. Als er sich bückte, um die Seiten wieder aufzuheben, fiel ihm ein Schreiben in die Hände, das seine Stimmung schlagartig hob. Er sah auf das Siegel des Amtmanns von Püttlingen und überlegte. »Es wäre doch gelacht, wenn ich die fünf nicht loswerden würde. Wenigstens den Pferdekenner und das Weibstück. Die drei anderen werden dann von selbst das Weite suchen.« Von Baßy lächelte gehässig. »Wenn alle Stricke reißen, wird Königsdorfers Hexenturm meine Rettung sein!«

Nervös rieb sich Clemens die feuchten Hände. Endlich sah er Katharina, die lächelnd auf ihn zukam. Erstaunt musterte sie ihn. Clemens' Haare waren ordentlich gekämmt. Auch hatte er frische Kleidung angezogen.

»Hast du eine Verabredung?«, fragte sie verdutzt.

Clemens' Mund war wie ausgetrocknet. Die Zunge klebte ihm am Gaumen, so dass er keinen Ton herausbrachte. Am liebsten hätte er sich auf dem Absatz umgedreht und wäre davongegangen. Schüchtern sah er Katharina aus seinen blauen Augen an.

»Jetzt sag endlich, was los ist. Es ist bitterkalt, und mich friert!« Fröstelnd rieb sich die junge Frau über die Oberarme. »Du wirkst so verändert, Clemens. Bist du krank?«

»Katharina«, krächzte Clemens und räusperte sich. »Katharina, ich muss dir etwas gestehen!« Er schluckte, und sein Herz pochte heftig. Nur zu gerne hätte er sie an sich gezogen und ihr mit einem Kuss seine Gefühle verraten. Doch das getraute er sich ebenso wenig, wie seine Liebe in Worte zu fassen. Deshalb schwieg er erneut.

Die junge Frau wurde ungeduldig. Verstimmt fauchte sie ihn an: »Dann eben nicht!«, und wollte sich schon umdrehen, als Clemens nach ihrem Arm griff und sie an sich zog. Dicht an ihren Lippen flüsterte er: »Ich habe mich in dich verliebt!« Dann küsste er sie.

Erschrocken riss Katharina die Augen auf. Zuerst wollte sie sich wehren, doch dann gab sie sich dem sanften Kuss hin.

Als sich ihre Lippen voneinander lösten, schaute Clemens sie voller Zärtlichkeit an. Sie wusste nicht, was sie sagen sollte, was er von ihr hören wollte. Nun war sie es, die verlegen und stumm dastand. Schließlich wandte sie sich um und rannte zurück ins Haus.

Clemens sah ihr erleichtert nach. »Sie wird sicherlich gleich Franziska davon erzählen wollen«, frohlockte er leise. »Es war so leicht, sie zu küssen! Und sie liebt mich auch! Warum habe ich nur so lange gewartet?« Clemens hatte das Gefühl zu schweben. Pfeifend ging auch er ins Haus.

Burghard hatte bereits zwei Säcke mit Blättern gefüllt, und nichts war passiert. Keine Äste waren laut gebrochen, und kein schreiender Vogel hatte ihn erschreckt. Auch das Gefühl, dass jemand hinter ihm stehen könnte, war ausgeblieben. Wahrscheinlich hat mir meine Angst einen Streich gespielt und mich Dinge sehen lassen, die es gar nicht gibt. Wie ja auch Frau Rehmringer gesagt hat, hatte ihr Sohn an dem Abend zu viel getrunken, als er die Schatten gesehen haben will. Wahrscheinlich hat seine Einbildung ihm diese also nur vorgegaukelt, dachte Burghard erleichtert und sammelte weiter Laub zusammen, bis auch der nächste Sack voll war. Dann brachte er ihn zum Schlitten, um den letzten leeren Sack zu holen und ihn mit Eicheln zu füllen. »Mal sehen, ob ich die Stelle mit den Leckerbissen für die Schweine noch finde.«

Burghard blickte sich um. Als er nichts Ungewöhnliches erkennen konnte, ging er beherzt tiefer in den Wald hinein. An der Stelle, wo die Eichen standen, fand er kaum noch von den Eicheln. Ich muss wohl weiter in den Wald hineingehen, dachte er. Kurz stellte sich wieder ein mulmiges Gefühl ein, das aber gleich wieder verschwand, als es weiterhin ruhig blieb.

Mutig stapfte er weiter in das Gehölz hinein. Nach kurzer Zeit fand er eine weitere Ansammlung von Eichen, unter denen viele der kleinen braunen Früchte lagen. Obwohl Schnee den Boden bedeckte, war es düster im Wald. Auch herrschte eine unheimliche Stille. Eilig raffte Burghard die Eicheln zusammen, bis der Leinensack gefüllt war. Er hatte Mühe, ihn zwischen den Bäumen aus dem Hain zu ziehen, und immer wieder blieb er schnaufend stehen. Die Finger schmerzten ihm von dem groben Leinen. Endlich sah er vor sich zwischen den wuchtigen Baumstämmen das weite Feld, das vor dem Wald lag. Noch einmal hielt er an, um Kräfte zu sammeln, und schloss und öffnete seine Hände, um den Schmerz in den Fingergelenken zu lindern. Dabei sah er sich fortwährend um. Nichts war zu sehen oder zu hören. Burghard seufzte erleichtert und zog den Sack das letzte Stück bis zum Schlitten. Als er hinter der letzten Baumreihe hervortrat, glaubte er, sein Herz bleibe stehen. Die Angst überwältigte ihn, und er ließ den Leinensack los. Eicheln kullerten in den Schnee und blieben vor seinen Füßen liegen. Der junge Mönch blickte wie erstarrt auf die dunklen Schatten, die auf ihn zu warten schienen.

Kapitel 23

Servatius blickte grimmig zu Maria, die einige Schritte hinter ihm und Barnabas herschlenderte. Immer wieder mussten sie auf das Mädchen warten. Als es erneut trödelte, zischte Servatius Barnabas zu: »Warum hast du uns diese Last aufgebürdet?«

Barnabas hob erstaunt eine Augenbraue. »Ihre Eltern sind tot. Sie hat doch keinen, der sich um sie kümmert.«

»Aber was geht uns das an?«

»Beruhige dich, Servatius. Schließlich haben die Männer des Ausschusses uns dafür entlohnt, dass wir das Mädchen zu uns nehmen.«

»Pah! Schon bald wird das Geld aufgebraucht sein.«

Barnabas' Augen verengten sich. Nachdenklich betrachtete er den Mönch, was diesen zu beunruhigen schien. Sichtlich unwohl kratzte Servatius sich im Gesicht, am Hals und an den Armen.

Der Blick des Magiers schweifte von dem Mönch zu Maria, die in der Hocke am Wegesrand saß und Regenwürmer aufsammelte. Dann sah er wieder zu Servatius, der das Mädchen mit bösen Blicken bedachte.

»Sag, was du sagen willst, und stiehl mir nicht meine Zeit mit fadenscheinigen Ausreden!«, zischte Barnabas.

Servatius' Gesichtsausdruck veränderte sich. Leise, damit nur Barnabas es hören konnte, flüsterte er: »Das Kind ist nicht wie wir. Sein Blick ist oft wirr, und es ist fast, als sei ihr Geist dann in unserer Welt nicht mehr gegenwärtig. Manchmal murmelt sie unverständliche Worte, die mich beunruhigen, denn schließlich hat ihre Mutter sie zum Hexensabbat mitgenommen. Wer weiß, ob sie nicht selbst eine Hexe ist, die sich nur verstellt. Auch wissen wir nicht, ob der Teufel nicht schon von ihr Besitz ergriffen hat.«

Barnabas schüttelte den Kopf. »Meinst du nicht, dass du übertreibst, Servatius? Schau sie dir an! Sie ist ein Kind, das allein dasteht und verloren wäre, hätte ich sie nicht zu mir geholt. Außerdem werden ihr die Dämonen in meinem Beisein nichts anhaben können.«

»Bist du dir sicher, Barnabas? Wir wären schon längst viel weiter marschiert, stattdessen trödeln wir hier herum, weil sie nicht voranmacht.« Zornig stampfte Servatius mit dem Fuß auf und brüllte: »Maria, komm sofort hierher!«

Das Mädchen tat, als höre es ihn nicht, und steckte sich die gesammelten Regenwürmer in den Mund. Angewidert blickte Servatius zu Barnabas. »Wozu brauchen wir sie?«, jammerte er.

»Weil sie beim Hexensabbat dabei war und Hexen *kennt*!« Verständnislos erwiderte der Mönch: »Du bist ein Zauberer, ein Wahrsager, der Hexen *erkennen* kann! Das Volk vertraut dir und deinen Fähigkeiten. Wozu also das Mädchen? Bring es zurück nach Weierweiler, wo es hingehört.«

Erstaunt erkannte Barnabas, dass sein Begleiter den Sinn seiner Worte nicht begriffen hatte, und schüttelte den Kopf. »Es ist zweierlei, ob man Hexen *erkennt* oder *kennt*, Servatius. Natürlich vertraut das einfache Volk einem Zauberer, und auch vor einem Dorfgericht würde man mein Urteil anerkennen. Aber ein gelehrter Richter oder ein studierter Gutachter hingegen würden den Aussagen eines Magiers nur zögerlich zustimmen. Das Kind jedoch kennt Hexen, schlicht, weil es sie beim Hexentanz gesehen hat. Das, was Maria zu sagen hat, wird von jedem Gericht anerkannt werden, denn sie ist unfreiwillig beim Hexensabbat gewesen, wohin ihre Mutter sie gegen ihren Willen mitgenommen hatte. Sie ist ein unschuldiges Wesen.« Barnabas hielt für einen Moment inne und blickte zu Maria. Dann sprach er leise weiter: »Keiner wird es wagen, ihr ›Kennen‹ und mein ›Erkennen‹ anzuzweifeln. Wir werden uns gegenseitig in unseren Fähigkeiten ergänzen, und unser Ruf wird uns vorauseilen. Man wird nach uns schicken, uns verehren und uns fürstlich entlohnen. Zusammen werden wir übermächtig und unangreifbar sein!« Mit glänzenden Augen betrachtete Barnabas das Kind, das langsam auf sie zutrottete.

Servatius verstand nun endlich die Absicht des Magiers und schaute entsetzt auf. »Aber wie willst du ihren Wahnsinn lenken? Was ist, wenn er um sich greift, und wir ebenfalls davon befallen werden?«

»Mach dir darüber keine Sorgen, ich weiß, was ich tue!«

»Und welchen Platz gestehst du mir dabei zu?«

Mit ernstem Blick betrachtete Barnabas seinen Weggefährten. »Das wird sich zeigen.«

Servatius fürchtete sich für gewöhnlich vor nichts und niemandem. Das hatte er zumindest bislang gedacht. Doch das änderte sich schlagartig an dem Tag, als die kleine Maria in sein Leben trat. Er erkannte die Veränderung nicht gleich, da seine Aufmerksamkeit in Weierweiler dem Hexenprozess und der Folter gegolten hatte. Zwar war er überrascht gewesen, dass ein Kind seine eigene Mutter anklagte, statt sie zu retten, aber er hatte weder das Mädchen beachtet noch einen Gedanken an seine merkwürdige Anklage verschwendet.

Als Barbara Backes' Leiche brannte und sich unter den Flammen veränderte, hatte das Servatius mehr Wonne bereitet, als dem Gespräch zwischen Barnabas und dem Ausschuss zu lauschen. Auch versäumte er später, Barnabas danach zu fragen. Als der Magier dann am darauffolgenden Tag zum Aufbruch mahnte und plötzlich Maria neben ihnen stand, war Servatius überrascht gewesen. Auf seine Frage, warum das Mädchen sie begleiten würde, hatte der Magier Servatius ein Säckchen Geld vor die Nase gehalten und erklärt: »Der Ausschuss hat es sich einiges kosten lassen, dass sie mit uns kommen darf.«

»Wie viel ist es?«, hatte Servatius sogleich gierig gefragt. Barnabas hatte mit den Schultern gezuckt. »Im Land an der Saar haben sie eine andere Währung. Sie nennen sie Franken und Groschen, und es fühlt sich viel an.« Servatius schwieg. Obwohl das Kind unauffällig schien, spürte er den Drang, es ständig zu beobachten, und was er sah, gefiel ihm nicht.

Seine Abneigung gegenüber Maria wuchs mit jedem Schritt. Nicht nur, dass sie wegen ihres Trödelns Zeit verloren, auch spürte der Mönch ein ungutes Gefühl in sich aufkeimen, das immer bedrückender wurde, als er bemerkte, wie Maria ihn immer öfter anstarrte. Selbst wenn sie hinter ihm ging, glaubte er ihren Blick zu spüren, der wie Nadeln seinen Körper durchbohrte und ihm Angstschauer über den Rücken jagte. Servatius wusste nicht, wovor er sich fürchtete, schließlich war Maria ein Kind, aber dennoch schien sie ihm unberechenbar.

Wenn er das Mädchen betrachtete, gruselte ihm bei seinem Anblick. Marias lange dunkle Haare, die ihr blasswangiges Gesicht umrahmten und sie totenbleich erscheinen ließen, hatten ebenso wie ihre pechschwarzen Augen etwas Unheimliches an sich. Trotz der vielen Sommersprossen erinnerte Maria den Mönch an einen Raben … an den Vogel, der als Todesbote galt. Bei diesem Gedanken erbebte er innerlich. Auch jetzt sah der sich wieder vorsichtig nach ihr um.

»Wenn wir uns weiterhin wie Schnecken fortbewegen, werden wir nie mehr ankommen«, schimpfte Servatius. Belustigt fragte Barnabas: »Wohin zieht es dich denn, dass du es so eilig hast?«

Der Mönch zuckte mit den Schultern und blickte suchend um sich. »Nirgendwohin, denn so weit ich sehen kann, liegt keine Ortschaft vor uns. Und da wir nur kriechend vorwärtskommen, werden wir heute auch keine mehr erreichen und im Freien nächtigen müssen.«

»Das haben wir doch schon oft getan«, versuchte Barnabas den Mönch zu besänftigen.

»Aber nicht bei dieser Kälte! Wir können uns glücklich schätzen, dass es nicht auch noch regnet.«

Es kam, wie Servatius vorhergesagt hatte. Als sich langsam die Dunkelheit über das Land legte, waren sie an keiner Stadt und keinem Dorf angelangt. So mussten sie sich im Wald ein Lager herrichten.

Barnabas schmerzten die Glieder, so dass er sogleich ein Feuer entfachte und Wasser für einen Sud erhitzte. Maria und Servatius schickte er fort, um Laub zusammenzuraffen, damit er nicht auf hartem Boden schlafen musste.

»Schaut, ob ihr weiche Tannenzweige findet. Auf ihnen liege ich besonders gut.«

Servatius ging mit großen Schritten tiefer ins Gehölz hinein in der Hoffnung, dass Maria ihm nicht folgen würde. Doch so langsam sie am Tag getrödelt hatte, so schnell eilte sie nun hinter ihm her.

»Wärst du vorhin so hurtig gewesen, bräuchten wir jetzt nicht in der Dunkelheit im Wald umherzulaufen und Laub zu sammeln. Dann wären wir sicherlich längst in einem Dorf oder einer Stadt und könnten auf weichen Federn liegen!«, keifte Servatius, während er sich suchend nach Tannenzweigen umblickte. Das Mädchen tat auch dieses Mal wieder, als habe es ihn nicht gehört, und erwiderte kein Wort.

Endlich entdeckte der Mönch zwischen einigen Buchen eine Ansammlung von Tannen. Hastig riss er die jungen Triebe vom Stamm und wollte mit den Ästen unterm Arm zurück zum Lager, als das Mädchen plötzlich schrie: »Halt!«

Wie versteinert blieb Servatius stehen. »Was ist? Ein Untier?«

Aus den Augenwinkeln konnte er sehen, wie Maria den Kopf

schüttelte. »Nein, kein Untier. Du wärst beinahe auf den Irrwurz getreten!«

Langsam erwachte Servatius aus seiner Erstarrung und drehte sich zu ihr um. »Was ist ein Irrwurz?«, presste er zwischen den Zähnen hervor.

Das Mädchen zeigte vor ihm auf den Boden. Zwar war es schon dunkel, aber der Halbmond schien hell genug zwischen den lichten Baumkronen hindurch, so dass Servatius das grüne Gewächs am Boden erkennen konnte.

»Deshalb erschreckst du mich?«, fragte er zornig. »Das ist Farnkraut.«

Maria blickte ihn spöttisch an und wisperte geheimnisvoll: »Es ist kein gewöhnliches Farnkraut, sondern die Teufelsfeder! Tritt man in der Nacht darauf, dann findet man den Weg nicht mehr zurück und irrt in einem fort durch den Wald, bis man erschöpft zusammenbricht.«

»Du bist ja von Sinnen«, flüsterte Servatius und machte einen großen Schritt um den Farn herum. Während er zurück zu Barnabas eilte, hörte er das Mädchen hämisch lachen.

Seit dem Zwischenfall im Wald mied Servatius die Nähe des Kindes, denn selbst im Schlaf verfolgte ihn sein furchteinflößendes Lachen. Gesellte Maria sich neben Barnabas, ging der Mönch mehrere Schritte hinter ihnen. Wurde sie langsamer, sputete Servatius sich, um zu verhindern, dass sie neben ihm ging oder ihn gar berührte. Jedes Mal, wenn Servatius zu Maria blickte, schnitt sie eine Grimasse, die ihn an eine Teufelsfratze erinnerte. Wenn hingegen Barnabas zu ihr sprach, setzte sie ein unschuldiges Kleinmädchengesicht auf. Dann ballte Servatius die Hände zu Fäusten, wagte aber trotzdem nicht, mit Barnabas darüber zu sprechen. Ich kann ihm nicht sagen, dass mir wegen eines elfjährigen Mädchens der Angstschweiß ausbricht. Dann würde er mich fallen lassen, und ich könnte nicht mehr sein Nachfolger werden, grübelte der Mönch. Während er in Gedanken war, hatte er nicht bemerkt, wie das Mädchen sich an seine Seite gesellt hatte. Erschrocken blickte Servatius in ihre kohlschwarzen Augen, die spöttisch funkelten.

»Du hast Angst vor mir«, flüsterte Maria und griente.

»Wieso sollte ich vor einem Kind Angst haben?«, versuchte Servatius sich zu verteidigen.

»Ich kann es riechen. Du stinkst wie mein Vater, als er vor Gericht stand. Womöglich bist auch du ein Hexer!«

Servatius' Augen weiteten sich vor Entsetzen. Als Maria das sah, fing sie laut an zu lachen und hüpfte wie ein Tanzbär. Außer sich rannte Servatius zu Barnabas und erzählte ihm von der Ungeheuerlichkeit des Mädchens.

»Ach, Servatius«, sagte Barnabas kopfschüttelnd. »Sie ist doch ein Kind. Kinder erlauben sich solche Scherze! Du darfst sie nicht ernst nehmen, sondern solltest ebenfalls darüber lachen. Du weißt, dass die Dämonen mich und meine Begleiter in Ruhe lassen. Du kannst gar nicht am Hexentanz teilnehmen – selbst wenn du es wolltest.«

Servatius sah den Magier erstaunt an. Nur langsam beruhigte er sich. »Mir kann in deiner Nähe nichts passieren?«

Barnabas nickte. »So ist es.«

Ein zaghaftes Lächeln entspannte nun die Gesichtszüge des Mönchs. Als er jedoch Maria auf sich zukommen sah, trat er einige Schritte dichter an Barnabas heran.

Es wurde bitterkalt. Eisiger Wind trieb den Reisenden Tränen in die Augen, und vor allem Barnabas spürte die Kälte in seinen Knochen. Jeder Schritt verursachte ihm Qualen, doch er zeigte es nicht. Als er sah, wie Maria zitternd neben ihm ging und er auch Servatius' blau verfärbte Lippen bemerkte, sagte er zu den beiden: »Wir werden uns für die Wintermonate eine feste Unterkunft suchen.«

Der Mönch sah sich um, doch außer Wiesen und Wäldern konnte er nichts erkennen.

»Scheinbar sind die Ortschaften im Land an der Saar weit verstreut. Seit Weierweiler sind wir durch keine einzige Ansiedlung mehr gekommen.«

Barnabas blieb stehen und kniff die Augen zusammen. Dann zeigte er mit seinem Wanderstab in die Ferne und sagte: »Am Nachmittag werden wir einen Ort erreichen. Ich kann Rauch erkennen, der aus Schornsteinen emporsteigt.«

Servatius folgte seinem Blick, und tatsächlich konnte auch er in der Ferne feine Rauchsäulen ausmachen.

»Beeilen wir uns, damit uns schnell ein Feuer wärmt«, forderte Barnabas die beiden auf.

Als sie den Ort erreichten, der aus wenigen Häusern bestand, setzte heftiger Schneeregen ein.

»Hier gibt es nicht einmal ein Gasthaus!«, jammerte Servatius und wurde dafür von Maria mit einem hämischen Grinsen bestraft. Barnabas zögerte nicht lange und klopfte an die Tür des ersten Bauernhauses am Weg. Als eine junge Frau öffnete, fragte er, ob sie ihm ein Zimmer vermieten würde. Ungläubig rief die Frau nach ihrem Mann. Ein langer schmächtiger Mensch, der den Kopf einziehen musste, um durch den Türrahmen zu gehen, sagte unwirsch: »Macht, dass ihr weiterkommt. Dies ist kein Gasthaus!«

Barnabas hatte damit gerechnet und bereits ein Geldstück aus seinem Beutel hervorgeholt, das er dem Bauern unter die Nase hielt. »Wenn man sich zusätzlich etwas verdienen kann, spielt das wohl keine Rolle.«

Der Mann betrachtete das Geldstück zwar, griff aber nicht

danach. Vielleicht ist ein Groschen nicht wertvoll genug, überlegte Barnabas und holte weitere aus dem Beutel. Als der Bauer noch immer keine Anstalten machte, das ihm gebotene Geld zu nehmen, ahnte der Magier, dass der Mann versuchte den Preis hochzutreiben.

»Wenn dir das nicht reicht«, sagte er zu dem Bauern, »dann fragen wir deinen Nachbarn, ob wir bei ihm ein Zimmer bekommen können. Lasst uns gehen«, forderte er Servatius und Maria auf.

»Wartet!«, sagte der Mann. »Ich gebe euch ein Zimmer und auch zu essen.« Er streckte Barnabas seine Hand entgegen. Der Magier legte ihm drei Groschen auf die Handfläche. Zwei steckte er zurück in den Beutel.

»Wenn man zu gierig ist, kann man schnell leer ausgehen!«, tadelte er den Mann.

»Die Zeiten sind hart«, entschuldigte dieser sich und ließ die drei Fremden eintreten. Dann führte er sie in seine Küche.

Dort saßen am Tisch vier Kinder, von denen das jüngste noch kein Jahr, das älteste höchstens fünf Jahre alt war. Alle hatten glasige Augen und rote laufende Nasen.

»Ihr bekommt mit eurem Begleiter unsere Schlafkammer. Das Mädchen kann mit unseren Kindern in einem Raum schlafen«, sagte die Frau und lächelte schüchtern.

»Wo werdet ihr schlafen?«, fragte Barnabas.

»Ich werde uns ein Lager in der Küche herrichten«, antwortete die Frau und schnitt drei zusätzliche Scheiben Brot ab.

»Mögt ihr gebratenen Speck?«, fragte der Bauer und lächelte verhalten. Als alle nickten, ging er hinaus und kam mit einer geräucherten Speckseite zurück. Nachdem er drei dicke und mehrere dünne Scheiben abgeschnitten hatte, briet die Frau sie kurz an und legte sie dann aufs Brot. Als die Kinder ebenfalls zu essen bekamen, gluckten sie vor Freude.

»Eure Kinder sind krank«, stellte Barnabas fest.

»Sie haben nur Rotznasen«, verharmloste der Mann die Erkältung.

»Und Fieber«, fügte der Magier hinzu. »Für eine weitere Scheibe Speck für uns würde ich euch eine Arznei geben, damit die Kinder gesund werden.«

Ohne die Antwort ihres Mannes abzuwarten, schnitt die Frau eine weitere Scheibe ab. Nachdem sie sie in der Pfanne leicht gebräunt hatte, legte sie die angebratenen Scheiben und weitere Scheiben Brot den drei Fremden auf ein Holzbrett.

»Seid Ihr ein Arzt?«, fragte sie unsicher.

»Mein Name ist Barnabas, und ich bin ein Heiler, Zauberer und Magier. Außerdem kann ich Hexen erkennen und Schadenszauber aufheben.«

Mit offenem Mund starrten die Bauersleute die drei Fremden an. Servatius konnte Furcht in ihren Blicken erkennen, und das gefiel ihm. Ihre Angst gab ihm ein Gefühl von Macht. Kurz schielte er zu Maria, die von alldem nichts mitbekam, da sie das jüngste Kind mit Brotkrumen fütterte.

Auch Barnabas hatte das Entsetzen im Blick der Bauersleute gesehen und versuchte das Paar zu beschwichtigen. »Ihr könnt beruhigt sein. Wir sind nicht gekommen, um euch zu schaden. Wie versprochen werde ich euch Kräuter zusammenstellen, die euren Kindern durch den Winter helfen.«

»Wir haben nichts mit dieser Sippe zu schaffen«, erwiderte der Mann erregt.

Barnabas wurde hellhörig. »Von welcher Sippe sprecht Ihr?«

»Mit den Schoullers aus Exweiler. Erst die Tage hat man die Susanne verhaftet und auf die Burg Schaumberg bei Theley gebracht. Dort wurde sie mit einigen anderen Frauen in den Turm gesperrt, weil man sie der Hexerei bezichtigt. Aber wir haben mit denen nichts zu tun.«

»Hat der Prozess bereits stattgefunden?«, wollte Barnabas wissen.

»Nein«, flüsterte die Frau. »Er ist für die nächsten Tage angesetzt.«

Barnabas gab Servatius Anweisung, seinen Tragekorb zu holen. Während der Magier die Tiegel und Töpfe mit den Heilkräutern auf den Tisch stellte, murmelte er: »Es hat alles einen Sinn im Leben!«

Enttäuscht standen Barnabas, Servatius und Maria am Tor der Schaumburg. Die wachhabenden Soldaten verwehrten ihnen den Zutritt zur Burg. Als der Meisterschöffe hinzukam, um zu erfahren, was am Hoftor vor sich ging, versuchte Barnabas ihn von seiner Fähigkeit als Hexenerkenner zu überzeugen.

»Wir benötigen eure Dienste nicht«, antwortete der Mann unwirsch. »Der Fall Susanne Schoullers ist abgeschlossen. Wir mussten sie nicht der Tortur unterziehen. Im Guten gestand sie ihre Buhlschaft mit dem Teufel und wurde zum Tode verurteilt.«

»Aber was ist mit den anderen Frauen? Dieses Kind war beim Hexensabbat anwesend und weiß, wenn es eine Hexe vor sich hat.« Barnabas wollte sich nicht so leicht entmutigen lassen und schob Maria vor. Mit zusammengezogenen Augenbrauen musterte der Meisterschöffe das Kind.

»Kommt in zwei Tagen wieder. Dann könnt ihr uns bei der Hexenfindung behilflich sein«, erwiderte er und wandte sich ab.

Kapitel 24

Burghard stand wie angewurzelt da und starrte die Schatten an. Drei Gestalten, in schwarze Kutten gehüllt, dass man weder Gesicht noch Hände erkennen konnte, verharrten bewegungslos hinter seinem Schlitten am Waldesrand. Ihre dunklen Umhänge hoben sich kaum vor den mächtigen Baumstämmen ab.

Burghard war wie gelähmt. Sie werden mich töten, ging es ihm durch den Kopf. Als sich Katharinas Bild in seine Erinnerung schob, spürte er Tränen in sich aufsteigen. »Katharina«, flüsterte er, »ich werde sterben, ohne dir meine Liebe gestehen zu können, ohne dich geküsst und umarmt zu haben!« Voller Verzweiflung schrie er dann die Gestalten an: »Was wollt ihr von mir?«

»Laudato si mi Signore cum tucte le Tue creature!«

Überrascht weiteten sich Burghards Augen, und er übersetzte leise vor sich hin murmelnd: »Gelobt seist du, mein Herr, für alle deine Geschöpfe.«

Es war der gleiche Satz, den Burghard bei seiner ersten Begegnung mit den Schatten ausgerufen hatte, um sich Mut zu machen.

»Wer seid ihr?«

Im selben Augenblick traten weitere Gestalten aus dem Wald hervor. Gleichzeitig hoben sie die Arme und schoben ihre Kapuzen zurück.

Katharina klopfte zaghaft an Frau Rehmringers Tür und wartete, bis sie aufgefordert wurde einzutreten.

»Herr Pfarrer Schnetter möchte Euch sprechen.«

Erstaunt hob Regina Rehmringer eine Augenbraue. »Herrgott«, murmelte sie. »Sind schon wieder so viele Wochen vergangen?« Fragend blickte Katharina die Frau an, die ihr erklärte: »Pfarrer Schnetter führt mehrmals im Jahr in Wellingen eine Kirchenvisitation durch.« Als sie Katharinas verdutzten Blick sah, fügte sie hinzu: »Früher war Wellingen dem alten Glauben zugetan, nun ist es lutherisch. Doch da viele Nachbarschaften immer noch dem alten Glauben folgen, prüft Pfarrer Schnetter regelmäßig das religiöse Verhalten unserer Pfarrkinder. Anschließend besucht er mich. Bitte ihn in die Wohnstube und reiche ihm Würzwein.«

Kaum hatte Pfarrer Schnetter im bestickten Sessel Platz genommen, betrat Regina Rehmringer die Stube. Nach einer kurzen Begrüßung erlaubte sich Schnetter zu sagen: »Es freut mich, dass Ihr Euch von dem Verlust Eures Sohnes erholt habt.« Regina Rehmringers Gesichtszüge erstarrten. »Ich glaube nicht, dass man sich von dem Verlust seines Kindes je erholen kann – einerlei, wie alt man wird.«

Beschämt entschuldigte sich der Geistliche und trank hastig von dem Wein.

»Ihr habt Eure Pfarrkinder bereits einer Prüfung unterzogen?«, lenkte Frau Rehmringer das Gespräch in eine andere Richtung.

Pfarrer Schnetter nickte. »Ja, und es hat mich dieses Mal sehr erstaunt. Als mir vor wenigen Jahren die Pfarreien Wellingen und Schwalbach anvertraut wurden, musste ich feststellen, dass die Untertanen gottlos und barbarisch waren, dass sie von unserem Herrn nichts wussten. Manche konnten nur ohne jedes Verständnis, ähnlich wie Nonnen, den Psalter hersagen. Und die wenigsten waren in der Lage, meine Fragen nach Gott zu beantworten.« Um den Mund des Pfarrers lag ein bitterer Zug, der sich schließlich zu einem leichten Lächeln entspannte. »Doch von Visitation zu Visitation wandelt sich das Wissen der Pfarrkinder stetig. Als ich sie nun in beiden Pfarreien über die Lehre und das Leben ihres Gottes befragte, legten sie mir sowohl in Schwalbach als auch in Wellingen gleich gutes Zeugnis ab.«

»Es freut mich, dass sich alles zum Guten gewendet hat«, lächelte Regina Rehmringer den geistlichen Herrn an.

»Man muss nur wissen, wie man die Gottlosen straft. Dann werden sie rasch gottesfürchtig!«, pries sich der Pfarrer selbstgefällig. Dann schwieg er für einen Moment, bevor er anfügte: »Es wurde mir zugetragen, dass Fremde bei Euch Einzug gehalten haben.« Fragend sah er über den Becherrand seine Gesprächspartnerin an. Dann wandelte sich sein ernster Gesichtsausdruck, und er konnte nicht länger ein Lachen unterdrücken. »Ich habe außerdem gehört, dass Johann von Baßy darüber sehr verärgert sein soll«, feixte er.

Nun musste auch Regina Rehmringer schmunzeln. »Vor allem, weil ich das Einzugsgeld für die fünf Zugezogenen an den Kriechinger Amtmann und nicht an von Baßy, den Amtmann von Nassau-Saarbrücken, bezahlt habe. Dadurch, dass Wellingen zwei Herrschaften zugehörig ist, war es mir ein Leichtes, von Baßy auszutricksen!«, frohlockte sie.

Der Pfarrer schlug sich vor Wonne auf die Oberschenkel. »Das habt Ihr vortrefflich gemacht. Das geschieht dem alten Hitzkopf recht.«

»Eure Streitigkeiten mit von Baßy werden noch im Himmelreich ausgetragen werden«, lächelte Regina Rehmringer.

»Sollten wir je dorthin kommen! Der Unwille des Amtmanns mir gegenüber scheint grenzenlos zu sein. Ich habe bis heute keine Erklärung dafür, weshalb von Baßy damals, als seine Frau krank daniederlag und nach dem heiligen Abendmahl verlangte, den Pfarrer aus Reisbach kommen ließ, anstatt nach mir zu schicken.«

»Es war eine Anmaßung, Euch zu übergehen. Ich habe gehört, dass das auch die anderen Visitatoren so gesehen und ihm ins Gewissen geredet haben. Aber wenigstens Euch wird man wohl den Platz bei unserem Herrgott nicht verwehren!«

»Erzählt mir, was den Amtmann außer dem entgangenen Einzugsgeld so verärgert haben könnte, dass er Gift und Galle zu spucken scheint«, forderte Schnetter Regina Rehmringer auf.

Die Frau erzählte dem Pfarrer, den sie schon seit vielen Jahren kannte, dass von Baßy ihr das Gestüt streitig machen wollte. Und dass er um sein sicher geglaubtes Erbe fürchtete, seit die jungen Fremden in ihre Dienste getreten waren.

Frau Rehmringer mochte den geistlichen Mann, der nach außen Härte zeigte – besonders seinen Schützlingen gegenüber. Doch sie schätzte an ihm, dass er ehrlich seine Meinung vertrat und keinem nach dem Mund redete. Vor allem aber vertraute sie ihm. Als ihr Sohn Melchior auf so tragische Weise verunglückt war und kurz darauf starb, war es Peter Schnetter gewesen, der die ersten Tage nicht von ihrer Seite gewichen war.

»Ihr könnt Euch glücklich schätzen, Frau Rehmringer, dass diese jungen Menschen Euch zum rechten Zeitpunkt aufgesucht haben. Welchem Glauben gehören sie an?«

»Ach, Herr Pfarrer! Welche Rolle spielt das denn? Aber Ihr könnt beruhigt sein. Dort, wo sie herkommen, leben Lutheraner.« Das ist nicht gelogen, dachte sie und fügte hinzu: »Bald wird Kinderlachen auf dem Gestüt zu hören sein«, und hoffte, ihn dadurch abzulenken.

»Dann werden wir eine Taufe feiern können«, freute sich Schnetter und nippte an seinem Wein. Dann aber wurde er ernst. »Habt Ihr von Thomas Königsdorfer, dem Kriechinger Amtmann aus Püttlingen, gehört?«, fragte er. Erschrocken über die Wut in seinem Blick, schüttelte Frau Rehmringer den Kopf.

»Königsdorfer hat zwei Frauen, eine aus Eppelborn und eine aus Falscheid, der Hexerei bezichtigt und sie in Püttlingen in den Hexenturm sperren lassen.«

»Aber Königsdorfer hat doch als Amtmann des Grafen von Kriechingen in keinem der beiden Ortschaften Handhabe«, empörte sich Regina Rehmringer. »Die Hochgerichtsbarkeit der Kriechinger reicht nicht bis Eppelborn und Falscheid.«

»Das sehe ich ebenso«, stimmte der Pfarrer ihr zu. »Jedoch haben die Kriechinger in den Gebieten einige Vogteien. Diese kleinen Gerichtsbezirke ließen Amtmann Königsdorfer anscheinend größenwahnsinnig werden, zumal inmitten der Vogteien auch ein Kriechinger Galgen steht. Stellt Euch vor, Frau Rehmringer, nachdem die Frauen unter der Folter geständig waren, verurteilte Königsdorfer die beiden sofort zum Feuertod. Um das Urteil aber rechtens aussehen zu lassen, bat er die Kriechinger Hochgerichtsherren, den Ritter von Kerpen und Hagen zur Motte, dass die abgeurteilten Frauen am Kriechinger Galgen dem Feuer übergeben werden sollten.« Erregt trank der Pfarrer in einem Zug den Rest des Würzweins aus. Regina Rehmringer zog die Brauen zusammen, dass zwischen ihren Augen eine Falte entstand, und fragte: »Abgesehen davon, dass Königsdorfer nicht einfach über die Landesgrenzen hinaus Frauen verhaften darf – ist es nicht einerlei, wo Hexen ihre gerechte Strafe erhalten?«

Mit einer Wucht, die sie zusammenzucken ließ, knallte der Pfarrer den Becher auf den Tisch. Er brauchte einige Augenblicke, um sich zu beruhigen. Dann stand er auf, öffnete leise die Zimmertür und ließ prüfend seinen Blick über den Gang schweifen. Als er keinen Lauscher entdecken konnte, schloss er die Tür wieder und setzte sich zurück in seinen Sessel. Verwundert beobachtete Frau Rehmringer den Pfarrer. Schließlich sagte er mit leiser, aber eindringlicher Stimme: »Ich halte Euch für eine weise und kluge Frau, und da wir uns schon seit vielen Jahren kennen, wage ich Euch Folgendes zu fragen: Könnt Ihr Euch vorstellen, Frau Rehmringer, dass Menschen unter der Folter alles gestehen, um dem Schmerz zu entgehen? Dass sie das Sonderbarste zugeben, weil sie der Tortur ein Ende setzen wollen?«

Erstaunt über diese Frage, setzte sich die Frau in ihrem Sessel auf. »Welch sonderbare Überlegung!«, antwortete sie. »Wie kommt Ihr darauf?«

Peter Schnetter rutschte näher an den Sessel der Gastgeberin heran und flüsterte: »Liebe Frau Rehmringer, ich möchte nur so viel dazu sagen, dass Gelehrte diesbezüglich bereits geheime Schriften verfasst haben. Zum Beispiel erklärt ein studierter Mann, dass Frauen, die sich selbst der Hexerei bezichtigen, krank sind und dringend ärztliche Hilfe benötigen. Ein anderer behauptet, dass man auf Grundlage von Geständnissen, die unter der Folter erwirkt wurden, kein Urteil fällen dürfe.«

Der Pfarrer konnte erkennen, wie seine Vertraute zu grübeln begann. »Könnte das heißen, dass es keine Hexen gibt?«, fragte sie schließlich. Erschrocken schaute der Pfarrer auf.

»Das wage ich nicht zu behaupten!«, antwortete er. »Man sollte ihnen jedoch verzeihen und versuchen, sie zurück in den Schoß Gottes zu führen, statt sie zu verbrennen.«

Regina Rehmringer dachte an Franziska und an die Anschuldigungen, derentwegen die junge Frau und ihr Mann aus ihrer thüringischen Heimat hatten fliehen müssen. Dann blickte sie den Pfarrer stumm an und atmete laut aus. Eine schwere Last war von ihr gewichen.

Katharina war froh, dass Frau Rehmringer an diesem Abend ihre Hilfe nicht benötigte. So konnte sie sich in ihre Kammer unter dem Dach zurückziehen, wo sie sich auf ihr Lager legte und über den Kuss von Clemens nachdachte. Verlegen fuhr sich Katharina mit dem Zeigefinger über den Mund. Sie glaubte noch immer Clemens' Lippen zu spüren.

Als Clemens sie um ein Gespräch gebeten hatte, war ihr nicht in den Sinn gekommen, dass er ihr seine Zuneigung gestehen würde. »Was soll ich bloß tun?«, grübelte Katharina. Sie konnte nicht leugnen, dass auch sie Clemens mochte. Seit Beginn ihrer gemeinsamen Flucht hatte sie sich in seiner Nähe stets wohl gefühlt, obwohl er oft eigensinnig und mürrisch war. Sein Verhalten hatte sie nie abgeschreckt, sondern vielmehr ihr Mitgefühl für sein Schicksal geweckt. Katharina half ihm gerne und versorgte liebevoll seine Wunden. Nachdem sie sein Vertrauen gewonnen hatte, war eine besondere Freundschaft zwischen ihnen entstanden. Sie mochte ihn, dessen war sie sich sicher, aber ob das Liebe war?

Katharina wälzte sich auf ihrem Bett hin und her und fand weder Ruhe noch Antworten.

»Was soll ich bloß tun?«, flüsterte sie erneut. »Ich dachte, dass ich Burghard liebe, doch er hat mir nie ein Zeichen seiner Zuneigung gegeben. Ich weiß nicht, ob er Gefühle für mich hegt.« Burghard, das wusste Katharina, war kein Mensch, der sein Herz auf der Zunge trug. Er war ein schweigsamer Mann, der über Stunden kein Wort sprechen konnte. Diese ruhige, unaufdringliche Art war es, die Katharina an ihm liebenswert fand. Jedoch konnte die junge Frau nicht leugnen, dass sowohl Clemens als auch Burghard rechtschaffene Männer waren. Und Clemens war der erste Mann in ihrem Leben, der ihr seine Liebe gestanden hatte. Katharina dachte an ihren Lebenstraum. »Ich wollte immer Gutes tun wie die heilige Elisabeth, und dabei wäre ein Mann sicher hinderlich!« Sie verschränkte die Arme hinter ihrem Kopf und verwarf den Gedanken sogleich wieder. »Was spricht dagegen, einen Mann zu haben und dennoch Gutes zu tun? Auch Elisabeth war verheiratet und hatte Kinder. Wenn man will, kann man beides!« In Gedanken kehrte die Erinnerung an Clemens und seinen Kuss zurück und an das Kribbeln, das sie dabei gespürt hatte. Sie konnte nicht leugnen, dass es ein schönes Gefühl gewesen war.

»Aber für wen soll ich mich entscheiden? Für Burghard oder für Clemens?«

Eine innere Stimme sagte ihr: »Du weißt, dass Clemens dich will. Du weißt nicht, was Burghard für dich empfindet. Was, wenn du Clemens ablehnst und Burghard dich nicht liebt? Dann bleibst du allein.« Sie richtete sich auf. »Da wäre immer noch Paul«, überlegte sie, verwarf den Gedanken aber wieder. »Nein, den will ich auf gar keinen Fall. Aber warum grübele ich überhaupt so viel? Ich bin weder hässlich noch dumm und habe es mit dem Heiraten nicht eilig«, beruhigte sie sich.

Mit einem tiefen Seufzer erhob sich Katharina von ihrem Lager und strich die Schürze glatt. »Ich werde mich morgen entscheiden.«

Nachdem die Gestalten ihre Kapuzen zurückgeschoben hatten, atmete Burghard erleichtert auf, da er in die Gesichter von Menschen blickte.

»Wer seid ihr und was wollt ihr von mir?«, wagte er erneut zu fragen. Der Älteste der Männer trat auf Burghard zu und sagte: »Fürchte dich nicht, Bruder. Wir wollen dir nichts Böses!«

Bei dem Wort »Bruder« sah Burghard ihn erschrocken an. »Woher wollt ihr wissen …«, stammelte er.

»Nur ein Franziskanermönch kennt den Sonnengesang des heiligen Franz von Assisi. Nur ein Bruder würde in seiner Verzweiflung rufen: ›Gelobt seist du, mein Herr, für alle deine Geschöpfe.‹«

»Es gibt viele gottesfürchtige Menschen, die den Sonnengesang kennen«, versuchte Burghard zu widersprechen.

»Zuerst dachten wir auch, dass wir uns irren, zumal du nicht wie ein Franziskanermönch aussiehst und Schweine hütest«, erklärte ein anderer Mann, der nicht älter als Burghard war. Lächelnd fügte der Älteste der Männer an: »Aber dann hast du uns in dem Augenblick überzeugt, als du den Text aus Franz von Assisis Muttersprache, dem Umbrese, ins Deutsche übersetzt hast. Das kann nur ein Franziskanermönch.«

Burghard blickte zu Boden.

»Ihr seid keine Franziskanermönche, das zeigen mir eure schwarzen Kutten. Was wollt ihr von mir? Warum seid ihr hier und wer seid ihr?«

»Es ist verständlich, dass du viele Fragen hast, und wir werden sie dir beantworten. Komm mit uns!«

Obwohl die Männer freundlich waren, zögerte Burghard. Dann aber zog er den Schlitten mit den Säcken ein Stück in den Wald hinein, damit ihn niemand sehen konnte, und ließ ihn zurück. Unsicher folgte er den Männern in den dunklen Kutten. Seine Neugier war stärker als seine Angst.

Die Männer führten Burghard zu einer kleinen Hütte, die versteckt zwischen einigen Tannen stand. Durchgefroren betraten sie den Raum, in dem ein wärmendes Feuer brannte. Erstaunt blickte Burghard sich um. Überall lagen Seiten aus Pergament verstreut herum – manche beschriftet, manche mit Zeichnungen versehen, manche noch unbeschrieben. Sie lagen gestapelt oder einzeln auf dem einfachen Tisch in der Mitte des Raums, auf dem Boden und auf den Hockern. Selbst an einer quer durch die Hütte gespannten Leine hingen zahlreiche beschriebene Buchseiten. Burghard vermutete, dass sie zum Trocknen aufgehängt worden waren. Gerne hätte er sich die Schriftstücke genauer betrachtet. Doch seine Aufmerksamkeit wurde auf einen Mann gelenkt, der sie erwartet zu haben schien, denn er hatte Wasser erhitzt und für jeden ein Kräutergetränk aufgebrüht. Dankend umschloss Burghard mit seinen klammen Fingern den heißen Becher und schlürfte den Sud. Was hatte das alles zu bedeuten? Fragend blickte er auf. Jeder im Raum sah ihn an, und keiner der Männer schien ihm feindlich gesinnt. Im Gegenteil, in ihren Gesichtern lag Güte und Freundlichkeit.

»Erzähl uns, warum du dich als Schweinehirte ausgibst, obwohl du ein Mönch bist«, fragte der Älteste, doch Burghard schüttelte den Kopf. »Ich bin euch gefolgt, damit ihr mir meine Fragen beantwortet.«

Lächelnd nickte der Mann. »Ja, das ist wahr. Frag, was du wissen willst.«

»Wer seid ihr?«

»Wir sind Jesuitenmönche und kommen aus Trier. Mein Name ist Ignatius.«

»Trier?«

»Es ist die älteste Stadt im Reich und wurde von den Heiden erbaut. Trier liegt einige Tagesmärsche von hier in nördlicher Richtung.«

»Was macht ihr hier in Wellingen?«

Statt zu antworten, drehte der Jesuit seinen Becher zwischen seinen Händen und fragte leise: »Hast du schon mal von den Gegnern der Hexenverfolgungen gehört?«

Burghard spürte, wie er blass wurde. Seine Hände zitterten, so dass er seinen Becher nicht länger in Händen halten konnte und ihn auf dem Tisch zwischen einigen Blättern abstellen musste.

»Warum fragst du mich das?«, wollte Burghard wissen.

»Bevor wir dir weitere Frage beantworten können, müssen wir deine Meinung kennen.«

»Über was?«

»Über Hexenverfolgungen«, antwortete der Mönch geduldig.

Burghard fuhr sich mit den Händen übers Gesicht. »Was geschieht, wenn ich sie verdamme, und was, wenn ich sie gutheiße?«

»Solltest du sie gutheißen, wird dich einer unserer Brüder zurück zu deinem Schlitten führen.«

»Aber wie wollt ihr prüfen, ob ich die Wahrheit sage?«

»Wir kennen deine Meinung bereits seit unserem ersten Zusammentreffen«, sagte der Mann und lächelte dabei.

»Wie kann das sein?«

»Nenne es Eingebung, nenne es Gespür, nenne es Erleuchtung oder Menschenkenntnis. Wir wissen, wie du denkst.«

Burghard sah jedem einzelnen Bruder ins Gesicht, und er konnte auch jetzt nichts Böses in ihren Blicken erkennen. Dann atmete er tief durch und erzählte seine Geschichte. Von seinem

Lehrmeister Servatius, der ihn wegen ein paar Geldstücke umbringen wollte, und von Barnabas, dem Magier, der Hexen erkennen konnte. Er erwähnte die zahlreichen Hexenprozesse, Folterungen und Verurteilungen, denen er beiwohnen musste. Vor allem aber berichtete er von seinem Zusammentreffen mit dem Magister Johannes Behrhoff in Worbis auf dem Eichsfeld. »Nach der Tortur an Greta Ackermann suchte ich ein Gotteshaus auf, um dort für ihre verirrte Seele zu beten. In der Kirche traf ich den Magister, der mich zu sich nach Hause einlud, um mich vom Irrtum der Folter zu überzeugen. Behrhoff berichtete von dem Theologen Adam Tanner, der die Überzeugung vertritt, dass Geständnisse unter der Folter keine Rechtfertigung für eine Verurteilung sein dürfen. Ich hörte von dem Hofarzt aus Lüttich, Johannes Weyer, der sagt, dass Gott weder richten noch Rache üben, sondern uns vielmehr erlösen wolle. Weyer sagt sogar, dass Frauen, die sich selbst der Hexerei bezichtigen, krank sind und Hilfe benötigen. Ein anderer Gelehrter mit Namen Johannes Friedrich Spee hat erkannt, dass manche Menschen andere als Hexen bezeichnen, weil sie Schuldige brauchen, die sie für jedweden Schaden verantwortlich machen können.«

Burghard stockte und blickte dem ältesten Jesuiten in die Augen. »Dass diese Gegner der Hexenverfolgung die Wahrheit sprechen, habe ich noch am selben Abend erfahren. Ich las ein Schriftstück, in dem von einem elfjährigen Mädchen berichtet wurde. Sie hieß Thea Hofmann und hatte sich selbst der Hexerei bezichtigt. Obwohl das Gericht ihr Geständnis abtat und die Richter sie verschonen wollten, blieb das Kind bei seiner Aussage. Hätte das Mädchen schlicht gesagt ›Ich bereue‹, wäre es für einige Jahre in die Obhut eines Klosters überstellt worden. So aber sah das Gericht keine andere Möglichkeit, als das Mädchen zum Tode zu verurteilen. Und da man ihr Geständnis geistiger Verwirrung zuschrieb, verurteilte das Gericht Thea Hofmann zum Ausbluten im warmen Bade.«

»Sectio venae!«, flüsterte einer der Jesuiten.

Burghard nickte. »Das überzeugte mich, dass die Verfolgungsgegner im Recht sind. Wenn ein Mensch sich selbst der Hexerei bezichtigt, dann muss man ihm helfen und nicht töten.«

»Johannes Friedrich Spee, von dem du eben gesprochen hast, ist Jesuit wie wir«, erklärte Ignatius stolz. Überrascht blickte Burghard auf.

»Hast du auch von Cornelius Loos gehört?«

Burghard verneinte.

»Cornelius Loos wurde als Professor der Theologie in Trier Zeuge zahlreicher Hexenprozesse. Er erkannte schnell, dass diese nicht im Sinne Gottes sein konnten, und lehnte sich in Briefen dagegen auf. Unter anderem verfasste er eine Schrift gegen den Trierer Weihbischof, unter dessen Einfluss die schlimmsten Hexenverfolgungen in Trier stattgefunden haben. Loos nannte sein Werk: ›*De vera et falsa magia*‹, die wahre und falsche Zauberei. Aber das Manuskript wurde sogleich beschlagnahmt und gilt seither als verloren.«

Fragend blickte Burghard den Mönch an. Dieser schaute zu seinen Brüdern, die ihm erneut zunickten. Daraufhin ging er in eine Ecke des Raums, wo er unter einem Stapel Blätter ein Buch hervorzog. Vorsichtig übergab er es Burghard und flüsterte: »Das ist eine Abschrift von ›*De vera et falsa magia*‹. Das Original liegt gut versteckt in unserem Kloster in Trier.«

Burghards Augen weiteten sich ungläubig. Er wagte es kaum, das Manuskript zu berühren. Mit glänzenden Augen betrachtete er das Werk des großen Theologen.

Ignatius erklärte weiter: »Wegen dieses Buches und anderer Schriften ließ der päpstliche Vertreter Cornelius Loos inhaftieren. Bruder Cornelius musste furchtbare Angst vor einer Verurteilung gehabt haben und leugnete so aus Selbstschutz seine Thesen. Er kam frei, ging nach Brüssel und versuchte von dort aus erneut den Hexenwahn zu bekämpfen. Doch auch dort nahm man ihn wieder gefangen. Bevor er verurteilt wurde, starb Bruder Cornelius und hinterließ uns sein Werk. Er hat bisher als einziger Kirchenmann des alten Glaubens gewagt, die Einwirkung von Dämonen auf Mensch und Tier öffentlich zu bestreiten. Für ihn war der Hexenwahn nichts anderes als Torheit, und das geltende Prozessverfahren lehnte er strikt ab.«

Burghard blätterte durch die einzelnen Seiten des Buches. »Ich verstehe nicht, warum du mir das alles erzählst. Und auch nicht, warum ich hier bin, warum ihr hier seid.« Fragend blickte er auf.

»Wir haben es uns zur Pflicht gemacht, das Werk von Cornelius zu vollenden. Viele von uns sind im Reich unterwegs und versuchen die Geistlichen zu überzeugen, dass sie in ihren Dörfern gegen den Hexenglauben vorgehen sollen.«

»Aber das ist lebensgefährlich«, flüsterte Burghard.

»Wir wissen das«, erklärte ein jüngerer Jesuit. »In Trier wurden einige Mönche und Priester als Hexer verbrannt. Jedoch darf uns das nicht hindern, die Menschen über die Falschheit der Hexenprozesse aufzuklären. Was zählen ein paar wenige Opfer, wenn wir viele hundert Frauen und Männer retten können?«

Burghard nickte, dann fragte er erneut: »Was habe ich damit zu tun? Ich bin kein Mönch mehr und auch kein Gelehrter.«

»Du kannst schreiben. Nicht einfach nur deinen Namen, sondern du beherrschst die Schrift der Bücher, die du in deinem Kloster gelernt hast. Wir brauchen dich. Du sollst uns bei den Abschriften helfen. Deshalb haben wir dich aufgesucht.«

Burghards Augen nahmen einen besonderen Glanz der Freude an, der jedoch rasch wieder erlosch. »Wie soll ich heimlich Abschriften machen? Ich bin für die Schweine der Bauern zuständig, was viel Zeit in Anspruch nimmt. Außerdem teile ich meine Kammer mit mehreren Knechten.«

Ignatius lächelte. »Geh zu Pfarrer Schnetter und sage ihm, dass dich die ›vespertiliones‹ schicken. Er wird dir helfen.«

»Vespertiliones? Die Fledermäuse?«

»Wir gaben uns diesen Namen, da die Fledermaus ein kluges Tier ist, das seinen Weg im Dunkeln findet. Auch wir finden durch das Dunkel der Nacht, denn wir finden den Weg durch das Dunkel des Hexenglaubens, das der Angst und das des Misstrauens«, erklärte Ignatius mit fester Stimme.

Es war spät, als Pfarrer Schnetter seinen Besuch bei Frau Rehmringer beendete. Nachdem Katharina ihr geholfen hatte, sich zur Ruhe zu legen, verrichtete die junge Frau unnütze Arbeiten, um Clemens nicht über den Weg zu laufen. Sie blieb absichtlich im oberen Stockwerk und verzichtete sogar auf ihr Nachtmahl – aus Angst, dass Clemens in der Küche auf sie warten könnte.

Bevor Katharina zu Bett ging, musste sie im Schafstall nach dem Muttertier sehen, das sich einige Tage zuvor am Hinterbein verletzt hatte. Mehrmals täglich hatte sie seitdem die Wunde mit einer Kräutertinktur behandelt.

Kaum hatte Katharina die Stalltür geöffnet, wurde sie mit verhaltenem Geblök begrüßt. Die Schafe blickten die junge Frau verschlafen über das Gatter der Stallung an. Eine kleine Laterne, die Katharina mit sich führte, beleuchtete schwach den Weg zum Verschlag in der hinteren Ecke des Stalls, wo das Muttertier abgesondert von den anderen lag. Da Katharina stets einen Leckerbissen für das Schaf dabeihatte, kam das Tier sogleich angehumpelt. Vorsichtig schaute Katharina nach dem kranken Bein und stellte erfreut fest, dass sich über der Wunde eine trockene Kruste gebildet hatte. »Bald kannst du wieder zu deiner Herde zurück«, flüsterte Katharina und kraulte dem Schaf den Rücken.

»Ach, wäre ich jetzt an der Stelle des Schafs!«, hörte sie jemanden leise hinter sich sagen. Katharina drehte sich um und tadelte Burghard, dessen Stimme sie sofort erkannt hatte: »Warum schleichst du dich wie ein Dieb an und erschreckst mich fast zu Tode?«

»Verzeih! Ich wollte dir keine Angst machen.« Nachdenklich runzelte Katharina die Stirn, trat aus dem Verschlag und schloss sorgfältig das Türchen hinter sich. Stumm stand sie Burghard gegenüber. »Ich muss noch frisches Stroh einstreuen«, murmelte sie und drückte sich seitlich an ihm vorbei. Als sich dabei ihre Arme berührten, glaubte Katharina ein Knistern auf ihrer Haut zu spüren. Hastig ging sie in die andere Stallecke, wo das Heu gelagert wurde. Sie musste sich nicht umblicken, sie spürte auch so, dass Burghard ihr gefolgt war und nun hinter ihr stand. Als seine Hände sie an der Schulter fassten und er sie sanft zu sich umdrehte, ließ sie ihn gewähren. Nun standen sie dicht voreinander. Burghard betrachtete Katharinas Gesicht, als sähe er es zum ersten Mal. Und auch Katharina sah Burghard an, als habe sie ihn noch nie zuvor gesehen. Hatte er schon immer das Muttermal am Ohrläppchen? Und woher stammt wohl die helle Narbe über seiner rechten Augenbraue?, rätselte sie und traute sich nicht, ihre Fragen laut auszusprechen.

Als Burghard mit dem Zeigefinger die Konturen ihres Gesichts nachzeichnete, jagte ein wohliger Schauer über Katharinas Rücken.

»Ich hatte heute große Angst, dich nie wiederzusehen«, flüsterte er heiser.

»Wie meinst du das? Du wusstest doch, dass ich hier sein würde.«

Er nickte. »Da ich dir vertraue, werde ich dir erzählen, was sich heute zugetragen hat. Aber niemand sonst darf davon wissen.«

Burghard nahm ihr die Laterne ab und stellte sie vorsichtig zu Boden. Dann setzte er sich ins Heu und zog Katharina zu sich. Die junge Frau blickte den Burschen erstaunt an. Mit ruhiger

Stimme berichtete er ihr von den Ereignissen im Wald. Als er von den Schatten erzählte, griff Katharina nach seinem Arm. Er nahm ihre Hand in seine und streichelte sanft darüber. Katharinas Herz schlug schneller.

»Ich wäre sicherlich in Ohnmacht gefallen, wenn ich diese Gestalten getroffen hätte!«, sagte sie mit bebender Stimme und fügte hinzu: »Es ist eine ehrenwerte Aufgabe, die dir die Jesuiten anvertrauen. Du solltest stolz und glücklich sein.«

Burghard sah sie stumm an, drückte ihre Hand und flüsterte: »Ich habe die ganze Zeit nur an dich denken müssen.«

Katharina spürte, wie Röte ihr Gesicht überzog und wie Hitze in ihr aufstieg und von ihrem gesamten Körper Besitz ergriff. Ihr Atem ging keuchend. Nie zuvor hatte sie etwas Derartiges empfunden.

Burghard sah, wie Katharinas Brust sich heftig auf und ab bewegte. Verlegen stellte er fest, dass er seine Gefühle nicht mehr unterdrücken konnte, sie nicht länger unterdrücken wollte. Jahrelang hatte er sich als Mönch an das Gelübde der Keuschheit gehalten. Er war überzeugt gewesen, dass er für Gefühle zwischen Mann und Frau unempfänglich sei. Selbst das leidenschaftliche Stöhnen von Johann und Franziska während der Nächte ihrer gemeinsamen Wanderzeit hatte ihn nicht zweifeln lassen, dass er ohne körperliche Liebe leben konnte. Aber nur wenige Stunden zuvor im Wald, als er befürchtet hatte zu sterben, war er von einer ihm unbekannten Verzweiflung ergriffen worden. Tiefe Traurigkeit hatte ihn bei dem Gedanken überwältigt, dass er Katharina nicht ein einziges Mal berührt, nicht ein einziges Mal geküsst und sie nicht ein einziges Mal geliebt hatte. Im Wald hatte er sich geschworen, dass er das Versäumte sofort nachholen würde, sollte er lebend aus dieser Lage herauskommen.

Es war schon spät gewesen, als Burghard von den Jesuiten aus dem Wald zurück zu seinem Schlitten geführt wurde. Eilig hatte er die Säcke auf dem Schlitten festgebunden. So schnell er konnte, lief er zurück nach Wellingen. Dort verteilte er das Laub und die Eicheln für die Schweine und eilte heim auf das Gestüt. Als er Katharina nirgends entdecken konnte, ahnte er, dass sie bei den Schafen war.

Burghard hatte Katharina unbemerkt eine Zeitlang beobachtet, um herauszufinden, ob er sich seiner Gefühle für sie ganz sicher war.

Jetzt saßen sie zusammen im weichen Heu, hielten sich an der Hand und blickten sich stumm an. Burghard zog die junge Frau schließlich an sich und drückte ihr unbeholfen einen Kuss auf die Lippen. Katharina sah ihn aus großen Augen an. Einen kurzen Moment hielt er ihrem Blick stand, dann drückte er sie sanft ins Heu. Als sie vor ihm lag, mit ängstlich weit geöffneten Augen, streckte er sich neben sie aus. Burghard presste seine Lippen erneut auf Katharinas Mund, bis sich auch ihre Lippen öffneten. Sie umschlangen einander zu einem leidenschaftlichen Kuss, der ihre Leiber erhitzte. Nur widerstrebend lösten sie sich wieder voneinander.

Der Schein der Laterne spiegelte sich in Burghards Augen. Behutsam liebkoste er mit den Händen Katharinas Körper, traute sich jedoch nicht, seine Finger unter den Stoff ihres Kleides zu schieben.

»Wie konnte ich nur so lange darauf verzichten!«, flüsterte er. »Ich bin glücklich, dass ich kein Mönch mehr bin, und ich möchte keiner mehr sein, denn ich liebe dich von ganzem Herzen«, hauchte er ihr erregt ins Ohr und schob seine Hände unter ihre Bluse. Als er ihre Brüste mit den Fingern liebkoste, stöhnten beide leise auf.

Katharinas Körper bebte. Gerne hätte sie sich das Kleid vom Leib gerissen, damit er sie am ganzen Körper streicheln und liebkosen konnte. Allein ihr Schamgefühl hielt sie zurück. Sanft hielt sie Burghards Hände fest. Als sie seinen bestürzten Blick sah, umfasste sie sein Gesicht mit beiden Händen und sagte leise: »Lass uns nichts überstürzen, Burghard!«

»Magst du mich nicht?«

»Ich gehöre dir«, erwiderte sie und küsste ihn voller Hingabe.

Nach einer Weile wisperte sie: »Ich muss dir aber noch etwas sagen.«

Fragend blickte er sie an, und sie erzählte ihm von ihrer Begegnung mit Clemens nur wenige Stunden zuvor.

»Und was willst du tun?«, fragte Burghard.

»Ich werde ihm die Wahrheit sagen.«

Burghard nickte. »Wenn du willst, begleite ich dich.«

»Nein, ich glaube, das wäre nicht gut. Ich werde es ihm allein sagen müssen.«

Kapitel 25

Wie angewiesen meldeten sich Barnabas, Servatius und Maria zwei Tage später auf Burg Schaumberg. Ein Wachsoldat brachte sie zu Mathias Maldner, dem Meisterschöffen, der in seiner Schreibstube über einem Dokument saß. Als die drei Fremden seine Kammer betraten, schaute er kurz auf und tunkte die Schreibfeder dann wieder ins Tintenfass.

»Der Hexenkenner und die Kinderhexe«, sagte er mit Freude in der Stimme. Dann blieb sein Blick an Servatius hängen. »Und wer bist du?«

Mit finsterem Gesichtsausdruck sah der Mönch den Schöffen an. Die Art, wie der Mann ihn gefragt hatte, wer er sei, gefiel ihm nicht, und so erwiderte er gereizt: »Ich bin Franziskanermönch. Bei mir können die Hexen ihre Beichte ablegen.«

Erstaunt hob Maldner den Kopf, um sich sofort wieder seiner Arbeit zu widmen. Sorgfältig streifte er die überflüssige Tinte der Schreibfeder am Rand des kleinen Glasbehälters ab und sagte: »Ihr müsst euch noch gedulden, da ich zuerst die Kosten auflisten muss. Wenn ich die Ausgaben betrachte, hoffe ich, dass ihr mir einen besseren Preis nennen könnt.«

Neugierig trat Barnabas an den Tisch heran und sah dem Mann über die Schulter. Er las:

Ausgaben für Strafsache

Die beiden Soldaten, die Susanne Schoullers aus Exweiler auf die Schaumburg brachten, erhielten jeweils sechs Groschen, das macht	*2 Franken*
Susanne hat am selben Tag ihre Verbrechen im Guten gestanden, dies in Anwesenheit des Gerichtsschreibers und von zwölf dafür benannten Schöffen. Für deren Kosten	*3 Franken*
Tagegeld und Kosten des Schreibers	*5 Franken*
Aufwendung des Büttels	*1 Franken*
Vier Schöffen und ein Richter, die das Geständnis der Susanne zu prüfen und zu bezeugen hatten	*4 Franken*
Für den Schreiber, Tagegeld und Ausgaben	*5 Franken*
Für die Kosten des Sergeanten	*1 Franken*
Insgesamt gezahlt	*21 Franken*

Barnabas war über die Summe erstaunt. »21 Franken!«, murmelte er und fragte laut: »Wer wird die Kosten tragen?«

Maldner sah von seinem Papier auf. »Natürlich die Hexe! Da die gesamte Familie Schoullers aus ihrem Wohnort verwiesen wurde, werden wir ihren Besitz veräußern und mit dem Erlös die Kosten decken.«

»Alle Familienmitglieder? Auch Neffen, Tanten, Onkel?« Barnabas blickte Maldner ungläubig an. Er hatte noch nie gehört, dass die gesamte Sippe unter der Verurteilung einer Hexe leiden musste – vorausgesetzt, dass man die Verwandtschaft nicht beschuldigte.

Der Meisterschöffe nickte. »Ausnahmslos alle! Wie will man denn sonst Herr über die Hexen in einer Familie werden?«

Maldner streute feinen Sand über die Tinte und blies ihn sogleich fort. Überall auf dem Schreibtisch lagen die dunkel verfärbten Körnchen. Sorgsam rollte er das Pergament zusammen und wickelte ein Band darum, das verhindern sollte, dass die Rolle sich öffnete. Dann legte er das Schriftstück zu zahlreichen anderen in ein Regalfach.

»Wenn der Besitz aller Angehörigen veräußert wird, dann können Eure aufgelisteten Kosten sicher mehr als einmal gedeckt werden«, merkte Servatius an, und seine Augen glitzerten bei dem Gedanken an eine hohe Entlohnung für seine Dienste.

Maldner betrachtete den Franziskaner abschätzig. »Hört, hört!«, spottete er. »Hier will jemand besonders bedacht werden! Was ich aufgestellt habe, waren lediglich die Kosten der Personen, die mit Susanne Schoullers Urteilsspruch zu tun hatten – diejenigen, die sie verhafteten, zur Burg brachten und bei der Verurteilung halfen. Hinzu kommen die Belastungen, die der Gefängnisaufenthalt verursacht hat. Auch musste sie von der Schaumburg zur Schwarzburg gebracht werden, wo sie hingerichtet wurde. Uns wurden der Karren und ein Fuhrmann für einen ganzen Tag in Rechnung gestellt, denn durch den heftigen Regen kam das Fuhrwerk nur schwer voran und benötigte für den Weg bergauf und bergab bedeutend mehr Zeit als an einem sonnigen Tag. An der Schwarzburg mussten wir sogleich den Preis für das Brennholz des Scheiterhaufens entrichten, wie auch den Lohn des Henkers und seiner Helfer. Außerdem habe ich meine eigene Entschädigung noch nicht eingefordert. Wie ihr sicher bereits feststellen konntet, trage ich mit meinem

Einsatz dazu bei, dass alles reibungslos abläuft. Gebt euch also nicht eurem falschen Denken hin! Die Kosten sind unvorstellbar hoch, so dass sogar der Erlös aus dem Besitz der Familie nicht ausreichen könnte.«

Die Höhe der Belastungen mag wohl stimmen, gab Barnabas dem Schöffen in Gedanken Recht, doch wandert ein beachtlicher Betrag sicherlich in deine eigene Tasche, Maldner!

Der Meisterschöffe wandte sich nun dem Magier zu. »Sagt mir euren Preis für die Erkennung der Hexe, damit ich abschätzen kann, ob wir eure Dienste benötigen.«

Nachdem Barnabas die Summe genannt hatte, wiegte der Meisterschöffe seinen Kopf hin und her und überlegte. Schließlich nickte er.

Plötzlich kam ein Wachmann in die Amtsstube gelaufen und flüsterte Maldner etwas zu. Dieser sprang sogleich auf und schrie: »Ich habe nichts angeordnet! Wie konnte das passieren?«

Der Wächter zuckte mit den Schultern und schaute zu Boden. Maldner kam auf Barnabas zu und sagte: »Ihr habt euch umsonst auf den Weg gemacht. Ohne mein Wissen hat man die Frau bereits der Tortur unterzogen. Sie hat das Bewusstsein verloren, und wie man mir sagt, wird sie es heute nicht wiedererlangen.«

»Ich habe das nötige Riechsalz bei mir, um sie aus der Ohnmacht zurückzuholen«, bot Barnabas seine Hilfe an.

Der Meisterschöffe schüttelte den Kopf. »Wenn sie uns wegstirbt, verdienen wir gar nichts. Kommt morgen wieder, dann sehen wir weiter.«

Ohne eine Antwort abzuwarten, verließ Maldner das Gebäude und ließ die drei Fremden allein zurück.

Servatius' Augen funkelten vor Zorn. »Welche Frechheit! Wir quälen uns bei Wind und Schnee den Berg hinauf, nur damit man uns sogleich wieder fortschickt. Wer ist dieser Dummkopf, dass er es wagt, so mit uns umzugehen?«

»Beruhige dich, Servatius. Schon morgen werden wir ihn ganz sicher von unseren Fähigkeiten überzeugen können«, versuchte Barnabas den Mönch zu besänftigen.

Maria blickte Barnabas mit großen Augen an. Sie hatte kaum ein Wort gesprochen und schob jetzt wortlos ihre Finger in die Hand des Magiers. Auf dem Weg von der Burg zurück ins Tal wich sie nicht einmal von seiner Seite.

Es war noch dunkel, als Barnabas am nächsten Morgen die Augen aufschlug. Er wusste sofort, dass es geschneit hatte, denn sein Kopf schmerzte, als habe ein Schmied seinen Schädel wie einen Amboss bearbeitet. Der Magier biss vor Schmerz die Zähne zusammen und suchte zwischen seinen Arzneien das Weidenrindenpulver. Allein bei dem Gedanken an den bitteren Geschmack des Suds schüttelte es ihn. Er wusste aber, dass diese Medizin die einzige war, die ihm Linderung verschaffen würde. Barnabas presste die Hände an die Schläfe und ging hinunter in die Küche, wo die Bäuerin bereits das Feuer schürte.

»Ich benötige heißes Wasser, um einen Sud aufzubrühen«, stöhnte er.

»Geht es dir nicht gut?«, fragte sie besorgt, als sie sein blasses Gesicht sah.

»Mein Kopf schmerzt, was nur bedeuten kann, dass es geschneit hat.« Die Frau nickte. »Mein Mann hat schon geflucht, da er wegen der Schneewehen kaum die Tür öffnen konnte.«

»Wir müssen heute unbedingt zur Schaumburg gehen.«

»Das wird nicht möglich sein«, sagte der Bauer, der fröstelnd die Küche betrat. Der Schal, den er sich um den Kopf gewickelt hatte, war mit einer dicken Schneeschicht überzogen, die nun durch die Wärme langsam schmolz. Als das Tauwasser auf den Boden tropfte, wickelte er das Tuch ab und reichte es seiner Frau, die es zum Trocknen über das Feuer hing. Der Mann schlang noch immer zitternd die Arme um den Leib. »Wenn schon hier unten so viel Schnee liegt, wird der Weg zur Schaumburg zu Fuß unpassierbar sein.«

Die Tür ging auf, und Servatius kam herein. Er rieb sich die klammen Finger aneinander. »Ich habe das Gefühl, als sei es kälter geworden.«

Barnabas schüttelte den silbrigen Schopf. »Wenn es schneit, ist es nicht sonderlich kalt. Nur die Feuchtigkeit gaukelt dir das vor. Sie kriecht in deinen Körper und setzt sich in den Knochen fest. Zu allem Überfluss können wir wegen des heftigen Schneefalls nicht zur Schaumburg gehen.«

»Wir müssen heute auf die Burg, sonst foltern sie selbst und benötigen unsere Hilfe nicht mehr!«, gab der Mönch grimmig zu bedenken.

Während Barnabas seinen Weidenrindensud schlürfte, bemerkte er, wie die Bauersfrau ihrem Mann ein Zeichen gab. Dieser zuckte kaum merklich mit den Schultern. Da Barnabas neugierig war, trank er das Gebräu langsam und wartete ab.

Nach einer Weile räusperte sich der Bauer. »Unsere Nachbarin, die Anna Barbs, ist ebenfalls eine Hexe!«, flüsterte er mit rauer Stimme. Fragend blickten der Magier und Servatius ihn an. »Wie kommst du darauf?«

»Des Öfteren konnte man aus ihrem Haus des nächtens Lärm hören. Dabei wohnt Anna allein. Im Ort wird gemunkelt, dass sie einen Poltergeist in ihrem Haus beherbergt.«

Servatius' Augen weiteten sich. Die Bauersfrau pflichtete ihrem Mann flüsternd bei: »Und ich habe gesehen, wie ihr Blick ins Leere ging, als ergreife ein unsichtbarer Dämon Besitz von ihr.«

Barnabas nippte an seinem Sud und überlegte. Dann sagte er nachdenklich: »Wenn wir heute auf die Schaumburg könnten, würde ich sofort dem Meisterschöffen davon berichten …«

Der Bauer zögerte kurz, bevor er sagte: »Ich habe einen

Schlitten, mit dem ich im Winter das Holz ziehe. Zwar ist mein Pferd nicht mehr das Jüngste ...«

»Wir zahlen dir einen Franken, wenn du uns zur Burg fährst!«, rief Servatius hastig, ohne sich mit Barnabas zu besprechen.

Der Magier blickte ihn mürrisch an. Servatius, was bist du doch für ein Dummkopf!, schimpfte er in Gedanken. Der Bauer hätte uns auch umsonst gefahren!

Das Lachen der Bauernkinder, die in die Küche gelaufen kamen, lenkte ihn ab. Er besah sich ihre Augen und berührte ihre Stirn. »Es geht ihnen besser«, stellte er zufrieden fest.

»Sie sind dank deiner Medizin wie ausgewechselt«, stimmte die Mutter ihm zu.

»Gib ihnen noch zwei Tage von dem Saft zu trinken, damit die Erkältung nicht zurückkommt.« Der Magier sah sich um. »Wo ist denn Maria?«, fragte er die Kinder, die sich mit dem Mädchen ein Zimmer teilten.

»Sie liegt im Bett und will nicht aufstehen!«, antwortete das älteste Kind.

»Ist Maria auch krank?«, fragte die Bauersfrau besorgt, doch das Kind verneinte. »Sie sagte, dass sie keine Lust hat, zur Burg zu gehen.«

Nachdenklich trank Barnabas seinen erkalteten Weidenrindensud und verzog angewidert das Gesicht. »Ich werde mich an den bitteren Geschmack niemals gewöhnen können«, schimpfte er und kippte den Rest hinunter. Dann stand er auf und verließ die Küche.

Obwohl Maria Barnabas den Rücken zuwandte, wusste er, dass sie nicht schlief. Ihr ungleichmäßiger Atem verriet sie.

»Geht es dir nicht gut?«, fragte Barnabas das Mädchen fürsorglich. Es schien zu überlegen, denn erst nach einigen Augenblicken wisperte es: »Doch.«

»Warum liegst du dann noch im Bett? Die anderen essen dir den Morgenbrei weg, wenn du nicht aufstehst.«

»Ich habe keinen Hunger.«

»Das ist sonderbar«, stellte Barnabas nachdenklich fest. »Vielleicht bist du doch krank!«

Maria setzte sich im Bett auf und blickte den Mann an. »Ich will nicht erneut auf die Schaumburg gehen. Ich habe keine Lust, den weiten Weg zu marschieren. Außerdem hat es geschneit, und es ist kalt.«

Barnabas lächelte mitfühlend. »Ja, das kann ich gut verstehen. Ich würde auch nicht gehen wollen, wenn ich nicht unbedingt müsste.«

»Warum müssen wir denn zur Schaumburg hochgehen?«

»Weil sie dort unsere Hilfe benötigen. Du weißt, dass man Frauen eingesperrt hat, die der Hexerei bezichtigt werden. Nur du und ich können herausfinden, ob sie tatsächlich Hexen sind.«

Verständnislos blickte Maria den Magier an.

»Erinnerst du dich, wie schlecht deine Stiefmutter dich behandelt und dich gezwungen hat, am Hexentanz teilzunehmen?« Die Augen des Kindes weiteten sich vor Schreck, und es nickte heftig.

»Du allein weißt, wer auch auf dem Hexentanzplatz war. Es gibt nicht viele Plätze, an denen sich Hexen versammeln. Es kann also gut sein, dass diese Frauen auf dem gleichen Tanzplatz waren wie die Frauen aus Weierweiler. Vielleicht hast du eine von ihnen dort gesehen und kannst das dem Meisterschöffen erzählen.«

»Aber die meisten Frauen trugen Masken«, setzte Maria entgegen.

»Ich weiß«, pflichtete Barnabas ihr bei. »Auch ist es dort dunkel, so dass man nur undeutlich sehen kann. Vielleicht ist dir trotzdem eine Besonderheit aufgefallen, an die du dich im Augenblick nicht mehr erinnerst. Ein Mal, ein Zeichen – irgendetwas. Deshalb, Maria, warten die Schöffen schon auf dich. Du bist wichtig, und ich werde dir helfen.«

Maria dachte nach. Zum ersten Mal in ihrem Leben wurde sie ernst genommen. Dieses Mal waren die Erwachsenen nicht die Bösen, die sie schlugen so wie ihr Vater und seine Frau, die sie schon wegen Kleinigkeiten verprügelt hatten. Barnabas schien ihr zu vertrauen, schien ihr zu glauben, dass sie beim Hexensabbat dabei gewesen war. Je länger Maria nachdachte, desto deutlicher kehrte die Erinnerung zurück, und vieles fiel ihr wieder ein. Nachdem Barnabas sie darauf angesprochen hatte, konnte sie sich tatsächlich wieder an verschiedene Zeichen erinnern.

»Aber der weite Weg …«, jammerte Maria leise.

Barnabas strich ihr liebevoll über den Kopf.

»Der Bauer wird uns mit seinem Schlitten bis zum Burgtor fahren.«

Es war tiefe Nacht, als Barnabas, Servatius und Maria wieder im Schlitten des Bauern saßen, der sie nach Hause bringen würde. Der Beginn der Befragung der Angeklagten hatte sich stundenlang hingezogen, da sich ihre Überführung hinauszögerte.

Erschöpft legte das Mädchen den Kopf an Barnabas' Schulter. Bevor Maria einschlief, bedachte sie Servatius mit einem zornigen Blick.

Als Barnabas mit Servatius und Maria auf der Schaumburg ankam, war der Meisterschöffe Mathias Maldner noch nicht anwesend. Trotzdem gingen die drei hinunter in den »Loco Tortura«, den Folterkeller, wo man die Angeklagte gerade aufziehen wollte. Zu diesem Zweck befestigten die Folterknechte der Frau einen Strick an den auf dem Rücken gefesselten Händen und ließen diesen über eine an der Decke der Folterkammer angebrachte Rolle laufen. Darüber wurde die Angeklagte zunächst so weit in die Höhe gezogen, dass ihre Zehen gerade noch den Boden berührten. Von Schmerzen gepeinigt, schrie sie, dass sie alles gestehen würde. Trotzdem ließ man sie erst nach einiger Zeit wieder herab, damit sie losgebunden ihr Geständnis ablegen konnte. Doch kaum stand die Frau ohne Fesseln auf festem Boden, verhöhnte sie die Folterknechte und weigerte sich, auch nur irgendetwas zu gestehen.

Barnabas war erstaunt darüber, dass die Frau selbst bei dieser, wenn auch linden Folter nicht offenbarte, eine Hexe zu sein. Anscheinend wusste sie nicht, was auf sie zukommen würde, denn als man der Angeklagten erneut die Hände auf den Rücken band, riss sie entsetzt die Augen auf. Nun wurde ihr zusätzlich ein Gewicht an die Füße gehängt, um ihr durch den Zug nach unten die Arme auszukugeln. Die Frau schrie aus Leibeskräften, doch niemand schien sich an ihrem Geschrei zu stören.

Barnabas ging zum Scharfrichter und schlug ihm vor: »Ich kenne sanftere Methoden, um sie zum Reden zu bringen. Nicht immer sind die brutalen die richtigen!«

Der Mann blickte ihn mürrisch an. »Wer seid ihr drei denn, und was habt ihr hier in meinem Keller zu suchen?«

»Meisterschöffe Maldner hat uns hierher bestellt, damit wir bei der Wahrheitsfindung behilflich sind.«

Der Scherge, der die Frau gerade hochziehen wollte, ließ von ihr ab und stellte sich neben den Henker. »Willst uns wohl unseren Lohn streitig machen!«, schimpfte er und rotzte dem Magier vor die Füße.

»Ich handle nach dem ›Malleus Malleficarum‹, dem Hexenhammer, und tue nichts Unrechtes!«, verteidigte der Henker sein Vorgehen.

Barnabas sog scharf die Luft durch die Nase ein. Dieses Buch ist wahrlich die schrecklichste Anleitung zur Hexenfindung, dachte er. Er wollte den Mann aber nicht weiter verärgern und erklärte: »Ich habe nicht behauptet, dass dein Vorgehen falsch ist. Nur was nützt es, wenn die Frau während der Folter geständig ist und, sobald ihr damit aufhört, euch auslacht? Ihr wisst, dass ein Geständnis nur zugelassen wird, wenn es freiwillig, ohne Tortur, gegeben wurde.«

Wieder rotzte der Henkersknecht auf den Boden. »Das wissen wir, doch ist es uns einerlei. Je länger die Arbeit dauert, desto mehr verdienen wir. Und stört uns ja nicht dabei, sonst bekommt ihr Ärger!« Der Mann nahm den Strick wieder auf und zog die schreiende Frau weiter hoch. Da öffnete sich die Verliestür, und Maldner, ein Schreiber mit Papier und Federkiel und ein Notar betraten den Raum. Mit einem Blick erfasste Maldner die Lage und schlug dem Schergen das Seil aus der Hand. Als die Frau zu Boden fiel, brüllte sie laut auf.

»Wer hat euch erlaubt zu foltern? Erst gestern habt ihr ohne meine Zustimmung die andere Frau der Tortur unterzogen.« Der Schöffe blickte den Henker sowie seine Helfer scharf an.

»Wir haben uns an die allgemeinen Vorgaben der Halsgerichtsordnung gehalten!«, verteidigte der Henker sein Vorgehen. »Dass wir von einem Scharlatan abgelöst werden sollen, hat uns niemand gesagt!«, blaffte er in Barnabas' Richtung.

»Ihr könnt gehen«, forderte Maldner die Gesellen auf.

»Und was ist mit unserem Lohn?«

Der Schöffe griff in die Tasche seines Beinkleids und zog für jeden ein Geldstück heraus.

»Was soll das?«, fragte der Scherge. »Das ist nicht das vereinbarte Entgelt!«

»Ihr könnt froh sein, wenn ihr überhaupt etwas bekommt. Und jetzt verschwindet.«

Der Scharfrichter und seine Helfer verließen nur widerwillig den Folterkeller. Leise stießen sie gegen Barnabas und den Meisterschöffen Beleidigungen aus, in dem Wissen, dass man ihnen nichts anhaben konnte.

Als sich die dicke Eisentür quietschend hinter ihnen schloss, blickten der Notar und der Schreiber Maldner neugierig an.

Der wandte sich Barnabas, Maria und Servatius zu. »Nun zeigt mir, dass ihr das Geld wert seid, das ihr von mir verlangt habt.«

Barnabas lehnte den Kopf gegen das Eisengestell des Schlittens. Er war mit sich und seiner Arbeit zufrieden.

Leise lachte er in sich hinein. »Ich bin ein Meister meines Fachs«, gratulierte er sich selbst. »Es ist erstaunlich, welche Wirkung diese krautige Pflanze mit der schmutzig gelben Blüte hervorbringen kann. Man muss nur wissen, wie viel man verabreichen darf, damit sie nicht tötet.«

Barnabas hatte der Frau genau die richtige Menge des Bilsenkrauts gegeben, so dass sie nicht nur keine Schmerzen mehr hatte, sondern auch in einen Rauschzustand versetzt wurde. Nun war es für ihn ein Leichtes, die »Hexe« in der Frau hervorzulocken. Sprachlos hatten der Meisterschöffe, der Notar und auch der Schreiber ihren Aussagen gelauscht.

Schamlos erzählte die Angeklagte von Fress- und Sauforgien, die sie mit anderen Frauen erlebt hätte. Sie fabulierte von dem hübschen Mann, der ihr angeblich schöne Worte ins Ohr flüsterte und ihr Blut in Wallung brachte. Sie gab auch bereitwillig Auskunft darüber, dass sie mit dem Schönling geheime Orte aufgesucht hätte, um mit ihm Unzucht zu treiben. Doch weder bezeichnete sie den Mann als Teufel noch die Frauen als Hexen.

Nach einer Weile bat Barnabas Maria, die abwartend in einer Ecke gesessen hatte, sich die Frau genauer anzusehen.

»Kannst du dich an sie erinnern, mein Kind?«, fragte er mit leiser Stimme. Maria umrundete die Frau, die dämlich grinsend auf dem Boden saß.

»Nein«, flüsterte Maria.

Barnabas drehte das Mädchen so, dass es ihm in die Augen blicken musste. »Versuche dich zu erinnern, Maria!«, forderte er sie freundlich auf. »Deine Aussage ist sehr wichtig. Du weißt, dass Frauen, die einen Bund mit dem Teufel eingegangen sind, nicht ungeschoren davonkommen dürfen.« Mit diesen Worten küsste er Maria auf die Stirn.

»Das ist alles Blödsinn!«, ereiferte sich Servatius. »Das Mädchen hat keinerlei Erinnerung an die Frau. Lass mich meine Arbeit machen, Barnabas, und ich versichere dir, dass wir schon bald ein Geständnis haben.«

Maria blickte Servatius wütend an, denn mit seinem gehässigen Gerede zerstörte er ihr diesen kostbaren Augenblick. Nachdenklich tastete sie über die Stelle, wo Barnabas' Lippen sie berührt hatten. Solche Zuwendung hatte sie nie zuvor bekommen. Die Liebkosung spornte sie an, und sie wollte dem Magier unbedingt helfen. Sie bedachte Servatius mit einem kalten Blick und umrundete die Frau ein weiteres Mal, als die Angeklagte plötzlich ein Kinderlied zu summen begann. Erschrocken blieb Maria stehen.

»Was hast du?«, fragte der Magier.

»Ich kenne dieses Lied.«

»Hast du es auf dem Hexentanzplatz gehört?«

Das Mädchen nickte.

»Überlege genau!«, forderte der Meisterschöffe es auf.

Wieder ein Erwachsener, der mir nicht glauben will!, schimpfte Maria in Gedanken und ballte ihre Hände vor Zorn zu Fäusten. Sie wandte sich wieder Barnabas zu, und als sie den gütigen Ausdruck in seinen Augen sah, verrauchte ihre Wut, und sie flüsterte ihm geheimnisvoll zu: »Zwar wurde ihr Gesicht von einer Maske verdeckt, aber das Lied hat sie soeben verraten. Höre, Barnabas, ich habe mir die Melodie gemerkt.« Leise summte Maria dasselbe Lied, und die Frau stimmte mit ein.

Das hatte den Meisterschöffen überzeugt, und ohne Widerrede bezahlte er den vereinbarten Lohn. Erst als die Münzen in Barnabas' Händen klimperten, verriet er Mathias Maldner, dass im Ort eine weitere Hexe wohnte.

Kapitel 26

Am Morgen des Heiligen Abends im Hause des Amtmanns von Wellingen

Bis jetzt hatte Johann von Baßy dem Knecht Paul schweigend zugehört. Nun lachte er leise in sich hinein und sagte: »Nur weil die Magd deine Zuwendung verschmäht und sich einen anderen auserwählt hat, macht sie sich keines Verbrechens schuldig.«

Der Spott, der aus seinen Worten herauszuhören war, erzürnte den Knecht. Mit hoher Stimme verteidigte er erregt sein Ansinnen: »Sie hat mich belogen und auch betrogen. Ich wollte ihr ein Freund sein, und sie ließ mich in dem Glauben, dass sie das auch wolle. Ihr selbst habt mich dazu ermutigt, mich ihr zu nähern. Und jetzt lacht Ihr mich aus?«

»Ich habe nicht gesagt, dass du für sie Gefühle entwickeln sollst, du Hornochse! Du solltest sie lediglich umgarnen, um herauszufinden, woher sie und die anderen Fremden kommen und warum sie von dort fortgegangen sind.« Selbst dafür bist du zu blöd. Kein Wunder, dass sie dich nicht will, fügte von Baßy in Gedanken hinzu.

»Sie kann nicht ungeschoren davonkommen!«, versuchte

Paul den Amtmann zu überzeugen. »Schließlich hat sie mich zum Gespött der Leute gemacht, weil sie den Schweinehirten mir vorzieht.«

»Das ist wirklich bitter!«, stimmte von Baßy zu. »Doch heute ist der Heilige Abend, Paul, und da kann ich nichts für dich tun, zumal ich keine belastenden Verstöße von ihr in Händen habe. Allerdings rate ich dir auch weiterhin, Augen und Ohren offen zu halten. Sobald du mir etwas Entscheidendes mitteilen kannst, werde ich sehen, was ich für dich tun kann.«

Aufmunternd klopfte der Amtmann dem Knecht auf den Rücken. »Sei weiterhin nett zu ihr, damit sie keinen Verdacht schöpft. Hier, Paul, meine Weihnachtsgabe für deine Bemühungen!« Die bis jetzt nicht viel wert waren!, dachte von Baßy und legte dem Knecht eine Münze in die Hand. Aber wer weiß, vielleicht bekomme ich noch das, was ich brauche.

Der Heilige Abend kam und lenkte die Menschen im Land für wenige Stunden von ihren Sorgen und Nöten ab. Arm und Reich versammelte sich in den Kirchen und dankte dem Herrn – selbst diejenigen, deren Dasein von Entbehrungen und Not gezeichnet war.

Manche dankten, weil sie trotz Armut und Hunger das Jahr überlebt hatten, andere, weil sie von Krankheiten verschont geblieben waren. Einige dankten, dass er ihnen eine neue Heimat gegeben hatte, und eine Frau war dankbar, dass sie nicht mehr allein war.

An diesem einen Abend schien Zufriedenheit unter den Menschen zu herrschen.

Bonner saß in seinem Verlies auf Burg Greifenstein und glaubte leise das Glockengeläut der Burgkirche zu hören. Die beiden

Burschen, die täglich sein Essen brachten, hatten ihm verraten, dass an diesem Abend Christi Geburt gefeiert wurde. Bonners Augen brannten von den Tränen, die er zu unterdrücken versuchte. »Ein Bonner heult nicht!«, schimpfte er sich selbst und wischte sich übers Gesicht. Doch als er an seine Tochter Karoline dachte, war es mit seiner Beherrschung endgültig vorbei. »Ich hätte längst zurück in Tastungen sein und heute mit ihr feiern müssen. Wie wird es meinem Karolinchen wohl ergangen sein, seitdem wir uns das letzte Mal sahen?«, jammerte er laut.

Und dann blitzte Wut in seinen Augen auf. »Dieser dämliche Simon wird den Bären nie erlegen, und ich werde auf ewig hier eingesperrt sein. Wäre ich doch nie in diesem Gasthaus eingekehrt, sondern der Handelsstraße gefolgt, dann hätte ich Johann und die Hexe längst eingeholt!« Er musste husten, und sein trockener Schlund brannte wie Feuer. Auch das Dröhnen in seinem Kopf nahm bei jedem neuen Hustenanfall zu. Bonner legte sich ermattet auf seinen Strohsack und hoffte, dass der Schlaf ihn bald übermannen würde, damit er nicht weiter über sein Schicksal nachdenken musste.

Albrecht Harßdörfer ging unruhig in seinem Arbeitszimmer auf und ab. Immer wieder linste er aus dem Fenster, um nachzusehen, ob seine Bewacher noch vor dem Haus standen. Selbst am Heiligen Abend harrten sie in eisiger Kälte aus, damit der Bürgermeister von Duderstadt nicht noch einmal die Flucht ergriff. Mittlerweile hatte es sich auf dem Eichsfeld herumgesprochen, dass gegen Albrecht Harßdörfer Beschuldigungen vorlagen, und die Gewissheit darüber ärgerte ihn. Langsam schwand seine Hoffnung, dass man die Anklage fallen lassen würde. Da er ahnte, dass eine Verurteilung für ihn das Ende seines guten Lebens in Duderstadt bedeuten würde, hatte er sich entschlossen, ein Gesuch an den Kurfürsten Johann Schweikhard von Kronenberg zu richten. Er bat, sein weiteres Leben in einem fern gelegenen Kloster verbringen zu dürfen. In dem Schreiben beteuerte er aber erneut, dass er unschuldig und zur Tat verführt worden sei. Allein die Magd des Großbauern Bonner trage an allem Schuld, und da diese flüchtig sei, sei der Großbauer bereits auf der Suche nach ihr. Er aber habe als Bürgermeister von Duderstadt lediglich die Absicht verfolgt, das Geld der Stadt zu nutzen, um es für die Bürger zu mehren. Nicht einen einzigen Gedanken habe er daran verschwendet, sich selbst zu bereichern.

Harßdörfer hoffte, dass der Kurfürst seinem Gesuch stattgeben und bereits im Januar der Spuk ein Ende haben würde. Bis dahin musste er Ruhe bewahren und sich gedulden. Als seine Frau ihn zum Weihnachtsessen rief, seufzte er und versuchte eine zuversichtliche Miene aufzusetzen, bevor er das Esszimmer betrat.

Der Heilige Abend im Jahr 1617 war auf dem Rehmringer-Gestüt ein anderer als in den Jahren zuvor. Verhaltene Feststimmung herrschte in dem Haus, wo dieser Abend sonst freudig erwartet wurde. Regina Rehmringer saß zum ersten Mal in ihrem Leben am Weihnachtsabend allein im Esszimmer an der gedeckten Tafel. Unglücklich stierte sie vor sich hin. Sie verspürte keinen Appetit, da ihr besonders an diesem Abend schmerzlich bewusst wurde, dass ihr Sohn Melchior von ihr gegangen war – ebenso wie sein Vater und ihre beiden anderen Kinder, die kurz nach der Geburt gestorben waren. Als Regina Rehmringer an die vergangenen Weihnachtsfeste mit ihrem Sohn dachte, leuchteten ihre Augen für einen kurzen Moment auf. In Gedanken hörte sie, wie Melchior ihr zuprostete und sagte: »Auf meine Mutter, die wundervollste Frau auf Erden!« Ihr war seine Huldigung stets unangenehm gewesen, und auch jetzt überzog bei dem Gedanken an seine Worte eine feine Röte ihr Gesicht. Was war von all dem Schönen geblieben? Es gab nur noch sie – eine alte Frau mit weißem Schopf und runzliger Haut. Sie bedauerte zutiefst, dass ihr weder eine Schwiegertochter noch ein Enkelkind vergönnt waren, die sie über die einsamen Stunden hinwegtrösteten und das Lachen in ihr Leben zurückbrachten.

Betrübt saß Regina Rehmringer am Tisch und starrte Braten, Karpfen, Gemüse und Pasteten an. »Wer soll das alles essen?«

Nachdem das Gesinde die Arbeiten auf dem Gestüt erledigt hatte, gab Clemens ihnen frei, damit sie den Abend bei ihren Familien verbringen konnten. Ungläubig hatten der Schmied, die Knechte und Mägde Clemens zugehört. Freie Stunden hatte es in all den Jahren nie gegeben, schließlich musste das Vieh auch an Sonn- und Feiertagen versorgt werden. Doch als die fünf Eichsfelder versprachen, bis zur Rückkehr des Gesindes diese Arbeiten zu verrichten, zögerten die Männer und Frauen nicht länger und eilten freudig nach Hause.

Burghard, Clemens, Johann und die zwei Frauen saßen am großen Tisch in der Küche, um gemeinsam den Heiligen Abend zu feiern. Aber selbst der Braten, den Franziska zubereitet hatte, entlockte Clemens, Katharina oder Burghard kein Lächeln.

Franziska blickte fragend zu Johann, der nur stumm mit den Schultern zuckte.

Zaghaft sah Katharina Clemens an, der sie keines Blicks würdigte. Seit sie ihm ihre Gefühle für Burghard gestanden hatte, verhielt er sich abweisend. Das ist der Dank für die Pflege, die ich ihm zukommen ließ, grollte Katharina in Gedanken. Es zerreißt mir das Herz, weil ich Weihnachten ohne meine Eltern feiern muss, und jetzt habe ich auch noch einen Freund verloren!

Da es Katharina wichtig war, Clemens die Wahrheit zu sagen,

war sie sofort am darauffolgenden Tag, nachdem ihr Burghard seine Liebe gestanden hatte, zu ihm gegangen und hatte ihm mit bebender Stimme alles gesagt. Clemens war stumm und regungslos geblieben. Nichts verriet seine Gefühle.

Erst nach ihrem Geständnis hatte Katharina gewagt, ihm in die Augen zu blicken. Niemals würde sie die Traurigkeit vergessen, die sie darin sah.

»Ich wünsche euch Glück«, war das Einzige, was Clemens ihr sagte. Dann hatte er sich umgedreht und war in die Scheune gegangen, wo er bis tief in die Nacht Holz spaltete.

Burghard sah Katharinas unglückliche Miene und suchte unter dem Tisch nach ihrer Hand. Als er sie fand, drückte er sie zärtlich. Sanft erwiderte sie seinen Händedruck. Burghard schielte zu Clemens hinüber, der mit versteinerter Miene am Tischende saß.

Es fiel auch Burghard schwer, seinen Freund zu verletzen. Er wollte Clemens nicht verlieren, aber auch nicht auf Katharina verzichten. Mehrmals hatte er deshalb versucht mit Clemens zu reden. Doch dieser ging ihm immer aus dem Weg. Als sie sich zufällig im Stall trafen und Burghard Clemens am Ärmel festhalten wollte, schnauzte dieser ihn an: »Nimm deine Finger von mir!«

Burghard wollte nicht sogleich aufgeben und bat mit fester Stimme: »Lass uns miteinander reden!« Daraufhin verschränkte Clemens die Arme abwehrend vor der Brust und höhnte: »Über was sollen wir beide denn sprechen? Darüber, dass ein Mönch mir mein Mädchen ausgespannt hat? Oder darüber, dass du heilig tust, es aber faustdick hinter den Ohren hast?«

»Ich habe dir Katharina nicht weggenommen, Clemens!«, verteidigte sich Burghard. »Als ich ihr meine Gefühle gestand, wusste ich nicht, was du für sie empfindest.«

»Pah! Es ist seltsam, dass du ausgerechnet jetzt bemerkst, was du für Katharina empfindest, obwohl du vor kurzem noch ins Kloster zurückgehen wolltest! Warum verschwindest du nicht dorthin und lässt uns in Ruhe?«

»Du kannst mir nicht vorwerfen, dass ich meine Meinung geändert habe.«

»Verschwinde, du Judas!«, schleuderte Clemens Burghard daraufhin entgegen.

Seitdem würdigten sich beide keines Blickes mehr.

Schon seit Tagen verspürte Clemens kaum noch Appetit, und selbst der duftende Festtagsbraten konnte ihn nicht locken.

Katharinas Geständnis hatte von einem Augenblick zum anderen seine Hoffnungen und Wünsche zerstört, so dass dieser Heilige Abend für ihn der schlimmste seines Lebens war. Dass er Weihnachten nicht in Dingelstedt verbringen würde, bedrückte ihn ebenfalls. Mit Katharina an der Seite hätte dieses Weihnachtsfest für ihn erträglich werden können. So aber schmerzte es umso mehr, denn besonders in der Vorweihnachtszeit hatte Clemens häufig an sein Zuhause in Thüringen gedacht. Die Erinnerung an das letzte Weihnachtsfest mit seiner Familie vor drei Jahren, als seine Eltern, Anna und er glücklich zusammen gefeiert hatten, kam ihm in den Sinn. Clemens glaubte sogar, den Duft der Plätzchen zu erschnuppern, der schon einige Tage vor Heiligabend das ganze Haus durchzogen hatte. In Gedanken konnte er auch Annas Lachen hören. Er erinnerte sich an das besondere Geschenk, mit dem Anna ihn jedes Jahr überraschte. Clemens sah die glitzernden Augen und hochroten Wangen seiner Schwester vor sich, wenn sie es kaum erwarten konnte, sein Geschenk auszupacken. Das waren nur noch Erinnerungen an eine glückliche Zeit. Wer hätte gedacht, dass das Leben uns so strafen würde?, dachte er.

Clemens hätte Anna gerne eine Nachricht zukommen lassen, wohin er geflohen war. Aber die Angst, der Meuchelmörder könne auf diese Weise auf seine Spur stoßen, hinderte ihn daran. All diese Erinnerungen drückten auf sein Gemüt, und es gab niemanden, der ihn hätte trösten können.

Clemens starrte verdrossen auf die Tischplatte vor sich und spürte die Blicke der anderen auf sich ruhen. Nur zu gerne wäre er aufgestanden und in seiner Kammer verschwunden. Da es aber der Heilige Abend war, glaubte er sitzen bleiben zu müssen. Doch dann konnte er den Gedanken nicht mehr ertragen, gemeinsam mit Burghard und Katharina in einem Raum zu sein. Clemens wurde heiß und kalt, und er glaubte ersticken zu müssen. Doch in dem Augenblick, als er aufspringen und nach draußen flüchten wollte, öffnete sich die Tür, und Frau Rehmringer betrat die Küche.

»Hier scheint ja eine Trauerfeier stattzufinden«, sagte sie erstaunt und blickte die fünf jungen Leute forschend an. Verlegen schauten diese zu Boden.

»In all den Jahren, an die ich mich zurückerinnern kann, hat es am Heiligen Abend auf dem Gestüt keine trübselige Stimmung gegeben. Und die erlaube ich auch heute nicht. Gott hat euch zu mir geleitet, dafür wollen wir ihm danken. Katharina, Franziska, geht in mein Esszimmer und bringt die Speisen hierher. Johann, hol aus dem Keller eine Flasche Rotwein, und dann werden wir gemeinsam Christi Geburt feiern.«

Barnabas saß mit Maria, Servatius und der Bauernfamilie am Tisch und knabberte eine Rippe des Spanferkels sauber.

»Solch einen Festbraten gab es bei uns noch nie zu essen!«, schmatzte der Bauer und sah grinsend zu seiner Frau.

»Wir können dir nicht genug danken!«, sagte das Weib und blickte auf ihre Kinder, deren Wangen vom Bratenfett glänzten.

Auch Maria langte kräftig zu und war gut gelaunt. Nur Servatius schaute über seinen Fleischknochen mürrisch in die Runde. Vergnügt schenkte Barnabas dem Mönch Rotwein nach und sagte: »Entspanne dich! Heute ist ein Tag der Freude.«

Servatius' Blick schweifte zu Maria, die mit den Kindern herumalberte. Wenn ich nur wüsste, wie ich diese Kröte loswerden kann, überlegte er missmutig.

Als könne sie seine Gedanken lesen, schaute Maria im gleichen Augenblick zu ihm hinüber. Als das Mädchen sah, dass Servatius sich von ihr ertappt fühlte, lachte es laut auf.

Kapitel 27

Im Januar des Jahres 1618 prasselte der Regen unaufhörlich vom Himmel und tauchte Wald und Feld in graues Licht. Bäche, Seen und Flüsse schwollen an und überfluteten die Auen, so dass sich das Land in eine Seenlandschaft veränderte.

Selbst der Hessbach, der sonst ruhig mitten durch die Hauptstraße von Wellingen führte, wurde zu einem gefährlichen Gewässer. Als der alte Hochstetter seinen Nachttopf in dem Bach entleeren wollte, verlor er das Gleichgewicht und stürzte hinein. Seine Schreie gingen in dem Getose des Wassers unter, und so fand man seine Leiche erst einige Tage später außerhalb des Ortes an einem Baum hängend, dessen Äste bis über den Bach reichten.

Die Menschen in Wellingen verließen nur selten ihre Häuser, zumal sich die festgestampften Wege in schlammige Pfade verwandelten, in denen man knöcheltief einsank. Die Arbeit der Bauern musste ruhen, und so saßen sie in ihren Häusern und beschäftigten sich mit dem Ausbessern der Arbeitsgeräte, dem Flechten von Körben oder dem Stopfen von Löchern in Dach und Gemäuer.

Im Februar herrschte eisige Kälte, die Mensch, Tier und Natur betäubte. Das Wasser erstarrte zu Eis, so dass die Wege spiegelglatt wurden. Fast täglich musste der Arzt Knochenbrüche richten, und manch einer starb an Wundfieber.

Der alten Kräuterfrau Ida fror die Nasenspitze ab, weil sie vergaß, sie dick mit Melkfett einzuschmieren. Als sie zum Kräutersuchen im Wald unterwegs war, bemerkte sie in ihrem Eifer die Kälte nicht, und erst in der Wärme spürte sie den stechenden Schmerz. Ihre Nasenspitze verfärbte sich pechschwarz, was für manche Häme sorgte.

Die Kinder waren die Einzigen, denen die klirrende Kälte nichts ausmachte. Unentwegt rutschten sie auf dem zugefrorenen Bach und jauchzten vor Vergnügen. Riefen die Mütter sie zurück ins Haus, weil sie sich am Ofen wärmen sollten, hörte man die Jungen und Mädchen wie Rohrspatzen schimpfen.

Endlich kündigte sich der März an, und die Menschen hofften auf den ersehnten Frühling. Stattdessen fegten Winde über das Land, die Schnee mit sich führten. Die Männer wurden ungeduldig, da sie die Felder bestellen wollten, und selbst das Vieh blökte, wieherte, meckerte oder grunzte in den Ställen, denn es wollte nicht länger eingesperrt sein. In einigen Häusern wurde das Brennholz, in anderen die Lebensmittel knapp. Manch einer litt quälenden Hunger, während andere im kalten Haus saßen und erbärmlich froren. Die Hoffnung schwand, dass es schnell anders werden könnte.

Johann von Baßy musste sich durch das Schneegestöber kämpfen, um zum Rehmringer-Gestüt zu gelangen. Der Wind trieb ihm unentwegt die zu Eis erstarrten Schneeflocken ins Gesicht, die er wie Nadelstiche auf der Haut spürte. Als er endlich auf dem Hof ankam, saß Regina Rehmringer vor einem wärmenden

Kaminfeuer, wohl gelaunt und guter Dinge. Erstaunt sah sie den bibbernden Mann an, der sich seines durchnässten Umhangs entledigte und sich vor das Kaminfeuer stellte.

»Wie ich sehe, liebe Tante, mangelt es dir an nichts«, sagte von Baßy mit verkniffener Miene. Er versuchte seiner Stimme einen freundlichen Klang zu verleihen, was ihm jedoch nicht recht gelingen wollte. Obwohl er seine Mundwinkel nach oben zog, waren seine Augen kalt. Regina Rehmringer musterte ihn misstrauisch.

»Ich glaube nicht, dass du gekommen bist, um dich nach meinem Befinden zu erkundigen. Was führt dich bei diesem scheußlichen Wetter zu mir, Johann?«

Der Amtmann räusperte sich. »Wie du dich sicherlich noch erinnern kannst, habe ich dir im letzten Jahr den Vorschlag unterbreitet, zu mir und meiner lieben Frau zu ziehen. Dieses Angebot wollte ich erneuern. Alles ist vorbereitet, um dich willkommen zu heißen. Sicherlich wirst du nach dem strengen Winter gemerkt haben, dass dieses Gehöft für dich allein zu groß ist. Es für nur eine Person zu heizen und instandzuhalten, entbehrt jeglicher Vernunft.«

»Wie kommst du darauf, dass ich das Gehöft für mich allein heizen würde? Immerhin habe ich Gesinde.«

»Auch wenn dich dieses tatkräftig unterstützt, Tante, seien wir ehrlich, die Kosten fressen dich auf. Was willst du hier allein? Komm zu uns! Da gehörst du hin! Wir sind deine Familie – die Einzige, die du noch hast.«

Johann von Baßy beobachtete die Alte, die regungslos ins Feuer starrte und abzuwägen schien. Schließlich wandte sie sich wieder ihm zu und sagte: »Deine guten Absichten in Ehren, Johann. Aber nirgends würde es mir besser ergehen als hier!«

In dem Augenblick klopfte es, und eine junge Magd betrat den Raum. Sie begrüßte den Amtmann freundlich und sagte: »Frau Rehmringer, es ist Zeit für Euren Mittagschlaf!«

»Danke, Katharina. Geh schon vor und richte mein Bett.«

Als er den Namen der Magd hörte, verengte von Baßy die Augen und betrachtete die junge Frau genau. Das ist also die besagte Katharina, die sich von einem Schweinehirten anstatt von Paul beglücken lässt. Sie würde mir auch gefallen!, dachte er zynisch.

Das Mädchen nickte ihm zu und verließ den Raum. Von Baßy räusperte sich, um die Aufmerksamkeit seiner Tante auf sich zu lenken. »Wie wirst du dich entscheiden, Tante?«

»Warum sollte ich mein Heim aufgeben? Dank Katharina geht es mir bestens, und um die Kosten für die Unterhaltung meines Anwesens musst du dich nicht sorgen, Johann. Graf Ludwig II. von Nassau-Saarbrücken hat bereits mehrere wertvolle Kutschpferde bestellt. Sobald sie ausgebildet sind, wird mein Stallmeister die Pferde nach Saarbrücken bringen. Du siehst, mein Lieber, du sorgst dich umsonst.«

Regina Rehmringers Worte zeigten bei von Baßy nicht die Wirkung, die sie sich erhofft hatte. Nachdenklich zog sie ihre Stirn kraus. Was führt er im Schilde, grübelte sie.

Das Kaminfeuer hatte den Amtmann anscheinend genug gewärmt, denn er setzte sich in den Sessel neben ihr und legte entspannt die Beine übereinander.

»Ist dir schon zu Ohren gekommen, was im Ort erzählt wird?«

Neugierig setzte sich die Frau auf und schüttelte den Kopf.

Der Amtmann beugte sich nach vorn und sagte mit ernster Stimme: »Dunkle Gestalten sollen des nächtens in Wellingen ihr Unwesen treiben. Man hat beobachtet, wie sie neugierig in die Fenster und Stallungen schauten. Auch um den Rehmringer Hof sollen sie geschlichen sein. Die Leute sagen, diese Gestalten wären lautlos wie Fledermäuse und würden ebenso wie diese unheimlichen Tiere schnell und geräuschlos verschwinden. Man könnte nur ihre Schattenumrisse erkennen.«

Mit großen Augen starrte er die Frau an, die sich in ihrem Sessel zurücklehnte und zu verstecken schien.

»Das hört sich furchtbar an!«, sagte Regina Rehmringer. »Sicher handelt es sich um herumstreunendes Gesindel, das ein trockenes Plätzchen sucht.«

»Tante, nimm es nicht auf die leichte Schulter. Dämonen könnten ebenso ihr Unwesen treiben wie Hexen, die der Teufel ausgesandt hat, um Schadenszauber zu verrichten.«

»Papperlapapp! Was erzählst du für dummes Zeugs? Wenn diese Gestalten durchs Fenster glotzen wollen, dann sollen sie es tun. Der liebe Herrgott wird über mich wachen!«

Von Baßys Mund wurde zu einem schmalen Strich. Es kostete ihn Mühe, sich zu beherrschen.

Regina Rehmringer sah die Veränderung in seinem Gesicht und triumphierte innerlich. Bevor er wieder das Wort ergreifen konnte, sagte sie: »Du musst mich jetzt entschuldigen, Johann. Ich möchte Katharina nicht warten lassen, da sie sich sonst Sorgen macht. Sie ist ein so nettes Mädchen, das sehr auf mein Wohlbefinden achtet. Aber vor allem kann Katharina wundervolle Geschichten erzählen. Geschichten, die mich erfreuen und schlafen lassen wie ein Kleinkind.«

Regina Rehmringer erhob sich und ging zur Tür. »Ich danke dir und deiner lieben Frau für eure Fürsorge, aber wie du siehst, ist sie nicht vonnöten.«

Mit diesen Worten verließ sie den Raum und ließ den Amtmann von Wellingen sprachlos zurück.

Zornig hieb Johann von Baßy mit der Faust auf die Armlehne des gepolsterten Sessels ein. »Sie will es nicht anders! Nun gut, dann werde ich wohl andere Schritte einleiten müssen. Der Amtmann von Püttlingen wird wissen, was zu tun ist!«

Regina Rehmringer saß in ihrem Bett und gluckste wie ein Kind. »Du hättest sein Gesicht sehen sollen, Katharina! Ich dachte, sein puterroter Schädel würde jeden Augenblick platzen. Johann konnte seinen Zorn schlecht zügeln. Als er mir mit ernster Miene von den unheimlichen Schatten erzählte, konnte ich mich kaum noch beherrschen und hätte beinahe losgeprustet.«

Erschrocken hielt Katharina in ihrer Arbeit inne. »Der Amtmann erzählte von den Schatten? Woher weiß er von ihnen?«

»Irgendein Trottel wird sie gesehen und es ihm erzählt haben. Was ihm nicht zu verdenken ist, schließlich passiert in den Wintermonaten nicht viel, und da ist man für alles empfänglich.«

Katharina nickte und schüttelte der alten Frau das Kissen auf.

»Wo ist Burghard?«, fragte Frau Rehmringer und gähnte verhalten. »Bei Pfarrer Schnetter?«

Eifrig nickte die junge Frau. »Er wird bis morgen bleiben wollen, dann ist auch diese Abschrift vollendet.«

Ein verschwörerisches Lächeln ließ Frau Rehmringer jünger wirken. »Wunderbar! Bis das Wetter sich ändert, werden sie zahlreiche Abschriften des Buches gefertigt haben. Dann können sie endlich die Pfarrer in diesem Teil des Reiches aufsuchen und bekehren.« Mit besorgter Miene fragte sie dann Katharina: »Du hast Burghard aber doch hoffentlich ermahnt, dass er das Fenster des Arbeitszimmers in der Pfarrei abdecken soll?«

»Ja, Frau Rehmringer, sogar Johann hat ihn darauf hingewiesen. Seit unsere Freunde von seinem Geheimnis wissen, sind sie sehr bedacht darauf, dass es gewahrt bleibt.«

»Sehr schön, mein Kind. Es wäre der Anfang vom Ende, wenn jemand den Schein eines Kerzenlichts sehen würde, obwohl Pfarrer Schnetter gegenwärtig in der Gemeinde Schwalbach weilt.«

Müde streckte sich Regina Rehmringer auf ihrem Bett aus. Katharina setzte sich zu ihr und begann von ihrer Heimat, dem Eichsfeld, zu erzählen.

Mit spitzen Fingern suchte Burghard in einem Kistchen nach einer passenden Feder. Als er eine Pfauenfeder fand, spitzte er sie mit einem Federmesser an. Mehrmals hielt er die Rohrfeder vor das Licht der kleinen Kerze, die vor ihm auf dem Tisch brannte. Nachdem die Feder die passende Spitze hatte, tauchte er sie vorsichtig in das kleine Tintenglas.

Burghard hielt die Luft an und schrieb in schwungvollen Buchstaben die Überschrift. Nachdenklich betrachtete er sein Werk.

Noch wenige Seiten, und auch diese Abschrift wird vollendet sein, dachte er zufrieden. »Wenn es nur nicht so kalt wäre, dass mir die Finger steif werden!«, schimpfte er, als er seinen Atem als eine weiße Wolke vor sich sehen konnte. Er schüttelte die gefühllos gewordenen Hände. Burghard traute sich nicht, das Feuer im Kamin anzuzünden aus Angst, jemand könnte den Qualm bemerken. Er ging im Zimmer auf und ab und hüpfte in die Höhe, um die Kälte aus seinem Körper zu vertreiben. Erschöpft wischte er sich mit beiden Händen übers Gesicht. Seine Augen brannten. Auch Hunger und Durst quälten ihn. »Ich sollte mir eine Pause gönnen und etwas essen.«

Hungrig schaute Burghard in den Beutel, den Katharina ihm gepackt hatte. Erst jetzt bemerkte er, dass seine Finger mit dunkler Tinte verschmiert waren. »Wie soll ich erklären, dass Tinte an meinen Fingern haftet?«, murmelte er vor sich hin und wischte mit dem Beutelleinen darüber. Aber die Farbe ließ sich nicht abreiben. Müde gab er auf und kramte im Beutel nach etwas Essbarem. Katharina hatte ihm Brot, Käse und ein Stück geräucherten Speck eingepackt. Burghard zog den Korken aus dem Krug und goss sich Wein in einen Becher. Genussvoll nahm er einen Schluck. Als der Rebensaft seine Kehle hinunterrann, schloss er die Augen. »Mmmh!«, stöhnte er leise. »Das ist die richtige Belohnung für meine Arbeit«, freute er sich und glaubte, dass der Wein ihn wärmen würde.

Mit dem Becher in der Hand blickte Burghard auf die zahlreichen beschriebenen Buchseiten, die er zum Trocknen inmitten der Pfarrstube an einer Schnur aufgehängt hatte. Während er von dem Käse abbiss, betrachtete er die vor seinen Augen schwebenden Seiten. Er ging sie der Reihe nach durch und nickte zufrieden.

»Meine Arbeit kann sich sehen lassen!«, flüsterte er zwischen zwei Bissen. »Jeder verschnörkelte Buchstabe kommt einem Meisterwerk gleich!«

Plötzlich bewegten sich die Blätter an der Leine.

»Ein Luftzug!«, murmelte er erschrocken. »Jemand hat ein Fenster oder eine Tür geöffnet!«

Mit zittrigen Fingern legte Burghard den Käse auf den Schreibtisch und ergriff stattdessen den Weinkrug, den er mutig hochhob. Vorsichtig schlich er sich bis zur angelehnten Zimmertür, als diese gänzlich aufgestoßen wurde und eine schwarze Gestalt sich ins Zimmer schob. Erleichtert senkte Burghard den Krug, denn er hatte den nächtlichen Besucher erkannt.

»Es wäre schade um den Wein, wenn du mir den Krug auf den Schädel hauen würdest«, lachte Bruder Ignatius.

»Verzeih, aber ich habe nicht mit dir gerechnet.«

»Ich habe mich kurzfristig entschlossen vorbeizuschauen. Zuerst dachte ich, dass niemand hier wäre, da man von draußen nichts erkennen kann.«

»Ich habe die Fenster abgehängt und den Kamin nicht entzündet, damit weder Lichtschein noch Qualm mich verraten können.«

Der Jesuit zog den Umhang fester um sich. »Es ist empfindlich kalt in diesen Räumen. Dass du in dieser Kälte arbeiten kannst, ist erstaunlich.«

Ignatius erblickte die zahlreichen Abschriften und klopfte Burghard anerkennend auf die Schulter. »Wie ich sehe, kommst du gut voran.«

Stolz stellte sich Burghard neben den Mönch und sagte: »Ich hätte nie gedacht, dass es mir so leicht von der Hand gehen würde. Da ich dank Pfarrer Schnetter und Frau Rehmringer ungestört im Pfarrhaus arbeiten kann, benötige ich nur noch wenige Sitzungen, bis die letzte Abschrift vollendet sein wird.«

»Gut so! Auch wir haben mehrere Bücher anfertigen können. Ich kann es kaum erwarten, bis das Wetter besser wird, damit wir unserer Berufung nachgehen können.«

Burghard füllte den Becher mit Wein und reichte ihn Ignatius. »Hoffen wir, dass unsere Glaubensbrüder der Wahrheit gegenüber offen sein werden und wir viele arme Seelen retten können.«

Einige Tage später erlaubte es das Wetter Johann von Baßy, nach Püttlingen zu reiten. Der Amtmann von Wellingen wusste, dass er dafür fast den ganzen Tag benötigen würde, da das Pferd im hohen Schnee nur langsam vorankam. Auf Feldern, die von Baßy kannte, getraute er sich, das Pferd in den Trab zu bringen, doch das Tier wollte immer wieder losgaloppieren. »Das würde mir noch fehlen, dass der Gaul sich die Beine bricht und ich hier erfriere«, schimpfte von Baßy und zügelte das Pferd.

Stunden später sah er Püttlingen vor sich liegen.

»Ich kann froh sein, dass ich mich nicht verirrt habe, obwohl alles um mich herum weiß ist«, murmelte er.

Es war schon spät, als von Baßy in der Nähe des Rebenbergs in den Ort einritt. Der Amtmann von Wellingen hielt sich rechter Hand und gelangte durch die Gasse »Bey der Brück« zu dem Holzsteg, auf dem er den Köllerbach überquerte. Keine Menschenseele begegnete ihm. Er trat dem Pferd in die Flanken und preschte in den Burghof. Dort saß er ab und überließ sein Pferd dem Stallburschen, der sogleich herbeigeeilt kam. Ohne anzuklopfen, riss von Baßy das Eingangsportal auf und stürmte den Flur entlang geradewegs in den Wohnsalon. Durchnässt und frierend stellte er sich vor das wärmende Kaminfeuer. Leise stöhnend rieb er seine steifen Hände über den Flammen. Als von Baßy aus den Augenwinkeln eine Bewegung bemerkte, wandte er den Kopf und sah seinen Freund im Sessel sitzen. »Es muss dir sehr unter den Nägeln brennen, wenn es dich bei diesem Wetter zu mir treibt!«, sagte dieser spöttisch zu ihm. Dann stand er auf und reichte ihm einen Becher heißen Würzwein.

»Hier, trink, das wärmt von innen.«

Dankend nahm der Amtmann aus Wellingen das dampfende Getränk entgegen. Zwischen zwei Schlucken sah von Baßy auf und fragte: »Du hast also meine Nachricht bekommen?«

Thomas Königsdorfer nickte.

»Hast du dir meinen Vorschlag überlegt?«

Königsdorfer zuckte mit den Schultern. »Du bist selbst Amtmann und kannst die Frau in deinem Ort ins Gefängnis schaffen lassen. Warum belästigst du mich mit deinen Belangen? Ich habe in meinem eigenen Amtsbezirk genug zu tun.«

Johann von Baßy wusste, dass Thomas Königsdorfer nur versuchte, seinen Gewinn in die Höhe zu treiben.

»Du hast mehr Macht, Thomas«, schmeichelte er ihm. »Wenn ich die junge Frau in Wellingen ins Gefängnis bringen lasse, läuft meine Tante direkt zu den Kriechingern. Dann ist die Hexe schneller wieder frei, als mir lieb ist.«

»Woher stammt die Frau? Ich habe gehört, dass es mehrere Fremde sind, die bei der alten Rehmringer Unterkunft erhalten haben.«

Von Baßy nickte. »Es sind drei Männer und zwei Frauen. Sie sollen von der anderen Seite der Werra kommen. Der Landstrich heißt angeblich Eichsfeld.«

»Das weiß ich bereits.« Thomas Königsdorfer schien zu überlegen. Er stand auf, ging zum Fenster und blickte hinaus. Johann von Baßy gesellte sich zu ihm und folgte seinem Blick. Als er das runde Gebäude vor sich sah, das in der Abenddämmerung unheimlich und düster wirkte, fragte er: »Wie viele Frauen sind zurzeit im Hexenturm eingesperrt?«

»Bis jetzt sind es fünf Weiber«, antwortete Königsdorfer mit Abscheu in der Stimme. »Seit heute Morgen werden sie der peinlichen Befragung unterzogen.«

»Sind sie schuldig?«

»Dass es Hexen sind, wusste ich, bevor sie gestanden haben«, sagte Königsdorfer voller Hohn. »Bereits morgen werden sie brennen.«

Erstaunt blickte von Baßy auf. »So schnell?«

»Worauf warten? Schließlich haben sie Wetterzauber ausgeübt.«

»Das haben sie zugegeben?«

»Kannst du dich erinnern, dass wir jemals um diese Jahreszeit solches Wetter hatten?«, fragte der Püttlinger Amtmann zornig. Von Baßy wollte Königsdorfer nicht weiter reizen und schwieg. Stumm wandten sich die beiden Männer vom Fenster ab und setzten sich.

»Was ist jetzt, Thomas? Wirst du die Frau verhaften?«

Königsdorfer verengte seine Augen. »Warum willst du nur diese eine Frau im Hexenturm sehen? Warum nicht alle fünf?«

Johann von Baßy überlegte kurz. »Nein, die eine Frau reicht. Wir wollen nicht übertreiben«, versuchte er zynisch zu scherzen. »Sollten die anderen dann nicht vom Gestüt verschwinden, kannst du sie meinetwegen alle einsperren lassen.«

»Was springt dabei für mich heraus?«

Von Baßy wusste, dass im Grunde nur diese Frage für sein Gegenüber von Bedeutung war. »Es soll dein Schaden nicht sein, Thomas. Das Geldsäckchen wird reich gefüllt sein. Sollte ich das Gestüt übernehmen, erhältst du außerdem ein prächtiges Ross.«

Fragend zog Königsdorfer eine Augenbraue in die Höhe. »Warum so großzügig? Da steckt doch mehr dahinter.«

Von Baßys Gesichtsausdruck verfinsterte sich. »Weil ich besonders diese eine Frau dort drüben im Hexenturm sehen will!«

Königsdorfer blickte seinen Freund nachdenklich an. »Wieso solltest du das Gestüt erhalten? Die alte Rehmringer lebt schließlich noch.«

Von Baßy nahm einen Schluck Würzwein. »Durch die Verhaftung der jungen Frau wird die Alte eingeschüchtert werden. Niemand wird sie dann umsorgen, hegen und pflegen. Ich werde ihr zeigen, dass ihr Schicksal in meiner Hand liegt. Und wenn sie nicht das macht, was ich will, werden die anderen ebenfalls in den Hexenturm gesperrt. Einer nach dem anderen, bis die Alte unterschreibt.«

»Warum ist es dir so wichtig, das Gestüt ausgerechnet jetzt zu bekommen?«, fragte Königsdorfer verständnislos. »Irgendwann erbst du es sowieso.«

»Ich werde das Gestüt meinem Sohn Philipp überschreiben. Es soll für den Schultheiß von Dillingen ein Anreiz sein, seine Tochter mit meinem Sohn zu vermählen.«

»Normalerweise bringt doch die Braut die Mitgift mit«, höhnte Königsdorfer. Von Baßy nickte. »Das tut sie auch, denn die Tochter des Schultheiß wird eines Tages ein riesiges Waldgebiet besitzen. Und so wäre sie eine achtbare Partie für meinen Phillip, doch es gibt mehrere Bewerber. Deshalb muss mein Sohn etwas vorzuweisen haben, und dafür wäre das Gestüt mehr als gut geeignet.«

Ja, denn ohne das Gestüt würde dein Sohn nicht einmal vom Schultheiß angehört werden. Selten habe ich solch einen Trottel gesehen wie Phillip von Baßy!, dachte Thomas Königsdorfer und grinste in sich hinein.

»Wann wirst du die Frau festnehmen?«, fragte von Baßy fordernd.

»Wann soll die Hochzeit sein?«

»Die Mutter der Braut wünscht, dass die Vermählung einen

Tag vor dem nächsten Weihnachtsfest stattfinden soll. Irgendeine rührselige Laune hat sie wohl dazu veranlasst.«

»Das ist gut, dann haben wir noch etwas Zeit. In den nächsten Wochen muss ich mich zurückhalten. Es sollen bereits Beschwerden gegen mich vorliegen, dass ich zu viele Verhaftungen vornehme. Lass uns bis zum Sommer warten, dann können wir sicher sein, dass es genauso kommen wird, wie du möchtest. Bis dahin verhalte dich ruhig, damit niemand Verdacht schöpft.«

Johann von Baßy spürte, wie sein Blut durch den Körper raste. Hitze kroch in ihm hoch, so dass er den noch warmen Wein beiseitestellte.

»Ich hoffe, ich kann mich auf dich verlassen, Thomas«, grollte er, ohne sich Mühe zu geben, seine Zweifel zu verbergen.

Königsdorfer funkelte ihn böse an. »Beleidige mich nicht, denn schließlich stehe ich immer zu meinem Wort. Du brauchst nur die Hexen zu fragen!«

Kapitel 28

Der April ließ die Menschen aufatmen. Die dunklen Wolken hatten sich verzogen, und von Schnee und Kälte war stetig weniger zu spüren. Auch zeigte sich die Sonne immer öfter, und schon früh morgens war das Gezwitscher der Vögel zu hören. Alles schien aus einem langen Winterschlaf zu erwachen. Die Menschen krochen aus ihren Häusern hervor und genossen die ersten Sonnenstrahlen. Auf den grünen Koppeln sprangen übermütig Lämmer, Fohlen, Zicklein und Kälber umher. Die Bienen summten und sammelten eifrig den Nektar aus den bunten Blüten. Endlich war die Natur erwacht und entfaltete ihre herrliche Pracht.

In den Ortschaften um Exweiler waren auch in den Wintermonaten Hexen erkannt und verbrannt worden. Dank des Bilsenkrauttranks, den Barnabas den Maleficantinnen verabreicht hatte, um sie zu berauschen, damit sie willenlos ihre Hexenzugehörigkeit gestanden, blieb mancher Angeklagten die Tortur erspart.

Die zahlreichen Verurteilungen hatten Barnabas' Geldsäckchen reichlich gefüllt, worüber er sehr zufrieden war. Der Magier wusste, dass er seinen Erfolg auch Maria zu verdanken hatte, und das betonte er bei jeder Gelegenheit.

»Weil du, mein Kind, den Hexentanzplatz aufmerksam beobachtet hast, dir Zeichen, Lieder, Stimmen und Eigenarten der dort anwesenden Frauen gemerkt hast, konnten wir die Schuldigen erkennen und anklagen. Du, Maria, bist die wahre Hexenfinderin!«, lobte er das Mädchen, das mit glänzenden Augen die Schmeichelei dankbar annahm.

Servatius hörte dem Lob voller Neid zu und hatte Mühe, sich seinen Groll nicht anmerken zu lassen. So wie einst seinen Glaubensbruder Burghard hasste Servatius nun das Mädchen, denn Barnabas schenkte all seine Aufmerksamkeit ihr und nicht ihm. Er wird ihr sicherlich das Brauchen der Magier beibringen, und ich werde leer ausgehen!, murrte er in Gedanken. In manchen Augenblicken verstärkte sich sein Verdacht, vor allem wenn der Magier und Maria hinter seinem Rücken über ihn tuschelten. Wandte Servatius sich ihnen dann zu, traf sein Blick sich oft mit dem des Mädchens, was ihn sofort erschauern ließ. Und immer öfter malte er sich in den düstersten Farben aus, wie er Maria wieder loswerden könnte.

Mitte April erklärte Barnabas, dass es Zeit war, weiterzuziehen, da es in dem Landstrich um den Schaumberg für ihn nichts mehr zu tun gab.

Der Abschied von den Bauersleuten und ihren Kindern fiel

Maria schwer. Zum ersten Mal hatte sie erfahren, was es hieß, eine liebende Familie zu haben. Besonders das jüngste Kind hatte Maria in ihr Herz geschlossen. Wie eine Glucke behütete und umsorgte sie das ein Jahr alte Mädchen.

Als Barnabas Maria mitteilte, dass sie fortgehen würden, wurde sie zornig und schlug nach ihm. Geduldig versuchte der Magier dem Mädchen zu erklären, warum sie nicht bleiben konnten, doch es wollte ihm nicht zuhören. »Ich will nicht fort! Hier gefällt es mir!«, brüllte Maria aufgebracht und riss sich kreischend an den Haaren. Als seine Überredungsküste nicht halfen, sie zu beruhigen, versuchte Barnabas es mit einem Geschenk. »Ich werde dir ein neues Kleid kaufen«, versprach er. Das Mädchen blickte zu ihm auf und rief trotzig: »Ich will aber kein neues Kleid!«

»Hast du denn einen Wunsch, den ich dir erfüllen kann?«, fragte Barnabas. Diese Frage ließ Maria eine Weile überlegen, dann antwortete sie: »Ich will eine Schwester haben, eine, die ich wie die kleine Hanna umsorgen kann. Eine Schwester, die nur mir gehört.«

»Wie soll ich dir eine Schwester beschaffen?«, fragte Barnabas lachend, der die Bitte als Spaß abtat.

Marias Augen wurden vor Zorn dunkler. »Du bist doch ein Magier! Also kannst du mir auch eine Schwester besorgen.« Die Heftigkeit, mit der sie das sagte, ließ keinen Zweifel daran, dass sie es ernst meinte. Zum ersten Mal spürte Barnabas in Marias Nähe, wie ihm ihre Kälte entgegenschlug.

Schließlich ging das Mädchen aber doch mit Barnabas und Servatius. Nachdem sie sich von den Bauersleuten verabschiedet hatten, drehte Maria sich immer wieder um und winkte der Familie zu, die in der Tür stand und zurückwinkte. Die älteren Kinder weinten und liefen ein kurzes Stück des Weges hinter ihnen her. Auch den Bauersleuten tat der Abschied leid, denn Barnabas hatte ihnen zusätzliche Einnahmen beschert, dank derer sie im Winter keine Not hatten leiden müssen.

Ein letztes Mal sahen Maria und Barnabas zurück und hoben die Hand zum Gruß. Nur Servatius stapfte mürrisch weiter und merkte wie so oft nicht, dass das Mädchen sich neben ihn gesellte. Erschrocken fuhr er es an: »Warum schleichst du dich an? Bleib bei deinem Gönner Barnabas!«

Statt zu antworten, schob Maria ihre Hand in die seine. Angewidert wollte er seine Finger zurückziehen, doch das Mädchen besaß ungeahnte Kräfte und umklammerte seine Hand so fest, dass er nicht loskam.

»Warum hast du Angst vor mir, Servatius? Ich tue dir nichts Böses. Erinnere dich an den Irrwurz, vor dem ich dich im Wald gewarnt habe«, gurrte Maria. Unschuldige Kinderaugen blickten ihn freundlich an, doch Servatius stellten sich die Nackenhaare auf. Immer wieder versuchte er seine Hand aus ihrem Griff zu lösen, aber Maria hielt seine Finger fest umschlungen. Und schlagartig wandelte sich ihr kindlicher Gesichtsausdruck zu einer Fratze.

»Was willst du von mir!«, keuchte der Mönch. »Du bist der Teufel in Menschengestalt, der mich verführen will. Doch das wird dir nicht gelingen!«, krächzte er voller Angst.

Marias Blick wurde stechend. Mit einer Stimme, die ihrer eigenen fremd klang, sagte sie: »Du wirst mich nicht mehr los, Servatius! Bedenke, dass ich vor dir keine Angst habe. Barnabas wird sich für mich entscheiden. Alle Verwünschungen, die du gegen mich aussprichst, werden dich selbst treffen! Nach dir wird kein Hahn krähen, wenn du tot umfällst! Es ist sinnlos, gegen mich zu kämpfen. Ich sitze in deinem Kopf und lasse dich nie wieder los!«

Danach zog Maria seine Hand zu ihrem Mund und drückte einen festen Kuss darauf. Servatius glaubte, dass ihre Lippen sich in sein Fleisch brennen würden. Als er spürte, wie ihr Griff lockerer wurde, riss er sich los und lief schreiend davon.

Barnabas, der von dem Gespräch nichts mitbekommen hatte, da er einige Schritte vor ihnen gegangen war, blickte dem Mönch kopfschüttelnd nach und rief: »Was hast du, Servatius? Man könnte meinen, der leibhaftige Teufel sei hinter dir her!« Doch als der Magier sich lachend nach Maria umschaute und ihres Blicks gewahr wurde, ahnte er, dass er der Wahrheit recht nahe gekommen war.

Ihr Weg führte Barnabas, Servatius und Maria in den Norden des Landes. Auf einem vorspringenden Fels stehend blickten sie hinunter ins Tal, wo die Saar einen bewaldeten Bergrücken wie eine Schleife in einem weiten Bogen umfloss. Innerhalb der Saarschleife zwischen den noch karg belaubten Bäumen konnte Barnabas ein mächtiges Gemäuer erkennen. Die vier Türme und die Fahne ließen darauf schließen, dass es sich um eine Burg handelte.

Maria wies nach unten zum Fluss. Erst jetzt sah Barnabas kleine Fährboote, in denen zahlreiche Personen von der einen Uferseite auf die andere übergesetzt wurden.

»Lasst uns zu den Booten gehen«, schlug der Magier vor.

»Warum?«, quengelte Servatius.

»Weil ich es so will!«

Servatius überlegte kurz. »Ist das deine Heimat, die am Anfang unserer Reise unser Ziel war?«, fragte er und sah Maria herausfordernd an, denn er glaubte etwas zu wissen, von dem das Mädchen keine Ahnung hatte. Sein Blick verriet ihm jedoch, dass er sich täuschte. Auch davon weiß das Biest, dachte er verdrossen.

»Nein, Servatius, das ist nicht die Stätte meiner Geburt. Trotzdem will ich auf die andere Seite des Flusses. Meine Nase sagt mir, dass sich dort etwas Besonderes ereignen wird.«

»Warum gehen wir nicht in deine Heimat?«, fragte der Mönch gereizt. Sicherlich weiß das kleine Miststück, wo diese Heimat liegt, schimpfte er in Gedanken weiter.

»Geduld, mein Freund, Geduld«, antwortete Barnabas und ging langsam den steilen Weg nach unten.

Ein Pfad, der im Laufe der Zeit von unzähligen Füßen festgetrampelt worden war, führte die drei an dichtem Buschwerk, niederem Gehölz und Bäumen vorbei. An besonders steilen Stellen schlängelte sich der Weg in zahlreichen Windungen Richtung Tal, so dass die drei nur langsam vorwärtskamen und sich an Baumstämmen abstützen mussten. Immer wieder verfing sich der Stoff ihrer Kleidung in dem dornigen Gestrüpp. Plötzlich schrie Maria: »Pass auf, Servatius, du bist auf Irrwurz getreten.«

Erschrocken hüpfte der Mönch hin und her, als sei ein Bienenschwarm hinter ihm her. Als er das Fahnengewächs sah, schüttelte es ihn.

»Du kannst von Glück sagen, dass es heller Tag ist. Wärst du in der Nacht daraufgetreten, würdest du dich jetzt verirren.«

»Maria! Lass Servatius in Ruhe. Schau sein Gesicht an! Er ist leichenblass, weil du ihn mit deiner Geschichte ängstigst«, rügte Barnabas das Mädchen. An den Mönch gewandt, sagte er mit einem Augenzwinkern: »Ärgere dich nicht. Sie ist ein Kind. Mit mir an deiner Seite kann dir nichts passieren.«

Servatius war so böse auf Maria, dass er sie am liebsten den Abhang hinuntergestoßen hätte. Zwar ahnte er, dass sie ihn nur wütend machen wollte, trotzdem passte er nun bei jedem weiteren Schritt auf, wohin er trat.

Barnabas hatte sich nicht getäuscht. Das Gemäuer, das er von der anderen Seite der Saar gesehen hatte, war eine Festung.

Während der kurzen Überfahrt unterhielt sich der Magier mit einem Greis, der ihm redselig Auskunft gab.

»Das ist die Burg Montclair«, näselte der Alte.

»Lichter Berg«, übersetzte Barnabas und blickte zum Bergrücken empor, dessen Gestein im hellen Licht erstrahlte. Von dem Mann erfuhr der Magier, dass die Burg nur in Zeiten von Belagerung und Krieg bewohnt wurde und zu anderen Zeiten als Wehrbau diente, um für die Streitkräfte eine Unterkunft zu stellen.

»Außerdem nutzen die Ortschaften um die Saarschleife das Gefängnis der Burg – so wie heute!«, fügte der Greis hinzu und sah Barnabas mit gewichtiger Miene aus seinen kleinen trüben Augen an.

»Aha!«, entgegnete Barnabas interessiert. Der Greis stellte sich daraufhin dicht neben den Magier und sagte mit leiser Stimme: »Heute wird dort die Anhörung von Claß Glesers' Frau Ida stattfinden, die man der Hexerei beschuldigt!«

Barnabas blickte freudig zu Maria und Servatius. »Habe ich es nicht vorausgesagt? Auf meine Nase kann ich mich verlassen.«

Eine Menschenmenge wand sich wie ein Bandwurm den steilen Weg zur Burg Montclair hinauf. Die Leute lachten, johlten und scherzten, so dass Unbeteiligte hätten meinen können, sie würden zu einem Fest gehen. Stattdessen gingen sie zu einer Anhörung und unterhielten sich munter über die verschiedenen Arten von Folter, die die Angeklagte in den letzten Tagen hatte ertragen müssen.

Ein Mann, der weit vorn ging, drehte sich zu den Leuten hinter sich um und rief: »Man hat sie aufgezogen, bis sie gebrüllt hat. Stundenlang hing sie in dieser grausamen Folter, wurde unsagbar gequält und wollte doch nicht bekennen. Stattdessen soll sie geschrien haben, dass man sie zwingen würde, etwas zu gestehen, was sie nicht begangen hätte. Man würde sie nötigen, ihre Seele zu verdammen, was ihren Folterknechten aber nicht gelingen würde. Stellt euch das mal vor!« Er hielt kurz inne, bevor er fortfuhr: »Als man Ida dann gefragt hat, ob sie die Angelegenheit bedenken wolle, da man sie dann herablassen würde, gab sie zur Antwort, dass sie gut an den Ketten hinge. Ihre Peiniger haben sie voller Wut noch schärfer aufgezogen.«

Einige lachten, andere schüttelten den Kopf, und wieder andere waren bleich geworden.

Barnabas freute sich über das, was er soeben gehört hatte. Wenn die Frau selbst unter der Folter störrisch bleibt, dann werden sie meine Fähigkeiten sicherlich gerne in Anspruch nehmen. Er lächelte und hörte schon die Münzen in seinem Beutel klingen, die man ihm für seine Dienste bezahlen würde.

Das Hochgericht war unter der Burglinde zusammengetreten. Der Amtmann von Montclair, Nikolaus Weiß, führte den Vorsitz. Ebenso anwesend waren der Gerichtsschreiber, weitere Amtmänner aus den Nachbargemeinden sowie der Notarius Martinus Steinborn, der als Gerichtsschreiber auftrat.

Sichtbar geschunden stand die Frau vor den gaffenden Menschen. Als der Amtmann zu reden begann, schloss sie die Augen. Tränen rannen ihr über die blutverkrusteten Wangen.

Notarius Steinborn stellte mit dröhnender Stimme fest, dass Idas Urgicht, wie er das Geständnis nannte, in Güte stattfinden werde, was nichts anderes hieß, als dass die Beschuldigte während der Befragung keiner Folter unterzogen wurde.

Mit schwacher Stimme begann Ida Glesers auszusagen: »Am Hubertustag sind Freibeuter über das Land hergefallen und haben mein Haus geplündert. Mir haben sie übel mitgespielt. Die Räuber haben mich mitten in der Nacht fortgeschickt, um Wasser für die Pferde zu holen. Auf dem Weg zur Tränke ist der böse Feind in Gestalt eines Landsknechts auf mich zugekommen und verlangte, dass ich seinen Willen tue. Anschließend sollte ich den allmächtigen Gott, seine lieben Heiligen und die Mutter Gottes verleugnen. Der Mann griff nach meiner Stirn und sagte, dass er mir mein Chrisam, mein Taufzeichen, wegnehmen müsse. Dann nahm er mich erneut.«

Ida nannte die Namen anderer Frauen, die angeblich mit ihr verführt worden seien. Ein Raunen ging durch die gaffende Menge.

Barnabas war neugierig geworden und sprach einen Mann an, der neben ihm stand. Da beide ihre Stimmen zu einem Flüstern senken mussten, konnte Servatius nichts verstehen. Nach einer Weile gab Barnabas schließlich dem Mönch und Maria ein Zeichen, ihm zu folgen.

Auf den Stufen einer Steintreppe, die zu einem der Wachtürme führte, legte Barnabas seinen Tragekorb ab und setzte sich nieder. Maria nahm neben ihm Platz, nur Servatius blieb stehen und fragte: »Ist dir nicht wohl, dass wir die Befragung verlassen mussten?« Der garstige Blick des Mönchs verriet dem Magier, dass ihm das nicht gefallen hatte.

»Hier gibt es für uns nichts zu tun.«

»Wie kommst du darauf?«

»Der Teufel hat die Frau weder zum Hexentanz mitgenommen noch zum Schadenszauber verführt. Sie nannte nur belanglose Dinge und beschuldigt keine Lebenden. Die, die sie nannte, sind alle bereits verstorben. Die Frau ist hart im Nehmen und wird keine anderen mit in den Tod nehmen wollen. Du hast doch gehört, dass sie selbst unter der Tortur standhaft geblieben ist.«

»Sie sollen mich mit dem Weibsbild allein lassen, dann wird sie schon gestehen, was sie jetzt noch leugnet.«

Barnabas schüttelte den Kopf. »Wir ziehen weiter. Zwar soll in den nächsten Tagen unter der Burglinde der Prozess gegen Barbel Lawers aus Merchingen stattfinden, doch auch dabei wird man unsere Hilfe nicht benötigen, da die Schuldigen bereits gefunden wurden. Die eigene Schwester Sunna hat sie angezeigt. Unter der Folter aber hat Barbel nicht nur die Schwester, sondern auch deren Sohn Lorenz der Hexerei bezichtigt. Alle drei werden zum Tod auf dem Scheiterhaufen verurteilt werden. Die Verhandlung ist nur eine Formsache.«

»Wohin werden wir jetzt gehen?«, fragte Maria mit kindlicher Miene.

»Wir werden das Saartal verlassen und Richtung Süden ziehen. Der Mann, mit dem ich gesprochen habe, riet mir, ins Köllertal zu gehen. Dort, in der Nähe des Ortes Wellingen, gäbe es einen bekannten Hexentanzplatz, der sich Hoxberg nennt. Wir sollen uns an den Amtmann von Püttlingen, Thomas Königsdorfer, wenden. Er, so sagte der Mann, sei über unsere Hilfe sicherlich erfreut.«

»Wie weit ist es bis ins Köllertal?«, wollte Servatius wissen, dem die Aussicht, bald wieder Arbeit zu haben, gefiel.

»Es sind nur wenige Tage bis dorthin«, antwortete Barnabas und war froh, dass Servatius nicht maulte.

»Bekomme ich dort das, was du mir versprochen hast?«, wollte Maria in forderndem Ton wissen. Barnabas stöhnte in Gedanken auf. »Ich weiß es nicht, mein Kind! Wir werden sehen«, antwortete er ausweichend. Dann schulterte er seinen Korb, nahm seinen Wanderstab auf und marschierte los.

Auf ihrem Marsch von der Saarschleife ins Köllertal gerieten sie in einen Regenschauer, der sie bis auf die Haut durchnässte. Am nächsten Tag fühlte sich Barnabas kraftlos und müde. Seine Stirn war mit kaltem Schweiß bedeckt, und wenn er Luft holte, rasselte es in seinen Lungen. Immer wieder mussten sie rasten, damit Maria ihm einen Sud aus Kräutern aufbrühen konnte. Das Mädchen drängte Barnabas, einige Tage auszuruhen, damit er wieder zu Kräften kommen könnte.

Servatius hingegen trieb zur Eile, da er befürchtete, dass die Hexen im Köllertal wie auf der Burg Montclair ohne sie abgeurteilt werden würden. »Wenn wir Püttlingen erreicht haben, kannst du dich tagelang ausruhen und dich von Maria bemuttern lassen. Ich kann den Angeklagten ohne euch den Trank verabreichen und sie so überführen«, versuchte Servatius den kranken Magier zu überzeugen.

Da griff Maria den Mönch am Ärmel und zog ihn beiseite.

»Barnabas ist schwer erkrankt! Seine Lunge ertrinkt im Schleim, der sich nicht lösen will. Er bekommt kaum noch Luft«, zischte sie und sah Servatius mit ihrem stechenden Blick böse an. Servatius zuckte trotz seiner Angst vor dem Mädchen ungerührt mit den Schultern und sagte: »Sieh mich nicht so an! Was kann ich dafür, dass der Alte krank ist? Bedenke, wenn Barnabas stirbt, hast du nur noch mich. Also lass mich in Ruhe und brühe ihm den Sud auf, damit wir weiterkommen. Ich habe keine Lust, hier Wurzeln zu schlagen.«

Das Mädchen presste die Lippen aufeinander und sagte: »Die heilsamen Kräuter sind fast aufgebraucht. Wir benötigen dringend frische!«

»Dann lass uns rasch weiterziehen, denn hier kann ich keine Heilkräuter entdecken«, höhnte Servatius.

Am Nachmittag erblickten sie einen Hof, der inmitten eines Waldes gelegen war. Die Aussicht, diese Nacht nicht im Freien verbringen zu müssen, beschleunigte Barnabas' Schritte, obwohl es ihn seine restliche Kraft kostete.

Auf dem Gehöft wurden sie von drei großen schwarzen Hunden, die an Ketten lagen, böse angekläfft. Sogleich erschien der Bauer, der sie übel beschimpfte. Erst als Barnabas dem Mann ein Geldstück in die Hand drückte, hob sich seine Laune, und er erlaubte den drei Fremden, in seinem Heustall zu nächtigen.

Ermattet legte sich der Magier ins Stroh. Er reichte Maria eine weitere Münze und sagte mit kraftloser Stimme: »Kauf beim Bauern Speck und Brot.«

Besorgt blickte das Mädchen seinen Beschützer an, für den jeder Atemzug eine Qual zu sein schien.

Als Maria mit einem Stück alten Brots und drei verschrumpelten Äpfeln zurückkam, schimpfte Servatius: »Warum hast du keinen Speck mitgebracht?«

»Die Bauersleute haben selbst kaum zu essen.«

»Für das bisschen hast du die Münze hergegeben?«, schimpfte er.

»Wenn es dir nicht passt, dann geh zu ihnen und tausche dein Essen wieder um!«, schlug Maria ihm freundlich vor, was Servatius stutzen ließ. Er konnte jedoch nichts Hinterhältiges bei ihr feststellen. Als Barnabas sich aufbäumte, hustete und spuckte, sprang Maria sogleich auf, um ihm zu helfen. Erschöpft legte Barnabas sich zurück auf sein Lager und schloss die Augen.

Maria zog den Mönch zur Seite, was dieser nur widerwillig mit sich geschehen ließ.

»Die Bauersfrau sagt, dass wir ihm einen Sud aus Fichtennadelspitzen aufbrühen sollen. Das würde Wunder wirken.«

»Dann besorg welche!«

»Ich kann Barnabas nicht allein lassen. Ich muss ihm helfen, wenn er wieder hustet. Du musst gehen.«

»Bist du des Wahnsinns? Es wird bald dunkel.«

»Ich weiß, Servatius.« Marias Stimme bekam einen sanften, verständnisvollen Ton. »Ich weiß auch, was ich von dir verlange, doch es soll nicht zu deinem Schaden sein. Im Gegenzug werde ich dir das beibringen, was ich bereits über das Brauchen der Magier von Barnabas gelernt habe.«

Servatius' Augen weiteten sich. »Ich wusste es!«, keuchte er. »Dieser hinterhältige Mensch hat dich mir vorgezogen! Warum soll ich ihm denn überhaupt die Fichtennadeln suchen? Soll er doch krepieren!« Servatius ballte die Hände und biss sich vor Wut in die Faust. Erst als er Blut auf seiner Zunge schmeckte, beruhigte er sich wieder. Maria beobachtete ihn aus den Augenwinkeln und sagte mitfühlend: »Ich kann deinen Ärger verstehen, Servatius! Ich möchte mich deshalb bei dir entschuldigen. Aber wenn du Barnabas jetzt hilfst, werde ich dafür sorgen, dass er dir das Brauchen beibringt. Du weißt, dass er auf mich hört.«

Servatius schaute Maria nachdenklich an. »Du versprichst es bei allen Heiligen, die du kennst?«, hakte er nach.

Das Mädchen nickte und lächelte ihn unschuldig an. »Wir müssen doch zusammenhalten.« Als Barnabas erneut zu husten begann, rief sie: »Du musst dich sputen, Servatius!«

»Aber was, wenn ich überfallen werde?«, jammerte der Mönch.

»Diese Befürchtung hatte ich auch. Deshalb habe ich die Bauersleute gefragt, aber sie beruhigten mich, denn in all den Jahren, in denen sie hier allein im Wald leben, sei nie etwas passiert.«

Servatius blickte das Mädchen forschend an und nickte: »Ich werde die Fichtennadeln sammeln, und du wirst mir ab morgen das Brauchen beibringen.«

»Ich danke dir, Servatius, und schwöre bei allen Heiligen, dass ich das tun werde!«, erklärte das Mädchen überschwänglich und umarmte den Mönch, der erschrocken rückwärtsging.

»Lass das!«, schimpfte er. »Hat die Bäuerin dir erklärt, wo die Fichten stehen? Ich konnte hier nur Laubbäume und alte Tannen sehen.«

»Du musst hinter dem Bauernhaus immer geradeaus gehen. An einem Steinkreuz sollst du in Richtung dieses Armes gehen.« Maria hielt den rechten Arm hoch. »Von dort ist es nicht mehr weit, bis du zu dem Hain aus jungen Fichten gelangst. Du darfst nur die weichen zartgrünen Nadeln nehmen, denn aus ihnen wird der heilende Sud aufgebrüht.«

Maria kramte in Barnabas' Tragekorb und zog einen kleinen leeren Leinenbeutel hervor.

»Hier, Servatius, fülle diesen Beutel. Jetzt geh los, damit wir keine weitere Zeit verlieren.«

Maria begleitete den Mönch hinter den Bauernhof und blickte ihm nach, bis er zwischen den Bäumen verschwunden war. Dann ging sie zurück und holte hinter dem Scheunentor ein Stück Speck und einen Becher mit noch dampfendem Sud hervor. Beides brachte sie Barnabas.

Maria half dem Magier, sich aufzusetzen, und hielt ihm den Becher an die Lippen. »Hier, Barnabas, trink den Fichtennadelsud. Er wird dir Linderung verschaffen.«

Während der Magier in kleinen Schlucken das Gebräu zu sich nahm, schaute er in Marias irr blickende Augen.

Servatius ging hurtig den Pfad zwischen den Laubbäumen entlang. Schwindendes Tageslicht fiel durch die leicht schwankenden Äste der mächtigen Bäume und erhellte den dunklen Waldboden. Als er an das Steinkreuz gelangte, las er die Inschrift: »*Durch Wildererhand fiel in treuer Pflicht der Hilfsjäger Paul Hilterscheid. Ehre seinem Gedenken.*«

»Hier gibt es zwar keine Räuber, dafür aber Wilderer. Das hat mir das Miststück verschwiegen!«, schimpfte Servatius und überlegte, ob er umkehren sollte. Plötzlich knackte es leise hinter ihm, so dass er erschrocken weiterlief. Als der Weg sich erneut gabelte, blieb Servatius keuchend stehen und blickte sich um. Er drehte sich im Kreis und wusste nicht, wohin er gehen sollte. »Ich werde umkehren«, beschloss er und fügte zornig hinzu: »Wenn der Alte stirbt, ist es nicht meine Schuld, denn Maria hat mir den Weg nicht gut beschrieben.«

Ein Geräusch hinter ihm ließ Servatius zusammenzucken. Wieder schien in seiner Nähe ein trockener Ast zu brechen.

Als ein Häschen aus dem Gebüsch gehoppelt kam, atmete der Mönch erleichtert auf. Servatius ging weiter und entdeckte nach wenigen Schritten die Fichtenschonung. Sogleich zupfte er die feinen hellgrünen Nadeln von den Ästen und füllte damit das Säckchen.

Servatius hatte das Säckchen fast bis zur Hälfte voll, als ihn das Gefühl beschlich, jemand stünde hinter ihm. Er vermutete, dass Maria ihm gefolgt war, und drehte sich grollend um. Die Worte, die er ihr entgegenschleudern wollte, blieben ihm jedoch im Hals stecken. Stattdessen quälte sich ein spitzer Schrei aus seiner Kehle, der im Wald gespenstisch verhallte. Mit offenem Mund und weit aufgerissenen Augen starrte er die Schatten an, die langsam zwischen den Bäumen sichtbar wurden. Ohne nachzudenken, rannte Servatius los. Sie wollen mich fressen!, dachte er. Riesige Fledermäuse, die ihre Flügel ausbreiten, um sich auf mich zu stürzen.

Obwohl Servatius in der linken Lendenseite einen stechenden Schmerz verspürte, hetzte er durch den Wald, ohne zu wissen, wohin. Immer wieder fiel er hin, rappelte sich auf und rannte weiter, gefolgt von wispernden Stimmen, die sich in seinem Kopf festsetzten, so dass er sich während des Laufens die Ohren zuhielt.

An einem riesigen Stein, der von Moos und Efeu überwuchert war, hielt er inne und lehnte sich schnaufend dagegen. Vorsichtig lugte er um den Stein herum, ob die Schatten ihn eingeholt hatten. Da das Sonnenlicht schwand, konnte er kaum noch etwas erkennen.

Servatius schloss die Augen und versuchte sich zu beruhigen. Erschöpft beugte er sich nach vorn und stützte sich mit beiden Händen auf den Knien ab. Als er die Augen wieder öffnete, glaubte er, sein Herz würde einen Schlag aussetzen, denn er stand inmitten eines Feldes aus Irrwurzen. Schreiend stampfte er die grünen fedrigen Blätter der Pflanze nieder und blickte schweißgebadet zwischen den Baumkronen zum Himmel empor. Die Dunkelheit schien sich rasend schnell über den Wald zu senken. Verzweifelt griff sich Servatius in seinen Kranz aus Haaren, als er in seinem Kopf Marias Stimme hörte, die hämisch rief: »Du wirst dich verirren und nie mehr zurückfinden!«

»Aber ich bin stärker als du! Du wirst mich nicht loswerden!«, brüllte er mit verzerrter Stimme. Dann stampfte er wütend die restlichen Farnblätter zu Boden. Als es erneut hinter ihm im Unterholz knackte, lief er los und sang leise: »Du kriegst mich nicht! Du kriegst mich nicht!« Der Waldboden unter ihm war glitschig. Geröll brachte ihn mehrmals ins Straucheln. Servatius erreichte einen steilen Hang, an dem eine lange Holztreppe hinunterführte. Zwei Stufen auf einmal nehmend, sprang der Mönch hinunter, als er auf den vermoderten Holzbrettern ausrutschte und mit einem Aufschrei stürzte. Während er im Fallen mit dem Kopf auf den Treppenstufen aufschlug, verfing sich sein Habit in den langen Brombeerranken, die ihm Hals, Gesicht und Hände zerkratzten. Stöhnend blieb er am Ende der Treppe liegen. Als er versuchte aufzustehen, jagte ein fürchterlicher Schmerz durch seinen Körper. Servatius befühlte seinen Arm, der seltsam abstand, und er wusste, dass er gebrochen war. Nur unter großer Qual konnte er sich erheben. Als er zur Treppe hochblickte, glaubte er einen Schatten am oberen Ende stehen zu sehen, der ihm zuwinkte.

»Du bekommst mich nicht!«, flüsterte er mit schmerzverzerrtem Gesicht und schleppte sich vorwärts. Zwar versuchte er seinen gebrochenen Arm mit dem gesunden abzustützen, trotzdem kam er nur mühsam vorwärts. Die Schmerzen drohten ihm die Sinne zu rauben. Servatius stolperte vorwärts. Loses Gestein unter seinen Füßen ließ ihn erneut straucheln. Er presste den gebrochenen Arm eng an seinen Körper, und es gelang ihm mit großer Mühe, sich auf den Beinen zu halten. Keuchend rang er nach Luft.

Über einen Holzsteg passierte er einen Bach und erklomm auf der anderen Seite einen Hang. Schweiß rann ihm über das Gesicht und brannte in seinen Augen. Es war nun stockdunkel, und Servatius hatte jegliche Orientierung verloren.

Außer Atem blieb er stehen. Sein Herz pochte heftig. Plötzlich glaubte er im Dunkel wieder mehrere Schatten ausmachen zu können, die auf ihn zukamen und die ihn ansprachen. Wahnsinnig vor Schmerzen schrie er: »Ihr könnt Maria ausrichten, dass sie mich nicht bekommt! Ich bin stärker als sie. Ich werde aus diesem Wald herausfinden.«

Als Servatius sah, wie die Schatten ihre Flügel hoben und auf ihn zuschwebten, drehte er sich um, lief los und stürzte einen Abhang hinunter.

Servatius blieb regungslos in der Senke liegen und starrte zu den Baumkronen, wo er nichts als Schwärze erkennen konnte. Er spürte, wie Blut aus seiner Schläfe sickerte. Sein Bein war verdreht, und aus dem gebrochenen Arm stach der Knochen hervor. Doch er spürte keinen Schmerz. Leichtigkeit umgab ihn. Als sich eine schwarze Gestalt über ihn beugte, flüsterte er: »Du bekommst mich nicht, Maria!« Dann atmete er ein letztes Mal ein und aus.

Die Gestalt schob die Kapuze zurück und schloss dem Toten die Augen. »Das habe ich nicht gewollt!«, sagte Ignatius mit leiser Stimme. »Er hat mich nicht hören wollen, obwohl ich ihn freundlich angesprochen habe.«

»Er scheint ein Franziskanermönch zu sein. Welch ein Verlust!«, klagte der jüngere Jesuit neben ihm. »Er hätte Burghard bei den Abschriften helfen können.«

Kapitel 29

Clemens kletterte flugs die Leiter empor, die an die Scheunenwand gelehnt war. Am anderen Ende des mit Stroh gedeckten Tennendachs saßen Johann und ein Knecht und besserten die Bündel aus, die durch die lang anhaltenden Regenfälle verfault waren.

»Johann!«, brüllte Clemens und fuchtelte wild mit den Armen. Der junge Mann erhob sich und blickte seinem Freund entgegen.

»Johann!«, brüllte Clemens erneut. Außer Atem stand er vor ihm und wartete, bis sich sein Herzschlag beruhigt hatte, dann klopfte er Johann auf die Schulter und sagte: »Es ist so weit!«

Als Johann ihn nicht verstand, rief Clemens lachend: »Frau Rehmringer hat nach der Hebamme geschickt!«

Johann riss ungläubig die Augen auf und rannte zur Leiter.

Als er im Gesindehaus ankam, herrschte emsiges Treiben. Die Hebamme, die mittlerweile eingetroffen war, rief in knappen Sätzen jedem ihre Befehle zu. Ohne abzuwarten, rannte Johann die Treppe hinauf und stellte sich Katharina in den Weg, die gerade die Tür seiner Kammer öffnen wollte. Atemlos fragte er: »Geht es Franziska gut?«

Die junge Frau trug ein Bündel weißen Leinens unter dem Arm und zuckte nur mit den Schultern. Furcht ließ Johanns Herz schneller schlagen.

»Sag, ob es ihr gut geht!«, forderte er erregt. In dem Augenblick kam Regina Rehmringer aus der Stube, in der Franziska in den Wehen lag.

»Was schreist du so?«, fragte sie. »Und was willst du überhaupt? Männer haben hier nichts zu suchen. Lass dir in der Küche einen Birnenschnaps geben, der beruhigt. Geh und steh uns nicht länger im Weg herum.«

»Ich will wissen, ob es Franziska gut geht!«

Die Hebamme, die doppelt so breit wie Johann war, baute sich vor ihm auf und sagte: »Wie gut kann es einer Frau gehen, die ein Kind auf die Welt pressen muss?« Dann drehte sie sich um und ging in die Kammer.

Johann stand wie betäubt auf dem Gang, als er eine Hand auf seinem Arm spürte.

»Geh in die Küche, Johann. Es wird schon gut gehen!«, versuchte Katharina ihn zu beruhigen. In diesem Augenblick drang ein lang gezogener Schmerzensschrei durch die geschlossene Stubentür, der Johann und Katharina zusammenzucken ließ. Ohne ein weiteres Wort lief die junge Frau in das Zimmer, wo Franziska gerade ihr Kind bekam. Beim nächsten Schrei hielt Johann sich die Ohren zu und rannte die Treppenstufen nach unten.

In der Küche wurde er von Clemens und Burghard erwartet, die ihm neugierig entgegenblickten.

»Was ist es?«, fragte Clemens, doch Johann schüttelte den Kopf. »Sie sagen mir nichts. Ich habe nur Franziska schreien hören.«

»Der Herr wird über deine Frau und dein Kind wachen!«, versuchte Burghard ihn zu trösten. Clemens warf ihm einen spöttischen Blick zu. Dann stand er auf und holte die kleinen Schnapsbecher und eine Flasche vom Regal. Er goss Birnenbrand in drei Gläser ein und prostete den beiden anderen zu: »Auf dass es ein strammer Junge wird!«

Noch bevor die Männer einen Schluck nehmen konnten, stürmte Katharina in die Küche und umarmte Johann.

»Du hast eine bildschöne Tochter bekommen!«

Johann traute sich kaum, das winzige Geschöpf zu berühren, das schlafend in Franziskas Armen lag. Er küsste seine Frau auf die Stirn und flüsterte: »Sie ist das schönste Mädchen weit und breit!«

Forschend blickte Franziska ihn an. »Du bist nicht enttäuscht, weil es kein Junge geworden ist?«

»Was redest du!«, schimpfte er leise. »Ich bin glücklich, dass du alles gut überstanden hast. Als ich dich schreien hörte, fühlte ich mich elend, weil ich dir nicht helfen konnte. Du machst mich mit der Kleinen stolz und glücklich.«

Zufrieden und erschöpft sank Franziska zurück auf ihr Lager und murmelte: »Dann bist du sicherlich damit einverstanden, wenn wir sie Magdalena nennen.«

Regina Rehmringer war über die Geburt des Kindes überglücklich. Wie eine Großmutter war sie darauf bedacht, dass es dem Mädchen und seiner Mutter an nichts fehlte. Als sie sah, wie einer der Knechte dem Kind mit verschmutzten Fingern über die Wange streichen wollte, schimpfte sie: »Niemand wird sich dem Kind mehr nähern, bis es getauft ist.« Die Angst, dass das Mädchen krank werden und ungetauft sterben könnte, veranlasste sie, noch am selben Tag nach Pfarrer Schnetter zu rufen, der auch sogleich kam. Nachdem sie mit ihm die Feierlichkeiten besprochen hatte, sagte sie: »Damit nichts passiert, darf Franziska mit dem Kind bis zur Taufe die Kammer nicht verlassen. Nicht auszudenken, wenn die Kleine unserem Herrgott ohne das heilige Sakrament der Taufe gegenübertreten müsste.«

Eine Woche später wurde die Tochter von Johann und Franziska Bonner auf den Namen Magdalena getauft. Voller Stolz hielt Clemens seine Patentochter über das Taufbecken, um sie dann an ihre Patentante weiterzureichen. Als Katharina Clemens die Kleine abnahm, blickten sie sich in die Augen. Katharina spürte einen Stich, denn sie ahnte seine Gedanken.

Clemens' Herz schlug bei Katharinas Anblick schneller. Ich wäre ein glücklicher Mann, wenn es meine und Katharinas Tochter wäre!, dachte er bitter.

Regina Rehmringer ließ es sich nicht nehmen, zum Anlass der Taufe ein großes Fest auf dem Gestüt zu geben. Da das Wetter Anfang Mai es zuließ, dass im Garten gefeiert werden konnte, wurde das ganze Dorf eingeladen, die kleine Magdalena hochleben zu lassen.

Jeder Gast brachte dem Mädchen ein Geschenk mit. Vom Schmied bekam sie ein Hufeisen, das Glück bringen sollte. Der Sattler hatte eine kleine Puppe aus Leder genäht, der Korbflechter einen Weidenkorb geflochten, in dem das Mädchen sanft schlafen sollte. Einige Frauen hatten Kinderkleidung angefertigt, und vom Schuster erhielt Magdalena die ersten Schuhe.

Pfarrer Schnetter war von der Großzügigkeit der Bewohner von Wellingen beeindruckt. »Ihr braucht Euch um die fünf Eichsfelder nicht mehr zu sorgen«, flüsterte er Regina Rehmringer zu. »Die Wellinger heißen die Fremden willkommen und haben sie in der Dorfgemeinschaft aufgenommen.«

Regina Rehmringers Blick schweifte über die vielen Gäste. Einige betrachtete sie ein wenig länger.

»Ihr Wort in Gottes Ohr, mein lieber Pfarrer. Ich bin davon nicht recht überzeugt. Sicherlich ist der eine oder andere nur gekommen, weil Ihr hier an der Tafel sitzt. Manch anderer erweist uns die Ehre, da die Tische mit Köstlichkeiten gedeckt sind, die sich die wenigsten leisten können. Seht, Herr Pfarrer, da drüben der alte Glaser Fritze. Schon zum dritten Mal nimmt er sich von der Wutz am Spieß. Oder die Hebamme! Das fünfte Stück Kuchen hat sie soeben verschlungen. Nun gut, sie hat unserer Magdalena auf die Welt geholfen, deshalb werde ich über ihren Heißhunger großzügig hinwegsehen, auch wenn man befürchten muss, dass sie jeden Augenblick platzt. Ha!«, rief sie plötzlich. »Seht meinen Schmied! Mit beiden Händen schaufelt er sich die köstlichen Pasteten in den Mund und spült sie mit meinem Weißwein aus dem Elsass hinunter. Nein, nein, Herr Pfarrer, ich denke, dass Ihr Unrecht habt. Nicht jeder ist gekommen, weil er die Zugezogenen nun als Einheimische betrachtet. Hätte ich das Fest nicht veranstaltet, wäre niemand von denen auf den Gedanken gekommen, Franziska zu ihrem Kind zu gratulieren, zumal in Wellingen ständig Kinder auf die Welt kommen. Die Frau von Bauer Killguss kam einen Tag später nieder und die vom Schuklus Klaus zwei Tage früher. Aber wem erzähl ich das?«, schmunzelte sie. »Schließlich seid Ihr der Pfarrer und wisst davon.«

Als sie erneut in die Runde blickte, sah sie Johann von Baßy zusammen mit seiner Frau den Garten betreten. »Was in aller Welt will er denn hier?«, murmelte Regina Rehmringer und sah ihren Verwandten misstrauisch entgegen.

Johann von Baßy ging mit seiner Frau geradewegs auf den Tisch zu, an dem seine Tante saß, und begrüßte sie. Pfarrer Schnetter würdigte er keines Blicks.

Süßlich lächelnd überreichte Frau von Baßy anschließend Franziska ein Geschenk, das in einer kunstvoll verzierten Dose verpackt war. Franziska öffnete vorsichtig das kleine Samtsäckchen, das sich in der Dose befand, und packte eine Silberkette aus, die sie überrascht herumzeigte. An dem Kettchen hing ein kleiner goldener Stein.

»Das ist ein Bernstein«, erklärte Frau von Baßy mit gewichtiger Miene. »Man soll ihn dem Kind um den Hals hängen, wenn es zahnt. Der Stein wird ihm das Zähnebekommen erleichtern.«

Freundlich lobte Regina Rehmringer die großzügige Geste. »Das ist sehr hochherzig von euch, mein lieber Johann, meine liebe Philippa!« In ebenso freundlichem Ton fügte sie dann schnell hinzu: »Das ändert aber nichts an meinem Entschluss. Ich werde das Gestüt nicht aufgeben.«

Philippa von Baßys Blick sprach Bände. Auch ihrem Mann konnte man seinen Missmut ansehen. Als er auf die Worte seiner Tante etwas erwidern wollte, zischte seine Frau ihm leise zu: »Schweig! Wir werden uns nicht die Blöße geben, der Alten zu widersprechen, heute, wo das gesamte Dorf versammelt ist und es hören kann.«

Die Frau des Amtmanns wusste, was zu tun war. Sie setzte ihr gütiges Kirchenlächeln auf und säuselte: »Liebes Tantchen! Wir möchten dich nächsten Sonntag nach der Messe zu uns zum Mittagessen einladen. Dann können wir über alles in Ruhe reden.«

»Es gibt nichts zu besprechen, Philippa«, antwortete Regina Rehmringer ruhig.

»Warten wir es ab, liebe Regina. Wenn du erst dein Zimmer siehst, das ich für dich mit den neuesten Möbeln aus Lothringen habe einrichten lassen, dann wirst du deine Meinung bestimmt ändern!«

Bevor Regina Rehmringer darauf antworten konnte, verabschiedete sich das Ehepaar mit einem kurzen Kopfnicken und verließ die Gesellschaft wieder.

Alle hatten das Schauspiel beobachtet und starrten nun abwartend Regina Rehmringer an. Diese wollte sich die Festlichkeit jedoch nicht verderben lassen und sagte deshalb bemüht fröhlich zu Katharina, so dass jeder es hören konnte: »Bring mir noch ein großes Stück Kuchen, denn schließlich haben wir heute, an der Taufe dieses liebreizenden Mädchens, allen Grund zu feiern.«

Anfang Juni wurde es heiß und schwül, und kaum ein Lüftchen regte sich.

Als Johann von der Arbeit kam und müde die Treppe im Gesindehaus zu seiner Kammer hochschlich, hörte er schon auf dem Gang seine Tochter weinen. Besorgt öffnete er die Zimmertür. Franziska ging mit dem Kind auf dem Arm in dem kleinen Zimmer auf und ab und versuchte es durch Gesang zu beruhigen. Wie dem schreienden Kind stand auch ihr der Schweiß auf der Stirn.

»Geht es euch nicht gut?«, fragte Johann besorgt, als er die puterroten Gesichter von Franziska und Magdalena sah.

»Die Kleine findet keinen Schlaf. In der Kammer ist es viel zu warm und stickig«, jammerte Franziska.

Johann blickte zu dem kleinen Dachfenster hoch. Obwohl es weit aufstand, kam keine Brise durch die Öffnung

»Wollen wir uns in den Garten setzen? Im Schatten eines Baumes ist es sicher angenehmer.«

»Willst du, dass deine Tochter von Stechmücken und Pferdebremsen aufgefressen wird?«, schimpfte Franziska erschöpft.

»Ich dachte, das wäre ein guter Vorschlag. Schließlich kann ich nichts dafür, dass das Kind schreit«, gab Johann ebenso unfreundlich zurück. Um Magdalena zu beruhigen, schaukelte Franziska sie stetig hin und her, aber sie schrie weiter wie am Spieß.

»Vielleicht hat sie Hunger«, sagte Johann.

»Es geht ihr bestens!«, zischte Franziska unwirsch und drückte ihm das Kind auf den Arm. »Hier! Versuch du deine Tochter zu beruhigen. Ich gehe in die Küche und hole etwas zu trinken.«

Sprachlos blickte Johann seiner Frau hinterher. »Franziska!«, stammelte er, doch da hatte sie bereits das Zimmer verlassen.

Zuerst brüllte Magdalena weiter. Als er aber leise auf das Mädchen einsprach, verstummte es und lag plötzlich ruhig in seinem Arm. Es schien ihn aus seinen blaugrünen Augen forschend zu betrachten. Der rotblonde Haarflaum war nass geschwitzt und klebte an ihrem Köpfchen. Zärtlich streichelte Johann seine Tochter und flüsterte: »Du bist das schönste Mädchen auf der Welt! Eines Tages werde ich dich deiner Großmutter in Tastungen vorstellen. Sie wird dich sofort in ihr Herz schließen. Du erinnerst mich an sie. Sie hat mich auch immer so angeschaut, wie du es gerade tust.«

Das Kind blickte ihn an, als könne es seine Worte verstehen. Als es den Mund leicht verzog, war Johann sich sicher, dass es ihm zulächeln wollte. »Wenn du älter bist, werden wir nach Hause gehen aufs Eichsfeld. Dort werde ich dir alles zeigen«, versprach Johann, und während er seiner Tochter von der Heimat erzählte, bemerkte er nicht, wie Magdalena die Äuglein schloss und einschlummerte. Entspannt lag sie nun in seinen Armen. Johann blickte das Mädchen verzaubert an. Dann sah er sich in der Kammer um und fasste einen Entschluss. Zärtlich küsste er seine Tochter auf die Stirn und flüsterte: »Auch wenn ich jetzt als Knecht auf einem fremden Hof arbeiten muss. Du bist die Tochter eines Großbauern, und so sollst du aufwachsen.«

Vorsichtig legte er das Kind in seinen Weidenkorb und wartete, bis Franziska zurückkam. Kaum hatte sie das Zimmer betreten und die Tür geschlossen, nahm er sie in den Arm. Erstaunt sah sie auf das schlafende Kind.

»Wie hast du das geschafft?«, flüsterte sie erfreut.

»Ich habe ihr vom Eichsfeld erzählt«, erklärte er lächelnd. »Außerdem habe ich unserer Tochter ein Versprechen gegeben, und das werde ich bald einlösen.«

Franziska blickte ihren Mann fragend an, doch anstatt ihr zu antworten, küsste er sie leidenschaftlich.

»Komm zu mir, meine Schöne! Dann werde ich dich vielleicht in unser Geheimnis einweihen«, flüsterte Johann und zog sie auf ihr gemeinsames Lager.

Zwei Tage später suchte Johann Regina Rehmringer in ihrer Wohnstube auf. Auch wenn er die Frau schätzte, die ihnen ein Heim und Arbeit bot und nicht nach ihrer Vergangenheit fragte und die seine Tochter wie ein eigenes Enkelkind behandelte, so stand er jetzt ehrfürchtig vor ihr und fühlte sich wie ein Knabe, der etwas ausgefressen hatte.

»Geht es Magdalena gut?«, fragte sie erschrocken. Er nickte.

»Gott sei gedankt!«, sagte sie. »Was führt dich zu mir?«

Erstaunt hörte die alte Frau, was Johann ihr vortrug. Als er geendet hatte, blieb sie stumm und dachte nach. Der junge Mann saß abwartend da und beobachtete sein Gegenüber. Endlich sagte sie: »Solch einen Wunsch habe ich noch nie vernommen, Johann, und deshalb werde ich mich beraten lassen. Sobald ich mich entschieden habe, werde ich es dich wissen lassen.«

Zwei Wochen später, an einem Sonntag, nahm Johann Franziska an die Hand und ging mit ihr ein Stück hinter dem Gestüt zu einem abgelegenen Obstgarten, dessen eine Seite vom Hessbach begrenzt wurde. Magdalena hatten sie in der Obhut von Katharina gelassen, da Johann mit seiner Frau ungestört sein wollte.

Erstaunt entdeckte Franziska unter einem Baum eine Decke sowie eine Flasche Wein, Brot und Käse und zwei Becher.

Fragend sah sie Johann an, der sich freute, weil ihm seine Überraschung geglückt war.

»Setz dich, Franziska«, lud er sie ein und legte sich selbst unter den Baum. Verschmitzt lächelnd verschränkte er die Hände hinter dem Kopf.

»Haben wir etwas zu feiern?«, fragte Franziska und goss Wein in die Becher.

»Ich wollte mit meiner Frau ein paar ruhige Stunden verleben!«, flüsterte er ihr ins Ohr. »Oder ist das verwerflich?«, lachte er, stützte sich ab und trank.

Franziska atmete laut aus und legte sich neben ihn. Beide starrten in den blauen Himmel, den sie zwischen den leicht schwankenden Ästen des Apfelbaums erkennen konnten.

»Wie gefällt es dir hier?«

»Wo?«

»Hier auf der Wiese?«

Franziska setzte sich wieder auf und sah sich um. »Es ist ein schöner Flecken. Erst recht, weil wir zusammen hier sind und uns kein Kindergeschrei stört«, sagte sie mit einem Augenzwinkern. Begehrlich zog er sie an sich.

»Das freut mich, denn das ist der Boden, auf dem ich uns ein kleines Haus bauen werde.«

Franziskas Augen weiteten sich. »Frau Rehmringer hat Ja gesagt?«, rief sie freudig. Er nickte.

»Das heißt, dass sie dir den Grund verkauft hat?«

Wieder nickte er. Hektische Flecken bedeckten plötzlich ihren Hals. »Erzähl, Johann! Was hat sie gesagt?«

Regina Rehmringer war über Johanns Wunsch, Boden von ihr zu erwerben, ziemlich erstaunt gewesen.

»Wie stellst du dir das vor? Auch wenn ich deine Tochter wie eine Enkelin ins Herz geschlossen habe, so kann ich dir kein Grundstück schenken.«

»Das verlange ich auch gar nicht«, antwortete Johann selbstbewusst und legte ihr eine Goldmünze auf den Tisch.

»Woher hast du das Geld?«, fragte sie misstrauisch.

»Von meiner Mutter«, antwortete Johann und erklärte: »Ich bin der Sohn des reichsten Bauern unserer Gegend. Als Vater das Gerücht streute, dass Franziska ein Hexenmal habe, allein aus dem Grund, weil er sie nicht als Schwiegertochter dulden wollte, mussten wir fliehen. Um Franziska Sicherheit zu geben und um ihr meine Liebe zu beweisen, wollte ich zuvor den Bund der Ehe mit ihr schließen. Graf von Wintzingerode gestattete, dass Pfarrer Lambrecht, mein Patenonkel und sein enger Freund, uns auf seiner Burg bei Worbis traute. Anders als mein Vater war meine Mutter mit meiner Wahl einverstanden. Sie schenkte uns zur Vermählung mehrere Goldmünzen, die sie in einen Stoffgürtel eingenäht hatte. Niemals werde ich ihre Worte vergessen, als sie mir den Gürtel überreichte: ›Es ist genug, um ein neues Leben zu beginnen. Seid vorsichtig und erzählt niemandem davon, damit euch das Gold nicht gestohlen wird.‹« Johann schwieg einige Augenblicke. »Man könnte meinen, das alles sei schon eine Ewigkeit her und nicht erst ein Jahr.« Er schluckte schwer, fuhr dann aber fort: »Leider wurde die anschließende Hochzeitsfeier durch meinen Vater gestört, der mit zahlreichen Männern Franziska gewaltsam von der Burg in den Kerker von Duderstadt bringen wollte. Bevor er Burg Bodenstein jedoch erreichen konnte, gelang es Franziska und mir zu fliehen.«

Fassungslos starrte Regina Rehmringer den Burschen an. »Warum arbeitest du hier auf dem Gestüt? Ich kenne zwar eure Währung auf dem Eichsfeld nicht, aber Gold ist überall gleich viel wert, und dieses Goldstück scheint massiv zu sein. Du bist nicht mittellos, kein einfacher Knecht. Du hättest überall neu anfangen können.«

Johann nickte. »Ja, das mag wohl stimmen. Aber auf unserer Flucht lernten wir Clemens, Burghard und Katharina kennen. Als Clemens vorschlug, hierherzukommen, stand es für mich außer Frage, ihm zu folgen. Die Goldmünzen sollten für den Notfall sein. Ich wollte sie in dem Augenblick nutzen, wenn es keinen Ausweg mehr geben würde. Der liebe Gott hat uns jedoch nicht im Stich gelassen, denn wir fanden hier bei Euch eine neue Heimat.«

»Warum willst du das Gold dann jetzt ausgeben?«

»Weil ich Vater geworden bin und Verantwortung trage. Ich möchte meiner Frau und meiner Tochter ein gutes Leben bescheren. Es ist an der Zeit, ein neues Leben zu beginnen und ein Zuhause für uns zu schaffen. Denn wenn nicht jetzt, wann dann?«, fragte er und sah der Frau dabei fest in die Augen.

In den darauffolgenden Tagen beratschlagte sich Regina Rehmringer mit ihrem Vertrauten Pfarrer Schnetter sowie einem ihr bekannten Notar.

»Ihr müsst das Grundstück ausmessen lassen«, riet der Notar. Die Frau nickte. »Ich werde es sogar von einem Geometer vermessen lassen. Sobald der Kaufvertrag unterschrieben ist, werde ich ihn damit beauftragen.«

Pfarrer Schnetter schmunzelte und sagte: »Ihr habt ein unverschämtes Glück mit diesen Fremden.«

»Ja, das weiß ich«, lachte sie glücklich.

Nachdem beide Johanns Antrag abgesegnet hatten, verkaufte Regina Rehmringer ihrem Knecht den Obstgarten zu einem ehrlichen Preis.

»Ich möchte aber nicht, dass du deine Arbeit auf dem Gestüt vernachlässigst!«, ermahnte sie ihn. »Auch wenn du jetzt selbst Grund und Boden besitzt.«

»Das habe ich nicht vor, Frau Rehmringer. Ich werde nur in meiner freien Zeit an dem Haus arbeiten«, versicherte er ihr.

»Aber was wird das Gesinde sagen, wenn es davon erfährt?«, warf Franziska nachdenklich ein.

»Frau Rehmringer und ich haben vereinbart, dass keiner von dem Kauf erfahren wird. In den Augen der anderen wird Frau Rehmringer mich beauftragen, einen neuen Stall zu bauen. Ich werde sie dann bitten, den Stall als Wohnhaus umbauen zu dürfen, da Magdalena immer größer wird und die Kammer für uns drei zu eng ist.«

»Ich weiß nicht, Johann. Das hört sich nicht glaubwürdig an.«

»Ja, du hast schon Recht. Aber im Augenblick fällt mir keine andere Ausrede ein.«

Franziska bettete ihren Kopf auf Johanns Brust und erklärte

zufrieden: »Ach, es ist mir einerlei, was die Leute tratschen werden. Hauptsache wir haben ein eigenes Heim!«

Kapitel 30

Bonner lag auf dem stinkenden Strohsack und starrte in die Dunkelheit des Kerkers. Er wusste nicht, ob es außerhalb der dicken Mauern hell oder dunkel, Winter oder Sommer, warm oder kalt war. Nur wenn der Schlüssel im Schloss der schweren Eisentür sich knarrend drehte und man ihm das Essen brachte, erkannte er, dass es Tag war. Welche Stunde blieb ihm aber ein Geheimnis. Im Laufe der Zeit war es ihm einerlei geworden, denn es spielte in seinem Gefängnis keine Rolle – zumal alles stets unverändert blieb. Die Kälte, die Düsternis, die Stille. Nichts änderte sich, und das war das Schlimmste!

Die Ausweglosigkeit seiner Gefangenschaft hatte Bonner in einen Zustand der Gleichgültigkeit versetzt, so dass er zu keinerlei Empfindung mehr fähig war. Er schien innerlich tot zu sein, denn er spürte und fühlte nichts. Die Kälte und Einsamkeit störten ihn ebenso wenig wie der widerliche Gestank, den seine Exkremente, das verrottete Stroh und der Schleim auf den Steinen verströmte. Auch glaubte er, dass er sich nicht mehr an sein früheres Leben erinnern konnte, denn zeitweise wusste er nicht mehr, wer er war, woher er kam und warum man ihn hier eingesperrt hatte. Alle Gedanken an seine Vergangenheit hatten sich scheinbar wie Dunst im Morgengrauen aufgelöst. Bonner lag da und wartete darauf, dass der Körper dem Geist folgen und sein Herz nicht mehr schlagen würde. Müde schloss er die Augen.

Das Einzige, was in seiner Einsamkeit nicht verloren gegangen war, waren seine Träume. Bilder, die manchmal grausam, manchmal erregend, manchmal unheimlich waren, schlichen sich immer wieder in seinen Kopf, und er konnte nichts dagegen tun. Nur zu gerne hätte er die Träume aus seinem Schädel verbannt, denn sie schmerzten und schnürten ihm die Kehle zu.

Auch dieser Traum quälte Bonner. Er träumte, dass man ihm zahlreiche Nadeln in die Brust stecken würde, die einen stechenden Schmerz verursachten. Verzweifelt schlug er um sich, doch es hörte nicht auf. Stimmen drangen zu ihm durch, die er nicht zuordnen konnte.

»Wie das hier stinkt! Igitt!«

»Er ist bereits tot und verwest!«

»Nein, er schläft.«

»Pack ihn an den Schultern und heb ihn hoch.«

»Bist du verrückt! Ich fass den Alten nicht an.«

»Stich ihn erneut mit dem Speer und dieses Mal fester!«

Bonner war zu müde, um die Augen zu öffnen. Zu kraftlos, um sich zu bewegen. Doch als der Schmerz in seiner Brust so stark wurde, dass er aufschrie, wusste er, dass es kein Traum war.

Voller Angst riss Bonner die Augen auf. Geblendet durch den Schein einer Kerze schloss er sie sofort wieder und stöhnte.

»Er lebt!«, hörte er jemanden sagen.

»Gott sei gedankt! So müssen wir nicht auch noch seine Leiche entsorgen.«

Wieder öffnete Bonner die Augen, doch dieses Mal langsam, so dass er sich an das ungewohnte Licht gewöhnen konnte. Im schwachen Schein der Kerze erkannte er die beiden Burschen, die ihm das Essen gebracht hatten.

»Kannst du uns hören?«, fragte der eine mit dem Speer in der Hand. Bonner nickte.

»Simon, der Jäger, ist tot.«

Selbst in seiner Not konnte Bonner sich ein grimmiges Grinsen nicht verkneifen. »Der Bär hat ihn erledigt«, krächzte er.

Der andere Bursche schüttelte den Kopf. »Es gibt keinen Bären! Die Dirne Liese Lutz hat die verschwundenen Männer in ihre Herberge ›Zur tanzenden Maus‹ gelockt und dort getötet, um sie auszurauben. Anschließend hat sie mit dem Wirt die Leichen im Wald verscharrt. Mit einem Brett, das die Form einer Bärentatze hat, haben sie die Fußabdrücke in den Waldboden gedrückt und Blut darübergekippt. So kam das Gerücht auf, dass ein Menschenfresser in unseren Wäldern sein Unwesen treiben würde. Simon wurde ihr letztes Opfer. Er war ihnen auf die Schliche gekommen und bezahlte sein Wissen mit dem Leben. Jetzt hat man die Dirne in das andere Verlies gesperrt und wird ihr den Prozess machen.«

»Aber Simon hat gesehen, wie der Bär sein eigenes Junges zerfleischt hat«, warf Bonner ein.

Der Bursche zuckte mit den Schultern und sagte: »Dazu kann ich nichts sagen. Das spielt auch keine Rolle mehr. Du bist frei!«

Bonner erhob sich und stand schwankend vor den Burschen. Fassungslos fragte er: »Wer lässt mich frei? Der Graf?«

»Nein, wir lassen dich frei, denn wir glauben, dass Simon dich unerlaubt festgehalten hat und dass keiner davon weiß.«

Zuerst verschlug es Bonner die Sprache, doch dann brüllte er, so laut es seine Stimme zuließ: »Ich bin nicht angeklagt? Dieser Mistkerl hat mich ohne den Befehl seines Herrn eingesperrt?«

Die Burschen sahen sich an und nickten. »So wird es wohl gewesen sein.«

»Nur ihr beiden wisst, dass ich hier unten sitze?«, fragte der Bauer ungläubig. Wieder nickten die jungen Männer.

»Ich hätte verfaulen können, und niemand hätte es bemerkt!«, flüsterte Bonner und setzte sich erschöpft auf den Boden.

»Damit wir keinen Ärger bekommen, wäre es förderlich, wenn du dich sogleich auf den Weg machst und Greifenstein verlässt.«

»Warum sollte ich euch verschonen? Ihr habt mir Monate, vielleicht Jahre meines Lebens gestohlen.«

»Übertreib mal nicht! Es ist Juni, und du warst nur wenige Monate hier unten.«

Mit letzter Kraft sprang Bonner auf und packte einen der Männer am Kragen. »Weißt du, was du da sagst, Bürschchen?«

Dem jungen Mann schlug Bonners fauler Atem entgegen. Angewidert stieß er den Bauern zu Boden. »Fass mich ja nicht an! Wenn wir wollen, lassen wir dich hier unten verrotten. Also sei dankbar, schwing dich auf das Pferd, das wir dir großzügig überlassen, und verschwinde.«

Bonner schlug die Hände vors Gesicht. »Ihr wisst nicht, was ihr mir angetan habt!«

Auf einer klapprigen Mähre verließ Bonner mitten in der Nacht Burg Greifenstein. Müde und kraftlos hing er auf dem Gaul. Sein starkes Pferd, seine Habseligkeiten und sein Geld waren fort. Die Burschen hatten ihm nur einen Beutel mit Essen und einen Schlauch mit Wasser gelassen.

»Und dafür muss ich ihnen auch noch dankbar sein!«, murmelte Bonner erschöpft. Da sein Körper durch die lange Haft entkräftet war, konnte er sich nur mit Mühe im Sattel halten. Trotzdem wagte er es nicht zu rasten, da er sich schnell von Burg Greifenstein entfernen wollte. So begnügte er sich damit, Schritt zu reiten, und kam nur sehr langsam voran. Immer wieder nickte er ein und rutschte dabei fast aus dem Sattel.

Bonner versuchte sich die Müdigkeit aus dem Gesicht zu wischen und atmete die kühle Nachtluft tief ein. Je weiter er sich vom Kerker entfernte, desto deutlicher wurde ihm bewusst, wie bestialisch er stank. Als er in der Nähe einen Bach rauschen hörte, ritt er darauf zu. Ächzend ließ er sich aus dem Sattel auf den Boden gleiten.

Die Monate im Kerker hatten eindeutige Spuren hinterlassen. Er war völlig entkräftet und hatte stark abgenommen, so dass seine Kleidung lose an ihm herunterhing. Immer wieder rutschte ihm die Hose vom Leib, so dass er sie mit beiden Händen festhalten musste.

Langsam setzte die Morgendämmerung ein. In der Aue konnte er vereinzelt äsende Rehe ausmachen. Vögel zwitscherten, und ein Specht hämmerte mit seinem Schnabel auf einen Baumstamm.

»Wie schön die Natur doch ist«, flüsterte Bonner und streifte sich umständlich das Hemd über den Kopf. Dann entledigte er sich seiner Hose. Stiefel besaß er keine mehr.

Nackt stand er in dem Bach und blickte angestrengt auf sein Spiegelbild im Wasser, das er nur vage erkennen konnte.

Seine Augen, die tief in den Höhlen lagen, brannten und tränten vom ersten Morgenlicht. Ein struppiger Bart bedeckte seine hohlen Wangen und reichte ihm fast bis auf die Brust. Seine Haare waren lang, spärlich und verfilzt. Überall auf dem Körper hatte er rote Flecken und vereiterte Pusteln, die juckten. Seine Haut hing schlaff an seinem ausgemergelten Leib, und darunter zeichnete sich jede Rippe ab. Auf Beinen, dünn wie Kienspane, stolperte er durch das kühle Nass.

Obwohl das Wasser so kalt war, dass ihm die Zähne klapperten, hielt er den Atem an und tauchte unter.

Nachdem Bonner sich von Kot, Schweiß und Dreck befreit hatte, wusch er vorsichtig seine Kleidung, die nur noch aus Fetzen bestand. Das zerrissene Hemd und die zerschlissene Hose hängte er zum Trocknen auf einen dicken Ast. Erschöpft legte er sich dann neben sein Pferd, das gierig das saftige Grün der Wiese fraß. Er selbst war zu müde, um etwas zu essen, und schlief ein.

Bonner erwachte, als die Sonne hoch über ihm stand. Ameisen krabbelten auf seiner vom Sonnenlicht geröteten Haut und bissen ihn. Wütend schlug er sie fort, stolperte zum Bach und tauchte erneut in dem kühlenden Wasser unter. Er blieb am Rand des Bachbetts im seichten Wasser sitzen und überlegte: »Ich werde nach Tastungen reiten. Es ist mir einerlei, was Harßdörfer sagen wird. Soll er Johann und die Hexe selbst suchen! Nach den vielen Monaten, in denen ich fort war, ist es sicher bedeutungslos geworden, ob ich die Magd gefunden habe oder nicht. Ich will nur noch zurück auf meinen Hof, damit dieser Alptraum endlich ein Ende hat!«

Zufrieden mit seinem Plan, zog er sich an, holte das Pferd von der Wiese und ritt Richtung Eichsfeld.

Am Abend des fünfzehnten Tages seiner Reise überquerte Bonner die Werra. Je weiter er das Hessenland hinter sich ließ, desto stärker spürte er freudige Erregung.

Obwohl er kein Geld hatte und sich von dem ernähren musste, was die Natur ihm überließ, fühlte er sich einigermaßen gestärkt. Auch der klapprige Gaul hatte zugenommen und verwandelte sich langsam in ein normales Pferd.

Als Bonner auf Eichsfelder Boden stand, konnte er sein Glück kaum fassen. Für einen Moment schloss er die Augen und schnupperte.

»Das ist die Luft meiner Heimat!«, rief er aus, saß auf und trat dem Pferd in die Flanken.

Je näher er Tastungen kam, umso unruhiger wurde er jedoch. Er konnte nicht leugnen, dass sein Mut sank und eine leise Angst ihn beschlich.

Unterwegs traf er auf einen Knecht, der ihm bekannt vorkam. Nach einiger Überlegung erinnerte sich Bonner, dass der Mann in Hundeshagen bei einem Bauern in Lohn stand. Der Knecht schien ihn nicht zu erkennen, was nicht weiter verwunderlich war. Nicht nur Bart und Haare verfremdeten Bonners Aussehen, auch war seine Statur eine vollkommen andere geworden.

Bonner hatte nicht vor, sich dem Knecht zu erkennen zu geben, da er ihn aushorchen wollte. Nach anfänglichem Geplänkel fragte er: »Gibt es etwas Besonderes aus der Gegend zu berichten?«

»Wie meinst du das?«

»Ich war in einer großen Stadt, die sich Frankfurt nennt. Dort haben sie einen Mörder gevierteilt.«

»Gevierteilt?«, fragte der Knecht interessiert. »Das habe ich noch nie gesehen. Erzähl! Wie ist das?«

In allen Einzelheiten schilderte Bonner die Hinrichtung.

»Das hört sich grausam an!«, sagte der Knecht. »Hier war eine Hexenverbrennung, aber auch die habe ich nicht miterlebt, da ich auf dem Feld arbeiten musste.«

Bonners Magen krampfte sich zusammen.

»Eine Hexenverbrennung?«, flüsterte er.

Erfreut, dass der Fremde Interesse zeigte, erzählte der Knecht, was er wusste.

»Der Bürgermeister von Duderstadt wurde der Hexerei überführt und auf dem Scheiterhaufen verbrannt.«

»Der Bürgermeister?«, fragte Bonner ungläubig. Der Mann nickte eifrig. »Es hieß, dass er das Geld der Stadt veruntreut und es den Handwerkern in den umliegenden Ortschaften geliehen habe. Albrecht Harßdörfer, so sein Name, soll Wucherzinsen von den Handwerkern verlangt haben. Als sie das geliehene Geld nicht zurückzahlen konnten, soll er aus Wut darüber Wetterzauber über sie verhängt haben. Sein eigener Neffe hat das gesehen und ihn angezeigt.«

Bonner war mitten auf dem Weg stehen geblieben. Sprachlos starrte er den Mann an und konnte nicht glauben, was er soeben gehört hatte.

»Wer hätte das für möglich gehalten!«, sagte Bonner leise.

»Es kommt noch besser!«, lachte der Knecht. »Unter der Folter hat Harßdörfer zugegeben, dass er nicht allein gehandelt habe. Nach eingehender Befragung nannte er Namen.«

Wichtigtuerisch stemmte der Mann die Hände in die Hüften und sagte: »Harßdörfer beschuldigte außerdem den Bauern Casper Bonner aus Tastungen und dessen Tochter Karoline. Das Mädchen konnte jedoch beweisen, dass es nichts mit dem Schadenszauber zu tun hatte, sondern ihr Vater allein dafür verantwortlich war. Sie erzählte, wie sie ihn dabei beobachtet hätte, wie er mit Hexen Unzucht trieb. Auch eine seiner Mägde und Karolines Bruder sollen dazugehören. Unter Tränen habe Karoline Bonner ausgesagt, dass alle drei versucht hätten, sie zu verführen, sie aber standhaft und tugendhaft geblieben sei.« Der Knecht schmunzelte und fügte hinzu: »Seitdem ist Karoline Bonner die begehrteste Jungbäuerin weit und breit.«

Bonner hatte das Gefühl, als bräche ihm der Boden unter den Füßen weg. Ohne ein weiteres Wort schwang er sich auf sein Pferd und ritt davon, als ob der Teufel hinter ihm her wäre.

Kapitel 31

Barnabas lag schwer atmend auf seinem Lager. In seiner Atemnot schnappte er leise ächzend nach Luft und hatte Angst zu ersticken. Die heftigen Hustenanfälle schwächten seinen Körper zusehends, so dass er auf die Hilfe des Mädchens angewiesen war, das nicht von seiner Seite wich. Wie eine Tochter umsorgte es ihn, wischte den Schweiß von seiner Stirn, flößte ihm Fichtennadelsud ein und half ihm hoch, wenn er spuckte.

Obwohl Barnabas Maria für die Pflege dankbar war, traute

er ihr nicht. Misstrauisch folgte sein Blick jeder ihrer Bewegungen.

Seit Servatius von seinem Gang in den Wald nicht zurückgekehrt war, fürchtete Barnabas um sein Leben. Mehrmals hatte er bereits das Mädchen nach dem Mönch gefragt, doch es tat, als würde es seine schwache und pfeifende Stimme nicht verstehen.

Barnabas fürchtete das Schlimmste für Servatius, und er bangte mehr und mehr auch um sein eigenes Schicksal. Wenn ich nur wüsste, wo Servatius abgeblieben ist, überlegte er. Was führt Maria nur im Schilde? Trachtet sie auch mir nach dem Leben? Doch dann zweifelte er an seinen eigenen Gedanken: Sie könnte mich ersticken lassen, ohne dass man ihr Böses nachweisen könnte. Warum sollte sie mich pflegen und sich solche Mühe geben?

Barnabas hatte seinen Gedanken kaum zu Ende gedacht, als Maria plötzlich neben ihm stand und frischen Sud brachte. Wie ertappt senkte er den Blick. Das Mädchen lächelte und stützte seinen Kopf, um ihm das Trinken zu erleichtern. Nachdem der Becher geleert war, sagte sie mit kindlicher Stimme: »Ich bin froh, dass es dir besser geht, Barnabas. Du bist der einzige Mensch, der mir geblieben ist!«

Barnabas wusste nicht, ob der Fichtennadelsud oder seine Angst bewirkten, dass er nach einer Woche wieder genesen war. Zwar war er schwach auf den Beinen, aber er fühlte sich gesund genug, um nach Servatius zu suchen. Jetzt, da er die Krankheit überwunden hatte und er nicht mehr hilfebedürftig daniederlag, trat er Maria ohne Furcht gegenüber.

»Lass uns den Weg zu der Fichtenschonung gehen, den du Servatius an unserem ersten Abend beschrieben hast«, forderte er das Mädchen auf.

»Ich kann mich nicht mehr daran erinnern«, wich sie ihm aus.

»Dann geh zur Bäuerin und lass ihn dir erneut erklären.«

»Nein!«, war Marias knappe Antwort, und sie schaute ihn trotzig an. Barnabas stützte sich auf den Knauf seines Wanderstabs und musterte das Mädchen mit durchdringendem Blick. In ruhigem Ton sagte er: »Dann werde ich nachfragen.« Ohne ein weiteres Wort ging er an Maria vorbei und überquerte den Hof.

Als Barnabas auf das Haus zuging, fletschten die großen schwarzen Hofhunde knurrend die Zähne und zerrten an ihren Ketten. Sogleich erschien der Bauer in der Eingangstür. »Was willst du?«, blaffte er Barnabas an.

»Ich möchte mich bedanken«, sagte der Magier freundlich. Der Mann, dessen Kinn und Wangen mit grauen Stoppeln übersät war, schob die Daumen in den Bund seiner Hose und fragte mürrisch: »Wie willst du dich bedanken?«

Barnabas hatte damit gerechnet und hielt ein Geldstück in die Höhe. Der Bauer wollte sogleich danach greifen, doch der Magier zog es wieder zurück und schüttelte seine silbrige Mähne. »Das ist für die Bäuerin! Nicht für dich.« Der Bauer riss entrüstet die Augen auf, um sie dann leicht zusammenzukneifen, was ihm ein wütendes Aussehen verlieh. »Was soll das?«, fauchte er. »Ich bin der Mann im Haus, und ich bekomme das Geld!«

»Deine Frau hat mir den heilenden Sud aufgebrüht, nicht du«, erklärte Barnabas ruhig. Der Bauer erkannte, dass der Magier sich nicht beirren lassen würde, und rief: »Greth, komm sofort her!« Seine Frau kam und blickte ihn fragend an. Sie schien bedeutend jünger als er zu sein. Im Gegensatz zu ihrem Mann hatte sie einen freundlichen Gesichtsausdruck und lachende Augen.

»Es geht dir besser«, freute sie sich und strahlte Barnabas an. Er bedankte sich bei ihr und gab ihr die Münze, die sie sofort in den Falten ihres Rocks verschwinden ließ. Als sie zurück ins

Haus gehen wollte, fragte Barnabas: »Kannst du mir den Weg erklären, der zu dem Hain führt? Ich möchte einen Vorrat an Fichtennadeln mitnehmen, für den Fall, dass es mir wieder schlechter gehen sollte.«

Erstaunt blickte die Bäuerin ihn an. »Von welchem Weg sprichst du?«

»Von dem, den du dem Mädchen am Abend unserer Ankunft erklärt hast.«

Die Frau schien zu überlegen. »Ich habe ihr keinen Weg genannt. Nur erwähnt, dass man in dem Waldstück hinter der Scheune zu einer Fichtenschonung gelangt. Der Pfad ist einfach zu finden, allerdings kann man sich leicht verirren, da der Wald dicht bewachsen ist.«

Barnabas legte die Stirn in Falten und dachte für einen Moment nach. Dann fragte er unvermittelt: »Kannst du mir sagen, wie ich nach Püttlingen gelange?«

Die Bäuerin wies mit dem Zeigefinger vor sich und sagte: »Du musst den Hoxberg hinunter nach Wellingen gehen, und dort fragst du am besten wieder.«

»Hoxberg?«, überlegte Barnabas. »Hier soll es einen Hexentanzplatz geben.«

»Wer sagt das?«, ereiferte sich der Bauer, der bis jetzt stumm zugehört hatte.

»Die Leute, die ich unterwegs getroffen habe.«

»Diese Dummnickels lügen alle. Das hier ist der Laubspringer Hof, auf dem ich seit meiner Geburt lebe. Von einem Hexentanzplatz weiß ich nichts!«, sagte er und ging ins Haus. Seine Frau wünschte Barnabas eine gute Reise und folgte ihrem Mann.

Der Magier wandte sich um und blickte nachdenklich zu Maria, die vor der Scheune auf ihn zu warten schien.

»Was hast du getan?«, flüsterte er und schritt auf sie zu.

»Komm, mein Kind! Ich weiß, wo die Fichtenschonung ist. Lass uns nachschauen, ob wir Servatius finden können.«

Als Maria ihm nicht folgen wollte, packte er sie wortlos an der Hand und zog das störrische Mädchen hinter sich her.

Barnabas war vom ständigen Rufen nach Servatius heiser geworden. Keuchend lehnte er sich gegen einen großen Stein. Ich mute mir zu viel zu, dachte er, als er den stechenden Schmerz in seiner Lunge spürte. Während er sich über die Brust strich, ließ er seinen Blick suchend umherschweifen. Plötzlich glaubte er zwischen den Bäumen eine Bewegung ausmachen zu können und legte kurz die Hand an die Stirn, um besser sehen zu können. Doch außer Baumstämmen konnte Barnabas nichts erkennen. Trotzdem beschlich ihn das ungute Gefühl, beobachtet zu werden.

Maria stand stumm da und rupfte und zupfte an den Pflanzen um sich herum. Erst jetzt sah Barnabas, dass sie in einem Feld aus Farn standen. Er ging in die Hocke und untersuchte die Pflanzen. Stängel waren geknickt und Blätter zermalmt.

»Jemand hat sie zerstampft«, murmelte er und blickte zu Maria, die ihn beobachtete und sich in den Haaren zwirbelte.

»Das ist Irrwurz«, erklärte sie. »In der Nacht würdest du dich verirren.«

»Schweig, Maria. Ich glaube nicht daran.«

»Aber Servatius!«, flüsterte sie und lachte gehässig auf. Dann tanzte sie ein paar Schritte im Kreis und sang leise vor sich hin.

Kopfschüttelnd beobachtete Barnabas das Kind, als er zwischen den Stämmen erneut eine Bewegung auszumachen glaubte.

»Servatius!«, rief er und ging langsam auf die Bäume zu.

»Servatius! Ich bin es, Barnabas!« Niemand antwortete ihm.

Zuerst konnte der Magier nichts Besonderes erkennen, doch dann erschrak er, da sich ein Schatten von den Bäumen zu lösen und sich in die entgegengesetzte Richtung zu bewegen schien. »Servatius!«, rief er aufgewühlt. »Ich will dir helfen!«

Ohne nachzudenken, folgte Barnabas dem Schatten, der auf ihn zu warten schien. Als der Magier sich kurz nach Maria umblickte, war der Schatten jedoch spurlos verschwunden.

»Wo ist er hin?«, rief Barnabas verwirrt. Das Mädchen, das hinter ihm hergerannt war, zeigte wortlos nach vorn. Sein Blick folgte ihrem Finger. Zwischen zwei Bäumen konnte Barnabas frisch aufgewühlte Erde erkennen. Eilig ging er darauf zu und erkannte, dass es ein Grab war.

»Liegt hier Servatius?«, fragte er das Mädchen, das nichts sagte, sondern um das Grab herumhüpfte.

Barnabas kniete sich nieder und begann mit beiden Händen die Erde zur Seite zu schaufeln.

»Das würde ich nicht tun!«, sagte eine Stimme hinter ihm. Langsam wandte sich der Magier um und erkannte mehrere Gestalten, die in schwarze Kutten gehüllt waren.

»Wer seid ihr?«, fragte Barnabas erschrocken und erhob sich.

»Das musst du nicht wissen«, sagte einer der Männer, der wie die übrigen seine Kapuze tief ins Gesicht gezogen hatte, so dass man ihn nicht erkennen konnte. Auch ihre Hände versteckten die Männer in den weiten Ärmeln des Habits.

Maria presste sich ängstlich an Barnabas, der schützend den Arm um sie legte.

»Wer liegt hier?«, fragte Barnabas, der die Antwort längst ahnte.

»Ein unbekannter Franziskanermönch, der vor mehreren Tagen durch den Wald geirrt war. Obwohl wir ihm freundlich zugerufen haben, lief er weiter und stürzte in der Dunkelheit einen Abhang hinunter. Als wir zu ihm kamen, lag er im Sterben. Wir haben für ihn gebetet und ihn hier beerdigt.«

Erschüttert lauschte Barnabas diesen Worten. Zwar hatte er gespürt, dass Servatius nicht mehr lebte, doch der Umstand seines Todes berührte ihn.

»Kennst du eine Frau namens Maria?«, fragte der Unbekannte

ihn jetzt. Erschrocken blickte der Magier zu dem Mädchen, das keinerlei Regung zeigte.

»Warum fragst du mich das?«

»Bevor seine Augen brachen, flüsterte der Mönch: ›Du bekommst mich nicht, Maria!‹ Er schien vor dieser Frau große Angst zu haben.«

»Ich heiße Maria«, verriet das Mädchen und lächelte den Fremden unschuldig an.

Der Magier hätte bei Marias Worten gerne die Augen der Männer gesehen, um in ihrem Blick ihre Gedanken lesen zu können. Doch unter ihren Kutten waren ihre Gesichter nicht zu erkennen. Auch blieben die Fremden auf Marias Worte hin stumm. Barnabas sammelte einige Steine zusammen und legte sie in Form eines Kreuzes auf die frische Erde des Grabes.

»Sein Name war Servatius«, flüsterte Barnabas. Auch wenn er den Mönch nicht sonderlich gemocht hatte, so waren sie doch über lange Zeit Weggefährten gewesen. Barnabas ging mühsam in die Knie und murmelte ein Gebet. Als er sich ächzend erhob, waren die Männer in den Kutten verschwunden.

»Hast du gesehen, wohin sie gegangen sind?«, fragte Barnabas das Kind, das hinter einem Baum Pflanzen brach. »Nein«, antwortete Maria knapp und legte die Stängel auf Servatius' Grab. Als Barnabas die Irrwurzpflanze erkannte, zuckte er zusammen.

»Warum hast du dem Alten nicht gesagt, wer wir sind? Er schien ein Freund des Franziskaners gewesen zu sein. Sicherlich hätte er uns helfen können.«

Ignatius antwortete nicht sofort, sondern überlegte. Nach einigen Augenblicken sagte er: »Nur weil Burghard Franziskanermönch war und unsere Beweggründe versteht, heißt das nicht, dass alle anderen uns auch verstehen. Hast du dir das Mädchen betrachtet, Franziskus? Irgendetwas stimmt nicht mit ihm. Auch der Alte ist kein gewöhnlicher Mann. Ich vermute, dass er ein Magier und Zauberer ist und somit Hexen erkennen kann. Solch ein Mann schlägt Nutzen aus den Hexenverfolgungen und würde niemals dagegen angehen. Nein, Franziskus! Wir taten recht daran, uns nicht zu erkennen zu geben. Wir müssen vorsichtig sein und dürfen Fremden nicht trauen. Jeder muss einer Prüfung unterzogen werden. Genauso, wie wir es mit Burghard getan haben.«

Der junge Franziskus nickte. Sein Lehrmeister hatte weise gesprochen.

Burghard streckte seinen Rücken. Es war spät geworden, aber er hatte erneut eine Abschrift beendet. Stolz betrachtete er die zahlreichen Blätter, als Katharina die Schreibstube des Pfarrers betrat. Erstaunt blickte Burghard auf.

»Ist etwas passiert?«, fragte er besorgt, da Katharina ihn nie besuchen kam.

»Nein, Pfarrer Schnetter ließ mich ein, denn Frau Rehmringer schickt mich. Die Kutschpferde für den Grafen von Nassau-Saarbrücken sollen morgen auf sein Schloss nach Saarbrücken gebracht werden. Frau Rehmringer wünscht, dass du Clemens begleitest.«

»Warum begleitet Johann Clemens nicht?«, maulte Burghard. Katharina legte eine Hand auf seinen Arm und erklärte mit sanfter Stimme: »Der Geometer hat sich angekündigt, um den Grund zu vermessen, damit der neue Stall gebaut werden kann. Außerdem möchte Johann Franziska und Magdalena nicht zu lange allein lassen. Er würde mehrere Tage fort sein.«

Burghard zog seinen Arm langsam fort. Katharina tat, als bemerke sie es nicht, und fragte ihn freudestrahlend: »Ist dir aufgefallen, wie sehr die kleine Magdalena gewachsen ist?«

Burghard erkannte die Sehnsucht in Katharinas Blick und wandte sich den Abschriften zu, die er sorgsam übereinanderstapelte. Ohne auf ihre Frage einzugehen, murmelte er: »Zum Glück habe ich eine weitere Abschrift von Cornelius Loos' Buch vollendet. Ich muss sie sofort zu Bruder Ignatius bringen.« Burghard hauchte Katharina einen Kuss auf die Wange und verließ den Raum.

An der frischen Luft atmete Burghard tief ein. Er wusste, dass Katharina mehr von ihm erwartete, als er bereit war zu geben. Er konnte nicht leugnen, dass er sie begehrte, doch noch war er nicht bereit, den endgültigen Schritt zu tun. Noch war er nicht bereit, mit Katharina wie Mann und Frau zu leben.

Vor ein paar Wochen, als er im Wald um sein Leben gefürchtet hatte, hatte er sich nichts sehnlicher gewünscht, als Katharina in seinen Armen zu halten. Auch genoss er anfangs die Zärtlichkeiten, die sie austauschten. Er konnte spüren, wie Katharina darauf wartete, dass er ihre Leidenschaft offen erwidern würde. Aber Zweifel, die fest in seinem Kopf verankert schienen, hinderten ihn daran, das Gelübde der Keuschheit zu brechen. Immer wieder sagte er sich, dass er kein Mönch mehr war und sich nicht an das gegebene Wort seiner Glaubensgemeinschaft halten musste. Aber vergebens, er konnte seine Gewissensnot nicht überwinden.

Burghard wischte sich mit der Hand über das Gesicht. Ein flaues Gefühl bemächtigte sich seines Körpers – wie immer, wenn das schlechte Gewissen an ihm nagte. Seit die Jesuiten in sein Leben getreten waren, wusste Burghard nicht mehr, was er wirklich wollte. Er wusste nur, dass sein Herz schneller schlug, wenn Ignatius oder Franziskus von dem Leben in ihrem Kloster und ihren Willensbestimmungen berichteten.

Burghard fühlte sich zwischen zwei Welten hin und her gezerrt und konnte sich nicht für die eine oder die andere entscheiden.

Katharina stand in der Schreibstube und kämpfte mit den Tränen. Sie stützte sich mit den Händen auf der Tischplatte ab, da sie spürte, wie ihr die Beine zitterten. Als die Kraft sie verließ, ließ sie sich zu Boden gleiten und weinte bitterlich. Plötzlich stand Pfarrer Schnetter vor ihr und blickte sie voller Sorge an. »Geht es dir nicht gut?«, fragte er und half ihr hoch. Er forschte in ihrem tränennassen Gesicht und schien den Grund für ihren Kummer zu erahnen.

»Komm, mein Kind! Wir wollen uns in den Garten unter einen Apfelbaum setzen.«

In der milden Sommerluft versiegten ihre Tränen. Nachdem Pfarrer Schnetter ihr kühlen Holundersaft zu trinken gebracht hatte, beruhigte sich Katharina langsam.

»Was betrübt dich, mein Kind?«, fragte er milde.

Zweifelnd blickte sie den Mann an und erwiderte höflich: »Ich glaube nicht, Herr Pfarrer Schnetter, dass ich mit Euch darüber sprechen möchte.«

Er lächelte wissend und schwieg, um Katharina Zeit zu geben, ihre Gedanken zu ordnen. Als sie jedoch nichts sagte, erklärte er: »Der liebe Herrgott hat für jeden von uns einen bestimmten Weg vorgesehen. Manche Wege führen geradewegs zum Ziel. Bei anderen liegen Steine im Weg, die es zu umwandern gilt. Manch einer lässt sich selbst von Steinen so groß wie Felsen nicht von seinem Weg abbringen. Und bei wieder anderen befindet sich mitten im Weg eine Abzweigung, und diese verlangt eine Entscheidung.« Er schwieg einige Augenblicke, dann erklärte er: »Ob man den Weg weitergeht oder ihn am Scheideweg verlässt, bedarf einer guten Überlegung, aber vor allem bedarf es Zeit. Geduld, mein Kind, heißt das Zauberwort. Nichts erzwingen, nichts verdammen – nur so erkennt man, was die rechte Entscheidung ist.«

»Aber was heißt das für denjenigen, der auf die Entscheidung warten muss? Wie lange soll derjenige Geduld aufbringen?«, fragte Katharina leise.

»Das ist eine weise Frage, Katharina, die ich dir nicht beantworten kann. Die Antwort kennt allein dein Herz. Es wird dir sagen, wann der Zeitpunkt gekommen ist, an dem du deinen Weg beschreiten wirst.«

Nachdenklich blickte Katharina in die Weite des Gartens. In der anbrechenden Dunkelheit konnte sie Glühwürmchen erkennen, die vereinzelt in der Luft zu tanzen schienen. Ein Fuchs bellte in der Ferne, und ein Kuckuck rief.

Als Katharina Pfarrer Schnetter anblickte, glänzten erneut Tränen in ihren Augen. »Ich würde bis ans Ende meines Lebens warten, wenn ich wüsste, dass er so lange braucht, um sich für mich zu entscheiden.«

»Ich finde, dass deine Abschriften von Mal zu Mal besser werden, Burghard. Obwohl ich bereits bei der ersten der Ansicht war, dass sie perfekt ist«, lachte Ignatius und klopfte Burghard anerkennend auf die Schulter.

»Ich werde die nächste Abschrift erst Ende der Woche beginnen können«, entschuldigte sich Burghard. »Frau Rehmringer schickt mich mit Clemens nach Saarbrücken.«

»Mach dir darüber keine Gedanken. Bruder Franziskus, Bruder Klaus und ich werden ebenfalls für einige Tage unterwegs sein und weitere Pfarrer aufsuchen.«

»Wollte sich Bruder Franziskus nicht bereits auf den Weg gemacht haben?«, fragte Burghard.

Ignatius nickte. »Ja, so war es gedacht. Aber es ist etwas dazwischengekommen.«

Voller Eifer berichtete Franziskus, der gerade einige Blätter bündelte, von dem, was sich ereignet hatte. »Stell dir vor, Burghard! Im Wald haben wir einen Franziskanermönch beerdigen müssen.«

Als der junge Mönch den scharfen Blick seines Lehrmeisters sah, senkte er den Kopf und tat beschäftigt.

Burghard und die übrigen Mönche sahen Ignatius fragend an.

»Ich wollte nicht darüber sprechen, denn es ist eine unschöne Geschichte«, erklärte Ignatius und rieb sich über die Tonsur. »Es ist meine Schuld, denn ich habe Franziskus' ungestümes Wesen nicht bedacht und ihm nicht den Mund verboten. Nun, da er es bereits ausgesprochen hat, werde ich es euch erzählen.«

»Wir haben Servatius schließlich zwischen einigen Bäumen beerdigt«, schloss Ignatius seine Schilderung.

Burghard saß regungslos da und spürte nichts. Keine Freude, keine Trauer – nichts. Seine Gedanken sprangen hin und her. Viele Franziskanermönche nennen sich Servatius!, beruhigte er sich. Wie groß kann die Wahrscheinlichkeit sein, dass es *der* Servatius war?

Langsam erwachte Burghard aus seiner Starre und fragte nachdenklich: »Woher wisst ihr, dass der Mönch Servatius hieß?«

»Das ist ebenso unfassbar. Tage später, wir waren gerade auf dem Weg in die Ortschaft Lebach, begegneten wir einem Mann und einem Mädchen, die den Mönch suchten. Anscheinend hatte der Alte bereits vermutet, dass dem Mönch etwas zugestoßen war, denn er war nicht sonderlich berührt, als er das Grab entdeckte.«

Burghard atmete hörbar aus. Zum Glück sind es nicht Servatius und Barnabas, dachte er und sagte laut: »Wahrscheinlich ein Vater und seine Tochter, die hier leben.«

Ignatius schüttelte den Kopf. »Ich weiß es nicht. Mag sein«, antwortete er, doch man konnte heraushören, dass er Zweifel hegte. »Ich kann nicht sagen, weshalb, aber mich beschlich sofort das seltsame Gefühl, dass der Mann ein Magier sei. Einer, der Hexen erkennen kann.«

»Wie kommst du darauf?«, fragte Burghard mit bebender Stimme. Ignatius musterte ihn erstaunt. »Ist dir nicht wohl? Du bist ja mit einem Mal leichenblass.«

»Sag mir, warum du glaubst, dass der Mann ein Magier war«, forderte Burghard ihn nun mit lauter Stimme auf. Sein Körper bebte, seine Beine zitterten. Schweiß bedeckte seine Stirn.

»Ich weiß es nicht, Burghard. Es war nur ein Gefühl. Wahrscheinlich irre ich mich. Aber was hast du nur?«

Burghard ging nicht auf die Frage ein, sondern fragte stattdessen: »Wie sah er aus?«

Ignatius tat ihm den Gefallen und beschrieb den Alten.

»Es ist Barnabas. Sie haben mich gefunden«, flüsterte Burghard, sprang auf und rannte wie ein Tier in der Hütte auf und ab.

»Du kennst sie?«, fragte Ignatius erstaunt.

Burghard nickte, und der Jesuit verstand auf einmal. Wortlos stellte er sich Burghard in den Weg, legte ihm die Hände auf die Schultern und erklärte mit ruhiger Stimme: »Dir kann nichts passieren, Bruder. Servatius ist tot, und Barnabas weiß nicht, dass du hier bist. Außerdem sah er krank aus. Auch denke ich, dass das Kind, das ihn begleitet, ihm genug Sorgen bereitet.«

»Wie meinst du das?«

»Sie hat einen irren Blick und scheint ein böses Wesen zu haben. Servatius muss vor ihr große Angst gehabt haben, denn seine letzten Worte galten ihr.«

Ignatius wiederholte, welche Worte Servatius angesichts des Todes immer wieder hervorgestoßen hatte.

»Weißt du, wohin Barnabas mit dem Mädchen wollte?«

»Nein, aber ich bin sicher, dass du dich nicht zu fürchten brauchst. Er scheint alt und müde zu sein, und wie du selbst erklärt hast, war Servatius derjenige, der dir Schlechtes wollte.«

Burghard überlegte, dann entspannte ein zaghaftes Lächeln sein Gesicht. »Du hast Recht, Ignatius. Barnabas war mir mehr Freund als Feind. Wenn ich recht überlege, würde ich ihn sogar gerne wiedersehen, um ihm von unseren Absichten zu erzählen. Aber auch, um ihm zu sagen, dass ich kein Dieb bin.«

Kapitel 32

Mit bitterbösem Blick betrachtete Bonner seine Tochter Karoline, die zitternd dasaß und sich nicht traute, ihrem Vater in die Augen zu schauen.

»Sieh mich gefälligst an, wenn ich mit dir rede!«, schnaubte Bonner verhalten, damit niemand ihn hören konnte. »Wie konntest du mir das nur antun? Du warst mein Augenstern. Für dich hätte ich alles getan!«

»Du hast mich allein gelassen, Vater. Wenn du mir zumindest eine Nachricht hättest zukommen lassen ... Aber so musste ich mich ohne Hilfe behaupten und habe voller Angst vor dem Richter gestanden. Der Abschaum wollte mich foltern und verbrennen!«, schluchzte das Mädchen.

Erschrocken blickte Bonner sie an, doch dann gewann sein Zorn wieder die Oberhand. »Ja, glaubst du denn, ich habe mich unterwegs belustigt? Mehrere Monate saß ich in einem finsteren Loch bei Wasser und Brot und hatte das Gefühl, bei lebendigem Leib zu verfaulen.«

Karoline sah ihren Vater gleichgültig an. »Was kann ich dafür?«, presste sie zwischen schmalen Lippen hervor.

Als Bonners Gesicht in der Dunkelheit am Fenster der Stube aufgetaucht war, hatte Karoline laut aufgeschrien, da sie glaubte, ein Einbrecher wolle ihr Böses. Hoffentlich weiß er nicht, dass ich allein im Haus bin, war es ihr durch den Kopf geschossen. Wie gelähmt hatte sie dagestanden. Zum Glück war der Mann wieder vom Fenster verschwunden, und Karoline hatte gehofft, ihn mit ihrem Schrei vertrieben zu haben. Verängstigt hatte sie die Stubentür geöffnet, um auf ihr Zimmer zu gehen, als der Mann plötzlich vor ihr gestanden hatte. Erneut hatte sie aufschreien wollen, doch der Fremde war ihr zuvorgekommen und hatte ihr die Hand auf den Mund gepresst. Karoline hatte versucht sich loszureißen, als er ihr ein Kosewort ins Ohr geflüstert hatte. Da hatte sie gewusst, wer vor ihr stand. Der Fremde war ihr Vater!

Karoline hatte sich aus seinem Griff gewunden und war aufgeregt in der Stube hin und her gelaufen, um Türen und Fensterläden zu schließen.

»Wenn dich jemand sieht, Vater, wird er sofort die Bürgerwehr verständigen«, hatte sie ihn gewarnt. »Dann werden wir beide verhaftet.«

Nun saßen sich Vater und Tochter wie Fremde gegenüber und starrten sich vorwurfsvoll an. Kein Wort der Freude über das unverhoffte Wiedersehen kam über ihre Lippen.

»Du solltest ein Bad nehmen«, sagte Karoline nach einer Weile und rümpfte angewidert die Nase. Bonner wollte aufbrausen und sie zurechtweisen, doch er war zu erschöpft. Zu müde zum Reden, zu müde zum Nachdenken, zu müde, um sich zu wehren. Er nickte und sagte: »Lass uns morgen weiterreden. Ich will jetzt nur noch in mein Bett.«

»Vater, man darf dich hier nicht sehen!«, wies Karoline ihn mit energischer Stimme zurecht. »Alle glauben, dass du gemeinsam mit dem Bürgermeister von Duderstadt das Geld der Stadtkasse unterschlagen und die Handwerker betrogen hast. Harßdörfer wurde der Hexerei angeklagt und vor etlichen Wochen hingerichtet. Das gleiche Schicksal droht auch dir. Jeder im Dorf hält dich der Hexerei für schuldig.«

Bonner blickte seine Tochter aus rot geränderten Augen an und fragte: »Und was glaubst du, Karolinchen?«

Die junge Frau zuckte mit den Schultern und meinte: »Was soll ich glauben? Du bist mein Vater.«

Bonner lag in seinem eigenen Haus auf dem Dachboden, dort, wo der unnötige Kram aufbewahrt wurde. Wenn ich nicht zu erschöpft wäre, dachte er, würde ich lauthals lachen. Das erste Mal seit Monaten habe ich Gelegenheit, in einem weichen Bett zu schlafen. Stattdessen liege ich erneut auf hartem Boden.

Entkräftet rollte er sich zusammen und dachte an seine Tochter. Die Ereignisse haben aus meinem Karolinchen eine harte Frau gemacht. Dieser Hurensohn Harßdörfer sollte sie beschützen und dafür sorgen, dass ihr kein Leid geschieht, dachte Bonner wütend. Stattdessen hat er sie beinahe mit ins Verderben gerissen. Wäre er nicht schon tot, ich würde ihm auf der Stelle die Gurgel umdrehen. Aber dieser Verräter hat seine gerechte Strafe bekommen! Bonner schloss die Augen und versuchte zu schlafen, doch immer wieder schreckte er hoch. Karoline hat Recht. Ich kann hier nicht bleiben, wurde ihm schlagartig bewusst. Wenn sie mich finden, werden sie mich ebenfalls auf den Scheiterhaufen zerren. Ich muss wieder fort und Johann und diese Magd finden. Nur wenn ich ihnen eine wahre Hexe vorführe, werden sie erkennen, dass sie sich irren und ich unschuldig bin. Bonner schlug die Hände vors Gesicht und flüsterte: »Welch ein Alptraum!«

Ein Stockwerk unter Bonner lag seine Tochter grübelnd im Bett. »Warum musste der Alte zurückkommen?«, schimpfte sie leise. »Er bringt uns beide in Teufels Küche, wenn er hier erwischt wird. Hoffentlich hat ihn keiner gesehen und erkannt.« Unruhig wälzte sie sich hin und her. Doch so wie er aussieht, hätte selbst ich ihn nicht beachtet, beruhigte sie sich. Wie ein Taugenichts kommt er daher! Es wäre für mich am besten, wenn er wieder verschwinden würde. Jetzt, da ich mich auf dem Hof behauptet habe und die Leute mich als die Jungbäuerin achten, brauche ich ihn nicht mehr. Aber wie bekomme ich ihn dazu, dass er mir freiwillig den Hof überlässt? Mit diesem Gedanken schlief Karoline ein und träumte von brennenden Scheiterhaufen.

Als Bonner am nächsten Morgen erwachte, wusste er im ersten Augenblick nicht, wo er sich befand. Als schließlich die Erinnerung an den vergangenen Abend zurückkehrte, dachte er bitter: Es war kein Traum! Ich liege tatsächlich in meinem Haus versteckt auf dem Dachboden. Der Großbauer hörte Stimmen auf dem Hof und robbte auf allen vieren zu der kleinen Dachöffnung, um hinunterzulinsen. Vor den Stallungen standen seine Tochter und ein Knecht zusammen, lachten und spaßten. Als der Knecht es wagte, Karoline seine Hand vertrauensselig auf den Arm zu legen, musste Bonner an sich halten, um nicht nach unten zu laufen und diesen Tunichtgut zur Rede zu stellen.

»Wie kann sie sich nur mit dem Gesinde einlassen?«, schimpfte er leise. »Sie ist die Bäuerin und außerdem noch viel zu jung für eine Liebschaft.«

Verstohlen blickte Karoline nach oben und erkannte ihren Vater in der Luke. Rasch verabschiedete sie sich von dem Knecht und eilte ins Haus. »Das fehlt mir noch, dass der Alte sich einmischt!«, murmelte sie und ging in die Küche.

Zum Glück war die alte Berta mit dem Anzünden des Ofens beschäftigt, so dass sie nicht mitbekam, wie sich Karoline die Rocktaschen voller Kirschen steckte sowie Brot, ein Stück Feldkieker und einen Krug Milch mit nach draußen nahm. Geräuschlos eilte sie die Treppe nach oben, legte das Essen auf dem Fußboden ab, stellte den Krug daneben und lehnte die Leiter an die Luke zum Dachboden. Zuerst reichte sie ihrem Vater die Milch nach oben, dann das Essen. Danach kletterte sie selbst auf den Boden hinauf und legte die Kirschen auf einen alten Melkschemel, der zwischen anderen Möbelstücken stand. Kaum hatte sie sich ihrem Vater zugewandt, verpasste der ihr eine Ohrfeige.

»Bist wohl eine Dirne geworden, als ich weg war?«, schrie er mit rauer Stimme. »Ein Luder, das sich dem Gesinde an den Hals wirft!«

Karoline hielt sich die brennende Wange und blickte ihn zornig an. Vor etlichen Monaten hätte sie beschämt den Blick gesenkt, sich beim Vater entschuldigt und Besserung gelobt. Vor etlichen Monaten jedoch wäre sie gar nicht erst in diese Lage gekommen, an der ihr Vater allein die Schuld trug.

Karoline nahm die Hand von der Wange, stellte sich kerzengerade hin und presste mit verhaltener Stimme hervor: »Ich habe mir nichts zu Schulden kommen lassen, was dir das Recht gibt, mir dergleichen vorzuwerfen. Ich bin fünfzehn Jahre alt, Vater, und muss schauen, wie ich ohne meine Familie ein Gehöft unterhalte, das das größte der Umgebung ist. Wenn ich durch Nettigkeiten meinen Willen bekomme, heißt das noch lange nicht, dass ich einem Mann in mein Bett Einlass gewähre. Ich habe nicht darum gebeten, dass du mich allein lässt. Du hast dir dein Schicksal selbst ausgesucht! Mich hast du nicht gefragt, ob ich dieses Los möchte. Also beschwere dich nicht und vor allem bemitleide dich nicht selbst. Das geziemt sich nicht für einen Bonner!« Erhobenen Hauptes wollte Karoline die Leiter wieder hinuntersteigen, doch ihr Vater hielt sie am Handgelenk fest. »Es tut mir leid, Karolinchen!«, sagte er traurig. »Sei nicht böse mit deinem alten Vater. Glaube mir, mein Kind, wenn ich wüsste, wie wir aus dieser Lage herauskämen, ich würde alles dafür tun.«

Karoline wurde hellhörig und wandte sich ihrem Vater zu. Zum Glück schmerzte ihre Wange noch, so dass sie mühelos in Tränen ausbrechen konnte: »Ach Vater!«, schluchzte sie und umarmte ihn. »Auch ich grübele seit gestern ununterbrochen darüber nach, wie es wieder wie früher werden könnte. Und an allem sind nur Johann und diese Magd schuld! Sicherlich führen sie irgendwo ein glückliches Leben, während du dich auf deinem eignen Hof nicht zu erkennen geben darfst. Wenn wir doch nur wüssten, wo die beiden abgeblieben sind.« Dicke Tränen kullerten ihr die Wange hinunter, als sie zu ihrem Vater aufblickte. Überglücklich, seine Tochter endlich wieder im Arm zu halten, küsste Bonner ihre Stirn und versprach: »Zerbrich dir nicht dein hübsches Köpfchen, mein Kind. Ich werde dafür sorgen, dass alles wieder so wird, wie es war.«

Zufrieden legte Karoline ihren Kopf auf seine Brust und konnte sich ein gemeines Lächeln nicht verkneifen.

»Verdammt!«, raunzte Bonner verhalten. »Es ist so dunkel, dass man die Hand vor Augen nicht sieht. Wo haben wir damals bloß diese verdammte Kiste vergraben?«

Karoline, die hinter ihm herstolperte, tat, als blicke sie sich suchend um. Im schwachen Licht einer Laterne erkundete Bonner den Rand des Ackers. Plötzlich rief er seiner Tochter leise zu: »Karolinchen, hier ist es!«

Nachdenklich betrachtete er die Stelle. »Schau nur, man könnte vermuten, dass sich erst vor kurzem jemand hier zu schaffen gemacht hat. Der Boden ist frisch umgegraben.«

Ohne Hast kam Karoline näher, während er eifrig die Erde wegschaufelte. »Leucht mir mit der Laterne, mein Kind!«, forderte er sie auf. Schon nach wenigen Spatenstichen kam die Truhe zum Vorschein. »Merkwürdig«, murmelte er, »ich glaubte, sie tiefer vergraben zu haben.«

Ohne Mühe zog er die Kiste aus dem Loch und öffnete den Deckel. Mit offenem Mund starrte er hinein. Die Truhe war zur Hälfte leer. »Welcher Hurensohn hat sich an meinem Geld bereichert?«, presste er zornig hervor. Karoline überlegte kurz, ob sie schweigen sollte, doch dann sagte sie mit fester Stimme: »Ich war der Hurensohn, Vater!« Sprachlos musterte er sie einen Augenblick lang, dann packte er sie an den Schultern und schüttelte sie. »Das Geld war für den Notfall gedacht und nicht, damit du dir neue Kleider davon kaufst!«

Wütend blitzten ihre Augen auf. »Ich habe mir nur zwei neue Kleider geleistet. Das übrige Geld habe ich benutzt, um die Leute zu bestechen, die mich der Hexerei anklagen wollten. Warum, denkst du, haben sie mich gehen lassen?«

Fassungslos stand der Bauer vor seiner Tochter. Der Zorn wich aus seinem Gesicht, und Entsetzen machte sich breit. »Karolinchen, wenn ich das nur geahnt hätte!«, stammelte er. »Ich werde nur so viel Geld entnehmen, wie ich für meine Suche nach Johann benötige. Den Rest vergraben wir wieder. So hast du noch genug, damit du für jedwede Not gesichert sein wirst! Ich werde so schnell wie möglich mit der Hexe zurückkommen. Dieses Mal wird mich nichts und niemand aufhalten können. Ich gebe dir mein Ehrenwort, mein Kind!«

»Danke, Vater. Ich verspreche dir, das Geld nur in höchster Gefahr zu nutzen, damit noch genügend da ist, wenn du mit der Hexe zurückkehrst«, sagte sie mit einem feinen Lächeln um den Mund.

Katharina wurde an diesem Morgen von Hufgetrampel und lauten Stimmen geweckt. Sie blickte aus ihrer Kammer auf den Hof und sah, wie Clemens und Burghard Mühe hatten, die Kutschpferde an einem Strick nach draußen zu führen. Als die Männer endlich fort waren und wieder Ruhe herrschte, konnte Katharina nicht mehr einschlafen. Sie stand auf, zog sich Rock und Bluse über, band sich die Schürze um und ging nach unten, bevor die anderen im Haus erwachten. Wenn ich schon nicht zu schlafen vermag, dann kann ich ebenso gut mit meiner Arbeit beginnen, dachte sie und nahm den randvoll gefüllten Wäschekorb auf.

Im sanften Licht der Morgendämmerung ging sie hinunter

zum Hessbach, um dort die Wäsche zu waschen. Katharina watete durch das kühle Wasser, das ihre Knöchel umspülte und die Müdigkeit verscheuchte. Mit kräftigen Bewegungen rieb sie die Seife in den Stoff, um ihn anschließend mit einer Bürste zu schrubben. Sie war so mit ihrer Arbeit beschäftigt, dass sie erst aufsah, als die Sonne aufgegangen war und die Hitze ihr den Schweiß aus den Poren trieb. Immer wieder wischte sie sich die feinen Schweißperlen aus dem Gesicht. Da niemand in der Nähe war, öffnete die junge Frau die Schnüre ihrer Bluse und benetzte die Haut über ihren Brüsten mit Wasser. Anschließend raffte sie den Rock und steckte den Saum in ihrer Schürze fest, um tiefer ins Wasser zu waten. Mit geschlossenen Augen stand sie da und genoss die Kühle, als jemand sie unerwartet von hinten packte. Starke Männerarme grabschten nach ihren Brüsten und umklammerten sie, so dass sie kaum Luft bekam. Katharina wusste nicht, wie ihr geschah, und schrie auf. Sofort legte sich eine Pranke über ihren Mund, und jemand flüsterte ihr mit belegter Stimme ins Ohr: »Lässt dich wohl lieber von einem Schweinehirten besteigen? Seit Wochen warte ich auf diese Gelegenheit. Jetzt ist dein Liebster endlich fort und bringt die Gäule zum Grafen, und ich kann dir zeigen, wie es ist, einen wahren Mann zwischen den Schenkeln zu spüren.«

Paul!, schoss es ihr durch den Kopf. Katharina versuchte sich aus seinem Griff zu befreien, aber es gelang ihr nicht. Mühelos drehte Paul die junge Frau zu sich um und presste seine Lippen auf die ihren. Katharina wehrte sich heftig und kratzte ihm ins Gesicht. Doch Paul war groß und kräftig und ließ sich nicht so einfach abschütteln. Als seine Zunge versuchte ihren Mund zu öffnen, biss Katharina zu. Sie erwischte seine Lippe und die Zungenspitze, so dass Paul voller Schmerzen aufschrie und sie losließ. Katharina lief ans Ufer und blickte sich kurz um. Schimpfend kühlte sich Paul den Mund mit Wasser und spuckte Blut aus. »Warte nur, du verdammtes Weibsbild, das wirst du mir büßen!«, schrie er und schritt schwerfällig durch das Wasser auf sie zu. Katharina ließ die Wäsche stehen und rannte, so schnell sie konnte, zurück zum Gestüt.

Weinend warf sie sich in ihrer Kammer auf ihr Lager. Sie hörte nicht, wie es an der Tür klopfte und Franziska mit Magdalena auf dem Arm eintrat.

»Was ist geschehen?«, fragte die junge Mutter, überrascht, die Freundin so zu sehen. Vor Zorn bebend erzählte Katharina, wie dreist sich Paul ihr genähert hatte. »Wie konnte er mir nur so etwas antun?«, schimpfte sie und brach erneut in Tränen aus. »Ich habe ihm nie Hoffnungen gemacht und bin ihm, so gut es ging, aus dem Weg gegangen. Außerdem weiß mittlerweile jeder, dass Burghard und ich ein Paar sind.«

Franziska konnte über Pauls Verhalten nur den Kopf schütteln. »Vielleicht wäre es besser, wenn du dich Frau Rehmringer anvertrauen würdest.«

»Nein, das möchte ich nicht! Ich kann mir gut vorstellen, dass Frau Rehmringer ein solches Verhalten nicht dulden und ihn fortschicken würde. Dann wäre er erst recht wütend auf Burghard und mich. Sicherlich lässt er mich jetzt in Ruhe, auch wenn er mir gedroht hat.«

»Versprich mir, dass du sofort zu Frau Rehmringer gehst, wenn er sich dir erneut nähern sollte.«

»Ich verspreche es.«

Magdalena wurde auf Franziskas Arm unruhig und griff nach ihren Haaren, was Franziska zum Lachen brachte.

»Sie ist ein so hübsches Mädchen«, schwärmte Katharina, die froh war, dass ihr Patenkind sie von ihren trüben Gedanken ablenkte.

»Dieses verdammte Luder!«, tobte Paul. »Na warte, dir werde ich es zeigen. Mich verschmäht man nicht ohne Strafe!«

Seine Lippe war angeschwollen, und die Zunge schmerzte. Wütend stapfte er nach Hause und überlegte, wie er es Katharina heimzahlen konnte.

Am Mittag traf Paul vor dem Tor des Gestüts zufällig Johann von Baßy, der auf dem Weg zu Regina Rehmringer war.

»Was ist denn mit dir passiert?«, fragte der Amtmann belustigt und betrachtete Pauls Gesicht. »Hast dich wohl um ein Mädchen geprügelt.«

Paul funkelte den Amtmann böse an. »Das war dieses verdammte Miststück!«

Von Baßy verstand zuerst nicht, aber dann dämmerte es ihm. »Du meinst diese Magd? Wie heißt sie? Katharina?«

Paul nickte. »Ich wollte nett zu ihr sein und ihr helfen, den Korb mit der nassen Wäsche vom Waschplatz nach Hause zu tragen. Aber anstatt dankbar zu sein, hat sie mich ohne Vorwarnung wie eine Katze angefaucht und gekratzt. Als ich sie beruhigen wollte, schlug sie wie von Sinnen um sich und kratzte mich mit ihren Krallen im Gesicht. Jetzt schmerzt mich alles, und ich kann kaum etwas essen. Mir ist schon ganz elend vor Hunger«, jammerte er.

Nachdenklich blickte Johann von Baßy zum Gestüt. »So, so, wie eine Katze hat sie gefaucht. Hatte sie auch rote Augen?«

Paul musste nicht lange überlegen. »Ja, sie haben rot geleuchtet.«

Der Amtmann lächelte böse und sagte: »Jetzt ist es genug mit den Fremden. Diese Hexe hat Schadenszauber über dich gelegt. Sie will, dass du leidest und verhungerst.«

Erschrocken fasste Paul sich an die wunde Lippe. Von Baßy schlug ihm beruhigend auf den Rücken und sagte: »Komm heute Nachmittag zu meinem Amtssitz im Schloss. Ich werde dir helfen und dich beschützen, damit der böse Zauber rasch aufgehoben werden kann.«

Ohne ein weiteres Wort drehte sich von Baßy auf dem Absatz um und ging den Weg zurück, den er gekommen war.

Kapitel 33

»Wie weit ist es bis zum Schloss des Grafen von Nassau-Saarbrücken?«, fragte Burghard, dem der Hintern vom ungewohnten Reiten ebenso schmerzte wie seine rechte Hand, durch die der Führstrick des Kutschpferdes rutschte, da der Gaul sich ständig gegen den Befehl des Reiters wehrte und den Kopf hochriss.

»Ich kann es dir nicht sagen!«, fauchte Clemens. Auch er mühte sich mit seinem Begleitpferd ab, das er hinter sich herzog und das sich immer wieder aufbäumte. »Wenn die Zossen weiterhin so störrisch sind, werden wir ewig brauchen.«

»Wie lange werden wir in Saarbrücken bleiben müssen?«

»Herrgott, Burghard! Wir sind erst seit heute Morgen unterwegs, und du jammerst in einem fort. Du wirst noch rasch genug zu Katharina zurückkehren können!«

Burghard schwieg. Er schämte sich, weil nicht Katharina der Grund war, warum es ihn zurück nach Wellingen zog. Er wollte vielmehr so schnell wie möglich an den Abschriften weiterarbeiten.

Clemens blickte Burghard von der Seite an. Der junge Mönch spürte, dass er ihm etwas sagen wollte. Nach einer Weile ergriff Clemens dann auch das Wort: »Ich gestehe, dass ich wütend auf dich war, weil du mir Katharina ausgespannt hast. Aber mein Zorn ist verflogen, und ich habe mich damit abgefunden, weil ich erkennen musste, dass sie dich liebt und mich niemals mit diesen Blicken ansehen würde, wie sie dich anschaut. Solltest du ihr aber je Leid zufügen, Burghard, dann bekommst du es mit mir zu tun!«

Clemens drehte sich im Sattel zu Burghard um und machte ein finsteres Gesicht. Doch dann lächelte er. »Sind wir wieder Freunde?«, wollte er wissen und streckte Burghard die Hand entgegen. Auch Burghard lächelte, obwohl ihm nicht danach zumute war, und gab Clemens die Hand.

Die beiden jungen Männer erreichten am späten Nachmittag die Saar, die die Städte St. Johann und Saarbrücken voneinander trennte. An der Brücke auf der rechten Flussseite bei St. Johann verweilten sie und blickten hinüber auf das andere Saarufer, wo auf einer Anhöhe das prächtige Schloss des Grafen Ludwig II. gelegen war. Das Licht der Nachmittagssonne strahlte das Gebäude an, das von einer hohen Mauer umschlossen wurde.

»Ich habe noch nie ein solch schönes Gebäude gesehen«, staunte Burghard. »Alle Einwohner von Wellingen, Schwalbach und aus den umliegenden Dörfern zusammen könnten dort leben. Doch nur der Graf und sein Gefolge wohnen hier. Welche Verschwendung!«

In dem zur Saar gelegenen Mauerabschnitt konnte man in einigen Fuß Entfernung zueinander zwei halbrunde Türme erkennen. Clemens zeigte auf sie und erklärte Burghard: »Siehst du die kleinen Öffnungen in den Türmen? Das sind Schießscharten. Nach außen werden sie weit, so dass man von innen ein breites Sichtfeld hat, um besser auf den Feind zielen zu können. Nach innen aber verengen sie sich, was verhindert, dass die Angreifer hindurchschießen können.«

»Außer sie benutzen eine Kanonenkugel«, fügte Burghard lachend hinzu.

Langsam schritten die beiden Männer auf ihren Pferden über die Brücke, auf der reges Treiben herrschte. Nur mit Mühe konnten sie die Rösser durch die Menschenmenge führen. Zahlreiche Marktweiber kamen den beiden Freunden lächelnd entgegen.

»So viele hübsche Frauen!«, freute sich Clemens und grüßte höflich. Kichernd senkten die Frauen den Blick. Sie trugen Körbe gefüllt mit Gemüse, Obst oder Gewürzen. Ein mit Holzstämmen beladenes Fuhrwerk ratterte über das Kopfsteinpflaster und drängte die Fußgänger zur Seite. Ein junger Bursche schob hurtig eine Schubkarre mit kleinen Holzverschlägen in Richtung St. Johann, in denen laut die Hühner gackerten. Ein einbeiniger Bettler lehnte am Brückengeländer und bettelte um Almosen.

Als Clemens und Burghard die Brücke überquert und Saarbrücken erreicht hatten, blickten sie ehrfürchtig die Burgmauer empor. Sie ritten langsam längs der Mauer und kamen zu einem Torbogen, der zur Stadtseite gelegen war. Er kennzeichnete einen breiten Zugang zum Schloss über den Burggraben, der die Festung von der Stadt trennte. Wenige Schritte hinter dem Tor standen rechts und links des Weges Wachhäuser.

Zwei ernst dreinblickende Waffenträger in schicken Uniformen stellten sich Clemens und Burghard in den Weg.

»Welches Begehr?«, fragte einer und stellte seine Lanze gut sichtbar vor sich.

»Wir kommen aus Wellingen vom Gestüt Rehmringer und bringen dem Grafen zwei neue Kutschpferde.«

Mit sorgsamen Blicken umrundete der andere Soldat die Pferde und tat, als ob er nach etwas suchen würde. Nach einer Weile gab er seinem Kameraden ein Zeichen, worauf der zur Seite trat und sagte: »Ihr könnt passieren!«

Wieder durchschritten die Burschen ein Tor und standen in einem Innenhof. Auch hier wurden sie von grimmig aussehenden Soldaten beobachtet, aber nicht angehalten.

Durch einen langen breiten Gewölbegang, der durch das viereckige höchste Gebäude des Schlosses führte, gelangten sie in den Innenbereich der Schlossanlage. Ein großer Platz, der von mächtigen Gebäuden umgeben war, öffnete sich vor ihnen.

Clemens und Burghard standen mit ihren Pferden auf der riesigen Fläche und wussten nicht, was zu tun war. Nach kurzer Zeit kam ein junger Mann auf sie zugeeilt, der vornehm gekleidet war, so dass die beiden Burschen annahmen, er sei ein Edelmann. Als er fragte: »Wen darf ich melden?«, wussten sie, dass er ein Diener war. Mit überheblichem Blick musterte er die beiden. Burghard schaute an sich hinunter und wurde sich seiner schäbigen Kleidung bewusst. Anscheinend ging es Clemens ähnlich, denn er versuchte mit einer Haarsträhne seine entstellte Gesichtshälfte zu verdecken.

»Nun?«, fragte der Bedienstete ungeduldig.

»Wir kommen vom Gestüt Rehmringer und bringen die neuen Kutschpferde für den Grafen«, erklärte Clemens.

»Wartet hier!«, befahl der Bursche und verschwand wieder.

Nach einer Weile maulte Burghard: »Wo bleibt dieser Kerl nur? Ich bin hungrig und durstig.«

Endlich kamen zwei junge Burschen, nicht älter als zehn Jahre, auf sie zugelaufen und wollten ihnen wortlos die Pferde abnehmen.

»Was soll das?«, fragte Clemens mürrisch. »Wer seid ihr, und wohin wollt ihr mit den Pferden?«

»Wir haben den Auftrag, die Pferde in den Stall zu bringen und zu versorgen.«

»Wer sagt das?«

»Hans Friedrich Burghard.«

»Er heißt wie ich«, feixte Burghard.

»Wer ist dieser Herr Burghard?«, wollte Clemens von dem Jungen wissen und ging auf die Bemerkung seines Freundes nicht ein.

»Er ist der Reitschmied des Schlosses.«

»Was hat ein Schmied hier zu befehlen?«, ereiferte sich Clemens. »Ich will entweder den Rosswirt oder den Kutscher sprechen.«

»Der Rosswirt ist nicht da. Und wo der Kutscher steckt, weiß ich nicht. Wollt ihr nun, dass eure Pferde versorgt werden, oder nicht?«, fragte einer der Jungen ungeduldig.

Im gleichen Augenblick kam der Bedienstete zurück und erklärte Clemens und Burghard: »Überlasst die Pferde den beiden Jungen. Ich werde euch zu Herrn Braun, unserem Kutscher, führen.«

Durch einen gewölbten Durchgang kamen sie in einen weiteren Innenhof, der von der äußeren Burgmauer umschlossen wurde. Teile des Platzes waren als Garten angelegt worden. Überall grünte und blühte es. Rechts des Hofes stand ein hoher Turm, auf dem eine blutrote Fahne im leichten Wind wehte. Ein sonderbares Geräusch hallte den jungen Männern entgegen. Als Burghard und Clemens dem Diener um eine Reihe hohen Buschwerks folgten, erblickten sie zwei Männer, die auf einem Feld hin und her liefen und einen kleinen Ball gegen die Mauerwand schmetterten. Zwei Damen in vornehmer Kleidung saßen auf einer Bank und feuerten die Männer an.

»Es ist genug«, stöhnte der ältere Spieler und griff sich ans Herz. »Ihr seid zu schnell und zu jung für mich!«, lachte er.

»Trotzdem habt Ihr meine Herausforderung angenommen«, hielt der Jüngere ihm verschmitzt lächelnd vor.

»Das werde ich auch das nächste Mal wieder tun«, antwortete der Ältere, dessen Gesicht vor Schweiß glänzte. Ächzend ließ er sich neben die Frauen auf die Steinbank fallen. Erst jetzt wurde er der zwei Fremden gewahr, die abwartend neben dem Bediensteten standen. Der Diener ging zu dem älteren Spieler, flüsterte ihm ein paar Worte zu und verschwand. Daraufhin besah sich der keuchende Mann Burghard und Clemens genauer.

Selbst in seiner verschwitzten Kleidung sieht er frisch und sauber aus, schämte sich Burghard und strich sich über den abgewetzten Stoff seiner Jacke. Clemens hingegen blickte neugierig zu dem Spielfeld, das aus großen rötlichen Sandsteinplatten bestand. Auch der Teil der Mauer, die das Feld begrenzte, war mit diesen Platten verkleidet.

Der junge Spieler bemerkte seinen Blick und fragte: »Du kennst das Spiel?« Clemens verneinte.

»Möchtest du es versuchen?«

Zögerlich nickte er. Erfreut darüber blickte der junge Spieler die beiden Frauen und seinen Mitspieler an.

»Sei vorsichtig, Fremder«, warnte eine der jungen Frauen Clemens, »Philipp macht sich ein Vergnügen daraus, unerfahrene Spieler herauszufordern, damit er sich seiner Siege rühmen kann.«

»Mach ihm keine Angst, Schwesterherz!«

»Ich habe keine Angst«, versicherte Clemens selbstbewusst. »Ihr müsst mir nur das Spiel erklären.«

»Solch ein Mann gefällt mir!«, lobte der Mann mit Namen Philipp und zwinkerte seiner Schwester zu. Er nahm den kleinen dunklen Lederball auf, der in seine hohle Handfläche passte.

»Du nimmst den Ball in deine Hand und schmetterst ihn so fest gegen die Wand, dass er wieder zurückfliegt. Im Flug versuchst du ihn zu greifen und gleichzeitig wieder zu werfen. Natürlich werde ich versuchen den Ball ebenfalls zu fangen und zurückzuwerfen. Fällt dem Werfer der Ball auf den Boden, geht der Punkt an den Gegner. Wer zuerst zehn Bälle fallen lässt, hat verloren.«

Clemens nickte und stellte sich neben seinen Mitspieler. Der drehte sich zu seiner Schwester um und sagte: »Luise Juliane, du darfst das Spiel eröffnen.«

»Auf die Plätze, fertig, los!«, rief sie sogleich, und Philipp schmetterte den kleinen Ball mit jugendlicher Kraft gegen die Sandsteinwand, wo er abprallte und zurückflog. Clemens hechtete dem Ball hinterher und warf ihn kraftvoll zurück. So ging es hin und her, und mancher Ball landete auf dem Boden. Schließlich gewann Philipp mit sieben zu zehn Bällen. Japsend applaudierte er Clemens.

»Sehr gut!«, riefen auch die beiden Frauen Clemens anerkennend zu.

»Du kannst mir nichts vormachen. Du hast dieses Spiel ganz sicher nicht das erste Mal gespielt«, schnaufte Philipp, immer noch außer Atem.

»Ich kannte es wirklich nicht«, beteuerte Clemens.

»Woher hast du diese Kraft?«, wollte sein Mitspieler wissen. Lachend zuckte Clemens mit den Schultern.

»Wie ist dein Name, und was machst du hier? Ich habe dich nie zuvor gesehen«, fragte Luise Juliane, die keck sein Gesicht betrachtete.

»Ich heiße Clemens Arnold, und das ist mein Freund Burghard. Wir kommen vom Rehmringer-Gestüt und haben dem Grafen zwei neue Kutschpferde gebracht.«

Fragend zog Philipp eine Augenbraue in die Höhe. »Habt Ihr gewusst, verehrter Herr Braun, dass mein Vater neue Pferde bestellt hat?«

Braun, der neben den Damen saß und zuvor gegen Philipp gespielt hatte, nickte. »Ja, natürlich habe ich das gewusst, Eure Hoheit. Ich habe die Pferde bereits erwartet.« Braun wandte sich Clemens zu, der Philipp anstarrte und verblüfft fragte: »Ihr seid der Sohn des Grafen?«

»Ja, aber fall nicht gleich in Ohnmacht«, lachte Philipp. Dann reichte er den beiden Damen eine Hand und rief Clemens im Weggehen über die Schulter zu: »Es würde mich locken herauszufinden, ob du auch beim Paille-Maille so gut abschneidest.«

Ohne eine Antwort abzuwarten, schritt er mit den beiden Frauen davon.

Clemens und Burghard setzten sich bleich neben den Kutscher des Grafen auf die Bank. »Wenn ich nur geahnt hätte!«, flüsterte Clemens und schluckte schwer. Georg Braun lachte. »Philipp hat sich prächtig unterhalten! Das allein zählt.«

»Was ist Paille-Maille?«, fragte Burghard den Kutscher nun. Braun erhob sich von der harten Steinbank und streckte den Rücken durch. »Es ist ebenfalls ein Ballspiel. Mit einem langstieligen Holzhammer muss man versuchen auf mehrere Schritt Entfernung einen Ball durch eine bestimmte Anzahl Torbogen, die im Boden stecken, zu schießen. Doch genug des Vergnügens! Lasst uns nach den Pferden sehen. Ich bin gespannt, ob sie halten, was Frau Rehmringer versprochen hat.«

Am darauffolgenden Morgen musste Clemens dem Kutscher die Fähigkeiten der Pferde vorführen. Auf einem großen Sandplatz wurden mehrere Hindernisse aufgebaut, die Clemens mit Kutsche und Gespann im Schritt, Trab und Galopp umrunden musste. Immer wieder verlangte Braun, dass Clemens die Kutsche wendete, die Pferde Schlangenlinien fahren oder verschiedene Gangarten laufen ließ. Am Ende waren die Rösser nass geschwitzt, und dort, wo das breite Kutschgeschirr auf ihrem Fell auflag und darüberrieb, kam weißer Schaum zum Vorschein.

Endlich schien Braun zufrieden zu sein, denn er nickte gut gelaunt. »Prachtvolle Rösser! Frau Rehmringer hat ihr Wort gehalten. Morgen wirst du mir und dem zweiten Kutscher eine Einweisung geben, damit wir die Pferde dem Grafen vorstellen können«, sagte er und strich zufrieden über die weichen Nüstern der Tiere.

Barnabas stand mit Maria im Amtszimmer von Thomas Königsdorfer und wartete auf eine Antwort. Nachdenklich ging der Amtmann von Püttlingen auf und ab. Dabei hielt er die Arme vor der Brust verschränkt und tippte mit dem rechten Zeigefinger unentwegt auf seinen Oberarm.

»Ich habe nie zuvor mit einem Magier zusammengearbeitet.« Er blickte auf Maria und sagte: »Und mit so einer wie dir erst recht nicht!« Als Königsdorfer ihr den Rücken zuwandte, streckte sie ihm die Zunge heraus, was Barnabas schmunzeln ließ.

»Aber warum eigentlich nicht?«, hörte der Magier den Amtmann nun murmeln. »Zumal alle Welt nach Püttlingen und seinen Hexenprozessen schaut. Nicht ich wäre derjenige, der die Hexen verurteilt, sondern ein wahrer Fachmann. Man würde mich endlich in Ruhe lassen, denn die Verurteilungen wären glaubwürdig, da von einem Kenner begründet.«

Thomas Königsdorfer wandte sich den beiden erneut zu und sagte: »Ich werde es mit Euch versuchen. Es wird sich zeigen, wie das Gericht und die Menschen Eure Hexenfindung aufnehmen werden.« Wieder blickte er abwertend auf Maria. »Aber brauchen wir sie?«

Maria funkelte ihn aus ihren dunklen Augen an, während Barnabas ruhig erklärte: »Sie wurde von ihrer Mutter mit zum Hexensabbat genommen. Seither konnte sie zahlreiche Frauen wiedererkennen, die vom Glauben abgefallen sind und damals beim Hexentanz waren.«

Königsdorfers Gesichtsausdruck wandelte sich. Anerkennend betrachtete er nun das Mädchen. »Aber sie stellt deswegen doch keine Gefahr dar?«, fragte er flüsternd.

»Auch wenn ich noch ein Kind bin«, fauchte Maria den Amtmann an, »so höre ich alles und kann alles verstehen. Tut also nicht so, als ob ich taub wäre!«, brüllte sie und stampfte mit dem Fuß auf. Erschrocken blickte Königsdorfer von Maria zu Barnabas, der dem Mädchen die Hand auf den Scheitel legte und es besänftigte. Mit beiden Armen umklammerte Maria Barnabas' Hüfte und vergrub ihr Gesicht im Stoff seines Umhangs. In diesem Augenblick klopfte es an der Tür.

»Herein!«, rief Königsdorfer, woraufhin ein großer junger Mann mit einem Brief in Händen das Amtszimmer betrat. Mit ungewöhnlich heller Stimme sagte er zu Königsdorfer: »Der Amtmann von Wellingen, Johann von Baßy, schickt mich mit dieser Nachricht zu Euch.« Königsdorfer nahm den Brief entgegen, riss das Siegel auf und überflog die Zeilen. Ohne zu zaudern, sagte er zu dem Überbringer der Nachricht: »Sagt von Baßy, er soll sich übermorgen bereithalten. Dann werde ich mein Versprechen einlösen!« An Barnabas gewandt fuhr er fort: »Schon morgen werdet Ihr Eure Fähigkeit unter Beweis stellen können. Es müssen einige Frauen der Zauberei überführt werden, sonst wird es im Hexenturm bald eng werden.«

Graf Ludwig II. von Nassau-Saarbrücken schaute den Vorführungen seines Hofkutschers Georg Braun mit ernstem Gesicht zu.

Clemens und Burghard, die etwas abseits das Geschehen verfolgten, konnten keine Regung im Blick des Grafen erkennen.

»Sieh nur, wie prächtig die Rösser unter dem fürstlichen Kutschgeschirr aussehen«, flüsterte Burghard Clemens zu.

Nachdem die Kutsche stillstand, ging der Graf zu den Pferden und überprüfte deren muskulöse Brust sowie ihr Gebiss. Anscheinend zufrieden klopfte er ihnen auf den Hals.

»Prächtig, prächtig!«, freute Graf Ludwig sich. Ein breites Lächeln entspannte seine Gesichtszüge. »Mein lieber Georg, Ihr verspracht mir nicht zu viel, als Ihr das Rehmringer-Gestüt gelobt habt.« Freudig schritt der Adelsmann auf Clemens und Burghard zu. »Ich muss gestehen, dass ich selten solch majestätische Rösser gesehen habe. Das Fell glänzt gesund, und darunter spannt sich ein Muskelgebäude, das seinesgleichen sucht«, lobte er. »Die Pferde sind ihr Geld wert! Ich werde sogar noch einige Franken auf die vereinbarte Summe legen, wenn ihr beiden Burschen mir versprecht, zwei weitere Kutschpferde auszubilden, die denen hier in nichts nachstehen. Im nächsten Frühjahr will ich sie haben.«

Während der Graf zu Burghard und Clemens sprach, standen die beiden Burschen stramm und trauten sich kaum zu atmen. Nun versicherte Clemens dem hohen Herrn, dass sie ihm zum gewünschten Zeitpunkt die Pferde bringen würden.

»Georg, bringt meine Pferde in den Stall und bezahlt die vereinbarte Summe sowie die zusätzlichen Franken.«

Ohne ein weiteres Wort schritt Graf Ludwig vom Hof, und erst als er im Gebäude verschwunden war, atmeten Clemens und Burghard auf. Freudig umarmten sie sich.

»Hast du gehört, was der Graf gesagt hat, Clemens? Du sollst weitere Pferde für ihn ausbilden. Ich bin überzeugt, dass du der Kutschpferdhoflieferant werden wirst«, freute sich Burghard.

»Selten habe ich den Grafen so begeistert gesehen«, lobte nun auch Kutscher Braun die beiden. »Kommt, nun will ich euch für eure guten Dienste entlohnen!«, sagte er und führte die beiden jungen Männer in seine Schreibstube.

Regina Rehmringer saß am Frühstückstisch und las in einer Flugschrift, als jemand heftig gegen das Eingangsportal hämmerte. Ein furchtbarer Schrei ließ sie zusammenfahren. Sie stieß den Stuhl zurück und eilte zur Tür, die sie energisch aufriss. Lautes Stimmengewirr und das Weinen einer Frau waren an der Eingangstür zu hören.

Regina Rehmringer ging, so schnell sie konnte, die geschwungene Treppe nach unten und sah, wie zwei Männer Katharina grob am Arm ergriffen hatten und hinausführen wollten.

Franziska stand mit Magdalena zitternd daneben und schrie, dass sie sie loslassen sollten.

»Was geht hier vor?«, rief die alte Frau mit kräftiger Stimme. Ein schwarz gekleideter Mann mit einem ebenso dunklen Hut erschien im Türrahmen. Er rollte ein Pergament aus und las mit dröhnender Stimme vor: »Die Magd, genannt Katharina, wird der Hexerei angeklagt und bis zum Verhör in den Hexenturm von Püttlingen gesperrt ...« Mehr konnte Regina Rehmringer nicht verstehen, denn ihr wurde schwindlig. Franziska eilte zu ihr, um sie zu stützen. Die kleine Magdalena, die das Durcheinander erschreckt hatte, begann laut zu weinen. Plötzlich stürmte Johann hinzu. Mit einem kurzen Blick erfasste er die Lage und schob Frau Rehmringer einen Stuhl unter. Seiner Frau raunte er zu: »Geh mit dem Kind in die Küche!« Als er Franziskas verstörten Blick sah, zischte er: »Sofort!«

Schließlich wandte er sich an die Eindringlinge und fragte mutig: »Wessen wird sie angeklagt?«

Der Fremde musterte Johann kühl. »Wer bist du, dass du es wagst, dich so zu gebärden, Knecht?«

»Das tut nichts zur Sache, Herr Königsdorfer!«, sagte Regina Rehmringer, die sich von dem Stuhl erhoben hatte und furchtlos auf den Amtmann zuschritt. »Ihr seid doch Thomas Königsdorfer, der Hexenjäger von Püttlingen?«, fragte sie und blickte ihm geradewegs in die kalten Augen. »Wessen wird meine Magd beschuldigt?«

»Sie soll Schadenszauber über Euren Knecht Paul verhängt haben.«

»Über Paul?«, ereiferte sich Regina Rehmringer. »Das ist doch dummes Geschwätz! Wer behauptet so etwas?«

Hinter Königsdorfers Schergen trat nun Johann von Baßy hervor. Zuerst weiteten sich die Augen der alten Frau, dann kniff sie diese leicht zusammen. »Wie kannst du es wagen!«, presste sie hervor.

»Es ist meine Pflicht, vermeintliche Hexen anzuzeigen, und da du das Einzugsgeld an die Kriechinger gezahlt hast, ist Königsdorfer als Kriechinger Amtmann für die Magd verantwortlich.«

»Was soll sie Paul angetan haben?«, fragte Johann und versuchte ruhig zu bleiben.

»Sie hat ihn verhext, so dass er nichts mehr essen kann. Zudem hat sie wie eine Katze gefaucht, als sie ihm das Gesicht zerkratzte.«

»Das ist eine Lüge!«, rief Katharina weinend. »Er hat sich mir unsittlich genähert. Da musste ich mich wehren«, schrie sie, als die Schergen sie auf einen Karren zerren wollten.

»Hilf mir, Johann!«, brüllte die junge Frau außer sich vor Angst. Als der Bursche sich auf die Häscher stürzen wollte, wurde er von einem Knüppel niedergestreckt und blieb regungslos auf dem Boden liegen. Im gleichen Augenblick setzte sich der Karren mit der schreienden Katharina in Bewegung. Thomas Königsdorfer schwang sich wortlos auf sein Pferd und folgte dem Tross.

Mit Tränen in den Augen sah Regina Rehmringer ihnen hinterher. Als ihr Blick Johann von Baßy traf, rief sie: »Gott wird dich für diese Übeltat strafen, Johann von Baßy! Dessen sei dir gewiss!«

Doch der Amtmann lachte nur gehässig, trat auf sie zu und flüsterte ihr mit heiserer Stimme zu: »Wenn ich mit dir fertig bin, Tantchen, kannst du nur hoffen, dass Gott sich nicht von *dir* abgewandt hat.«

Als Johann von Baßy außer Sichtweite war, kam der Schmied angelaufen und hob Johann hoch. Regina Rehmringer folgte ihnen in die Küche, wo das Gesinde sich versammelt hatte. Franziska weinte leise auf, als sie Johanns blutende Wunde am Hinterkopf sah. Sie drückte Regina Rehmringer das Kind in den Arm, befeuchtete einen Lappen mit Wasser und presste ihn gegen Johanns Wunde. Stöhnend ertrug er die Fürsorge seiner Frau.

»Wo ist dieser unsägliche Paul?«, fragte Regina Rehmringer mit energischer Stimme. Knechte und Mägde senkten die Blicke.

»Ich habe ihn heute noch nicht gesehen«, antwortete Johann leise.

»Wie kommt Paul dazu, solch eine infame Behauptung aufzustellen?«

Franziska schilderte nun, was sich am Waschplatz zugetragen hatte.

»Warum ist Katharina nicht zu mir gekommen und hat mir davon berichtet?«, fragte Regina Rehmringer zornig.

»Sie wollte nicht, dass Ihr Paul fortschickt«, erklärte Franziska und nahm der Frau ihre Tochter wieder ab, die sich vor Müdigkeit die Augen rieb. Dann half Franziska ihrem Mann auf die Beine, um ihn in ihre Kammer zu führen.

Kaum hatte sich die Tür hinter den beiden geschlossen, fing das Getuschel unter dem Gesinde an. Mit einem Kochlöffel hieb Regina Rehmringer energisch auf den Küchentisch ein, damit Ruhe einkehrte. »Wenn jemand etwas zu sagen hat, dann soll er es laut und deutlich vortragen!«

Abwartend blickte sie in die Gesichter der Anwesenden. Endlich erhob sich einer der Knechte und sprach: »Ich glaube Paul! Was wissen wir schon über die Fremden? Wo kamen sie her und warum sind sie von dort fortgegangen? Paul hingegen ist hier geboren. Warum sollte er lügen?«

Die anderen nickten, und eine Magd meldete sich zu Wort: »Erst vor kurzem habe ich gesehen, wie Katharina sich im Stall bei den Schafen und Ziegen zu schaffen gemacht hat. Hexen sollen auf einem schwarzen oder grauen Bock zur Zauberversammlung reiten.«

»Wir haben aber keinen schwarzen oder grauen Bock im Stall«, warf eine junge Magd ein.

»Vielleicht verwandelt sich ein weißer in einen schwarzen Bock, sobald sich ihm eine Hexe nähert!«

Regina Rehmringer hörte ihnen nachdenklich zu. Sollte sie sich so sehr in Katharina getäuscht haben?

Kapitel 34

Bonner stand mit seinem Pferd auf einer Anhöhe und blickte nach Tastungen hinunter. Der kleine Ort wurde vom Mondlicht hell erleuchtet, so dass Bonner die einzelnen Höfe genau erkennen konnte. Als sein Blick auf die Dorfkirche fiel, dachte er an seinen Schwager Lutz Lambrecht.

Bonner hatte den Pfarrer des Ortes und Bruder seiner verstorbenen Frau nie leiden können. Vielleicht habe ich ihm Unrecht getan, überlegte er. Seine Tochter Karoline hatte ihm berichtet, dass Lambrecht sich als Einziger für sie eingesetzt hatte. Zwar hatte Karoline Geld für ihre Freilassung bezahlen müssen, doch es war Lambrecht gewesen, der sie in Schutz genommen und die Richter schließlich von ihrer Unschuld überzeugt hatte. Seitdem hatte sich der Pfarrer um die junge Frau gekümmert und sie jeden Sonntag nach der Kirche in sein Haus zum Essen eingeladen, um von ihren Nöten, Sorgen und Freuden zu hören.

»Sobald ich die Hexe zurückgebracht habe, werde ich dich von deinen Pflichten entbinden, Lutz! Dann werde ich mich wieder um meine Tochter kümmern«, murmelte Bonner. Mit einem letzten Blick hinunter ins Dorf wendete er das Pferd und ritt Richtung Werra.

Ausgerechnet als Bonner auf die Fähre ins Hessenland ritt, kam starker Wind auf, so dass der Kahn kräftig hin und her schaukelte. Der Wallach wieherte unruhig, und Bonner hatte Mühe, sich auf den Beinen zu halten.

Obwohl es nur eine kurze Überfahrt war, war er erleichtert, als er wieder festen Boden unter den Füßen spürte. Zwar war ihm durch das Geschaukel unwohl geworden, da er aber keine Zeit verlieren wollte, saß er auf und trat seinem Pferd in die Flanken.

Bonner hatte sich geschworen, nie wieder nach Burg Greifenstein zurückzukehren. Trotzdem führte ihn nun sein Weg wieder dorthin. Da er die Strecke kannte, ritt er, ohne zu rasten. An einer Pferdewechselstation tauschte er sein erschöpftes Pferd gegen ein ausgeruhtes. So handhabte er es mehrere Male, um so rasch wie möglich voranzukommen. Obwohl bei jedem Wechsel stets ein Wirtshaus zu diesen Haltestellen gehörte, gönnte Bonner sich kaum Ruhe. Er aß und trank auf dem Pferderücken. Die Angst, unnötige Zeit zu vergeuden, trieb ihn voran.

Endlich sah Bonner die Burg vor sich liegen. Ohne zu zögern, ritt er darauf zu. Kaum hatte er das Wachhäuschen erreicht, kam wie beim ersten Mal das hutzelige Männlein mit seiner viel zu großen Hellebarde auf dem Kopf aus dem Häuschen gestürmt und versperrte ihm breitbeinig den Weg. Mit verkniffenem Gesichtsausdruck rammte der Alte die Stangenwaffe am ausgestreckten Arm in den Boden und rief: »Halt! Wohin des Weges?« Dabei rutschte ihm der Helm über die Augen, so dass er Mühe hatte, die Lanze zu halten und gleichzeitig die Haube hochzuziehen. Obwohl Bonner am liebsten laut losgelacht hätte, verzog er keine Miene.

»Ich suche Matthias Heixel«, sagte er ruhig.

»Was willst du von Matthias?«, fragte der Alte.

»Das geht dich nichts an!«, erwiderte Bonner.

»Mmh«, grummelte der Wachmann und betrachtete den Reiter genauer. »Ich kenne dich!«, stellte er schließlich fest.

»Ich wüsste nicht, woher.«

»Lass mich überlegen«, sagte das Männlein und kam näher. Nachdenklich musterte der Mann ihn und schüttelte den Kopf. »Nein, ich habe mich geirrt. Ich kenne dich nicht. Obwohl du einem Mann gleichst, der im letzten Jahr Einlass gefordert hat, um Heixel zu finden. Der war fett und sauber. Sein Gesicht war weder von Pusteln übersät, noch waren seine Haare lang und spärlich«, sagte er und blickte Bonner verächtlich an.

Denk, was du willst, du Trottel, spottete Bonner in Gedanken. »Wie lange soll ich noch hier warten, bis du mir Einlass gewährst?«, fragte er stattdessen ärgerlich.

Ohne ein weiteres Wort trat der Wachmann zur Seite und ließ ihn durch.

Bonner ritt wieder den Weg entlang, der wie eine weite Spirale um die Burg herumführte. Erstaunt besah er sich die Tore, die er in regelmäßigen Abständen durchschritt. »Die sind mir bei meinem ersten Besuch gar nicht aufgefallen«, murmelte er. In Höhe des Lustgartens hielt er kurz an und blickte zu der Burg empor.

Die Baustelle, die Bonner bei seinem ersten Besuch gesehen hatte, war mittlerweile verschwunden. Dafür hatte sich an anderer Stelle eine neue aufgetan. Er ritt weiter und zählte Burgtor neun, das hoch überbaut war. Bis er schließlich zum Burgplatz kam, hatte er zwölf Tore passiert.

Auch hier wurde gebaut, und auf einem hohen Gerüst schwitzten die Arbeiter, während einige andere im Schatten saßen und Bauzeichnungen besprachen.

Bonner ging zu einem Mann, der sich einen Becher mit Wasser füllte, und fragte höflich: »Könnt Ihr mir sagen, wo ich den Fährtenleser Matthias Heixel finde?«

Der Mann nahm einen Schluck, wischte sich mit dem Handrücken über den fast zahnlosen Mund und rief: »Heinrich, hast du Matthias gesehen?«

Der Angesprochene nickte. »Er ist rüber in die Küche marschiert, um das Wild abzuliefern.«

»Ihr habt es gehört.«

Bonner bejahte. »Wo befindet sich die Hofküche?«

Der Mann zeigte hinter sich. »Geht über den obersten Burghof bis zur Treppe. Dort ist die Küche.«

Schon von weitem stieg Bonner der Duft gebratenen Fleisches in die Nase, und er konnte das Gebrüll der Köche hören. Neben dem Kücheneingang hing ein Reh, das von einem Küchenjungen ausgeweidet wurde. Ein schlaksiger langer Kerl, dem das Blut am Kittel klebte, schaute dabei zu.

»Pass auf, dass du das Herz nicht zerschneidest. Die Gräfin will es gefüllt auf dem Teller sehen«, ermahnte er den Burschen.

Bonner trat hinzu und sprach ihn an: »Ich suche Matthias Heixel.«

»Was willst du von ihm?«, fragte der Lange, ohne den Blick von dem Stück Wild zu nehmen.

»Ich benötige seine Hilfe.«

»Für was?«

»Das werde ich Heixel sagen.« Bonner spürte, dass seine höfliche Art anstrengend und er übellaunig wurde.

Nun wandte sich der Mann ihm zu. »Ich bin Matthias Heixel.«

Endlich!, dachte Bonner. »Du wurdest mir als bester Spurensucher empfohlen«, erklärte er laut.

»Ja, das sagt man über mich«, stimmte Heixel dem Lob selbstbewusst zu. »Was soll ich für dich aufspüren? Reh, Hirsch, Wildschwein oder vielleicht einen Wolf oder Bären?«

»Nein, von Bären will ich nichts mehr wissen.«

Bonner griff Heixel am Arm und zog ihn außer Hörweite des Küchenjungen.

»Du sollst meinen Sohn und seine Braut aufspüren.«

»Menschen?«, fragte Heixel ungläubig. Bonner nickte.

»Wie soll das denn gehen? Wie soll ich ihre Spur finden?«

»Ich denke, du bist der beste Fährtenleser weit und breit? Lass dir was einfallen. Es soll dein Schaden nicht sein!«

Bonner zog zwei Goldstücke hervor. »Eins, wenn du zusagst, und vier weitere, wenn du sie gefunden hast.«

Heixel sah das Gold in Bonners Hand blinken und hob erstaunt den Blick. »Was haben sie ausgefressen?«

Bonner ließ das Geld wieder in seiner Tasche verschwinden. »Das geht dich nichts an. Du sollst sie lediglich aufspüren.«

Heixel nickte. »Solch ein Angebot kann ich mir nicht entgehen lassen!«

»Aber glaube nicht, dass du mich hintergehen kannst, Heixel. Meine Augen sind überall!«

Johann und Franziska standen auf der einen Seite des Flusses, Bonner auf der anderen. Vergeblich versuchte der Bauer nach Franziskas Arm zu greifen, mit dem sie ihre Tochter Magdalena fest an sich presste. Voller Zorn schrie der Bauer Johann entgegen: »Ich werde dich und deine Brut ausmerzen.«

Als er wieder nach Franziska greifen wollte und sie voller Angst zurückwich, verlor die junge Frau das Gleichgewicht und stürzte mit dem Kind in den reißenden Fluss. Johann war im Begriff hinterherzuspringen, als sein eigener Schrei ihn weckte.

Schweißgebadet hielt er sich den Kopf, der noch immer von dem Schlag des Häschers schmerzte.

»Was ist mit dir? Warum hast du geschrien?«, fragte Franziska mit einem besorgten Blick auf ihre Tochter, die jedoch ruhig schlummerte.

Johann stöhnte leise auf und flüsterte: »Zum ersten Mal, seit wir hier leben, hatte ich wieder diesen furchtbaren Traum.«

»Dein Vater?«

»Er ist nicht mein Vater!«, begehrte Johann leise auf. »Zum Glück, denn sonst hätte ich große Angst, so wie er zu werden. Auch wenn ich zuerst einen Groll auf meine Mutter hatte, weil mein wahrer Vater nur ein armer Schäfer war und sie mich belogen hatte, bin ich ihr jetzt dankbar. Für den Vater und die Wahrheit!«

Franziska schmiegte sich in die Arme ihres Mannes und strich ihm sanft über die Schläfe.

»Katharinas Verhaftung hat mir bewusst gemacht, dass wir nirgends sicher sein werden. Der einzige Trost ist, dass Bonner uns hier nicht finden wird.«

»Wie es wohl Katharina geht?«, wisperte die junge Frau.

»Ich kann es dir nicht sagen, Liebes. Als die Häscher Katharina auf den Karren gezerrt haben, hatte ich große Angst, dass sie auch dich und Magdalena mitnehmen würden.«

»Was können wir tun?«, fragte Franziska.

»Ich weiß es nicht. Am besten, wir warten, bis Clemens und Burghard zurück sind. Morgen werde ich mit Frau Rehmringer und Pfarrer Schnetter sprechen. Vielleicht wissen sie Rat.«

»Wird man Katharina der Hexerei anklagen?«

Johann rieb sich über die Stirn. »Ich weiß es wirklich nicht!«, stöhnte er leise. »Dieser Königsdorfer machte einen verbissenen und entschlossenen Eindruck. Man darf ihn nicht unterschätzen.«

»Wie kann Paul nur so etwas behaupten? Katharina würde einem Menschen niemals etwas antun können.«

Johann antwortete nicht, sondern küsste seine Frau sanft auf die Wange. Dann schloss er die Augen und hoffte, dass der Traum nicht zurückkehren würde.

Burghard und Clemens waren guter Laune, als sie am Morgen aus dem Schlosstor hinausritten. Fröhlich grüßten sie die wachhabenden Soldaten, die sie mit ernstem Gesichtsausdruck passieren ließen.

Am Eingangstor hielten sich die Burschen rechter Hand und gelangten zur Brücke. Bevor sie die Saar überquerten, schauten sie zur hohen Burgmauer empor, die an manchen Stellen von Efeuranken fast gänzlich überwuchert war.

»Es wird nicht das letzte Mal sein, dass wir hierherkommen«, freute sich Clemens. »Frau Rehmringer kann zufrieden sein.«

Burghard nickte. »Aber jetzt lass uns nach Hause reiten.«

»Dich juckt es wohl zwischen den Beinen!«, konnte sich Clemens nicht verkneifen zu bemerken. Als er sah, wie Burghard rot wurde, lachte er schallend. »Beeindruckend, wie schnell du rot wirst!«

Schon nach kurzem Ritt drückte es Burghard.

»Clemens«, rief er dem Freund zu, der einige Pferdelängen vor ihm war und ihn erst nach dem dritten Rufen hörte.

»Lass uns kurz verweilen. Ich muss mich erleichtern.«

Clemens lenkte daraufhin sein Pferd zu einer Holzbank an einem Zaun, der einen Friedhof umsäumte. Drei alte Männer, die dort saßen und sich angeregt unterhielten, verstummten sogleich und blickten den Fremden neugierig entgegen.

Während Burghard im Gebüsch verschwand, setzte sich Clemens grüßend zu den Greisen. Ohne ihn weiter zu beachten, fuhren sie mit ihrem Gespräch fort.

»Der Müller Klaus hat letzte Woche einen Sechsender gesehen«, sagte einer der Männer ernst und zog an seiner dünnen Pfeife.

»Das ist nichts gegen den Zwölfender, den ich in jungen Jahren erlegt habe«, erklärte ein anderer energisch.

Kurz schwiegen die Alten, als der mit der Pfeife sagte: »Letzten Herbst haben wir solch einen großen Kohlkopf geerntet!« Mit zittrigen Händen zeigte er den anderen die schier unglaubliche Größe des Kohls an, was Clemens erheitert den Kopf schütteln ließ. »Ach!«, erwiderte der dritte verächtlich. »Das ist ja gar nichts. Wir haben letztens sooo eine lange Karotte aus unserem Beet gezogen. Frag meine Frau, die wird dir das bestätigen!«

Wieder überlegten die alten Männer. Dann sagte einer: »Und ich habe so einen großen Aal gefangen«, und breitete dabei seine Arme in ganzer Länge aus.

Clemens musste an sich halten, um nicht laut loszuprusten, als der Alte mit der Pfeife sich plötzlich ihm zuwandte: »Das glaubst du nicht, Bursche. Das letzte Wildschwein, das ich erlegt habe, war so groß wie eine Kuh!«

Als Burghard kurz darauf zurückkam, saß Clemens bereits wieder auf seinem Pferd. Bevor sie losritten, rief er den Männern schmunzelnd zu: »Ich glaube, ich habe soeben auf einer Lügenbank gesessen.«

Gemächlich ritten Clemens und Burghard über die Felder Richtung Püttlingen. Sie umgingen den Ort und galoppierten nach Schwarzenholz. Als das Dorf vor ihnen lag, spürte Burghard ein sonderbares Gefühl in der Magengegend, und er überlegte, was es sein könnte. »Ich weiß nicht, Clemens, mir krampft sich der Magen zusammen, als ob etwas passiert wäre.«

»Ach was!«, wiegelte der Freund ab. »Das bildest du dir nur ein. Wir haben ein unglaublich gutes Geschäft getätigt, und ich bin auf Frau Rehmringers Gesicht gespannt, wenn wir ihr davon berichten. Komm, lass uns rasch nach Hause reiten.«

Je näher Burghard Wellingen kam, desto heftiger wurde der Druck in seinem Magen. Endlich ritten sie durch das Tor des Rehmringer-Gestüts.

Sogleich wurden sie vom Stalljungen begrüßt, der ihnen die Zügel der beiden Pferde abnahm. Burghard blickte sich besorgt um. Alles schien ruhig zu sein. Sicherlich hat Clemens Recht, und mein Magen zwickt nur, weil ich hungrig bin, beruhigte er sich und folgte Clemens und dem Burschen in die Küche.

Franziska stand am Herd und rührte eine Suppe. Sie sah nicht auf, als Clemens und Burghard eintraten. Magdalena lag in ihrem Weidenkorb und strahlte die beiden Männer an, als sie sie erblickte. Ihr Patenonkel nahm sie sofort auf den Arm und schmuste mit ihr. »Du bist gewachsen!«, stellte er lachend fest. Er blickte zu Franziska in der Erwartung, dass sie etwas sagen würde, doch sie rührte krampfhaft weiter im Topf, ohne die beiden anzusehen.

Burghard schloss die Augen. »Was ist passiert?«, fragte er mit heiserer Stimme.

Erst jetzt wandte sich Franziska ihnen zu. Als Clemens ihr tränennasses Gesicht sah, legte er das Kind zurück in den Korb. Weinend erzählte die junge Frau ihnen, was sich zugetragen hatte.

Burghard ließ sich kraftlos auf einen der Hocker am Tisch fallen, während Clemens Franziska in den Arm nahm.

»Wo ist Johann?«, wollte er wissen.

»Er ist mit Frau Rehmringer zu Pfarrer Schnetter gegangen. Gemeinsam wollen sie beratschlagen, was zu tun ist.«

»Ich bringe ihn um!«, presste Burghard hervor und stieß den Hocker vor sich zur Seite. Ohne ein weiteres Wort rannte er hinaus.

»Ich muss hinter ihm her, bevor er noch eine Dummheit begeht!«, rief Clemens und eilte ebenfalls hinaus.

Burghard lief durch die wenigen Gassen von Wellingen und suchte nach Paul. Keiner, den er ansprach, hatte ihn gesehen oder wusste, wo er abgeblieben war. Als er ihn nirgends finden konnte, rannte Burghard zum Pfarrhaus. Als er um die Ecke bog, traute er seinen Augen nicht. Der Knecht stand im Pfarrgarten vor einem geöffneten Fenster und schien ein Gespräch im Inneren des Hauses zu belauschen. Burghard vermutete, dass der Pfarrer, Regina Rehmringer und Johann in der Pfarrstube miteinander sprachen.

Leise wie ein Jäger schlich sich Burghard an Paul heran. Er packte ihn am Genick und warf den völlig überraschten Knecht zu Boden. Dann begann er wie ein Wahnsinniger auf ihn einzuprügeln. Pauls Lippe platzte auf, und Blut floss heraus. Der Knecht jammerte und bat um Gnade, doch Burghard schlug wie besessen weiter zu. Erst als Clemens ihn mit aller Kraft zur Seite zog und Pfarrer Schnetter, der aus dem Haus geeilt war, beruhigend auf ihn einsprach, ließ er von seinem Opfer ab und zügelte sich. Regina Rehmringer stand mit ernster Miene daneben.

»Warum?«, schrie Burghard. »Warum?«, flüsterte er schließlich und sackte weinend zusammen. Johann versuchte ihn zu trösten, doch er stieß ihn fort.

Paul erhob sich und stand wankend vor ihm. »Sie ist eine Hexe! Ich habe ihre funkelnden Augen gesehen. Auch der Amtmann wird das bezeugen!«

Bevor einer der Umstehenden ihn davon abhalten konnte, war Burghard aufgesprungen und hatte Paul mit einem Kinnhaken niedergestreckt.

Sie ließen den Knecht besinnungslos liegen, und Pfarrer Schnetter führte Regina Rehmringer, Johann, Clemens und Burghard ins Pfarrhaus. In der Stube des Pfarrers setzten sie sich an den Tisch. Während Schnetter Selbstgebrannten einschenkte, starrten die anderen fassungslos zu Boden. Burghards Atem ging noch immer schwer.

»Bevor du wie ein Kampfhahn hier aufgetaucht bist«, rügte

Regina Rehmringer Burghard schließlich, »haben wir darüber nachgedacht, wie wir Katharina helfen können. Wir sind jedoch zu keiner Lösung gekommen.«

»Sie ist keine Hexe!«, stammelte Burghard.

»Bist du dir sicher?«, fragte der Pfarrer.

Burghard sprang auf. Doch dann besann er sich eines Besseren und setzte sich wieder.

»Ihr wisst, Frau Rehmringer, dass Katharina eine reine Seele hat. Sie will Gutes tun und niemandem Schaden zufügen. Ihr selbst verdankt Katharina, dass Ihr wieder auf die Beine gekommen seid und Euch wohl fühlt! Erinnert Euch, wie Ihr in Eurer Stube gelegen habt, von allen allein gelassen.«

Regina Rehmringer stöhnte leise auf und nickte.

»Paul lügt! Er behauptet etwas, für das es keinerlei Beweise gibt. Nur weil sie ihn verschmäht hat, sitzt sie nun im Hexenturm. Wir wissen alle, wie schnell man der Hexerei bezichtigt werden kann. Johann«, bettelte er, »bitte erzähl ihnen davon, wie Franziska als Hexe angeklagt werden sollte, weil dein Vater eure Liebe verhindern wollte.«

Johann nickte. »Das ist wahr, Burghard, aber davon habe ich Frau Rehmringer und Pfarrer Schnetter bereits berichtet. Im Augenblick können wir nichts für Katharina tun. Wir müssen warten, bis sie angeklagt wird.«

Entmutigt ließ Burghard den Kopf sinken. Auf dem Weg zurück zum Gestüt blickte er an diesem Abend fortwährend zum Himmel empor und betete inbrünstig, dass sich alles zum Guten wenden würde.

Kapitel 35

Der Himmel war mit dunklen Wolken verhangen, als das Fuhrwerk am späten Mittag auf dem Burgplatz von Püttlingen anhielt. Kaum stand der Karren still, wurde Katharina von einem der Häscher brutal von der Ladefläche gestoßen. Die junge Frau fiel zu Boden und schlug sich dabei die Knie auf. Blut tropfte aus den Schürfwunden, doch sie achtete nicht weiter darauf.

Katharina kauerte wie betäubt auf dem staubigen Boden und sah sich um. Mehrere Häuser säumten den ihr unbekannten Platz. Der Mann mit Namen Thomas Königsdorfer zügelte neben ihr sein Pferd und befahl einem der Schergen mit eisiger Stimme: »Sperr das Weib in den Hexenturm!« Er bedachte Katharina mit einem kurzen durchdringenden Blick und ritt dann zu einem der Gebäude.

Der Häscher packte Katharina grob am Handgelenk, riss sie hoch und stieß sie vorwärts. Hilflos stolperte Katharina nach vorn, als sie einen Turm erblickte, aus dessen Fenster ein Soldat ihr entgegengriente.

»Frischfleisch!«, hörte Katharina ihn rufen. Aus dem Inneren der Wachstube drang Gejohle nach draußen. Als der Soldat ihres furchtsamen Blicks gewahr wurde, lachte er böse auf, so dass sie seine verfaulten Zähne erkennen konnte.

Seitlich am Turm öffnete der Scherge mit einem großen Schlüssel eine schwere Eisentür, die quietschend aufsprang. Kalte abgestandene Luft schlug ihnen entgegen. Das karge Sonnenlicht, das sich an dem breiten Rücken des Mannes brach, erhellte die ersten Stufen einer steilen Steintreppe, die jedoch nicht nach oben, sondern nach unten führte. Der Rest lag in vollkommener Dunkelheit.

Voller Angst blickte Katharina den Schergen an und bettelte um Gnade. Doch der versetzte ihr erneut einen Stoß. »Vorwärts!«, herrschte er sie an. »Ich habe nicht den ganzen Tag Zeit!«

Katharina blieb keine Wahl. Vorsichtig stieg sie die Steinstufen nach unten, wo ihr eisige Kälte entgegenschlug.

Am Fuße der Treppe befand sich eine massive Gittertür, die der Mann ebenfalls mit einem großen Schlüssel öffnete. Wieder gab er Katharina einen Stoß. Wimmernd taumelte sie in ein dunkles Loch, in dem es erbärmlich stank und in dem Totenstille herrschte.

Wortlos schloss der Scherge hinter ihr die Tür. Flehend drehte sich Katharina zu ihm um und sah, wie er mit gleichgültiger Miene den Schlüssel im Schloss drehte. Eilig stieg er dann dem Licht entgegen zurück nach oben.

Als Katharina in der Dunkelheit plötzlich allein war, erwachte sie aus ihrer Erstarrung und rüttelte voller Angst an der Eisentür. Sie schrie, so laut sie konnte.

»Das nützt nichts!«, krächzte eine Stimme aus der Düsternis. »Die können dich da oben nicht hören!«

Katharina erschrak zu Tode. Sie hatte nicht bemerkt, dass sich außer ihr noch jemand in der Zelle befand. Als sie hörte, wie sich ihr jemand näherte, entfuhr ihr ein gellender Schrei, und sie verlor die Besinnung.

Als Katharina langsam wieder zu sich kam, lag sie auf feuchtem Boden und wusste im ersten Augenblick nicht, wo sie sich befand. Doch rasch kehrte die Erinnerung zurück. Ihr Herz schlug schneller, denn nun wusste sie, dass sie in dem Verlies nicht allein war. Nachdem ihre Augen sich an die Dunkelheit gewöhnt hatten, sah sie sich vorsichtig um. Weit über sich konnte sie eine kleine Öffnung im Mauerwerk erkennen, durch die ein schwacher Lichtstrahl und ein Lufthauch zu ihr nach unten drangen.

Der Geruch, der Katharina vom Boden in die Nase stieg, war abscheulich. Angewidert setzte sie sich auf.

»Hast du dich verletzt? Geht es dir gut?«, fragte eine Stimme.

Katharina blickte in die Richtung, aus der die Stimme kam. Schwach konnte sie die Umrisse von vier Frauen erkennen, die dicht an die Mauer gekauert auf dem Boden saßen. »Wie kann es einem an solch einem fürchterlichen Ort denn gut gehen?«, entgegnete Katharina bitter.

»Auch wir sitzen nicht zum Vergnügen hier«, sagte eine der anderen Frauen. Katharina hörte, wie ein junges Mädchen leise anfing zu weinen.

»Sei ruhig, Margreth! Greinen ändert deine Lage auch nicht!«, blaffte eine der Älteren das Mädchen an.

»Ich habe nichts getan!«, jammerte Margreth schniefend. »Nur weil Königsdorfer meine Verwandten wegen eines angeblichen Frevels verurteilt hat, heißt das nicht, dass ich ebenfalls schuldig bin!«

»Pah!«, zischte eine andere Frau. »Wie dumm bist du denn? Königsdorfer braucht keinen Grund, um jemanden anzuklagen. Er setzt sich über alle Gerichtsordnungen hinweg. Jeder Prozess füllt seine Taschen mit Geld, denn unsere Familien müssen für die entstehenden Prozesskosten aufkommen.« Leise fügte sie hinzu: »Bist du erstmal in seine Fänge geraten, ist dir der Feuertod gewiss!«

Katharina sprang auf und schrie: »Sei still! Ich bin in diesem Land weder geboren, noch habe ich Familie hier, die für mich zahlen wird. Ich bin unschuldig, und das wird sich bald herausstellen.«

»Von was träumst du, wenn du die Augen schließt?«, fragte eine andere Frau mit ruhiger Stimme. »Mir soll morgen der Prozess gemacht werden. Denkst du, dass irgendwer mich retten wird? Mich retten kann?«

»Weswegen sollst du angeklagt werden?«, fragte Katharina, die Mühe hatte, selbst ruhig zu bleiben.

Statt einer Antwort lachte die Frau laut auf. »Mir geht es wie dir! Auch ich sitze unschuldig im Hexenturm. Lange habe ich gegrübelt, was man mir vorwerfen könnte. Ich bin eine achtbare Frau, habe fünf kleine Kinder, die zu Hause auf mich warten. Ich habe weder Ehebruch begangen noch einen Menschen umgebracht oder schlechtes Zeugnis gegen andere abgelegt.«

»Was soll das Jammern?«, fragte die vierte Frau ungerührt. »Wir wissen doch, warum wir hier sitzen! Wir alle kommen aus ehrbaren Familien, die keine Not leiden. Unsere Familien stehen besser da als manch andere. Sie haben aber die Dummheit begangen, dem Amtmann Königsdorfer zu sagen, dass seine Abgaben Wucher sind. Unsere Väter, unsere Männer und unsere Brüder haben sich gegen ihn aufgelehnt und sich gegen die unrechtmäßige und viel zu hohe Türkensteuer gewehrt. Sie haben sich beim gnädigen Herrn beschwert und sich geweigert, diese Steuer zu zahlen. Andere taten es ihnen gleich, und Königsdorfer hatte nichts in der Hand, um gegen unsere Männer vorgehen zu können. Nun rächt er sich und versucht das Geld über die Kosten einzutreiben, die unsere Prozesse verursachen. Er will unsere Familien ruinieren und sie mundtot machen. Deshalb werden wir brennen«, erklärte sie ruhig.

»Türkensteuer?«, stammelte Katharina. »Was habe ich mit dieser Steuer zu tun? Ich bin nicht hier geboren!«, schrie sie erneut.

Sie sah, wie die Frau verständnislos den Kopf schüttelte. »Ich bin zwar eine einfache Bauersfrau«, erklärte die Fremde, »aber ich weiß, dass jeder Kopf im Land diese Türkensteuer ans Reich abgeben muss. Mein Mann erklärte mir, dass der Kaiser mit den Einnahmen ein Heer unterhält, das verhindern soll, dass die ungläubigen Türken in unser Land einfallen. Gegen die Steuer an sich ist auch nichts einzuwenden, aber der Amtmann in Püttlingen erhebt dafür Summen, die keiner mehr bezahlen kann. Und das aus dem einzigen Grund, um sich selbst daran zu bereichern.« Die Frau stand auf und streckte sich, bis einzelne Wirbel knackten. »Nun ist Königsdorfer aber aufgegangen, dass die Kosten für unseren Prozess noch höher sein werden als die Abgaben für die Türkensteuer. Aus diesem einfachen Grund sind wir hier eingesperrt und werden wir verurteilt werden. Denn so kann Königsdorfer kräftig daran verdienen. Das ist sein Plan, und wir können nichts dagegen tun.« Die Stimme der Frau hatte einen gleichgültigen Klang angenommen, so als sei sie keines Gefühls mehr fähig. Erneut hörte Katharina die junge Margreth weinen.

»Gräme dich nicht, mein Kind. Ich hoffe, dass wir nicht lebendig verbrannt, sondern zuvor stranguliert werden. Dann wird es schnell vorbei sein.«

Katharina hielt sich die Ohren zu. Mühsam setzte sie sich nieder und lehnte sich gegen die Turmwand. Sie schloss die Augen und ließ ihren Tränen freien Lauf, als ein lautes Quietschen sie aufschreckte. Die eiserne Gittertür wurde geöffnet, und ein Henkersknecht betrat den kleinen runden Raum. Er hielt eine Fackel in der Hand und leuchtete jedes Gesicht an. Mit grimmiger Stimme rief er: »Margreth Diehlen!«

Als sein Name erklang, schrie das junge Mädchen auf. Zwei grobe Hände packten es, und obwohl Margreth sich mit Händen und Füßen wehrte, gelang es dem Büttel, sie aus dem Raum zu zerren. Mitleidslos verschloss er die Tür hinter sich. Katharina presste die Hände gegen die Ohren, bis Margreths Schreien nicht mehr zu hören war. Die drei Frauen beteten laut.

Barnabas blickte das Mädchen an, das schüchtern und voller Furcht vor ihm im Folterkeller stand. Mit entsetztem Blick schaute es zu dem Tisch, auf dem die Foltergeräte lagen. Sie ist höchstens vierzehn Jahre alt und schon dem Teufel verfallen!, dachte Barnabas.

Der Magier packte seine kleinen Glasflaschen aus und stellte sie nebeneinander auf den Tisch zu den Foltergeräten. Der Blick des Mädchens folgte seinen Bewegungen.

Maria saß teilnahmslos auf dem Boden und schaute einer dicken schwarzen Spinne zu, die ihr Netz wob.

Ungeduldig beobachtete der Henkersknecht, wie Barnabas einige Tropfen einer Flüssigkeit aus einem der Fläschchen abzählte und in einen Becher träufelte. Diese vermengte er wiederum mit Tropfen, die er einem anderen Flakon entnahm.

»Wie lange dauert das denn?«, schimpfte der Scherge und griff nach einem Folterinstrument. Die Augen des Mädchens weiteten sich. Voller Angst begann es zu wimmern.

Barnabas hatte rasch erkannt, dass der Amtmann von Püttlingen seinen eigenen Regeln folgte und alle Angeklagten sofort foltern ließ. Königsdorfer hielt sich weder an die Gesetzgebung der Constitutio Criminalis Carolina noch an die Vorgehensweise der für das Land an der Saar eigenen Ausschüsse.

Barnabas hatte gehört, dass, sobald die Angeklagten durch die Tortur geständig waren, sie zum Feuertod verurteilt und am selben, spätestens aber am nächsten Tag hingerichtet wurden. So verhinderte Königsdorfer, dass man gegen das Urteil beim Hochgericht Einspruch erwirken konnte. »Tot ist tot«, so der Leitspruch des Amtmanns.

Barnabas hatte auch gehört, dass es eine Gruppe von Leuten gab, die gegen den Amtmann und seine schnell gesprochenen Urteile sowie die sofortigen Vollstreckungen aufbegehrten. Um den Widerstand dieser Menschen zu brechen, hatte Königsdorfer Barnabas verpflichtet, die angeklagten Frauen im Hexenturm nach einer besonderen Vorgehensweise zu befragen.

Barnabas sprach leise auf Margreth Diehlen ein und versuchte sie dazu zu bringen, den Trank zu schlucken. Doch das Mädchen presste fest die Zähne aufeinander und schüttelte den Kopf.

»Was soll das?«, fragte der Henkersknecht übellaunig. »Lass mich machen! Bei mir wird sie sofort alles zugeben.« Er ging mit den Daumenschrauben auf das Mädchen zu.

»Zeig mir deine Hände, Mädchen!«, lachte er niederträchtig. Margreth versteckte ihre Hände hinter dem Rücken und schrie voller Angst. In dem Augenblick, als sie den Mund öffnete, kippte Barnabas ihr den Trunk in den Schlund. Hustend schluckte sie.

»Verdammt, du Narr!«, ereiferte sich der Büttel und ging wütend auf Barnabas los.

»Verschwinde!«, zischte Barnabas. »Du weißt, dass Königsdorfer mich mit der Befragung beauftragt hat.« Der Magier funkelte den Henkersknecht aus seinen dunklen Augen böse an. Wütend warf der die Daumenschrauben auf den Tisch zu den anderen und verließ den Folterkeller.

Als am Abend leichter Brandgeruch durch den Luftschacht des Verlieses zog, wussten die gefangenen Frauen, dass die junge Margreth Diehlen den Weg gegangen war, der ihnen noch bevorstand.

Burghard hatte die Nacht über kaum geschlafen. Seine Gedanken und Selbstvorwürfe hatten ihn wach gehalten. »Will Gott mich strafen, weil ich an meiner Liebe zu Katharina gezweifelt und mich mehr um die Abschriften als um sie gekümmert habe?«, fragte er sich. »Aber Gott selbst weiß, von welcher Bedeutung es war, dass ich den Jesuiten geholfen habe!«

Obwohl es Ende Juli war, fror Burghard und zog die Decke höher. Als er sah, wie der Morgen graute, stand er auf und zog sich an. »Ich werde in der Kirche für Katharina beten!«, murmelte er und verließ die Kammer.

Draußen war es kühl, und es nieselte. Eisiger Wind gab Burghard das Gefühl, als hielte der Winter Einzug. Rasch lief er die Treppenstufen zur Kirche empor und flüchtete sich ins Innere. Auch hier war es bitterkalt. Frierend rieb er sich über den feuchten Stoff seines Kittels.

Burghard bekreuzigte sich und ging in die erste Reihe vor den Altar. Dort kniete er nieder und hielt in Gedanken Zwiesprache mit Gott, als ihm jemand sanft auf die Schulter klopfte. Er zuckte erschrocken zusammen und drehte sich um. Pfarrer Schnetter stand hinter ihm und blickte ihn fragend an. »Entschuldigt, Herr Pfarrer«, flüsterte Burghard und stand auf. »Ich weiß, es ist sehr früh, um zu beten.«

Schnetter lächelte. »Es ist nie zu früh oder zu spät für ein Gebet.« Schnetter setzte sich und bedeutete Burghard, neben ihm Platz zu nehmen.

So saßen sie eine Weile stumm nebeneinander, bis Burghard all seinen Mut zusammennahm und dem Geistlichen erzählte, was auf seiner Seele lastete. Er sprach von seinen Selbstvorwürfen, von seinen Ängsten und Zweifeln. Schnetter hörte aufmerksam zu und versuchte Burghard mit dem Gleichnis von den verschiedenen Wegen, die Gott für die Menschen bereithielt, zu trösten.

»Und welchen Weg hat Gott für Katharina auserkoren?«, fragte Burghard bitter. »Hält er für sie den Feuerweg bereit?« Schnetter blickte Burghard an. »Was glaubst du?«

Der junge Mann überlegte und schüttelte den Kopf. »Nein, das glaube ich nicht. Gott ist gerecht und wird ihr helfen – ich werde ihr helfen! Sie ist keine Hexe und hat nichts getan, weswegen sie angeklagt werden könnte.«

Entschlossen sprang Burghard auf. »Ich werde nach Püttlingen reiten und versuchen sie zu sehen!« Eilig verließ er die Kirche und trat in den Regen hinaus, der nun heftig vom Himmel prasselte.

Kapitel 36

Nachdem Matthias Heixel sich bereit erklärt hatte, Bonner bei der Suche nach seinem Sohn und der Magd zu helfen, folgten sie den üblichen Handelsstraßen quer durchs Land. Jeden Zollbeamten, der an einem Schlagbaum seinen Dienst verrichtete, horchten sie aus. Während Heixel mit den Männern sprach, musste Bonner in einigen Pferdelängen Abstand warten, da sein ungeduldiges und aufbrausendes Wesen bei den Befragungen meist wenig förderlich war. Niemand jedoch hatte die Flüchtigen gesehen. Sie schienen wie vom Erdboden verschluckt zu sein.

Heixel und Bonner waren schon viele Tage unterwegs, als der Bauer sich zunehmend zu ärgern begann, den Spurensucher mitgenommen zu haben.

»Und ich muss dem Deppen noch Geld dafür zahlen, dass er sie auch nicht finden kann«, grollte Bonner. Missmutig schielte er zu Heixel hinüber und höhnte in Gedanken: Der angeblich beste Spurenleser weit und breit. Dass ich nicht lache!

Als Bonner sah, wie Heixel die Hände faltete und stumm betete, keimte tiefe Abneigung in ihm auf. Dass er verrückt ist, hätte ich ahnen müssen, schimpfte Bonner mit sich selbst. Heixel hatte eine besondere Angewohnheit, die für Bonner nur schwer zu ertragen war. Der Spurenleser betete unablässig. Jede Kirche, an der sie vorbeikamen oder in der Ferne erblickten, musste er besuchen. Heixel war es einerlei, dass die Zeit drängte. Auch Bonners Spott hielt ihn nicht davon ab. Unbekümmert marschierte er in jedes Gotteshaus und betete dort mit einer Seelenruhe, die Bonner zur Weißglut trieb.

Zunächst hatte Bonner Heixels Angewohnheit nur belächelt und gehofft, dass mit göttlichem Segen seine Suche unter einem guten Stern stehen würde. Mittlerweile aber war ihm die Gottesfürchtigkeit seines Begleiters unerträglich.

Als Heixel sich erneut bekreuzigte, konnte Bonner es sich nicht länger verkneifen und fragte: »Wie viele Sünden hast du auf dich geladen, dass du ständig beten musst?«

»Ich habe mich schon gefragt, wann du mich darauf ansprechen würdest«, antwortete Heixel.

»Einen Grund wird es für dein ehrfürchtiges Verhalten wohl geben!«, spottete Bonner.

»Da muss ich dich enttäuschen, Casper. Ich habe weder einen Menschen umgebracht noch etwas getan, wofür ich Abbitte leisten müsste. Seit ich denken kann, wollte ich Gott dienen und wäre gerne in ein Kloster eingetreten. Aber das war mir nicht vergönnt, denn mein Vater starb früh, so dass ich als einziger Sohn für meine Mutter und meine sechs jüngeren Schwestern sorgen musste. Ich war erst zwölf Jahre alt und musste so hart wie ein Erwachsener arbeiten, damit wir nicht verhungerten.«

»Wenn du so gerne betest, warum gehst du dann nicht jetzt in ein Kloster?«

»Mittlerweile habe ich Frau und Kinder, für die ich sorgen muss. Das ist der Grund, warum ich mit dir geritten bin. Wir wissen doch beide, dass es schwer wird, deinen Sohn und diese Frau zu finden. Das Reich ist zu groß, und wir haben keinen Anhaltspunkt, wo wir sie suchen sollen. Das Geld, das du mir angeboten hast, hat mich aber gelockt, denn meine Frau erwartet unser fünftes Kind.«

Kein Geld, aber sich vermehren wie die Karnickel, fluchte Bonner stumm.

Ziellos ritten die beiden von Wetzlar nach Koblenz. Von dort nach Ulmen und von da nach Trier.

In der ältesten Stadt im Reich schritt Heixel voller Erfurcht durch die Straßen. »Welch gewaltige Stadt!«, staunte er.

»Lass uns weiterreiten!«, befahl Bonner barsch. Er hatte keinen Blick für die Schönheit der Bauten. Unruhe trieb ihn vorwärts. Doch Heixel hatte bereits den Trierer Dom entdeckt und steuerte geradewegs darauf zu. Vor der breiten Treppe drückte er Bonner die Zügel seines Pferdes in die Hand und sagte ernst: »Ich habe noch nie in einer solch gewaltigen Kirche gebetet. Das werde ich mir nicht nehmen lassen!«

Bonner wurde laut und fiel in die Eichsfelder Sprechweise: »Ich bin derjenige, der dich bezahlt, und deshalb sage ich dir, dass wir weiterziehen!«

Heixel war das Geschrei des Bauern einerlei, zumal er ihn nicht verstand. Unbekümmert schritt er die Stufen zum Dom empor und verschwand durch das mächtige Eingangsportal. »Komm sofort zurück!«, brüllte Bonner ihm hinterher. »Ich verbiete dir, mich wie einen Trottel hier stehen zu lassen.«

Die Menschen auf dem Domplatz sahen Bonner böse an und schüttelten verständnislos den Kopf.

»Was gafft ihr?«, grummelte er. »Ihr versteht mich nicht und könnt nicht wissen, weshalb ich geflucht habe.«

Plötzlich tippte ihm jemand auf den Rücken. Mürrisch wandte sich Bonner um. »Was ist?«, fragte der Bauer nun in verständlicher Aussprache. Er musterte die beiden Mönche, die in schwarze Kutten gehüllt vor ihm standen.

»Du bist nicht von hier?«, fragte der ältere Mönch.

»Was geht dich das an?«, schnauzte Bonner ihn an.

Doch der Mönch beachtete Bonners abweisende Worte nicht weiter, sondern lächelte und erklärte: »Ich frage, weil ich jemanden kenne, der auf eine ähnliche, wenn nicht sogar auf dieselbe Weise spricht, wie du es eben getan hast. Da diese Mundart in dieser Region eher ungewöhnlich ist, weckte sie meine Neugierde.«

»Was interessiert mich das?«, fragte Bonner unwirsch und wollte sich brüsk abwenden.

»Es waren sogar mehrere, die auf diese eigentümliche Weise mit mir gesprochen haben«, murmelte der Mönch nun mehr zu sich selbst.

»Was ist an der Eichsfelder Mundart so sonderbar?«, begehrte

Bonner auf. Er hatte so laut gesprochen, dass sein Pferd schnaubend zurückwich. Ungehalten zog Bonner es am Zügel.

»Für jemanden, der diese Mundart nicht gewohnt ist, ist sie sonderbar«, erklärte der Mönch ruhig. »Warum bist du so voller Groll, Fremder? Ich will dir nichts Böses, ich bin dir freundlich gesinnt.«

Bonner überging den Vorwurf des Mannes und schaute ungeduldig zum Domportal, doch von Heixel war nichts zu sehen. Dann kann ich mich auch mit dem Kuttenträger unterhalten, dachte er und wandte sich wieder dem Mönch zu. »Erzähl, wo sind dir denn die Eichsfelder über den Weg gelaufen?«

Erfreut über den Sinneswandel seines Gegenübers, gab der Mönch bereitwillig Auskunft. »Es waren drei junge Burschen und zwei ebenso junge Frauen, denen wir, ich und mein Ordensbruder hier, in Idar-Oberstein begegneten. Obwohl der eine Bursche sich als Bauer verkleidet hatte, wusste ich sogleich, dass er ein Mönch war. Er war gebildet und der lateinischen Sprache mächtig. Es war eine Freude, sich mit ihm zu unterhalten. Der andere Bursche muss einen schlimmen Unfall gehabt haben, denn die eine Hälfte seines Gesichts war entstellt. Das eine Mädchen mit dem Namen Katharina sprach nicht viel, und die beiden anderen waren ein Ehepaar, wenn auch noch recht jung. Franziska war guter Hoffnung und tat mir leid, denn es war kalt und stürmisch, als sie unser Kloster in Tholey wieder verließen. Ich hoffe, dass sie gut in Wellingen angekommen sind.«

Bonner hatte nur mit halbem Ohr zugehört, doch jetzt wurde er hellhörig. »Wie war der Name der Frau?«

»Katharina.«

»Nein, der der anderen«, fragte Bonner hitzig. Er musste sich zusammenreißen, um den Mönch nicht an der Kutte zu packen und zu schütteln.

»Sie hieß Franziska und ihr Mann Johann, soweit ich mich erinnern kann.«

»Wie sahen sie aus?«

»Kennst du sie etwa?«, fragte der Mönch erfreut und beschrieb die beiden.

»Und wohin sind sie gegangen?«, keuchte Bonner, dessen Gesicht vor Aufregung feuerrot geworden war. Der Ordensbruder blickte ihn fragend an. »Was ist mit dir?«

»Sag mir augenblicklich, wohin sie gegangen sind!«, brüllte Bonner.

»Nach Wellingen auf das Gestüt der Rehmringers.«

»Wo liegt dieser Ort?«

»In Westrich, dem Land an der Saar. Nur wenige Tagesmärsche von hier in westlicher Richtung.«

Die beiden Mönche blickten Bonner verständnislos an. Dieser drückte dem jüngeren der beiden Männer hektisch den Strick von Heixels Pferd in die Hand und reichte dem älteren Mönch eine Münze. »Gebt das Geld meinem Begleiter, der in dieser Kirche verschwunden ist. Sagt ihm, dass ich seine Hilfe nicht mehr benötige. Er soll nach Hause reiten.« Dann saß Bonner auf sein Pferd auf und preschte ungeachtet der vielen Fußgänger die Straße entlang.

»Verstehst du das, Bonifatius?«, fragte der jüngere Mönch.

»Nein, Abamus. Das versteht wohl niemand.«

Bonifatius blickte die Stufen zum Dom empor und hoffte, dass der Mann bald erscheinen würde. Ich kann meinen Onkel nicht noch länger warten lassen!, dachte er ungeduldig.

Burghard hatte Regina Rehmringer um einen freien Tag gebeten, um Thomas Königsdorfer aufzusuchen. Die alte Frau erklärte ihm, wie er zum Püttlinger Amtmann gelangen würde, aber warnte ihn auch: »Königsdorfer ist ein gefährlicher Mann, ebenso wie dieser von Baßy, der sicher bei ihm sein wird. Beide scheinen unter einer Decke zu stecken und wollen mir schaden.

Wäge jedes Wort ab, das du zu ihnen sagst, denn sie könnten es dir zu deinem Nachteil auslegen.«

Was Regina Rehmringer Burghard über den Amtmann von Püttlingen und von Baßy sagte, ließ augenblicklich seine Hoffnung schwinden, dass man es ihm gestatten würde, Katharina zu sehen. Trotzdem wollte er es wagen, in Püttlingen vorzusprechen. Es war ihm wichtig, dass Katharina wusste, dass er für sie da war und an ihre Unschuld glaubte. Aber im Grunde hoffte er auch, sein schlechtes Gewissen beruhigen zu können.

Seit Wochen machte das Wetter, was es wollte. Obwohl es Mitte Juli war, herrschte ungewöhnliche Kälte. An manchem Morgen waren die Wiesen und Äcker mit Frost bedeckt, und das Korn begann zu faulen. Die Ähren verfärbten sich schwarz, so dass kaum Mehl gemahlen werden konnte. Heftiger Regen, der dicke Hagelkörner mit sich führte, zerschlug einen Großteil der Ernte auf den Feldern sowie das Obst an den Bäumen. Viele Menschen litten Hunger, und selbst im Sommer mussten sie ihre Behausungen heizen.

Burghard hatte sich in einen warmen Umhang gehüllt. Als er auf den freien Feldern außerhalb von Wellingen seinem Pferd in die Flanke trat, damit es in den schnellen Galopp verfiel, setzte plötzlich heftiger Regen ein und peitschte ihm ins Gesicht. Starker Wind ließ Äste bersten, und wie im Herbst rieselten zuhauf Blätter zu Boden. Burghard befürchtete, vom Pferd geweht zu werden, und trieb sein Ross stetig weiter an. Als er endlich Püttlingen vor sich sah, war er bis auf die Haut durchnässt.

Er ritt den von Regina Rehmringer beschriebenen Weg durch die Gassen des Ortes. Als er am Marktplatz vorbeikam, blies der Wind feine Asche vor sich her. Er glaubte einen leichten Brandgeruch riechen zu können, was sein Herz zum Rasen brachte.

Im Schritt ritt Burghard über eine hölzerne Brücke, überquerte den Burgplatz und erreichte den Hexenturm, vor dem er Halt machte. Suchend blickte er sich um, doch niemand war zu sehen. Er saß ab und führte sein Pferd in den Stall, wo ein Junge im Heu saß und ihm entgegenblickte.

»Reib das Pferd trocken und gib ihm Futter«, bat Burghard ihn und drückte ihm ein Geldstück in die Hand.

Als er aus dem Stall heraustrat, hatte der Regen nachgelassen, und auch der Wind war abgeflacht. Die grauen Wolken teilten sich, und die Sonne lugte hervor. Burghard wollte gerade an das wuchtige Portal von Königsdorfers Amtssitz klopfen, als er aus den Augenwinkeln eine Gestalt wahrnahm, die aus einem der Nachbargebäude kam und eilig den Platz überquerte. Burghard wusste sogleich, wen er da sah.

»Barnabas!«, flüsterte er leise, doch der Mann hatte ihn gehört.

Der Magier blieb stehen und blickte den Mönch ungläubig an. »Burghard?«, fragte er. Dann ging er auf den jungen Mann zu, und seine Augen begannen zu leuchten.

»Burghard! Du bist es tatsächlich«, rief er freudestrahlend und umarmte ihn.

Auch Burghard freute sich, den Magier wiederzusehen, und erwiderte die Umarmung.

»Du bist ja vollkommen durchnässt«, stellte Barnabas fest. »Komm mit in meine Kammer, dort kannst du dich wärmen.«

Ohne zu zögern, folgte Burghard dem Zauberer, denn er fror erbärmlich.

Kaum hatte Barnabas die Tür geöffnet, rief er lachend: »Maria, ich habe Besuch mitgebracht!« Burghard trat ein und stand einem Mädchen gegenüber, das ihn aus ernsten dunklen Augen vom Scheitel bis zur Sohle musterte. Burghard hielt ihrem Blick stand und besah sich das Mädchen ebenfalls.

Barnabas entfachte derweil ein Feuer in dem kleinen Ofen und setzte einen Kessel Wasser auf. Dann nahm er Burghard den durchnässten Umhang ab.

»Nimm Platz«, bat er den Burschen. An das Mädchen gewandt sagte er: »Das ist Burghard, mein Schüler.«

Maria schmiegte sich an den Magier und sagte, ohne Burghard aus den Augen zu lassen: »Er ist netter als Servatius. Ich mag ihn.« Erstaunt blickte der Mönch auf. Barnabas' Augen glitzerten vor Freude, und er nickte. »Das hast du richtig erkannt, mein Kind.«

Nachdem der Magier heißen wärmenden Pfefferminzsud in Becher gefüllt und gereicht hatte, blickte Burghard ihm in die Augen und sagte: »Ich habe gehört, dass es dich hierher verschlagen hat. Auch weiß ich, dass Servatius tot ist.« Erstaunt zog Barnabas die Augenbrauen zusammen. »Wer hat dir das gesagt? Niemand kennt mich hier.«

»Das ist nicht wichtig, Barnabas. Ich hatte gehofft, dich wiederzusehen, damit ich dir sagen kann, dass ich kein Dieb bin.« Der Magier nickte. »Das weiß ich, mein lieber Freund.« Mit müder Stimme berichtete Barnabas, wie er selbst Servatius das Geld entwendet hatte, weil er damals gehofft hatte, den aufmüpfigen Mönch gefügig zu machen.

»Ich hätte nie gedacht, dass er dich beschuldigen würde«, versuchte Barnabas sein Handeln zu rechtfertigen. Burghard wollte aufbrausen, doch verließ ihn die Kraft, und er sagte: »Meine Flucht wäre nicht vonnöten gewesen, hättest du mir die Wahrheit gesagt, Barnabas. Kannst du dir die Angst vorstellen, die ich ausgestanden habe, weil ich befürchten musste, dass Servatius mich umbringen würde? Ich habe mich nicht zurück ins Kloster gewagt«, hielt er ihm vor. Als Burghard sah, wie Barnabas schuldbewusst den Blick senkte, hatte er Mitleid mit dem alten Mann.

Barnabas war noch immer eine gepflegte Erscheinung. Sein

hellgrauer Umhang war sauber und verströmte einen blumigen Duft, der Burghard vertraut war. Das Haar des Magiers fiel ihm unverändert in dichten Wellen über die Schulter, doch es schien seinen silbrigen Glanz verloren zu haben. Seine Gestalt wirkte dürr und ausgezehrt, und seine beringten Finger waren dünn geworden.

Du bist gealtert, dachte Burghard traurig.

Barnabas spürte Burghards Blick auf sich ruhen und lächelte ihm zu. »Die Umstände und die Zeit haben auch bei mir Spuren hinterlassen. Erzähl mir, wie es dir ergangen ist. Wie geht es Katharina? Ich hoffe, dass ihr beide noch zusammen seid.«

Bei der Erwähnung von Katharinas Namen wurde es Burghard flau im Magen. Mit leiser Stimme berichtete er dem Magier, weshalb er am Morgen nach Püttlingen geritten war.

»Katharina wird der Hexerei bezichtigt?«, fragte Barnabas fassungslos. »Das kann ich mir beim besten Willen nicht vorstellen. Sie, die eine derart reine Seele hat, kann keine Hexe sein.«

»Vielleicht habe ich sie beim Hexentanz gesehen«, warf Maria ein und summte leise vor sich hin.

»Nein, Maria, auch das kann ich mir beim besten Willen nicht vorstellen!«, erklärte Barnabas.

Betroffen blickte Burghard das Mädchen an. »Wie meint sie das? Was hat sie mit Hexen zu tun?«, fragte er leise an Barnabas gewandt. Daraufhin erzählte der Magier ihm in knappen Worten Marias Geschichte.

»Deshalb hat uns der Amtmann von Püttlingen beauftragt, die angeklagten Frauen zu befragen. Die erste Hexe konnten wir bereits überführen. Sie wurde gestern verbrannt.«

Burghard sprang von seinem Stuhl auf und rief: »Du kennst Katharina! Sie ist keine Hexe. Dieser von Baßy will sich das Gestüt von Frau Rehmringer unter den Nagel reißen, und dabei ist ihm jedes Mittel recht!«

»Was soll ich tun, Burghard? Katharina sitzt im Hexenturm! Das allein genügt, dass alle Welt sie für eine Hexe halten wird.«

»Ich werde Königsdorfer davon überzeugen, dass sie unschuldig ist.«

Der Magier lachte auf und prophezeite: »Er wird dich ebenfalls in den Turm sperren lassen. Königsdorfer ist ein gewissenloser Mensch, der vor nichts zurückschreckt.«

»Und wie nennst du das, was du mit den wehrlosen Frauen machst?«, fragte Burghard und konnte nicht verhindern, dass Spott in seiner Stimme mitklang.

»Ich bin ein Magier, ein Volkszauberer, Burghard. Du weißt, dass unser Berufsstand als Einziger fähig ist, Hexen zu erkennen.«

Der junge Mann wählte seine Worte mit Bedacht. »Ist dir nie in den Sinn gekommen, dass Menschen unter der Folter alles zugeben würden?«

»Ich foltere nicht!«, begehrte Barnabas auf. »Ich habe nie einer Angeklagten Leid zugefügt.«

»Wenn du ihnen ein Rauschmittel einflößt, beeinflusst du ihr Handeln. Frauen sind dank deiner Mittel nicht mehr Herr über ihre Sinne und sagen das, was du hören willst.«

Barnabas schüttelte sein graues Haupt. »Wer hat dir solch dummes Zeugs erzählt?«

»Komm mit mir, Barnabas, dann werde ich dir beweisen, dass ich die Wahrheit spreche!«, flehte Burghard.

»Was denkst du dir, junger Freund? Ich kann hier nicht weg. Königsdorfer verlangt, dass ich heute wieder eine Frau befrage. Ich kann dir nicht folgen!«

Burghards Miene verfinsterte sich. Dann sagte er in einem Ton, der keinen Widerspruch duldete: »Du wirst mich jetzt nach Wellingen begleiten. Das, Barnabas, bist du mir schuldig!«

Kapitel 37

Bonner ritt ohne zu rasten in Richtung Westrich. Er trieb sein Pferd stetig an, so dass es bereits weißen Schaum vor dem Maul hatte und nass geschwitzt war. »Ich muss den Gaul an einer Pferdewechselstation austauschen, sonst bricht er noch unter mir zusammen!«, murmelte er, als er vor sich die Dächer einer Ortschaft erblickte.

Kaum hatte Bonner die Pferde gewechselt und den Sattel festgezurrt, schwang er sich wieder auf den Rücken des Wallachs und preschte davon.

Als die Dunkelheit einbrach und Bonner den Weg immer schlechter erkennen konnte, fluchte er: »Verdammt, wenn ich die Gegend kennen würde, könnte mich die Nacht nicht davon abhalten weiterzureiten.«

Da kein Gasthaus in Sicht war, suchte er sich einen geschützten Platz am Wegesrand. An Schlaf war nicht zu denken, und so machte er sich in den frühen Morgenstunden wieder auf den Weg. Selbst heftiger Regen und Hagelschauer, die über das Land zogen, konnten ihn nicht aufhalten.

»Hast du Burghard gesehen?«, fragte Johann seine Frau.

Franziska nickte. »Er wollte nach Püttlingen reiten, um mit dem Amtmann Königsdorfer zu sprechen. Burghard hofft, Katharina freizubekommen«, erklärte sie leise. Dabei füllten sich ihre Augen mit Tränen.

»Dieser Narr!«, schimpfte Johann. »Was denkt er sich? Als ob Königsdorfer mit ihm reden würde! Eher sperrt er Burghard ebenfalls ins Verlies. Weiß Clemens davon?«

Franziska zuckte mit den Schultern. »Frau Rehmringer hat es Burghard erlaubt«, rechtfertigte sie das Verhalten des Freundes.

»Weil sie weiß, dass er auch ohne ihre Einwilligung gegangen wäre. Wenn Burghard am späten Mittag nicht zurück ist, müssen wir ihm nach. Ich werde mich sofort mit Clemens besprechen.« Mit diesen Worten war Johann bereits aus der Tür und ließ Franziska allein zurück. Diese konnte nicht länger an sich halten und ließ ihren Tränen freien Lauf.

Es kam, wie Johann befürchtet hatte. Burghard war auch am frühen Nachmittag noch nicht auf das Rehmringer-Gestüt zurückgekehrt. So gingen Johann und Clemens gemeinsam zu Regina Rehmringer, die ihnen erlaubte, ebenfalls nach Püttlingen zu reiten, um zu erfahren, was sich dort zugetragen hatte.

Johann küsste Franziska auf die Stirn und fuhr seiner Tochter über das Köpfchen. »Hab keine Angst, Liebes. Wir drei kommen bald nach Hause zurück.«

Franziska umarmte ihren Mann. »Ich werde mit Magdalena spazieren gehen, damit die Zeit schneller vorbeigeht. Bitte, gebt acht auf euch.«

»Ich erlaube Euch nicht fortzugehen«, sagte Königsdorfer gereizt. »Ihr müsst heute eine weitere Frau befragen.«

»Ja, das weiß ich«, antwortete Barnabas ruhig. »Aber ich muss zuerst einen neuen Trank brauen, den ich für die Befragung benötige.«

»Was ist das für ein Sud?«, fragte Königsdorfer neugierig.

»Glaubt Ihr wirklich, dass ein Zauberer seine Geheimnisse preisgibt?«, höhnte Barnabas.

»Es ist mir im Grunde auch einerlei, was Ihr den Maleficantinnen einflößt! Ich will jedoch, dass die Frau heute noch gesteht. Wenn Ihr sie nicht dazu bringen könnt, so werden es meine Schergen auf altbewährte Weise machen«, drohte der Amtmann und blickte den Magier herausfordernd an.

»Ihr wisst, dass Ihr Maria und mich dann trotzdem bezahlen müsst, auch wenn Eure Henkersknechte unsere Arbeit übernehmen.«

Königsdorfer wollte aufbegehren, aber Barnabas lächelte spöttisch. »So lautet unsere Vereinbarung! Maria und ich sollten ausdrücklich diese Angeklagte überführen. Aber mir ist es einerlei! Lasst Eure Henkersknechte ruhig unsere Arbeit verrichten, der Sold steht dennoch uns zu.«

Königsdorfer atmete schnaubend aus. »Wie lange wird es dauern, bis Ihr den neuen Sud hergestellt habt?«, fragte er spitz.

»Man kann diese seltene Pflanze nur in der Nacht ernten. Sie wächst in feuchten Auen auf besonderen Böden, die es um Püttlingen nicht gibt. Ich habe gehört, dass die Pflanze zwischen Schwarzenholz und Wellingen wachsen soll. Wenn ich mich sofort auf den Weg mache, könnte ich in zwei Tagen zurück sein und das Gebräu herstellen«, log Barnabas.

»Zwei Tage?«, brüllte Königsdorfer. »Die Frau soll rasch überführt werden. Johann von Baßy sitzt mir im Nacken. Er will dieses Weib schnellstmöglich auf dem Scheiterhaufen sehen. Mir bleibt keine andere Wahl. Ich werde sie foltern lassen müssen.«

Barnabas ahnte, von welchem Weib Königsdorfer sprach. Sein Magen krampfte sich zusammen. »Glaubt Ihr nicht, Herr Amtmann, dass es für Eure Widersacher überzeugender wäre, wenn Ihr mich meine Arbeit fortsetzen ließet? Erst gestern, als die junge Margreth Diehlen zum Scheiterhaufen geführt wurde, habe ich im Volk Worte der Anerkennung vernommen, weil Maria sie überführt hat und bezeugen konnte, dass sie am Hexensabbat zugegen war.«

Königsdorfer überlegte und fragte erneut: »Wie lange werdet Ihr benötigen?«

»Zwei, höchstens drei Tage. Ihr habt mein Wort!«

Zufrieden kehrte Barnabas in seine Kammer zurück, wo Burghard und Maria auf ihn warteten. Als der Magier die Tür öffnete, erklang fröhliches Kinderlachen. Burghard erzählte Maria eine Geschichte, die ihr Freude zu machen schien. Kichernd lag das Mädchen auf dem Boden, während Burghard mit verstellter Stimme verschiedene Rollen einnahm und eine besonders lustige Szene zum Besten zu geben schien.

Als Burghard Barnabas gewahr wurde, hielt er inne und fragte: »Konntest du ihn überzeugen?«

Der Magier nickte. »Jetzt hast du zwei Tage Zeit, mich zu überzeugen!«

Franziska hatte sich Magdalena in einem Tuch vor den Bauch gebunden und ging mit ihr auf einem schmalen Pfad durch Wiesen und Felder. Nachdem tagelang schlechtes Wetter geherrscht hatte, genossen beide die Wärme der Sonne, die den Boden trocknete. Magdalena quiekte vor Freude, als sie einen Schmetterling erblickte. Franziska freute sich, dass es ihrer Tochter gut ging, doch ihr selbst war es schwer ums Herz. Ständig musste sie an Katharina denken und hatte große Angst um sie.

Plötzlich sah Franziska, wie ihnen über das freie Feld vor ihr ein Reiter entgegengaloppiert kam. Sie hoffte schon, es wäre Johann. Doch als der Reiter kurz vor ihr sein Pferd zügelte und es im Schritt an ihr vorbeiführte, sah sie, dass sie sich geirrt hatte. Der Fremde blickte die junge Frau forschend an. Obwohl Franziska den Mann nicht kannte, grüßte sie höflich und ging weiter. Sie sah sich kurz darauf noch einmal nach ihm um, denn bei seinem Anblick hatte sie ein ungutes Gefühl beschlichen. Der Reiter aber war schon im Dorf verschwunden. »Ich mache mir unnötige Gedanken«, murmelte sie. »Die Sache mit Katharina raubt mir noch den Verstand.«

Leichtfüßig ging sie weiter und folgte dem Lauf des Hessbachs. Die heftigen Regenfälle hatten den Bach hoch anschwellen lassen. Laut strömte das Wasser in seinem Bett dahin. Als Magdalena nach einer Weile zu quengeln begann, setzte sich Franziska am Ufer des Baches auf einen Findling und stillte ihre Tochter. Das kühle Wasser umspülte ihre blanken Füße, und Franziska schloss die Augen. Sie bemerkte nicht, wie jemand zu ihr herantrat. Doch plötzlich sagte eine ihr bekannte Stimme in einer ihr wohlvertrauten Sprechweise: »Ich wusste, dass ich dich eines Tages finden würde.«

Kurz vor Püttlingen erblickten Johann und Clemens drei Reisende, die ihnen zu Fuß entgegenkamen und von denen einer ein Pferd mit sich führte. Erleichtert stellten sie fest, dass Burghard unter ihnen war, und er winkte ihnen schon von weitem zu. Freudig begrüßten sich die Burschen, und Burghard stellte ihnen Barnabas und Maria vor. Höflich, aber misstrauisch grüßten Clemens und Johann den Magier, von dem sie bereits einiges gehört hatten. Als Burghard ihre Blicke sah, erklärte er ihnen seinen Plan und dass sie deshalb auf dem Weg zu Pfarrer Schnetter waren.

»Das soll Katharina retten?«, fragte Clemens zweifelnd. »Selbst wenn du den Magier überzeugen kannst, was ist mit Königsdorfer?«

»Ich glaube, dass dieser Mann zum Hexensabbat auf einem schwarzen Bock geritten kam und getanzt hat! Er hatte zwar eine Maske auf, aber ich habe seine Stimme erkannt«, warf Maria mit unschuldiger Miene ein. Erstaunt blickten alle das Mädchen an.

»Könntest du dich irren und den Mann mit jemandem verwechseln?«, fragte Barnabas neugierig.

»Kann schon sein!«, antwortete das Mädchen und streichelte Johanns Pferd.

»Es wäre ratsam, wenn bei unserer Unterredung auch Bruder Ignatius anwesend wäre«, sagte Burghard erregt.

»Dann lass mich vorreiten und Pfarrer Schnetter aufsuchen. Er weiß sicher, wo ich den Mönch finden werde«, sagte Clemens und trat dem Pferd in die Flanke.

»Nimm du Barnabas aufs Pferd. Ich nehme das Mädchen hinter mich in den Sattel, dann sind wir schneller in Wellingen«, schlug Johann vor. Dankbar nickte Burghard ihm zu, und gemeinsam trabten sie los. Durch das Gewicht der zwei Männer konnte Burghards Pferd nur kurze Strecken galoppieren. Trotzdem erreichten sie am Nachmittag das Pfarrhaus. Bevor Burghard mit Barnabas und Maria ins Haus ging, schlug Johann vor: »Ich werde zurück zum Gestüt reiten und Frau Rehmringer und Franziska sagen, dass sie sich nicht zu sorgen brauchen. Ich komme später zurück.«

In der Pfarrstube wurden die drei von Clemens, Pfarrer Schnetter und Ignatius erwartet. Erstaunt sah Barnabas den Mönch an.

»Du bist der geheimnisvolle Mann aus dem Wald, der Servatius beerdigt hat«, sagte der Magier überrascht. Ignatius konnte sich ein leises Lachen nicht verkneifen. »Man trifft sich meist zweimal im Leben.«

Sein Blick schweifte zu Maria, die sich auf einen Stuhl gesetzt hatte und jeden im Raum genau betrachtete.

»Das Kind sollte besser nicht anwesend sein«, raunte der Mönch Barnabas zu. Der Magier nickte und sagte zu dem Mädchen: »Maria, warum pflückst du uns nicht wilde Kräuter, aus denen wir später einen Salat anrichten? Ich habe draußen einen Bach rauschen hören. Vielleicht kannst du sogar einen Fisch fangen, den wir dazu braten können.«

»Worin soll ich die Kräuter sammeln?«, fragte Maria bockig.

»Warte«, sagte Pfarrer Schnetter zu ihr, »ich gebe dir einen Korb!«

Zufrieden verließ das Mädchen das Haus, und die Männer machten sich daran, ihr Vorhaben zu besprechen.

Johann berichtete Regina Rehmringer gerade von seinem Treffen mit Burghard und dem Magier, als es an der Tür klopfte und eine Magd eintrat. Aufgeregt sagte sie: »Johann, ein Mann hat nach dir gefragt. Er schien verwirrt und wütend zu sein.«

»Kennst du seinen Namen?«, fragte Johann beunruhigt.

Die Magd schüttelte den Kopf.

»Wie sah er aus?«

Die Beschreibung passte auf niemanden, den er kannte, und Johann atmete erleichtert auf. »Warten wir ab, bis er wiederkommt.«

»Ich dachte, dass du ihn kennen würdest, da er die gleiche Mundart gesprochen hat, wie du sie mit Clemens und Franziska oft sprichst.«

Johann sprang erregt auf. »Beschreibe ihn mir erneut und so genau wie möglich!«

Die Magd tat, wie ihr geheißen. Als sie geendet hatte, wollte sie wissen: »Soll ich nach ihm schicken? Vielleicht kann ein Knecht ihn einholen. Der Fremde ging in Richtung der Wiesen und Koppeln.«

Doch Johann antwortete ihr nicht. »Bonner!«, flüsterte er kaum hörbar. »Es kann nur Bonner sein!«

»Du siehst aus, als seist du einem Geist begegnet. Was hast du, Johann?«, fragte Regina Rehmringer besorgt.

»Franziska!«, rief Johann plötzlich und stürmte aus dem Zimmer.

Johann lief, so schnell er konnte. Die Nachricht, dass Bonner sie gefunden hatte, ließ sein Herz rasen. Seine Hände waren feucht und sein Mund trocken. In seinem Kopf herrschte vollkommene Leere, und er konnte keinen klaren Gedanken fassen.

Johann versuchte seine Gefühle zu unterdrücken, damit sie ihn nicht lähmen konnten. Er dachte nur daran, noch schneller zu laufen, da er wusste, dass ihm wenig Zeit blieb. An der Pferdekoppel angekommen, riss er eine Rute von einem der dort wachsenden Haselnusssträucher ab, sprang über das Gatter und schwang sich auf den Rücken seiner Stute, die sich erschrocken aufbäumte. Johann krallte sich in ihrer Mähne fest und drosch mit dem Stock auf ihr Hinterteil ein, woraufhin das Tier im gestreckten Galopp über die Weide preschte. Johann ahnte, dass die Stute vor dem Zaun scheuen würde, und er hieb deshalb noch fester auf sie ein, so dass sie den Holzzaun mühelos überwand.

Wie schon so oft in den letzten Monaten hoffte, betete und flehte Johann in Gedanken, dass er nicht zu spät kommen würde. Die Angst, die Hitze und die Anstrengung trieben ihm den Schweiß aus den Poren. »Schneller!«, schrie er und trat der Stute wie besessen immer wieder in die Flanke.

An der Stelle, wo der Bach sich in einen tiefen und reißenden Wasserlauf verwandelte, sah er sie schließlich. Er sprang von dem noch galoppierenden Pferd ab und landete hart im Gras. Hastig erhob er sich und achtete nicht auf den kurzen stechenden Schmerz in seinem Bein.

Johann stand auf der einen Seite des Flusses – Bonner und Franziska auf der anderen. Um sie am Weglaufen zu hindern, umklammerte der Bauer grob das Handgelenk der jungen Frau.

Weinend presste sich Franziska mit der freien Hand ihr Kind an die Brust. Ihre Tochter schrie aus Leibeskräften, als spüre sie die Gefahr.

Das Gesicht von Pusteln übersät und zu einer hässlichen Fratze verzerrt rief Bonner Johann über den Fluss zu: »Habe ich es dir nicht prophezeit, Sohn? Ich werde die Hexe mitsamt ihrer Brut vernichten!«

Zorn und zugleich unbändige Furcht tobten in Johann. Nur die Angst, Bonner zu reizen, hielt ihn davon ab, dem Alten über den Fluss hinweg zuzubrüllen, dass sie nicht Vater und Sohn waren. Die Hilflosigkeit raubte ihm den Verstand und verhinderte, dass er klar denken konnte.

Verzweifelt sah sich Johann um. Doch es war niemand da, der ihm hätte zur Seite eilen und helfen können.

Als er wieder zu Franziska blickte, sah er ihre vor Angst weit aufgerissenen Augen, sah ihre Tränen und ihr bleiches Gesicht. Und er hörte sein Kind schluchzen.

Seine Machtlosigkeit zerriss Johann das Herz. Er trat dichter ans Ufer heran. Bonner beobachtete ihn genau, und in dem Augenblick, als Johann ins Wasser springen wollte, um ans andere Ufer zu schwimmen, versetzte Bonner Franziska einen Stoß. Schreiend stürzte sie mit Magdalena in den angeschwollenen Bach, der sie unter seine gurgelnde Oberfläche zog. Johann musste mit Entsetzen sehen, wie Franziska versuchte ihr Kind über Wasser zu halten und selbst dabei unterging. Mutter und Tochter wurden mitgerissen und verschwanden aus Johanns Sicht.

Ein furchtbarer Schrei, in dem sein ganzer Schmerz lag, entfuhr Johanns Kehle.

Genau wie in meinen Träumen, schoss es ihm durch den Kopf.

Nur, dass dies kein Traum war.

Kapitel 38

Nachdenklich lauschte Barnabas Ignatius' Ausführungen. »Überlege selbst, Barnabas. Kann es nicht sein, dass alles Hexenwerk nur eine Einbildung ist? Und dass angebliche Hexen in

Wirklichkeit geistesschwache oder geisteskranke Frauen oder Männer sind? Nur deshalb fällt es den Dämonen leicht, sie mit Sinnestäuschungen hinters Licht zu führen.«

Als der Mönch den zweifelnden Blick des Magiers sah, gab er zu: »Das sind nicht meine Worte, Barnabas. Es sind die Erkenntnisse eines studierten Mannes. Der niederländische Arzt Johann Weyer hat bereits vor über fünfzig Jahren festgestellt, dass das, was Hexen für ihre magische Macht halten, nichts als Blendwerk ist. Die Macht täuschen Dämonen ihnen nur vor. Nach Weyers Meinung hat Hexenzauber keine greifbare Wirkung. Hexen begehen keine Verbrechen, und sie gefährden auch nicht Leben und Wohlstand anderer. Schau sie dir genau an, Barnabas. Es sind bemitleidenswerte Geister oder gemütskranke Menschen.«

Barnabas wirkte nachdenklich. »Wenn ich recht überlege, hatte ich oft den Eindruck, dass manche Malificantin nicht bei Sinnen war. Demzufolge kann ich nicht ausschließen, dass Weyer die Wahrheit sagt.«

Bei diesen Worten dankte Burghard Gott in Gedanken und blickte voller Hoffnung zu Pfarrer Schnetter, der Ignatius aufmunternd zunickte. Der wandte sich wieder dem Magier zu. »Dann erlaube mir, Barnabas, dass ich dir auch die Ansichten der Jesuiten Adam Tanner und Friedrich Spee näherbringe.«

Als Johann sah, wie seine Frau und sein Kind von den Fluten mitgerissen wurden, war er wie gelähmt. »Du Schwein! Du verdammter Bastard!«, schrie er Bonner wie von Sinnen zu.

»Aber Johann«, erwiderte der, »ich habe dir einen Gefallen getan, mein Sohn. Nun bist du die Hexe los, sie kann dir nichts Böses mehr antun.«

»Ich bin nicht dein Sohn!«, brüllte Johann außer sich. Als er Bonners ungläubigen Blick sah, schrie er: »Ich bin der Sohn eines Schäfers, Casper Bonner! Meine Mutter hat dir ein fremdes Ei ins Nest gelegt, und du Dummkopf hast es nicht bemerkt.«

Jetzt schien Bonner zu verstehen. Seine Gesichtszüge entglitten ihm. »Das kann nicht sein!«, stammelte er. »Das ist unmöglich! Warum hätte mir Annerose das antun sollen?«

»Weil du dumm genug warst, es nicht zu merken. Hast du dich nie gewundert, warum sie dich so schnell geheiratet hat?«

»Was ist mit Karoline?« Verzweiflung schwang in Bonners Stimme mit. Johann wusste, dass Bonner Karolines leiblicher Vater war, aber um ihn noch mehr zu verletzten, brüllte er: »Karoline stammt von unserem Schmied! Mutter hat es mir verraten, bevor ich mit Franziska den Hof verließ. Auch hat sie mir dein geliebtes Gold mitgegeben.«

Bonners Gesicht verfärbte sich puterrot. Zornig wollte er Johann entgegenschleudern, dass seine Mutter sich jämmerlich erhängt hatte, doch die Worte blieben ihm buchstäblich im Hals stecken, und er fasste sich keuchend an die Brust, bevor er lautlos in sich zusammensackte.

Johann kümmerte es nicht, er rannte bereits den Bachlauf entlang und rief verzweifelt nach Franziska.

Die Strömung riss Franziska und Magdalena mit sich. Krampfhaft versuchte die junge Frau Magdalenas Köpfchen über Wasser zu halten, doch als sie selbst mit dem Kopf gegen einen Stein stieß, schwanden ihr die Sinne, und sie ließ ihr Kind los.

Franziska erwachte, als sie ihren Namen hörte. Übelkeit stieg in ihr hoch, und sie erbrach das Wasser, das sie geschluckt hatte. Sie versuchte aufzustehen, doch ihre Beine gaben unter ihr nach. Johann stand neben ihr und stützte sie.

»Magdalena!«, stammelte Franziska. »Magdalena!«, schrie sie dann auf und vergrub ihr Gesicht an Johanns Schulter. »Wo ist unser Kind?«, schluchzte sie. Auch Johann konnte die Tränen nicht länger zurückhalten. Hilflos strich er Franziska die feuchten Haare aus dem Gesicht. Sein Blick glitt hastig über das steinige Ufer, doch nirgends konnte er seine kleine Tochter entdecken.

Maria wanderte über die Wiesen und sammelte Gänseblümchen, Löwenzahn, Bibernelle, Bärlauch und andere Kräuter. Rasch war das Körbchen gefüllt. Als sie Krähen auf einem Acker entdeckte, stellte sie den Korb zur Seite und jagte den Vögeln hinterher. Lachend ließ sie sich in die Wiese fallen, als sie das Plätschern eines Baches vernahm.

»Ich hätte beinahe vergessen, dass Barnabas sich einen Fisch zum Abendmahl wünscht!«, erinnerte sie sich. Maria stand auf, glättete ihre Schürze, nahm das Körbchen auf und marschierte dem gurgelnden Geräusch des Baches entgegen.

An einer seichten Stelle watete sie bis zu den Waden ins Wasser und verharrte still. Als eine Forelle vorbeischwamm, bückte sie sich und versuchte mit beiden Händen, nach dem Fisch zu greifen. Doch kaum hatte sie ihn am Schwanz erwischt, rutschte er ihr durch die Finger. Wasser spritzte Maria ins Gesicht, und sie kicherte laut. Plötzlich drang aus der nahen Uferböschung leises Wimmern an ihr Ohr, das schließlich zu lautem Geschrei anschwoll. Erschrocken watete Maria auf die Stelle zu, von der das Geräusch kam. Zwischen Schilfpflanzen entdeckte sie ein Kleinkind, das vom lauten Schreien ein tiefrotes Gesichtchen hatte und zwischen dem Pflanzengestrüpp auf dem steinigen Grund des Bachbetts feststeckte. Als es Maria sah, verzog es den Mund zu einer Schnute und streckte ihr die Ärmchen entgegen. Vorsichtig hob Maria das Kind hoch.

»Deine Kleidung ist ja vollkommen durchnässt«, murmelte Maria zärtlich. »Wer mag dich hier wohl vergessen haben?« Suchend blickte sich Maria um, aber sie konnte niemanden entdecken. »Wenn dich keiner will, werde ich dich mitnehmen.« Maria ging mit dem Kind auf dem Arm zurück ans Ufer und legte es in die Wiese. Vorsichtig zog sie ihm die nassen Sachen aus. »Du bist ein Mädchen!«, rief Maria erfreut und klatschte in die Hände. Die Kleine zitterte am ganzen Körper und strampelte wild mit den Beinchen.

Maria band sich ihre Schürze ab und wickelte das Kind darin ein. Liebevoll drückte sie ihm einen Kuss auf die Wange. »Ich werde mich um dich kümmern. Du bist jetzt meine kleine Schwester!«, sagte Maria glücklich. »Ich nenne dich wie das kleine Bauernmädchen. Hanna soll dein Name sein.« Die nassen Sachen des Kindes legte Maria in den Korb. Dann hob sie das Kind hoch, ergriff den Korb und ging singend zurück zu Schnetters Haus.

»Brauchst du noch mehr Belege dafür, dass unsere Meinung die einzig richtige ist?«, fragte Ignatius, der zuvor ein hitziges Streitgespräch mit dem Magier geführt hatte.

Erschöpft fuhr sich Barnabas mit den Fingerspitzen über die Schläfen. »Können wir morgen weitersprechen?«, fragte er müde. In dem Augenblick betrat Maria den Raum.

Überrascht blickte jeder auf das Mädchen, das glücklich lachend mit dem Kleinkind auf dem Arm vor ihnen stand.

»Barnabas«, rief Maria freudig, »mein Wunsch hat sich erfüllt. Der Herrgott hat mit eine Schwester geschenkt.« Sprachlos weiteten sich die Augen der anwesenden Männer.

»Wo hast du das Kind her?«, fragte Clemens. Das Kleinkind schien seine Stimme zu kennen, denn es wandte ihm sein Gesichtchen zu und lachte ihn an.

»Magdalena!«, rief Clemens erschrocken und riss Maria das Kind aus dem Arm.

»Sie heißt nicht Magdalena! Ihr Name ist Hanna!«, brüllte Maria aufgebracht.

»Ich werde wohl meine Patentochter erkennen«, widersprach Clemens. »Wo hast du sie gestohlen?«

»Ich habe sie nicht gestohlen!«, wehrte sich Maria und warf sich weinend in die Arme von Barnabas. »Ich habe sie nicht gestohlen!«, jammerte sie in den Stoff seines Umhangs.

Sanft strich ihr der Magier über das Haupt und fragte: »Wo hast du das Kind gefunden, Maria?«

Schniefend blickte sie zu ihm auf und erzählte, wo Magdalena gelegen hatte. »Sicher hat sie eine böse Mutter, die sich nicht um ihr Kind kümmern will. Genauso wie meine Mutter eine böse Mutter gewesen ist!«, erklärte Maria voller Zorn.

»Franziska ist eine liebevolle Mutter«, verteidigte Clemens seine Freundin. »Es muss etwas passiert sein. Ich muss sofort zurück zum Gestüt.«

»Wir werden dich begleiten«, sagten die anderen Männer und folgten ihm nach draußen. Clemens drückte Burghard das Kind auf den Arm und bat: »Pass auf sie auf. Ich reite voraus!«

Immer wieder lief Johann eine Seite der Uferböschung auf und ab, während Franziska auf der anderen Seite suchte.

Erschöpft brach Franziska weinend zusammen. »Sie ist nicht hier! Sie ist ertrunken!«, schrie sie voller Verzweiflung. Johann überquerte an einer flachen Stelle den Bach und nahm seine Frau in die Arme.

»Lass uns zum Gestüt gehen und Helfer holen, die uns bei der Suchen unterstützen.«

»Aber …«, wollte Franziska aufbegehren.

»Allein schaffen wir es nicht«, fiel Johann ihr ins Wort. Franziska nickte stumm.

Auf ihrem Weg zurück zum Hof sahen sie, dass Bonner noch

immer im Gras am Ufer des Baches lag. Johann stieß ihn mit dem Fuß an, doch der Bauer rührte sich nicht. »Jetzt hat er seine gerechte Strafe bekommen«, sagte Johann und zog Franziska mit sich fort in Richtung des Gestüts.

Kaum war er im Hof des Gestüts angekommen, sprang Clemens aus dem Sattel und rief aufgeregt nach Johann.

Als er keine Antwort bekam, eilte er in die Küche, wo er auf die Magd stieß. »Hast du Johann gesehen?«, fragte er sie außer Atem.

»Er ist vor geraumer Zeit zu den Koppeln gegangen, um Franziska zu suchen.«

Die letzten Worte hörte Clemens nicht mehr, denn er war bereits hinausgestürmt. Er lief durch den Obstgarten, sprang über den Koppelzaun und rannte die Weide hinunter. Endlich sah er sie! Hand in Hand kamen Johann und Franziska ihm entgegengelaufen. Schon von weitem konnte Clemens Franziskas verweintes Gesicht erkennen.

Als sie sich gegenüberstanden, stammelte Johann zusammenhangslos: »Bonner hat uns gefunden … Franziska und Magdalena wären beinahe … wir müssen sie suchen!«

»Es geht ihr gut!«, sagte Clemens, doch die Freunde hörten ihm nicht zu, sondern liefen an ihm vorbei. So laut Clemens konnte, schrie er ihnen nach: »Magdalena geht es gut!«

Ungläubig drehten sich Johann und Franziska um. »Wie?«, schrie Franziska erregt und kam einige Schritte zurück. Mit wenigen Worten schilderte ihnen Clemens, was sich zugetragen hatte, als Franziska plötzlich die Beine versagten. Zitternd sank sie zu Boden. Johann umarmte Clemens unter Tränen. »Komm, Franziska, lass uns nach unserer Tochter sehen!«

Mit einem Aufschrei der Freude schloss Franziska ihre Tochter in die Arme. Liebevoll drückte und küsste sie das Kind. Alle freuten sich mit ihr. Nur Maria, die mit Barnabas etwas abseitsstand, vergrub das Gesicht in den Händen und schrie: »Sie darf mir meine Schwester nicht wegnehmen. Sie gehört mir! Ich habe sie gefunden!«

Franziska blickte verängstigt zu Johann, der Clemens einen fragenden Blick zuwarf. Schließlich war es Burghard, der die beiden zur Seite nahm und ihnen erklärte, wie Maria das Kind im Gestrüpp des Baches gefunden hatte. Ungläubig blickte Franziska zu Maria, die nun laut weinend in der Ecke stand.

Franziska drückte Johann das Kind in den Arm und ging neben Maria in die Hocke. Mit leisen Worten erklärte die junge Frau dem Mädchen, was sich tatsächlich zugetragen hatte, und dass sie ihre Tochter über alles lieben und niemals im Stich lassen würde.

»Meine Mutter hat so etwas nie zu mir gesagt! Sie war froh, wenn sie mich nicht sehen musste«, sagte Maria bitter und blickte Franziska aus unschuldigen Kinderaugen an. Der jungen Frau krampfte sich das Herz zusammen. Sie nahm das Mädchen in den Arm und drückte ihr einen Kuss auf die Stirn. »Ich danke dir von ganzem Herzen, dass du meine Tochter gerettet hast, Maria! Ohne dich hätten wir unser Kind nicht wiedergefunden. Ich verspreche dir, dass du sie so oft besuchen darfst, wie du willst.«

Zufrieden nickte das Mädchen und kuschelte sich in Franziskas Arm.

»Was ist mit dem Leichnam von diesem Bonner?«, fragte Clemens, nachdem Pfarrer Schnetter den Männern zur Beruhigung ein Glas von seinem Selbstgebrannten gereicht hatte.

Johann zuckte mit den Schultern. »Von mir aus kann er dort verwesen. Ich will ihn nie mehr zu Gesicht bekommen.«

»Das kann ich dir nachfühlen«, sagte Clemens. »Trotzdem muss er beerdigt werden. Ich werde mich darum kümmern.«

»Bei aller Freude über Magdalenas Rettung dürfen wir nicht vergessen, dass Katharina noch immer im Hexenturm eingesperrt ist und ihr Prozess und Scheiterhaufen drohen«, meldete sich Burghard zu Wort und warf einen besorgten Blick in die Runde.

Nun herrschte Stille, und niemand schien zu wissen, was zu tun war. Schließlich sprach Barnabas mit einem Blick auf die schlafende Maria: »Zwar haben mich eure Argumente gegen die Hexenerkennung nicht restlos überzeugt. Doch da ich fest davon überzeugt bin, dass Katharina der Hexerei nicht schuldig ist, werde ich euch helfen, sie freizubekommen. Dafür verlange ich jedoch eine Gegenleistung.«

Alle Blicke waren nun fragend auf den Magier gerichtet.

Kapitel 39

Zwei Tage später

Königsdorfer blickte zuerst Maria und dann Barnabas streng an. »Und Ihr seid Euch sicher, dass die Maleficantin nicht auf dem Hexentanzplatz war?« Zweifel schwang in seinen Worten mit, doch Barnabas nickte.

»Auch ich hatte Zweifel. Deshalb habe ich ihr die doppelte Menge des Suds eingeflößt, den ich den Angeklagten normalerweise verabreiche. Doch ich konnte ihr kein Geständnis entlocken.«

Königsdorfer grübelte und musterte Maria, die ihm fest in die Augen blickte.

»Was sagst du dazu?«, wollte er von ihr wissen.

»Ich habe sie nicht auf dem Tanzplatz gesehen. Viele Frauen waren beim Hexensabbat zugegen, und ich erinnere mich an jede einzelne. Sie aber war nicht dabei.«

»Das kann nicht sein! Jemand hat sie dort gesehen und ist davon überzeugt, dass sie Schadenszauber über ihn gelegt hat«, bedrängte der Amtmann den Magier und das Mädchen.

Maria wiegte den Kopf hin und her und flüsterte: »Ich würde demjenigen nicht trauen. Es waren auch Männer auf dem Platz, die auf schwarzen Böcken angeritten kamen. Zuerst sahen sie wie nette Burschen aus, doch schon bald zeigten sie ihr wahres Gesicht. Es waren Dämonen, die die Frauen in Gestalt eines Schönlings verführten und sie anschließend ihres Chrisams beraubten. Die Frauen haben vor Schmerzen laut geschrien, als der Teufel nach dem unsichtbaren Taufzeichen griff.«

Mit großen Augen hatte Königsdorfer dem Mädchen gelauscht. »Paul – ein Hexer?«, flüsterte er schockiert. Unbehagen ergriff von ihm Besitz, und er begann kopfschüttelnd im Raum auf und ab zu gehen.

Wenn Johann von Baßy davon erfährt, wird er sehr verärgert sein. Ich kann mich aber seinetwegen nicht versündigen und ein unschuldiges Weib hinrichten lassen. Vermaledeit, jetzt muss ich auf das edle Pferd verzichten, das von Baßy mir versprochen hat. Aber darauf darf ich keine Rücksicht nehmen. Der Amtmann von Wellingen muss selbst sehen, wie er die Frau loswird.

Barnabas beobachtete Königsdorfer und ahnte seine Gedanken. »Ihr wisst, dass Gott jeden richten wird, der eine reine Seele auf dem Scheiterhaufen verbrennen lässt und so verhindert, dass sie in den Himmel aufsteigen kann. Man selbst wird auf ewig ins Fegefeuer verdammt«, gab er zu bedenken und erkannte an den Schweißperlen auf Königsdorfers Stirn, dass seine Worte den Amtmann mehr und mehr verunsicherten.

»Ich werde dafür sorgen, dass das Weib sofort freikommt und dass meine Schergen diesen Knecht herbeischaffen«, stieß Königsdorfer hektisch hervor. »Er soll schnellstmöglich einer Befragung unterzogen werden, um herauszufinden, ob er einer der

Männer war, der den Frauen das Chrisam gestohlen hat. Nicht auszudenken, wenn herauskommen sollte, dass eine Unschuldige gefangen genommen wurde!« Barsch meinte er dann: »Daran ist allein dieser unsägliche von Baßy schuld. Gleich morgen werde ich ihm einen Besuch abstatten und ihm klarmachen, dass er gefälligst Ruhe geben soll.«

»Ihr seid also mit meiner Arbeit zufrieden?«, fragte Barnabas und senkte den Blick.

»Wie könnt Ihr daran zweifeln? Ich bin nicht nur zufrieden, sondern auch dankbar.«

»Dank Maria konnte verhindert werden, dass eine Unschuldige verurteilt wird«, merkte Barnabas an. Königsdorfer nickte anerkennend und blickte wohlwollend zu dem Mädchen.

»In Anbetracht der Tatsache, dass wir gute Arbeit geleistet haben, bitte ich Euch nun um unseren Lohn. Es wird allmählich Zeit für uns weiterzuziehen.«

Die steile Falte zwischen Königsdorfers Augenbrauen entspannte sich. »Ihr sollt ordentlich entlohnt werden, denn Ihr habt wahrlich gute Arbeit geleistet«, sagte er zu Barnabas. »Ich lasse Euch ungern gehen und nehme Euch das Versprechen ab, nach Püttlingen zurückzukehren, sollten wir Eure Dienste wieder benötigen.«

Barnabas nickte, doch in Gedanken schwor er sich, Püttlingen in Zukunft zu meiden.

Königsdorfer veranlasste, dass Katharina noch am gleichen Tag aus dem Gefängnis entlassen wurde. Er stand am Fenster seines Amtszimmers und blickte hinunter auf den Hof. Als er sah, wie die junge Frau aus dem Hexenturm geführt und von ihren Leuten in Empfang genommen wurde, wandte er sich zufrieden wieder seiner Arbeit zu. »Der Herrgott hat Barnabas zu mir geleitet!«, murmelte er und strich Katharinas Namen aus der Liste der Maleficantinnen. In schwungvollen Buchstaben fügte er stattdessen Pauls Namen hinzu.

Mitten in der Nacht weckte Barnabas Maria, die ihn verschlafen anblinzelte. »Komm, mein Kind! Es ist so weit, für uns wird ein neues Leben beginnen.«

In der schneidenden Kälte warteten zwei Reiter geduldig auf ihren Pferden auf der Wiese außerhalb von Püttlingen. Dunkle Umhänge und dunkle Rösser machten sie in der Schwärze der Nacht beinahe unsichtbar.

»Da kommen sie!«, rief Burghard Clemens zu. Wortlos zog er Maria zu sich in den Sattel, während Barnabas bei Clemens aufstieg. In langsamem und leisem Schritt entfernten sie sich von der Ortschaft. Erst als sie sicher waren, dass die Wachmänner den Hufschlag nicht mehr hören könnten, galoppierten sie an.

Als die Reiter auf dem Gestüt ankamen, erblickten sie im Hof eine Kutsche.

Barnabas betrat die Wohnstube, wo Regina Rehmringer, Pfarrer Schnetter, Johann und Franziska, Katharina sowie Bruder Ignatius auf sie warteten. Eine fremde Frau saß am Tisch, die Maria und Barnabas neugierig entgegenblickte.

Freudig lief Maria auf Franziska zu, die sie liebevoll umarmte. »Wo ist Magdalena?«, fragte das Mädchen.

»Sie schläft«, erwiderte Franziska. »Möchtest du sie sehen?«

Maria nickte und ergriff die Hand der jungen Frau.

Nachdem Maria und Franziska die Stube verlassen hatten, wandte sich Regina Rehmringer mit sanfter Stimme an Barnabas: »Ich möchte Euch die Äbtissin von Fraulautern vorstellen.

Sie und die Nonnen des Augustinerklosters von Fraulautern werden sich um Maria kümmern.«

Barnabas verbeugte sich leicht vor der Frau, die in edle Gewänder gekleidet war.

»Ich danke Euch, dass Ihr mir und meinen Schwestern das Kind anvertrauen wollt. Ihr müsst keine Bedenken haben. Sie wird es in unserem Kloster gut haben.«

»Heißt das, dass Maria dem Orden beitreten muss?«, fragte Barnabas besorgt.

»Wäre es so fürchterlich, wenn sie sich entscheiden würde, Nonne zu werden?«, schmunzelte die Äbtissin.

»Nein, wahrlich nicht! Aber Maria träumt von einer Familie.«

»Wir werden ab heute ihre Familie sein. Das Kloster wird sie betreuen und versorgen, bis der Hexenspuk aus ihrem Kopf getilgt ist. Wenn Maria reifer und erwachsener ist, kann sie selbst entscheiden, ob sie bleiben oder gehen möchte.«

Barnabas atmete laut aus. Tränen waren in seinen Augen zu erkennen, als er entgegnete: »So soll es sein!«

Franziska war mit Maria in ihre Kammer unters Dach gegangen, wo Magdalena friedlich in ihrem Weidenkörbchen schlummerte.

Nachdenklich betrachtete die junge Frau das Mädchen, wie es ihrer Tochter zärtlich über die Wange streichelte.

»Maria«, sagte Franziska leise. »Setz dich zu mir, ich möchte mit dir reden.«

Bei ihrem letzten Zusammentreffen hatte Barnabas um einen Gefallen gebeten, der alle erstaunt hatte. Der Magier hatte den Wunsch geäußert, dass Maria in Wellingen bleiben sollte.

Mit müdem Blick hatte er erklärt, dass Ignatius' Ausführungen sein Weltbild ins Wanken gebracht hatten. Zwar zweifle er nach wie vor an den Beweggründen der Gegner von Hexenverfolgungen. Doch er brauche Zeit, um sich weiterhin darüber Gedanken zu machen. Deshalb habe er beschlossen, seinen Weg allein fortzusetzen und Maria ein geordnetes Leben zu sichern.

»Maria kann unmöglich in Wellingen bleiben«, hatte Pfarrer Schnetter zu bedenken gegeben. »Wenn Johann von Baßy oder Thomas Königsdorfer sie hier sehen, wird sie keine Ruhe haben. Der eine wird sie als Hexenerkennerin ausbeuten, und der andere wird sich an ihr rächen wollen.« Mit einem Seitenblick auf Barnabas hatte er hinzugefügt: »Maria ist zu jung, um sich zu wehren, und außerdem leicht beeinflussbar. Wir müssen eine andere Lösung finden. Sie muss an einen Ort gebracht werden, wo man ihr nichts anhaben kann.«

»Was Ihr sagt, mein lieber Herr Pfarrer, ist vollkommen richtig«, hatte Regina Rehmringer ihm beigepflichtet. »Und ich glaube, dass ich bereits eine Lösung gefunden habe.«

Franziska wiegte die weinende Maria im Arm und versuchte sie zu trösten. »Es wird dir dort sicher gefallen«, flüsterte sie. »Wir alle werden dich besuchen kommen. Und nach einer gewissen Zeit wirst du zu uns aufs Gestüt kommen dürfen.«

»Warum kann ich nicht bei euch bleiben?«, schniefte das Mädchen.

»Weil erst die bösen Träume aus deinem Kopf verschwinden müssen«, erklärte Franziska ruhig. Nachdenklich blickte Maria die junge Frau an. Als das Mädchen nichts Falsches in ihrem Blick erkennen konnte, flüsterte es: »Ich will auch, dass die bösen Menschen nachts nicht mehr zu mir kommen.«

»Sei unbesorgt, dabei werden dir die Nonnen helfen, Maria!«

Barnabas blickte der Kutsche hinterher, die im Morgendunst verschwand. Erschöpft stützte er sich auf seinem Wanderstab ab.

»Was wirst du jetzt machen?«, fragte Burghard den Magier.

»Es wird Zeit, in Richtung Heimat aufzubrechen.«

»Wo ist deine Heimat?«

Feine Lachfalten zeigten sich um Barnabas' Augen. »Dort, wo es den besten Wein und das beste Essen gibt. Ich werde meinen Lebensabend im Elsass verbringen.«

Er griff in seinen Tragekorb und holte ein abgewetztes Buch hervor. »Ich habe immer gehofft, dass du eines Tages mein Nachfolger als Heiler werden würdest«, sagte er leise zu Burghard. »Du hast jetzt andere Pläne, und ich bin zu alt und zu müde, um mir einen neuen Lehrling zu suchen. Bevor mein Wissen jedoch verloren geht, möchte ich es an dich weiterreichen. Ich bin mir sicher, dass du es nicht zum Schlechten nutzen wirst.«

Dankbar nahm Burghard das Buch entgegen. »Das Brauchen der Magier« stand auf dem Einband. Bewegt umarmte er den alten Mann. »Leb wohl, Barnabas!«, flüsterte Burghard und ging schnell ins Haus zurück.

Als Barnabas sich umwandte und aus dem Hoftor schreiten wollte, sagte eine Stimme hinter ihm: »Hab Dank, Barnabas!«

Lächelnd drehte er sich Katharina zu. »Eine so reine Seele wie deine ist selten. Du bist eine würdige Nachfolgerin der heiligen Elisabeth«, sagte er. Katharinas Gesicht überzog eine feine Röte. »Du bist nicht böse, weil ich damals vom Eichsfeld und aus deiner Obhut weggelaufen bin?«

»Nein, mein Kind! Ich denke auch nicht, dass deine Eltern dir böse sind. Grüße sie von mir.«

Fragend sah Katharina ihn an, was Barnabas ein lautes Lachen entlockte. »Schon bald wirst du ihnen gegenüberstehen! Vertraue mir.«

Katharina lief auf ihn zu und drückte ihn fest an sich. Dann ließ sie ihn ziehen.

Ruhe war im Haus eingekehrt, und schon bald würde der erste Hahnenschrei den neuen Morgen verkünden.

Burghard lag neben Katharina und betrachtete ihr Gesicht.

»Ich bin dankbar und glücklich, dass Barnabas dich gerettet hat!«, flüsterte er. Katharina legte ihm den Zeigefinger auf den Mund. »Ich will nicht mehr daran denken und nicht mehr darüber sprechen.«

Zärtlich drückte sie ihm einen Kuss auf den Mund, den er leidenschaftlich erwiderte. Sie stöhnte leise auf und öffnete die Lippen. Als er seine Hände unter ihre Bluse schob, ließ sie es geschehen und drängte sich ihm entgegen.

Epilog

Katharina betrat den Töpferladen ihrer Eltern am Geisleder Tor in Heiligenstadt. Ein ihr unbekannter Mann blickte von der Keramikware auf, die er soeben in die Regale räumte.

»Kann ich Euch behilflich sein?«, fragte er freundlich.

Katharina fragte: »Ist Otto nicht da?«

»Otto? Er ist vor geraumer Zeit mit Frau und Kindern nach Witzenhausen ins Hessenland gezogen und führt dort unsere andere Töpferwerkstatt.«

In dem Augenblick wurde die Hintertür des Ladens geöffnet.

»Katharina!«, rief Barbara Arnold überrascht und brach in Tränen aus. Liebevoll betrachtete sie das blasse Gesicht ihrer Tochter, die beschämt den Blick senkte und ein kleines Wesen schlafend in ihren Armen hielt. Barbara Arnolds Blick schweifte suchend umher. »Du bist allein?«, fragte sie.

Katharina nickte und wagte es nicht, den Blick zu heben.

Wie sollte sie ihrer Mutter erklären, dass sie ein Kind, aber keinen Ehemann hatte? Dass der Vater des Kindes nicht wusste, dass er Vater geworden war?

Vor einigen Monaten hatte Burghard Katharina freudig mitgeteilt, dass er mit den Jesuiten nach Trier gehen wolle.

»Stell dir vor, Katharina!«, hatte Burghard mit leuchtenden Augen gesagt, »der Jesuit Friedrich Spee, ein bedeutender Bekämpfer der Hexenverfolgungen, wird im Kloster zu Trier erwartet. Ich muss ihn unbedingt kennenlernen, damit ich mit ihm von Angesicht zu Angesicht über die Falschheit der Hexenprozesse sprechen kann. Es ist von großer Bedeutung, dass wir bei unserem Vorhaben seine Unterstützung erhalten.« Als Burghard Katharinas Zaudern spürte, hatte er sie in die Arme genommen und gesagt: »Sorge dich nicht, Katharina! Ich werde in wenigen Wochen zurück sein.«

Katharina war sich sofort sicher gewesen, dass Burghard nicht wiederkommen würde. Als sie feststellte, dass in ihr neues Leben heranwuchs, wollte sie ihm eine Nachricht schicken. Aber nach reiflicher Überlegung sah sie davon ab. Selbst ihre Freunde konnten sie nicht umstimmen. »Hätte es die Jesuiten und Männer wie Johannes Spee nicht gegeben, wäre ich sicherlich auf dem Scheiterhaufen verbrannt worden. Dank ihrer Überzeugungskraft lebe ich.« Mit Tränen in den Augen hatte sie geflüstert: »Wenn durch mein Opfer auch nur eine Frau vor dem Scheiterhaufen bewahrt werden kann, dann bin ich dazu gerne bereit!«

»Ist es ein Mädchen?«, fragte Barbara Arnold ihre Tochter und riss sie aus ihren Gedanken. Wieder nickte Katharina und hob nun den Blick.

»Das dachte ich mir«, sagte Barbara. Mit einem Lächeln auf den Lippen betrachtete sie liebevoll ihr jüngstes Enkelkind. »Sie erinnert mich an dich, als du klein warst. Wie heißt sie?«

»Elisabeth, Elisabeth Silvia.«

»Wie die heilige Elisabeth?«, fragte der junge Mann, der schweigend dagestanden hatte.

»Ja, und wie meine verstorbene Schwester Silvia.«

In diesem Augenblick schlug das Kind die Augen auf und blickte seine Großmutter an. Barbara Arnold streckte ihm die Arme entgegen und sagte: »Komm, mein kleiner Engel, wir wollen dich deinem Großvater vorstellen.«

Clemens stand am Tor des Gestüts seiner Eltern in Dingelstedt und blickte mit klopfendem Herzen auf Haus und Hof.

Erst vor wenigen Wochen hatte er mit Regina Rehmringer besprochen, dass er nach Hause reisen wollte.

»Ich muss mich davon überzeugen, dass es meiner Schwester gut geht«, hatte er ihr erklärt.

»Wirst du wiederkommen?«, hatte die alte Frau mit forschendem Blick gefragt. »Du weißt, dass ich ohne dich das Gestüt nicht leiten kann.«

Clemens hatte einige Augenblicke überlegt, bevor er geantwortet hatte: »Ich werde sehen, ob die Arnoldsche Pferdezucht noch besteht, und dann einen neuen Zuchthengst mitbringen, so dass wir auf diesem Weg frisches Blut in die Zuchtlinie der Rehmringers bringen.« Als er ihre lachenden Augen gesehen hatte, hatte er mit schüchternem Blick hinzugefügt: »Ihr wisst sicher, dass ich mich verliebt habe?«

»Ja, das ist zu mir vorgedrungen. Die Tochter des neuen Amtmanns von Wellingen ist ein liebenswertes Geschöpf. Und auch der Vater scheint ein aufrichtiger Mann zu sein. Nicht wie dieser Johann von Baßy. Seit er seines Amtes enthoben und davongejagt wurde, ist endlich Ruhe in Wellingen eingekehrt.«

Eine lachende Frauenstimme lenkte Clemens von seinen Gedanken ab.

»Friedrich!«, rief die Frau. »Ich habe dir gesagt, dass das keine Arbeit für dich ist. Steig sofort vom Dach! Du bist Arzt und hast viel zu zarte Hände für solch grobe Arbeit. Lass das die Knechte machen.«

»So weit kommt es noch, dass meine Frau mir sagt, ich sei ein Schwächling.«

»Jetzt steig endlich vom Dach herunter! Nicht, dass dir noch etwas passiert und ich unser Kind allein zur Welt bringen muss.«

Friedrich antwortete nicht. Angestrengt blickte er zum Hoftor, da er dort einen fremden Mann stehen sah. Als er ihn erkannte, klopfte er sich vor Freude auf die Schenkel und stieg rasch die Leiter hinunter. Fragend blickte Anna ihn an.

Clemens gab Friedrich ein Zeichen, ihn nicht zu verraten, und trat leise auf seine Schwester zu, die mit dem Rücken zu ihm stand.

»Welch schlauer Mann!«, lachte Anna, als Friedrich die Leiter hinabstieg.

Clemens legte seiner Schwester die Hände über die Augen und sagte keinen Ton. Anna stand da wie erstarrt. Als Clemens spürte, dass sie leise zu weinen begann, drehte er sie zu sich um. Lächelnd betrachtete er seine Schwester, die mit gewölbtem Bauch vor ihm stand.

»Du hast dein Versprechen gehalten«, wisperte sie und umarmte ihren Bruder stürmisch.

»Ach Anna!«, flüsterte Clemens glücklich. »Natürlich habe ich mein Versprechen gehalten. Nicht einen Augenblick habe ich daran gezweifelt, dass ich eines Tages wieder vor dir stehen würde.«

»Siehst du die Kutsche schon?«, fragte Franziska ihren Mann aufgeregt.

»Nein, Liebes! Aber sie muss jeden Augenblick ankommen.«

»Wie sehe ich aus?«, fragte Franziska und richtete ihre Lockenmähne. Johann lachte. »Man könnte meinen, du wolltest dich mit einem fremden Mann treffen.«

»Rede kein dummes Zeug!«, sagte sie gespielt verärgert. »Ich will nur einen guten Eindruck machen. Schließlich ist es schon eine Weile her, dass wir sie gesehen haben.«

Regina Rehmringer kam hinzu und fragte: »Seht ihr die Kutsche?« Genervt rollte Johann die Augen.

Franziska sah sich suchend um. »Wo ist Magdalena?«, fragte sie beunruhigt.

»Sie sitzt im Blumenbeet«, antwortete Johann ungerührt.

»Ach Magdalena!«, schimpfte Franziska lachend. »Schau, wie dein Kleidchen aussieht.« Lachend streckte das Mädchen ihrer Mutter die schmutzigen Finger entgegen.

Als in der Ferne das Rattern von Rädern zu hören war, flüsterte Johann mit einem Seitenblick auf seine Frau: »Endlich!«

Zuerst stieg die Äbtissin von Fraulautern aus. Regina Rehmringer und Franziska knicksten, während Johann sich leicht verbeugte. Nachdem die Äbtissin zur Seite getreten war, erschien ein groß gewachsenes dunkelhaariges Mädchen in der Kutschentür. Ihre dunkelbraunen Augen leuchteten vor Freude.

Lächelnd stieg sie aus und umarmte zuerst Magdalena, die ihr auf dicken Beinchen unsicher entgegenstapfte.

»Maria, wie groß und hübsch du geworden bist«, flüsterte Franziska und umarmte sie nun ebenfalls.

»Du bist schon fast erwachsen. Darf ich dich noch drücken?«, flachste Johann. Lachend warf sich Maria ihm in die Arme.

»Kommt, Äbtissin, erzählt mir bei einem Likör, was es Neues gibt«, sagte Regina Rehmringer freundlich und hakte ihre Freundin unter.

»Das Klosterleben scheint dir zu bekommen«, stellte Franziska fest und betrachtete Maria liebevoll, als sie zusammen ins Haus gingen.

»Ihr habt damals die richtige Entscheidung getroffen«, entgegnete Maria. »Die bösen Träume kommen nur noch selten.«

»Wirst du ins Kloster eintreten?«, fragte Johann sie. Maria zuckte mit den Schultern. »Die Äbtissin meint, dass ich noch eine Weile bei den Nonnen bleiben soll, bis die Träume für immer fort sind. Erst dann muss ich mich entscheiden.«

Franziska nickte, und Johann sah zufrieden in die Runde. Ja, es war richtig, dachte er, dass wir Maria in die Obhut der Nonnen gegeben haben. Und auch, dass ich hier in Wellingen mit meiner Familie ein neues Leben begonnen habe. Doch eines Tages, da bin ich mir ganz sicher, werde ich Magdalena das Eichsfeld, meine Heimat, zeigen.

Personenregister

Wellingen:
Johann von Baßy – Amtmann*
Regina Rehmringer – Besitzerin eines Pferdegestüts

auf dem Rehmringer-Gestüt:
Katharina Jacobi – stammt aus Heiligenstadt
Franziska Bonner – stammt aus Tastungen
Johann Bonner – stammt aus Tastungen
Clemens Arnold – stammt aus Dingelstedt
Burghard – ehemaliger Franziskanermönch, Kloster Mainz
Paul – Knecht

Püttlingen:
Thomas Königsdorfer – Amtmann*

Tastungen:
Casper Bonner – »Vater« von Johann Bonner
Karoline Bonner – Tochter von Casper und Schwester von Johann
Lutz Lambrecht – Pfarrer und Oheim von Johann

Duderstadt:
Albrecht Harßdörfer – Bürgermeister von Duderstadt
Josef – Neffe von Albrecht

Dingelstedt:
Anna Münzbacher – Schwester von Clemens Arnold
Friedrich Schildknecht – Arzt und Jugendfreund von Anna und Clemens

auf Wanderschaft, u. a. in Wellingen:
Barnabas – Heiler und Magier
Servatius – Franziskanermönch
Maria – Kinderhexe aus Weierweiler

Ignatius – Jesuitenmönch aus Trier
Adam Hastenteufel – Meuchelmörder

Burg Greifenstein:
Simon – Jäger
Matthias Heixel – Spurenleser
Lise Lutz – Dirne*

Schloss Saarbrücken:
Graf Ludwig II. von Nassau Saarbrücken*
Philipp – Sohn des Grafen*
Luise Juliana – Tochter des Grafen*
Georg Braun – Kutscher und später Rosswirt*
Hans Friedrich Burghardt – Reitschmied*

* tatsächlich gelebt

Nachwort

Wie in meinen beiden vorangegangenen Romanen habe ich auch in den vorliegenden historische Personen und geschichtliche Begebenheiten eingebaut, die den meisten Lesern unbekannt sind. Dieses Nachwort soll dazu dienen, klarzustellen, was sich auf Fakten stützt und was meiner Fantasie entsprungen ist.

Albrecht Harßdörfer: Zu dieser Figur inspirierte mich das Schicksal Dietrich Flades, einst Stadtschultheiß von Trier. Vieles, was ich dem Duderstadter Bürgermeister Harßdörfer angedichtet habe, ist Flade tatsächlich passiert. In seiner Eigenschaft als Richter hat Dietrich Flade zahlreiche Hexenprozesse geleitet und Todesurteile gesprochen. Im September 1589 wurde er selbst wegen Hexerei verurteilt und in Euren verbrannt. Meines Wissens hat es jedoch in Duderstadt weder einen Bürgermeister mit Namen Harßdörfer gegeben noch wurde je ein Duderstadter Bürgermeister der Hexerei bezichtigt. Ich hoffe, dass die Duderstadter mir meine schriftstellerische Freiheit nachsehen werden.

Lise Lutz: Als ich bei meinen Recherchen auf einen Artikel über eine Dirne mit diesem Namen stieß, war das Schicksal des Meuchelmörders Adam Hastenteufel besiegelt. Tatsächlich becircte 1566 eine gewisse Lise Lutz die Reisenden in der Antoniusherberge in Hainich/Thüringen und brachte sie anschließend um. Das Geld der Getöteten teilte sie sich mit dem Wirt der Herberge, der sie zu den Morden angestiftet hatte. Nachdem der Wirt vom Pöbel gehängt worden war, wurde Lise Lutz 1568 als

Hexe unterhalb der Burg Haineck verbrannt. Nur die Bärentatzen habe ich zu den historischen Ereignissen dazu erfunden.

Auch kam mir ein Bericht über *Friedrich Kerstens* unter, der 1605 in Frankfurt den Juweliergesellen Jacob Sporer umgebracht und zerstückelt hat. Kerstens wurde »durch Gottes Fügung« überführt und aufs Rad geflochten.

Dank Herrn Dr. Johannes Dillinger erfuhr ich von dem niederländischen Theologen und Hexentheoretiker *Cornelius Loos* (1546-1595) und seiner Schrift »De vera et falsa magia«, die als verschollen galt und erst 1886 in der alten Jesuitenbibliothek in Trier wieder aufgefunden wurde. Bis heute ist sie der Stadtbibliothek Trier erhalten. Ob allerdings Jesuitenmönche versucht haben, Kirchenmänner von der Falschheit der Hexenprozesse zu überzeugen, ist nicht überliefert.

Thomas Königsdorfer war zwischen 1580 und 1600 tatsächlich Amtmann in Püttlingen. In dieser Zeit hat er vierzehn Frauen aus Püttlingen und Umgebung festnehmen lassen, sie der Hexerei angeklagt und nach einem unrechtmäßigen Prozess verbrennen lassen. Auch zahlreiche Beschwerden aus der Bevölkerung konnten Königsdorfer nicht aufhalten, und so trieb er die verurteilten Frauen nicht einzeln, sondern gleich zu dritt oder viert in den Tod.

Das Füllmauerwerk des Hexenturms, in dem die Frauen inhaftiert waren, kann man heute noch in Püttlingen besichtigen.

Johann von Baßy (ca. 1543-1618) war Amtmann in Wellingen (heute Saarwellingen). Ob von Baßy und Königsdorfer sich je begegnet sind, ist nicht belegt.

Zur gleichen Zeit war *Peter Schnetter* Pfarrer von Schwalbach und Saarwellingen. Der Zwist zwischen ihm und dem Amtmann von Wellingen ist sogar aktenkundig. Ob Schnetter allerdings gegen Hexenverfolgungen vorgegangen ist, steht nirgends niedergeschrieben.

Alle Frauen, die in meinem Roman der Hexerei bezichtigt werden, haben wirklich gelebt. Ihre Schicksale habe ich anhand von Gerichtsakten, Fachbüchern und Familienchroniken versucht so detailgetreu wie möglich wiederzugeben. So auch das Los von *Susanne Schoultes* (heute Familie Scholl) aus Exweiler (heute Thalexweiler). Weil Susanne sofort geständig war, hat sie niemanden sonst mit in den Tod genommen. Allerdings musste ihre gesamte Familie den Heimatort verlassen.

Auch der Ort *Weierweiler* im Saarland spielte in der Zeit der Hexenverfolgungen eine traurige Rolle, denn fast alle Frauen aus diesem Ort wurden der Hexerei »überführt« und hingerichtet. Die Hexenverfolgungen sollen dort nur drei Frauen überlebt haben.

Da Graf Wilhelm I. wegen seiner baulichen Aktivitäten auf *Burg Greifenstein* von seinen Untertanen immer mehr Abgaben verlangte, fand tatsächlich eine Art Revolte statt. Um ihr Recht zu bekommen, nahm sich die Bevölkerung einen Anwalt – was zu dieser Zeit ungewöhnlich war.

Die *Kasematten*, die ca. vierzehn Meter unter dem Saarbrücker Schloss zu bestaunen sind, waren für mich einer der Höhepunkte bei meiner Rechercheaarbeit. Man kann eine unterirdische Reise durch die Jahrhunderte unternehmen und so die Mauerreste vom roten Turm (ca. 1250) bewundern. Auch das Spielfeld aus rotem Sandstein (ca. 1607), das ich im Roman erwähnt habe, ist zum Teil noch erhalten und kann besichtigt werden. Wer nach Saarbrücken kommt, sollte sich diese Attraktion nicht entgehen lassen.

Auf die Figur der *Kinderhexe* Maria kam ich ebenfalls durch Herrn Dr. Dillinger. Zuvor hatte ich nicht gewusst, dass es so etwas wie »Kinderhexen« überhaupt gegeben hatte. Als Vorbild für meine Figur dienten mir nicht nur die Kinderhexen aus Salem/Massachusetts, sondern auch einige bekannte Kinderhexen aus Deutschland, die vor Gericht gestanden haben und deren Akten ich lesen konnte.

Dank

Als der Wunsch seitens der Leserschaft nach einer Fortsetzung von »Das Hexenmal« stetig größer wurde, war für mich sofort klar, dass der zweite Teil im Saarland spielen würde. Allerdings war mir da nicht bewusst, wie kompliziert das Land an der Saar im 17. Jahrhundert aufgeteilt war und wie ungewöhnlich dort die Hexenprozesse abgehandelt worden waren. Als ich das erkannte, steckte ich schon mitten drin in der Geschichte, und es gab kein Zurück mehr. Aber mit Hilfe zahlreicher Menschen, die mir ihre Fachbücher zur Verfügung stellten, mir seitenweise Fotokopien aus alten Zeitungen schickten, in Telefongesprächen Auskunft gaben oder mich vor Ort begleiteten, gelang es mir, Licht ins Dunkel zu bringen, so dass meine Geschichte Form annehmen konnte. All diese Menschen trugen zum Gelingen des vorliegenden Romans bei, und ihnen allen gilt mein ganz besonderer Dank.

Dr. Phil. Habil. Johannes Dillinger, Historiker in Oxford. Dank seiner Inspiration und seines Wissens konnte ich erneut historische Ereignisse und Personen in meinem Roman darstellen, von denen eher selten in Büchern zu lesen ist. Jede meiner Fragen beantwortete er geduldig und ausführlich, so dass ich die historischen Fakten detailgetreu und korrekt in meine Geschichte einbauen konnte.

Diplom-Ingenieur Forstwirtschaft Peter Schneider. Er vermittelte den Kontakt zur Familie Scholl – Nachfahren Susanne Schoulles' –, die mir ihre Familienchronik zur Verfügung stellten. Auch lernte ich durch ihn den Forstwissenschaftler JÖRN WALLACHER kennen, der mir Flora und Fauna der damaligen Zeit erklärte.

DIPLOM-ARCHIVAR BERNHARD SIMON. Er öffnete mir die »geheime« Kammer im Trierer Stadtarchiv, so dass ich jahrhundertealte Bücher in Händen halten durfte. Auch er versorgte mich mit Fachliteratur und beantwortete ausführlich meine Fragen.

KLAUS MAYER, Fachbuchautor. Stundenlang gab er mir auf meine Fragen zu Saarwellingen im Jahr 1617 Antwort. Dank ihm konnte ich das alte Wellingen wieder zum Leben erwecken.

GERHARD AMES, Museumsdirektor in Saarbrücken, und RAINER JUNG, stellvertretender Museumsdirektor und Museumspädagoge. Herrn Jungs Erklärungen und seine unterirdische Führung inspirierten mich zu einem besonderen Kapitel im Roman, und so füllte ich das alte Saarbrücker Schloss mit Leben.

MICHAEL MÜLLER, Vorsitzender des heimatkundlichen Vereins in Püttlingen. Dank seiner bildhaften und genauen Beschreibungen sowie seiner Fachliteratur spielen der Hexenturm von Püttlingen und der Amtmann Thomas Königsdorfer eine wichtige Rolle im Buch.

MICHAEL KREKEL, Burgführer auf Burg Greifenstein sowie im Greifenstein-Verein tätig. Er erklärte mir während einer Führung geduldig die Burg und ihre Geschichte.

JÜRGEN CLEES, Arborn, brachte mich auf die Idee, die Burg Greifenstein in meinem Roman einzubauen, und DIETER PFEIFFER, Nenderoth, zeigte mir die Cödinger Mühle und ließ mich das »saure Wasser« kosten. Beide brachten mir mit Fachliteratur ihre Heimat näher.

ELKE LISKEN erklärte mir ihren Heimatort Mengerskirchen.

DR. DIETER STAERK, Fachbuchautor, stellte mir nicht nur seine private Bibliothek zur Verfügung, sondern bereicherte meine eigene durch wertvolle und hilfreiche Bücher.

Stefan Weszkalnys, Jurist, Ministerialrat und Referatsleiter im saarländischen Kultusministerium und Buchautor, versorgte mich mit regionalen Fachbüchern.

Prof. Dr. theol. Joachim Conrad, Pfarrer und Buchautor, überließ mir seine Facharbeit zum Thema »Hexenverfolgung an der Saar«.

Johannes Naumann, Historiker und Archivar der Abtei Tholey, trug mit seinen Fachkenntnissen zur Entstehung der Figur des Benediktinermönchs Bonifatius bei.

Gleich zu Beginn des Schreibens bat ich die Saarländerinnen und Saarländer, mir alte Geschichten, Sagen und Legenden zu erzählen, und die Resonanz war überwältigend. Leider konnte ich nur einige davon in meinen Roman einbauen. Diese Geschichten erzählten mir: Irma Bosch, Inge Münz, Paul Schwarz, Eveline Theisen.

Mit Hilfe meiner Mutter Magdalena Rauscher und ihres »besonderen« Eichsfelder Dialekts fand ich die »Lösung« für Casper Bonner. Mein Dank gilt auch meiner Tochter Madeleine Zinssmeister für ihre Mühe.

Stephanie Forster, Redakteurin der »Bücherwelt«, war mir als Testleserin eine große Hilfe. Dank ihrer Meinung, konstruktiven Kritik und Begeisterung habe ich nie den roten Faden während des Schreibens verloren.

Meine Lektorin Iris Kirschenhofer beim Goldmann Verlag hat mich mit ihrer Begeisterung für den Roman stetig motiviert, besonders, wenn ich durch widrige Umstände am Verzagen war. Erneut hat es sich gezeigt, dass wir zusammen ein super Team sind.

Zum Schluss möchte ich meiner Freundin, der Journalistin Monika M. Metzner, herzlichst danken. Durch ihre konstruktive Kritik, ihr Lob, aber auch, weil sie mir unverblümt und somit ehrlich ihre Meinung sagte, wenn ich zu sehr Geschichtliches erzählen wollte, ist auch in diesem Roman die Mischung aus Historie und meiner Fantasie Entsprungenem im Gleichgewicht geblieben.

Bibliographie

Biendel-Riehm, Waltraud: *Die Spur der Hexe.* Merzig: Sumerer Verlag 1986.

Dillinger, Johannes: *Hexen und Magie.* Frankfurt/Main: Campus Verlag 2007.

Dillinger, Johannes: *Böse Leute: Hexenverfolgungen in Schwäbisch-Österreich und Kurtrier im Vergleich.* Trier: Paulinus Verlag 1999.

Dillinger, Johannes; Fritz, Thomas; Mährle, Wolfgang: *Zum Feuer verdammt: Die Hexenverfolgungen in der Grafschaft Hohenberg, der Reichsstadt Reutlingen und der Fürstpropstei Ellwangen.* Stuttgart: Franz Steiner Verlag 1998.

Finkler, Alois: *Unsere Vorfahren im Licht und Schatten der Vergangenheit.* Otzenhausen: Burr Verlag 1990.

Franz, Gunther; Irsigler, Franz: *Hexenglaube und Hexenprozesse im Raum Rhein-Mosel-Saar.* Trier: Paulinus Verlag 1995.

Hartusch, Harald: *Mystery – Sagen, Legenden, verwunschene Plätze im Saarland.* Saarbrücken: M+H Verlag 2001.

Hilf, Richard B.; Röhrig, Fritz: *Der Wald und das Weidwerk in Geschichte und Gegenwart.* Elztal-Dallau: Laub GmbH & Co. 2007.

Hoppstädter, Kurt; Herrmann, Hans-Walter: *Vom Faustkeil zum Fördertur.* Ottweiler: Minerva Verlag 1960.

Köllner, Alolph: *Geschichte der Städte Saarbrücken und St. Johann. Band 1 & Band 2.* Saarbrücken: Siebert Verlag 1981.

Kühn, Hans Joachim: *»Wann eine Kuh nicht stieren will ...«: Kräutermedizin und Volksmagie in einem bäuerlichen Haushalt um 1800.* Saarbrücken: Staden-Verlag 2005.

Meyer, Klaus: *Die alte Saarwellinger Bannkarte.* Kulturamt Saarwellingen 2007.

Meyer, Klaus: *Saarwellingen im Mittelalter.* Vereinigung für Heimatkunde Saarwellingen 2009.

Meyer, Klaus: *Dénombrement Saarwellingens von 1781*. Kulturamt Saarwellingen 2003.
Müller, Jacob: *Die Geschichte der Herrschaft Püttlingen bei Saarbrücken.* Saarbrücken: im Selbstverlag 1990.
Staerk, Dieter: *Das Saarlandbuch.* Saarbrücken: Minerva Verlag 1985.